BASTEI
LÜBBE
TASCHENBUCH

Über den Autor:

James William Brown, geboren in Illinois, war Wallace-Stegner-Stipendiat in Stanford und hat zahlreiche Kurzgeschichten und Buchrezensionen veröffentlicht. In New York, Boston und Athen hat er als Verlagsleiter bei mehreren Lehrbuchverlagen gearbeitet. Nach zehn Jahren in Griechenland lebt er heute mit seiner Frau in der Nähe von Boston. *Ein Lied von Liebe und Verrat* ist sein erster Roman, der auf Deutsch erscheint.

JAMES WILLIAM BROWN

Ein Lied von Liebe und Verrat

ROMAN

Aus dem
amerikanischen Englisch
von Axel Merz

BASTEI LÜBBE TASCHENBUCH

BASTEI LÜBBE TASCHENBUCH
Band 17845

Dieser Titel ist auch als E-Book erschienen

MIX
Papier aus verantwortungsvollen Quellen
FSC www.fsc.org FSC® C083411

Vollständige Taschenbuchausgabe

Deutsche Erstausgabe

Titel der amerikanischen Originalausgabe: »My Last Lament«
Originalverlag: BERKLEY, an imprint of Penguin Random House LLC, New York
Published by Arrangement with James Brown
Dieses Werk wurde vermittelt durch die Literarische Agentur
Thomas Schlück GmbH, 30161 Hannover.

Textredaktion: Heike Peetz, Berlin
Umschlaggestaltung: semper smile, München
Unter Verwendung von Motiven von © shutterstock: smithbaker | Evannovostro
und © Arcangel: Cristian Bortes | ANNA MUTWIL
Satz: Dörlemann Satz, Lemförde
Gesetzt aus der Adobe Garamond
Druck und Verarbeitung: CPI books GmbH, Leck – Germany
ISBN 978-3-404-17845-2

5 4 3 2 1

Sie finden uns im Internet unter www.luebbe.de
Bitte beachten Sie auch: www.lesejury.de

Für Jane *allezeit*,
und zur Erinnerung an
Mary Dodds Szasz

Zeit gibt auf alles eine Antwort,
ohne die notwendigen Fragen zu stellen.
EURIPIDES

Kassette 1, Seite 1

Moment mal, wie starte ich dieses Ding? Ah. Vielleicht läuft es ja schon. Da blinkt jedenfalls ein rotes Licht, ein kleines feuriges Auge in dieser dunklen Küche. Ich schätze, ich muss in dieses Ding hier sprechen – Hallo, hallo da drin. Eins, zwei, drei, vier. Ich spule das mal eben zurück und spiele es ab, um sicher zu sein, dass ich alles richtig gemacht habe. Diese ganzen Apparate haben es nämlich irgendwie darauf abgesehen, mich zu demütigen. Technik bedeutet für mich, eine Kassette in einen Rekorder zu stecken, und das war es für mich. Keine Kommentare bitte. Okay, alles ist okay, auch wenn ich nie darauf gekommen wäre, dass ich so klinge in den Ohren anderer, alt und krächzend, wie ein altersschwacher Frosch.

So, nun denn, wo fange ich an? Mein Name ist Aliki, und ich bin das letzte berufsmäßige Klageweib hier in unserem Dorf im Nordosten von Griechenland. Das ist richtig, ich verfasse Klagelieder, sogenannte *mirologia*, Lieder für Totenwachen und Ähnliches. Na ja, eigentlich verfasse ich sie nicht wirklich. Ich scheine in einen besonderen Zustand zu fallen, und sie verfassen sich von alleine und strömen aus mir hervor wie ein langgezogener Seufzer. Vielleicht sind es ja nicht einmal richtige Lieder, mehr Sprechgesänge. Es ist ein alter Brauch in unserem Dorf, seit Ewigkeiten praktiziert von alten Frauen wie mir, obwohl ich, wie ich bereits sagte, die letzte in unserer Gegend bin. Und die Toten, über die ich klage, sie scheinen irgendwie um mich herum zu lungern, ob es mir nun gefällt oder nicht – Sie werden bald verstehen, was ich meine. Die Toten scheinen nie fertig zu werden mit uns – oder sind wir es, die nie fertig werden mit ihnen?

Wenn jemand von einer der alten Familien hier in unserer Gegend stirbt, dann bitten mich die Hinterbliebenen um meinen Klagegesang. Sie wollen eigentlich keine Trauer, sondern die Stationen eines Lebens. Der Gesang kann lang oder kurz sein und ist nicht unbedingt traurig. Die Familie möchte das Gefühl, den Toten die traditionelle Ehre erwiesen zu haben, bevor sie den Leichnam zur Kirche fahren mit dem jungen neuen Priester, Vater Yerasimos. Die jüngeren Familien übergehen mich natürlich und wenden sich gleich an ihn, doch ich nehme es ihnen nicht übel. Ich bin hier für jene, die mich brauchen, und als Gegenleistung bekomme ich von ihnen, was immer sie zur Hand haben – ein paar Eier, Oliven, Käse, einen Laib Brot vom Vortag. Manche sind großzügiger als andere, doch ich nehme, was mir angeboten wird, und beschwere mich nicht. Niemand hat viel Geld dieser Tage, dank der Patzer und dem unverblümten Diebstahl unserer Regierungen in den vergangenen Jahren, ganz zu schweigen von den moralistischen Nachbarn im Norden. Andererseits brauche ich nicht viel; die Zeit hat mich klein gemacht. Das ist es, was die Jahre mit einem tun – sie lassen einen schrumpfen, indem sie jene wegpflücken, die man liebt, einen nach dem anderen, bis schließlich sogar die Erinnerungen schwinden. Letzten Endes ist man viel weniger als zuvor.

Ich kleide mich ausschließlich schwarz, wie es einst der Brauch war für Witwen und Klageweiber. Es ist immer noch mein Brauch. Mein Kopftuch ist ebenfalls schwarz, und wenn ich nach draußen gehe, ziehe ich mir ein Ende über Mund und Nase, um meine schlechten Zähne zu verbergen. Ich sehe aus wie eine Hexe aus dem Bilderbuch. Das Mädchen, das ich an jenem Tag war, als die Deutschen meinen Vater exekutierten, würde die alte Vettel nicht wiedererkennen, die ich geworden bin.

Wo wir von meinem Vater sprechen – ich habe ihn heute Morgen schon wieder gesehen, in meinem Garten. Er angelte sich eine Zigarette aus seiner Hemdentasche, gleich neben den schwarz gewordenen Einschusslöchern in seiner Brust, und steckte sie sich an. Es erschien mir wenig sinnvoll, ihm zu sagen, dass Rauchen seiner Gesundheit wirklich schadet angesichts der Tatsache, dass er seit mehr als fünfzig Jahren tot ist. Da stand er also und erzählte mir abermals, dass die Dinge auf der anderen Seite nicht so anders sind als hier bei uns. Ich bin nicht sicher, ob ich überhaupt an eine andere Seite glaube, aber wenn die Toten auftauchen, dann sollte man im Zweifel schon irgendwie auf sie hören.

Wir stehen die ganze Zeit rum und reden über Politik, sagte er. *Alle reden auf einmal, unterbrechen sich gegenseitig und werden laut, und niemand ist mit irgendjemand anderem einer Meinung. Es ist genau wie im Leben.*

Es war im Jahr 1943, als die Deutschen ihn zusammen mit zwei anderen Männern aus dem Dorf exekutierten. Sie ließen alle drei vor der Steinmauer unter der Platane auf der *plateia* stehen und schossen sie nieder, einfach so. Sie steht immer noch da, die Mauer, und ich denke jedes Mal an ihn, wenn ich an ihr vorbeikomme.

Wir haben nicht mal mehr ein anständiges kafeneion *hier, wo man eine gute Tasse Kaffee trinken kann. Wir versuchen, eine Eingabe deswegen in Gang zu bringen, doch anscheinend kann man sich nicht über den Wortlaut einigen. Und es gibt niemanden, der die Sache vorantreibt. Anscheinend fühlt sich niemand verantwortlich.*

»Aber was ist mit den Heiligen?«, frage ich jedes Mal. »Oder mit der Heiligen Familie?«

Wir haben noch nie einen von denen gesehen. Und irgendwo

haben wir ganz bestimmt eine Bürokratie voll von Inkompetenten. Er nahm einen weiteren tiefen Zug von seiner Zigarette, lehnte sich zurück und blies einen perfekten Rauchring in die Luft. *Also alles ganz genau wie im Leben.*

Das war keine Überraschung. Man muss sich nur all die säuerlichen Gesichter auf den Kirchenbildern ansehen. Abgesehen davon, als wir in den 1940ern dahinsiechten, wo waren sie da? Keiner, der uns zu Hilfe gekommen wäre. Wozu sind sie dann überhaupt nütze?

Er zögerte kurz. *Geh wieder schlafen, Kind*, sagte er schließlich.

»Aber ich bin wach, ich stehe hier auf den Stufen zur Hintertür und sehe dir dabei zu, wie du dir die Lunge aus dem Leib rauchst.«

Meinetwegen, sagte er. *Schlafen, Wachsein – wo ist schon der Unterschied?* Und mit diesen Worten war er verschwunden.

Das ist so eine Sache mit den Toten. Sie sind leicht, unendlich leicht. Sie schlüpfen in unsere Welt und wieder hinaus, ohne dass es sie die geringste Anstrengung kosten würde. Wir hingegen wirken ausgesprochen schwer und träge und zerren unsere Leben hinter uns her wie einen alten Sack voller Steine.

Ah, warten Sie, was ist das für ein klickendes Geräusch? Vielleicht, wenn ich auf diesen Knopf hier drücke? Ehrlich, ich hoffe, wir werden nicht von ständigen Stopps und Starts geplagt. Dieser Rekorder und diese Kassetten wurden mir von einer griechisch-amerikanischen Gelehrten dagelassen, die mich vor ein paar Monaten besucht hat. Eine ernste junge Frau von einer amerikanischen Universität, die Forschungen auf dem Gebiet der ländlichen Klagebräuche betreibt, oder wenigstens hat sie das gesagt.

Verstehen Sie, wenn sie die Letzte sind in einer Linie von so gut wie allem, dann kommen die Leute vorbei, um einen zu studieren, als wäre man ein Esel, der vor der Fahne salutieren kann. Wie man sich dabei fühlt, wollen sie von einem wissen. In meinem Alter gibt es eine ganze Menge zu fühlen, auf die eine oder andere Weise. Es ist mir ein Rätsel, wie ein Brocken Erinnerungen mit einem anderen Brocken aus einer viele Jahre entfernten Zeit zusammenpappen und schließlich zu etwas ganz anderem werden kann als dem, woran man sich beim letzten Mal erinnert hat.

Wie dem auch sei, diese Forscherin, eine *Ethnografin*, wie sie sich nannte, war ein hübsches kleines Ding, auch wenn ihre blonden Haare aussahen, als hätte sie sie mit einem Schneebesen bearbeitet und anschließend alles mit Leim gefestigt. Sie hatte so eine winzige Brille, die sie sich immer wieder auf der winzigen Nase zurechtrücken musste, während sie darüber redete, all meine Klagegesänge aufzuzeichnen. Sie stellte mir Fragen über das *Anderssein* einer Klagefrau und über etwas, das sie die *Poetik* der *Sozialkritik* nannte. Was konnte ich schon sagen? Ich sah sie nur an, während sie über hohe Stimmlage versus tiefe Stimmlage und eine Menge anderer Dinge redete, von denen ich noch nie gehört hatte. Wir saßen in der Küche – wo ich jetzt ebenfalls sitze –, und durch das Fenster konnte ich meinen Nachbarn sehen, den alten Stavros, wie er mit der Heugabel seinen alten Eselskarren belud. Eine Brise wehte das Heu hierhin und dorthin, doch was im Karren landete, sah ganz ähnlich aus wie die Haare meiner Besucherin. Ich konnte sehen, dass mein Schweigen sie nervös machte; anscheinend war ich nicht so ganz die Art von Subjekt, nach der sie gesucht hatte, das arme kleine Ding. Sie tätschelte sich immer wieder den Kopf, als wollte sie sich überzeugen, dass er noch auf ihrem Hals saß, um sich anschließend die Brille auf dem Nasenrücken nach oben zu schieben.

»Wie wir wissen, ist der Tod der Übergang vom Innen zum Außen«, sagte sie. Ihr Griechisch war gut, obwohl sie diesen flachen amerikanischen Akzent hatte – und ich nicht die leiseste Ahnung, wovon sie redete. »Würden Sie das nicht auch so sagen?«, fragte sie, als sie meinen verständnislosen Gesichtsausdruck bemerkte.

»Ich hab nie darüber nachgedacht«, antwortete ich. »Wollen Sie mir etwas über sich selbst oder Ihre Familie erzählen? Benötigen Sie meine Dienste? Sind Sie deswegen von so weit her gekommen?«

Nein, nein, sagte sie und errötete. Es wäre lediglich ihr Forschungsgebiet. Mediterrane Ethnografie. Sie versuche derzeit, sich zu etablieren, eine Publikation über eigene Feldforschungen zu erstellen. Sie hätte bereits eine Reihe anderer Klageweiber interviewt, die hauptsächlich heulten und jammerten, wie sie sagte, und wiederum andere, die über die Taten der toten Person sangen oder sie rühmten. Doch sie hatte bisher noch mit keiner Frau gesprochen, die Totenlieder verfasste.

»Wurden Sie schon einmal von jemand anderem interviewt?«, wollte sie von mir wissen.

»Nein, es sei denn, Sie meinen die Fernsehleute, die den ganzen Weg von Athen hergekommen sind. Und dann war da noch der Zeitungsreporter aus Thessaloniki. Aber niemand von der Universität, bis heute nicht.«

Sie schien erleichtert und sagte, sie hätte gerne, dass ich meine Totenklage in dieses Gerät hineinspreche, so ein kleines Ding, das sie in den Händen hielt und mit den Daumen bearbeitete. Es schien ausgesprochen störrisch zu sein, und das lag wohl daran, sagte sie, dass unser Dorf in diesem Tal auf der falschen Seite des Berges lag. Auch wenn sie sich für die Tatsache interessierte, dass die Isolation unsere Bräuche größtenteils unverändert erhalten hatte, schienen wir zu abgelegen zu sein für dieses kleine Ding.

Wir sind nicht abgelegen hier, sagte ich zu ihr. Abgelegen ist immer irgendwo anders, ein Ort, an dem man gerade nicht ist. Und ich weiß wirklich nicht, warum jemand die ganze Zeit so ein Ding mit sich herumschleppt, das ihn nur ärgert, wie dieser kleine Apparat sie zu ärgern schien.

»Ich kann meine Klagegesänge nicht einfach ein- und ausschalten wie das Licht in der Küche«, sagte ich.

»Oh, ja, natürlich. Bitte entschuldigen Sie – das habe ich nicht bedacht. Ich hatte gehofft, Sie könnten es selbst aufnehmen, wenn Sie, na ja, in der richtigen Stimmung sind.«

Ich wollte das nicht weiter vertiefen, aber tatsächlich näherte sich Zephyra, meine alte Nachbarin und Freundin aus Kindertagen, in ihrem Haus ein Stück die Straße runter dem Ende (und tut dies noch immer). Das arme Ding, was für ein dürftiges kleines Leben sie doch gehabt hat. Es wird genügend Klagen geben, wenn es denn so weit ist.

Dann kramte die Gelehrte in ihrer Tasche und meinte, sie hätte sich schon gedacht, dass unsere Abgeschiedenheit ein Problem sein könnte, weswegen sie diesen kleinen batteriebetriebenen Rekorder mitsamt Kassetten mitgebracht hätte, den sie mir dalassen würde. Ich sagte nicht, dass ich ihn benutzen würde, aber ich sagte auch nicht, dass ich es nicht würde. Sie war schließlich von weit her gekommen, um mich zu sehen, also dankte ich ihr und gab ihr zum Abschied ein Glas von dem guten Honig mit, den wir in unserem Dorf machen, und sagte, sie solle mich ruhig bald wieder besuchen. Wir mögen unsere Sinne verloren haben, aber wir haben immer noch unsere Manieren. Sie sagte, sie würde sich melden.

Und das war eigentlich alles. Sie hat sich nicht mehr gemeldet, und ihr Besuch ist Monate her. Wer weiß, ob sie es noch mal tut? Nicht viele Menschen finden den Weg in unser Dorf, und von den wenigen kommen die meisten kein zweites Mal. Ihr Rekorder und die leeren Kassetten liegen hier rum, und manchmal glaube ich sie flüstern zu hören, sag mir, was du fühlst.

Was ich fühle, ist, dass die Zeit mir schon bald noch mehr

entreißen wird. Also denke ich, dass ich endlich anfange mit Erzählen, aber nicht nur über Klagegesänge. Ich würde gerne schildern, was sich ereignet hat, und zwar in der Reihenfolge, in der die Dinge geschehen sind. Ich würde gerne zurückkehren in jene andere Zeit, jene Zeit voller Geheimnisse. Aber es fühlt sich merkwürdig an, hier zu sitzen und mir selbst über mich selbst zu erzählen. Also, ich denke, ich werde Folgendes tun. Ich stelle mir vor, dass Sie zuhören, meine amerikanische Gelehrte, obwohl ich nur so wenig über Sie weiß. Na ja, es tut mir leid, was ich über Ihre Haare gesagt habe und so. Ich würde ja zurückspulen und meine Worte löschen, aber ich weiß nicht so genau, wie man das tut. Wenn Sie mir also verzeihen mögen, ich mache einfach weiter, tue so, als wären Sie interessiert an meinem Leben und den damaligen Zeiten, nicht einzig und allein an meinen Klagegesängen. Na ja, das sind Sie doch auch, oder nicht? Und natürlich sind Sie jung, und ich weiß nicht, wie viel Sie über den Krieg wissen und das, was danach kam. Ich habe gehört, dass man in Ihrem Land nicht viel Geschichte unterrichtet, auch wenn ich mir das kaum vorstellen kann. Es ist schwer zu glauben hier bei uns, wo wir nie über unsere glorreiche Vergangenheit hinwegzukommen scheinen oder damit aufhören können, sie mit unserer armseligen Gegenwart zu vergleichen. Mag es sein, wie es will, ich denke, ich werde hier und da ein paar Fakten einflechten.

Ich sollte allerdings auch anmerken, dass wir möglicherweise von Zeit zu Zeit unterbrochen werden, und zwar wegen meiner armen Freundin Zephyra. Sie hat länger durchgehalten, als irgendjemand erwartet hätte, aber sie ist zu guter Letzt doch in ihren letzten Tagen angekommen.

Oh, jetzt hat der Apparat aufgehört zu klicken. Also weiter.

Ich glaube, ich hatte von den gestohlenen Kürbissen erzählt. Oder nein, halt, ich war noch gar nicht so weit gekommen. Ich fange besser noch ein Stück weiter vorne an. Also, es war das

Jahr 1943, und die Deutschen waren seit einer Weile in unserem Dorf. Die Italiener waren zuerst da gewesen, aber dann hatten die Deutschen übernommen. Mein Vater hat immer gesagt, die Tatsache, dass sie überhaupt in unser Dorf gekommen sind, muss wohl eine bürokratische Verwechslung gewesen sein. Sie waren größtenteils in Athen und auf den Inseln; nicht viele waren auf dem Festland, das hauptsächlich von den Italienern besetzt gehalten wurde. Vielleicht hatte ein Schreiber einen Fehler gemacht und den Namen unseres Dorfes mit dem eines strategisch bedeutsameren Ortes verwechselt? Die Deutschen waren jedenfalls ganz bestimmt nicht wegen der Holzkohle hier, die in unserer Gegend produziert wurde. Sie wird aus den harzreichen Kiefern gemacht, die in den umliegenden Wäldern wachsen. Früher haben die Wälder meinem Großvater gehört. Sein Sohn, mein Vater, war der letzte Köhler in der Linie. Es war eine schwere Arbeit. Der oder die Letzte in einer Linie zu sein scheint im Übrigen ein Wesenszug unserer Familie zu sein. Vom Qualm des Schwelungsprozesses war seine Haut walnussbraun, und seine Kleidung hatte den unverwechselbaren Geruch von Harz angenommen. An den Männern in meiner Familie hatte schon immer diese eigenartige Mischung von Düften gehaftet – eine rauchige, harzige Männlichkeit.

Doch die Köhlerei kam im Verlauf des Krieges zum Erliegen, genau wie alles andere auch. Die Deutschen hatten, um sich selbst zu ernähren, unser Getreide genommen, unser Vieh und unser Olivenöl. Sie hatten sogar die Lerchen vom Himmel geschossen und gegrillt. Folglich hatten wir wenig zu essen, mit Ausnahme des Grünzeugs, das wir an den Berghängen fanden. Und so hatten wir so gut wie keine Energie und keinen Willen. Wir bewegten uns wie in Zeitlupe. Nahezu vier Jahre waren sie damals da, und ich war eben vierzehn geworden.

Zuerst hatten die Italiener das Land von Norden her erobert, nicht weit von hier, im Oktober 1940. Einige unserer Dorfjungen starben an der albanischen Grenze, möge die Erde leicht auf ihnen ruhen, während sie sich bemühten, die Makkaronifresser aufzuhalten. Unsere tapferen Truppen schafften es sogar für ein paar Monate, unter Mitwirkung der britischen, australischen und neuseeländischen Streitkräfte. Doch im folgenden April war Hitler Mussolini zu Hilfe gekommen, und am Ende teilten die beiden uns zwischen sich auf wie zwei Wölfe, die sich um das gleiche Schaf streiten. Unsere Regierung und die königliche Familie flohen nach Kairo und überließen uns den Wölfen. Wir in den Gegenden, die die Deutschen besetzt hielten, beneideten jene in den anderen Gegenden, weil wir gehört hatten, dass die Makkaronifresser nicht so schlimm waren. Tatsächlich ähnelten sie uns ein bisschen in der Art und Weise, wie sie Regeln und Vorschriften ignorierten und stets bemüht waren, dem Leben ein wenig Vergnügen abzuringen, selbst in Kriegszeiten. Die Deutschen hingegen – bah. Sie ließen uns nicht mal einen Laib Brot.

Des Nachts träumten wir von Essen, von Osterlamm, über Holzkohle gegrillt, von duftender Eier-Zitronen-Suppe, von Schafsjoghurt mit Thymianblütenhonig und von köstlichen kleinen Fleischbällchen gewürzt mit Minze und Petersilie. Ich war besessen von Gedanken an Süßigkeiten, und die Vorstellung von Mandelplätzchen bestäubt mit Puderzucker war eine einzige Tortur.

Weil ich so wenig Kraft hatte, tat ich alles so, wie mein Vater es mir gesagt hatte, nur langsam, unendlich langsam, niemals hastig, niemals laut. »Stell dir vor, du tanzt am letzten Karnevalsabend«, hatte er gesagt. »Und jeder Schritt muss einfach sitzen. Beweg dich nicht, ohne vorher nachzudenken. Und wenn du dich dann bewegst, tu es langsam und bedächtig.«

Am Tag seines Todes war ich auf unserer Hauptstraße unterwegs zum Haus meines Freundes Takis, vorbei an ein paar Deutschen, die in der Nähe der Steinmauer auf der *plateia* in

Habacht standen, gleich bei der alten Platane, die wegen der Dürre zu vertrocknen drohte. Ein paar Dorfbewohner standen an der Seite, zurückgehalten von anderen Soldaten, und beobachteten eine Szene, während sie alle durcheinanderredeten. Ich drängte mich zwischen ihnen hindurch bis nach vorne, bis ich sehen konnte, wie mein Vater zusammen mit zwei anderen Männern an der Mauer stand. Indem ich mich so gewissenhaft bewegte, wie ich konnte, wollte ich zu ihm hin, damit er sah, dass ich genau das tat, was er gesagt hatte. Doch einer der Soldaten vertrat mir den Weg und stieß mich zurück. In diesem Moment bemerkte mich mein Vater. Er sah mich entsetzt an.

»Geh nach Hause, Aliki!«, rief er mir zu. »Jetzt, auf der Stelle, hörst du?« An eine der Dorffrauen gewandt fuhr er fort: »Chrysoula, nimm meine Tochter!«

Ich begriff, dass die Frau neben mir, die ihre Schürze vor das Gesicht gezogen hatte, um hineinzuweinen, die Mutter meines Freundes Takis war. Chrysoula ließ ihre Schürze fallen, packte mich bei der Hand und wollte mich wegführen, immer noch unter Tränen. Doch ich drehte mich um, gerade als die deutschen Soldaten ihre Gewehre hoben, und sie machten Geräusche wie Spielzeugwaffen: *pop*, *pop*, *pop*. Die Kappe meines Vaters flog davon, als er rückwärts umkippte. Rauchwölkchen stiegen von den Mündungen auf, und die trockenen Blätter der Platane raschelten.

Zuerst war mir nicht klar, dass sie ihn getötet hatten. Es hatte schon zuvor Exekutionen in unserem Dorf gegeben, wie ich später erfuhr, doch mein Vater hatte mich vor diesem Wissen geschützt. Als ich nun zufällig Zeuge der Hinrichtung wurde, begriff ich zunächst gar nicht, dass die poppenden Geräusche mit dem Umkippen meines Vaters in einem Zusammenhang standen.

Alles hatte mit diesen Kürbissen angefangen, die ich schon erwähnt habe, versteckten Kürbissen. Die Felder waren abgeerntet, doch es gab eine Senke hinter einem davon, nicht gut zu sehen, wenn man nicht genau wusste, wo sie lag. Also zogen mein Vater und die anderen des Nachts heimlich los, um Gemüse und Obst zu pflücken und es in einem Erdkeller zu verstecken. Von Zeit zu Zeit aßen wir einen der Kürbisse, und ich kann gar nicht sagen, wie wunderbar der golden gekochte Kürbis in einer Zeit wie dieser schmeckte. Allein dieser butterige Geruch. Ich kann heute überhaupt keinen Kürbis mehr essen, weil die Erinnerung zu schmerzhaft ist. Irgendjemand hatte nämlich den für unsere Gegend verantwortlichen deutschen Offizier eingeweiht, Oberst Esterhaus. Die Zeit, in der ein Geheimnis geheim bleibt in unserem Dorf, währt nicht einmal dieser Tage lang, und damals waren die Leute zu jeder Erniedrigung bereit, wenn sie als Gegenleistung nur zu essen bekamen.

Oh, ich weine nicht mehr darüber. Ich bin wie ein alter Schwamm, den jemand zum Trocknen in der Sonne vergessen hat. Trocken wie Papier. Damals konnte ich nicht weinen, weil ich nicht glauben wollte, was alle mir erzählten, dass nämlich die Toten, einschließlich meinem Vater, wirklich und wahrhaftig weg waren und niemals wiederkommen würden. Ich gab es auf, mit den Erwachsenen darüber zu diskutieren, und hielt meinen Mund. Wenn man nicht antwortet, dann lassen einen die Leute meistens in Ruhe. Ich konnte es monatelang nicht über mich bringen zu reden.

Nach dem Begräbnis meines Vaters wurde ich von Chrysoula aufgenommen, der Frau, die versucht hatte, mich von der Exekution wegzuführen. Es gab keinen anderen Ort, wo ich hingekonnt hätte. Meine Mutter hatte das Dorfleben gehasst, hatte mein Vater mir erzählt, und war schon vor Jahren nach Athen davongelaufen. Mehr hatte ich nie darüber erfahren. Er redete nur selten über seine ausgerissene Frau, und ich hatte nur schwache Erinnerungen an sie. Es war eines der Mysterien meiner Kindheit. Sie war immerhin meine Mutter – hatte sie mich nicht genug geliebt, um zu bleiben? Nachdem ich sie verloren hatte und auch meinen Vater, wurden Chrysoula und ihr Sohn Takis meine zweite Familie.

»Er war so ein guter Mann, dein Vater«, pflegte Chrysoula mit feuchten Augen zu erzählen. »Wir haben ihn alle sehr geliebt.« Vor dem Krieg war Chrysoula eine ansehnliche Frau gewesen mit lebendigen Augen und sehr bewundert von den Männern im Dorf. Doch als ich zu ihr zog, war sie längst zu einem Schatten ihres einstigen Selbst geworden in ihren alten Kleidern, die zu diesem Zeitpunkt mehrere Nummern zu groß geworden waren. In ihren Augen jedoch glitzerte immer noch das Licht von einst. »Du lebst jetzt hier bei Takis und mir«, sagte sie. »Und damit lebt ein Teil deines Vaters ebenfalls bei uns.«

Takis war es egal, dass ich den Mund nicht öffnen wollte, um zu reden. Er redete genug für uns beide. Das Haus war klein, und so mussten er und ich ein Zimmer teilen, sogar ein Bett. Er war zehn, und wir waren beide zu jung, um viel darüber zu wissen, was Erwachsene des Nachts im Bett miteinander machten. Wir spielten im Kerzenlicht auf dem Boden oder im Bett Karten und schlugen sie laut hin. Es war Takis, der mir beibrachte, wie man schummelte, indem man sich eine Karte in den Ärmel oder unter den Hintern schob. Dann nannte er mich Falschspielerin oder Gangster, und wir warfen uns die Karten gegenseitig in die Gesichter. Es war der beste Teil des Spiels. Endlich, als wir todmüde waren, kippten wir in unser Bett und sagten dem Gecko Gute Nacht, der in einem Riss in der Wand lebte.

Takis hatte seinen Füßen Spitznamen gegeben, Herr und Frau Schafhirte. Er wackelte mit ihnen unter der dünnen Decke und erfand Unterhaltungen zwischen den beiden.

»Ich habe schon wieder die Herde verloren, Frau Schafhirte«, sagte er beispielsweise mit tiefer Stimme und wackelte dabei mit den Zehen des rechten Fußes.

»Ach du meine Güte, Herr Schafhirte!«, sagte er mit heller Falsettstimme und wackelte wild mit dem linken Fuß. »Waren es diesmal die Wölfe?«

»Sie haben jedes einzelne Schaf gefressen, Frau Schafhirte. Jetzt haben wir nichts zu Ostern.«

»Wir könnten den Säugling essen.«

»Frau Schafhirte!«

Chrysoula steckte den Kopf in die Tür und ermahnte uns, dass es genug wäre. Sie deckte uns ordentlich zu und sagte: »Haltet euch schön warm, meine kleinen Schnattergänse.«

Orion durchquerte in jenen Winternächten den Himmel über unserem Haus, während Eisblumen auf unserem Fenster wuchsen. Wie ich so dalag mit Takis, der leise neben mir atmete, wusste ich, dass wir diese eine große Sache miteinander teilten: das Mysterium, wie unsere Väter an einem Tag noch da waren und am nächsten nicht mehr und niemals wieder. Ich konnte den Tod einfach nicht akzeptieren. Die Alten im Dorf erzählten sich, dass die Seelen der Toten nach ihrem Begräbnis noch für neunzig Tage herumlungerten und zögerten zu gehen, während sie ihre alten Schuhe anprobierten oder sich direkt aus dem Topf Happen ihrer Lieblingsmahlzeiten stahlen. Manchmal hörte ich meinen Vater im Wind zwischen den Kiefern oder im Wasser des Löwenbrunnens nah unserem Haus oder in den Schreien der Vögel über unserem Dorf, auf ihrem Weg in den Süden, nach Afrika. Er hatte sich angewöhnt zu lamentieren und zu schimpfen, und das tut er bis heute. *Wo ist mein Werkzeug?*, verlangte er zu wissen. *Ich kann überhaupt nichts machen ohne mein Werkzeug!* Ich hatte keine Ahnung, was er mit seinen Werkzeugen anfangen wollte.

Ich überlegte, ob ich Takis davon erzählen sollte, doch es kamen keine Worte über meine Lippen, und außerdem hörte

Takis nicht gerne Geschichten über Väter. Sein eigener Vater war nicht da, und niemand erinnerte sich noch an ihn. Doch ich erinnerte mich daran, wie mein Vater zu mir gesagt hatte, dass im Kopf von Takis' Vater wohl irgendwas nicht richtig gewesen war und dass er sich Dinge eingebildet hatte. Er hatte beispielsweise geglaubt, das ganze Dorf wäre gegen ihn, und hatte ohne jeden Grund Schlägereien angefangen. Schließlich waren er und Chrysoula für eine Weile fortgegangen, und sie war ohne ihn ins Dorf zurückgekehrt.

Wir erwachten jeden Morgen zum Klang von Chrysoulas Stimme, die am Fenster andere Frauen rings um den Löwenbrunnen begrüßte. Die Häuser hatten damals noch kein fließendes Wasser, also kamen die Frauen tagein, tagaus zum Brunnen, um ihre Krüge und Eimer an dem Wasserstrahl zu füllen, der sich aus dem Maul des Löwen ergoss. Natürlich standen sie auch herum und hielten Schwätzchen. Chrysoulas Haus stand am nächsten beim Brunnen, und so hatte sie den Vorsitz inne.

»Guten Morgen, werte hässliche Nachbarinnen«, pflegte sie den anderen Frauen munter aus dem Küchenfenster zuzurufen. »Was haben wir denn heute wieder für Kümmernisse?«

Selbstverständlich kannte jede die Probleme der anderen, weil es hauptsächlich die gleichen waren: Hunger, Herzschmerz, Isolation und endlose Sorge, wie man am Leben blieb und den Deutschen nicht in die Quere kam. Das ließ jeden altern – selbst die jungen Frauen sahen aus wie alte Schrullen. Und trotzdem nahmen sie Chrysoulas Stichwort auf. »Wir mögen hässlich sein«, sagte eine von ihnen. »Aber wir sind wenigstens sauber. Wir sehen dich nur selten Wasser in dein Haus tragen.«

»Das stimmt«, erwiderte Chrysoula. »Ich reinige nur mit Bleiche. Sie ist viel besser geeignet, den Sabber eurer Männer von meiner Türschwelle zu wischen, nachdem sie die ganze Nacht dort verharrt und mich angebettelt haben, ihnen aufzumachen.«

Ringsum erntete sie kreischendes Gelächter, gefolgt von krampfhaftem Husten, weil so viele der Frauen krank waren. »Hier treiben sie sich also rum!«, rief eine von ihnen zurück.

»Und wir dachten, sie machen ihr Geschäft auf dem Plumpsklo!«, rief eine andere.

»Das ist doch fast das Gleiche, oder nicht?«, rief eine Dritte.

Weiteres Gekreisch, gefolgt von Hustenkrämpfen.

»Zu dumm, dass dein eigener Mann dich nicht befriedigen konnte, Chrysoula«, rief eine Frau. »Du konntest ihn ja nicht mal zu Hause festhalten, ist es nicht so? Kein Wunder, dass du versuchst, unsere Männer in dein Haus zu locken!«

Chrysoula wich jedem Hinweis auf ihren Mann konsequent aus. »Niemand muss eure Männer ins Haus locken, meine Lieben! Ein Blick auf euch genügt!«

»Oh, wir verfluchen unser Schicksal, nicht so wunderschön geboren worden zu sein wie Prinzessin Chrysoula«, sagte eine. Tatsächlich war Chrysoula genauso abgemagert und verhärmt wie alle anderen, was nicht zu übersehen war.

Trotzdem riefen sie im Chor: »Es lebe die wunderschöne Prinzessin Chrysoula, sie lebe hoch!«

»Heil und Leben der großen Schönheit!«

»Wenn wir doch nur aussähen wie sie, dann könnten wir unsere Männer in unseren Betten halten!«

So konnte das eine Stunde oder länger gehen, bis einige der Frauen auf dem Boden saßen oder lagen, erschöpft vom Lachen und Husten und von den gegenseitigen Beschimpfungen. Nach einer Weile kamen zwei deutsche Soldaten, um nach der Ursache für den Lärm und die Aufregung zu sehen und die Menge zu zerstreuen. Sie benutzten die Kolben ihrer Gewehre, um die Frauen zum Aufstehen zu bewegen. Natürlich sprach keiner der Deutschen griechisch, und so unterhielten sich die Frauen ungeniert über die Soldaten.

»Der da hat eine Stirn wie ein Affe!«

»Und seht euch nur den Hintern von dem da an! So hübsch wie der eines Mädchens!«

»Er ist wohl der gleichen Meinung. Seht nur, wie er geht! Als verlangte es ihm nach einem Klaps oder einem Kniff!«

»Oder noch mehr.«

Ihr schnaufendes Gelächter verlor sich in den Gassen des Dorfes. Nun verstehen Sie vielleicht, wo ich meine frühe Schulung als Klageweib erhielt.

Die meisten deutschen Soldaten waren eigentlich kaum mehr als Jungen. Sie hätten noch die Schulbänke drücken sollen, anstatt hier draußen herumzulaufen, wo sie von jedermann gehasst wurden. Manchmal stellten sie Mannschaften auf und spielten Fußball, und wir wurden als Zuschauer herbeibefohlen. Also standen wir schweigend da, während sie auf einem Spielfeld herumtollten und hinter einem Ball herjagten. Einmal requirierten sie ein paar unserer Esel und jagten die Tiere über das Feld, um Wetten auf den Gewinner abzuschließen. Alles, um die Zeit totzuschlagen an einem Ort, der ihnen unendlich langweilig vorgekommen sein muss.

Ich begriff nicht, was Krieg bedeutete – dass Fremde das eigene Land übernahmen, den Bewohnern das Essen stahlen, ihnen beim Verhungern zusahen und wegen ein paar Kürbissen Leute erschossen. Warum das alles? Es ergab keinen Sinn. Wir begriffen damals nicht, dass der eigentliche Preis für die Deutschen unsere Insel Kreta war mit ihren strategisch günstig gelegenen Flugplätzen und den Häfen mitten im Mittelmeer, die einen leichten Zugang nach Nordafrika und zum Mittleren Osten boten. Für uns hier im Dorf, abgeschnitten von der Welt, bedeutete der Fund einer angefaulten, wenngleich noch essbaren Kartoffel einen weiteren Tag Überleben, vielleicht sogar die Chance, ein wenig Vergnügen zu erfahren, um nicht innerlich genauso zu verschrumpeln wie von außen. So sind wir alle hier in unserer Gegend. Wir wissen, wie man mit einem Lachen alles überwindet, einer geistreichen Bemerkung, einer kleinen Narretei. Es ist unsere uralte Gabe, selbst wenn wir in der Falle sitzen. Die Soldaten saßen natürlich genauso in der Falle wie wir. Ihnen fehlte unsere Gabe – auf der anderen Seite hatten sie die Gewehre. Jungen mit Gewehren – die alte, ewig gleiche Geschichte im Krieg.

Takis gefiel die Art und Weise, wie die Soldaten marschierten. Er imitierte ihren Stechschritt mit einem imaginären Gewehr über der Schulter.

»Hör sofort auf damit!«, schalt seine Mutter, wenn sie es sah. »Ich dulde keinen Deutschen in meinem Haus, nicht mal einen kleinen.«

An den meisten Morgen war es entweder geradewegs unmöglich, ihn zu wecken, oder er sprang aus dem Bett mit unzähligen Fragen auf den Lippen, die ihm im Schlaf gekommen waren. Dann rüttelte er mich wach und wollte von mir beispielsweise wissen, warum uns die Sterne nicht auf die Köpfe fielen. Oder: »Wenn ich hochspringe, warum lande ich dann nicht in einem anderen Dorf, wo sich die Erde doch dreht?«

Ich hatte keine Antworten; ich konnte mich immer noch nicht zum Reden überwinden.

Doch es gab auch Tage, an denen er schmollend herumlief, gegen das Mobiliar trat und jeden finster anstarrte. Ich nahm ihn mit zu den Holzkohlegruben, wo mein Vater gearbeitet hatte, unmittelbar außerhalb unseres Dorfes. Es gefiel ihm dort, sagte er, weil die Kiefern mit ihm redeten.

»Sie wollen mir beibringen zu fliegen, damit ich Bomben auf die Deutschen werfen kann.« Er legte den Kopf an einen Stamm und sagte: »Es tut mir leid, Aliki, aber sie wollen dich nicht lehren.«

Ich zuckte die Schultern und ging davon. Takis verlor das Interesse an den Kiefern und kam mir hinterher. Es gab keine Holzstapel mehr, weil die Deutschen sie als Feuerholz mitgenommen hatten, doch es lag jede Menge Rinde auf dem Boden. Ich zeigte ihm die Stelle, wo mein Vater und die anderen Männer Stämme zu kegelförmigen Haufen aufgeschichtet hatten, mit einem Luftloch in der Mitte, das bis nach unten reichte. Ich tat, als würde ich einen Haufen errichten, und machte ihm vor, wie sie das Holz schließlich mit Erde bedeckt und am Schluss glühende Kohle in das Luftloch geworfen hatten.

»Warum die Erde?«, wollte Takis wissen. »Wollten sie das Holz denn nicht verbrennen?«

Genau das wollten sie tatsächlich nicht. Ich wusste allerdings nicht, wie ich ihm das ohne Worte klarmachen konnte. Mein Vater hatte immer gesagt, dass alles ruiniert wäre, wenn der Stapel in Brand geriet, weil das Holz sich in Asche verwandeln würde. Solange es nur schwelte, verwandelte es sich mit der Zeit in Holzkohle. Manchmal fing der Stapel Feuer, und er musste darauf herumspringen und mehr Erdreich darauf werfen, um es zu löschen. Ich hatte ihn einmal dabei beobachtet. Es war ein verrückter Tanz auf dem Haufen gewesen, inmitten von all dem Qualm und Rauch, als er Hände voll Erde auf die Stellen geworfen hatte, wo kleine Flammen emporleckten.

Ich tanzte für Takis umher und warf Dreck hierhin und dorthin, bis er sich vor Lachen auf dem Boden wälzte. Wenn Takis lachte, schien es nichts anderes mehr zu geben auf der Welt als sein Vergnügen. Da war dieser halb verhungerte, dürre Junge – worüber lachte er bloß? Worüber lachte irgendjemand von uns, was das betraf? Die Frauen am Brunnen, Chrysoula, selbst die Deutschen wirkten nicht allzu unglücklich, hier festzustecken, während sie überall sonst den Krieg zu verlieren schienen – oder jedenfalls war es das, was wir spät in der Nacht im Kurzwellenradio hörten.

Es war illegal, ein nicht registriertes Radio zu besitzen, und die Strafe bei Zuwiderhandlung war der Tod. Doch Chrysoula gelang es irgendwie, dieses Radio vor den Deutschen zu verstecken. Ich glaube nicht, dass es damals in Griechenland viele Kurzwellenradios gegeben hat. Chrysoula hatte ihres von einem Cousin bekommen, der Jahre vor dem Krieg in Ihr Amerika ausgewandert war. Wir wussten damals so wenig über dieses Land – es gab keine Filme und keine Wochenschauen in unserer Gegend, und wir sahen nur selten eine Zeitung. Was wir wussten, war, dass Ihr Mr. Roosevelt all die Yankees nach Europa geschickt hatte, um uns zu helfen, und das Radio sagte uns, dass die Yankees und die anderen Alliierten den Krieg gewannen. Und natürlich kam auch das Radio – groß und glänzend und mit der Aufschrift ZENITH – aus Ihrem Land. Demzufolge stellte ich mir Amerika als ein Land voller Radios vor, eines für jeden Mann, jede Frau und jedes Kind. Das Land der großen Radios.

Wenn ich dem Radio lauschte, meinte ich manchmal, meinen Vater gleich hinter der Stimme des Nachrichtensprechers hören zu können. Er stellte mir immer noch Fragen. Sie waren allesamt sehr eigentümlich: Ob er den Petroleumkanister im Keller aufgelassen hatte? Ob ich die Eier von der Henne gefunden hatte, die in den Wald entwischt war? Wo die Säge und die Axt waren, die er benutzt hatte, um die Kiefernstämme zu bearbeiten?

Die Toten verlassen die Erde, sagten die alten Dorfbewohner, doch sie schaffen es nicht, die Alltäglichkeit ihres Lebens hinter sich zu lassen. Sie sorgen sich um tropfende Wasserhähne oder unbezahlte Schulden oder Getreide auf den Feldern, das nicht abgeerntet worden war. Sie interessieren sich nicht für die großen Dinge wie Krieg oder Armut oder Glück oder den Verlust desselben. Doch wenn das Dach vom Stall ein Loch hat, dann sorgen sie sich bis über den Tod hinaus. Wenn ich meinen Vater etwas fragte, von dem ich meinte, die Toten müssten es wissen, beispielsweise, um was es in seinem Leben überhaupt gegangen war, dann erwiderte er jedes Mal, meine Frage wäre zu simpel und die Antwort zu kompliziert.

Ah, warten Sie, es ist jemand an der Tür. Wie schalte ich dieses Ding ab?

Da bin ich wieder. Es war bloß eine Nachbarin, die sich mit mir über die alte Zephyra die Straße runter unterhalten wollte. Sie erinnern sich, dass ich sagte, Zephyra liegt im Sterben? Nun, nach all den Dingen zu urteilen, die Zephyra plagen, könnte es jederzeit so weit sein, und es gibt nichts, was man noch dagegen tun könnte, leider. Wir sind zusammen zur Schule gegangen, bevor die Deutschen kamen, und schon damals war Zephyra eine niedergedrückte kleine Person, herumkommandiert von ihrer wichtigtuerischen Mutter, die ständig jedermanns Geheimnisse ausschnüffelte. Die kleine Zephyra war so schlicht und still wie eine Steckrübe. Eines Tages fragte sie mich, ob sie zu mir und meinem Vater kommen und bei uns leben könnte. »Ich kann putzen und kochen«, sagte sie. »O bitte, Aliki, darf ich?« Es war eine bestürzende Bitte für eine Person in meinem Alter, aber ich denke, sie hatte Angst vor ihrer Mutter. Zephyra war immer ganz traurig, wenn die Schule zu Ende war und sie nach Hause musste.

Nachdem ich in Chrysoulas Haus gezogen war, hörte Zephyra auf, mit mir zu reden, als glaubte sie, ich hätte mir Takis als Freund ausgesucht anstelle von ihr. Takis bemerkte es und fragte mich nach dem Mädchen, das auf die andere Straßenseite wechselte, wenn es uns kommen sah. Der Gedanke, dass ihr Name, Zephyra, vom antiken Gott des Westwinds abgeleitet war, Zephyrus, erschien mir absurd – es war nicht der kleinste Hauch von Leichtigkeit an ihr. Und natürlich konnte sie sich nie reinwaschen von dem Ziegendiebstahl … aber davon fange ich jetzt nicht wieder an. Es gehört sich einfach nicht, angesichts des nahen Todes die nicht ganz begrabene Vergangenheit wieder ans Licht zu holen.

Ich schätze, ich komme vom Thema ab. Besser, ich spule ein klein wenig zurück. Wo war ich stehen geblieben? Ah, richtig, mein Vater im Radio. Ja, ich konnte ihn hören, oder zumindest glaubte ich, ihn zu hören. Es tröstete mich, zu wissen, dass er nicht vollkommen weg war. Er war irgendwie in der Nähe. Ich ging zu unserem alten Haus, das am Hang des Hügels lag, am Rand des Dorfes. Es stand leer, seit ich bei Takis und seiner Mutter eingezogen war. Trotzdem konnte ich die Gegenwart meines Vaters im Haus spüren. Einmal glaubte ich, seinen Hemdszipfel um die Ecke verschwinden zu sehen, doch als ich in das nächste Zimmer ging, war niemand dort. Ich stieg die Leiter unter der Falltür in der Küche hinunter und kam in den Keller, der früher ein Stall gewesen war. Dort stand der Petroleumkanister, genau wie mein Vater gesagt hatte, offen, ohne Deckel. Und ich fand die verschwundene Säge und die Axt. Die ausgerissene Henne mit den Eiern hingegen fand ich nie. Chrysoula hatte gesagt, dass es in der Gegend wilde Hühner gab, Hennen und Hähne, die entkommen waren und sich in den tiefer hängenden Zweigen der Kiefern eingenistet hatten. Sie hinterließen ihre Eier überall im Wald, und diese waren viel schmackhafter als die üblichen aus dem Schlag. Mit der Zeit lernten die Hühner wieder zu fliegen, und man konnte am Morgenhimmel kleinere Schwärme von ihnen sehen. Sie hörten auf zu glucken und entwickelten eigene Laute – »Du weißt, was ich meine«, sagte Chrysoula. *»Loo-loo-loo-loo ...«*

Takis und ich hatten nie etwas in der Art gehört. Doch Chrysoula erzählte, was immer ihr gerade durch den Kopf ging, wenn man ihr eine Frage stellte, und es schien sie nicht zu interessieren, ob irgendwer ihr Glauben schenkte. Sie stand in unserem Dorf in dem Ruf, merkwürdige Ratschläge zu erteilen, wenn jemand zu ihr kam mit seinen Problemen. Damals, vor dem Krieg, hatte eine Nachbarsfrau ihr berichtet, dass sie unentschlossen war, ob sie ihr Haus verkaufen sollte oder nicht und in die nächste Stadt ziehen, nachdem ihr Mann gestorben war. »Dem Filzpantoffel des Lebens ist es egal, was auf den letzten Mützen vom alten Blut geschrieben steht«, hatte Chrysoula ihr geantwortet.

Die Nachbarin hatte mehrere Tage über diese Worte nachgedacht und dann beschlossen, ihr Haus nicht zu verkaufen.

Was die Partisanen in unserer Gegend anging, die Sabotageakte gegen die Deutschen unternahmen, ihre Panzer in die Luft jagten oder sie auf einsamen Bergpässen niedermetzelten oder ihren Wachposten des Nachts die Kehlen durchschnitten, so hatte Chrysoula keinen Kommentar parat. Es gab mehrere Gruppen von Partisanen, und wir hatten einige ihrer Namen gehört. Sie klangen ausnahmslos wichtig: Nationale Befreiungsfront, Volksbefreiungspartei, Nationale und Soziale Befreiung, Nationale Republikanische Liga. Hauptsächlich jedoch unterteilten sich die Partisanen in zwei Lager: Kommunisten und Royalisten. Ich war nicht sicher, was genau Kommunisten waren, doch ich wusste, dass die Royalisten Anhänger unseres Königs im Exil in Kairo waren. Die Kommunisten und die Royalisten führten untereinander ihren eigenen kleinen Krieg, während sie gemeinsam den Deutschen ihr Territorium streitig machten. Und wie die Deutschen verlangten sie Verpflegung von uns.

In einem Ort auf der anderen Seite des Berges hatten die Bewohner einer der Partisanengruppen Vorräte überlassen. Was war ihnen anderes übrig geblieben? Hätten sie nicht geholfen, hätte man sie der Kollaboration mit den Deutschen beschuldigt und als Verräter erschossen. Ein Spitzel hatte alles den Deutschen berichtet, welche ihrerseits zur Bestrafung alle Männer des Dorfes auf der *plateia* versammelt und erschossen hatten. Anschließend hatten sie sämtliche Frauen und Kinder in die Dorfkirche getrieben und sie in Brand gesteckt. Wer versucht hatte, dem Feuer zu entkommen, war ebenfalls erschossen worden.

Andererseits hatten wir gehört, dass die Partisanen in den Gegenden, die sie den Deutschen abgejagt hatten, genauso skrupellos vorgingen wie die vertriebenen Besatzer. All das erzeugte in uns ein Gefühl von Hilflosigkeit. Wir fühlten uns gefangen wie Fliegen in einer Flasche. Um gegen dieses Gefühl anzukämpfen – es kann einen umbringen –, hatten wir unsere eigenen Lösungen. Chrysoula hatte eine Methode entwickelt, ohne Takis oder mir davon zu erzählen.

Sie hatte angefangen, regelmäßig zum Haus meines Vaters zu gehen unter dem Vorwand, ein paar Reparaturen durchführen zu müssen. Ein Fensterladen in der Küche hatte sich gelöst und schlug im Wind. Regen war in den Schornstein eingedrungen und hatte den Ruß abgewaschen, und der Kamin war völlig verdreckt. Ein paar Ziegel auf dem Dach waren durch einen heruntergefallenen Ast beschädigt. Das Haus ging sie eigentlich gar nichts an, doch sie meinte, eines Tages, wenn die Deutschen wieder weg wären und der elende Krieg vorbei, wäre das Haus meine Mitgift, und deswegen müsse man es erhalten.

Mitgift? Ich hatte keinen Gedanken an etwas Derartiges verschwendet. Mir war es bisher so vorgekommen, als würde meine zweite Familie einfach immer weiter existieren. Ich konnte nicht so weit vorausdenken. Die wenigen jungen Männer im Dorf waren zur albanischen Grenze gezogen, um gegen Mussolini zu kämpfen, als er von Norden her angegriffen hatte. Einige darunter waren nicht viel älter gewesen als ich, und nicht einer war zurückgekehrt. Abgesehen davon, wer brauchte schon einen Ehemann? Chrysoula jedenfalls nicht, wie mir schien.

Eines Tages ging ich mit ihr. Sie veranstaltete eine Menge Lärm im Haus, packte einen Besen und fegte wild den Boden. Dann bearbeitete sie den kaputten Fensterladen und kroch sogar hinauf auf das Dach, um die gebrochenen Ziegel in Augenschein zu nehmen. Nach einer Weile schickte sie mich zum Brunnen, um einen Eimer Wasser zu holen, damit sie den Herd und den Küchenboden schrubben konnte.

Doch als ich zum Brunnen kam, sah ich den für unser Dorf verantwortlichen deutschen Offizier, Oberst Esterhaus, vor dem Eingang von Chrysoulas Haus stehen. Ich erstarrte, denn das war der Mann, der den Befehl zur Erschießung meines Vaters und der beiden anderen Männer gegeben hatte. Ich hatte ihn noch nie von so nahe gesehen. Dünn, mit blonden Haaren und rosiger Gesichtsfarbe, und er hatte seinen Übersetzer mitgebracht, Petros, unseren alten Schulmeister, der ein wenig Deutsch sprach. Wann immer die Deutschen uns etwas mitzuteilen hatten, brachten sie Petros mit wie ein Hündchen an der Leine. Es hieß, dass seine Familie Vergünstigungen in Form von Essen erhielt für seine Dienste. Er stand in der Tür, nahezu kahlköpfig, und blinzelte durch eine Brille mit einem zerbrochenen Glas, während er Oberst Esterhaus zuhörte und sich gleichzeitig bemühte, für Takis zu übersetzen. Petros bemerkte mich und winkte mich zu sich.

Der Oberst ging in die Hocke und sah Takis direkt in die Augen, während er sprach. Takis war immer sehr beeindruckt von Uniformen, und so hatte er sich kerzengerade aufgerichtet und salutierte vor dem Oberst. Petros erzählte uns, dass der Oberst zu Hause in Hamburg selbst einen Sohn ungefähr in Takis' Alter hätte. Der Oberst erwiderte Takis' militärischen Gruß, dann lachte er und raufte ihm die Haare.

Der Grund für das Erscheinen von Oberst Esterhaus war das Haus meines Vaters, jetzt meines, erklärte Petros. Im Namen des Führers beschlagnahmte das Deutsche Reich dieses Haus für die militärische Nutzung. Es stand leer, also würden Soldaten dort untergebracht werden, und zwar sofort. Ich sah dem Oberst in das Gesicht. Es war ein gewöhnliches Gesicht, ein wenig gerötet, ein wenig bekümmert. Es war nicht das Gesicht eines Ungeheuers, sondern das eines geschäftigen Mannes, der seine Pflicht erfüllte und seinen Sohn vermisste. Und doch war aus dem Mund in diesem gewöhnlichen Gesicht der Befehl zur

Exekution gekommen. Und nachdem der Oberst zuerst meinen Vater getötet hatte, nahm er sich jetzt dessen Haus.

Plötzlich fühlte ich mich, als hätte ich den Finger in eine Lampenfassung gesteckt, und der elektrische Strom stieg in mir nach oben und ließ mich den Kopf schütteln. Nein. Petros' Augen weiteten sich vor Angst, doch ich konnte nicht aufhören, den Kopf zu schütteln. Ich versuchte zu sprechen, doch kein Wort kam über meine Lippen, also kratzte ich mit der Spitze meines Schuhs *Nein* in den Staub. Petros trat zwischen den Oberst und mich, verdeckte das Nein mit seinem Fuß und legte mir die Hände auf die Schultern.

»Kind, der Herr Oberst bittet nicht«, sagte er mit bebender Stimme zu mir. »Er befiehlt.«

Der Oberst, dessen Gesicht ausdruckslos geblieben war, sagte ein paar weitere Worte zu Petros, und dieser übersetzte mir, dass der Oberst beabsichtigte, das Haus in Kürze zu inspizieren, und falls es sich als geeignet erwies, würden die Soldaten noch heute dort einziehen. Dann gingen die beiden.

Ich konnte mich für eine scheinbare Ewigkeit nicht bewegen. Dann erschlaffte ich wie eine weichgekochte Nudel und musste mich an Takis festhalten.

»Weißt du, wo Mutter ist?«, fragte er. »Ich hab Hunger.«

Siedend heiß fiel mir ein, dass Chrysoula allein in Vaters Haus war. Voll Angst, der Oberst könnte sie dort überraschen, bevor wir sie warnen konnten, packte ich Takis bei der Hand und stolperte los. Meine Beine gehorchten mir nur widerwillig, während ich Takis halb hinter mir her zerrte. Er schrie protestierend auf, weil ich seinen Arm so fest umklammert hatte. Als wir beim Haus ankamen, konnte ich Chrysoula zuerst nicht finden. Von unten hörten wir gedämpfte Stimmen. Ich öffnete die Falltür im Küchenboden und stieg mit Takis im Gefolge die Leiter hinunter. Auf halber Höhe hielt ich überrascht inne, als ich Chrysoula mit einer Frau in mittlerem Alter und einem heranwachsenden Jungen erblickte. Die beiden waren nicht da gewesen, als ich zum Brunnen gelaufen war. Und sie kamen mit Sicherheit nicht aus unserem Dorf. Partisanen? Ich hatte keine Zeit zum Überlegen. Ich schubste Takis, damit er seiner Mutter berichtete, was sich soeben zugetragen hatte. Takis übersah jedoch das Wichtigste und erzählte, der Oberst hätte gesagt, er hätte auch einen Sohn, »... genau in meinem Alter.« Ich tanzte vor Ungeduld auf der Stelle, schüttelte den Kopf, schüttelte Takis, gestikulierte hinauf zum Haus über uns, bis er schließlich begriff – »Oh, das ...« – und endlich die ganze Geschichte erzählte.

Chrysoula schlug sich erschrocken die Hand vor den Mund. Alle schwiegen betroffen, während sie die Neuigkeiten verdauten. »Wann?«, fragte sie schließlich. »Wann kommen die Soldaten?«

»Vielleicht jetzt gleich ...?«, sagte Takis.

Ich sah die beiden Fremden an und stellte fest, dass sie besser gekleidet waren als die meisten unserer Dorfbewohner, auch wenn ihre Sachen zerknittert und schmutzig waren. Eine Mutter und ihr Sohn vielleicht, überlegte ich. Sie besaßen eine gewisse Ähnlichkeit, die gleichen grauen Augen und dunklen Haare. Er sah älter aus als ich, wenngleich nicht viel. Sie konnten eigentlich keine Partisanen sein, die in den Schluchten oder Höhlen in den Bergen hausten. Zwei Koffer und ein paar Kleidungsstücke lagen herum. Also wohnten die beiden schon seit einer Weile hier. Das erschien mir geradezu unmöglich in unserem besetzten Dorf, wo die Deutschen über fast alles Bescheid wussten, was passierte. Und trotzdem waren sie hier!

Ohne ein weiteres Wort sprangen Takis und ich vor, packten ihre Sachen und stopften sie in die Koffer, während Chrysoula die beiden Besucher aus einem Fenster im unteren Geschoss schob. Sie sagte ihnen, sie sollten den Abhang hinunter über das Feld zur Senke laufen und sich dort verstecken – der gleichen

Senke, in der mein Vater den Kürbis gefunden hatte. Kaum waren sie gegangen, hörten wir oben schwere Schritte von Stiefeln, die zur Eingangstür kamen. Bis zum heutigen Tag vermag ich mich nicht an ein Geräusch zu erinnern, das mir mehr Angst eingejagt hätte.

Der Erste, der die Leiter herunterkam, war Oberst Esterhaus. Er und ein anderer Offizier standen da und starrten uns an, dann sagten sie etwas auf Deutsch – vermutlich wollten sie wissen, was wir hier zu suchen hatten. Chrysoula schien ihre Worte richtig zu interpretieren, denn sie erwiderte, dass wir das Haus sauber machten. Um ihre Worte zu verdeutlichen, vollführte sie kreisende Bewegungen mit den Händen, als würde sie etwas abwischen, und anschließend fegte sie mit einem imaginären Besen den Boden. Ich fing an zu zittern vor Angst. Jegliche Energie war aus mir gewichen. Erschossen die Deutschen auch junge Mädchen? Ich zweifelte nicht einen Moment daran.

Sie blickten zuerst verständnislos drein, dann traten sie vor, packten Chrysoula rechts und links unter den Armen und zwangen sie, die Leiter hinaufzusteigen in Richtung der Küche. Sie fluchte und schimpfte und sagte ihnen, sie sollten sich zum Teufel scheren und eine anständige Frau in Ruhe lassen, und dann wandte sie sich an Takis und rief ihm zu: »Lauf, hol Petros! Ich weiß nicht, was sie von mir wollen!«

Takis und ich kletterten aus dem Fenster, nachdem die Deutschen oben waren, und rannten zum Haus des alten Schulmeisters. Petros wollte sich gerade zu einem Nickerchen hinlegen. »Was, sie brauchen mich schon wieder? Was sind das doch für lästige Kerle!«

Chrysoula war fast den ganzen Rest des Tages bei den Deutschen. Die arme Frau kam erst abends wieder nach Hause. Sie humpelte und trug die Schuhe in den Händen. Einige der anderen Frauen versammelten sich am Löwenbrunnen, als sie sich gegen ihren Türrahmen lehnte.

»Gott sei es gelobt«, sagte Chrysoula. »Ich habe ihnen ordentlich den Kopf gewaschen.«

Eine Frau meinte, es sähe wohl eher danach aus, als wäre es Chrysoula, die den Kopf gewaschen bekommen hätte – und noch einiges mehr. Chrysoulas Gesicht war zerschrammt und gestreift von Tränen, ihr Haar zerzaust, ihr Kleid zerrissen. Die anderen Frauen pflichteten der Sprecherin bei und nickten und schnalzten mitfühlend mit den Zungen. Ich ging zu Chrysoula, nahm ihre Hand und drückte sie auf mein Herz.

»Oh, keine Angst, Aliki«, sagte sie. »Sie waren sicher, dass ich irgendetwas angestellt habe, aber sie hatten keine Ahnung, was es gewesen sein könnte.«

Sie erzählte, wie sie wiederholt geschlagen und wie sie wegen der Partisanen verhört worden war, und dass sie darauf beharrt hatte, nichts weiter als eine einfache Hausfrau zu sein. Woher sollte sie von diesen Dingen wissen? Petros hatte sich für sie verbürgt und gesagt, dass er sie schon ihr ganzes Leben lang kannte. Sie war eine gute Frau, die das verwaiste Kind des örtlichen Köhlers bei sich aufgenommen hatte.

»Es war ihnen egal«, sagte Chrysoula. »Sie haben mir die Schuhe ausgezogen und mir mit einem Stock auf die Fußsohlen geschlagen. Ich habe aus Leibeskräften geschrien und sie verflucht und ihnen gewünscht, dass ihre Penisse verfaulen und abfallen mögen!«

Die Frauen lachten, und eine von ihnen, eine alte Wahrsagerin und die Mutter unserer gegenwärtigen, sagte, sie würde ein paar Kräuter vor der Ikone des heiligen Athanasios verbrennen – der so viel Zeit seines Lebens im Exil gelitten hatte –, um dafür zu sorgen, dass mein Fluch Wirklichkeit wurde.

Irgendwann schien Oberst Esterhaus des Lärms überdrüssig geworden zu sein, den Chrysoula veranstaltet hatte. Er sagte ihr, dies wäre lediglich eine Warnung gewesen und dass man sie im Auge behalten würde.

»Was gibt es da im Auge zu behalten?«, fragte Chrysoula die Frauen am Brunnen. Alle sahen einander an und schwiegen.

Am nächsten Tag zogen die Mutter und ihr Sohn in den Keller von Chrysoulas Haus, der genauso lag wie im Haus meines Vaters, zugänglich durch eine Falltür im Küchenboden. Doch anders als im Haus meines Vaters war Chrysoulas Keller so angelegt, dass er von außen nicht erkennbar war. Das Haus sah aus, als wäre es nicht unterkellert. Chrysoula hatte einen dünnen Flickenteppich über die Falltür gelegt, um den Zugang zu tarnen. Wenn sie in den Keller wollte, zog sie den Teppich zur Seite. Sie hatte eine dünne Schnur am Teppich befestigt, sodass sie ihn wieder an seinen Platz ziehen konnte, wenn sie auf der Leiter stand und die Falltür über sich geschlossen hatte.

Als ich ein Fragezeichen in die Luft malte und nach unten deutete, verriet sie mir lediglich, dass die beiden aus der Stadt kamen. *Flüchtlinge*, sagte sie. Ich wusste nicht, was das bedeutete, also malte ich ein weiteres Fragezeichen in die Luft.

»Flüchtlinge sind Menschen, die ihr Zuhause verlassen mussten und die für eine Weile untertauchen müssen«, erklärte sie rasch, bevor sie sich abwandte, um nicht zu sehen, wie ich erneut ein Fragezeichen malte. »Sei nicht so neugierig«, sagte sie über die Schulter. »Geh nach draußen, mit Takis spielen. Ich möchte, dass du dafür sorgst, dass er den Mund hält, hörst du? Niemand darf etwas davon wissen. Niemand! Diese Leute existieren außerhalb des Hauses nicht. Ich wünschte, Takis wäre genauso verschwiegen wie du!«

Ich fragte mich, was es wohl bedeutete, ein Flüchtling zu sein. Ich wollte lieber nicht daran denken, was passieren würde, falls die Deutschen von ihrer Existenz erfuhren. Warum mussten diese Flüchtlinge überhaupt herkommen? Und warum hatte Chrysoula sie bei sich aufgenommen? Irgendetwas war ungewöhnlich an unseren Besuchern, so viel stand fest. Irgendein Geheimnis, und nachdem ich eine Weile darüber nachgedacht hatte, überlegte ich, dass sie wohl Spione sein mussten. Ich hatte im Kurzwellenradio über Spione gehört und war ganz aufgeregt bei dem Gedanken, dass wir mit zweien davon im gleichen Haus lebten. Und es mussten wichtige Spione sein, oder nicht? Warum sonst wäre Chrysoula ein so großes Risiko eingegangen?

Ich wollte unbedingt mehr erfahren, und so folgte ich ihr auf Schritt und Tritt, malte Fragezeichen auf eine staubige Fensterscheibe, auf ein Stück Seife, auf einen Teller mit gekochtem Gemüse.

»Was möchtest du von mir wissen, Aliki? Hör auf zu fragen.«

Doch nachdem ich ihr lange genug lästig gefallen war, meinte sie: »Manchmal muss man einfach irgendetwas tun, um sich nicht so hilflos zu fühlen. Ich weiß nicht, wie ich es anders erklären soll.«

Als Takis bemerkte, dass jemand im Keller war, ließ er sich nicht mehr davon abhalten, den Läufer beiseitezuschieben und nach unten zu klettern, um unsere Besucher zu sehen. Ich hörte, wie er sie warnte: »Seid vorsichtig wegen dem Geist hier unten. Er heißt Dimos, und er hat hellrote Haare, und er frisst Dreck.«

Ich stieg ihm hinterher. »Sie redet nicht«, erzählte er den Besuchern über mich. »Aber sie ist meine Freundin.«

»Wir haben euch im anderen Haus gesehen«, sagte die Frau. Obwohl sie die Nacht in der Senke verbracht hatten, sahen sie immer noch aus wie die Art von Leuten aus den Zeitschriften, die wir vor dem Krieg hin und wieder zu lesen bekommen hatten. »Ich bin Sophia«, stellte sich die Frau vor. »Und das hier ist Stelios, mein Sohn.« Er sah mich unter dichten Wimpern hervor an, dann blickte er hastig zur Seite. »Stelios ist schüchtern«, fügte Sophia hinzu.

Ein schüchterner Spion? Andererseits wusste ich nichts über das Leben und die Menschen in der Stadt, und ich glaube, niemand aus dem Dorf war je in Athen gewesen, außer meiner Mutter und Takis' Vater, der nicht wieder zurückgekommen war. Die Stadt erschien uns beinahe so weit entfernt und fremd wie das Land der großen Radios, wo jeder hinwollte, weil Chrysoulas Cousin dort reich genug geworden war, um ihr das schicke ZENITH-Radio zu schicken. Auf den Bildern in den Magazinen sahen die Leute immer aus, als wären sie in Eile. Sie überquerten in einer Traube die Straße, während der Verkehr wartete, oder strömten in Scharen in ein Stadion hinein oder daraus hervor. Was wussten diese Menschen über Dörfer wie das unsere, wo Leute Holzkohle machten oder Flachs auf den Feldern ernteten? Wir hatten keine Bank in unserem Dorf, keine Apotheke, keinen Arzt. Es gab nicht einmal eine ordentliche Polizeistation, nur einen Feldgendarmen, der dafür sorgte, dass die Grenzsteine zwischen den Feldern nicht verrückt wurden – es sei denn, er war fürs Wegsehen bezahlt worden. Bis zum nächsten Krankenhaus oder zum nächsten Gericht waren es viele Kilometer ungepflasterter Straßen, im Winter oft von tiefem Schlamm bedeckt und kaum passierbar.

Und doch waren gleich hier in Chrysoulas Haus zwei Leute aus der Welt da draußen. Spione, Flüchtlinge, woher sollten wir das wissen? Und wie hatten sie es geschafft, uns zu finden? Spielten sie Karten wie wir? Das war Takis' größtes Interesse. Stelios spielte. Zuerst schien Takis misstrauisch gegenüber dem schlaksigen jungen Mann mit dem schüchternen Lächeln. Takis überspielte seine Gefühle, indem er versuchte, den anderen herumzukommandieren.

»Los, setz dich dahin«, sagte er zu Stelios und deutete in eine schmuddelige Ecke in unserem Keller. »Es sind meine Karten, also mische ich als Erster und teile aus.«

Stelios lächelte schweigend und setzte sich mit gekreuzten Beinen auf den Boden.

Ich überlegte, dass Sophia wunderschön aussah, obwohl sie müde wirkte und sich in dem schmutzigen Keller unwohl fühlte. Sie lächelte gerne und oft und dankte mir immer wieder dafür, dass ich sie und ihren Sohn in meinem Haus wohnen ließ. Ich versuchte ihr klarzumachen, dass es nicht mein Haus war, sondern das Haus von Chrysoula, doch das schien sie nur zu verwirren. Zum ersten Mal, seit mein Vater gestorben war, verspürte ich das Verlangen zu reden. Ich öffnete und schloss den Mund wie ein Fisch, doch sosehr ich mich auch bemühte, es kam kein Laut hervor. Wann immer sich in meiner Kehle Worte bildeten, überkam mich eine unaussprechliche Traurigkeit, und ich wollte anfangen zu weinen.

Da nun zwei Personen mehr zu ernähren waren, brauchte Chrysoula Hilfe. Sie und ich wanderten durch die Berge hinter dem Dorf und pflückten wildes junges Grünzeug, hauptsächlich Löwenzahn, den wir zu Hause mit Essig kochten und aßen. Andere Frauen waren ebenfalls dort unterwegs, einschließlich meiner kleinen Freundin Zephyra – der gleichen, die heute so krank ist – und ihrer Mutter. Alle suchten den felsigen Untergrund nach irgendetwas Essbarem ab. Ich winkte Zephyra zu, und sie tat, als würde sie mich nicht sehen.

»Ah, so wenig heute …«, sagte Zephyras Mutter mit einem Blick auf das, was Chrysoula und ich bisher gefunden hatten.

Chrysoula zeigte mir, wie man einen Löffel benutzte, um die Knollen wilder Hyazinthen auszugraben. »Wir können sie einlegen. Zusammen mit wilden Zwiebeln und Knoblauch. Sieh nur, dort drüben gibt es mehr.«

»Wo? Wo?«, riefen die anderen Frauen und sprangen in die Richtung, in die Chrysoula gezeigt hatte. Sie schubsten sich gegenseitig weg und rangelten um die beste Stelle zum Graben.

Chrysoula lachte. »Sieh sie dir an, Aliki«, sagte sie zu mir. »Die alten Katzen jagen alle der gleichen Maus hinterher.«

»Pass du nur auf deine eigenen Mäuse auf!«, zischte Zephyras Mutter zurück. »Nicht, dass wir alle geschnappt werden!«

Chrysoula nahm mich bei der Hand, und wir entfernten uns

von den anderen. Zephyras Mutter hatte ohne jeden Zweifel unsere Besucher im Keller gemeint. Irgendwie musste sich ihre Anwesenheit bereits herumgesprochen haben, doch wie viele im Dorf wussten davon? Wenn Zephyras geschwätzige Mutter dahintergekommen war, dann wussten es viele andere ebenfalls. Jemanden bei sich aufzunehmen brachte alle in Gefahr. Ich warf einen raschen Blick zu Chrysoula, um zu sehen, ob sie sich genauso fürchtete wie ich, doch ihr Gesicht verriet keinerlei Regung.

»Ich kenne eine Schlucht, wo wir vielleicht ein paar Schnecken finden können«, sagte sie zu mir und führte den Weg. »Wir können *Salingaria vrasta* machen, mit jeder Menge Thymian. Das schmeckt gut. Ich sammle die Schnecken ein, und du pflückst den Thymian.«

An jenem Abend packte Chrysoula die Schnecken zusammen mit dem Thymian in einen Tonkrug, sodass sie die ganze Nacht davon fressen konnten und nach dem Kochen das Aroma des Krautes hatten. Aus dem Zimmer, wo Takis und ich schliefen, konnte ich sie hören. Sie krochen halb an der Innenwand des Kruges hoch in dem Bemühen zu fliehen, doch dann verloren sie den Halt und fielen wieder herunter. Ihre Gehäuse machten ein leises klickendes Geräusch, wenn sie auf dem Boden des Gefäßes aufprallten. Immer wenn ich im Begriff stand einzuschlafen, ertönte ein weiteres Klicken. Und dann wieder eins. Sie konnten nicht entkommen, und sie konnten nicht aufhören mit ihren Versuchen. Irgendwann umwölkte sich mein Bewusstsein, unser Atem verlangsamte sich, und Takis und ich fielen gemeinsam in den dunklen Schutz des Schlafes.

Sophia und Stelios hatten noch nie bäuerliches Essen wie gekochte Schnecken oder eingelegte Knollen gegessen. Also zeigte Chrysoula ihnen am nächsten Abend unten im Keller, wie man die Schnecken aus dem Gehäuse holte. »Man hält sie so«, sagte sie und platzierte die Gehäuseöffnung einer Schnecke vor ihrem

Mund. »Und dann saugt und saugt man, bis einem die leckere Schnecke in den Mund flutscht.« Sie machte laute schlürfende Geräusche und kaute genussvoll. »Einfach so. Anschließend nimmt man eine der kleinen in Essig gekochten Knollen. Sie sind wirklich lecker.«

Sophia blickte zweifelnd drein, doch Stelios langte in den Topf und folgte Chrysoulas Anweisungen. »Sie sind wirklich gut«, sagte er. »Danke für deine Hilfsbereitschaft.«

Er war stets freundlich und redete auf eine förmliche Art und Weise, an die wir nicht gewöhnt waren. Oder vielleicht war er auch langsam müde zu reden. Am Tag vorher hatte er mich gefragt, ob ich gerne las. »Bücher, meine ich. Ach je, ich schätze, ihr habt keine Bücherei hier im Dorf, oder? Oder doch? Liest du?«

Nein, ich las nicht. Ich konnte ein wenig lesen und schreiben, doch als die Deutschen das Dorf besetzt hatten, war die Schule geschlossen worden, und Petros hatte sämtliche Bücher weggesperrt. Abgesehen davon, wen interessierten schon die alten Schulbücher? Es gab sonst keine Bücher im Dorf, von denen ich gewusst hätte. Die meisten Dorfbewohner konnten nicht lesen.

Sophia hatte Probleme mit den Schnecken und den Knollen. Auch wenn sie freundlich dreinblickte, während sie das Gehäuse an die Lippen hielt, nahm ich doch an, dass sie niemals erwartet hätte, eines Tages eine Schnecke aus ihrem Gehäuse zu saugen.

Takis war keine große Hilfe. »Nein, nein!«, sagte er. »Du musst fest saugen, richtig fest. So …«, er schlürfte lautstark an seiner Schnecke. Sophia schlug sich die Hand vor den Mund und eilte nach oben.

»Hör auf damit, Takis!«, befahl Chrysoula.

»Was hab ich denn getan?«

Stelios erklärte, dass seine Mutter Magenprobleme hatte. »Es ist schlimmer geworden, seit mein Vater und mein Onkel …«

Chrysoula schüttelte den Kopf in seine Richtung, er solle aufhören, doch er schien es im schwachen Licht nicht zu bemerken.

»... abgeholt wurden.«

»Wer hat sie abgeholt?«, fragte Takis.

»Lass ihn in Ruhe seine Mahlzeit essen«, sagte Chrysoula. »Und kümmere du dich um deinen eigenen Teller.«

Für eine Minute schwiegen wir alle. »Aber wohin wurden sie abgeholt?«, platzte Takis schließlich hervor.

Zuerst redete Stelios nur stockend, doch je länger er erzählte, desto mehr schien seine Schüchternheit von ihm abzufallen. Chrysoula wirkte nervös, doch sie gebot ihm nicht noch einmal Einhalt. Was Stelios damals erzählte, machte in meinen Ohren nicht viel Sinn – dass es eine Menge Diskussionen in der Familie gegeben hatte, ob sein Vater und sein Onkel zur Zentralsynagoge in Athen gehen sollten, um sich registrieren zu lassen, weil der von den Deutschen eingesetzte Bürgermeister dies verlangt hatte. Ich wusste damals nicht, was eine Synagoge ist. Und weswegen überhaupt registrieren?

»Die meisten hatten Angst. Aber mein Vater und mein Onkel dachten daran, was passieren würde, wenn sie es nicht taten. Was konnte passieren?« Nachdem sie sich hatten registrieren lassen, waren sie zusammen mit anderen Männern auf Lastwagen verladen und weggefahren worden. Als die Nachricht Stelios und seine Mutter erreichte, hatten sie hastig einige Siebensachen und ein paar englische Goldsovereigns in zwei Koffer geworfen und waren aus der Stadt geflohen.

»Mein Vater dachte von Anfang an, dass wir alle irgendwann wegmüssten, wisst ihr?«, sagte Stelios. »Also hatte er einen Plan. Einen Kontakt zu einer Gruppe von Partisanen in den Bergen.« Stelios und seine Mutter waren auf den Berg Hymettos gegangen, um die Kontaktperson zu treffen. Er hatte ihnen für ein paar Tage Unterschlupf gewährt und ihnen im Gegenzug fast alle Sovereigns abgenommen.

»Wir zogen von Dorf zu Dorf. Wir sind so oft umquartiert worden … in Ställe und Klassenzimmer und Höhlen … Jedes Mal mussten wir bezahlen. Es waren verschiedene Gruppen, aber sie alle verlangten Geld und nannten es einen Beitrag zur Unterstützung ihrer Arbeit.« Die Stimme drohte ihm zu versagen. »Es war sehr hart für Mutter.« Doch die Partisanen schienen untereinander in Verbindung zu stehen, und irgendwann waren sie zu dem leer stehenden Haus des Köhlers in diesem Dorf gebracht worden. »Den Rest unserer Geschichte kennt ihr.«

Eigentlich kannte ich so gut wie gar nichts von ihrer Geschichte. Ich hatte wenig Religionsunterricht gehabt, seit die Schule geschlossen worden war, und ich konnte mich beim besten Willen nicht erinnern, was das Wort Jude bedeutete – ein Wort, das an diesem Abend noch gar nicht gefallen war. Und in Orten wie unserem Dorf verstanden selbst die Erwachsenen nicht viel von dem, was sich in der Welt da draußen zutrug. Mit der Zeit würde es sich herumsprechen, dass die griechischen Juden zusammengetrieben worden waren, insbesondere in der Stadt Thessaloniki nördlich von hier, jedoch auch in Athen, dass man sie ihrer Besitztümer beraubt und nach Norden in Konzentrationslager geschickt hatte. Einige, wie Stelios und seine Mutter, waren auf das Land geflohen, wo Dorfbewohner sie aufgenommen hatten.

Was mich anging, so waren Stelios und Sophia einfach Griechen, wie der Rest von uns. Oder waren sie ebenfalls Spione, wie der Vater und der Onkel? War das der wahre Grund, warum sie weggebracht worden waren? Ich überlegte, wie ich all dies ohne Worte fragen konnte, während ich auf den Teller mit den leeren Gehäusen starrte und wieder an die Schnecken denken musste, die in der Nacht an der Seite des Kruges nach oben geklettert waren, um auf halber Höhe abzufallen, klick, klick, klick.

»Ich verstehe überhaupt nichts«, sagte Takis.

»Das musst du auch nicht verstehen«, erwiderte Chrysoula. »Vergiss einfach, was du gehört hast, und mach dich fertig fürs Bett.« Als Takis gegangen war, fragte sie Stelios: »Dein Vater und dein Onkel? Und ihr habt nichts mehr von ihnen gehört?«

»Nein, nichts. Meine Mutter spricht ein altes hebräisches Gebet für ihre sichere Rückkehr. Ich denke, es hilft ihr ein wenig.«

»Und du?«

»Ich bin nicht gläubig. Ich kann nur hoffen …«

Was war das für ein Gebet, fragte ich mich, und was bedeutete hebräisch? Und was das anging, an was glaubte Stelios nicht?

»Es tut mir leid«, sagte Sophia, als sie zurück war. »Ich habe wirklich Magenprobleme. Was hast du erzählt, Stelios?«

»Ich habe von den Partisanen erzählt, Mutter. Dass wir ihnen unsere Sovereigns geben mussten und dass sie uns hergebracht haben.«

»Ah, richtig. Wir hatten großes Glück, euch zu finden.«

Sie hatten noch ein paar Sovereigns übrig, und Sophia erbot sich, Chrysoula einen davon zu geben. Sie würden gerne für ihr Essen aufkommen und helfen, meinte sie. »Ihr habt selbst so wenig für euch, und noch viel weniger für zwei zusätzliche Mäuler.«

Chrysoula weigerte sich höflich, doch bald gab sie ihren Widerstand auf. Gold war die einzige Währung, die zählte. Papiergeld war nahezu wertlos geworden – ein ganzer Kopfkissenbezug voll Tausend-Drachmen-Noten reichte nicht, um ein Kilo Salz zu kaufen. In den Städten, so erfuhr ich später, tauschten die Menschen Dinge wie einen Konzertflügel oder persische Teppiche gegen ein paar Kilo Reis oder etwas Olivenöl. Doch unser Dorf lag nicht weit von der Küste, und es war bekannt, dass kleine Fischerboote, sogenannte *kajik*, illegale Fahrten zu einigen der Inseln und sogar zur türkischen Küste unternahmen. Die Menschen dort hatten ebenfalls nicht viel, doch die Fischer tauschten alles, was sie kriegen konnten, und brachten es zurück, um es zu überhöhten Preisen zu verkaufen. Es war möglich, ein paar Dinge wie Mehl, Reis, Olivenöl und gelegentlich sogar einen Fisch oder zwei zu kaufen, wenn man die inflationären Preise bezahlen konnte. Irgendwie gelangten diese Dinge ins Dorf – vielleicht wurden ein paar Deutsche bestochen, wer vermochte das schon zu sagen?

»Ich bin sehr verlegen«, gestand Chrysoula. »Gastfreundschaft ist in meiner Familie eine Frage der Ehre. Aber was können wir in Zeiten wie diesen schon tun?«

Wie auch immer, wir waren endlich imstande, Brot zu backen, das uns, getunkt in Olivenöl, für den Moment am Leben hielt. Und manchmal gab es kleine Fische mit Reis. Unser einziges Problem bestand darin, dass die anderen im Dorf es nicht herausfanden. Es kam nicht infrage, dass wir unseren kleinen Schatz mit ihnen teilten. Wäre das Glück zu einem anderen Haus gekommen, hätte diese andere Familie es genauso gemacht. Abgesehen davon, die Heimlichkeit von alledem hatte einen ganz eigenen Reiz …

Kassette 1, Seite 2

Entschuldigung wegen der Unterbrechung. Ich muss daran denken, auf das kleine Rädchen zu achten, wenn es aufhört, sich zu drehen. Und während ich die Kassette umgedreht habe, kamen die Nachbarn ein weiteres Mal vorbei wegen Zephyra. Sie hätte nach mir gefragt, sagten sie. Und eigenartige Geräusche gemacht. Der Arzt sowie der Priester, Vater Yerasimos, wären da gewesen und wieder gegangen; es gab nichts mehr, was sie für Zephyra tun konnten. Als ich dort ankam, saß Zephyra aufrecht im Bett, doch ihr Gesicht war ganz verkniffen und schmal. Schwierig, darin das Mädchen zu sehen, das ich so lange gekannt hatte. Als ich sie fragte, wie sie sich fühlte, fing sie an, dieses eigenartige Geräusch zu machen, *»Määähhh, määähhh.«* Ich wusste nicht, was es bedeutete, und sagte ihr, wer ich war. Ihr Gesichtsausdruck änderte sich langsam, als sie mich zu erkennen schien. Ihre Augen füllten sich, und sie nahm meine Hände in die ihren, während sie versuchte, Worte zu formen.

»Nicht … meine Schuld«, sagte sie mühsam, und dann sagte sie es noch einmal. Bevor ich sie fragen konnte, was nicht ihre Schuld war, fiel sie wieder auf dieses eigenartige Geräusch zurück. *»Määähhh …«*, wie ein Schaf oder eine Ziege. So ging es mehrere Minuten lang weiter, und ich konnte sehen, wie sie sich bemühte, es unter Kontrolle zu bringen. Wer versteht schon, welche Lebenserinnerungen vor dem inneren Auge der Sterbenden vorbeiziehen?

Sie ließ meine Hände los und schien ein wenig zu treiben, doch dann fokussierte sich ihr Blick wieder, und sie machte erneut dieses Geräusch, *»Määähhh, määähhh …«* Mir wurde bewusst, dass sie mit ihrem verkniffenen Gesicht und ihrer langen Nase beinahe aussah wie eine Ziege. Ich hätte diesen Gedanken vielleicht nicht gehabt, wenn sie nicht immer wieder dieses Geräusch ausgestoßen hätte, lauter und lauter. *»Määääähhhhhh, määääähhhhhh, määääähhhhhh.«* Und dann, es ist schwer zu glauben, fing sie tatsächlich an zu blöken wie ein Lamm, wenn es von seiner Herde getrennt wird. Dabei scharrte sie mit den Händen auf ihrem Bettzeug.

Es war nicht das erste Mal, dass ich derartige Dinge gesehen hatte. Wenn man so eng mit Tieren zusammenlebt, wie es viele von uns hier tun, dann scheinen sich die Kreaturen irgendwie einen Weg in unsere Seelen zu bahnen. Warum sonst hätte der alte Yannis, möge die Erde leicht auf ihm ruhen, seinem Esel die Schuld geben sollen, wann immer der Regen seine Flachssaat weggespült hatte? Er geriet in helle Wut und schlug wie besessen auf das Tier ein, und eines Tages schlug er es tatsächlich tot. Ein paar Jahre später, als Yannis' letztes Stündlein gekommen war, setzte er sich im Bett auf und *iahte* genau wie die sterbende Kreatur. Die Taten eines Menschen fallen manchmal auf einen zurück, bevor man stirbt, und sie lassen die Seele nicht entkommen. Aber was bedeuteten die Geräusche in Zephyras Fall?

»Beruhige dich, Zephyra«, sagte ich zu ihr und versuchte, ihr die Hand zu tätscheln, doch sie scharrte weiter über ihr Bettzeug. Ich sagte den Frauen, die sich draußen vor ihrem Haus versammelt hatten, sie sollten nach Aphrodite schicken, der alten Wahrsagerin aus dem Nachbardorf. Sie sollte herkommen und ihre glimmenden Kräuter und Symbole über Zephyra schwenken. Auch wenn kaum noch jemand an diese Dinge glaubte, musste irgendetwas versucht werden, um Zephyra aus diesem Elend zu befreien, damit sie in Frieden sterben konnte.

»Ihre Seele kommt nicht frei«, sagte ich zu den Frauen. »Irgendetwas hält sie zurück.«

Später sah ich, wie sie Aphrodite an meinem Haus vorbei zum Haus von Zephyra führten. Sie war also aus dem Nachbardorf hergekommen, und wie jedes Mal wunderte ich mich, warum Wahrsagerinnen stets so elend aussehen müssen. Aphrodite – welch ein Name für sie! – sieht immer aus, als hätte sie sich in zwei oder drei fadenscheinige Teppiche gewickelt, die verrückte Frau. Und sie hat die Haare sicher seit Jahren nicht mehr gewaschen. Aber sie ist, genau wie ich, die Letzte ihrer Zunft in dieser Gegend des Landes, also wird sie genauso geduldet wie ich.

Es geht ihr selbst nicht besonders gut. Ich kann sie husten und schnaufen hören, als sie vorbeigeht. Vater Yerasimos wird natürlich versuchen, sie zu vertreiben, wenn er hört, dass sie im Dorf ist – als wären sein Weihwasser und sein Weihrauch besser als ihre Symbole und Kräuter. Priester, Ärzte und Wahrsagerinnen – wenn das eine nicht funktioniert, probiert man eben das Nächste. Nur die Klageweiber haben immer das letzte Wort.

Hmmm, jetzt habe ich irgendwie schon wieder den Faden verloren. Hatte ich den Notizblock erwähnt, den ich in Chrysoulas Haus mit mir herumtrug? Keine Ahnung, wo ich ihn gefunden hatte – Schreibpapier war damals nicht einfach zu beschaffen. Vielleicht hatte einer der Deutschen ihn weggeworfen. Ich konnte jedenfalls Fragen aufschreiben, die mich bewegten, und sie anderen zeigen. Als ich Chrysoula zeigte, was ich über unsere Besucher geschrieben hatte, *Wer sind sie wirklich?*, wiederholte sie nur, es wären Flüchtlinge aus Athen, die sich verstecken müssten, bis der Krieg vorbei wäre. *Spione?*, schrieb ich.

»Ach du liebe Güte, nein. Es sind Juden.«

Ich malte ein Fragezeichen.

»Ah, richtig, du hast noch nie welche gesehen. Nun ja, Juden sind Menschen wie alle anderen auch.«

Und warum verstecken sie sich vor den Deutschen?

Sie sah aus dem Küchenfenster auf die Straße hinaus. Ein Frühlingswind war aufgekommen und verwirbelte die letzten toten Blätter des Winters. »Weißt du, Aliki, ich bin nicht ganz sicher. Solche schrecklichen Dinge passieren eben in einem Krieg. Er verschafft den Leuten Ausreden für alle möglichen Gemeinheiten gegen andere.«

Während ich über ihre Antwort grübelte, entwickelten sich die Kartenspiele von Takis und Stelios zu langwierigen Wettkämpfen bei Kerzenlicht. Stelios versuchte Takis vom Schummeln abzuhalten.

»Du hast gerade eine Karte im Ärmel verschwinden lassen, Takis. Das Spiel hat doch keinen Sinn mehr, wenn du so etwas machst.«

»Was für eine Karte?«, fragte Takis, indem er eine weitere nahm und sie sich auf den Kopf legte. »Außerdem sind es meine Karten.« Er streckte Stelios die Zunge heraus.

»Ach, Takis«, sagte Stelios. »Was sollen wir nur mit dir machen, du kleines Äffchen?«

Takis sprang auf, hüpfte durch das Zimmer wie ein Affe und kratzte sich dabei. Alles, um Stelios zu unterhalten. Nach einer Weile hörte er sogar mit dem Schummeln auf. Seine Sympathie und Loyalität wechselten. Vielleicht hatte er bemerkt, dass Stelios mir mehr Aufmerksamkeit widmete und ihm weniger.

Takis hatte mich in jüngerer Zeit immer abfälliger behandelt und scheute selbst in meiner Gegenwart nicht davor zurück, schlechte Dinge über mich zu sagen. »Sieh nur, wie dumm sie ist. Sie kann ja nicht mal reden.«

Die Demütigung ließ mich erröten, und Stelios blickte verlegen drein. Chrysoula schickte Takis in sein Zimmer, wenn sie es mitbekam. Wenn Takis nicht dabei war, erzählte Stelios mir von den Büchern, die er gelesen hatte, zum Beispiel *Der Graf von Monte Christo*. Er erzählte die Geschichte von Edmond Dantes so packend, als würde er ihn persönlich kennen. Hinterher versprach er, mir das Buch eines Tages zu besorgen, so dass ich selbst lesen konnte, was der Graf in seinem Brief an seinen Freund Maximilian geschrieben hatte, der glaubte, seine große Liebe wäre gestorben.

»Ich erinnere mich nicht genau«, sagte Stelios, »aber es war irgendwas wie, es gibt weder Glück noch Unglück auf der Welt. *Es liegt alles in dir selbst, wie du darüber denkst, was es zur gegebenen Zeit für dich bedeutet*. Und nur jemand, der die tiefste Trauer gefühlt hat, kann auch das höchste Glück erfahren.« Er sagte die Worte mit solcher Inbrunst, solchem Glauben, als hätte er sie selbst geschrieben. Ich war beeindruckt, aber nicht sicher, ob ich ihn verstanden hatte. Ich schätze, ich war vor dem Krieg glücklich, doch das war etwas, worüber ich nie nachgedacht hatte. Erst als die Deutschen kamen, ich weiß nicht, wie ich es anders ausdrücken soll, erlosch der Glanz von allem. Doch das, was Stelios sagte, schien komplizierter zu sein. Ich würde darüber nachdenken müssen.

Sophia verbrachte die Zeit damit, Kleidungsstücke zu flicken. Sie hatte sich Nähzeug von Chrysoula ausgeliehen, aber weil sie in beiden Händen ein leichtes Zittern hatte, kam sie nur langsam voran. Doch sie blieb hartnäckig und machte weiter, selbst wenn das Licht schwach war. Manchmal sang sie leise dabei – ein irisches Volkslied, das sie Jahre zuvor im Radio gehört hatte:

Oh, I wish that we were geese,
Night and morn, night and morn.
Oh, I wish that we were geese,
For they fly and take their ease,
And they live their lives in peace,
Eating corn, eating corn …

Es war ein sehr trauriges Lied aus der Zeit der großen Hungersnot in Irland. Ich konnte nur ahnen, wie viel Angst sie um ihren Mann und ihren Schwager hatte. Und wie betrübt sie war wegen des gemeinsamen Lebens, das sie verloren hatten.

Warum bringen die Deutschen die Juden aus Griechenland fort?, schrieb ich auf meinen Notizblock.

Sophia sah mich verblüfft an. »Ach, mein Kind«, sagte sie, und ihr linkes Augenlid zuckte. »Ich wünschte, ich wüsste eine Antwort darauf. Ich nehme an, sie brauchen jemanden, den sie verantwortlich machen können für alles Unglück in der Welt.«

»Das ist es aber nicht, Mutter«, sagte Stelios. »Sie brauchen Arbeiter für ihre Fabriken. Ihre eigenen Männer sind alle im Krieg.«

Nach der Art und Weise, wie er es sagte – ohne seine Mutter anzusehen –, nahm ich an, er glaubte selbst nicht so ganz an seine Worte. Er versuchte, seine Mutter zu beruhigen. Eine verlegene Stille entstand. Um sie auszufüllen und das Thema zu wechseln, kritzelte ich eine weitere Frage auf meinen Block. *Wie ist es, in der großen Stadt zu leben?*

Sophia wirkte erleichtert, als sie es las – die Antwort darauf war einfacher. »Nun ja, Aliki – wenn du dein ganzes Leben an einem Ort verbracht hast, dann denkst du nicht wirklich darüber nach, wie das Leben dort ist. Es ist einfach das, was du kennst.« Sie seufzte.

Was machen die Leute abends?

»Na ja, warte … vor dem Krieg, wenn das Wetter gut war, sind wir oft im Nationalgarten spazieren gegangen.« Sie beschrieb staubige Wege mit Oleanderbüschen, Orangenbäumen und Zypressen, wo Pfauen umherstolzierten und im Frühling die Nachtigallen sangen. Es gab Zierteiche mit Goldfischen und Enten. Nahe der großen Halle mit Namen Zappeion, wo internationale Ausstellungen stattfanden, gab es ein Kaffeehaus. »Abends, nach Einbruch der Dunkelheit, war es ein Cabaret mit

Sängern und Komödianten. Alex, mein Mann, war gerne dort. Er mochte alles, was lustig war.«

Sie verstummte, und ihr Augenlid zuckte erneut. Sie rieb mit dem Finger darüber, bis es aufhörte. Doch dann fing es wieder an. »Und weißt du, was noch ganz in der Nähe vom Zappeion ist?«, fragte sie in dem Versuch, das Zucken zu ignorieren. »Das wunderbare Schattentheater von Karagiozis.«

Ich malte ein großes Fragezeichen auf meinen Notizblock.

»Du kennst kein Schattenspiel?«, fragte Stelios. »Eines Tages kommen du und Takis nach Athen, und wir nehmen euch mit dorthin.«

»Ja«, sagte seine Mutter. »Es ist eine Art Theater für Kinder. Nicht nur für Kinder, genau genommen. Es ist für jeden. Die Hauptpuppe, Karagiozis, ist ein armer Grieche, der in der Zeit des Osmanischen Reiches unter türkischer Herrschaft lebt. Die Türken hatten Griechenland vierhundert Jahre lang besetzt, bis die Revolution sie vertrieben hat. Karagiozis ist ein gewiefter Außenseiter, der die Türken immer wieder zum Narren hält.«

Wie wir die Deutschen?, schrieb ich.

»Nun ja, in gewisser Hinsicht, schätze ich.« Das Schattenspiel hatte seinen Ursprung vor langer Zeit im alten Ägypten. Von dort aus hatte es sich über Asien und den Mittleren Osten bis in die Türkei und auf den Balkan ausgebreitet.

»Warte«, sagte Stelios. »Ich zeige dir, wie er aussieht.«

Er nahm meinen Notizblock und den Stift und malte ein buckliges Männchen mit einer großen Nase und zwei ungleich langen Armen. Seine Kleidung war zerlumpt und an zahlreichen Stellen geflickt, und seine Füße waren nackt. Stelios zeichnete schnell und geschickt und fertigte eine Skizze nach der anderen an, in der Karagiozis manchmal wie ein Schiffskapitän oder ein Arzt oder ein Fischer gekleidet war. Er zeichnete auch den Sultan, den Erzfeind von Karagiozis, einen dicken Mann in einer Robe mit einem Turban auf dem Kopf.

»Die Puppen werden hinter einem von hinten beleuchteten weißen Schirm an Stäben bewegt.« Er nahm ein Hemd, das seine Mutter gerade stopfte, stellte eine Kerze dahinter und formte seine Hand zu einem Vogelkopf, dessen Schatten auf der Rückseite des Hemds erschien. Stelios hatte von seinem Vater ein kleines Schattentheater mit vorgefertigten Figuren geschenkt bekommen, das er manchmal hervornahm, um für Freunde zu spielen. »Aber ganz einfache Geschichten, nichts so Kompliziertes wie in dem Theater beim Zappeion.« Die Stücke fingen stets mit Musik an, die von Yannoula beigesteuert wurde. Sie war die Haushälterin der Familie gewesen und hatte eine Ziehharmonika gespielt, eine Art kleines Akkordeon.

»Sie ist wunderbar«, sagte Stelios. »Sie spielt genauso gut wie die Musiker im Theater beim Zappeion.«

Takis klatschte begeistert in die Hände. »Komm, lass uns spielen!«, sagte er. »Lass uns Karagiozis spielen!«

»Hmmm, das ist eine gute Idee«, sagte Sophia. »Wir könnten tatsächlich ein kleines Stück spielen. Du kennst viele der Geschichten, Stelios, und es hilft, die Zeit zu vertreiben. Aber was könnten wir nehmen, um die Figuren zu basteln? Normalerweise sind sie aus Karton oder Leder.«

Takis ging seine Mutter suchen; sie wusste bestimmt einen Weg. Aber Chrysoula meinte zuerst, es wäre keine gute Idee. Wir hörten, wie sie zu ihm sagte, dass wir eine Menge Lärm machen und am Ende alle erschossen würden.

»Peng!«, sagte Takis. *»Peng, peng!* Du bist tot!«

»Und du bist ein kleiner Narr! Warte, lass mich nachdenken.«

Später an diesem Tag kam Chrysoula die Leiter herunter. »Was ist mit Kiefernrinde?«, schlug sie vor. »Es liegt sicher eine Menge davon bei den alten Köhlergruben deines Vaters, oder, Aliki? Sie ist dünn und blättrig. Könntet ihr die Figuren nicht daraus basteln? Sie wäre bestimmt einfach zu schneiden.«

Stelios war nicht sicher, ob es mit Rinde funktionierte, doch Takis und ich zogen mit einem Eimer los, um Rindenstücke zu sammeln. Während wir damit beschäftigt waren, meinte Takis unvermittelt, dass eine der Kiefern zu ihm sprechen würde. Er zeigte auf den größten der Bäume, dessen Äste so niedrig hingen, dass sie den Boden berührten. Ich bedachte ihn mit einem skeptischen Blick.

»Der Baum sagt, dass Stelios mich lieber hat als dich«, sagte er leise und mit abgewandtem Blick. Es war offensichtlich Takis' eigenes Wunschdenken.

Woher soll der Baum das wissen?, schrieb ich auf meinen Block.

»Die Bäume wissen alles.«

Ich hatte keine Antwort darauf, also sammelten wir schweigend weiter Rindenstücke auf. Nach einer Weile bat mich Takis, wieder meinen Tanz zu tanzen, bei dem ich die Männer imitierte, die Erde auf die Kohlenmeiler warfen, um zu verhindern, dass offenes Feuer ausbrach. Es war das erste Mal seit einer ganzen Weile, dass er sich mir gegenüber wirklich freundlich verhielt. Er tanzte sogar mit, und wir jagten einander umher, warfen mit Dreck, bis Takis hinfiel und vor Lachen nicht wieder aufstehen konnte.

»Du bist das schmutzigste Ding auf der ganzen Welt«, sagte er.

Ich kippte den Korb mit Kiefernrinde über ihm aus. Er sah so verblüfft und lustig aus, dass ich die Kontrolle über meine Blase verlor. Takis sah, wie es an meinem Bein hinunterschoss, und das brachte ihn erneut aus der Fassung.

Als wir wieder zu Hause waren, musste er es natürlich jedem erzählen, die alte Petze. »Das reicht jetzt, Takis«, ermahnte ihn Chrysoula schließlich. »Du darfst nicht so über Aliki reden. Du bist ihr Beschützer, wie ein Bruder. Es wird Zeit, dass du dich verhältst wie ein Mann.«

Hinterher sah ich, wie er sich bemühte, aufrecht zu gehen

und zu stehen, als würde ihn das männlicher und größer machen. Ich überraschte ihn dabei, wie er vor dem Spiegel auf einer Kiste stand, sodass er sich besser sehen konnte, während er einen Hut anprobierte, den sein Vater dagelassen hatte. Er war ihm viel zu groß, und der Rand lag auf seinen Ohren. Er setzte ihn schräg, erst in eine, dann in die andere Richtung. Ich schlich zu ihm hin und zog ihm den Hut an der Krempe ganz über den Kopf, und dann zeigte ich ihm mit den Fingern, wie er Gucklöcher durch den Filz bohren konnte.

»Wer hat dich denn gefragt?«, giftete er, indem er sich den Hut vom Kopf riss und zu Boden schleuderte. Er steckte sich einen Finger in den Mund, blies die Backen auf und zog ihn dann schnell heraus, sodass es sich anhörte wie ein Furz. Eine seiner Lieblingsgesten.

Ich applaudierte und hob die Augenbrauen, um zu zeigen, wie erwachsen er sich verhielt.

»Ha!«, rief er. »Du bist schließlich diejenige, die sich nass gemacht hat!«

Dann machte er weitere Furzgeräusche. Er hatte seine Art, Mann zu werden, keine Frage. Ich für meinen Teil empfand den Gedanken, eine ältere Version meiner selbst zu werden, als besorgniserregend. Was würde aus der Person werden, die ich bereits war? Würde sie in der älteren, erwachseneren verschwinden? Ich wollte erwachsen werden, doch ich wollte nicht von dem ablassen, als was ich mich empfand, als mein Selbst. Ich lag des Nachts wach und grübelte darüber, während ich Takis' leisem, regelmäßigem Atmen lauschte. Dachte Stelios je über derartige Dinge nach?

Doch er schien sich hauptsächlich für die Rinde zu interessieren, die er ordentlich sortierte und in Stapeln nach Größe und Form ordnete. »Ich denke, ich führe *Karagiozis der Bäcker* auf, dafür ist dieses grobe Stück gut geeignet. Es sieht aus wie jemand mit einer Kochmütze.« Er wählte ein weiteres breites

Stück für den Sultan aus und zwei für andere Dorfbewohner. Mit dem Messer und der Schere, die Chrysoula ihm gab, schnitt er die Figuren aus.

»Stelios hatte schon immer eine künstlerische Ader«, bemerkte seine Mutter.

»Nein, habe ich nicht«, widersprach er. »Ich bin nicht besonders gut. Ich meine, es gefällt mir, das ist alles. Papa meint immer, es wäre nur, um die Hausaufgaben hinauszuschieben. Er will, dass ich ein Ingenieur werde wie er, aber ich weiß nicht. Ich will nur lesen und …« Er unterbrach sich, warf seiner Mutter einen Blick zu und verstummte ganz.

Ich sah nicht zu ihr, denn ich wusste, dass die bloße Erwähnung ihres Mannes dazu führte, dass ihr Augenlid zuckte. Stelios hatte sich wieder seinen Schattenfiguren zugewandt. Er arbeitete konzentriert und wortlos. Karagiozis entstand aus der Rinde als ein gebeugter Mann, kahlköpfig und mit großer Nase. Sein Körper war rundlich wie das Stück Rinde. Aus Papier schnitt Stelios einen langen Arm für Karagiozis und befestigte ihn mit einer Nadel an dem Rindenleib, sodass er beweglich war, wenn die Figur beim Reden gestikulierte. Auf die glatte Seite der Rinde zeichnete Stelios Gesichtszüge, dicke buschige Augenbrauen und einen schwermütigen Mund. Karagiozis trug ein Hemd und eine weite türkische Hose. Seine Füße waren nackt.

Takis und ich wollten Stelios helfen, doch Chrysoula schickte uns auf Botengänge. Wenn wir unsere gesamte Zeit im Haus verbrachten, würden die Nachbarn misstrauisch werden, meinte sie.

In jenem Jahr, 1944, wich der Winter dem Sommer ohne viel Frühling dazwischen. Der durchdringende Duft von Narzissen und Veilchen war rasch vergangen, und schon verloren die blutroten Anemonen ihre Blütenblätter an den Wind. Wir sammelten Kräuter, sodass Chrysoula Aufgüsse machen konnte, die Sophia zu Kräften verhelfen sollten: Salbei und Kamille für die Gesundheit, Baldrianwurzeln für die Nerven und gegen Fieber. Und noch andere Kräuter; Malve sollte, glaube ich, das Blut verdünnen. »Der Winter macht das Blut nämlich dick und zähflüssig«, erklärte Chrysoula. »Und das macht das Gehirn langsamer.«

Mit meinem Gehirn schien mir alles in Ordnung. Ich nahm auf, was das Kurzwellenradio uns von den Siegen der Roten Armee berichtete, welche die Deutschen vor sich her trieb nach ihrer gescheiterten Invasion Russlands, und dass sie sich dem Balkan näherte. Wenn sie erst die Nordgrenze von Griechenland erreichte, würden unsere Besatzer in der Falle sitzen. Ich zweifelte nicht daran, dass sie sich vorher zurückziehen würden. Es sah außerdem danach aus, als würde Italien gleich nebenan in nicht allzu langer Zeit vor den Armeen aus Ihrem Land der großen Radios und der anderen alliierten Länder kapitulieren.

Es gab keine festen Drehbücher für die Stücke, sagte Stelios zu uns. Die Puppenspieler hatten die Geschichten im Kopf und erfanden die Dialoge, während sie spielten. Manchmal flochten sie Ereignisse und Menschen aus der Umgebung ein. Stelios heftete ein altes Bettlaken an die Deckenbalken, das als Leinwand dienen sollte. Dahinter zündete er Kerzen an. Die Rindenfiguren hatte er an Holzstäben befestigt, die er im Keller in einer Ecke gefunden hatte. Mithilfe dieser Stäbe würde er die Figuren bewegen, gehen oder springen oder tanzen lassen. Wir saßen auf der anderen Seite der Leinwand und würden nur die Schatten sehen.

Als er endlich bereit war, *Karagiozis der Bäcker* aufzuführen, ließ er uns vor der Leinwand Platz nehmen. Wir warteten dort in nahezu völliger Dunkelheit im Kerzenschimmer, als wären wir Höhlenmenschen, die sich um ein Lagerfeuer versammelt hatten und darauf hofften, eine Geschichte zu hören.

»Eigentlich brauchen wir jemanden, der musiziert oder

singt«, sagte er von hinter der Leinwand. »Aber wir haben keine Yannoula, die für uns die Ziehharmonika spielt. Also gibt es nur mich, und ich kann keinen Ton halten.«

»Aber natürlich kannst du das!«, sagte seine Mutter. Und an uns gewandt: »Ich weiß überhaupt nicht, warum er immer so bescheiden ist.«

Dann erklang das Geräusch zweier Töpfe, die wie gedämpfte Becken gegeneinandergeschlagen wurden, und der Schatten der Hauptfigur, Karagiozis, erschien hinter der Leinwand. Er tanzte und sang.

Trin, trin, trin,
Was für ein Schlamassel, in dem ich bin.
Sie nennen mich einen Bäcker,
Doch ich bin nur ein Betrüger,
Trin, trin, trin,
Was für ein Schlamassel, in dem ich bin.

Als Stelios die Worte ausgingen, summte er einfach weiter oder sang immer wieder *Trin, trin, trin*, während Karagiozis über die Leinwand tanzte. Takis war entzückt. »Ich bin hier, Herr Karagiozis!«, rief er. »Hier! Ich bin Takis!«

Chrysoula bedeutete ihm, still zu sein, doch Sophia meinte, es wäre in Ordnung, wenn das Publikum mit den Charakteren redete oder Kommentare abgab. Das wäre auch so bei den Vorführungen im Karagiozis-Theater beim Zappeion.

»Ah, Herr Takis«, sagte Karagiozis, indem er sich tief verneigte. »Sie sehen sehr gescheit aus heute Abend, daher nehme ich an, dass Sie mein Problem verstehen. Ich habe mir eine Arbeit als Bäcker erschwindelt. Aber was weiß ich schon vom Backen? Kuchen, Brot, das ist für mich alles gleich.«

Ein weiteres Töpfeschlagen. Ein dicker Dorfbewohner erschien von rechts und sagte zu Karagiozis, dass er eine fette

Gans geschlachtet hatte, um sie Gästen in seinem Haus anzubieten. Wie die meisten Dorfbewohner hatte er keinen Backofen zu Hause, also würde Karagiozis sie wohl für ihn im Ofen der Bäckerei braten? Er müsse aber sehr vorsichtig sein, um sie nicht zu verbrennen.

»Bah!«, sagte Karagiozis. »Ich verbrenne doch nicht, was ich backe! Gib mir die Gans.«

Als der Mann gegangen war, sagte Karagiozis an das Publikum gewandt: »Verbrennen tu ich sie bestimmt nicht, aber essen – das ist es, was ich und meine arme Frau und meine drei Söhne tun werden!«

Dann brachte ein weiterer Dorfbewohner eine Kasserolle mit Kartoffeln und Tomaten, gewürzt mit Knoblauch und Rosmarin. Und wieder sagte Karagiozis: »Verbrennen tu ich sie nicht.« Und als der Dorfbewohner gegangen war, wandte er sich ein weiteres Mal an das Publikum: »Wie perfekt das doch zur Gans passt!«

Sodann trat der Sultan auf. Er hatte gerochen, was an Köstlichkeiten im Backofen garte, und befahl Karagiozis, die Speisen zum Palast zu senden, sobald sie fertig waren.

»Aber Herr, was sage ich meinen Kunden?«, fragte Karagiozis. »Sie werden bestimmt zu euch kommen und sich beschweren, ich sei ein Dieb, und Ihr werdet mich hängen!«

»Sei kein Narr, Karagiozis«, sagte der Sultan. »Erzähl ihnen, was immer du willst. Wenn du mir die Gans nicht bringst, wirst du ganz bestimmt hängen.«

»Ihr wollt alles, Herr? Auch die Tomaten und Kartoffeln mit Rosmarin und Knoblauch?«

»Nein, die kannst du meinetwegen haben. Ich nehme lediglich die Gans. Und wenn deine Kundschaft zu mir kommt, um sich zu beschweren, werde ich ihr schon das Maul stopfen.«

Nachdem der Sultan gegangen war, wandte sich Karagiozis an das Publikum. »Ich belüge die Menschen, aber er lügt noch viel mehr!« Er nahm die Gans und die Kasserolle aus dem Ofen und trug beides zu seiner eigenen Hütte auf der anderen Seite der Leinwand. »Oh, Karagiozis!«, hörten wir Stelios mit hoher Stimme intonieren. »Das ist ja so köstlich!«

Als kurz darauf der erste Kunde zurückkehrte, um seine Gans zu holen, erzählte ihm Karagiozis: »Es ist ein Wunder geschehen! Die Gans hat sich aus dem Bräter erhoben und ist aus dem Ofen geflattert! Ich habe versucht, sie zu fangen, aber sie ist durch die Tür entwischt und davongeflogen.«

»Was denn, die gerupfte und gestopfte Gans?«

»Genau die.«

»Sie ist davongeflogen?«

»Jawohl.«

Der Kunde begann auf Karagiozis einzuschlagen, während er immer wieder »Lügner, Betrüger!« schimpfte. Er war noch nicht fertig, als bereits der zweite Kunde erschien, um seinen Eintopf aus Tomaten und Kartoffeln abzuholen.

»Es war ein unglaubliches Wunder«, sagte Karagiozis. »Die Tomaten haben sich nicht mit den Kartoffeln vertragen und sind mit ihnen aneinandergeraten. Schließlich sind alle aus dem Topf gesprungen und haben sich gegenseitig zur Tür hinausgejagt.«

»Sie haben sich gegenseitig zur Tür hinausgejagt? Tomaten und Kartoffeln?«

»Ja, Tomaten und Kartoffeln. Einfach so.«

Der zweite Kunde stürzte sich ebenfalls auf Karagiozis. Dann traf der Sultan ein. »Was ist denn hier los?«, verlangte er zu erfahren.

Karagiozis hätte sie hereingelegt, sagten die beiden Kunden und berichteten dem Sultan, was Karagiozis ihnen über die Gans und den Eintopf erzählt hatte. Doch der Sultan erwiderte, dass sie sich wohl irrten. »Das Wunder wurde von den Propheten vorhergesagt. Eine gegrillte Gans wird wieder lebendig und fliegt davon, und Kartoffeln und Tomaten werden streiten und einander jagen.« Als die Kunden empört aufschrien und sagten, das wäre nicht möglich, erboste sich der Sultan, ob sie es etwa wagten, die Worte der heiligen Propheten anzuzweifeln, und befahl seinen Wachen, sie mitzunehmen und zu bestrafen.

»So«, sagte er zu Karagiozis, als sie weg waren. »Wo ist meine Gans?«

»Deine Gans?«, fragte Karagiozis. »Was denn für eine Gans?«

»Die Gans, wegen der wir vor deinen Kunden gelogen haben.«

»Gelogen? Ihr sagt, es war eine Lüge? Es war gar kein Wunder? Es war gar nicht von den heiligen Propheten so vorhergesagt?«

»Bring mir sofort meine Gans!«

»Aber sie ist weggeflogen, Herr! Ihr habt selbst gesagt, es wäre so prophezeit worden. Ihr habt dies vor den beiden Kunden und Euren Wachen gesagt.«

Der Sultan war außer sich. »Du hast mich schon wieder ausgetrickst! Du bist ein Lügner und ein Schwindler! Warte nur, Karagiozis, eines Tages wirst du zu weit gehen, und dann habe ich dich in der Falle!« Er wandte sich an uns, das Publikum. »Eines Tages wird Takis nicht mehr so laut über dich lachen, richtig, Takis?«

Takis klatschte begeistert, und wir alle klatschten mit.

Stelios spähte um die Leinwand herum. »Danke. Danke sehr. Möchte vielleicht irgendjemand ein Autogramm von mir?«

»Er ist ein Schmierenkomödiant«, sagte seine Mutter. »Und mit einem Mal gar nicht mehr bescheiden.«

Eigentlich gab das Stück das Leben in unserem Dorf recht anschaulich wieder – mit Ausnahme der langweiligen Zeiten. Was mich jedoch am meisten beeindruckte, war Stelios, der so geschickt – und praktisch aus dem Nichts, nur mit Rinde und

Bettlaken und seinem Talent – das Schattenspiel vorgeführt hatte.

Kannst du mir das beibringen?, schrieb ich auf meinen Notizblock.

»Was beibringen?«, fragte er.

Die Stimmen zu machen und die Puppen zu lenken und die Stücke.

»Mir auch!«, krähte Takis, indem er von einem Fuß auf den anderen hüpfte. Er sprang vor mich hin, entriss mir den Notizblock und warf ihn zu Boden. »Nein, nein, bring es mir bei, nicht ihr!«

»Hey, Takis! Das ist nicht nett!«, sagte Stelios und bückte sich, um den Notizblock aufzuheben. »Ich bringe es euch beiden bei.« Er nahm den Stift von mir und zeichnete ein kleines grinsendes Karagiozis-Gesicht darauf, dann reichte er mir Heft und Stift zurück.

So fing es an. Ich begriff es damals nicht sogleich, aber auf eine gewisse Weise spürte ich, dass Stelios mir einen Weg eröffnete, den ich gehen konnte. Ich hatte keine Vorstellung, wohin er mich führen würde oder ob eine Rückkehr möglich war. Und obwohl ich es damals nicht wusste, sollte die Sehnsucht, zu jemandem zurückzukehren, oder an einen Ort, mein gesamtes Leben überschatten.

Kassette 2, Seite 1

So, nun muss ich mich für die Totenwache von Zephyra sammeln. Die Nachbarn sind vorbeigekommen und haben mir berichtet, dass sie gestorben ist; wahrscheinlich haben Sie das Klopfen an der Tür mitgehört, bevor ich das Gerät ausgeschaltet habe. Es ist zu mühselig, die richtige Stelle auf der Kassette zu finden, deswegen fange ich einfach mit einer neuen an.

Die arme Zephyra, möge die Erde leicht auf ihr ruhen. Sie starb, kurz nachdem Aphrodite mit ihren Beschwörungen fertig und in ihren Lumpen davongeeilt war. Sie muss Zephyra eine letzte Erleichterung gebracht und ihrer Seele ermöglicht haben, in den Wind zu fliegen, von dem sie ihren Namen hatte.

Es gibt keine Verwandten im größeren Umkreis; Zephyras Mann Kostas ist schon vor Jahren gestorben. Gut, dass er weg ist, dieser Kerl, der überall herumerzählt hat, dass er sie damals trotz ihrer riesigen Nase geheiratet hat. Sie hat ihr ganzes Leben darunter gelitten. Die Frauen im Dorf hatten schon in Zephyras Kindheit vorausgesagt, dass sie niemals heiraten würde, wegen ihrer Nase, die »größer als ihre Mitgift« war. Und als die Männer ihrer Familie Jahre später den alten Kostas überredet hatten, Zephyra zur Frau zu nehmen – nachdem er sie ausprobiert hatte –, nahm sie Rache, indem sie den Frauen erzählte, dass seine Gurke viel kleiner war als ihre Nase. Ah, das Leben – all die Demütigungen, denen es uns ohne jede Spur von Mitleid unterwirft.

Es gibt zwar einen Sohn, doch er ist nach dem Tod des Vaters in das Land der großen Radios ausgewandert. Ihr Land ist so riesig, dass es ihn anscheinend einfach verschluckt hat. Wir haben keine Ahnung, wo er steckt. Somit ist es die Aufgabe der anderen Frauen im Dorf, den Leichnam zu waschen und zu parfümieren, bevor er in das Leichentuch gehüllt wird. Das ist nichts, was ich gerne mache, denn solch eine intime Nähe zu den Toten könnte meine Fähigkeit beeinträchtigen, einen Klagegesang zu erschaffen, auch wenn ich nie den Grund dafür begriffen habe. Ich brauche ein Paar von ihren Schuhen, erinnerte ich die anderen, wenn ich um sie klagen soll. Ich weiß auch dafür nicht den Grund, doch indem ich die Schuhe der Toten anziehe, scheinen sie mir durch die Beine bis in den Kopf hinauf zu steigen und hinter meine Augenlider. Und dann strömen mit einem Mal ganz mühelos die Worte aus meinem Mund. Natürlich passen mir Zephyras Schuhe nicht. Das ist meistens so. Es ist nicht meine Schuld, dass ich so große Füße habe. Aber ich muss mich nur für ein paar Minuten hineinquetschen während der Totenwache.

Bevor ich mich aufmache, ist noch genügend Zeit, um mehr über Stelios zu sprechen und was er uns im Keller von Chrysoulas Haus über das Schattenspiel gelehrt hat. Das war um die Zeit herum, als die Alliierten Italien einnahmen. Nach dem, was wir aus dem ZENITH hörten, waren die Yankees aus dem Land der großen Radios schon seit Monaten überall in Italien und bombardierten von dort aus die von den Deutschen gehaltene griechische Militärbasis von Tatoi, im Norden von Athen. Was war aus Mussolini geworden? Es dauerte noch bis zur Befreiung Griechenlands, bis wir die Wochenschauen von *Il Duce* und seiner Mätresse zu sehen bekamen, wie sie auf einem öffentlichen Platz voller lachender Italiener mit dem Kopf nach unten aufgehängt waren. Die Kamera fing einen grinsenden Mann ein, der sich über die Kante des Daches beugte, unter dem die Leichen hingen. Er berührte den Schuh des Diktators und schien voller

Stolz auf sich selbst. Ah, was wir nicht alles tun für ein Stück Berühmtheit. Es war sicher nicht die einzige Gelegenheit für derart klägliches Verhalten in jener düsteren Dekade.

Manchmal konnten wir des Nachts das ferne, dumpfe Rollen detonierender Bomben hören. Nach all dem Gerede darüber fanden wir es zuerst nicht ungewöhnlich, als Takis verkündete, dass er eine Bombe in sich trug.

»Pssst, leise«, sagte er, einen warnenden Finger an den Lippen. »Redet nicht so laut, sonst explodiert sie.« Die Gefahr bestand immer dann, wenn er seinen Willen nicht bekam. Beispielsweise wenn er wollte, dass Stelios ihn weiter die Kunst des Puppenspiels lehrte, »… sonst könnte die Bombe hochgehen.«

»Oh, ich habe große Angst«, pflegte Stelios, der uns beide ohnehin unterrichtete, zu erwidern.

»Wenn du weiter so ein dummes Zeug redest …«, tadelte Chrysoula ihren Sohn, »… dann bist du derjenige, der bombardiert wird, und zwar von mir.«

Falls die Deutschen in unserem Dorf von den Bombardements durch die Alliierten gehört hatten, dann ließen sie sich nichts anmerken. Doch es schien eine allgemeine Lockerung zu geben, als würden sie versuchen, sich noch ein wenig zu vergnügen, bevor sie nach Hause zurückgingen und in die Niederlage. Es würde ein weiteres Eselsrennen geben, teilte man uns mit, eine Möglichkeit für die Soldaten, sich gegenseitig Geld abzunehmen, nachdem es nichts mehr gab, was sie uns nehmen konnten. Die gleichen beiden Esel wie beim vorhergehenden Rennen wurden ein weiteres Mal requiriert, und Petros ging von Haus zu Haus, um uns zu informieren, dass wir alle als Publikum zu erscheinen hatten. Was für ein Witz, sagten wir untereinander, als wir zum Feld trotteten. Warum mussten wir mit versteinerten Gesichtern dabeistehen, während ihre Wachen mit Gewehren auf uns zielten? Dachten sie vielleicht, sie täten uns einen Gefallen, indem sie uns ein wenig Unterhaltung boten, nachdem sie uns den größten Teil unseres Essens weggenommen hatten? Wir verstanden die Deutschen einfach nicht; es war unmöglich. Doch Chrysoula und ich stimmten überein, dass wir, wenn wir erst wieder zu Hause waren, zumindest eine Geschichte hatten, die wir Stelios und Sophia erzählen konnten.

Und so stellten wir uns in einer langen Reihe unter den Olivenbäumen am Rand des Feldes auf, zusammen mit Takis und den anderen Dorfbewohnern.

»Sieh mal«, sagte Takis, indem er auf Zephyra und ihre Mutter deutete, die beide nicht weit von uns standen. »Da steht dieses Mädchen, das uns nicht mag. Das mit der großen Nase.« Er zeigte mit seiner Nase auf sie, und Zephyra lief rot an, bevor sie sich hinter ihre Mutter duckte, die böse in unsere Richtung sah.

»Hör auf damit«, sagte Chrysoula zu ihm. »Steh einfach still da und warte, bis das Rennen anfängt.«

»Ich will aber mitmachen!«, sagte Takis. »Darf ich? Darf ich?« Er rannte um seine Mutter herum, bis sie ihn bei den Schultern packte und ihn vor sich festhielt. Takis zeigte auf Oberst Esterhaus auf der anderen Seite des Feldes. »Ich frage *ihn!* Er erlaubt es mir, ganz bestimmt!«

»Nein, das tust du nicht. Steh still!«, befahl seine Mutter.

Das Wetter war bereits heiß, und die Deutschen, die zum Rennen angetreten waren, hatten ihre Hemden ausgezogen. Mit ihren sonnenverbrannten Gesichtern und den weißen, muskulösen Oberkörpern sahen sie aus, als gehörten sie einer anderen Spezies an, nicht unserer ausgemergelten, dürren Art. In der Nähe des Obersten war einer der Soldaten damit beschäftigt, Geld von seinen Kameraden einzusammeln.

Wie üblich hatten die ersten beiden Reiter Probleme mit den harten Sätteln aus Holz, die wir hier in unserer Gegend benutzen. Sie waren für die Feldarbeit gemacht, nicht für das Stoßen und Reiben bei einem Rennen. Die Soldaten stiegen auf – und sogleich wieder ab, um nervös die Riemen zu justieren, bevor sie ein zweites Mal aufstiegen.

»Ihre Hintern sind nach dem Rennen so rot wie ihre Gesichter«, bemerkte jemand.

»Zumindest werden sie sich heute Nacht in den Baracken nicht bespringen«, rief jemand anderes.

Die Esel schienen verunsichert und ratlos. Sie waren intelligente Kreaturen und freundlich, wenn man sie anständig behandelte, doch normalerweise erwartete niemand von ihnen, dass sie sich schnell bewegen. Als der Oberst mit seiner Pistole den Startschuss abfeuerte, schlugen die beiden Reiter ihren Tieren die Hacken in die Flanken. Einer der Esel drehte sich daraufhin im Kreis, während der andere geradeaus trottete, um auf halbem Weg einfach stehen zu bleiben. Der erste Reiter schaffte es, seinen Esel unter Kontrolle zu bringen, und das Tier zockelte in gemütlichem Tempo zu seinem Artgenossen, wo es ebenfalls stehen blieb. Beide Tiere senkten die Köpfe und fingen an zu grasen.

Ihre Reiter gaben ihnen die Hacken und rissen an den Zügeln und brüllten, doch die Esel nahmen keine Notiz von ihnen. Die Soldaten auf der anderen Seite des Feldes, die Geld gewettet hatten, brüllten ebenfalls. Plötzlich setzte sich der erste Esel wieder in Bewegung und trottete zum Rand des Feldes, an der Hakenkreuzflagge vorbei, was bedeutete, dass er gewonnen hatte.

Takis wand sich, um sich von seiner Mutter zu lösen. »Ich will als Nächster!«, kreischte er. »Ich will als Nächster!«

Beim zweiten Rennen saß der Oberst selbst auf einem der Esel, doch das Tier drehte immer wieder den Kopf nach hinten und wollte seinen Reiter beißen. Der Oberst riss an den Zügeln, um den Kopf des Esels nach vorn zu zwingen, was das Tier veranlasste, im Kreis zu laufen, während es weiter nach seinem Plagegeist schnappte.

Takis kreischte vor Vergnügen, und wir alle lachten über den Anblick von Esel und Mensch, die im Kreis tanzten. Je schneller sich der Esel drehte, desto mehr lachten wir.

Unvermittelt blieb das Tier stehen, schüttelte den Kopf und trottete in unsere Richtung, während der Oberst sich weiter verzweifelt bemühte, die Kontrolle zu gewinnen. Wir hörten auf zu lachen. Der Oberst schaffte es irgendwie, das Tier vor unserer kleinen Gruppe zum Halten zu bringen, und Takis richtete sich vor ihm auf und salutierte militärisch.

Oberst Esterhaus grinste und erwiderte den Gruß auf die gleiche Weise, dann beugte er sich hinunter, packte Takis unter den Armen und schwang ihn hinauf in den Sattel vor sich. Er schüttelte die Zügel, und diesmal gehorchte der Esel und trottete über das Feld in Richtung Flagge. Takis salutierte auf dem gesamten Weg, und die anderen Soldaten johlten und applaudierten.

Wir stimmten nicht mit ein. Chrysoula marschierte hinter den dreien her, und als sie den Esel eingeholt hatte, streckte sie die Hand nach oben aus. »Geben Sie mir mein Kind!«, verlangte sie.

»Nein!«, widersprach Takis und klammerte sich an den Oberst.

»Geben Sie ihn mir!«

Der Oberst sah Chrysoula nachdenklich an. Vielleicht erinnerte er sich, dass sie die Frau war, die er und seine Leute verhört hatten, weil sie sich zur falschen Zeit im falschen Haus aufgehalten hatte an jenem Tag, als es requiriert worden war. Doch was immer er dachte, er löste Takis behutsam von sich und ließ ihn hinunter zu Chrysoula gleiten.

»Nein!«, kreischte Takis zappelnd und versuchte sich von seiner Mutter zu lösen. Er klammerte sich am Bein von Esterhaus fest. Das erschreckte den Esel, und das Tier warf den Kopf herum und iahte ausdauernd. Es war ein gewaltiger Lärm, und es klang, als würde man eine massive Tür auf rostigen Angeln hin und her bewegen, bis sie endlich wieder gängig war. Takis ließ los, und seine Mutter packte ihn. Der Oberst stieg ab und führte den Esel davon.

Damit war es zu Ende – oder jedenfalls dachten wir das. Als wir zu Hause angekommen waren, hörte ich, wie Chrysoula ihrem Sohn einen Vortrag hielt, begleitet von Schlägen mit dem großen Kochlöffel auf sein Hinterteil.

»Die Bombe!«, kreischte Takis. »Du bist schuld, wenn sie explodiert!«

Am nächsten Tag war Takis unverändert. Er bestand darauf, dass Stelios uns das Schattenspiel lehrte, oder die Bombe würde explodieren. Stelios ignorierte seine Bemerkung und sprach zu uns beiden. »Denkt euch aus, was immer ihr wollt, doch in jeder Szene muss etwas geschehen, das die Geschichte voranbringt.« Er zeigte uns am Beispiel von *Karagiozis der Bäcker*, was er meinte. Im Verlauf des nächsten Monats lernten wir die Handlungsabläufe von *Karagiozis der Senator*, *Karagiozis der Prophet*, *Karagiozis und der Geist* und *Karagiozis der Arzt*. Stelios zeigte uns auch, wie man Geräusche machte und die Puppen hinter der Leinwand richtig bewegte.

Takis schnitzte eine eigene kleine Puppe, der er seinen Namen gab, und erfand eine eigene Geschichte mit dem Titel *Karagiozis und Takis*, mit Takis als der Hauptfigur. Er verfeinerte sie in einer Ecke, während er mit leiser Stimme zu sich selbst redete, und belehrte uns über die Schulter, dass es wahrscheinlich das beste Stück von allen wäre und dass wir ihn hassen würden, weil wir uns wünschten, wir hätten es uns ausgedacht und nicht er. Doch als er es schließlich aufführte, war es nicht viel mehr als eine wüste Prügelei und Zankerei zwischen den Puppen von Karagiozis und Takis, und es endete mit einem Lied mit dem Titel »Takis, der König der Puppen«:

Takis ist recht,
Takis ist klug.
Niemand sagt ihm, du kannst mich mal
Denn er ist der König der Puppen.

»Ich glaube nicht, dass Karagiozis der gleichen Meinung wäre«, sagte Stelios hinterher.

»In *meinem* Stück denkt Karagiozis das aber!«, brauste Takis auf.

»Wenn es überhaupt einen König der Puppen gibt, dann Karagiozis. Dein Stück war ein guter Anfang, Takis, aber es mündet in Ärger und Prügelei, und das war's. Es ist wichtig, eine Geschichte zu erzählen.«

»Weißt du was? Du bist doof!«

»Takis, sei nicht so aggressiv!«, ermahnte seine Mutter ihn. »Du klingst schon wieder wie ein Deutscher!«

»Ja, ja«, sagte Takis, indem er sich abwandte und im Stechschritt durch den Raum marschierte, ein imaginäres Gewehr über der Schulter. Er richtete das Gewehr auf Stelios. »Peng, du bist tot!«

»Das reicht jetzt!«, sagte Chrysoula. »Geh nach oben, auf euer Zimmer!«

Takis fing an zu weinen. Er ging zur Wand und schlug mit den Fäusten dagegen. »Ich habe eine Bombe in mir«, sagte er. »Eine große rote Bombe.«

»Ich mache gleich etwas anderes rot, wenn du nicht aufhörst«, sagte Chrysoula, packte ihn beim Arm und zog ihn mit sich die Leiter hinauf in die Küche. Der arme Takis. Mir war klar, dass er sich aus Eifersucht wegen Stelios so verhielt, aber es gab nicht viel, was ich dagegen tun konnte. Ich fühlte mich treulos, weil ich Stelios mehr Aufmerksamkeit schenkte als Takis, aber auch dagegen konnte ich nichts tun.

Wenn Stelios und seine Mutter oben waren, fiel mir auf, dass die beiden immer blasser wurden. Sich Tag und Nacht im dunklen Keller verstecken zu müssen, ohne Sonne und ohne frische Luft, hatte ihnen nicht gutgetan. Sophia hatte einen schlimmen Husten entwickelt, und Stelios hatte an Gewicht verloren. Nicht einmal die Kräuteraufgüsse, die Chrysoula seiner Mutter immer wieder verabreichte, schienen Sophia zu helfen.

Ich wollte Stelios dazu bringen, mit mir in den Hügeln spazieren zu gehen. Ich redete mir ein, dass es ihm guttun würde, und außerdem hatte ich das Verlangen, ihm meine speziellen Stellen zu zeigen, die Wildwechsel und Pfade und den Felsen, der aussah wie eine riesige Schildkröte. Würde Stelios die gleichen Dinge mögen, die ich mochte? Was, wenn nicht? Der Gedanke machte mich unruhig, auch wenn ich nicht sicher war, ob es eine Rolle spielte. Wichtig erschien mir, dass wir endlich einmal alleine waren, zusammen frei atmen konnten, nicht ständig unter der Aufsicht von Chrysoula und Sophia standen.

Doch würde ich es wagen? Auch wenn die Deutschen uns dort niemals sehen würden, mussten wir zuerst hinkommen. Sie waren schon so lange in unserem Dorf, dass unsere Gesichter ihnen vertraut waren. Stelios würde sofort auffallen, wenn sie auch nur einen kurzen Blick auf ihn warfen. Also lieh ich mir am Nachmittag, als alle anderen ihr Nickerchen machten, ein paar Dinge aus einem alten Koffer, der dem Vater von Takis gehört haben musste. Weite Hosen, ein ausgewaschenes Hemd und eine Mütze wie die, die unsere alten Männer trugen, während sie die Zeit mit Reden und mit dem Befingern ihrer Perlenschnüre totschlugen. Ich schrieb Stelios einen kurzen Brief, in dem ich ihn bat, sich diese Dinge anzuziehen und die Mütze tief in die Stirn zu ziehen, weil ich mit ihm nach draußen gehen wollte. Als ich nach unten ging, um ihm die Kleidung und den Brief zu geben, arbeitete er an ein paar neuen Puppen für ein Stück, von dem er uns erzählt hatte. Sophia lag in der Ecke auf einer Pritsche und schlief.

Als er meinen Brief gelesen hatte, sah er mich erschrocken an. Er schien nicht zu begreifen, was ich von ihm wollte. Ich kritzelte auf, wohin ich mit ihm wollte und was ich ihm zeigen wollte. Ich hoffte, dass er es lesen konnte, trotz meiner schrecklichen Rechtschreibung und meiner ungelenken Schrift.

»Aber es ist viel zu gefährlich!«, flüsterte er, um seine Mutter nicht aufzuwecken. Er rief mir ins Gedächtnis, dass er seit dem Tag ihrer Ankunft vor vielen Monaten nicht mehr draußen gewesen war. Er hatte natürlich recht, aber wenn ich einmal einen Plan geschmiedet habe, dann fällt es mir schwer, von ihm abzulassen, selbst wenn mir die möglichen Konsequenzen bewusst sind. Das war schon immer einer meiner Fehler, schätze ich. Ich setzte ihm die Mütze auf und zog sie ihm in die Stirn, bis er kaum noch etwas sehen konnte. Dann hielt ich ihm einen Spiegel hin. Wir mussten beide lachen. Als er die restlichen Sachen angezogen hatte, hätte er irgendein Mann aus dem Dorf sein können, wenn man nicht so genau hinsah. Ich schrieb, dass die Dorfbewohner um diese Zeit alle in ihren Häusern waren für ihre mittäglichen Nickerchen und dass um diese Zeit auch keine Soldaten umherwanderten.

Wir schlichen nach oben, und ich spähte aus der Tür. Nachdem ich mich überzeugt hatte, dass draußen niemand war, signalisierte ich Stelios, mir zu folgen. Ich rannte los, und er rannte hinter mir her. Bald darauf waren wir in dem Kiefernwäldchen, wo mein Vater früher die Holzkohle gemacht hatte. Es war ein warmer, beinahe heißer Tag. Ich spürte, wie sich die Sonne in meinem Körper ausbreitete, als wir das Wäldchen hinter uns ließen und über den felsigen Kamm kletterten, der unser Dorf und das Tal überragte. Von dort aus konnten wir die niedrigeren Hügel sehen, überwachsen von Thymian und Oregano, die Olivenbäume, deren Blätter sich im Wind wiegten, bis ihre Unterseiten in der Sonne silbern blitzten. Hoch über uns glitten zwei Falken auf der warmen Luftströmung zwischen den Wolken. Ich führte Stelios immer weiter über den Kamm, um ihm die überwucherte Felsspalte zu zeigen, wo ich einmal zwei kleine Hasen verlassen und tot gefunden hatte. Die winzigen Skelette waren noch da, zusammen mit den zarten Schädeln und den winzigen Rippen auf Fetzen von altem Fell, das sich die Häsin selbst ausgezupft hatte, um die Sasse auszupolstern.

Während wir nebeneinander knieten, spürte ich eine überwältigende Freude, das Hochgefühl der Freiheit, des sonnigen Tages und unseres Zusammenseins. Ohne nachzudenken, drehte ich mich zu Stelios herum und presste meine Lippen auf die seinen. Seine Augen weiteten sich vor Überraschung, doch dann erwiderte er meinen Kuss, behutsam zuerst, dann fester. Es war, als würde ein jeder von uns den Atem des anderen einsaugen, während sich unsere Zungen berührten, unsere Zähne aneinanderstießen, unsere Herzen schneller schlugen. Wir lösten uns benommen voneinander und sahen uns an, als hätten wir uns vorher noch nie gesehen. Seine Wangen waren gerötet.

»Also das …«, sagte er dann und lachte leise.

Mein Gesicht war so heiß geworden, dass es sich anfühlte wie die Flamme einer Kerze. Ich öffnete den Mund, um etwas zu sagen, doch ich hatte keine Worte. Wie immer, wenn ich dicht davor war zu sprechen, schlug eine Woge aus Trauer über mir zusammen, und ich sah meinen Vater wieder vor mir, wie seine Mütze wegflog, während die Gewehre der Soldaten krachten. Doch zum ersten Mal seit damals hatte ich auch das Gefühl, zu etwas zurückzukehren, das ich verloren hatte. Das Gefühl war sehr stark, als wäre ich seit seinem Tod nur dahingetrieben. Meine Augen füllten sich mit Tränen, bis sie überliefen.

»Was ist denn, Aliki? Sag es mir. Bitte.«

Doch ich konnte nicht. Die Zeit zum Reden kam näher, obwohl ich das damals nicht wusste, doch sie war noch nicht da. Stelios wischte mir die Tränen von den Wangen und ergriff meine Hand. Wir erhoben uns und machten uns auf den Rückweg zum Dorf.

»Keine Angst«, sagte er, indem er meine Hand hielt. »Es ist nicht schlimm. Das Einzige, was zählt, ist, dass wir von jetzt an für immer Freunde sind.«

Sonst sagte er nichts mehr, auf dem ganzen Rückweg nicht. Er strich mit den Händen durch die Ähren der Gräser, die unsere Beine streiften. Ich fragte mich, was er wohl dachte. Ich hatte Mühe, meinen eigenen Gedanken zu folgen. Irgendetwas in mir hatte den Verdacht, dass ich den ganzen Ausflug mit dem Kuss geplant hatte. Nicht genau geplant, aber irgendwie war er da gewesen. Ein anderer Teil von mir meinte, es wäre eine Sache des Augenblicks gewesen, weiter nichts. Das schien gleichermaßen wahr. Und ein dritter Teil meinte, nun, wen kümmert es? Wichtig war, dass ich mich nun anders fühlte, und ich nahm an, dass es Stelios genauso ging. Doch was genau war anders, und was bedeutete das?

Wir hatten mehr Zeit auf unserem Ausflug verbracht, als mir bewusst gewesen war, und gedankenverloren, wie ich war, hatte ich nicht überlegt, dass das Dorf wieder zum Leben erwachen würde, sobald die Sonne tiefer stand und sich der Abend näherte. Wir waren fast am Ende des Weges angelangt, der uns zum Haus von Chrysoula führte, als wir in der Nähe der *plateia* den alten Theodoros erblickten mit seinem Eselskarren, halb voll Heu, und unseren Priester, der in seinem Gewand aus der Kirche geeilt kam, ein Zeichen dafür, dass wohl irgendjemand im Dorf bald sterben würde. Wenn die beiden auf den Beinen und unterwegs waren, dann galt das auch für die Soldaten. Das Dorf war erwacht.

Wir hielten inne und drückten uns gegen die Außenwand eines Schuppens, um abzuwarten, bis niemand mehr in Sicht war, dann flitzten wir von Haus zu Haus. Wir duckten uns unter die Lauben an den Seiten der Häuser und versteckten uns in einer riesigen, blühenden Bougainvillea, die das Haus neben dem von Chrysoula überwucherte. Wir wollten gerade weiter und zur Tür, als sie von innen geöffnet wurde und der Oberst herauskam, gefolgt von dem Offizier, der an jenem Tag im Haus meines Vaters dabei gewesen war. Der Schulmeister Petros folgte den beiden. Stelios und ich erstarrten. Wir wechselten Blicke. Petros sagte über die Schulter etwas zu der in der Tür stehenden Chrysoula, das ich nicht verstand. Wir rührten uns nicht, während wir die Bienen in der Bougainvillea kraft unserer Gedanken zu verscheuchen versuchten. Trotzdem landete eine auf meiner Wange. Ich schrie fast auf, doch Stelios schnippte sie mit dem Finger weg. Als die drei Männer um die nächste Ecke verschwunden waren, zählten wir langsam bis zehn, dann verließen wir unser Versteck und rannten zur Tür.

Chrysoula stieß einen erschrockenen Laut aus, als wir ins Haus stürmten. Hastig schlug sie sich die Hand vor den Mund und warf die Tür hinter uns zu. *»Theo mou!«*, sagte sie. »Wo kommt ihr her? Wenn ihr hereingeplatzt wärt, bevor sie gegangen sind, vor wenigen Augenblicken erst …« Sie verstummte, während sie den Saum ihrer Schürze hob, um sich die Augen zu wischen. Es dauerte eine ganze Minute, bis sie sich wieder unter Kontrolle hatte. Als es so weit war, sah sie uns an, als könnte sie sich nicht entscheiden, ob sie uns umbringen oder umarmen sollte. Stelios wollte wissen, was der Oberst im Haus gemacht hatte, und Chrysoula verlangte ihrerseits zu erfahren, was wir draußen auf der Straße zu suchen gehabt hätten.

»Wessen Idee war das?«, fragte sie, indem sie mich ansah. Sie war noch nie wütend auf mich gewesen und hatte noch nie in einem solchen Ton mit mir geredet. Mir stieg die Hitze ins Gesicht, und sie nahm ganz richtig an, dass dies ein Eingeständnis meiner Schuld war. »Also deine, Aliki? Das dachte ich mir. Und du, Stelios! Du bist älter als Aliki. Ich hätte dir mehr Vernunft zugetraut! Deine Mutter hat fast einen Herzanfall erlitten, als sie gemerkt hat, dass du nicht im Haus bist!« Sie musterte Stelios von oben bis unten. »Woher hast du überhaupt diese Sachen?«, wollte sie wissen.

»Ich erkläre alles, aber bitte, sag uns zuerst, was der Oberst …?«

»Ich fürchte, etwas Schlimmes ist passiert. Eine dieser alten Glucken aus dem Dorf hat geredet – und ich glaube auch zu wissen, wer es war. Sie wird Eier legen, wenn ich mit ihr fertig bin!«

Die Frau hatte dem Oberst offenbar erzählt, dass es in unserem Haus mehr zu essen gab als irgendwo sonst im Dorf, und er war gekommen, um in Erfahrung zu bringen, ob es stimmte und woher wir unser Essen hatten. Glücklicherweise war gerade nicht viel im Haus gewesen – es war schon seit einer ganzen Weile kein Fischerkajik mehr durchgekommen, wer wusste schon, warum? –, und der Schwarzmarkt war ausgetrocknet. Es gab nichts für den Obersten zu sehen bis auf das Grünzeug und die Wurzeln, die wir gesammelt hatten.

»Aber er hat sich gründlich in meiner Küche umgesehen und unmissverständlich klargemacht, dass das Horten von Essen mit dem Tod bestraft wird. Als hätte ich nicht mitgekriegt, was sie mit deinem Vater gemacht haben, Aliki.«

Chrysoula hatte sich an den Küchentisch gelehnt und äußerlich einen gelassenen Eindruck gemacht, während der andere Offizier den Rest der Küche durchsucht und die Wände nach Hohlräumen abgeklopft hatte. Takis war um den Oberst herumgetanzt und hatte salutiert und sich die größte Mühe gegeben, den Mann zu beeindrucken. Der Oberst hatte ihn seine Mütze anprobieren lassen.

»Was für eine Kreatur dieser Kerl ist! Er hätte mich ohne einen zweiten Gedanken erschießen lassen, wenn sie auch nur eine Dose Bohnen gefunden hätten! Aber Takis hat ihn erweichen können.« Sie atmete tief durch und schüttelte den Kopf, dann wandte sie sich wieder an Stelios. »Ich wollte abwarten, bis sie auch ganz sicher verschwunden waren, bevor ich nach unten gehe und deiner Mutter alles erkläre, der armen Frau. Zuerst verschwindest du ohne ein Wort, und dann muss sie oben in der Küche den ganzen Tumult mit anhören …«

Stelios ging in die Küche. Wir hörten, wie er den Teppich zur Seite zog und dann die Leiter in den Keller hinunterstieg.

»So, Aliki, setzen wir uns. Ich bin erschöpft.« Wir gingen in das vordere Zimmer und setzten uns neben dem alten Holzofen in zwei Sessel. Der Ofen war um diese Jahreszeit kalt. Chrysoula sah ihn geistesabwesend an und bemerkte schließlich: »Ich muss einen neuen Ofen besorgen, wenn der Krieg vorbei ist. Das Rohr ist rostig und hält keinen weiteren Winter mehr durch.«

Sie verstummte für einen langen Augenblick. Dann sah sie mich erneut an und seufzte. »Du hast keine Mutter, die auf dich aufpasst, Aliki, deswegen bin ich für dich verantwortlich. Ich habe Fehler gemacht, wenn du meinst, es war eine gute Idee, Stelios zu überreden, mit dir zusammen das Haus zu verlassen. Hätte man ihn entdeckt, hätte das das Ende für uns alle bedeuten können, hast du nicht darüber nachgedacht?« Sie sah aus dem Fenster. »Abgesehen davon ist es nicht richtig, dass du alleine mit einem Jungen draußen herumstreunst.«

Meine Kehle schnürte sich zusammen, während sie fortfuhr, dass ich in jüngster Zeit ein wenig eigenwillig geworden wäre und dass sie ohnehin vorgehabt hätte, mit mir darüber zu reden – und darüber, dass ich so viel Zeit mit Stelios verbrachte. Doch sie hatte so viel andere Sorgen dieser Tage, insbesondere weil Takis so schwierig war, dass sie nicht aufmerksam genug gewesen war.

»Und das ist meine Schuld«, schloss sie. »Ich trage ganz allein die Schuld daran. Dein lieber Vater, möge die Erde leicht auf ihm ruhen, wäre nicht glücklich darüber, wie ich meine Aufgabe erfülle.«

Anschließend verlangte sie zu erfahren, was passiert war. Was in mich gefahren wäre, und was Stelios getan hatte. Ich konnte mich nicht erinnern, wo ich meinen Notizblock gelassen hatte, und so zeigte ich in die Richtung, in die wir gegangen waren, und bedeutete mit Gesten, dass wir nichts getan hätten, außer spazieren zu gehen und zu reden.

»Du wirst das Haus nicht mehr verlassen«, sagte sie. »Ich bin nicht sicher, ob ich dir noch trauen kann. Weißt du denn nicht, dass ein einfaches Mädchen aus dem Dorf nichts mehr wert ist, wenn es seinen guten Ruf verloren hat? Du musst ständig auf der Hut sein vor den gespaltenen Zungen der anderen Weiber.«

Sie sprach davon, dass sich der Krieg dem Ende zuneigte und dass Stelios und seine Mutter wahrscheinlich um die gleiche Zeit nach Athen zurückkehren würden, zu der die Jungen aus unserem Dorf, die als Kriegsgefangene eingesperrt waren, nach Hause kamen. Ich war zu einer jungen Frau mit Besitz herangereift – es war durchaus ungewöhnlich, dass jemand in meinem Alter bereits ein eigenes Haus als Mitgift besaß. Wichtiger noch, ich hatte einen guten Charakter und einen einwandfreien Ruf, was viel wertvoller war als jede Mitgift. Ich konnte eine gute Partie heiraten, allerdings nur, wenn ich bis dahin auf der Hut war.

Sie streckte die Hand aus und strich mir über die Haare. »Du bist noch ein wenig jung, aber es ist nie zu früh, Vorsicht walten zu lassen wegen deines guten Namens. Ich muss dir eine Frage stellen, Aliki – ist dir in letzter Zeit Blut zwischen deinen Beinen aufgefallen?«

Ich wusste nicht, wovon sie redete. Ich malte ein Fragezeichen in die Luft.

»Nun, wenn es das erste Mal passiert, musst du deswegen keine Angst haben. Komm zu mir, und ich zeige dir, was du zu tun hast. Es bedeutet lediglich, dass dein Körper reif genug ist, um Kinder zu bekommen.« Sie bemerkte meine Verwirrung und fuhr fort: »Es ist schwierig, jung zu sein, wenn alles noch so geheimnisvoll ist, ich weiß. Ich hatte beinahe vergessen, wie es war, bis du in mein Leben gekommen bist. Ich glaube nicht, dass ich je mit dir darüber gesprochen habe, aber ich bin sehr froh darüber, dass du bei mir bist.« Sie nahm meine Hände in die ihren. »Ich habe dich so lieb wie eine eigene Tochter, Aliki. Ganz genau wie eine eigene Tochter. Von heute an haben wir eine ganze Menge langer Gespräche zu führen.«

War es das, was es bedeutete, eine Mutter zu haben? Ich fühlte mich auf eine Weise geborgen und behütet, wie ich sie bisher nur bei meinem Vater gespürt hatte. Er war ein liebevoller Mann gewesen, doch niemand wäre auf den Gedanken gekommen, ihn mütterlich zu nennen, schon gar nicht auf eine Weise, wie Chrysoula es nun mir gegenüber zu sein schien. Sie nahm ihre Hände weg und fragte mich, ob ich wüsste, wie Kinder gemacht werden. Ich schüttelte den Kopf. Natürlich hatte ich gesehen, wie Tiere sich paarten, so nah an der Natur, wie wir lebten. Aber ich war ein törichtes Ding, weil mir nie in den Sinn gekommen war, dass Menschen sich genauso verhalten könnten. Als sie mich darüber aufklärte, war ich entsetzt. Ich ging meinen Notizblock suchen, und als ich zurückkam, schrieb ich, dass das, was sie gesagt hatte, abscheulich klang und dass Stelios so etwas niemals mit mir machen würde.

»Was Männer machen und was nicht, ist ein Kapitel für sich, fürchte ich. Darüber müssen wir noch eingehend reden. Aber für den Moment habe ich dir wahrlich genug erzählt. Denk darüber nach, und wenn du Fragen hast, komm zu mir. Einstweilen werde ich dir ein Bett in meinem Zimmer herrichten. Du bist zu alt, um weiterhin mit Takis in einem Zimmer zu schlafen.«

Und was ist mit Hochzeit?, kritzelte ich. *Woher weiß ich, wann? Und wen? Woher soll man das je wissen?*

»Keine Sorge, das wirst du spüren. Für den Moment kann

ich dir nur sagen, was meine eigene Mutter mir vor langer Zeit gesagt hat. Du wirst vielleicht nicht imstande sein, den einen Mann zu heiraten, den du liebst. Also lerne, den Mann zu lieben, den du heiratest. Das ist am Ende meistens besser.«

Ich begriff nicht, was sie meinte. Ich malte ein Fragezeichen auf meinen Block.

»Ja, ich weiß, Aliki. Es klingt vermutlich genauso merkwürdig in deinen Ohren, wie es damals für mich geklungen hat. Aber zerbrich dir nicht den Kopf. Manchmal verschwinden Ideen, die uns seltsam erscheinen, für eine ganze Weile wieder aus unseren Köpfen. Dann eines Tages kehren sie zurück und setzen sich genauso behaglich fest, als wären sie nie fort gewesen. Du wirst sehen.«

Es war ein angespannter Abend. Wir saßen alle zusammen im Keller und lauschten dem Kurzwellenradio mit seinen Berichten über die Sowjets, die die Deutschen unablässig weiter zurückdrängten. Wenn die Soldaten, die in Griechenland stationiert waren, nicht bald abgezogen wurden, wären sie an der Nordgrenze abgeschnitten und säßen in der Falle. Mit den Alliierten in ganz Italien und den Briten, die Nordafrika zurückerobert hatten, gäbe es dann kein Entrinnen mehr.

Die Stimme des Sprechers schien von Zeit zu Zeit leiser zu werden, wenn ich meinte, meinen Vater im Hintergrund reden zu hören. Niemand sonst im Keller konnte ihn hören, während er immer drängender wurde, wissen wollte, ob er eine Axt im Wald hatte liegen lassen oder vielleicht einen Hammer. Er hatte die Werkzeuge vom alten Damien ausgeliehen, dem Zimmermann unseres Dorfes, und wollte gerne, dass sie zurückgegeben wurden. War es nur meine Sehnsucht nach ihm, die sich in Worte verwandelte, die er gesagt haben konnte? Oder gab es eine Art Grenzgebiet im Leben, wie die Ränder einer Seite, wo die Toten neben uns lebten? Wenn das stimmte, was dachte er über Stelios?

Nachdem Chrysoula ihren Sohn zu Bett gebracht hatte, führten sie und Sophia in einer Ecke des Kellers eine leise Unterhaltung. Ich konnte ihre Worte nicht verstehen, doch Stelios war bei seiner Mutter und lauschte schweigend. Er bemerkte meinen fragenden Blick und kam herüber, um sich zu mir zu setzen.

»Mutter denkt, dass, äh, sie und ich gehen sollten. Es ist zu gefährlich für euch, uns noch länger hier im Haus zu verstecken.«

Es waren die Ereignisse des Tages, insbesondere die Tatsache, dass Stelios und ich nach Hause hätten zurückkommen können, während der Oberst da gewesen war, die sie überzeugt hatten. Und sie war genau wie Chrysoula aufgebracht darüber, dass wir beide uns so töricht benommen hatten. Sophia wirkte blass und erbärmlich, während sie mit Chrysoula redete, und es war offensichtlich, dass sie geweint hatte. Sie hatte Chrysoula gesagt, dass die Denunziantin im Dorf wahrscheinlich nicht aufgeben würde und dass es vielleicht mehr als eine gab.

»Mutter möchte, dass ich ihr helfe, in die Berge zu fliehen. Weiter hinauf als bis zu der Stelle, wo du und ich heute Nachmittag waren, meine ich. Sie hofft, dass wir eine andere Partisanengruppe finden, die uns hilft, genau wie die Leute, die uns geholfen haben, als wir Athen verlassen haben und hierhergekommen sind. Wir haben noch ein wenig Geld übrig. Sie wollen immer Geld, weißt du?«

Der Gedanke an seinen Abschied und die Rolle, die ich dabei gespielt hatte, machte mich ganz krank. Eine Woge der Übelkeit stieg in mir auf. *Aber was denkst du?*, schrieb ich auf meinen Block.

»Mutter ist zu schwach, um in die Berge zu gehen. Das habe ich ihr gesagt. Und wie stehen unsere Chancen, eine Gruppe zu finden, die sich unserer erbarmt und uns hilft? Ich denke, Chrysoula sagt das Gleiche. Und dass die Deutschen am Ende sind, *finito*.«

Er fuhr sich mit dem Zeigefinger waagerecht über die Kehle. Sie würden jeden Tag mit dem Rückzug anfangen. Chrysoula hatte auch auf Sophias Gesundheitszustand hingewiesen. Mit ihrem anhaltenden und schlimmer werdenden Husten, der sie bereits stark geschwächt und der sie lustlos und apathisch gemacht hatte – wie weit würde sie da in den Bergen kommen, selbst mit Stelios als Hilfe?

»Wegen heute Nachmittag«, sagte er zu mir. »Mach dir keine Vorwürfe. Chrysoula hat recht, ich bin älter und ich hätte verantwortungsvoller reagieren müssen. Aber was auch immer geschehen ist, wir haben es beide gewollt, nicht wahr? Und wir hatten Glück, so viel Glück. Vielleicht ist das ein gutes Zeichen. Vielleicht hat Chrysoula recht, und das alles ist nächste Woche schon vorbei.«

Chrysoula und Sophia hatten aufgehört zu reden, doch es war den beiden Frauen nicht anzumerken, ob sie etwas entschieden hatten. Oder falls sie etwas entschieden hatten, wollten sie es uns nicht sagen. Chrysoula fragte Stelios, wie er mit seinem neuen Stück vorankam.

»Wir könnten eine Ablenkung gebrauchen, weißt du?«, schloss sie.

»Es ist nicht völlig neu«, räumte Stelios ein. »Es gibt ein älteres Stück mit Namen *Karagiozis und die sieben Ungeheuer*, und ich habe es bearbeitet. Es gibt nur ein Ungeheuer, allerdings mit vier Köpfen. Ihr werdet sehen, warum. Ich arbeite noch ein wenig daran und führe es morgen Abend vor.«

Am nächsten Abend fanden wir uns im von Kerzenlicht erhellten Keller vor der Leinwand ein und warteten. Ich sah Stelios prüfend an, bevor er hinter dem Tuch verschwand. Konnte das, was Chrysoula mir erzählt hatte über Männer, und das, was sie mit Frauen machten, selbst bei ihm wahr sein? Ich wusste nicht, was ich denken sollte. Es machte mich gereizt.

Kurz bevor das Stück anfing, kam Takis die Leiter hinuntergestapft und setzte sich. Vorher hatte er gesagt, er wolle das Stück nicht ansehen, weil er glaubte, dass es ein dummes Stück wäre. Doch hier war er und saß mit uns zusammen im Dämmerlicht.

In der Eröffnungsszene tanzte Karagiozis hinter dem Schirm und sang ein Lied.

Trin, trin, trin,
Was für ein Schlamassel, in dem ich bin.
Das Ungeheuer steht vor der Tür,
Und bald bin ich nicht mehr.
Trin, trin, trin,
Was für ein Schlamassel, in dem ich bin.

Der Sultan erschien und sagte zu Karagiozis, es wäre an der Zeit, das Dorf von dem großen vierköpfigen Ungeheuer zu befreien. »Geh durch das Dorf«, sagte er und gab ihm ein paar Münzen. »Verkünde, wer auch immer das Ungeheuer tötet, gewinnt die ewige Freundschaft der lieblichen, wenngleich stummen Aliki.«

Alle sahen mich an. Ich errötete vor Vergnügen und Verlegenheit. Vermutlich hätte Stelios meinen Namen nicht in das Stück eingearbeitet, wenn wir unseren Spaziergang nicht unternommen hätten. Also musste sich für ihn auch etwas anders angefühlt haben, genau wie ich vermutet hatte.

Als Nächstes traf Karagiozis die Puppe, die Takis nach sich selbst benannt hatte. »Das ist meine Puppe!«, sagte der echte Takis. »Wer hat dir gesagt, dass du sie nehmen darfst?«

»Ah, Herr Takis«, sagte Karagiozis zu der Puppe und dem echten Takis. »Würdet Ihr mir helfen? Würdet Ihr Eurem Dorf helfen?«

»Ja-aaa«, sagte Takis zögernd.

»Wir müssen eine Ankündigung machen«, sagte Karagiozis. Er sagte der Takis-Puppe, was sie anzukündigen hatte, und sie kamen überein, sich aufzuteilen, sodass sie das Dorf schneller informieren konnten. Sie huschten im Zickzack über die Leinwand. »Hört, hört!«, riefen sie. »Wer auch immer das Ungeheuer tötet, gewinnt die ewige Freundschaft der stummen Aliki!«

Ich sollte der Preis sein? War das Stück etwa ein Liebesgruß, den Stelios mir schickte? Ein Dorfbewohner kam vorbei und sagte, er würde es tun, er würde das Ungeheuer töten. Hatte der Dorfbewohner Münzen bei sich?, fragte Karagiozis. »Das Ungeheuer hat Magnete im Maul und saugt dich als Mahlzeit ein, falls du die Taschen voller Münzen hast.« Der Dorfbewohner dankte Karagiozis für seine Warnung und gab ihm sein Geld.

Dann kam der Auftritt des vierköpfigen Ungeheuers. Tatsächlich war es ein Hakenkreuz, aus Rinde geschnitzt wie die anderen Puppen. An jedem der vier Arme war ein aus Papier ausgeschnittener Monsterkopf mit offenem Maul und wackelnder Zunge. Stelios hatte das Hakenkreuz so an einem der Stäbe befestigt, dass es wie ein Windrad rotieren konnte, während er es hinter der Leinwand bewegte. Das Ungeheuer brüllte und wirbelte auf den Dorfbewohner zu, fing ihn ein und zerrte den Schreienden von der Bühne.

Sophia und Chrysoula sahen einander an. »Also wirklich, Stelios«, rief Sophia ihrem Sohn zu. »Ich finde das nicht lustig! Könntest du nicht …?«

»Was für ein Monster!«, rief Takis dazwischen. »Takis wird es bombardieren! Lass Takis das erledigen!«

Weitere Dorfbewohner meldeten sich. Jeden Einzelnen erleichterte Karagiozis zuerst um sein Geld, bevor das wirbelnde Hakenkreuz kam und ihn mit sich riss.

»Yaaay!«, kreischte Takis.

»Es ist doch nur ein Stück, Takis«, beschwichtigte ihn seine Mutter.

»He, Stelios!«, rief Takis. »Lass Takis das Monster töten!«

Ein neuer Charakter erschien. An seiner schlaksigen Gestalt erkannten wir Stelios selbst.

»Um der schönen Aliki willen und zum Besten der Menschheit!«, sagte Stelios mit seiner eigenen Stimme. »Ich werde die Tat vollbringen!«

Erneut wirbelte das grollende, fauchende Ungeheuer heran. Es ging auf Karagiozis los, doch die Stelios-Figur kollidierte mit dem Hakenkreuz und riss ihm zwei seiner Monsterköpfe ab. Das Ungeheuer brach brüllend zusammen.

Takis sprang auf. »Nein, nein! Takis will das Monster bombardieren!«

»Setz dich, Takis!«, sagte Chrysoula. »Hör auf damit, ständig zu unterbrechen!«

»Lass Takis das Monster bombardieren!«

»Sei doch ein wenig geduldig«, sagte Stelios hinter der Leinwand.

»Ich hasse dieses Stück!«, sagte Takis. »Es ist dumm! Meins war viel besser!«

»Du musst es dir nicht ansehen«, sagte seine Mutter. »Geh zu Bett.«

Takis kletterte die Leiter hoch.

Sophia sagte Stelios, er solle aufhören. »Es ist zu aufregend.«

Stelios spähte über die Leinwand. »Aber es kommt noch mehr über Takis. Ich lasse ihn nicht aus. Ich meine, er kommt mir zu Hilfe, und gemeinsam töten wir das Ungeheuer und gewinnen Alikis Freundschaft.«

»Ein andermal, mein Lieber«, sagte Sophia.

Doch es würde kein anderes Mal mehr geben. Chrysoula und Sophia redeten über Takis und hörten wahrscheinlich nicht, was ich hörte: Die Haustür oben öffnete sich, und ich vernahm Takis' Schritte, als er das Haus verließ. Ich half Stelios, alles einzusammeln und aufzuräumen, und er sagte traurig, dass Takis mit seiner Eifersucht den ganzen Abend ruiniert hatte. Wie viel

Zeit war vergangen? Ich kann mich bis heute nicht erinnern. Stelios gab mir das Hakenkreuzmonster, und ich bewunderte die Sorgfalt, mit der es gearbeitet worden war. Unsere Finger berührten sich auf der Puppe, und ich spürte den gleichen kleinen Anflug von Wonne wie bei unserem Spaziergang, bevor ich ihn geküsst hatte.

Dann hämmerte es oben an unserer Tür, und schwere Stiefel trampelten in die Küche. Schockiert wurde mir das Offensichtliche klar – Takis hatte vermutlich den Teppich nicht wieder über die Falltür gezogen, bevor er aus dem Haus gestürmt war. Oberst Esterhaus kam die Leiter herunter, zusammen mit einigen seiner Soldaten, die sich vor uns aufbauten. Zuerst standen sie nur da und starrten uns an, insbesondere Stelios und seine Mutter und die Hakenkreuzpuppe, die Stelios und ich in den Händen hielten. Wir standen vollkommen reglos, und ich bemerkte, wie alle Farbe aus Stelios' Gesicht wich. Was sah der Oberst in diesem Moment? Was immer es war, er bellte einen Befehl an seine Männer. Sie trieben uns zusammen und stießen einen nach dem anderen die Leiter hinauf und in Richtung Haustür. Sophia stolperte und fiel hustend zu Boden. Ich half ihr auf die Beine, doch wir zitterten beide so schlimm, dass wir wohl wieder gestürzt wären, hätte uns nicht einer der Soldaten mit dem Schaft seines Gewehrs weitergestoßen. Draußen kauerte Takis neben dem Brunnen. Als er seine Mutter erblickte, rannte er zu ihr, und sie fragte ihn, was er gemacht hatte.

»Geh zurück ins Haus!«, befahl sie. Doch Takis warf sich dem Oberst an das Bein und versuchte sich festzuklammern. Der Deutsche stieß ihn fort, und Takis fiel zu Boden. Nachbarn strömten aus ihren Häusern.

»Chrysoula, was ist denn?«

»Was ist passiert?«

»Wer sind die beiden?«, fragte jemand und zeigte auf Stelios und seine Mutter.

Weitere Soldaten mit Gewehren eilten im Laufschritt herbei und trieben die Nachbarn zurück in ihre Häuser. Einige gehorchten, andere nicht. Ein paar der alten Weiber, die sich regelmäßig am Brunnen einfanden, um mit Chrysoula Beleidigungen auszutauschen, blieben einfach stehen, und einige fingen an, die Deutschen leise anzuzischen, das Geräusch für einen unaussprechlichen Akt der Schande. Die anderen Frauen stimmten ein, und das Zischen wurde lauter und beständiger. Es war ein fremdartiger, beängstigender Laut, und die Soldaten wussten anscheinend nicht, was sie davon halten sollten. Doch die Frauen, die noch wenige Wochen zuvor weniger kühn gewesen wären, hatten wohl genug vom Verlust ihrer Söhne und Enkel, vom Hunger, von Dreck und Gras statt anständigem Essen. Der Krieg war fast vorbei und die Deutschen geschlagen, also zischten sie weiter und weiter.

Dann spuckte eine von ihnen das Wort *Schande!* aus. Die Soldaten hatten es sicher nicht verstanden, und es war ihnen vermutlich auch egal, was die Frauen sagten oder welche Kraft dieses Wort in unserer Sprache besaß. Doch die Abscheu darin war unverkennbar. Es wurde zu einem Sprechgesang. *Dropee sas! Dropee sas! Dropee sas!*

Wer warf den ersten Stein? Wer den nächsten? Nur kleine Kiesel zweifellos, die Straße war voll davon, und kurze Zeit später flogen den Soldaten ganze Hände voller Kieselsteine in die Gesichter. Zuerst versuchten sie, den Steinen auszuweichen, sich zu ducken und abzuwenden, doch es gab kein Entrinnen. Die Frauen waren unerbittlich, und einige Soldaten bluteten bereits. Dann wurde ein Befehl gebrüllt, und die Soldaten fingen an zu schießen.

Im entstehenden Chaos – Schreie und Schüsse und alles flüchtete vor den Gewehren in Seitenstraßen und Gassen – versuchte ich zu rennen, doch jemand packte mich bei der Hand und zog mich hinter den Brunnen in Deckung. Rings um uns lagen stöhnende Verwundete. Wenige Minuten später hörten die Schüsse auf, doch da war das Geräusch vieler Schritte, die hierhin und dorthin rannten. Bald war überall Rauch, und ich begriff, dass die Deutschen unsere Häuser anzündeten. Aber warum? Als Vergeltung für ein paar geworfene Kieselsteine?

Später erfuhren wir, dass es überall im Land zu derartigen Szenen gekommen war, unmittelbar vor dem Abzug der Deutschen. Gemeine Abschiedsgeschenke? Vielleicht hätten die Soldaten unsere Häuser auch so angezündet, ohne die geworfenen Steine. Doch wenn die Frauen anders gehandelt hätten, was wäre aus uns vieren geworden, die von den Soldaten aus dem Keller ins Freie getrieben worden waren? Wir würden die Antwort darauf nie erfahren, und wir würden niemals aufhören uns zu fragen.

Ich sah, dass es Stelios war, der meine Hand ergriffen hatte. »Hast du meine Mutter gesehen?«, fragte er. »Ich hab sie aus den Augen verloren, als das Schießen angefangen hat.«

Ich hatte Sophia nicht gesehen, und ich hatte Chrysoula und Takis ebenfalls verloren. Wir rannten davon, als hinter uns Schritte erklangen, ohne zu wissen, ob es Dorfbewohner waren oder Soldaten. Am Rand des Dorfes stolperten wir in die Senke, wo mein Vater den Kürbis gestohlen und wo sich Stelios und Sophia einst versteckt hatten. Dort lagen wir den größten Teil der Nacht. Es klang, als würden die Soldaten von Haus zu Haus gehen und alles in Brand stecken und jeden erschießen, der sie daran zu hindern versuchte. Überall im Dorf erklangen Schreie, zusammen mit dem Gebrüll der Soldaten, und über allem stand eine dichte Rauchwolke von den brennenden Häusern. Stelios hämmerte mit den Fäusten auf den Boden. »Sie ist tot!«, rief er verzweifelt. »Ich weiß es, sie ist tot!« Ich hielt ihm die Hand vor den Mund, um seine Schreie zu ersticken.

»Nicht«, hörte ich mich leise sagen. »Wir finden sie.«

Endlich waren Worte über meine Lippen gekommen! Das

neue Unglück hatte das Schweigen überwunden, das mich seit dem Tod meines Vaters gepackt gehalten hatte. Doch ich redete mit der rauen Stimme eines alten Weibes, mit einer Stimme, die seit damals bei mir geblieben ist über all die Jahre, der Stimme einer Vettel. Ich weiß nicht, warum, genauso wenig, wie ich weiß, warum ich einmal einen Vater hatte und Stelios eine Mutter, und dann hatten wir beide niemanden mehr. Oder warum es früher ein Dorf gegeben hatte und dann nicht mehr.

Wegen all dem Schreien und Brüllen schien Stelios gar nicht zu bemerken, dass ich gesprochen hatte. Dann erklang ein neues Geräusch, das Geräusch von angelassenen Motoren, und dann der Anblick von Scheinwerfern, die sich von unserem Dorf entfernten. Zogen die Deutschen endlich ab?

Früh am nächsten Morgen, als alles still war, so still, als wäre das Dorf verlassen, schlichen wir uns zurück. Mehrere Häuser brannten noch, einschließlich dem von Chrysoula, aber wo war sie? Überall lagen Tote, doch keine Soldaten. Wir stiegen über Leute, die ich mein ganzes Leben lang gekannt hatte – den Zimmermann, von dem mein Vater sich einst die Axt geliehen hatte, oder die Frauen, die jeden Tag zum Löwenbrunnen gekommen waren.

Und dann sahen wir sie – Chrysoula und Sophia. Sie saßen gegen eine Hauswand gelehnt, beinahe so, als hätten sie eine nette Unterhaltung. Ihre Augen standen offen, und ihre Gesichter waren ausdruckslos. Stelios kniete vor ihnen nieder, streckte die Hand aus und rüttelte seine Mutter vorsichtig an der Schulter, als wollte er sie aufwecken.

Ich schloss Chrysoulas Augen, diese gute Frau, die mich behandelt hatte wie eine eigene Tochter. Dann setzte ich mich neben sie, streichelte ihr über das Haar und dachte an die langen Gespräche, die sie mit mir hatte führen wollen und die wir nun niemals haben würden. »Rede mit mir«, sagte ich leise, obwohl ich wusste, dass sie niemals wieder sprechen würde. »Bitte rede mit mir, Chrysoula.« Rings um uns herum suchten die wenigen überlebenden Dorfbewohner nach ihren Toten, während sie heulten und jammerten und sich die Haare rauften. Aber wo waren die Deutschen? Und wo war Takis?

Stelios hielt seine Mutter in den Armen und wiegte sie, während er die Worte murmelte, die sie immer gesungen hatte: »… denn sie fliegen und zerstreuen sich …«

Ich weiß nicht, wie wir die nächsten paar Tage hinter uns gebracht haben. Es war, als wären Gewichte an meinen Kopf und meine Gliedmaßen geschnallt, und selbst die kleinste Bewegung, geistig oder körperlich, erforderte Anstrengungen, die meine Kräfte überstiegen. Doch Anstrengungen waren notwendig. Irgendwie nahm ich meine Trauer und verdrängte sie, schob sie in eine kleine Kammer in meinem Kopf und schloss hinter ihr die Tür. Es war das Einzige, was ich tun konnte, um durch den Tag zu kommen und dann den nächsten. Es war nicht gänzlich neu für mich. Mir wurde bewusst, dass ich so etwas Ähnliches schon einmal gemacht hatte, nach dem Tod meines Vaters, um das Gewicht dessen ertragen zu können, was passiert war … ich weiß heute, dass die Zeit diese Dinge kleiner macht, als würde sie sich unserer erbarmen, wenn der Tod es nicht tut.

Männer aus einem verschont gebliebenen Dorf in der Nähe kamen, um uns dabei zu helfen, das Begräbnis unserer Toten vorzubereiten. Von ihnen erfuhren wir, dass die Deutschen überall auf dem Rückzug waren und das Land geradezu fluchtartig verließen. Normalerweise hätten wir gefeiert, doch stattdessen mussten Stelios und ich die Hilfe dieser fremden Männer annehmen. Sie brachten die Leichen von Chrysoula und Sophia in das Haus meines Vaters. Es war eines der wenigen, die nicht niedergebrannt worden waren, vermutlich, weil der Oberst es für seine Leute requiriert hatte. Jetzt stand es leer.

Wir platzierten breite Bohlen zwischen Stühlen und bahrten Chrysoula und Sophia auf, mit Kerzen zu ihren Köpfen und

Füßen. Ich saß die ganze Nacht bei ihnen, während Stelios auf und ab ging. Hin und wieder blieb er stehen, um seiner Mutter das Haar zu streicheln. »Du hattest recht«, sagte er zu ihr. »Wir hätten gehen sollen. Wir wären inzwischen weit weg, und all das wäre nicht passiert. Wie soll ich das nur Papa sagen, wenn er nach Hause kommt?«

Ich weinte um Chrysoula und Sophia und ganz besonders um Stelios, weil niemand sagen konnte, ob sein Vater je heimkehren würde. Beim Anblick der beiden toten Frauen konnte ich nicht anders, als immer wieder zu denken: Sie sind tot, und wir leben. Ich schämte mich für den Gedanken. Dann hörte ich die Stimme meines Vaters. *Es ist reiner Zufall, Aliki, wer lebt und wer stirbt. Es steckt kein Sinn dahinter.*

Ich war nicht sicher, was mit mir geschah, doch ich spürte eine Art Welle in mir aufsteigen, zuerst in meine Brust und dann in meinen Kopf, und sie schien mich mit sich fortzureißen. Ich spürte, wie ich in einen Raum voller Schatten kam. Auf der anderen Seite gab es eine Tür, die einen Spaltbreit offen stand. Schwaches bernsteinfarbenes Licht fiel durch den Spalt. Ich hatte das Gefühl, dass hinter dieser Tür die Wahrheit über alles wartete, was ich jemals gekannt hatte. Wenn es mir nur gelang, sie vollends zu öffnen! Ich versuchte, mich der Tür zu nähern, doch es schien, als wären meine Füße so schwer wie Felsblöcke. Ich hörte ein Geräusch, von dem mir später bewusst wurde, dass es meine eigene Stimme war, doch ich konnte keine Worte erkennen. Die Stimme redete eine ganze Zeit lang weiter, und als es endlich vorbei war, war ich erfüllt von Wohlgefühl und Ruhe.

Durch dieses Gefühl hindurch hörte ich Stelios sagen: »Aliki! Du hast geredet!«

»Habe ich?«

»Also hast du doch eine Stimme. Aber sie klingt kratzig wie die Stimme einer alten Frau.«

»Was habe ich gesagt?«

»Ich hab es nicht wirklich verstanden. Irgendwas über die Erde, die die Jungen und die Alten frisst, die Mütter von Kindern und die Väter, ohne Unterschied. Es gab keine Worte, nur Laute, die sich wie *oooh looo looo* angehört haben.«

»Oh«, sagte ich. »Das ist das Geräusch, das die fliegenden Hühner von sich gegeben haben, hat Chrysoula erzählt.«

»Was?«

»Etwas, das sie einmal gesagt hat.«

Die Tür öffnete sich, und ein paar Nachbarn kamen herein. Sie waren die einzigen Überlebenden, alle in Schwarz. Wer hat dieses Klagelied gesungen?, fragten sie. Und ob diese Person auch für ihre Toten singen könnte?

Damit fing es an, und das habe ich seither getan. Klagelieder vorgetragen. Aber für den Moment war ich zu erschöpft und schlief an Ort und Stelle auf dem Fußboden ein.

Das Massenbegräbnis und die Zeremonie dauerten den größten Teil des nächsten Tages. Viele neue Gräber mussten ausgehoben werden, viele Särge gezimmert. Wir hätten es ohne die Hilfe der Leute aus dem anderen Dorf nicht geschafft. Unser Priester hatte überlebt, doch andere Priester aus der Gegend kamen hinzu, denn es gab mehr Tote als Lebende in unserem Dorf. Man erzählte sich, dass einige Leute aus unserem Dorf geflüchtet waren, als das Schießen angefangen hatte, und nicht wieder zurückgekehrt waren. Ich sah Zephyra und ihre Mutter zwischen den Särgen umherwandern und sich bekreuzigen, wann immer einer der Priester es vormachte. Zephyras Mutter und die wenigen überlebenden Frauen redeten über das, was passiert war, wie es dazu hatte kommen können. Ich spürte, wie sie mich anstarrten. Wo war Takis?

Nachdem die Toten unter der Erde waren, erblickte ich ihn zum ersten Mal seit den Ereignissen jenes Abends. Er hockte verdreckt und zusammengekauert an der Ecke des Friedhofs und beobachtete uns aus wilden Augen. Als ich zu ihm ging, sah er mich an wie ein Hund, der erwartet, geschlagen zu werden. Ich streckte ihm die Hand hin, doch seine Augen blickten so irre, dass ich nicht sicher war, ob er wusste, wer er war. Ich versuchte nachzudenken, zu überlegen, was Chrysoula getan hätte. Einer Eingebung folgend wandte ich mich ab, als wollte ich gehen, dann fuhr ich zu ihm herum und schlug ihm zweimal schnell ins Gesicht. Er schluchzte, und nach ein paar Augenblicken ließ er sich von mir zurück zum Haus führen.

Stelios sah Takis verständnislos an. »Du hast es nicht zum Begräbnis deiner eigenen Mutter geschafft?«, fragte er. Takis antwortete nicht. Stelios schien zu begreifen, dass Takis zu jemand anderem geworden war und nicht mehr der Junge, den wir gekannt hatten. Er wechselte einen raschen Blick mit mir, dann wandte er sich wieder an Takis. »Wieso warst du bereits auf der Straße, als wir nach draußen gebracht wurden? Was hattest du überhaupt da draußen zu suchen?«

Statt einer Antwort stürzte sich Takis auf ihn und biss ihn in das rechte Bein. Stelios schrie und versuchte, Takis von sich abzuschütteln, doch er verlor das Gleichgewicht und fiel über Takis zu Boden.

»Schaff ihn mir vom Hals!«, rief Stelios, und ich rannte in die Küche, packte eine Wasserflasche, die die Deutschen zurückgelassen hatten, und spritzte Takis die kalte Flüssigkeit ins Gesicht.

Takis ließ von Stelios ab, und ich schleifte ihn über den Boden in eine Ecke.

»Was ist nur los mit ihm?«, stöhnte Stelios mit schmerzverzerrtem Gesicht.

»Takis!«, sagte ich, packte ihn an den Schultern und schüttelte ihn. »Takis!« Seine Augen waren glasig, und er zitterte wie Espenlaub. Ich bat Stelios, mir zu helfen und Takis auf eine der Pritschen zu heben, die die Deutschen zurückgelassen hatten.

»Das ist nicht dein Ernst«, erwiderte Stelios. »Ich gehe nicht in seine Nähe.«

Im ersten Moment dachte ich, Takis hätte aus Trauer um seine Mutter den Verstand verloren. Die Deutschen hatten sie schließlich vor seinen Augen umgebracht. Es gelang mir irgendwie, ihn auf die Pritsche zu zerren und mit einer Armeedecke zuzudecken. Das schien ihn ein wenig zu beruhigen. Er wandte das Gesicht von uns ab, und dann beruhigte sich sein Atem zu meinem Erstaunen trotz allem, was geschehen war, zu einem gleichmäßigen Rhythmus. Er war eingeschlafen. Ich holte ein Seil aus der Küche und band seine Knöchel zusammen.

Stelios saß auf dem Boden und hatte das Hosenbein hochgekrempelt, um die Bisswunde zu untersuchen. Takis' Zähne waren deutlich zu sehen. Die Haut war verletzt, und Blut quoll aus der Wunde. Ich half Stelios, sie zu reinigen und mit einem sauberen, trockenen Tuch zu verbinden.

»Wahrscheinlich ist es besser, wenn du sie jetzt in Ruhe lässt«, sagte ich zu ihm. »Leg dich auf eine der anderen Pritschen und ruh dich aus, okay? Hier, ich ziehe eine für dich heran.«

»So weit weg von Takis wie möglich.«

Ich zog zwei Pritschen nebeneinander, bis nur noch ein ganz kleiner Zwischenraum bestand. Dann stapelte ich alle anderen Pritschen in einem unordentlichen Haufen zwischen Takis und uns auf. Falls er in der Nacht versuchte, zu uns zu kommen, würde er über die Pritschen stolpern, und der Lärm würde uns wecken.

Stelios und ich lagen nebeneinander. Er ergriff meine Hand und hielt sie, bis er eingeschlafen war und losließ.

Ich trieb durch die Nacht, während ich nach Antworten auf die Fragen suchte, die Stelios Takis gestellt hatte. Ich erinnerte mich, Takis' Schritte oben in der Küche gehört zu haben, als er das Haus verlassen hatte. Ich konnte mir denken, was passiert war, doch ich verdrängte den Gedanken. Die wichtigere Frage lautete, was sollten wir jetzt mit ihm anfangen? Er konnte eine Gefahr für uns sein und war vermutlich eine für sich selbst. Und viel bedeutsamer noch – wie wollten wir überleben? Die Deutschen waren endlich weg, doch das Dorf war nur noch ein schwelendes Ruinenfeld. Die Überlebenden würden nach einem Schuldigen suchen für das, was in der Nacht passiert war. Was die Deutschen auf den Plan gebracht hatte. Ich erinnerte mich an Zephyras Mutter und die anderen Frauen, die mich auf dem Friedhof angestarrt hatten. Es war Zeit zu gehen.

Am nächsten Morgen starrten Stelios und ich über den Pritschenstapel zu Takis, der unsere Blicke erwiderte. Etwas wie Bewusstsein war in seine Augen zurückgekehrt. Ich fragte ihn, wie es ihm ging.

»Ich weiß es nicht«, antwortete er einsilbig. »Mein Kiefer. Er schmerzt.«

»Bestimmt nicht so sehr wie mein Bein«, sagte Stelios.

Der Hinweis entging Takis völlig. Er sah sich im Raum um. »Wo sind wir? Wessen Haus ist das?«

»Das Haus meines Vaters«, sagte ich.

»Du kannst reden, Aliki. Du kannst *reden*.«

»Ja.«

»Aber du klingst nicht so wie früher. Hat Mutter es schon gehört? Sie wird glücklich sein.«

Stelios und ich wechselten Blicke. Er wollte etwas sagen, doch ich verdrehte die Augen. »Erinnerst du dich an etwas von dem, was in den letzten beiden Tagen passiert ist?«, fragte ich Takis.

»Nein. Ich weiß nicht.«

»Ich glaube dir nicht«, sagte Stelios.

»Es ist die Bombe. Vielleicht ist sie hochgegangen.«

»Es gibt keine Bombe.«

»Irgendetwas *ist* hochgegangen.«

»Könnte man so sagen.«

Takis fing an zu weinen.

»Das reicht jetzt«, sagte ich. Wir mussten aus dem Haus und irgendwohin, wo es etwas zu essen gab. Wenn die Deutschen das Land verließen, dann hatten sie Athen vielleicht bereits geräumt. Es gab nichts, was uns im Dorf hielt. Hatte Stelios einen Schlüssel zum Haus seiner Eltern? Er meinte, er bräuchte keinen, weil es einen Reserveschlüssel im Hof ihres Hauses gab. Und die Haushälterin lebte ebenfalls dort, die alte Yannoula, und kümmerte sich um das Haus. Sie war keine Jüdin und hatte deshalb nicht mit ihm und seiner Mutter zusammen fliehen müssen.

»Aber wir wissen nicht, ob sie noch dort ist«, wandte ich ein. »Alles Mögliche könnte passiert sein.«

Wir mussten überleben, bis wir einen Plan hatten, wie es weitergehen sollte. Oder bis Stelios' Vater zurückkam, falls er jemals wiederkam. Das Haus meines Vaters war immer da, falls wir es brauchten.

Stelios schüttelte den Kopf. »Ich kann jetzt nicht über diese Dinge nachdenken«, sagte er. »Ich sehe überall das Gesicht meiner Mutter, wohin ich mich auch wende.« Er blickte zu Takis. »Was machen wir mit ihm?«

Takis hatte aufgehört zu weinen, doch er schien immer noch benommen.

»Er muss mit uns kommen«, sagte ich. »Wir können ihn nicht zurücklassen. Er würde verhungern.«

»Na und? Mir fallen ein paar gute Gründe ein, warum wir ihn zurücklassen sollten.«

»Chrysoula würde nicht gewollt haben, dass wir Takis zurücklassen. Und ganz bestimmt nicht in dem Zustand, in dem er sich befindet. Ich werde mich um ihn kümmern. Er wird dich nicht belästigen.« Ich war selbst überrascht von der Autorität in meiner neuen Altfrauenstimme. Stelios war nicht begeistert, doch er schien zu begreifen, wie entschlossen ich war.

»Meinst du, wir können zu Fuß nach Athen gehen? Es ist ein weiter Weg, und im Moment weiß ich nicht mal, ob ich quer durch das Zimmer gehen kann.«

»Versuch es.«

Er humpelte durch den Raum. Für den langen Weg nach Athen würde er eine Krücke oder einen Stock benötigen. Ich löste Takis' Fußfesseln und half ihm, sich ein wenig zu waschen.

Wir verließen das niedergebrannte Dorf. Stelios brach eine Latte aus einem Zaun, die er als Gehstock benutzte. Takis starrte geradeaus und schien nicht viel von allem mitzukriegen. Selbst als wir den Friedhof passierten, sah er nicht nach rechts oder links. Der Anblick der vielen frisch aufgeworfenen Erdhügel erschütterte Stelios und mich aufs Neue. Wir wandten uns mit nassen Gesichtern ab und eilten hinter Takis her, der, ohne auf uns zu warten, weitergelaufen war.

Die Straße war voll tiefer Schlaglöcher von den abziehenden Deutschen mit ihren Lastern und Panzern. Wir gingen langsam, damit Stelios nicht zurückblieb. An einem Punkt wandte sich Takis zu ihm um. »Was ist mit deinem Bein?«, fragte er.

»Geh zur Hölle«, murmelte Stelios.

Nach einer Weile passierten wir das Nachbardorf, dessen Männer uns geholfen hatten, unsere Toten zu begraben. Fahnen flatterten im Wind, und die Bewohner feuerten ihre Flinten in die Luft. Banner waren über die Straße gespannt: »Lang lebe das freie Griechenland!«

Ein alter Mann mit einem Eselskarren erbot sich, uns ein Stück mitzunehmen. »Gott hat genug übrig gelassen.« War es ein allgemeiner Kommentar, oder redete er über sich selbst? Wir setzten uns hinten auf die Pritsche und ließen die Beine baumeln. Ich saß in der Mitte zwischen Stelios und Takis. So fuhren wir lange Zeit, ohne ein Wort zu reden. Irgendwann tauchte eine Gruppe von vier oder fünf halb verhungerten Jungen in zerlumpter Kleidung hinter einem Felsen auf und starrte uns wortlos an, als wir vorbeifuhren. Ein Stück weiter kamen drei Mädchen in meinem Alter hinter dem Karren her und fragten, ob wir etwas zu essen hätten. Ich hatte ein einzelnes Päckchen der zähen Rationen, die die Deutschen zurückgelassen hatten, und warf es ihnen zu. Sie stürzten sich darauf, kaum war es auf der Erde gelandet, und kämpften um den ersten Bissen.

Wir wussten es damals nicht, doch solche Kinderbanden waren überall unterwegs. Der Krieg hatte viele Waisen zurückgelassen, und sie durchstreiften das Land in Rudeln.

»Wohin fahrt ihr?«, rief uns eines der Mädchen hinterher.

»Athen«, antwortete ich.

»Dort ist es schlimmer. Die Leute verhungern auf den Straßen. Fahrt nicht nach Athen.«

»Wir müssen.«

»Fahrt nicht dorthin.«

Andere rannten neben dem Karren her und bettelten darum, mitgenommen zu werden.

»Sie sind wie wilde Hunde«, sagte der alte Mann. »Meine Frau hat versucht, einigen von ihnen zu helfen. Sie hat sogar ein paar in unserem Haus aufgenommen. Aber sie haben alles gestohlen, was sie tragen konnten. Dann tauchten neue auf. Ihr kennt das Sprichwort – wenn du dich zu den Hunden legst, fängst du dir Flöhe. Ich habe sie verjagt.«

Ein wenig später passierten wir einen hohen Felsvorsprung mit einem Kloster. Dort gebe es reichlich zu essen, sagte der alte Mann, »… bei den gierigen Bastarden da oben.« Die Mönche warfen Felsbrocken auf jeden, der versuchte, die Mauern zu erklettern. »Eines Tages werden sie dafür bezahlen. Jedes Schaf hängt irgendwann am Haken des Metzgers.«

Den größten Teil des Tages holperten wir auf der harten Pritsche des Karrens durch die Gegend. Stelios starrte in die Ferne und wischte sich von Zeit zu Zeit die Augen. Takis blieb ganz auf seiner Seite des Karrens und hielt das Gesicht von uns abgewandt. Ich bemühte mich, keinen von beiden anzusehen, während ich versuchte, mich von allen Gedanken zu befreien und bereit zu machen. Bereit wozu? Ich wusste es nicht. Nach dem Begräbnis meines Vaters hatte Chrysoula mir erzählt, dass der Tod eines geliebten Menschen etwas war wie ein tiefer Schnitt mit dem Messer. »Der wahre Schmerz kommt erst viel später«, hatte sie gesagt. »Wenn die Wunde kalt ist.«

Der alte Mann fragte mich, wohin wir wollten und warum, doch ich erwiderte nur: Athen. Ich hatte irgendwie das Gefühl, als müsste das, was wir drei in meinem Dorf erlebt hatten, geheim bleiben. Es machte uns anders als jeden anderen, und ich hätte ohnehin nicht gewusst, wie ich es erklären sollte. Wir kamen durch viele Dörfer und Gemeinden. Manchmal schliefen wir unruhig auf den harten Brettern, wenn der Abend heraufzog. Der alte Mann hielt gelegentlich für ein Nickerchen am Straßenrand an, doch nie für längere Zeit. Bald schon drängte er seinen Esel zum Weiterlaufen. Endlich, eines späten Nachmittags, erreichten wir Halandri, einen der ersten Vororte von Athen. Die Straßen waren voll von Stadtbewohnern, die auf das Eintreffen der britischen Truppen warteten, der ersten alliierten Streitkräfte in Griechenland, auf ihrem Weg nach Athen. Man hatte Orientteppiche auf den Straßen ausgebreitet und mit Blüten und Lorbeerblättern bestreut, um die Truppen willkommen zu heißen. Ohne ein Wort kletterte Takis vom Karren und verschwand in der Menge. Ich rief ihm hinterher, doch er hielt nicht an. Ich konnte ihn nicht ohne Weiteres ziehen lassen, also half ich Stelios vom Wagen. »Nur Mut!«, rief uns der alte Mann zu. »Und vergesst nicht, wer sich selbst ins Gesicht schlägt, sollte nicht schreien.«

»Was soll denn das schon wieder bedeuten?«, fragte Stelios. »Er hat ein Sprichwort für jede Gelegenheit, ob es nun passt oder nicht.«

»Weißt du, wo wir sind? Ist es weit bis zu eurem Haus?«

»Ein ganzes Stück. Wir brauchen eine neue Mitfahrgelegenheit.«

Wir bahnten uns den Weg durch die Menge und kletterten auf den Sockel der Statue eines Helden aus dem Unabhängigkeitskrieg. Von dort aus verfolgten wir die Ankunft der britischen Jeeps. Blumen und Lorbeerzweige regneten aus der jubelnden Menge auf die Soldaten herab. Die lächelnden, winkenden Truppen steckten bis zur Brust in Geschenken, die sie auf der Fahrt hierher in den Dörfern bekommen hatten. Jeep um Jeep fuhr vorüber, doch der Jubel der Menge schien keine Grenzen zu kennen. Die Leute drängten sich ganz dicht an die Fahrzeuge, und einige liefen ein Stück weit mit, während sie versuchten, den einen oder anderen Soldaten zu berühren. Eine junge Frau rannte neben einem der Wagen her und reichte einem Soldaten einen Krug frischen kalten Wassers. Jemand anderes bot einen Becher Rotwein an. Ein Mann hielt ein Schild hoch. PLEASE TO MARRY MY DAUGHTERS PLEASE!

Dann erspähten wir Takis. Er versuchte, neben den Jeeps herzulaufen, doch er fiel immer wieder zurück. Einer der Soldaten streckte die Hand aus, ergriff ihn und zog ihn zu sich hoch. Dort saß er nun, unser Takis, inmitten von Blumen und Lorbeer auf dem Schoß eines der britischen Soldaten. Der Soldat hob Takis' Arm und half ihm, der Menge zuzuwinken. Takis begriff rasch und winkte aus eigenen Stücken, als hätte er persönlich die Befreiung Griechenlands bewirkt. Schön, dachte ich. Er hat die Deutschen gegen die Briten getauscht. Ich rief nach ihm, doch er sah nicht in unsere Richtung.

»Er weiß doch gar nicht, wie er uns in Athen finden soll«, sagte ich.

»Gut«, sagte Stelios.

»Wohin wird er gehen? Wie will er überleben?«

Stelios antwortete nicht, und wir kletterten von der Statue herunter. Die Menschen stiegen in Autos und auf Laster und

Karren, um dem britischen Tross nach Athen hinein zu folgen. Wir fanden einen Platz auf der Pritsche eines Lasters, wo sich die Menschen umarmten und die griechische Hymne sangen:

… Hellas' Schrein hielt dich geborgen,
Und aus Heldenasche wich
Licht von neuem Ruhmesmorgen,
Freiheit, heil, ich grüße dich.

Es war, als wären wir alle Freunde, Teil einer einzigen riesigen Familie. Die Dörfer und Städte schienen ineinander überzugehen, sie folgten dicht aufeinander, bis ein Straßenschild verkündete, dass wir die eigentliche Stadt Athen erreicht hatten, und ein gewaltiger Hügel mitten im Zentrum in Sicht kam. Jubel brandete auf, und ich erkannte den Parthenon wieder, den ich bisher stets nur auf Briefmarken und Geldscheinen gesehen hatte. Meine Schulbildung war so armselig, dass ich nicht wirklich begriff, was das für Gebäude waren. Ich fragte Stelios, ob dort der König gewohnt hatte, bevor die Deutschen gekommen waren. Er lachte nur.

Die Gebäude waren groß und sahen völlig unbeschädigt aus. Stelios sagte, dass es keine Häuserkämpfe gegeben habe, als Griechenland sich den Deutschen ergeben hatte, deswegen seien die meisten Häuser intakt. Doch die Deutschen hatten so gut wie alle Lebensmittel an sich genommen, genau wie überall sonst, und Plünderer und Diebe oder Leute, die die Mauern mit antideutschen Parolen beschmiert hatten, ohne viel Federlesens erschossen.

Überall läuteten die Glocken, und Menschen umarmten sich und tanzten in den Straßen. Als der Laster nicht mehr weiterkam, in der Nähe des Parlaments, wie Stelios sagte, stiegen wir alle ab. Stelios nahm meine Hand und zog mich mit sich durch die Menge, eine breite Avenue hinauf, wo elektrische

Straßenbahnen – ich hatte noch nie so etwas gesehen – in einem Meer von Menschen feststeckten. Wir stiegen in einem Bezirk mit Namen Kolonaki auf einen Hügel. Von nahezu sämtlichen Balkonen wehten Flaggen. Menschen auf einem Platz jubelten und schwenkten Fahnen.

Stelios öffnete ein Tor gleich am Rand des Platzes und führte mich in einen schattigen Hof. Es gab einen Brunnen und Orangenbäume, die den Blick auf das Haus halb verbargen.

»Alles ist gut«, sagte Stelios. »Es sieht genauso aus wie immer. Wir sind *zu Hause*, Aliki!« Er ging zu einer Steinbank, zog einen Schlüssel darunter hervor und sperrte eine Tür damit auf. Die Innenräume waren schmal, doch hoch. Ich war noch nie in einem Haus mit mehr als einem Stockwerk gewesen. Dieses hier ging hoch und höher, mit einer Marmortreppe, die sich in der Mitte nach oben wand. Zu beiden Seiten gingen Zimmer ab. Stelios rannte die Treppe hinauf. »Yannoula!«, rief er. »Yannoula! Ich bin zu Hause!«

Ich wanderte in einen Salon mit einem Kronleuchter, auch etwas, das ich noch nie gesehen hatte, dessen Lichtstrahlen auf den roten Plüschsofas und den goldgerahmten Gemälden tanzten. Ich wollte mehr sehen, doch ich war so erschöpft, dass ich mich fragte, ob ich bereits träumte. Ich setzte mich auf eines der Sofas und schlief augenblicklich ein.

Stunden später wurde ich durch sanftes Anstupsen geweckt. Im ersten Moment dachte ich, es wäre Chrysoula. Doch es war eine alte Frau in schwarzer Kleidung. Sie reichte mir eine Schale mit dampfendem Inhalt – Bohnensuppe! Oh, der Duft des Essens, Knoblauch und Zwiebeln und – war das möglich? Hühnerbrühe. In diesen Zeiten aus einem Huhn eine Brühe zu kochen, das war beinahe ein Verbrechen, doch eines, für das ich zutiefst dankbar war. Auf der Suppe schwamm ein Lorbeerblatt, dessen Spitze auf mich zeigte wie ein winziger Pfeil.

Kassette 2, Seite 2

Entschuldigen Sie meine Heiserkeit. Meine Kehle ist immer noch rau vom Klagegesang vergangene Nacht. Was für eine Versammlung – sämtliche Frauen des Dorfes waren da, zumindest diejenigen von uns, die noch gehen und reden können. Auf der gegenüberliegenden Seite von Zephyras Wohnzimmer stand ihr Holzsarg, getragen von zwei Stühlen, mit hohen Kerzenständern aus Messing am Kopf- und Fußende, die aus der Kirche geliehen waren. Selbst von der anderen Seite des Zimmers aus konnte man Zephyras Nase sehen.

Ich trat zu dem offenen Sarg und weinte um sie, um uns alle, die wir, verwundet wie wir sind, mit unseren Verletzungen bis zum Ende unserer Tage leben müssen, bis wir diese Welt verlassen. Die Frauen, die Zephyra für die Bestattung vorbereitet haben, sind unter ihrem Bett auf ein Vorratslager an Raki gestoßen. Ich hoffe, dass die Flaschen ihr im Leben einen gewissen Trost verschafft haben. Wir würden ebenfalls davon trinken, bevor der Abend zu Ende war.

Jemand hatte für mich ein Paar von Zephyras Schuhen vor den Sarg gestellt. Ich zog meine eigenen aus und schlüpfte in ihre – na ja, schlüpfen ist vielleicht nicht das richtige Wort. Ich zwängte meine Füße hinein. Autsch. Ich verlor beinahe das Gleichgewicht und wankte so tief über Zephyras Leichnam, dass ich die Zitronenseife riechen konnte, mit der sie die Tote gewaschen hatten. Die anderen Frauen fingen an zu klagen und zu jammern und riefen Zephyra Botschaften zu, die sie zu ihren Verwandten auf der anderen Seite weitertragen sollte.

»Kannst du Mutter bitte fragen, wo sie den Hochzeitsumhang der Familie hingetan hat? Könnte sie uns ein Zeichen senden? Unsere Frosini braucht ihn für die Zeremonie.«

»Ich kann das Säckchen mit den Goldsovereigns nicht finden, das Manos im Schuppen unter den Dielenbrettern zurückgelassen hat. Hat er alles ausgegeben?«

»Sag bitte Kostas, dass sein Bruder immer noch versucht, mich um den Kartoffelacker zu betrügen.«

Die Schreie kamen schneller, zusammen mit einer höheren Stimme. »Der Tod ist das Kamel«, riefen sie, »das dunkle Kamel, das vor jeder Tür kniet.«

Wir ereiferten uns und schleuderten Gott Flüche entgegen, weil er uns die Lebenden nahm. Was haben wir schon an Besitz, außer unseren Körpern und unseren Träumen? Dann fing die Woge an, die Zephyra war. Sie lief durch meine Beine und nach oben in meine Brust. Im Raum voller Schatten bewegte ich mich auf die halb geöffnete Tür zu, doch als ich sie erreichte, erfüllte meine eigene Stimme den Raum und sagte etwas, dem ich nicht folgen konnte, während das bernsteingelbe Licht verblasste und die Tür auf einmal verschwunden war.

Als ich wieder zu mir kam, saß ich auf einem Sofa, und die anderen hatten sich um mich versammelt und wedelten mit Fläschchen von Riechsalz unter meiner Nase und sagten, ich solle mich beruhigen. Welch eine Vortragskunst, sagten sie, und ich hätte Zephyra mit meinem Klagelied die letzte Ehre erwiesen. Was ich denn gesungen hatte, wollte ich wissen. Es ging etwa so, berichten sie mir:

Ich war Zephyra,
Benannt nach dem Wind.
Doch mein Leben fiel wie Regen

Auf den harten Sommerboden.
Ich kühlte nicht den süßen Basilikum am Tor,
Nicht einmal die Ziegen, die ihn fressen,
Nachdem sie mit meiner Seele fertig sind.
Ich war Zephyra,
Benannt nach dem Wind.
Verflucht mit einer Mutter,
Einem Ehemann und einem Sohn,
Die nicht meine Hände und nicht mein Herz liebten,
Und nicht das Essen von meinem Herd,
Das sie ohne Dank verzehrten.
Ich war Zephyra,
Benannt nach dem Wind.

Weiter und weiter hatte ich gesungen. Es brachte mich zum Weinen über dieses traurige Leben. Egal, sagten die Frauen und reichten mir ein Glas Raki, sodass wir auf Zephyra trinken konnten. Das taten wir, und dann tranken wir noch eins und noch eins. Der Raki belebte unsere müden Knochen und brachte uns auf die Beine. Mit knackenden Knien und murrenden Gelenken nahmen wir einander bei den Händen und tanzten in einer Reihe singend durch das Haus:

In der dunkelsten Nacht
Klopft es an meiner Tür,
Aber niemand ist da.
Wer kann das sein? Was will er von mir?
In diesem Leben voller Gespinste,
Warum ist er gekommen?

»O-paaah!«, riefen wir, indem wir uns drehten und drehten, bis unsere Trauer von uns abfiel und wir unsere Furcht zertrampelten, es könnte niemanden mehr geben, der um uns trauerte, wie

wir es um Zephyra taten. Die meisten von uns haben ihre Familien überlebt – falls es je eine gab. Nachdem mein Vater von den Deutschen ermordet worden war, hatte ich Chrysoula und Takis als meine Familie angenommen. Und nach Chrysoula gründete sich meine nächste Familie, so schätzte ich, an jenem ersten Morgen im Haus von Stelios in Athen.

Als ich die Treppe hinunterkam aus meinem Zimmer unter dem Dach, in das mich die Haushälterin Yannoula am Abend zuvor geführt hatte, erwartete mich Stelios bereits in der Halle. Er hatte sich das Haar ordentlich gekämmt, einen dunklen Anzug angezogen und eine Krawatte umgebunden. Ich war verblüfft zu sehen, welch ein hübscher junger Mann er über Nacht geworden war.

»Bist das du?«, fragte ich.

»Das bin ich. Nur in meiner normalen Stadtkleidung. Yannoula sucht dir passende Sachen raus.«

Der Plan für den Tag war, etwas zu finden, das wir gegen Essen eintauschen konnten. Yannoula hatte einen kleinen Gemüsegarten angelegt und ein paar Hühner im Käfig gehalten, wegen der Eier. Sie hatte außerdem Möbel aus den unbenutzten Schlafzimmern gegen Nudeln, Reis und Olivenöl getauscht, doch die Vorräte gingen zur Neige, und von diesem Tag an waren wir drei Mäuler, die gestopft werden mussten. Wenigstens war die Gegend halbwegs sicher, weil sich hier viele der ausländischen Botschaften befanden.

Stelios bat mich, mit ihm in das Schlafzimmer seiner Eltern zu gehen, und zuerst erschrak ich, weil ich an das denken musste, was Chrysoula mir über Männer im Allgemeinen gesagt hatte. »Ich musste Yannoula gestern Abend erzählen, was mit Mutter passiert ist«, berichtete er, während er mich in das Zimmer führte. Meine Nervosität schwand, als ich den riesigen blauen Himmel über dem Ehebett erblickte. Ich hatte so etwas noch nie gesehen. War es vielleicht für den Fall, dass die Zimmerdecke undicht wurde und Regen durchsickerte? Nein, nur Dekoration, sagte er. Ich öffnete die doppelten Glastüren und trat hinaus auf einen Balkon mit Aussicht auf die Orangenbäume unten im Garten. Stelios folgte mir. »Ich habe Yannoula alles erzählt, während sie meine Wunde am Bein versorgt hat. Sie ist zu erschüttert, um ihr Zimmer zu verlassen.«

Yannoula arbeitete seit vielen Jahren für Stelios' Familie und war mehr eine Freundin von Sophia als eine Angestellte. Sie hatte nicht viel geredet, als sie mich am Abend nach oben geführt hatte, und mich lediglich wissen lassen, dass Stelios bereits zu Bett gegangen war in seinem Zimmer im ersten Stock. Als sie mir ein paar saubere Handtücher reichte und eine gute Nacht wünschte, sah ich, dass sie zwar in Schwarz gekleidet war wie eine alte Vettel aus dem Dorf, jedoch ein freundliches, wenngleich von tiefen Runzeln durchzogenes Gesicht besaß, das vermutlich einmal schön gewesen war. Stelios war wieder traurig geworden, als er vom Schicksal seiner Mutter erzählt hatte. Seine Augen waren immer noch feucht, als er nun eine Schublade in der Kommode öffnete und ihr Schmuckkästchen hervornahm.

»Von Rechts wegen gehört das alles jetzt meinem Vater«, sagte er, indem er das Kästchen öffnete und eine goldene Hutnadel hervorzog. Sie besaß die Form eines winzigen Tigers mit Rubinen als Augen. »Aber ich denke, er würde es verstehen …« Sophia war keine auffällige Frau gewesen, doch ihr Mann hatte ihr ein paar schöne Stücke geschenkt: eine Halskette aus rosafarbenem Amethyst, ein paar goldene Armbänder und mit glitzernden Edelsteinen besetzte Ringe. Ein Cousin seines Vaters konnte uns vielleicht helfen, den Schmuck zu verkaufen, sagte Stelios. Es sei denn, der Cousin war ebenfalls von den Deutschen erschossen worden.

Als wir das Haus verließen, humpelte Stelios kaum noch. Wir passierten kleine Gruppen von Polizisten, die die nahe gelegenen Botschaften bewachten. Nur ein paar Blocks weiter und in einer weitaus ärmeren Gegend stolperten wir fast über die Leiche eines alten Mannes im Schlafanzug. Stelios erzählte mir, dass diejenigen, die in ihren Häusern verhungert waren, nach draußen gelegt wurden, wo ein Karren die Leichen abholte und zum Gemeindefriedhof brachte. Es gab keine Särge mehr und nur wenige Männer, um Gräber auszuheben. Das war schon so gewesen, bevor er und seine Mutter aus der Stadt geflohen waren. Der Unterkiefer des Toten hing herab, was ihm einen überraschten Gesichtsausdruck verlieh. Ich brachte es nicht fertig, einfach über ihn zu steigen, und so ergriff Stelios meine Hand und half mir um ihn herum.

Die meisten Läden, die wir passierten, waren entweder leer und geschlossen oder ausgebrannt. Banken waren mit Brettern vernagelt, und Menschen schliefen in Hauseingängen oder auf öffentlichen Plätzen. Die jubelnden Massen vom Vortag waren verschwunden, und unsere Schritte hallten laut durch die leeren Straßen. In einer Gegend voller Lagerhäuser und geschlossener Antiquitätengeschäfte sagte mir Stelios, dass ich warten sollte, während er nach oben in ein Büro im ersten Stock ging.

Ich stand auf dem Bürgersteig und sah, dass wir uns unmittelbar unterhalb des Hügels befanden, den ich am Vortag gesehen hatte, als wir in die Stadt gekommen waren. Auf halber Höhe umgab eine gewaltige Festungsmauer den gesamten Berg. Von hier unten konnte ich weder den Parthenon noch irgendein anderes Gebäude sehen. Ich fragte mich, wie jemand derart gewaltige Mauern hatte bauen können, und zu welchem Zweck? Unterhalb der Mauern, fast auf der Höhe der angrenzenden Straßen, erstreckten sich Ruinen aus Marmor. Zerbrochene Säulen ragten über das Unkraut und die Sträucher. Ich wollte Stelios danach fragen, als er nach einer Weile zurückkam, doch sein Gesicht war grau.

»Er hat alles genommen«, sagte er. »Alle Sachen von Mutter.«

Er trug zwei Leinensäcke, einen voll mit Reis, den anderen mit einem Zehn-Liter-Kanister Olivenöl.

»Mehr waren die Sachen nicht wert?«

»Mehr habe ich nicht dafür bekommen. In diesen Tagen sind die Dinge das wert, was man für sie kriegen kann.«

Er gab mir den Sack mit dem Reis (den leichteren von beiden), und wir machten uns auf den Heimweg. Zwei Jeeps mit britischen Soldaten darin brausten vorüber, und ich sagte zu Stelios, dass ich nicht verstand, warum die Briten hier waren. Hatten sie jetzt die Herrschaft über das Land an sich gerissen?

»Woher soll ich das wissen?«, erwiderte er in einem Tonfall, der so scharf klang, dass ich ihn überrascht ansah. Dann berichtete er, was er vom Cousin seines Vaters erfahren hatte. Die griechischen Juden waren nach Polen und Deutschland in Arbeitslager geschickt worden. Die Deutschen hatten Zehntausende deportiert – die genauen Zahlen würden wohl erst sehr viel später bekannt werden. Das Rote Kreuz in Genf besaß keinerlei Aufzeichnungen. Fast die gesamte jüdische Bevölkerung von Thessaloniki war ebenfalls deportiert worden, mehr als vierzigtausend Menschen.

»Sie sind wie vom Erdboden verschwunden. Papa und Onkel Nikos mit ihnen.« Ich trottete ein wenig hinter ihm her, und er drehte sich zu mir um. Sein Gesicht war immer noch grau. Ich fragte ihn nach dem Cousin, bei dem er soeben gewesen war, und Stelios erwiderte, dass ein paar Freunde hier in der Stadt ihn und seine Familie in ihrem Haus versteckt gehalten hatten. Er war nicht zur Synagoge gegangen wie all die anderen, um sich registrieren zu lassen.

Ich begriff nicht, warum überhaupt jemand deportiert worden war. Ich wollte Stelios gerade fragen, als ich rasche Schritte hinter mir hörte. Jemand packte meinen Leinensack mit dem Reis und wollte ihn mir wegnehmen. Ein Mann in Lumpen, mit verkniffenem Gesicht und wilden Augen. Ich hielt den Sack fest, und er brüllte mich an, ich solle loslassen.

»Es ist für meine Kinder!«, sagte er. »Drei Stück, und sie haben nichts zu essen!«

Stelios fuhr herum und holte mit dem schweren Sack aus. Der Ölkanister traf den Mann mitten im Gesicht. Blut spritzte aus seiner Nase und auf mich.

»Bitte ...«, flehte der Mann. »Nur ein klein wenig ...«

»Lauf!«, rief Stelios. Wir rannten los, so schnell wir mit den schweren Säcken konnten. Ich hatte Angst, dass meine Beine unter mir nachgaben, doch irgendwie schaffte ich es. Der Mann blieb hinter uns zurück. Als ich über die Schulter sah, stand er an einer Wand, das Gesicht blutig, und weinte bitterlich.

»Können wir ihm denn nichts geben?«, fragte ich.

»Nein. Halt den Sack dicht an deinen Körper, so.« Stelios zeigte mir, wie ich ihn tragen musste. »Dann kann ihn niemand an sich reißen.«

»Ich werde ihm etwas abgeben.«

Ohne anzuhalten, griff ich in den Sack, nahm eine Handvoll Reis hervor und warf sie über die Schulter hinter mich. Und dann noch eine. Ich sah mich um. Der Mann lag auf den Knien und versuchte den Reis in kleine Häufchen zusammenzuscharren, die er einsammeln konnte.

»Hör auf damit!«, sagte Stelios. »Andere könnten dich beobachten, und dann fallen sie alle über uns her!«

Wir schafften es zurück bis zum Haus, ohne noch einmal belästigt zu werden. Die alte Yannoula öffnete uns die Tür. Ihre Augen waren geschwollen vom Weinen. Sie sah uns wortlos an und wandte sich dann ab. An jenem Abend saßen Stelios und ich im gelben Esszimmer einander am Tisch gegenüber und aßen Reis und Gemüse, das Yannoula für uns zubereitet hatte. An den Wänden hingen Gemälde, die ich nicht verstand: menschliche Wesen oder Blumen aus Würfeln und Dreiecken.

Stelios schien von der erdrückenden Last seiner Gedanken gebeugt. Es fiel mir schwer, in ihm den Jungen zu sehen, mit dem ich aus dem Dorf in die Hügel gezogen war und den ich geküsst hatte. Ich fühlte mich von ihm abgeschnitten. Ich suchte nach etwas, das ich sagen konnte, und fragte ihn nach der hohen Festungsmauer, die ich gesehen hatte, und den Ruinen darunter.

»Ah, richtig«, sagte Stelios leise. »Du weißt nicht viel über Athen.«

Er verließ das Zimmer und kehrte mit einem Reiseführer zurück. Er sagte, es täte ihm leid, aber ihm wäre nicht nach Reden, und er wollte zu Bett. Ich nahm das Buch mit auf mein Zimmer, doch es gab zu viele schwierige Worte darin. In der Mitte des Buches waren eine Menge Bilder von Orten, die ich wiedererkannte, aber auch vom Nationalgarten, genauso, wie Sophia ihn beschrieben hatte.

Am nächsten Tag fragte ich Stelios, ob er mich zu dem Garten bringen könnte. Wir warteten bis zum Abend, bis das Schattentheater offen haben würde – falls es noch existierte. Der Garten war nicht weit vom Haus, also gingen wir zu Fuß zu dem Eingang in der Nähe des Parlamentsgebäudes. Doch wie Stelios gesagt hatte – alles hatte sich geändert. Bäume und Büsche waren völlig kahl, die Blätter abgerissen von hungrigen Athenern. Einige von ihnen lebten sogar dort, in dünnen Wellblechhütten oder improvisierten Zelten aus Pappen und Planen. Die Wege führten noch immer in weiten Kurven um die Bachläufe und Teiche herum, doch die Enten und Goldfische waren verschwunden.

»Mutter würde es nicht wiedererkennen«, sagte Stelios. »Ich bin froh, dass sie es nicht sehen kann. Es war eine ihrer Lieblingsstellen.«

Ich erinnerte mich, wie Sophia erzählt hatte, wie sehr ihr Mann das Cabaret nebenan gemocht hatte. Und ich fragte mich erneut, wieso er und die anderen von den Deutschen deportiert worden waren. Ich fragte Stelios.

Er seufzte. »Es ist ein alter Hass zwischen den Rassen«, sagte er, ohne mich anzusehen. Sein Vater hatte ihm erzählt, dass die Juden in Griechenland ursprünglich aus Spanien stammten und dort vor vielen Jahrhunderten verfolgt und vertrieben worden waren. Menschen wie die Juden, ohne richtige Heimat, wurden oft woanders nicht akzeptiert. »Aber hier in Griechenland war das kein Problem. Hier zählt nur, dass man Grieche ist. Ich wurde hier geboren, genau wie meine Eltern, und niemand hat je etwas anderes in uns gesehen als Griechen.«

Der Cousin seines Vaters hatte ihm erzählt, dass die Deutschen nicht nur die Juden weggeschafft hatten, sondern auch Zigeuner, geistig oder körperlich kranke Leute, Kommunisten, Sozialisten oder Vorbestrafte. Und wenn jemand von ihnen Kinder gehabt hatte, wurden die Kinder ebenfalls deportiert.

»Sie haben jeden weggeschafft, der ihnen nicht gefallen hat. Ausnahmslos.«

Eine leichte Brise wirbelte Staub über die Straße vor uns. Eine Gruppe zerlumpter Jungen jagte eine räudige Katze. Ich wollte lieber nicht daran denken, was sie mit ihr machten, falls sie sie zu fassen bekamen. Wir gingen schweigend weiter, bis wir in der Ferne Lachen und Applaus hörten, dazu ein paar Klänge Akkordeonmusik. Ich nahm Stelios bei der Hand, und wir gingen in die Richtung, aus der die Geräusche kamen.

»Die Deutschen sind weg«, sagte ich. »Sie können niemandem mehr etwas tun, oder?«

»Aber wo sind die vielen Menschen, die sie abtransportiert haben? Ich meine nicht nur die, die sie in Lager geschafft haben, sondern auch die Arbeiter, die von ihnen entführt wurden.«

Die von den Deutschen eingesetzte griechische Marionettenregierung hatte sogenannte Sicherheitsbataillone gebildet, einheimische Männer, die bereit waren, für Verpflegung und

Uniform alles zu tun. Sie hatten ausgeführt, was von den Einheimischen *bloccos* genannt wurde: Zusammen mit den Deutschen waren sie in die ärmeren Viertel von Athen vorgerückt und hatten mit Megaphonen verkündet, dass sich sämtliche Männer aus dem betreffenden Viertel an einem zentralen Platz einzufinden hatten. Mit schwarzen Mützen über den Köpfen, nur mit Augenlöchern versehen, sodass man sie nicht erkennen konnte, hatten die Männer der Sicherheitsbataillone sich sodann unter die versammelten Einheimischen begeben und jeden herausgefischt, der verdächtig war, Kommunist zu sein oder ein Abweichler von was auch immer. Die meisten der so angezeigten Personen waren auf der Stelle erschossen worden. Viele andere waren zusammengetrieben und nach Deutschland deportiert worden, um als Kriegsgefangene Zwangsarbeit in den Fabriken zu leisten.

»Sie können unmöglich alle für immer verschwunden sein«, sagte Stelios. »Wie können Tausende von Menschen einfach so verschwinden?«

Ich hatte keine Ahnung. Es war mir völlig unbegreiflich. Doch das galt für nahezu alles seit der furchtbaren gescheiterten italienischen Invasion, gefolgt von der erfolgreichen deutschen. Es war unmöglich, all das zu begreifen oder einen Sinn darin zu erkennen. Die Vernunft hatte die Welt verlassen, wie es schien, und all die Tausende von verlorenen Seelen mit sich genommen. Doch dann war Deutschland geschlagen worden. Also würden doch bestimmt einige der vermissten Personen nach Hause zurückkehren? Das war es, woran wir glauben mussten, ganz fest, dachte ich, während wir eine Ecke am Ende des Garten umrundeten. Dank der Fotos im Reiseführer erkannte ich das große Zappeion mit seinem Vorbau aus mächtigen Säulen auf den ersten Blick. Vor dem Gebäude befand sich eine weitere Gruppe zerlumpter Kinder und Erwachsener, die auf eine zwischen zwei Säulen gespannte Leinwand starrte. Ich war überrascht, dass die Farben und Gesichtszüge von Karagiozis durch das Tuch hindurch zu sehen waren – der Stoff musste viel dünner sein als das alte Bettlaken, das wir im Keller von Chrysoulas Haus benutzt hatten.

»Du bist ein Schurke!«, sagte der Sultan.

»Und du bist ein Sultan«, entgegnete Karagiozis. »Sultan oder Schurke – es bedeutet beides das Gleiche.«

Die Schatten auf der Leinwand waren riesig, verglichen mit den kleinen Schatten daheim in Chrysoulas Keller. Stelios und ich blieben stehen und sahen einander an. Wir erinnerten uns beide an die letzte Nacht mit den Puppen – eine Erinnerung, die zu sehr schmerzte, um darin zu verweilen. Also sagte ich zu ihm, dass er versprochen hatte, mich nach dem Krieg hierher zu führen.

»Ja«, sagte er. »Dich und Takis.«

Als hätten seine Worte ihn irgendwie heraufbeschworen, war er plötzlich da. Takis saß auf der Schulter eines britischen Soldaten im Rücken der kleinen Zuschauermenge. Ich war schockiert, ihn so zu sehen – er verhielt sich wie ein ganz normaler kleiner Junge –, nach allem, was passiert war! Er konzentrierte sich ganz auf das Stück und hatte uns noch nicht bemerkt. Ich zeigte ihn Stelios.

»Mein Gott, das kleine Ungeheuer höchstpersönlich«, sagte er. Takis steckte in einer viel zu großen britischen Uniform mit umgekrempelten Hosenbeinen und Hemdsärmeln. Er schaukelte vor und zurück und klatschte und lachte, bis der Soldat mit beiden Händen nach oben griff, um ihn zu halten.

»Takis!«, rief ich laut, doch über das Lachen und Johlen der anderen Zuschauer hörte er mich nicht. »Ich gehe zu ihm und rede mit ihm«, sagte ich zu Stelios.

»Warum?«

Ich wusste nicht, wie ich es erklären sollte. Ich sagte, vielleicht lag es an den vielen Nächten, in denen ich meinen Atem und den von Takis im Gleichklang gehört hatte, bevor ich eingeschlafen war. Wir hatten so synchron geatmet, als wären wir eine einzige Person gewesen. Außerdem stammte er aus meinem Dorf, war Teil meiner zweiten Familie. »Wir wissen immer noch nicht genau, was passiert ist«, erinnerte ich Stelios.

»Bist du sicher?«, fragte er, indem er meine Hand losließ.

Der Soldat, der Takis auf den Schultern trug, schien mich zu bemerken, als ich mir einen Weg durch die Menge bahnte. Er war ein großer blonder Mann mit grünen Augen und lächelte zu mir herunter. Ich konnte kein Englisch, also redete ich direkt zu Takis.

»Hey, Takis! Wie geht es dir?« Als er mir den Kopf zuwandte, verschwand alles Lachen aus seinem Gesicht. »Wo hast du gesteckt?«

»Wer bist du?«, fragte er.

»Ach, Takis, hör auf damit! Was ist mit dir? Ich habe mir Sorgen gemacht!«

»Ich kenne dich nicht.«

Sein Gesicht war ausdruckslos und leer. Er wandte sich wieder der Handlung auf der Bühne zu und ignorierte mich, als wäre ich Luft. Der Soldat lächelte mich erneut an. Unsicherheit lag in seinem Blick. Möglich, dass es der gleiche war, der Takis in Halandri in seinem Jeep mitgenommen hatte, aber ich war mir nicht sicher. Er hob Takis von den Schultern und stellte ihn vor mich hin.

»Ach, du bist es, Aliki!«, sagte Takis und tat überrascht. »Ich habe dich nicht erkannt!«

»Jede Wette. Wo hast du gesteckt?« Ich hörte, wie meine Stimme lauter wurde, und erkannte, wie wütend ich war, weil er sich einfach aus dem Staub gemacht hatte. Chrysoula hätte gewollt, dass ich auf ihn aufpasste. Die Zeiten waren immer noch gefährlich, und ein Junge ganz allein war nicht sicher.

»Ich war bei ihm.« Er nickte in Richtung des Soldaten hinter sich. »Sergeant Whitfield. Er bringt mir Englisch bei. Sie alle tun das.«

»Sie alle …?«

»Im Truppenlager.«

Ich war nicht sicher, was das war, doch es schien mir kein guter Ort für einen kleinen Jungen, der ganz alleine war. Seine Arme und Beine lugten aus der Uniform wie dürre Stöcke. »Kriegst du genug zu essen? Hast du eine saubere Schlafstelle?«

Er lachte auf. »Du etwa?« Dann streckte er mir die Zunge heraus.

Auf der Leinwand schlug der Sultan mit einem Knüppel auf Karagiozis ein. »Du hast mich schon wieder betrogen!«, rief er. Ein Lachen ging durch die Reihen der Kinder, das zu Kreischen anschwoll, als die Prügel weitergingen. Takis sagte noch etwas, das ich nicht mitbekam. Dann ging der Sergeant neben Takis und mir in die Knie. »Wir viele Kinder haben«, sagte er in mühsamem Griechisch. »Sie Waisen, glauben wir. Was wir können tun? Du von seiner Familie?«

»Nein. Ja. So ähnlich. Wir sind aus dem gleichen Dorf.« Ich sah ihm an, dass er mich nicht verstanden hatte. Ich fragte Takis, wo die britischen Lager waren, und er zog ein kleines Notizbuch aus der Hemdentasche des Soldaten und malte einen einfachen Plan von einer Gegend, die sich Kaisariani nannte.

»Ich komme zu dir«, sagte ich zu Takis.

»Warum?«

»Jemand muss sich um dich kümmern, nachdem deine Mutter …« Ich hatte nicht aufhören wollen zu reden, doch ich konnte nicht anders. Er kniff die Augen zusammen. »… nachdem sie nicht mehr da ist«, beendete ich meinen Satz.

»Was ist denn passiert? Irgendwas ist passiert, oder?«

»Aber du warst dabei, Takis! Erinnerst du dich nicht mehr, wie der deutsche Oberst …?«

Ein weiterer Ausbruch von Gelächter ließ mich innehalten.

»Ich kann mich nicht erinnern«, rief Takis über den Lärm hinweg. »Ich weiß es nicht!«

»Der Oberst und seine Soldaten kamen zu unserem Haus …«

»Es ist etwas Schlimmes passiert, ja? Was ist passiert? Nein, sag es mir nicht!« Er hielt sich die Ohren zu.

»Takis, lass mich dir nur …«

»Nein, sag es nicht!«, wiederholte er. »Sag es niemals!« Dann wandte er sich an den Sergeant und sagte ein paar Worte auf Englisch, und der Soldat hob ihn wieder auf seine Schultern. Takis starrte auf die Schatten auf der Leinwand, als wäre ich nicht länger da.

»Du kommen uns besuchen«, sagte der Sergeant zu mir. »Sein merkwürdiger Junge. Gut für ihn Freund haben.«

Ich fragte mich, was Takis angestellt hatte, dass der Soldat ihn einen merkwürdigen Jungen nannte. Was es auch war, er schien mir so zu sein wie immer, wirr und ein wenig orientierungslos. Ich wollte ihn beschützen. Auf der Leinwand jagte der Sultan hinter Karagiozis her, verfolgt von ein paar Dorfbewohnern, die ihrerseits versuchten, den Sultan zu schlagen, während er Karagiozis schlug. Die Kinder im Publikum waren außer sich vor Lachen, als sich die Schatten gegenseitig von der Leinwand scheuchten. Der Puppenspieler kam hinter dem Schirm hervor und verneigte sich, dann ging er zwischen den Reihen hindurch und hielt seine Mütze vor den Eltern auf. Manche warfen ein paar Münzen hinein. Andere gaben einen halben Laib Brot. Takis und Sergeant Whitfield waren verschwunden.

Als wir zurück im Haus waren, fragte ich Stelios nach dem kleinen Puppentheater, das sein Vater ihm geschenkt hatte. Er führte mich in sein Schlafzimmer, wo das Theater und die Puppen in einer Ecke aufgebaut waren. An den Wänden hingen Wimpel von Sportveranstaltungen und mit Autogrammen versehene Fotos seiner Lieblings-Fußballspieler. Außerdem gab es Regale voller Bücher, darunter sicherlich auch *Der Graf von*

Monte Christo. Ich erinnerte mich vage, wie Stelios mir etwas über Trauer und Glück erzählt hatte, das in diesem Buch geschrieben stand, aber der genaue Wortlaut war mir entfallen.

Wir knieten auf dem Boden, und er zeigte mir, wie das Puppentheater funktionierte. Es war zwar viel kleiner als das beim Zappeion, aber es schien besser gemacht, mit bemalten Puppen aus echtem Leder mit abnehmbaren Gliedmaßen.

»Ich habe einen Plan«, sagte ich. »Nimm dein Puppentheater und den Schirm mit nach draußen und führe die Stücke auf. Du kennst die Geschichten. Ich kann dir helfen. Es muss noch andere Plätze geben und andere Parks, wo wir spielen können.«

»Ach Aliki, haben wir nicht genug vom Schattenspiel?«

»Aber es wäre doch möglich, genügend damit zu verdienen, dass wir uns und Yannoula damit ernähren können«, entgegnete ich. Wir konnten nicht einfach dasitzen und zusehen, wie unsere Vorräte schwanden. Der Reis und das Öl würden nicht ewig vorhalten.

»Warum fragst du nicht deinen Freund Takis, ob er mitmacht?«, sagte er und erhob sich. »Hat der kleine Irre irgendwas zu seiner Verteidigung gesagt?«

Ich stand ebenfalls auf. »Ich glaube nicht, dass Takis begreift, was mit seiner Mutter passiert ist«, sagte ich, ohne auf die Schärfe in seinem Tonfall einzugehen. Ich berichtete ihm, was ich von Takis und dem Sergeant erfahren hatte.

»Und was ist mit *meiner* Mutter? Was ist mit *ihr?*« Seine Stimme wurde belegt, und er konnte sekundenlang nicht weitersprechen. »Sie hat er wahrscheinlich auch vergessen«, fügte er schließlich hinzu.

»*Ich* habe sie nicht vergessen.«

»*Er* hat die Soldaten in jener Nacht zu Chrysoulas Haus geführt. Wir waren alle unten im Keller, nur Takis war draußen, eifersüchtig und wütend. Es ist nicht schwer, sich den Rest auszumalen.«

Das war es tatsächlich nicht. Aber ich konnte es nicht wirklich begreifen. Ich musste immer wieder daran denken, wie der Oberst Takis vor Chrysoulas Haus die Haare gerauft hatte. Und sie hatte erzählt, dass er es noch einmal gemacht hatte, einen Tag bevor er der Meldung eines Denunzianten nachgegangen war, wir würden verbotenerweise Lebensmittel vom Schwarzmarkt horten. Wer hatte ihm das erzählt? Und war ein wütender Junge imstande, einen deutschen Oberst bei der Hand zu nehmen und ihn und seine Männer zu seinem eigenen Elternhaus zu führen? War es möglich, insbesondere angesichts der Tatsache, dass die Deutschen bereits im Begriff gestanden hatten, den Rückzug anzutreten, das Dorf zu verlassen, ja Griechenland zu verlassen? Warum hätte sie an diesem Punkt überhaupt noch interessieren sollen, was in Chrysoulas Haus passierte? Oder dass ein kleiner Junge außer sich war wegen etwas, das er nicht erklären konnte?

»Was auch geschehen ist«, sagte ich. »Takis hat keinerlei Erinnerung mehr daran. Ich glaube, er weiß es wirklich nicht mehr. Vielleicht hat er die Erinnerung an einem Ort ganz tief in seinem Innern vergraben, einem Ort, den er nicht mehr erreichen kann.«

»Ist so etwas möglich?«

»Ich weiß es nicht.«

An jenem Tag redeten wir nicht mehr weiter über dieses Thema. Genauso wie in den folgenden Wochen. Ich wollte zu Takis, wollte ihn besuchen, doch ich hätte nicht gewusst, was ich zu ihm sagen sollte. Ich redete weiter auf Stelios ein, das Puppentheater mit nach draußen zu nehmen und ein wenig Geld damit zu verdienen. Er meinte, wir hätten immer noch die Kunstwerke an den Wänden, die wir verkaufen könnten, etwa ein halbes Dutzend Gemälde. Und das verbliebene Mobiliar. Andererseits machten so viele Leute in Athen genau das Gleiche, dass die Händler mit derartigen Waren überschwemmt wurden.

Trotzdem, als das Essen knapp wurde, verhandelte Stelios mit ihnen und schlug heraus, was nur ging. Das Haus wurde immer leerer, und unsere Stimmen hallten durch das Speisezimmer.

»Wenn nicht das Schattenspiel, was dann?«, wollte ich eines Abends von ihm wissen.

»Ich weiß nicht, wo wir spielen könnten. Niemand hat je von uns gehört, und …«

»Es gibt jede Menge Parks und Plätze«, hielt ich dagegen. Die Gegend war noch nicht vom Militär besetzt, wie das in Kürze wohl der Fall sein würde. »Ich kann ein paar Plakate malen und sie einen Tag vor der Aufführung in der Nachbarschaft aufhängen, damit die Kinder sie lesen.«

Er strich sich mit den Fingern durch die Haare und ging im Esszimmer auf und ab. »Es ist einfach so, dass ich mich immer, wenn ich an Puppen denke, daran erinnere, wie wir beide mit Puppen in den Händen dagestanden haben, als die Soldaten in Chrysoulas Keller gekommen sind.«

Ich dachte, wie Takis seine Erinnerungen verdrängt hatte, während Stelios von denselben Erinnerungen heimgesucht wurde. Ich war irgendwo dazwischen, kämpfte dagegen an, mich in die eine oder andere Richtung ziehen zu lassen. Jetzt drängte ich meine eigenen düsteren Gedanken beiseite, weil einer von uns beiden vorausplanen und einen Weg finden musste, wie wir überstehen konnten, was auch immer uns erwartete. Also blieb ich hartnäckig.

»Überleg nur, wie viele Zuschauer beim Zappeion waren«, sagte ich.

»Der Puppenspieler dort ist berühmt«, erwiderte Stelios.

»Das war er nicht immer. Er musste auch einmal irgendwo anfangen.«

»Ich will nicht darüber reden.«

»Aber du hast ein Talent für das Puppenspiel! Wir alle haben es im Keller von Chrysoulas Haus gesehen. Es gab viele gute

Abende vorher, Stelios. Du hast uns in der Dunkelheit Mut gemacht.«

Ich schlug vor, dass wir als Erstes *Karagiozis der Bäcker* versuchen sollten. Ich konnte die Stimmen von Karagiozis' Frau und einigen Dorfbewohnern übernehmen. Er würde Karagiozis und den Sultan sprechen. Und warum nicht hier in Kolonaki? Für mich sah es danach aus, dass dies genau die richtige Gegend war, wenn man noch etwas Geld verdienen wollte. All die schönen Häuser aus weißem Marmor.

»Viel zu nah beim Zappeion«, widersprach Stelios. »Ich kann nicht mit dem Puppenspieler dort konkurrieren.«

Er brachte mich zu einem kleinen Park in Pangrati, in der Nähe der Endstation der Straßenbahn. Dort gab es zwei Kaffeehäuser. Eines war vernagelt, doch im anderen konnten sich die Zuschauer Erfrischungen holen. Wir standen da und nahmen den Platz in Augenschein, wo wir die Bühne und die Leinwand aufbauen wollten.

Nach einer Weile sagte er: »Wir können es versuchen. Vielleicht klappt es ja.«

»Ja. Einfach mal ausprobieren.«

»Du musst das nicht so selbstzufrieden sagen.«

»Wer, ich?«

»Es ist nur ein Experiment. Wir werden sehen, ob es funktioniert.«

»Ja. Wir werden sehen.«

Am nächsten Tag malte ich Plakate, in denen wir das Stück für den dritten Abend nach diesem ankündigten, und hängte sie an die Bäume im Park und an ein paar Hauswände in der Umgebung des Platzes. Wieder daheim, begannen wir mit den Proben. Stelios fing an, in seiner Arbeit aufzugehen.

Am Tag vor der Aufführung saßen wir im Wohnzimmer und packten die Puppen und die Leinwand in einen Koffer. »Wir könnten Yannoula singen und die Ziehharmonika spielen lassen, bevor das Stück beginnt«, sagte Stelios unvermittelt. »Sie war früher eine professionelle Sängerin. Sie ist in Clubs und Varietés aufgetreten, weißt du? Und es ist Brauch, vor einem Stück Musik zu spielen.«

Ich konnte mir nicht vorstellen, wie Yannoula, ganz in Schwarz, vor einem Publikum auftrat, das hauptsächlich aus Kindern bestand. Doch Stelios holte sie ins Zimmer und erklärte ihr, was wir vorhatten.

»O nein, das könnte ich nicht«, sagte Yannoula abwehrend. »Es ist Jahre her, seit ich das letzte Mal aufgetreten bin.« Sie kicherte und hielt sich die Hand vor die gelben Zähne.

»Sing etwas für Aliki«, bat Stelios. »Das Lied, das du früher vor meinen Stücken gesungen hast.«

»Ich erinnere mich nicht.«

»Natürlich erinnerst du dich. Ich erinnere mich sogar an ein paar Zeilen.« Er sang in einer Stimme, die viel tiefer lag als seine normale Sprechstimme.

Roter Faden, fein gesponnen,
Eng gewunden um ein Rad …

»Ach das«, sagte sie und stimmte ein. Stelios verstummte, und Yannoula sang alleine weiter, während sie mit den Händen den Rhythmus klatschte.

… dreh das Rad, dreh das Rad,
Und ich spinn eine Geschichte,
Dieser muntren Gesellschaft hier,
Auf dass die Zeit in Freud verfliegt.

Ihre Stimme war zittrig, doch von einer gewissen Süße. Als sie fertig war, applaudierte ich ihr.

»Was meinst du?«, fragte Stelios.

»Oh, bitte, mach es, Yannoula!«, sagte ich. »Und spiel dazu die Ziehharmonika!«

»Nein«, sagte Yannoula mit gesenktem Blick. »Ich möchte nicht … Es waren wunderbare Tage, als ich noch gesungen und getanzt habe in den Revuen im alten Astir-Theater in Piräus. Aber das war vor zwei Ehen und in einer anderen Zeit. Und wenn ich an meine arme Sophia denke … Nein, ich kann das nicht.«

Doch am nächsten Abend, als wir bereit waren, mit unserem gepackten Koffer aus dem Haus zu gehen, kam sie in einem langen grünen Kleid die Treppe herunter. Es war zu weit – wahrscheinlich für eine besser genährte Version von ihr geschneidert. Und sie hatte Lippenstift aufgetragen, ein kleines rotes Herz in der Mitte ihrer dünnen Lippen.

»Man kann seine Meinung ja wohl ändern«, sagte sie. In der Hand hielt sie einen Kasten, vermutlich der Koffer für die Ziehharmonika.

Als die Sonne im Park von Pangrati unterging, zündeten wir hinter der Leinwand Petroleumlampen an und stellten die Puppen auf. Die Leute im Kaffeehaus wurden auf uns aufmerksam, und ein paar Kinder mit ihren Müttern zogen ihre Stühle näher heran. Es waren nur acht oder neun, doch das reichte uns. Yannoula stellte sich vor die Leinwand und begann zu singen.

»Roter Faden, fein gesponnen …« Hinter der Leinwand hörten wir, wie sich weitere Zuschauer einfanden. Yannoula sang das Lied zweimal, und als sie fertig war, gab es vereinzelten Applaus. Dann begannen Stelios und ich mit unserem Stück. Es war das erste Mal, dass wir miteinander spielten.

Zu Beginn war unser Publikum ruhig. Wenigstens weinten keine Säuglinge, dachte ich, und niemand ruft, dass wir nach Hause gehen sollen. Als Karagiozis dem Dorfbewohner sagte, seine gerupfte Gans wäre aus der Pfanne gesprungen und davongeflogen, lachten die Kinder so lange, dass wir innehalten und abwarten mussten, bis sie sich wieder beruhigt hatten. Und als wir erzählten, dass die Tomaten und Kartoffeln ebenfalls weggerannt waren, passierte das Gleiche. Von da an schien alles zu funktionieren. Wie einfach es doch war, Kinder zum Lachen zu bringen in einer Zeit, die alles andere als lustig war. Am Ende ließ Stelios den Sultan hinter Karagiozis herjagen und ihn schlagen, während Karagiozis immer wieder »Autsch! Autsch! Autsch!« rief.

Nach dem Stück stellten Stelios und ich uns vor die Leinwand und verneigten uns unter dem Applaus der Zuschauer, und Yannoula küsste uns beide und hinterließ kleine Lippenstiftherzen auf unseren Wangen. Unser Publikum fing an, sich zu zerstreuen, und Stelios fiel gerade rechtzeitig der Sammelkorb ein. Er legte ein paar Münzen hinein, damit die Leute begriffen, worum es ging, und rannte hinter dem davonschlendernden Publikum her. Er hob seine Karagiozis-Puppe und rief mit seiner Karagiozis-Stimme: »Wer möchte ein paar armen, hungrigen Puppenspielern helfen?«

Nicht viele, wie sich herausstellte. Ein paar warfen kleine Scheine in den Korb, doch weil die Wirtschaft während der Okkupation durch die Deutschen zusammengebrochen war, reichte selbst eine Tausend-Drachmen-Note kaum für eine Tasse Kaffee.

»Nicht mehr?«, rief Karagiozis. »Ihr beschämt meine Mutter, meinen Vater, den König von Griechenland und den Patriarchen von Konstantinopel!«

Einige lachten, doch keiner gab mehr etwas. Niedergeschlagen kam Stelios zu uns zurück. Er zählte die Tausend-Drachmen-Noten. »Nicht mal genug für eine Mahlzeit«, stellte er fest.

Wir packten unseren Koffer für den Heimweg, als der Geschäftsführer des Kaffeehauses zu uns kam und uns dankte. Er war ein nervös wirkender Mann namens Theo mit einer schmuddeligen Schürze und einem roten Gesicht und meinte, seine Kundschaft wäre länger geblieben und hätte mehr verzehrt wegen unserer Aufführung. Ob wir das in ein paar Tagen wiederholen könnten? Und vielleicht ein längeres Stück spielen?

»Je länger das Stück, desto mehr Umsatz«, sagte Theo. »Ich kann euch nichts zahlen, aber nach jeder Aufführung dürft ihr zu mir kommen und essen und trinken, was ihr wollt. In vernünftigem Rahmen.«

Yannoula und ich waren begeistert. Eine richtige Mahlzeit, jeden Abend!

Stelios zögerte. »Was soll das heißen, Sie können nichts zahlen? Ihre Kunden müssen doch auch zahlen, oder nicht?«

»Ah, es sind schlimme Zeiten. Schlimme Zeiten«, sagte Theo, indem er sich an den Kopf und dann an die Nase tippte. »Viele Kunden sind Verwandte von mir, also was kann ich tun? Ich gebe ihnen Kredit.« Er und seine Verwandten stammten von Kreta, wo, wie er sagte, Blut stärker war als Geld.

»Ihr Kaffeehaus war heute Abend beinahe voll«, sagte Stelios. »Alles Verwandte?«

»Die meisten. Na ja, die Hälfte. Aber sie bringen ihre Freunde mit.«

Trotzdem, sagte Stelios. Irgendjemand müsse sicherlich zahlen, sonst könnte Theo keine Waren einkaufen und müsste das Geschäft schließen. Theo erwiderte, dass er häufig Dinge bekam, die sie von zu Hause mitbrachten oder vielleicht auch gestohlen hatten, wer konnte das schon sagen? Einige kamen mit Koffern voller Geld, genug für ein paar Getränke. Einer hatte mit einer wertvollen antiken Münze bezahlt, um eine ältere Rechnung zu begleichen, ein anderer mit einem Schmuckstück.

»Wir möchten zehn Prozent von Ihren Einnahmen«, sagte Stelios.

Theo wurde blass und wich einen Schritt zurück. »Hältst du mich für einen Narren, oder was?«

So ging es zwischen den beiden hin und her. Sie fuchtelten mit den Händen und beklagten beide ihre bittere Armut. Schließlich ging Theo davon. Stelios folgte ihm, und als er nach einer Weile zurückkehrte, verkündete er Yannoula und mir, dass Theo uns drei Prozent von allem geben würde, was man teilen konnte.

»Wie hast du das geschafft?«, wollte ich wissen.

»Ich hab ihm gesagt, wir spielen bei dem anderen Kaffeehaus drüben. Dann würden wir ja sehen, wie viel Kundschaft er hat.« Ich sah zu dem vernagelten Kaffeehaus auf der anderen Seite des Platzes.

»Aber es ist geschlossen«, bemerkte ich.

»Ich habe ihm gesagt, der Besitzer hätte angeboten, es wieder zu öffnen, wenn wir bei ihm spielen.«

Wir mussten also zwei Tage später erneut ein Stück aufführen, aber diesmal musste es länger sein. Stelios überlegte, ob wir *Karagiozis der Senator* spielen könnten, und begann, mir die Handlung Szene für Szene zu erklären. Ich war im Stillen hocherfreut, dass mein Plan aufzugehen schien.

Diesmal hatten wir ein größeres Publikum. Wir wiederholten das Stück am nächsten Abend, und in der folgenden Woche führten wir ein weiteres Stück auf. Im Verlauf der nächsten Wochen waren wir tatsächlich imstande, uns von unserer eintönigen Diät aus Reis und Olivenöl zu lösen. Die Nachricht vom Auftritt der offensichtlich früher sehr bekannten Yannoula hatte sich offenbar in Windeseile verbreitet, und es entwickelte sich eine kleine Anhängerschaft älterer Herren, die nach der Aufführung auf sie warteten.

»Ich habe keine Zeit für sie«, sagte sie zu mir. »Ich muss an meine neue Karriere denken. Und an dich, Kind. Es wird Zeit, etwas wegen deiner Kleidung zu unternehmen. Du bist zu groß geworden für dieses Kleinmädchenkleid.«

Sie nahm mich mit auf ihr Zimmer im hinteren Teil des Hauses, wo es nach getrockneten Blumen und abgestandenem

Eau de Cologne roch. Dort öffnete sie eine zerschrammte Truhe voller Kostüme aus ihrer Theaterzeit. Sie enthielt außerdem Straßenkleidung aus einer anderen Epoche, bevor Yannoula zur Witwe geworden war, wie sie mir erzählte. Ich hatte so etwas noch nie gesehen. Vor einem Spiegel in ganzer Größe hielt sie ein Kleid nach dem anderen hoch, doch die meisten waren entweder zu weit oder zu extravagant, und alle waren lange aus der Mode. Sie sahen albern aus an mir, so ein nichtssagendes kleines Ding, wie ich war, alles andere als hübsch, wenngleich nicht vollkommen hässlich. Yannoula bemerkte meinen Gesichtsausdruck.

»Keine Sorge, das lässt sich alles machen«, sagte sie. »Du hast sehr ausdrucksvolle Augen, aber deine Haare – oh ja, wir müssen etwas mit deinen Haaren machen.«

Im Theater, so erzählte sie, erwartete das Publikum, Schauspieler zu sehen, die besser aussahen als die Zuschauer selbst. Das galt erst recht in Zeiten wie diesen, »wo jedermann so grau aussieht und sich auch so fühlt. Die Menschen wollen ein wenig Glanz und Glitzer.«

»Aber ich bin doch hinter der Leinwand!«

»Sie sehen dich am Schluss, wenn ihr nach vorn kommt. Außerdem sollte man, wenn man beim Theater ist, immer bereit sein, gesehen zu werden.«

Sie schnitt mir einen großen Teil meiner langen Haare ab und arrangierte den Rest mithilfe einer klebrigen Flüssigkeit so, dass er nach dem Trocknen einen Wuschelkopf bildete. Dann stellte sie ein paar neue Kombinationen zusammen: ein langes Kleid aus glänzend rotem Stoff, ein hellblaues drapiertes Ding mit Puffärmeln, und noch ein paar andere, einfachere Stücke.

Als ich in den Spiegel sah, erinnerte mich mein Bild an das einer Zeichentrickfigur, die ich auf Filmplakaten in der Innenstadt gesehen hatte, Betty Boop. Eines war jedoch sicher: Ich sah nicht mehr aus wie ein dünnes, unscheinbares Mädchen vom Dorf.

Stelios war verblüfft, als ich die Treppe herunterkam. Zum ersten Mal seit jenen allerersten Tagen stammelte er. »Aliki, du … du siehst … du siehst ganz anders aus. Mehr wie ein … wie jemand … jemand aus einem Film.«

»Betty Boop?«

»Wer? Äh, nein, nein, nicht wie Betty Boop. Aber ich hätte dich nicht wiedererkannt.«

Ich spürte, wie sich meine Wangen röteten. Das war also die Wirkung eines neuen Aussehens? Nicht, dass unser nächstes Publikum es bemerkt hätte. Bevor wir mit der Aufführung anfangen konnten, kam es in dem Kaffeehaus zu einer Auseinandersetzung. Es klang wie zwei Männer, die sich gegenseitig beleidigten wegen ihrer politischen Meinung, doch bald darauf fielen weitere ein. Tische wurden umgestoßen und Flaschen zerschlagen. Plötzlich zog jemand eine Pistole, und Schüsse fielen. Wir warfen unsere Puppen in den Koffer und flüchteten nach Hause. Am nächsten Morgen ging Stelios los, um nachzusehen, was passiert war, doch das Kaffeehaus war geschlossen und der Platz gesperrt. Theo war nirgendwo zu sehen.

Dinge wie diese – und schlimmere – waren damals an der Tagesordnung in Athen. Keine Gruppierung schien imstande, nach der Befreiung die Kontrolle zu übernehmen. Wir hatten gehört, dass der Premierminister aus der Vorkriegszeit und ein Teil der alten Regierung aus ihrem Exil in Kairo zurückgekehrt waren. Die Briten hatten sie eskortiert, und sie wurden von der Fraktion der Royalisten unterstützt, doch der König selbst war nicht mitgekommen. Auf der anderen Seite hatten die kommunistische Nationale Befreiungsfront und ihr militärischer Flügel die Kontrolle über einen großen Teil des Landes übernommen, einschließlich einiger Bezirke von Athen, und betrachteten sich als die rechtmäßige Regierung. Wir fühlten uns einigermaßen sicher in unserer Gegend mit den vielen Botschaften, beschützt von britischen Streitkräften und der griechischen Polizei, doch wir hatten gehört, dass die Kommunisten überall Volkskomitees eingesetzt hatten, die jeden zur Rechenschaft zogen, der im Verdacht stand, mit den Deutschen kollaboriert zu haben. Insbesondere hatten sie es auf Mitglieder der Sicherheitsbataillone abgesehen, die an *bloccos* beteiligt gewesen waren. Am Morgen lagen selbst hier in Kolonaki gelegentlich Tote auf den Straßen, und das waren nicht nur Menschen, die in der Nacht verhungert waren. Einen Block entfernt von uns fand man einen Mann, der an einer Platane aufgeknüpft worden war.

Nachdem es nur wenige Zeitungen gab und nicht viel im lokalen Radio, mussten wir uns auf Hörensagen verlassen, um herauszufinden, welche Gruppe gerade in welchem Viertel die Kontrolle hatte. Ich vermisste Chrysoulas großen ZENITH, zum einen wegen der Nachrichten, aber auch, weil ich ohne das Kurzwellenradio die Stimme meines Vaters nicht mehr hörte. Zerbrach er sich immer noch den Kopf wegen seiner verlegten Axt und dem Hammer und der Säge? Würde ich ihn jemals wieder hören? Ich hoffte es sehr, aber ich hätte mir keine Sorgen machen müssen.

War es überhaupt sicher für uns, wenn wir irgendwo anders in der Stadt weiterhin unsere Stücke aufführten? Wir konnten es nicht mit Bestimmtheit sagen. Yannoula war darüber ganz besonders erbost.

»Gerade als ich auf die Bühne zurückgekehrt bin!«, sagte sie. »Ja, sicher, es ist nur eine kleine Bühne. Eine sehr kleine Bühne.«

Wir gaben eine letzte Aufführung in der Nähe des Kolonaki-Platzes, doch wir waren kaum halb mit dem Stück durch, als zwei griechische Polizisten und ein britischer Soldat erschienen und anfingen, Leute aus dem Publikum zu verhören. Sie suchten nach Männer oder Frauen, die Mitglieder in den Volkskomitees waren. Wir mussten die Aufführung unterbrechen, während einzelne Personen verhört wurden. Es erschien mir wenig wahrscheinlich, dass jemand von einem Volkskomitee ein Puppenspiel besuchte, oder falls doch, seine Mitgliedschaft in der Gruppierung einräumte. Doch ein oder zwei Personen wurden abgeführt. Dann bemerkte ich, dass der britische Soldat Sergeant Whitfield war, der Mann, der mit Takis beim Zappeion gewesen war. Ich hatte ihm gesagt, dass ich kommen und Takis besuchen würde, aber wegen all der Vorbereitungen für unsere Stücke war ich bisher nicht dazu gekommen. Ich machte mir immer noch jeden Tag Sorgen um ihn und fühlte mich schlecht, weil ich ihn nicht gesehen hatte.

Stelios hatte angefangen zu packen, weil diejenigen unter unseren Zuschauern, die nicht befragt worden waren, sich leise zum Gehen gewandt hatten. Ich ging zu dem Sergeant, nachdem er fertig war mit dem Verhör einer jungen Frau, doch er erkannte mich nicht. Die neuen Locken! Also sagte ich ihm Takis' Namen, und endlich schien er zu begreifen. Er rief einen der Polizeibeamten herbei, der ein paar Brocken Englisch sprach, und bat ihn, für uns zu übersetzen. Der Polizist verneigte sich knapp vor mir und sagte, er freue sich, einer jungen Dame zu Diensten zu sein. Niemand hatte mich jemals so genannt, und ich nahm an, es war eine Folge von Yannoulas Bemühungen. Seine dunklen griechischen Locken und die wie gemeißelt aussehende Nase waren genauso bezaubernd wie die blonden Haare von Sergeant Whitfield. Der Sergeant sagte etwas auf Englisch zu dem Beamten, und der Beamte übersetzte für mich.

»Er möchte, dass Sie diesen Takis bitte aus dem Lager abholen. Und es wäre sehr freundlich, wenn Sie uns bei der Unterbringung der anderen Kinder helfen könnten.«

Es gab etwa fünfzig Kriegswaisen im Lager, erklärte der Polizist weiter, und die Briten würden sie ausnahmslos an das Rote Kreuz übergeben, sollte sich kein Angehöriger melden. Niemand vermochte mit Sicherheit zu sagen, was danach mit ihnen passieren würde, aber mit großer Wahrscheinlichkeit würden sie in Waisenhäuser in anderen Staaten gebracht, wo die Kämpfe bereits geendet hatten. Das waren die anderen Jungen, die Sergeant Whitfield beim Zappeion erwähnt hatte, nahm ich an. Doch ihre Situation hatte sich geändert. Der Sergeant sagte noch etwas, und der Polizeibeamte übersetzte, dass es Beschwerden von Anwohnern des Truppenlagers gegeben hatte, insbesondere über Takis.

»Sie haben ihn nackt angetroffen«, sagte der Polizist. »Er ist in ihren Gärten herumgelaufen und hat Selbstgespräche geführt.« Als man ihn in das Lager zurückbrachte, hätte Takis erzählt, die Bäume hätten ihm befohlen, seine Sachen auszuziehen. Und die Wurzeln der Bäume hätten ihm etwas von unterirdischen Stollen unter der Zeltstadt zugeflüstert, die das Truppenlager war.

Sergeant Whitfield beschrieb eine Kreisbewegung mit dem Zeigefinger neben der Schläfe. *»Trellos«*, sagte der Polizeibeamte.

Nackt durch die Gegend zu irren klang wirklich ziemlich verrückt. Es war ein neues Verhalten, das ich bei Takis so noch nicht kannte. Mit Bäumen zu reden klang schon vertrauter. Er hatte mir gegenüber einmal behauptet, die Kiefern im Dorfwald hätten ihm gesagt, sie wollten ihm beibringen zu fliegen. Ob der Sergeant sicher war, dass es sich bei dem fraglichen Jungen um Takis handelte, fragte ich. Er nickte.

»Sagen Sie dem Sergeant, ich komme, um mit Takis zu reden«, sagte ich zu dem Polizisten. »Aber ich weiß nicht, was ich sonst tun kann.«

»Sie können ihn nicht mitnehmen? Eine andere Unterkunft für ihn finden? Er ist kein schlechter Junge, nur *trellos*, wissen Sie? Er braucht einen Arzt, er muss behandelt werden. Wir können die Verantwortung nicht länger übernehmen.«

Ich wiederholte, dass ich nicht wüsste, was ich tun könnte.

Aber ich würde es versuchen. Der Polizist sagte, ich solle den Namen von Sergeant Whitfield nennen, um an dem Wachtposten vorbeizukommen. Und dann entschuldigte er sich, dass er unsere Aufführung ruiniert hatte.

Stelios und ich gingen nach Hause. Yannoula war schon vorausgegangen. Warum ich mit den Militärs geredet hatte, wollte Stelios von mir wissen. Ob ich nicht wüsste, dass die Polizei ihre eigenen Todesschwadronen hatte, die genauso schlimm waren wie die der Volkskomitees? Es war gefährlich, die Aufmerksamkeit der einen oder der anderen Seite zu erwecken.

»Irgendeiner von den Klassikern, ich weiß nicht mehr wer, hat geschrieben, wenn die Büffel in der Marsch kämpfen, sind es die Frösche, die bezahlen«, sagte er. »Ich denke, wir Frösche gehen ihnen besser aus dem Weg. Für den Augenblick gibt es keine weiteren Aufführungen.«

Ich atmete tief durch und berichtete ihm, dass man Takis vielleicht in ein ausländisches Waisenhaus schicken würde. Wir durften das nicht zulassen.

»Aber warum denn nicht? Vielleicht ist es das Beste für ihn. Er könnte ein neues Leben anfangen.«

»Ein neues Leben in einem Waisenhaus?«

»Vielleicht adoptiert ihn jemand.«

»Er kann die Sprache nicht.«

»Er kann sie lernen, wenn es sein muss.«

In diesem Moment fuhr ein kalter Wind durch die Straße und wirbelte die Blätter zu unseren Füßen auf. Es war bereits Ende November. Bald würden die kalten Winterregen auf uns herunterkommen, auch auf die Kriegswaisen im Truppenlager von Kaisariani. »So hör doch, Stelios«, sagte ich. »Chrysoula hat mich aufgenommen, als ich niemanden mehr hatte. Und dich und deine Mutter. Jetzt sind wir beide in Sicherheit, aber Chrysoulas Sohn ist es nicht.«

Stelios schwieg für einige Minuten.

Als er schließlich antwortete, sagte er: »Wo wir von seiner und meiner Mutter reden – hast du ihren Tod so schnell vergessen?« Seine Stimme war ruhig, doch sein Tonfall hart. »Und vergiss nicht, als ich Takis gefragt habe, welche Rolle er dabei gespielt hat, bestand seine Antwort darin, dass er mich *gebissen* hat! Ich habe die Narben immer noch!« Er berührte im Gehen die Stelle an seinem Bein. »Und am nächsten Tag ist er davongerannt. Was bringt dich auf die Idee, dass er bei uns sein möchte – und das ist es, was du willst, habe ich recht? Selbst wenn wir ihn zu uns nehmen wollten? Dann ist da auch noch Yannoula. Würde sie Takis im Haus haben wollen? Ich habe ihr erzählt, was passiert ist, und wie es dazu gekommen ist, dass er mich angegriffen hat.«

Stelios hatte recht, daran gab es nichts zu rütteln. Ich sagte, dass ich selbstverständlich nichts von dem vergessen hätte, was im Dorf passiert war. Das würde ich niemals vergessen. Doch trotz allem war ich irgendwie für Takis verantwortlich, musste ihn irgendwie schützen, wenngleich hauptsächlich vor sich selbst, für den Moment jedenfalls. So viel war ich Chrysoula schuldig.

»Ich denke immer, dass sie uns beobachtet«, sagte ich. »Und Takis und …«

»Du hast ein gutes Herz, Aliki«, sagte Stelios, als wir durch das Tor in den Hof vor dem Haus traten. »Pass nur auf, dass es dich nicht ruiniert und den Rest von uns gleich mit.«

Ich wollte etwas erwidern, aber ich kann mich nicht erinnern, was, weil er mir plötzlich seinen Mund auf den Mund drückte. Es geschah ganz schnell und war genauso schnell wieder vorbei. Er trat zurück, als hätte es ihn selbst überrascht, gerade als Yannoula uns die Tür öffnete. Er huschte vor mir ins Haus und ließ mich zurück, und ich stand vor Yannoula und starrte sie an, während mir die Hitze seines plötzlichen Kusses in die Wangen stieg und sich über mein ganzes Gesicht ausbreitete.

»Ah«, sagte Yannoula. »Aha.«

Am nächsten Morgen, es war ein Sonntag, verließ ich frühzeitig das Haus. Weder Stelios noch Yannoula waren schon auf, als ich Kolonaki hinter mir ließ und die Avenue Vassilisis Sophias entlangmarschierte. Die Luft war frisch und erfüllt vom Geruch nach Kastanien, die Verkäufer seit ein paar Wochen auf ihren Kohlebecken an den Straßenecken rösteten und feilboten. Ich hatte nicht viel geschlafen in der vorangegangenen Nacht, während ich versucht hatte zu entscheiden, was zu tun war. Stelios' Kuss hatte mich schwindelig gemacht und, während ich wach gelegen hatte, Takis völlig in den Hintergrund gedrängt. Ich hatte an das gedacht, was Chrysoula über Männer gesagt hatte, und ich hatte angefangen darüber nachzudenken, was verheiratete Paare des Nachts miteinander machten. Ich hatte die Bettdecke von mir werfen müssen, und das, obwohl es kühl gewesen war im Zimmer. Nachdem ich ein wenig abgekühlt war, hatte ich Verlegenheit empfunden wegen meiner Gedanken und weil ich Takis völlig vergessen hatte. Ich beschloss, des Morgens in aller Frühe aufzubrechen.

Draußen auf der Straße knöpfte ich meinen Mantel zu, eines von Yannoulas alten Kleidungsstücken, und hielt meine Handtasche dicht an mich gedrückt, während ich den Bezirk von Pangrati betrat. Von einem Balkon hörte ich jemanden nach mir rufen. Ich konnte die Worte nicht verstehen, aber er zeigte in die Richtung, in die ich unterwegs war – eine Warnung, schien mir –, doch ich konnte nicht umkehren, konnte nicht riskieren, dass Takis in ein ausländisches Waisenhaus gebracht wurde. Ich war nicht sicher, welche Gebiete unterwegs von welchen Gruppierungen kontrolliert wurden, doch ich ging weiter. Ein Straßenschild wies zu einem Kloster und einem Friedhof in Kaisariani, in den Ausläufern des Hymettos-Berges.

Ich kam um eine Ecke, und vor mir war die Straße blockiert. Jemand hatte eine Barrikade aus Sägeböcken errichtet. Dahinter stand ein einzelner Mann mit einer Maschinenpistole. Er machte den Eindruck, als hätte er mich noch nicht bemerkt. Ich stand ganz still, während ich überlegte, ob ich in eine der Seitenstraßen rennen sollte. Doch dann drehte er sich in meine Richtung, sah mich und befahl mir, stehen zu bleiben.

»Ich stehe doch«, sagte ich.

»Sie dürfen nicht in diesen Bezirk. Was haben Sie hier zu suchen?«

»Ich suche nach dem Kloster von Kaisariani.«

Er kam zu mir. »Und warum das?«, wollte er wissen, während er mich grinsend von oben bis unten musterte. Er war noch ein halber Junge mit einem ersten Flaum von einem Bart. Er trug eine alte Armeeuniform, doch die Abzeichen waren abgerissen, deswegen war es unmöglich zu sagen, zu welcher Gruppe er gehört. »Sie wollen mit den Mönchen beten, nehme ich an?«

»Es gibt dort einen Friedhof.«

»Sie besuchen also die Toten, wie? Ich hab Sie noch nie hier durchkommen sehen.« Er nahm meine Handtasche und kramte darin. Dann wollte er von mir wissen, wo ich wohnte, und als ich es ihm gesagt hatte, beugte er sich vor und sah mir direkt in die Augen, als könnte er auf diese Weise herausfinden, ob ich die Wahrheit sagte. Ich zuckte nicht zurück und sah nicht weg. Schließlich gab er mir meine Handtasche wieder. Als ich sie von ihm nahm, schob er seine Hand unter meinen Rock und versuchte mit seinen Fingern in meine Unterwäsche zu kommen. Ich schrie auf und sprang zurück. »Meine besten Grüße an die Toten!«, rief er mir hinterher, als ich den Hügel hinaufrannte, das Gesicht rot vor Empörung.

Das Truppenlager war tatsächlich nur eine Zeltstadt oberhalb des Klosters. Ich fragte den Wachposten nach Sergeant Whitfield und erhielt zur Antwort, dass er nicht da wäre. Also sagte ich, er hätte mich gebeten, den Jungen mit Namen Takis zu besuchen. Der Wachposten befahl mir zu warten. Als Takis nach draußen kam, war er immer noch in die viel zu große britische Uniform gekleidet.

»Aliki!«, sagte er. Sein Lächeln war unsicher und verschwand rasch. »Du siehst anders aus. Was ist mit deinen Haaren passiert?«

»Eine neue Frisur.«

»Würde ich auch so sagen.«

Ein betretenes Schweigen breitete sich aus, dann fragte ich ihn, wie es ihm ging. »Ich sehe wahrscheinlich auch anders aus«, sagte er. »Wie ein englischer Soldat, hm?« Er salutierte zackig, indem er die Rechte an die Stirn legte.

»Du siehst aus wie beim Zappeion«, erwiderte ich. »Wie ein Junge in einer Uniform, die einige Nummern zu groß für ihn ist.«

»Und du hast immer noch die Stimme einer alten Frau. Das hatte ich ganz vergessen. Sag noch was.«

»Ich muss mit dir reden, Takis.«

»Ach?« Er sah sich um, als suchte er nach einem Ausweg. Dann scharrte er mit dem Schuh über den Boden und sah hinunter. Ich sagte, ich hätte mit Sergeant Whitfield gesprochen, und er hätte mir erzählt, dass das Internationale Rote Kreuz die Waisen mitnehmen wollte. Takis sagte, darüber wüsste er bereits Bescheid, doch es gefiele ihm hier, und er würde nicht gehen. »Sie können mich nicht dazu zwingen, weißt du?«, schloss er.

»Ich denke schon, dass sie das können«, widersprach ich. »Du bist nicht der Einzige. Es gibt noch eine Menge anderer Waisen hier. Wo wohnt ihr alle?«

»In Zelten. Da hinten.« Er zeigte auf eine steinige Wiese zu unserer Rechten. Ich erblickte eine Schar Jungs, die kreischend hinter einem Fußball herjagten.

»Der Winter steht vor der Tür«, sagte ich. »Du kannst nicht draußen bleiben bei dem Regen und dem Wind.«

»Die Soldaten sind auch draußen.«

»Das ist etwas anderes. Sie sind erwachsene Männer. Außerdem wollen sie die Verantwortung für euch loswerden. Ihr könntet krank werden. Wer soll sich dann um euch kümmern?«

Er zuckte die Schultern, dann ließ er sie hängen und starrte wieder zu Boden. Er hat das Feuer verloren, das er im Dorf gehabt hat, dachte ich. Der lebendige, vorlaute Junge von früher war einem traurigen, halsstarrigen Exemplar gewichen, das nirgendwo richtig hingehörte. Ich sagte ihm, dass er ein Zuhause brauchte, falls er in Griechenland bleiben wollte. Was er davon halten würde, zu Stelios und mir im Haus von Stelios' Eltern zu ziehen?

»Stelios?« Er runzelte die Stirn. »Du wohnst in *seinem* Haus?«

Ich nickte, und sein Stirnrunzeln wurde zu einem höhnischen Grinsen. »Ich schätze, er ist jetzt dein *Freund*, oder?«

Ah, dachte ich. Die alte Eifersucht brennt noch immer. War Stelios wirklich mein Freund? Was bedeutete das überhaupt, *Freund?* Daheim in unserem Dorf hatten die Eltern alles für ein junges Paar arrangiert. Sie waren niemals allein, bevor sie nicht verheiratet waren. Und hier lebte ich mit Stelios im gleichen Haus, und Stelios war definitiv kein Verwandter. Was hätte Chrysoula wohl davon gehalten?

»Wir sind nicht allein im Haus«, sagte ich. »Es gibt noch eine ältere Frau. Eine Haushälterin, die auf uns aufpasst.« Ich errötete, weil ich mich vor ihm rechtfertigen musste. Was wusste er überhaupt über diese Dinge? Ich beschrieb ihm, wie er das Haus finden konnte, und wiederholte noch einmal, dass die britischen Soldaten ihn und die anderen Jungen bald wegschicken würden. Er musste sich eine andere Bleibe suchen. Wenn nicht bei Stelios und mir, wo dann?

»Was kümmert es dich?«, sagte er.

»Es wäre sicherer für uns alle, wenn wir zusammenhalten.«

Er wandte sich von mir ab und starrte einen Maulbeerbaum in der Nähe an, als erwartete er sich von ihm einen Rat.

»Ich bin nicht sicher, ob deine Mutter das so wollte«, sagte ich.

Er fuhr zu mir herum. »Ah! Jetzt weiß ich, warum du hier bist! Du willst über … über …« Er brach ab, vielleicht, weil er merkte, wie laut er geworden war, und sah sich um. »Geh weg«, sagte er dann.

»Hör zu, Takis …« Ich machte einen Schritt auf ihn zu.

»Geh einfach.« Er brüllte fast. »Es war nicht meine Schuld!«

»*Was* war nicht deine Schuld, Takis?«

»Was passiert ist.«

»Und was ist passiert …?«

»Ich erinnere mich nicht. Ich kann mich einfach nicht erinnern.«

»Aber du erinnerst dich an den deutschen Oberst? Wie kam es, dass er an jenem letzten Abend zu Chrysoulas Haus gekommen ist und …«

»Ah«, schnaubte er. »Ich verstehe, was du willst. Du willst mich als Kollaborateur denunzieren.«

»Was?«

»Nur, weil ich manchmal mit ihm geredet habe. Mit diesem Deutschen. Aber er hat mich nicht verstanden, oder? Er hat kein Wort verstanden.« Er spie aus, eine erwachsene Geste, etwas, das er sich zweifellos von den Soldaten abgeschaut hatte. »Du weißt, was sie mit Kollaborateuren machen.«

»Aber du bist kein Kollaborateur!«

»Ich weiß noch, dass ich Stelios bestrafen wollte. Sein dämliches Stück! Und er hat immer mit dir geredet.« Er zögerte und schien abzuwarten, welche Wirkung seine Worte auf mich hatten. Ich dachte, vielleicht kommen wir endlich ein Stück weiter, auch wenn ich nicht sicher war, wohin wir kommen würden, und ließ mir keine Regung anmerken. »Wenn ich wütend werde, übernimmt der Teil meines Gehirns, der rot ist, den weißen Teil«, sagte er dann.

Ich wusste nicht, was ich darauf antworten sollte.

»Ich habe ein schlechtes Gehirn, das ist alles.« Er saugte die Luft ein, sah zu Boden und sagte: »Du lässt mich besser in Ruhe.«

»Das kann ich nicht. Es tut mir leid, aber das kann ich nicht.«

»Geh weg. Geh weg und komm nicht wieder.« Er setzte sich in Richtung der Ball spielenden Jungen in Bewegung. Ich würde ihn verlieren.

»Sergeant Whitfield sagt, du irrst nackt durch fremde Gärten, und du redest mit Bäumen? Meinst du, das lassen sie einfach durchgehen? Verstehst du denn nicht, Takis? Sie sperren dich weg!«

Er blieb stehen. Seine Schultern zuckten leicht. Ich ging zu ihm und legte den Arm um ihn. Als er sich wieder unter Kontrolle hatte, sah er mich an. »Können wir nicht in unser Dorf zurück, Aliki? Kann es nicht wieder so sein wie früher? Bevor wir weggegangen sind, bevor Stelios und seine Mutter gekommen sind? Es war nicht so schlecht damals, weißt du? Erinnerst du dich, wie du immer alles aufgeschrieben hast und nicht reden wolltest? Aber ich habe dich verstanden, und du und ich, wir haben Karten gespielt und …«

Ich hielt ihn, bis er verstummte. Er stand noch einen weiteren Moment schweigend in meinen Armen, dann löste er sich von mir und rannte zu den Jungen auf der Wiese. Ich wollte ihm hinterher, doch dann hielt ich inne. Ich sah ihm zu, bis er bei den Jungen angekommen war und ich ihn nicht mehr von den anderen unterscheiden konnte. Nur noch durcheinanderrennende Jungen. Irgendetwas in mir sagte: *Lass ihn gehen. Er ist gefährlich.* Ich wankte hin und her zwischen meinem Wunsch, ihn vor dem Waisenhaus zu retten, und Stelios' Gewissheit, dass es eine äußerst gefährliche Idee war, ihn zu uns ins Haus zu nehmen. Das meiste von dem, was Takis gerade gesagt hatte, schien Stelios' Standpunkt zu unterstreichen.

Ich wandte mich ab, zerrissen und sorgenvoll, so sehr, dass ich gar nicht merkte, dass ich nicht auf dem gleichen Weg den Hügel hinunterging, auf dem ich gekommen war. Als ich mich umsah, fand ich mich in einer unbekannten, verlassenen Straße. Ich sah in die eine und die andere Richtung und hatte keine Ahnung, wo ich war. Am Bordstein stießen drei räudige Hunde einen Haufen Lumpen herum, der vielleicht ein Mensch gewesen war. Ich rannte an ihnen vorbei, und einer der Hunde nahm die Verfolgung auf. Ich rannte schneller, stolperte und schlitterte mit den Knien über das Kopfsteinpflaster. Der Hund stoppte und fletschte die Zähne. Dann reichte ein Paar Hände herunter, packte den Hund im Nacken und brach ihm das Genick. Er hatte kaum Zeit zum Winseln. Mein Retter war ein großer Mann mit einem gewaltigen schwarzen Bart und zwei über der Brust gekreuzten Patronengürteln.

»Was hast du in dieser Straße zu suchen?«, wollte er von mir wissen. »Die Briten besuchen?«

Ein weiterer Mann kam hinzu, eine kleinere Version des ersten. Sie sahen nicht aus wie der, den ich auf dem Hinweg getroffen hatte. Ich nahm an, dass sie zu einer anderen Gruppierung gehörten, vielleicht die Sorte von Leuten, die für die Volkskomitees arbeiteten.

»Nein«, log ich. »Ich bin das Hausmädchen von Frau Longos oben auf dem Hügel. Ich wollte heim, als der Hund mich angegriffen hat.«

Ich weiß bis heute nicht, woher mir die Eingebung für diese Geschichte kam. Aber ich nehme an, es war der Anfang einer Reaktion, an der ich für den Rest meines Lebens festhalten sollte: Wenn du in eine Ecke gedrängt wirst, sag oder mach irgendwas, ganz gleich was.

»Du bist nicht angezogen wie eine Putzhilfe«, sagte er und musterte mich von oben bis unten. »Und es gibt nicht viele Leute hier in der Gegend, die sich eine leisten könnten.«

Er half mir beim Aufstehen. Wir waren am offenen Ende einer Barrikade quer über die Straße. Sie bestand aus Möbeln, die man aus den umliegenden Häusern geschleppt hatte. Sofas waren auf Betten gestapelt und auf Esstische. Über einen Haufen Stühle hatte man zusammengerollte Teppiche geworfen. Auf einem Schrank mit eingeschlagenen Glastüren lag ein Gemälde von einem Dreimaster im Hafen bei Sonnenuntergang.

Der erste Mann fragte den anderen, ob er jemanden mit Namen Longos kannte, der in der Gegend wohnte. Der andere zuckte die Schultern. Ich bemerkte ein Schild über einem Gemüseladen auf der anderen Straßenseite. »Ihr Mann war früher Gemüsehändler. Der da drüben.«

Die beiden sahen sich an und sagten etwas, das ich nicht verstand. Dann wandte sich der Größere wieder an mich. »Wir denken, du überbringst Botschaften vom britischen Lager oben auf dem Hügel. Wer würde ein Mädchen verdächtigen, hm? Ich denke, wir sollten dich vielleicht erschießen.«

Er grinste, als er das sagte, doch seine Augen waren hart und tot. Meine zerschrammten Knie fingen an zu zittern. Ich versuchte, meine Stimme unter Kontrolle zu halten. »Ich weiß nichts darüber. Mein Vater wartet auf mich. Es geht ihm nicht gut, und ich will nicht, dass er sich sorgt.«

Ich weiß nicht, ob mir das weiteren Kredit verschaffte, doch sie nahmen meine Handtasche und befahlen mir, bei der Barrikade aus Möbeln zu warten. Meine Knie zitterten so heftig, dass ich kaum stehen konnte, also zog ich einen Stuhl aus dem Haufen, setzte mich darauf und rieb mir die Wunden. In der nächsten halben Stunde trafen weitere Männer ein und unterhielten sich aufgeregt mit den beiden ersten. Sie drehten sich von Zeit zu Zeit zu mir um, doch dann wurden die Unterhaltungen zu Streitereien mit jeder Menge Geschrei und durch die Luft fuchtelnden Händen, und die Männer schienen das Interesse an mir zu verlieren. Es war schwer, ihnen zu folgen. Sie benutzten Worte, die ich nicht kannte, wie *Proletarier* und *Klassenkampf* und dergleichen. Wenigstens ließen sie mich in Ruhe. Schließlich erhob ich mich und ging einfach um die Barrikade herum. Als ich schon einige Meter weit gekommen war, drehte ich mich um und sah, dass sie immer noch stritten.

Ich rannte den Berg hinunter und zurück nach Kolonaki, als mir bewusst wurde, dass sie meine Handtasche behalten hatten. Doch das war ein kleiner Verlust, und als ich endlich wieder zu Hause war, dachte ich voll Erleichterung, dass ich den Büffeln in der Marsch entkommen war. Für den Augenblick.

Kassette 3, Seite 1

Wir begruben Zephyra vorgestern, möge die Erde leicht auf ihr ruhen. Die Männer trugen ihren Sarg auf den Schultern durch das Friedhofstor, während wir Frauen zu beiden Seiten standen und zwitscherten und pfiffen wie die Vögel, um böse Geister abzuwehren.

Auf dem Friedhof nickte ich den Gräbern jener zu, die ich geliebt habe. Eines Tages werde ich neben ihnen liegen, aber wer wird dann noch da sein, um für das Klageweib zu klagen? Nicht die anderen Frauen, denen – wie soll ich es nennen? – das innere Auge und Ohr fehlt, um zu sehen und zu hören, was nicht gesehen und nicht gesprochen wurde. Sie waren so freundlich, mir eine Lammschulter zu überlassen für meine Dienste während der Totenwache, auch wenn ich nichts verlangt hätte. Ich schmorte die Schulter mit Frühlingszwiebeln, Lattich und Dill und wollte eine Eier-Zitronen-Soße aus der Brühe machen, alles zu Ehren Zephyras. Während ich die Soße rührte, dachte ich an das letzte Mal, als ich sie gesehen hatte, an jenes Geräusch, das sie gemacht hatte, während ihre Hände über die Bettdecke gescharrt hatten. Ich drehte die Flamme ganz herunter und setzte den Deckel auf den Topf. Dann machte ich mich auf den Weg zum Nachbardorf, um Aphrodite zu besuchen, unsere Wahrsagerin, die als letzte bei Zephyra gewesen war.

Aphrodites Haus – wenn man es so nennen konnte – befand sich außerhalb des Dorfes, frei stehend auf einer Wiese. Es war eigentlich nicht mehr als eine Steinhütte von der Sorte, wie

Schäfer sie zum vorübergehenden Unterschlupf bei schlechtem Wetter benutzen. Die Tür stand halb offen, und drinnen sah ich in einer Ecke ein kleines Feuer in einem Kamin, obwohl der Tag warm war. Während meine Augen sich an das Dämmerlicht im Innern gewöhnten, erkannte ich Bündel von Kräutern, die so dicht an dicht von der Decke hingen, dass ich mich bücken musste. Die Wände waren bedeckt von Ikonen. Ich rief Aphrodites Namen. Ein Haufen Lumpen in einer anderen Ecke regte sich. Aphrodite setzte sich auf und blinzelte.

»Ist da jemand?«, fragte sie. Das Licht war hinter mir, also sagte ich ihr, wer ich war. Sie erhob sich und kam näher, um in mein Gesicht zu blinzeln. »Ah, du«, sagte sie. »Bin ich tot? Bist du wegen meiner Schuhe gekommen?«

»Ich bin nicht hier, um zu klagen«, sagte ich.

»Oh? Sie sagen, wenn du kommst, steht der Tod vor der Tür.«

»Das Gleiche sagen sie von dir.«

Sie kicherte und warf die Hände hoch. »Was können wir tun? Wir sind wie Schwestern. Wir bereiten den Weg.«

Wir waren zwar keine richtige Konkurrenz, doch wir waren einander immer aus dem Weg gegangen. Aphrodites Geschäft ist das Heilen, sind Talismane und Verwünschungen, sie sagt die Zukunft vorher, indem sie glatte Steine auf den Boden wirft und ihre Muster liest. Oder sie agiert als Medium, wenn Dorfbewohner die Hilfe von Heiligen benötigen. Ich sage nicht, dass diese Dinge Unsinn sind, aber sie waren für mich nicht von großem Nutzen. Und Jahr um Jahr für weniger und weniger Dorfleute, doch das galt auch für mein Gewerbe, die Totenklage. Aphrodite diente den Lebenden und ich den Toten beziehungsweise ihren Angehörigen. Doch manchmal überlappten sich unsere Dienste in der Nähe jenes Raumes zwischen Leben und Tod. So war es bei Zephyra gewesen.

Aphrodite ergriff meinen Arm und zog mich tiefer in ihre

Hütte. Auf dem Boden aus nackter Erde lagen hier und da Büschel weißer Federn, als hätte sie erst kürzlich ein Huhn gerupft. Sie deutete auf einen Hocker an einem Tisch und nahm auf der anderen Seite Platz. So nah bei ihr wurde mir bewusst, dass sie in ihrer Hütte wohl keine Möglichkeit hatte, sich zu waschen. Oder vielleicht verspürte sie auch nur eine geringe Neigung? Ihr Haar war verfilzt, und ihre Haut sah grau aus. Sie öffnete den Mund, als wollte sie etwas sagen, doch dann fing sie an zu husten und konnte nicht reden. Als sie sich beruhigt hatte, wischte sie sich mit einem Zipfel der Wolldecke, die sie über den Schultern trug, über den Mund und sah mich an, als hätte sie mich in diesem Moment erst bemerkt.

»Es geht um Zephyra, richtig?«, fragte sie.

»Woher weißt du das?«

»Woher weiß ich *irgendwas?* Woher weißt *du* etwas?«

Ich wusste keine Antwort darauf, also fing ich an, ihr zu erzählen, wie sich Zephyra bei meinem letzten Besuch verhalten hatte. Ich kam nicht weit, bis Aphrodite mir das Wort abschnitt.

»Ja, ich weiß. Bei mir war es genauso.«

»Was hatte es zu bedeuten?«

»Was hatte *was* zu bedeuten?«

»Die Geräusche.«

»Ist das alles, was dir Sorgen macht? Ich kann dir davon erzählen, aber sonst nichts. Ich behalte die Geheimnisse der Sterbenden für mich, weißt du?«

Während der Zeit der deutschen Besatzung, berichtete Aphrodite, hatte Zephyras Mutter eine Verkleidung für ihre Tochter gemacht, aus Ziegenhaut. Zephyra war nicht viel größer als ein junges Geißlein gewesen, also hatte die Mutter das Fell über ihre Tochter gezogen und die Beine mit Schnüren um Zephyras Arme und Beine gebunden.

»Wie ein Kostüm für Karneval«, sagte Aphrodite.

»Aber damals hat niemand Karneval gefeiert.«

»Das ist richtig. Du warst im gleichen Dorf damals, ja?« Sie hielt inne und kratzte sich derb am Bauch. »Du warst die Tochter des Köhlers, und Chrysoula hat dich bei sich aufgenommen. Wir haben deine Geschichte gehört, selbst hier bei uns. Ihr und eure heimlichen Gäste.«

Nur wenige Menschen lebten heute noch, die sich an diese Ereignisse erinnerten. Ich wusste nicht, wieso ich nicht früher daran gedacht hatte, aber natürlich war Aphrodite, die aussah, als wäre sie älter als Gott, ungefähr in meinem Alter. Trotzdem war ich verblüfft zu erfahren, dass die Geschichte von Sophia und Stelios bis in dieses Dorf vorgedrungen war.

»Wussten alle Bescheid?«, fragte ich.

»Einige wussten Bescheid. Andere nicht.«

Bevor ich fragen konnte, wer genau davon wusste, fing sie wieder an zu husten, zuerst nur ein wenig, und dann überkam sie ein richtig heftiger Anfall, der ihr die Luft raubte. Ich streckte die Hände aus und hielt sie bei den Schultern, bis er vorbei war.

»Was machst du gegen diesen Husten?«, fragte ich.

»Ich bin in *seiner* Hand.« Sie deutete auf eine der Ikonen an den Wänden. »Der heilige Athanasios.« Sie zog die Decke um ihre Schultern zurecht. »Was alle in unserem Dorf über euer Dorf wussten, das war die Geschichte von Zephyra und den Ziegen. Eine unerhörte Geschichte.«

Aphrodite hielt inne, zupfte eine Hühnerfeder von der Decke und studierte sie, als hätte sie so etwas noch nie zuvor gesehen. Sie machte keine Anstalten weiterzureden. Ich nahm ein paar Münzen aus meiner Tasche und schob sie über den Tisch vor sie hin, für ein paar Kerzen vor der Ikone des heiligen Athanasios, sagte ich. Aphrodites Blick streifte die Münzen, dann legte sie die Hand darauf.

»Alle hungerten«, sagte sie. »Du weißt selbst, wie es war damals. Die Deutschen hatten ein paar Ziegen in einem Pferch. Sie hatten sie Manos weggenommen, dem Ziegenhirten. War das sein Name? Nein, Christos? Wie dem auch sei, Zephyras Mutter schickte ihre Tochter spätnachts in ihrer Ziegenhaut und auf allen vieren in den Pferch. Die Ziegen erkannten Zephyra als eine der Ihren, also waren sie nicht nervös und machten keinen Lärm. Du weißt, wie Ziegen sind. Scheu und ängstlich.«

Sie verzog das Gesicht und schnüffelte, als wäre sie eine Ziege, die die Luft prüft. Für eine Sekunde erinnerte sie mich an Zephyra bei meinem letzten Besuch.

»Zephyra legte ein Seil um den Hals einer Ziege und führte sie zu ihrem Haus, wo ihre Mutter dem Tier die Kehle durchschnitt und es häutete. Sie hatten reichlich zu essen, während andere nichts hatten.«

Bis auf uns, dachte ich. Sophias Goldsovereigns und der Schwarzmarkt hatten uns am Leben erhalten. Die Deutschen hatten nicht lange gebraucht, bis sie bemerkt hatten, dass die Ziegen schneller verschwanden, als sie sie essen konnten, fuhr Aphrodite fort. Sie konnten schließlich auch zählen. Also wurde ein Wachposten aufgestellt, und damit war Zephyras Stehlen beendet. Bald aßen sie und ihre Mutter wieder Schnecken und Gras wie jeder andere im Dorf auch.

Ich versuchte, mir die kleine Zephyra auf allen vieren in einer Ziegenhaut vorzustellen, während sie eine richtige Ziege an der Leine über die Straße führte. Es musste furchtbar für sie gewesen sein. Die Deutschen waren brutal gegen jeden vorgegangen, der beim Stehlen erwischt wurde, selbst gegen Kinder. In einem anderen Dorf im Nachbartal hatten sie einen Jungen mit den Gewehrkolben totgeschlagen, weil er Kartoffeln von ihrem Laster gestohlen hatte, obwohl die Deutschen den Dorfbewohnern dort die Jahresernte erst Stunden zuvor abgenommen hatten. Und was ließ sich über Zephyras Mutter sagen, dass sie auf diese Weise das Leben ihrer Tochter riskiert hatte? Die arme Zephyra hatte ihr ganzes Leben unter dieser Erfahrung gelitten, bis zum Totenbett. In die Umwölktheit ihrer letzten Tage war das Blöken der Ziegen eingedrungen. Ich hatte schon früher erlebt, wie sich die Gedanken eines Sterbenden auf ein Ereignis richten, das nur ihm allein bekannt ist.

Aphrodite zog die Münzen zu sich heran und schwieg, bis ich ging.

Wieder zu Hause, beim Aufschlagen der Eier-Zitronen-Soße für meinen Lammbraten, dachte ich darüber nach, wie die Geheimnisse im Dorf stets ans Licht kamen, früher oder später. Doch da war dieses butterzarte Stück Lamm in der sauren Soße, das mich an den Genuss des Essens erinnerte und an die erniedrigenden Handlungen, zu denen man Menschen zwingen konnte, wenn sie vor Hunger fast starben.

In Athen war nicht plötzlich alles voller Essen gewesen, nur weil der Krieg vorbei war. Jener Winter – ich glaube, es war der von 1944 auf 1945, war einer der schlimmsten überhaupt. Doch es waren gute Neuigkeiten, als Stelios eine eigenhändig zugestellte Nachricht vom Betreiber eines Kaffeehauses am Hafen von Piräus im Süden von Athen erhielt. Der Mann hatte irgendwie von unseren Aufführungen in Pangrati erfahren und bot uns zehn Prozent von seinen abendlichen Einnahmen plus Kartenverkäufe – wir mussten nicht mehr mit dem Sammelkorb herumgehen –, wenn wir in seinem Kaffeehaus den *Held Katsantonis* aufführten. Es war ein langes Stück, eines der sogenannten Heldenstücke, die normalerweise über drei aufeinanderfolgende Abende gespielt wurden. Stelios hatte es mehrmals angesehen und dachte, dass er die Geschichte in zwei Teilen hinbekam. Natürlich war es ein weiter Weg nach Piräus, durch gefährliche Viertel, doch der Kaffeehausbesitzer hatte sich sogar erboten, uns mit einem Wagen abholen zu lassen. Dass er sich so eine Ausgabe leisten konnte, bedeutete, dass sein Lokal einträglicher sein musste als das von Theo in Pangrati.

Die Nachricht war gekommen, während ich unterwegs gewesen war, um Takis zu besuchen. Als ich nach Hause kam, saßen Stelios und Yannoula im Esszimmer und unterhielten sich über die neuen Puppen, die wir für die Aufführung brauchten.

»Katsantonis hatte einen gewaltigen Schnurrbart, so ungefähr«, sagte Stelios und malte eine Skizze auf einen Block. »Und er trägt die Fustanella des Kriegers.« Er zeichnete den weißen Faltenrock, der Teil der Uniform während der griechischen Revolution gewesen war.

Ich hätte Stelios gerne erzählt, wo ich gewesen war, doch ich wusste, dass es ihm nicht gefallen würde. Wenn ich ihm sagte, wie sich Takis verhalten hatte, würde das ohnehin jeder Bemühung ein Ende setzen, ihn bei uns aufzunehmen. Doch wie konnten wir zulassen, dass Takis zu Leuten kam, die nicht verstanden, was in ihm vorging, die es niemals verstehen würden? Nicht, dass ich eine Vorstellung davon hatte, aber ich wusste, dass er innerlich sehr, sehr krank war. Wenn es uns irgendwie gelang, alle zusammenzubleiben, dann würde er vielleicht mit der Zeit genesen, oder wir würden jemanden finden, der sich mit diesen Dingen auskannte und ihm helfen konnte. Aber wie viel Zeit hatten wir? Sergeant Whitfield hatte nicht gesagt, wann die Abschiebung der Waisenjungen stattfinden sollte.

Wenn Stelios an einem Stück arbeitete, schien er sich selbst zu vergessen und beinahe glücklich zu sein. Nachdem er mir von dem Angebot aus Piräus berichtet hatte, erzählte er mir die Geschichte von Hauptmann Katsantonis, der ein Volksheld im Unabhängigkeitskrieg gegen die Türken gewesen war, jenem Krieg, der im neunzehnten Jahrhundert die Herrschaft des Osmanischen Reiches über Griechenland beendet hatte. Ursprünglich ein einfacher Schafhirte, führte Katsantonis einen Aufstand gegen die damaligen Herren an. Ein griechischer Priester verriet ihn für ein einziges Goldstück.

»Die Türken haben ihn hingerichtet. Sie haben ihn auf das Rad geflochten und ihm bei lebendigem Leib mit Hämmern sämtliche Knochen gebrochen!« Er hob die Arme, als hielte er einen schweren Vorschlaghammer. »Teufelsbrut!«, rief er und ließ den imaginären Hammer herabsausen.

Ich zuckte erschrocken zusammen und vergaß meine Absicht, mit ihm über Takis zu reden. Irgendwie erschien Stelios so kraftvoll und energiegeladen, dass er mich verstummen ließ. In der letzten Szene des Stückes erschien der Geist Griechenlands in Gestalt eines geflügelten jungen Mannes, gekrönt mit Lorbeer, und schenkte Katsantonis einen Platz in der Geschichte.

Im Verlauf der nächsten Tage übte Yannoula die melancholischen Lieder ein, die zu dem Stück gehörten.

»Ist das traurig genug?«, fragte sie. »Ich glaube, es muss noch tränenreicher klingen.«

Das Stück war in der Tat traurig, voller Türken (allesamt niederträchtig und feige) und Griechen (ausnahmslos tapfer und gut). Ich hatte mehrere Stimmen, primär die von Angeliki, der griechischen Ehefrau des Helden (»Die Schufte haben meinen Schwiegervater in siedendes Öl geworfen!«), und die des türkischen Herrschers Ali Pascha (»Ich werde deine Knochen zerschmettern und auf der Straße verstreuen!«). Ich hatte viel Freude am Lernen all dieser patriotischen Geschichten. Wir hatten einen Teil dieses Stoffs in der Schule gehabt, vor dem Krieg, doch es war bei Weitem nicht so aufregend gewesen, wie Stelios es nun zeigte. Ich freute mich auf unseren ersten Auftritt, allerdings noch mehr auf die Fahrt nach Piräus in einem großen Automobil.

Wie sich dann herausstellte, war das Automobil ziemlich klein und stark verbeult und so bedeckt von Dreck und Staub, dass man die eigentliche Farbe darunter kaum sehen konnte. Der Fahrer war ein stämmiger Mann in einem fleckigen Unterhemd, der sich als Michaelis vorstellte. Als er vernahm, dass ich noch nie in Piräus gewesen war und Yannoula und Stelios den Hafen seit Jahren nicht mehr gesehen hatten, fing er an zu erzählen und hörte nicht mehr auf.

»Diese Gegend hier«, sagte er und zeigte mit der Hand aus dem Fenster, während wir durch einen heruntergekommenen Ortsteil fuhren. »Sie wird von Partisanen von der sogenannten Nationalen Befreiungsfront kontrolliert. Kommunisten. Wovon wollen sie uns denn befreien? Dummheit? Armut?«

»Hier herrscht die Republikanische Liga«, berichtete er ein Stück weiter, in einer besseren Gegend. »Man kann sie riechen.«

»Und wer ist schlimmer?«, fragte Stelios. »Die Linken oder die Rechten?«

»Nach allem, was man so hört, jeder, der ein bestimmtes Gebiet kontrolliert. Sie sind alle ohne Ausnahme Tyrannen. Doch es ändert sich ständig, und der Nächste ist stets noch schlimmer als der Vorhergehende. Was für ein Witz!«

»Vielleicht sollten Sie die Regierung übernehmen?«

»Vielleicht sollten wir alle das. Das ist es, was nicht mit diesem Land stimmt – jeder denkt, er wäre die Regierung! Wir haben die Polizei, die Briten und die Royalisten auf der einen Seite, die den König zurückhaben wollen, und die zersplitterten Kommunisten und Sozialisten auf der anderen Seite. Sie alle denken, sie wären die Regierung. Bah, verflucht sollen sie sein!«

Er würde das Land verlassen, erzählte er uns. Er würde nach Kanada auswandern. Er hatte einen Cousin namens Spyros dort, mit einem Restaurant. Spyros wollte ihn zum Partner machen.

»Aber es ist kalt in Kanada, oder nicht?«, fragte Yannoula.

»Ja, sicher, ich weiß, und ich *hasse* die Kälte. Ich war im Norden an der albanischen Front, als wir versucht haben, die Makkaronifresser aufzuhalten. *Das* war kalt. Die Kameraden hatten Erfrierungen an Händen und Füßen. Draußen vor dem Lazarettzelt lag ein ganzer Haufen amputierter Hände und Füße. Und wofür das alles, frage ich Sie? Die Nazis sind den Makkaronifressern zu Hilfe gekommen und haben uns überrannt. Den Rest der Geschichte kennen Sie.«

Wir schwiegen für den Rest der Strecke, bis Michaelis uns

vor dem Kaffeehaus auf einer *plateia* aussteigen ließ. Es war proppenvoll mit Menschen, die wegen unserer Aufführung gekommen waren. Unter den Gästen befanden sich auch mehrere Partisanen mit vor der Brust gekreuzten Patronengurten. Sie sahen aus wie die, die mich auf dem Rückweg vom Truppenlager angehalten hatten, doch wir waren weit weg von dort. Als wir in unserem Stück an der Stelle angekommen waren, wo Katsantonis und seine Kämpfer ihren Eid leisteten, die Heimat vom Joch der Türken zu befreien oder »niedergemäht von Kugeln gemeinsam zu sterben!«, erhoben sich die Partisanen von ihren Plätzen und sangen die Nationalhymne.

Im zweiten Akt, als Stelios mit der Stimme von Katsantonis' Sohn zur Mutter sagte: »Hör nur, Mutter, sie kämpfen!«, und ich mit der Stimme der Mutter erwiderte: »Ja, mein Kind, aber wer kämpft?«, sprangen die Partisanen erneut auf. »Wir kämpfen!«, riefen sie, und alle applaudierten und übertönten unsere nächsten Zeilen. Das Publikum wurde in unser Spiel gezogen. Es war ein langer Abend. Als wir fertig waren, führte uns der Besitzer zu Zimmern über dem Kaffeehaus, weil es zu weit war, um in der Nacht nach Kolonaki zu fahren und am nächsten Abend für den zweiten Teil der Aufführung zurückzukehren. Yannoula und ich teilten uns ein Zimmer, und Stelios hatte ein eigenes ein Stück weiter den Gang hinunter. Yannoula hatte einen großen Krug Wein mit nach oben genommen und leerte ihn langsam, während sie auf dem Bett mir gegenüber saß. Sie sagte, sie würde in ihren Sachen schlafen, und empfahl mir, das Gleiche zu tun.

»Wanzen«, erklärte sie. »Die Häfen sind immer voller Wanzen. Die ausländischen Seeleute bringen sie mit. Ich habe früher im Varieté gesungen, gleich auf der anderen Seite, im Astir«, sagte sie und zeigte aus dem Fenster. »Die Seeleute kamen zu den Aufführungen. Sie haben jedes Mal ihre kleinen krabbelnden Freunde dagelassen.«

Das Programm war sehr vielfältig gewesen. Komiker, Dressurtiere, Zauberkünstler, Bauchredner. Sie hatten regelmäßig gewechselt, nur Yannoula war immer dabei gewesen. »Ich war berühmt, weißt du? Nicht *wirklich* berühmt, aber genug, um es zu genießen. Und nicht nur für meine Stimme!«

Sie zwinkerte, und dann erzählte sie mir, dass sogar der Premierminister einmal da gewesen war. Er hatte eine dunkle Brille getragen, damit man ihn nicht erkannte. Nach ihrem Auftritt hatte sie von einem anonymen Bewunderer einen riesigen Strauß teurer Orchideen erhalten.

»Oh, ich hatte so viele wunderschöne Kleider, das glaubst du nicht. Die roten haben mir immer am besten gestanden, weißt du, mit meinen kräftigen Farben.« Sie drehte den Kopf zur Seite, als wollte sie es mir zeigen, aber ihre ungeschminkte Haut hatte die papierne Weiße einer Person, die lange nicht mehr in der Sonne gewesen ist. Während sie redete, hörten wir unregelmäßige Schusswechsel in einem anderen Teil des Hafens.

»Hör dir das an da draußen«, sagte sie. »Jetzt, wo die Deutschen uns nicht mehr umbringen, machen wir es eben untereinander. Dieser Michaelis hat recht, weißt du? Aber wir haben nicht alle Verwandte in Kanada. Außerdem wird irgendwann all das vorüber sein, und dann sind wir froh, wenn wir nicht frierend in Toronto sitzen.«

Sobald sich die Dinge beruhigt hatten, würde man Stelios vermutlich zum Wehrdienst einziehen, erzählte sie. Er war zu jung gewesen, um im Norden zu kämpfen, wo Michaelis gewesen war, Gott sei Dank. Aber wir würden Stelios nicht zum Militär gehen lassen, oder? »Wir verstecken ihn. Oder warte, wir könnten ihn als Mädchen verkleiden, wie Achilleus.« Sie erzählte, dass Achilleus' Mutter ihren Sohn als Mädchen verkleidet und auf der Insel Skyros versteckt hatte, damit er nicht in den Trojanischen Krieg musste. »Der tapfere Achilleus, stell dir nur vor, in Frauenröcken! Aber Odysseus hat ihn gefunden und überredet, sich seiner Streitmacht anzuschließen. Wusstest du das?«

Ich wisse überhaupt nichts, antwortete ich, und erzählte ihr, dass unsere Dorfschule nach dem Einmarsch der Deutschen geschlossen worden war.

»Bitte Stelios, dich zu unterrichten«, sagte Yannoula. »Er hat mir auch die Geschichte von Achilleus erzählt. Er ist ein kluger Junge, unser Stelios.« Sie hatte bemerkt, wie er mich ansah, insbesondere an jenem Abend, als sie die Tür zum Hof geöffnet hatte und er nach drinnen gestürzt war. Ich spürte, wie ich errötete. »Oh, ich bringe dich in Verlegenheit«, sagte sie. »Ich bin manchmal so ungehobelt wie ein altes Schlachtross.«

Sie reichte mir ein Glas von ihrem Wein und munterte mich auf, ihn zu probieren – er würde mir schon nicht schaden. »Du musst lernen, hin und wieder zu trinken.« Der Wein schmeckte stark nach Harz, doch ich brachte ihn hinunter, und das Glas wurde schnell nachgefüllt. Eine Weile später war der Geschmack gar nicht mehr so störend. Yannoula erzählte mir, was für ein böses Mädchen sie in ihren Theatertagen gewesen war.

»Ich verrate dir ein kleines Geheimnis«, sagte sie. »Ich habe mir die Haare gefärbt. Nicht die auf dem Kopf, die waren pechschwarz wie die Nacht. Nein, ich meine da unten, an meiner Wie-heißt-sie-noch-gleich? Ich habe ein wenig Peroxid benutzt und eine Zahnbürste. Ich war unten blond und oben schwarz. Ich kann dir sagen, das hat die Kerle verrückt gemacht!«

Als sie sah, wie ich von Neuem errötete, entschuldigte sie sich hastig. »Ich vergesse immer wieder, wie jung du noch bist, Aliki. Du verhältst dich wie jemand, der schon viel reifer ist. Na ja, andererseits ist heute jeder erwachsen, der am Leben geblieben ist. Nur vielleicht ein wenig kürzer als andere.«

Wer sie wirklich interessierte, sagte sie, war dieser Junge, der Stelios daheim in unserem Dorf gebissen hatte. Und was war wirklich dort passiert? Was Stelios ihr erzählt hatte, ergab keinen richtigen Sinn – er war so aufgebracht gewesen, dass er die

Geschichte kaum über die Lippen gebracht hatte. Sophia war tot, ihre liebste Freundin und zugleich ihre Arbeitgeberin, und das war alles, was sie wusste.

Ich wusste nicht, wo ich anfangen sollte. Ich erzählte, dass Takis vermutlich die Soldaten in jener Nacht alarmiert hatte, weil er eifersüchtig gewesen war. Er war sicherlich verrückt genug, um so etwas anzustellen, doch er hatte keine Erinnerung mehr an die Ereignisse und stritt alles ab. Chrysoulas Haus war schon zuvor verdächtig gewesen, und jemand hatte sie denunziert. Der eigentliche Auslöser für das Schießen waren die Dorffrauen mit ihren Kieselsteinen gewesen, die sie auf die deutschen Soldaten geworfen hatten. Die Schüsse hatten sowohl Chrysoula und Sophia als auch viele anderen Dorfbewohner getötet. Takis war außer sich gewesen wegen des Todes seiner Mutter und hatte sich auf Stelios gestürzt. Er brauchte dringend Hilfe, und es war niemand da, der sie ihm geben konnte. Niemand, der ihn liebte, außer mir. Und ich ließ ihn gerade im Stich.

»Was für eine Geschichte! Im Stich? Wegen ihm sind meine geliebte Sophia und die anderen tot!«

»Vielleicht.«

Als ich ihr von den Waisenhäusern im Ausland erzählte, sagte sie: »O mein Gott, wie furchtbar! Aber wenn er wirklich so verstört ist, dann ist es für ihn vielleicht das Beste. Wo ist dieses Truppenlager?«

Ich beschrieb ihr den Weg, den ich genommen hatte.

»*Theo mou*, Aliki. Du warst ganz alleine dort?«

»Ich habe es nicht über mich gebracht, Stelios davon zu erzählen. Ich wollte Takis da rausholen. Ich dachte … denke, er könnte bei uns wohnen.«

»Ehrlich? Ist das eine gute Idee?«

»Ich weiß es nicht. Ich kann ihn nicht im Stich lassen. Ich kann einfach nicht.« Meine Stimme bebte, und meine Augen füllten sich mit Tränen. »Ich kann nicht.«

Yannoula erhob sich und setzte sich zu mir auf das Bett. Sie legte den Arm um meine Schultern.

»Lass mich eine Weile darüber nachdenken, Aliki. Es ist viel komplizierter, als mir zuerst klar gewesen ist. Ich könnte vermutlich mit Stelios reden. Auch wenn ich noch nicht weiß, was ich ihm sagen werde.«

»Er ist sehr stur.«

»O du meine Güte. Zwei Frauen und ein sturer Mann. So war es schon immer. Die Geschichte der ganzen Welt. Ich will darüber nachdenken.« Sie kehrte auf ihr Bett zurück und leerte schweigend den Wein. Schließlich gähnte sie. »Ich schätze, ich habe jetzt erst mal eine Verabredung mit den Wanzen.«

Sie stieg voll gekleidet ins Bett, und ich tat es ihr gleich. Draußen vor dem einzigen Fenster des Zimmers waren die Lichter der Stadt nach und nach erloschen, und hoch oben am Himmel leuchteten die Sterne wie Salzkörner aus einem gigantischen Streuer. Sie schienen zu wanken. Oder wankte etwa ich, vom Wein?

Die Schüsse in der Umgebung dauerten immer noch an, als wir am nächsten Abend den zweiten Teil des Stückes aufführten. Sie kamen näher, während sich die Geschichte entfaltete. Als Katsantonis sich von seiner Frau verabschiedete, erhoben sich einige Leute im Publikum und gingen. Wenige Minuten später gingen die nächsten. Wir befürchteten, das gesamte Publikum zu verlieren und den Eintritt zurückerstatten zu müssen, deswegen beeilten wir uns. Stelios raste förmlich durch eine der letzten Reden des Helden:

Ich sage euch Lebwohl, ihr hohen Berge,
Und auch euch, ihr Felsen in der Höh.
Ihr seid meine Zeugen und müsst allen berichten,
Dass ich mit wenigen Kameraden
Tausende in die Flucht geschlagen.

Einer Explosion ganz in der Nähe folgte der gewaltige Lärm eines einstürzenden Gebäudes. Eine Gruppe von Männern mit Gewehren rannte an der Leinwand vorbei. »Tod den Faschisten!«, riefen sie und verschwanden im Innern des zerstörten Wohnblocks. Damit waren unsere letzten Zuschauer weg.

Michaelis brachte uns über Seitenstraßen und schmale Wege zurück nach Kolonaki. Als wir nach dem Grund für den Umweg fragten, erzählte er, dass am Vortag, dem 3. Dezember, eine Demonstration vor dem Parlament stattgefunden hatte, organisiert von kommunistischen Gruppierungen, an genau dem gleichen Ort, wo erst wenige Monate zuvor Menschenmassen ihre Befreiung gefeiert hatten. Es war als Protest gedacht gegen die Forderung der britischen Armee, die zusammen mit der alten Regierung und der Athener Polizei verlangt hatte, dass die Gruppierungen ihre Waffen abgaben.

»Die Polizei bekam Angst – wahrscheinlich dachte sie, es handelte sich um eine Art Putsch – und feuerte blindlings in die Menge. Diese Idioten! Überall war Blut, es gab mehr als dreißig Tote und hundert oder mehr Verwundete. Jetzt zieht der Mob durch die Straßen und greift überall die Polizeiwachen an. Und die Briten, diese Narren, versuchen auch noch, die Polizei zu schützen.«

Wir bogen auf eine *plateia* nicht weit vom Haus ein, und wie auf ein Stichwort wären wir beinahe mit einem britischen Panzer kollidiert, der direkt auf uns zukam. Michaelis versuchte zurückzusetzen, doch ein zweiter Panzer blockierte uns von hinten.

»Was wollt ihr?«, brüllte er aus dem Seitenfenster auf Englisch. »Mich umbringen? Oder soll ich es lieber selber tun, um euch die Mühe zu ersparen?«

Doch die Panzer hatten kein Interesse an uns. Der hinter uns fuhr weiter, und Michaelis konnte zurücksetzen, wenden und durch die verlassen daliegenden Straßen weiterfahren, bis wir zu Hause ankamen. »Geht nach drinnen und versperrt die Türen«, sagte Michaelis zu uns. »Und lasst euch nicht auf der Straße blicken, selbst wenn ihr am Verhungern seid!« Stelios lud ihn ein, mit ins Haus zu kommen, bis es sicher war, nach Piräus zurückzukehren.

»Und wann soll das sein? Nächstes Jahr oder übernächstes?« Er fuhr los, bevor Stelios noch etwas sagen konnte.

Die Kämpfe dauerten den restlichen Monat an. Unsere Gegend blieb unter der Kontrolle der Briten, und wir wurden angewiesen, das Haus nicht zu verlassen, außer für die dringendsten Botengänge und Einkäufe. Wir hatten genügend Geld von unseren Auftritten in Piräus, um die wenigen Vorräte zu kaufen, die wir brauchten. Wer das Viertel verlassen wollte, musste Kontrollpunkte des Militärs passieren. Wer dies regelmäßig tat, geriet automatisch in den Verdacht, ein Spion zu sein, und lief Gefahr, an Ort und Stelle erschossen zu werden. Wir hörten den Lärm von Schusswechseln in benachbarten Bezirken. Einige der schlimmsten hatten sich in der Gegend von Kaisariani ereignet, kam uns zu Ohren. Und als Yannoula schließlich mit Stelios über Takis redete und die Frage, ob sie ihn im Haus aufnehmen sollten, war die Gelegenheit längst verstrichen. Es bestand keine Chance, unbeschadet in das britische Lager zu gelangen. Außerdem, so meinte Stelios, waren die Waisen vermutlich längst ins Ausland abgeschoben worden.

Es war alles meine Schuld. Meine Unentschlossenheit war die Ursache. Ich hätte gleich an jenem Tag losziehen und Takis mitnehmen sollen. Stelios hätte sicher nachgegeben, wenn ich einfach mit ihm im Haus aufgetaucht wäre. Ich war sicher, dass ich mich um ihn hätte kümmern können und ihn daran hindern, erneut zu explodieren, wie er es nannte. Doch es war zu spät.

Ich verlor jeglichen Appetit und alle Energie. Selbst die Nachricht, dass die Briten weitere Truppen heranschafften, drang kaum zu mir vor. Stelios erzählte Yannoula und mir, er habe gehört, dass Winston Churchill persönlich im Land weilte, entschlossen, dafür Sorge zu tragen, dass die Stadt nicht in die Hände der Kommunisten fiel. Er führte seine Truppen von den Stufen des Grande Bretagne Hotels am Syntagma-Platz. Es war mir egal. Am Weihnachtstag blieb ich im Bett liegen und wollte nicht aufstehen. Tagelang ließ ich mich treiben, schlief und träumte und schlief und träumte erneut. Yannoula brachte mir Suppe und half mir ins Bad, wo ich sie wieder erbrach.

Der Raum der Klagen – ich erkannte ihn, wenn ich dort hineintrieb. Oh, das schon wieder, dachte ich, die Tür halb offen, das Licht dahinter. Was wollte dieser Ort von mir? Ich spürte keine Klagelieder. Doch es waren inzwischen auch andere Tote dort. Zuerst mein Vater, der mich diesmal nicht nach seinen verschwundenen Werkzeugen fragte. Wusste er, dass ich nicht mehr in unserem Dorf war? Er beschwerte sich jedenfalls immer noch, dass es dort, wo er war, kein anständiges *kafeneion* gab, wo man mit seinen Freunden sitzen konnte, mit der Perlenschnur in Händen. *Was hat es für einen Sinn, auf alle Ewigkeit tot zu sein, wenn man nicht mal eine anständige Tasse Kaffee kriegen kann?* Irgendjemand hatte eine weitere Eingabe in Gang gebracht, doch er erwartete sich nichts mehr davon. *Hier drüben scheint niemand auch nur das Geringste zu lernen. Alle sind genauso einfältig wie an dem Tag, an dem sie hergekommen sind.*

Chrysoula war ebenfalls dort und begrüßte mich auf die traditionelle Weise, *Gut, dass du gekommen bist*, und ich antwortete genauso formell, *Gut, dass ich dich gefunden habe.* Sie reichte mir ein Glas kühlen Wassers und ein paar eingelegte Kirschen auf einem Löffel. Doch dann ging sie zurück, um Sophia zu trösten, die im Zimmer auf und ab wanderte, sich die nun grauen Haare raufte und kreischte. Ihr Mann Alexis war immer noch nicht wieder aufgetaucht, erzählte Chrysoula, und sie wussten nicht, was sie denken sollten. *Ist er bei dir?*, fragte sie mich. *Ist er nach Hause gekommen?* Bevor ich antworten konnte, erhob sich wie aus dem Nichts ein heißer Wind und drückte uns alle gegen die Wand. Sophias Haare standen ab wie ein Helm. *Nimm dir eine Schnecke*, sagte Chrysoula zu niemand Bestimmtem. *Sie sind so lecker.* Was ist mit Takis, wollte ich von ihr wissen. *Nicht hier, nicht hier*, hörte ich Yannoula sagen. *Er ist bei dir. Behandle ihn stets wie einen Bruder, hörst du?*

Aus weiter Ferne vernahm ich Yannoulas Stimme. »Es ist dieser Junge, um den sie trauert …«, sagte sie zu jemand anderem, während sie mir aus dem Bett in das Badezimmer half und zurück. Ich trieb wieder davon, und dann, eine Weile später – Stunden? Tage? – fühlte ich, wie ich hochgehoben wurde, roch den Geruch von Zitronenseife und spürte warmes Wasser auf mir, oder war es Regen draußen vor dem Fenster?

»Wir haben Silvesterabend«, sagte Yannoula neben meinem Bett. »Es ist fast 1945.« Sie trug eine lange Schürze mit nassen Flecken. »Ich habe dich gebadet. Ich hoffe, es macht dir nichts aus. Aber es ist besser, das neue Jahr sauber zu begrüßen.« Sie hielt eine Flasche mit einer goldenen Flüssigkeit. »Hier, trink davon.« Sie hielt mir die Flasche an den Mund. »Eine kleine Leckerei zu Neujahr.« Es schmeckte nach Likör, und die Süße ließ meine Zähne schmerzen. Sie half mir, mich anzuziehen, und wir gingen nach unten.

Im Wohnzimmer kurbelte Stelios ein altes Victrola an und legte eine Schellackplatte auf. Bei meinem Eintreten wandte er sich um. »Ah, es geht dir besser«, sagte er, indem er das Zimmer durchquerte und mich in die Arme nahm. »Wir haben uns solche Sorgen gemacht.«

Er roch leicht nach dem Likör. Aus dem Victrola kam die Melodie eines Walzers, und er versuchte, mich zum Tanzen zu bringen, doch ich war zu schwach und wusste außerdem nicht, wie der Tanz ging. Er führte mich zu einem der verbliebenen

Sessel und erzählte, es gäbe Gerüchte über einen möglichen Waffenstillstand. Churchill wäre am Weihnachtsabend nach Athen geflogen und hätte dort im Grande Bretagne Hotel mit den einheimischen Anführern verhandelt. Die Kämpfe hätten bereits ein wenig nachgelassen in Erwartung einer baldigen Übereinkunft. Ich begriff, dass das Geräusch draußen von starkem Regen kam, nicht von Schüssen.

»Überall in der Stadt gehen die Menschen wieder vor die Tür«, fuhr Stelios fort.

»Ich konnte ein paar Sachen erstehen«, sagte Yannoula. »Für eine kleine Feier.« Sie nahm ihre nasse Schürze ab, und darunter kam eine ihrer alten Roben zum Vorschein, in verblasstem Gelb und mit einer Schleppe. Sie schenkte sich und Stelios Likör nach und bot mir ebenfalls welchen an, doch ich lehnte ab. Ich fühlte mich immer noch ein wenig benommen. Stelios bat Yannoula zum Tanz, und die beiden wirbelten im Walzertakt durch den Raum, während Yannoula ununterbrochen redete.

»Mein zweiter Ehemann Manolis hat mich an Neujahr immer zu einem wundervollen Tanzlokal ausgeführt«, berichtete sie. »Draußen in Voula, mit Aussicht auf das Wasser. Es gab alles dort – Tanz, Spiel, Trinken … Manolis liebte das Kartenspiel, und er spielte die ganze Nacht, der Narr.«

Sie erzählte uns, wie sie ein paar alte Freunde vom Theater getroffen hatte. Ihr Abschied von der Bühne war damals schon Jahre her, und sie hatten angefangen, sich Geschichten zu erzählen und miteinander auf die alten Zeiten anzustoßen. So war es bis zum Morgen weitergegangen, und als die Sonne aufgegangen war, waren sie alle betrunken übereinander gefallen und hatten gekreischt vor Lachen. Der Geschäftsführer und die Kellner hatten gähnend herumgestanden; es wäre schlechtes Benehmen und kein gutes Geschäftsgebaren gewesen, die Gäste zum Gehen aufzufordern. Es hätte ein ganzes Jahr lang Pech mit sich bringen können.

»Dann tauchte Manolis auf und sagte, er hätte alles verloren – Geld, Automobil, Haus, einfach alles. In einer einzigen Nacht änderte sich unser gesamtes Leben. Stellt euch das vor!«

»Was hast du gemacht?«, fragte Stelios. Er stolperte über Yannoulas Schleppe, als er sie im Kreis wirbelte.

»Wir sind bei Verwandten eingezogen, aber es hat Manolis umgebracht. Sechs Monate später war er tot. Wollte einfach sterben, wisst ihr, wegen der Schande, die er über uns gebracht hatte. Er war kein schlechter Mann, aber er hatte seine Dämonen, wie alle Männer. Die Spielsucht war der schlimmste. Was sollte ich tun? Damals habe ich mich auf Sophias Anzeige als Haushälterin beworben. Am nächsten Tag, gleich nach der Beerdigung. Ich hätte bestimmt nie gedacht …«

Das Licht blinkte einmal, dann fiel der Strom aus. Die Musik wurde langsamer, verzerrt, dann blieb das Victrola stehen.

»Das passiert immer wieder«, erklärte Stelios. »Überall fallen die Leitungen herunter, und niemand repariert sie.«

»Wenn ihr euch nach drüben ins Esszimmer tastet, dort gibt es Kerzen«, sagte Yannoula. »Ich habe ein kleines Neujahrsessen vorbereitet.«

Stelios und ich hielten uns an der Hand und tasteten uns an den Wänden entlang in das Esszimmer. Yannoula hatte einen Kerzenleuchter mitten auf den Esstisch gestellt. Auf einem Servierteller hatte sie Kräuterreis in einer eigenwilligen Form angerichtet.

»Eine Gans«, sagte sie. »Zu Ehren von Karagiozis. Lasst uns essen, bevor sie mit den Tomaten und Kartoffeln davonrennt. Anschließend können wir den Neujahrskuchen anschneiden und sehen, wer die Glücksmünze findet.« Der Kuchen war eine traurige Angelegenheit, flach auf einer Seite und ein wenig angebrannt, weil das Mehl, das man dieser Tage bekam, nach Yannoulas Worten schwer wie Sand war.

Wir hatten uns gerade gesetzt, als es draußen an der Tür

hämmerte. Wir saßen stocksteif da und sahen einander im flackernden Licht an. Vor dem Waffenstillstand hätte das Klopfen an der Tür alles Mögliche bedeuten können. Hatte sich daran wirklich etwas geändert? Stelios nahm eine Kerze aus dem Leuchter und verließ das Zimmer. Yannoula und ich hörten gedämpfte Stimmen, und dann näherten sich Schritte.

Stelios erschien unter der Tür zum Esszimmer und hatte etwas bei sich, das aussah wie ein tropfnasses englisches Armeezelt unter einem großen englischen Armeehut. Ein Arm erschien an der Seite des Zeltes und setzte den Hut ab, und der durchnässte Kopf von Takis erschien. Er steckte in einem Armeeponcho, der über den Boden schleifte und von allen Seiten tropfte.

Für einen langen Moment sagte niemand ein Wort. Dann hob Yannoula ihr Glas. »Ein frohes Neues Jahr!«, sagte sie.

Ich ging unsicher zu Takis, beugte mich vor und legte die Arme um ihn, während ich mein Gesicht gegen seinen nassen Hals drückte. »Du bist da«, sagte ich. »Du bist in Sicherheit.«

»Du weinst an meinem Hals«, sagte er.

»Yannoula, das ist Takis. Er ist aus meinem Dorf.«

»Ehrlich? Ich habe schon eine Menge über dich gehört, Herr Takis.«

Takis verzog das Gesicht. »Ich habe noch nichts von dir gehört«, sagte er.

»Nun, das müssen wir ändern, nicht wahr? Aber als Erstes solltest du deine nassen Sachen ausziehen.« Sie ging zu ihm, die goldene Schleppe meterlang hinter sich. Indem sie den Poncho an der einen Seite packte und mir bedeutete, die andere zu nehmen, zogen wir ihm das Ding über den Kopf. Er steckte immer noch in der viel zu großen Uniform mit den hochgekrempelten Beinen und Ärmeln.

»Was mache ich hier?«, fragte er.

»Na ja«, sagte Stelios. »Das ist wirklich eine gute Frage.«

»Trink etwas mit uns«, sagte Yannoula. »Das wärmt.«

Sie wankte zum Tisch, schenkte ein Glas voll ein und brachte es Takis. Er nahm einen Schluck.

»Bäh!«

»Wir alle warten auf deine Antwort«, sagte Stelios. »Warum *bist* du hier?«

»Ich bin geflohen.«

»Was heißt das?«

»Na ja, nicht wirklich geflohen. Ich bin einfach gegangen. Es hat niemanden interessiert.«

»Komm, setz dich, Takis«, sagte ich. Yannoula und ich führten ihn zum Tisch.

»Was ist das?« Er deutete auf die Gans aus Reis, die angefangen hatte, ihre Form zu verlieren.

»Nimm dir«, sagte Yannoula. »Lasst uns alle essen.«

Wir aßen schweigend. Hinterher fragte ich Takis, wie er uns gefunden hatte und ob es schwierig gewesen wäre herzukommen. Ganz und gar nicht, antwortete er. Es gab keine Patrouillen mehr auf den Straßen und keine Barrikaden. Jeder konnte hingehen, wohin er wollte. Er hatte sich meine Wegbeschreibung gemerkt.

»Aber warum erst jetzt, Takis?«, fragte ich. »Nach all den Scherereien im Truppenlager, die du mir an jenem Tag gemacht hast, warum bist du jetzt gekommen?«

»Was für Scherereien?«, fragte Stelios. »Welcher Tag?«

Ich erzählte Stelios, dass ich vor einigen Wochen im britischen Lager gewesen war, um Takis zu besuchen, aber er hatte nicht mitkommen wollen. Stelios nahm diese Information mit einem Stirnrunzeln auf.

»Während der Kämpfe haben sie uns nicht abgeschoben«, berichtete Takis. »Aber jetzt hat es wieder angefangen. Ich musste irgendwohin, oder ich wäre weggebracht worden. Sie wollen uns nicht bei sich haben, nicht, nachdem sie die Gräber gefunden haben.«

Die Briten hatten versucht, es vor den Waisen im Lager zu verheimlichen, doch es hatte sich dennoch herumgesprochen, erzählte Takis. Die ersten Massengräber lagen nicht weit entfernt von der britischen Basis in den Ausläufern der Berge bei Athen, Reihe um Reihe von Leichen, Männer und Frauen jeden Alters. Die britischen Soldaten waren zurück ins Lager gekommen und hatten sich über die grausige Entdeckung unterhalten, und andere hatten mitgehört. Nach den Unruhen vom 3. Dezember hatten die Volkskomitees überall in der Stadt ihre Gegner zusammengetrieben und der Kollaboration beschuldigt, einschließlich der Männer von den Sicherheitsbataillonen, die an *bloccos* beteiligt gewesen waren. Viele darunter waren nur ganz gewöhnliche Bürger, die möglicherweise alten Zwistigkeiten zum Opfer fielen, meist nicht politischer Natur. Manche waren gefoltert worden, und ausnahmslos alle waren erschossen und hastig in Massengräbern an den Hängen des Hymettos-Berges begraben worden, gleich hinter Athen. Wie sich herausstellen sollte, gab es alles in allem neun Massengräber.

»Ich habe gehört, sie hätten einem Mann mit den Daumen die Augen ausgedrückt«, erzählte Takis. »Wisst ihr, wie Augen aussehen, wenn man sie aus den Höhlen drückt? Wie flüssiges Ei. Das haben sie sich jedenfalls erzählt.«

Wir legten unsere Gabeln ab. Takis aß unbeeindruckt weiter. Stelios verließ das Zimmer.

»Er hasst mich«, sagte Takis.

»Stelios war immer ein guter Junge«, sagte Yannoula. »Ich bin sicher, er hasst niemanden.«

»Ich wollte nicht herkommen. Aber alle haben gesagt, dass mit den Waisen des Roten Kreuzes schlimme Dinge passieren.« Er fing an zu weinen, dann ging er zur Tür und ergriff seinen nassen Poncho. Ich sprang auf und stürzte hinter ihm her.

»Du kannst nicht weggehen!«, sagte ich.

»Ich hätte nicht kommen sollen.«

»Bleib. Ich rede mit Stelios.«

Er weinte noch heftiger. »Ich will zu meiner Mutter«, schluchzte er. »Ich weiß nicht, was ihr zugestoßen ist.«

Yannoula kam hinter uns her. »Geh du zu Stelios, ich halte das Kind«, sagte sie.

Ich ging nach oben. Stelios war auf seinem Zimmer. Er saß auf der Bettkante, den Kopf in den Händen. Ich setzte mich neben ihn. Nach einer Minute seufzte er und sagte, ohne mich anzusehen: »Was als Nächstes, Aliki?«

Ich schwieg.

»Was sollen wir tun? Ihn auf die Straße schicken? Was mich beunruhigt ist die Tatsache, dass er über diese Dinge redet, als wäre es, ich weiß nicht, das Wetter. Und das ist noch längst nicht alles, was mich an ihm beunruhigt.«

»Er hat mehr gesehen, als ein Kind jemals sehen sollte.«

»Ja, schön und gut, aber gilt das nicht für uns alle?« Er drehte sich zu mir um. »Warum hast du mir nicht erzählt, dass du ihn besucht hast?«, fragte er ärgerlich. »Ich meine, ich dachte mir, dass du zu ihm gehen würdest, nachdem dieser Sergeant dir vom Roten Kreuz und den ausländischen Waisenhäusern erzählt hat. Aber ich dachte auch, dass du mir bestimmt sagen würdest, wenn du es tust.«

»Ich wollte es dir sagen. Aber ich … ich habe den Mut verloren. Manchmal bin ich ganz überrascht von deinem Zorn. Und dann habe ich mir selbst die Schuld gegeben, als wir ihn verloren haben.« Ich zögerte. »Da ist noch etwas, das du wissen solltest«, fuhr ich schließlich fort und erzählte ihm, dass Leute beobachtet hatten, wie Takis nackt durch die Gärten gerannt war und mit Bäumen geredet hatte.

»*Theo mou!* Er sollte eingesperrt werden!«

»Das ist nicht dein Ernst, oder? Er ist noch ein Kind!«

»Wie kein anderes.«

»Ja, sicher.«

Stelios erhob sich und ging in seinem Zimmer auf und ab, während er die knallig bunten Wimpel an den Wänden betrachtete. »Ich weiß nicht, warum ich die noch habe«, sagte er. »Sie bedeuten mir schon längst nichts mehr.«

Er zog die Reißzwecken aus der Wand, die einen der Wimpel hielten, und ließ ihn zu Boden gleiten. »Wen interessiert schon noch, welches Team welches Spiel gewonnen hat? Das war in einer anderen Welt.«

Sein Ton war hart. Er ging von einem Wimpel zum nächsten und zog Reißzwecken heraus, bis der Boden übersät war von Zeichen aus der Vergangenheit. »Wenn er bleiben soll, müssen wir ihn im Haus einsperren. Wir können nicht darauf vertrauen, dass er draußen keinen Mist baut.«

»Ich kümmere mich um ihn.«

»Bist du dieser Aufgabe wirklich gewachsen?« Sein Ton wurde weicher. »Du hattest gerade erst eine Art von, keine Ahnung, Zusammenbruch.«

»Yannoula wird mir helfen.«

»Hör zu, Aliki. Ich kann nie vergessen, was in eurem Dorf passiert ist, das weißt du. Ich versuche, es für den Augenblick zu verdrängen, weil wir alle im gleichen Haus leben müssen. Aber ich kann nicht garantieren, dass es nicht wieder auftaucht.«

»Ich weiß, Stelios. Es ist nicht so, als hätte ich ihm verziehen.«

Ich ging zu ihm und hielt ihn und lehnte meinen Kopf an seine Schulter.

Als wir nach unten gingen, sahen wir, dass Yannoula ein Stück Kuchen für Takis abgeschnitten hatte. Zweifellos absichtlich das Stück, in dem die Glücksmünze versteckt war. Er hielt sie gerade in dem Moment hoch, als das Licht wieder anging.

»Seht nur! Yannoula sagt, es wird ein glückliches Jahr für mich!«

Wir schwiegen.

Yannoula gab Takis ein Zimmer auf meiner Etage, am Ende des Ganges. Am nächsten Tag suchte sie Kindersachen von Stelios heraus und zog ihn an wie ein richtiges Schulkind. Ich erklärte ihr, warum wir ihn unter keinen Umständen allein aus dem Haus lassen durften.

»Das hat er getan?«, fragte sie. »Splitterfasernackt? Der Kleine braucht ein wenig Disziplin, das fehlt ihm. Damit er nicht vergisst, wie man sich zu benehmen hat.«

Was Takis vergaß und was nicht, das war ein wenig komplizierter, als sie ahnte. Doch er schien Zutrauen zu Yannoula zu fassen, hielt ihre Hand oder kroch sogar auf ihren Schoß, damit sie ihm eine Geschichte erzählte. Für eine Weile schien er sich wieder in den kleinen Jungen zurückzuverwandeln, der er gewesen war, als ich zu ihm und seiner Mutter ins Haus zog. Doch wenn ich daran dachte, wie geisteskrank er sich in der britischen Basis verhalten hatte, dann machte mich diese neuerliche Veränderung höchstens noch nervöser.

Spät am nächsten Abend schlüpfte er in mein Zimmer. »Ich kann nicht schlafen«, sagte er, hüpfte auf das Bett und streckte seine Füße aus. Er wackelte mit dem rechten Fuß und sagte mit der Stimme von Herrn Schafhirte: »Was gibt's zum Essen?«

»Takis, wir sind zu alt dafür«, sagte ich.

»Ach du gute Güte, Herr Schafhirte«, sagte er mit der Stimme von Frau Schafhirte. »Es gibt überhaupt nichts. Wir müssen die Möbel essen. Ich nehme die Stehlampe. Möchtest du einen Lehnsessel?«

»Takis, hör auf damit. Ich muss mit dir reden.«

Er spielte mit dem Saum der Bettdecke, zerknitterte ihn und glättete ihn wieder. Er konnte nicht nach draußen, ohne dass einer von uns dabei war, erklärte ich ihm.

»Warum?«

»Du weißt schon. Du kannst nicht überall deine Sachen ausziehen, wie du es beim britischen Lager getan hast.«

»Ich erinnere mich nicht daran«, sagte er und zerknitterte die Decke von Neuem.

»Manchmal machst du mir Angst.«

»Es tut mir leid, Aliki. Ich weiß nicht, warum ich tue, was ich tue. Worte kommen über meine Lippen, und ich weiß nicht, woher sie kommen. Ich habe selbst Angst.«

Er stieg aus dem Bett und ging zum Fenster, wo die Blätter eines hohen Eukalyptusbaums im Wind gegen die Scheiben schlugen.

»Warum redest du mit Bäumen?«

»Ich rede nicht mit *ihnen*. Sie sprechen zu *mir*.«

»Ist es nicht so wie mit deinen Füßen? Herr und Frau Schafhirte? Es ist ein alberner Spaß, aber es sind immer noch deine Füße.«

»Nein, nein. Die Bäume sprechen zu mir.«

»Und was genau sagen sie?«

»Sie haben mir gesagt, dass ich meine Sachen ausziehen soll.«

»Warum sollten sie verlangen, dass du so etwas tust?«

»Woher soll ich das wissen? Ich erinnere mich, dass ich frierend in einem fremden Garten gestanden habe und den Weg nach draußen nicht finden konnte. Ich war überall zerkratzt. Es war dumm, außerordentlich dumm.«

»Was sagen die Bäume dir sonst noch, was du tun sollst?«

»Ich erinnere mich nicht immer hinterher.«

Er kehrte zum Bett zurück und wackelte erneut mit den Füßen.

»Hör auf damit!«, sagte ich. »Wir haben hier eine ernste Unterhaltung!«

»Du bist überhaupt nicht mehr lustig. Seit wann bist du so ernst?«

»Ich denke, das weißt du. Seit der Sache im Dorf.«

Seine Reaktion war unmittelbar. Seine Miene verdüsterte sich, er sprang auf und ging aus dem Zimmer. Ich rief ihm hinterher, doch er antwortete nicht. Nur die Schritte den Gang hinunter waren zu hören und das Schlagen seiner Tür.

Als ich am nächsten Morgen nach unten kam, saß Stelios in der Bibliothek, einem Raum neben der Treppe mit deckenhohen Regalen. Er zog Bücher aus den vollen Regalen und stapelte sie auf dem Boden. »Ich hasse es, die zu verkaufen«, sagte er. »Aber wir haben nicht mehr viel, was wir noch verkaufen könnten. Möchtest du eins davon behalten? Yannoula sagte irgendwas von, ich solle dir helfen, richtig lesen zu lernen.«

Gab es ein Wörterbuch, in dem ich Begriffe aus dem Reiseführer nachschlagen konnte, den er mir gegeben hatte? Er zog ein weiteres Buch aus einem tieferen Regal. Es war so schwer, dass ich es kaum halten konnte. Ich blätterte durch die Seiten. Es mussten Millionen von Worten sein, und die meisten kannte ich nicht. Wo sollte ich anfangen?

»Warte mal, was hältst du hiervon?«, sagte Stelios. Er nahm ein Buch aus dem Regal, blies den Staub weg und reichte es mir. *Die Ilias*.

»Wovon handelt es?«

»Griechen im Krieg.«

»Dafür müssen wir doch nur aus dem Fenster sehen, meinst du nicht?«

»Das ist etwas anderes. Oder vielleicht auch nicht. Es geht um den Trojanischen Krieg. Die Mykener greifen Troja an, um die Entführung der Helena zu rächen.«

Ich hatte weder von den Mykenern noch von Helena gehört und fragte mich, wann es wohl passiert war, dass es schon in einem Buch nachzulesen stand. Er sah meine Verblüffung und erklärte, dass Paris, ein trojanischer Prinz, die Frau von Menelaos, des Königs von Sparta entführt hatte, dessen Gast er gewesen war. Er hatte sie mit nach Troja genommen. Die Griechen kämpften zehn Jahre lang gegen die Trojaner, um sie zurückzuholen. *Die Ilias* erzählte die ganze Geschichte.

»Aber eigentlich ist es ein Buch über *alles*«, sagte er. »Hier, hör dir das an, warte, ich such es rasch …« Er blätterte durch die Seiten, bis er die Stelle gefunden hatte. Laut las er vor:

»Gleich wie Blätter im Walde, so sind die Geschlechte der Menschen;
Einige streuet der Wind auf die Erd' hin, andere wieder
Treibt der knospende Wald, erzeugt in des Frühlinges Wärme:
So der Menschen Geschlecht, dies wächst, und jenes verschwindet.

Gefällt es dir?«, fragte er.

»Ja, ja. Ich habe so etwas noch nie gehört. Lies bitte noch mehr vor, ja?«

»Warte, ich suche etwas heraus.« Als er im Buch blätterte, glitten Dinge heraus und fielen zu Boden. Ich bückte mich, um sie aufzuheben: getrocknete Blätter, eine Fotografie von einer Fußballmannschaft, vergilbte Zeitungsausschnitte.

»Nein, lass«, sagte er. »Ich hebe sie auf.«

Doch da waren wir schon beide auf den Knien, unsere Köpfe stießen gegeneinander, und wir lachten. »Ich sammle Sachen«, sagte er. »Nur ein paar, die mir gefallen, und ich verwahre sie in Büchern auf. Sie bedeuten nichts.« Er sammelte sie auf und schob sie wieder zwischen die Seiten. Er sah verlegen aus.

»Zeigst du sie mir irgendwann?«

»Ach, das ist fast alles unsinniges Zeug.«

Wir standen wieder auf, und er schob die *Ilias* zurück ins Regal, ohne mir noch etwas daraus vorzulesen.

»Was ist mit dem Buch, von dem du mir in unserem Dorf erzählt hast?«, fragte ich.

Er fand den *Graf von Monte Cristo*, doch das Buch war fast genauso groß und schwer wie das Wörterbuch. Ich sagte ihm, dass ich mich erinnerte, wie er mir erzählt hatte, jemand in diesem Buch habe geschrieben, es gäbe weder Glück noch Unglück auf der Welt. Eigentlich wäre beides das Gleiche. Das konnte unmöglich stimmen, oder?

»Sieh nur, was wir alles erlebt und erlitten haben«, sagte ich. »Es war beides dabei, und es war überhaupt nicht das Gleiche.«

»Ich denke, er meinte damit, dass sie miteinander verwandt sind, Aliki. Was wir Glück oder Unglück nennen, ist für jemand anderen vielleicht etwas ganz anderes.«

Das verstand ich, doch als ich darüber nachdachte, tauchte eine neue Frage in mir auf. »Wenn das so ist, wie können wir dann die Wahrheit über irgendetwas wissen? Jeder hätte eine andere Vorstellung davon, oder?«

»Ah, du bist eine kleine Philosophin. Das ist eine gute Frage, und eine Menge Leute haben darüber nachgedacht, angefangen bei einem Mann namens Sokrates.«

Er zog ein weiteres Buch aus einem Regal, eine Ausgabe von Platons *Politeia*. Es war bei Weitem nicht so groß und schwer wie der *Graf von Monte Cristo*, aber die Druckschrift auf den Seiten war winzig.

»Hat es keine Bilder?«, fragte ich.

Stelios seufzte.

»In dem Reiseführer sind eine Menge Bilder«, sagte ich. »Das hilft mir, die Bedeutung einiger der Beschreibungen herauszufinden. Wenn du mir bei den schwierigen Wörtern helfen kannst …«

»Also schön. Warum lese ich dir nicht vor, während du mir Wort für Wort folgst? Nur ein wenig jeden Tag. Dann kannst du versuchen, es mir vorzulesen, und ich erkläre dir, was immer du wissen willst. Wie klingt das?«

Ich hatte den Reiseführer oben auf meinem Zimmer liegen lassen, doch er hatte ein Buch über die Geschichte Athens gefunden, mit einer Menge Bilder, manche davon sogar in Farbe. Wir setzten uns nebeneinander auf den Boden und hielten das

Buch zwischen uns, während er langsam und laut vorlas. Unvermittelt hielt er inne und sagte: »Oh.«

Ich blickte auf und sah Takis in der Tür stehen.

»Was macht ihr da?«, fragte er.

»Ich lerne, besser zu lesen«, antwortete ich.

Es gab einen unbehaglichen Moment, als wir drei uns wortlos anstarrten. Takis' Augen blitzten, doch dann senkte er den Blick und scharrte mit dem Schuh über den Boden. »Das sieht merkwürdig aus, ihr beide so nebeneinander auf dem Boden.«

»Du siehst jedenfalls schon viel besser aus«, sagte ich, um die Spannung zu durchbrechen. Yannoula hatte ihm die Haare geschnitten und ihn in eine Matrosenuniform aus Stelios' Kindheit gesteckt.

»Ich sehe aus wie ein Affe«, sagte er.

»Nein, tust du nicht! Affen sind viel hübscher.«

»Haha.« Er blickte zu der geschwungenen Marmortreppe hinter sich. »Das ist vielleicht ein Haus. Was macht ihr den ganzen Tag?«

Wir erzählten ihm von unseren Karagiozis-Aufführungen, doch bei der Erwähnung des Namens zuckte er zusammen und wandte sich ab.

»Aber wir verdanken Karagiozis, dass wir zu essen haben«, sagte Stelios. »Wir könnten weitere Aufführungen geben, jetzt, wo das Schießen aufgehört hat.«

Takis schwieg.

»Hör mal, möchtest du vielleicht mit uns lesen?«, fragte Stelios.

»Kann nicht.«

»Du könntest zusammen mit Aliki lernen.«

»Gibt es sonst nichts zu tun?«

»Irgendwo im Haus gibt es ein Backgammon. Und ein Kartenspiel.«

Takis machte ein Gesicht und ging. Wir lasen weiter.

Im Verlauf der nächsten Wochen lasen wir jeden Tag ein paar Seiten, und ich füllte ein Notizbuch mit neuen Wörtern. Stelios war geduldig mit mir und fügte seine eigenen Anmerkungen über die Stadt hinzu, die rings um uns allmählich wieder zum Leben erwachte: wo ein blinder Geiger im Park spielte, welcher Lotterieverkäufer der beste war, wo man ein *kafeneion* finden konnte, in dem die alten Männer des Abends immer noch *hookah* rauchten, eine Art Wasserpfeife. Wir gingen nach draußen spazieren, jetzt, nachdem es wieder sicher war, vorbei an Gebäuden, die übersät waren von Einschusslöchern, oder durch Straßen, die von britischen Panzern in Trümmer gelegt worden waren. Britische Truppen und die Polizei schienen überall zu sein und belehrten Fußgänger, wohin sie gehen durften und wohin nicht. Wir waren dankbar, dass die Kämpfe geendet hatten, doch, wie Stelios es ausdrückte, die Briten verhielten sich, als gehörte ihnen die Stadt. Zusammen mit der royalistischen Regierung waren sie entschlossen, die Teile des Landes zurückzuerobern, die in den Händen der Kommunisten waren. Athen war eine Zone der relativen Ruhe, und auf den Inseln in ihrer Isoliertheit war es auch nicht so schlecht.

Auf unseren Spaziergängen ging Stelios immer wieder in die Kaffeehäuser, um nachzufragen, ob sie am Schattentheater interessiert wären, und obwohl viele Ja sagten, waren nur wenige bereit, etwas zu bezahlen. Ein Betreiber wollte sogar, dass *wir ihm* Geld gaben dafür, dass wir sein Kaffeehaus nutzten.

Manchmal nahmen wir Takis mit. Wenn das geschah, bemühten wir uns, ihn nie aus den Augen zu lassen, doch trotzdem hing er häufig zurück und verschwand manchmal einfach. Wir mussten umkehren und ihn suchen.

»Hey, du gehst vor uns«, sagte Stelios zu ihm.

Doch wann immer wir hielten, um mit einem Kaffeehausbesitzer zu reden oder einen Blick auf einen Bücherstand zu werfen, war er wieder verschwunden und zwang uns, nach ihm zu suchen. Ich hatte alle Mühe, die Situation auszugleichen und Takis das Gefühl zu geben, dass er Teil unseres Lebens war, ohne Stelios zu verärgern.

Die meisten Tage blieb Takis zu Hause bei Yannoula. Er half ihr beim Einkaufen, beim Kochen und beim Saubermachen, während sie ihm Geschichten aus ihrem Leben erzählte. Wenigstens nahm ich an, dass sie das taten.

Seine düstere Miene zu den Mahlzeiten bereitete mir Sorgen. Ich war nicht sicher, ob er Stelios anfunkelte oder mich oder uns beide. Unsere gemeinsamen Spaziergänge waren mit die glücklichste Zeit, die Stelios und ich je miteinander verbracht hatten; einfach alles ansehen und über alles reden, während wir in einem Park saßen. Yannoula schien uns auf eine Weise zu vertrauen, wie Chrysoula es niemals getan hätte, und ich fühlte mich bei Stelios so sicher, als wäre ich nach Hause zurückgekehrt. Wir strahlten wahrscheinlich beide, wenn wir heimkamen, und Takis bemerkte es zweifelsohne. Je näher Stelios und ich uns kamen, desto mürrischer und düsterer wurde Takis. Er antwortete nur noch mit einem Grunzen oder einem Schulterzucken auf Fragen. Sank er wieder in den Wahnsinn? Zog ihn irgendeine dunkle Macht hinunter in seine Schattenwelt?

Yannoula versuchte, ihn aufzumuntern, fragte ihn nach dem Leben im Dorf. Wie war es wirklich? Sie war ein Stadtmensch, sagte sie, und hatte keine Vorstellung über das Leben auf dem Land.

»Ich habe es gehasst«, sagte Takis.

»O nein, Takis, hast du nicht«, widersprach ich. »Denk an die schönen Zeiten, die wir hatten – wie ich dir gezeigt habe, wie mein Vater Holzkohle gemacht hat, und wie sehr du über mich gelacht hast und …«

»Ich habe es gehasst«, wiederholte er.

Dann eines Tages rannte er davon. Er hatte mit Yannoula in der Bibliothek gesessen. Stelios und ich waren auf einem unserer Spaziergänge. Als wir zurückkamen, erwartete Yannoula uns an der Haustür.

»Ich weiß nicht, was mich dazu getrieben hat, ihn zu fragen«, erklärte sie. »Ich wollte eigentlich nur erfahren, was Sophia und seiner Mutter zugestoßen ist, was wirklich passiert ist, wisst ihr, von seinem Standpunkt aus gesehen. Ich fragte ihn, warum die Deutschen zum Haus seiner Mutter gekommen sind an jenem Abend. Er stand auf und ging wortlos aus dem Zimmer. Ich bin ihm gefolgt, doch da war er schon aus dem Haus. Das ist Stunden her.«

Bei Anbruch der Nacht war er immer noch nicht zurück. Ich suchte die gesamte Nachbarschaft nach ihm ab, doch ich fand keine Spur von ihm. Stelios versuchte es im Nationalgarten, weil ich dachte, Takis könnte dort sein, wo es Bäume gab. Doch dort war er nicht. Stelios ging bis zu Theos Kaffeehaus in Pangrati und wollte nachsehen, ob es wieder geöffnet hatte. Doch Nachbarn berichteten, dass Theo mitsamt seiner Familie nach Kreta zurückgekehrt war, während die schlimmsten Kämpfe in Athen getobt hatten. Er hatte in Heraklion, der Hauptstadt von Kreta, ein neues Kaffeehaus eröffnet. Als Stelios nach Hause kam, sagte er, dass er Theo noch am gleichen Tag schreiben und fragen wollte, ob er Arbeit für uns hätte. Die einheimischen Kaffeehausbesitzer hatten kein Interesse gezeigt, und in der Gegend von Piräus waren immer noch zu viele Kämpfe, als dass wir darüber nachdachten, wieder dort aufzutreten. Wir hatten die meisten Wertgegenstände aus dem Haus verkauft, und das Geld wurde wieder knapp. Wir brauchten einen neuen Plan.

»Das ist alles, was euch einfällt?«, sagte Yannoula. »Obwohl unser Takis verschwunden ist?« Ihre Augen waren gerötet. »Es ist meine Schuld. Ich hätte nicht so neugierig sein dürfen.«

Ich versuchte erneut, ihr zu erklären, dass mit Takis etwas nicht stimmte. Etwas, das wir nicht verstehen konnten. Er konnte nicht über die Dinge reden, die sich in jener Nacht ereignet hatten, er konnte es einfach nicht. Sie durfte ihn nie wieder danach fragen.

»Er braucht eine Mutter, das ist alles«, antwortete sie. »Er ist jung und verwirrt. Wir waren alle einmal wie er.«

Stelios sah mich an und verdrehte die Augen. »Ich suche morgen weiter nach ihm«, sagte er. »Ich weiß nicht, was ich sonst tun könnte.«

Es gab damals keine Stelle, wo man vermisste Kinder melden konnte, doch zwei Tage später rief eine Frau, eine Schwester Papadakis aus einer Klinik in einem Vorort namens Kifissia, an und sagte, Takis sei bei ihnen und habe diese Nummer genannt. Man habe ihn nackt und halb ertrunken in einem Fischteich im Garten einer Villa in der Nähe der Klinik gefunden.

Als Stelios und ich zu der Klinik kamen, sahen wir, dass sie in einer alten Villa mit verblichenem, bröckelndem Putz untergebracht war. Quer über dem Säulenportal waren Einschusslöcher. Sämtliche Fenster waren mit Läden verschlossen. Wir klopften eine Weile an die Tür, bevor uns eine stämmige Frau in einer schmuddeligen Schürze öffnete und uns verkündete, dass sie die Schwester war, die uns angerufen hatte. Sie führte uns in das Foyer. Wir mussten unsere Namen fast brüllen, weil in einem der Zimmer eine Frau die Nationalhymne sang, so laut sie nur konnte, und jemand anderes lauthals über seine Schwiegermutter schimpfte und sie »diese Hure« nannte. Zwei alte Männer in Unterwäsche marschierten ins Foyer, salutierten und marschierten weiter.

Ich war noch nie in einer Klinik gewesen und war nicht sicher, was man dort machte. Ich fragte die Schwester.

»Wir kümmern uns um die armen Geschöpfe, die den Verstand verloren haben«, sagte sie. »Oder von Anfang an keinen hatten.«

Wie wir herausfanden, gab es zu jener Zeit so gut wie keine Behandlungsmethoden für psychische Probleme. Leute, die man für verrückt hielt, wurden in Kliniken gesperrt, und das war alles. Schwester Papadakis führte uns durch den einstigen Salon der Villa, der in ein Mehrbettzimmer umfunktioniert worden war. An den Wänden reihten sich Krankenpritschen. Auf einem davon stand die Sängerin der Nationalhymne und sang immer noch mit voller Inbrunst. Andere Patienten schliefen, redeten mit sich selbst oder spielten Karten. Vielleicht waren einige auch vom Personal, doch es war schwierig, sie von den Patienten zu unterscheiden. Schwester Papadakis meinte, die meisten Patienten wären hoffnungslose Fälle, denen nicht zu helfen war.

»Aber Ihr Freund Takis ist jung und wächst vielleicht noch heraus.«

»Wächst heraus? Aus *was?*«, fragte Stelios.

»Was immer mit ihm nicht stimmt.«

»Und das ist?«

»Wir wissen so wenig über das Bewusstsein«, antwortete die Schwester. »Aber bei jungen Menschen wird es häufig besser. Natürlich müssen sie regelmäßig einen Einlauf zum Abführen erhalten.«

Stelios und ich wechselten Blicke.

»All diese Patienten hier«, sagte sie und deutete auf die Schlafenden auf ihren Pritschen, während wir den Saal passierten. »Sie erhalten regelmäßig ihren Einlauf. Man kann nicht erwarten, dass sich ihre Krankheit bessert, wenn man das unterlässt.«

»Und das ist die einzige Behandlung?«, fragte Stelios erstaunt.

»Wir haben natürlich auch Laudanum. Das ist so beruhigend. Und Schlafelixiere, oder Aspirin ...« Seit dem Ende des Krieges gab es nichts anderes. Abgesehen davon waren sie nicht darauf eingerichtet, umfangreiche Behandlungen in der Klinik durchzuführen; die meisten Patienten waren nur vorübergehend bei ihnen, bis sie von ihren Familien abgeholt wurden.

Falls das nicht geschah, wurden sie nach Dafni im Süden von Athen überstellt, wo es ein Sanatorium für Langzeitbehandlungen gab. Ich wollte lieber nicht darüber nachdenken, wie es dort aussah.

»Die meisten dieser Patienten sind nächsten Monat um diese Zeit weg«, fuhr die Schwester fort. »Aber es kommen ständig neue. Es sind die Zeiten, wissen Sie? Sie sind schuld, dass die Menschen den Verstand verlieren.«

»Ich möchte mit dem verantwortlichen Arzt sprechen«, sagte Stelios.

»Oh, er kommt nur zweimal in der Woche vorbei, und heute ist nicht sein Tag. Er hat auch noch andere Kliniken, um die er sich kümmern muss. Nächste Woche Dienstag ist er wieder da.«

Sie führte uns zu einer ehemals prunkvollen Treppe, während sie erzählte, dass die Bewohner der Villa, die Takis in ihrem Fischteich gefunden hatten, zuerst gedacht hätten, er wäre ertrunken, doch als sie ihn an Land gezogen hätten, habe er angefangen zu spucken und zu würgen. Er sei am ganzen Leib zerschrammt gewesen und voller Insektenstiche und hätte auf wiederholte Nachfragen lediglich geantwortet, er wäre Karagiozis, der König der Puppen. Nachdem er in die Klinik gebracht worden war und seinen Einlauf bekommen hatte, war er »ein wenig lockerer« geworden, wie Schwester Papadakis es nannte, und hatte ihr schließlich unsere Telefonnummer gegeben.

»Inzwischen geht es ihm viel besser«, sagte sie. »Er kann eine normale Unterhaltung führen, wenn er möchte. Aber so ist das mit vielen von ihnen. Sie sind völlig normal, bis sie plötzlich durchdrehen.« Das erschien mir als ziemlich armselige Diagnose. Andererseits bestätigte Takis' Verhalten das, was Sergeant Whitfield von der britischen Armee erzählt hatte, dass Takis nackt in den Gärten anderer Leute umhergeirrt war. Ich verstand das alles nicht und wusste nicht, was, wenn überhaupt, man dagegen tun konnte.

Die Schwester führte uns eine weitere, schmalere Treppe hoch und erklärte uns, dass sie Takis hatte einsperren müssen, um ihn am Umherwandern zu hindern. Sie schloss eine Tür auf, und an der gegenüberliegenden Wand lag Takis zugedeckt auf einer Pritsche.

»Ich lasse Sie jetzt mit ihm alleine«, sagte Schwester Papadakis. »Falls Sie ihn heute mit nach Hause nehmen möchten, vergessen Sie bitte nicht, die Gebühr für seinen Aufenthalt zu entrichten.«

Ich ging zu Takis und rüttelte ihn sanft bei der Schulter. Er wachte auf und sah mich mit einem gleichgültigen, ausdruckslosen Blick an, der sich unvermittelt in Angst wandelte. Er zog mich zu sich herunter. »Diese Frau mit den Gummischläuchen!«, sagte er. »Du musst mich vor ihr beschützen!«

»Wir nehmen dich mit nach Hause«, sagte ich.

»Was ist passiert, Takis?«, wollte Stelios wissen.

Doch Takis fing an, mit der Hand vor seinem Gesicht herumzufuchteln, als wollte er Spinnweben wegwischen. Ich rieb seine Füße, die rot und geschwollen waren. Er war nackt unter der Decke, und ich fragte ihn, ob es etwas gab, das er für den Heimweg anziehen konnte. Er wusste nicht, wo er seine Sachen gelassen hatte, sagte er. Stelios ging nach unten, um Schwester Papadakis zu fragen, ob sie uns Kleidung ausleihen konnte.

»Kannst du gehen?«, fragte ich und half ihm beim Aufstehen. Seine Füße waren wund. Er entschuldigte sich, dass er uns so viele Scherereien machte.

»Es war der Wind, weißt du? Er hat mir gesagt, dass ich losrennen soll.« Ich fragte ihn, wie er nach Kifissia gekommen war, doch er wusste es nicht mehr genau. Vielleicht hatte ihn jemand mitgenommen. Er meinte, sich an einem Mann in einem Lastwagen zu erinnern, der ihn in einen Kiefernwald gebracht hatte, doch die Bäume dort hatten ihm ebenfalls befohlen zu rennen. Er war an eine Mauer gekommen und darübergeklettert und hatte unter Büschen geschlafen. Am nächsten Morgen war er hungrig gewesen und hatte versucht, Fische in dem Teich zu fangen, als ihm schwindlig geworden und er hineingefallen war. Das war alles, woran er sich erinnerte, mit Ausnahme von Schwester Papadakis und ihrem furchtbaren Gummischlauch.

»Weißt du, was sie damit macht? Wohin sie ihn steckt?«

Stelios kehrte mit einem Stapel Kleidung zurück. »Eine grässliche Frau«, sagte er. »Du würdest nicht glauben, wie viel Geld sie verlangt hat!«

Nachdem wir Takis angezogen hatten, halfen wir ihm zu Fuß zur einzigen Straßenbahn, die noch zwischen der Vorstadt und Athen fuhr. Zu Hause stellte Yannoula keine Fragen, sondern schloss Takis in die Arme und brachte ihn ins Badezimmer, wo sie sich um seine Kratzer und Stiche kümmerte.

»Was, wenn er das noch mal macht?«, fragte Stelios mich in der Bibliothek. »Wir können ihn nicht jede Stunde des Tages im Auge behalten.«

»Aber die meiste Zeit ist er doch ganz normal. Es ist nur, wenn er von Eifersucht auf dich übermannt wird oder wenn wir über die Vorgänge in jener Nacht sprechen, dass er ausrastet.«

»Er kommt zwischen *uns*, Aliki. Das weißt du, oder?«

»Ja, ja, ich weiß. Ich werde mich besser um ihn kümmern.«

»Aber es wird wieder passieren. Früher oder später musst du eine Entscheidung treffen.« Er strich mit der Hand über den Rücken eines Buches, zog es halb hervor, dann schüttelte er den Kopf und schob es wieder zurück.

»Wie meinst du das?«, fragte ich.

»Du kannst dich nicht dein ganzes Leben lang um ihn kümmern«, sagte Stelios und zog mich an sich. »Es könnte jemand anderen geben, um den du dich kümmern musst.«

Meinte er damit sich selbst? Ich glaubte nicht, dass Stelios jemanden brauchte. Er wirkte stets so zuversichtlich. Musste ich mich entscheiden zwischen ihm und Takis?

»Können wir denn nicht eine Familie sein?«, fragte ich. »Wir *sind* doch eine Familie.«

»Möchtest du nicht irgendwann deine eigene Familie?«, fragte er.

»Du meinst, wenn wir je dazu kommen, ein normales Leben zu führen, wie auch immer das aussieht? Ich weiß es nicht. Abgesehen davon, ich bin zu jung, um jetzt schon daran zu denken. Genau wie du.«

»Wirf mal einen Blick in den Spiegel, Aliki. An dir ist viel mehr, als du ahnst.«

Ich war nicht sicher, was er meinte. Und dann wurde es mir bewusst. Die Hitze stieg mir ins Gesicht, und ich erinnerte mich, wie aufgebracht Chrysoula gewesen war an jenem Tag, als ich mit Stelios allein in die Berge gegangen war. Jetzt gab es nur noch Yannoula, die auf uns aufpasste, aber sie war leicht abzulenken und machte sich ganz allgemein keine Gedanken, wohin Stelios und ich gingen oder was wir taten. Das verängstigte mich ein wenig. Oder vielleicht hatte ich Angst vor mir selbst, wegen meiner Reaktion auf die dunklen Schatten eines Bartes auf Stelios' Gesicht oder die Kraft in seinen Armen, wenn er mich an der Hand nahm, um eine viel befahrene Avenue zu überqueren. Ich fühlte mich plötzlich fiebrig, beinahe so, als würde ich schmelzen. Ich löste mich von ihm, fächelte mir mit der Hand Luft in das Gesicht. Er hatte mich nicht mehr geküsst seit jener Nacht vor der Tür, doch ich fühlte mich, als wäre es gerade passiert, vor wenigen Minuten.

»Weißt du noch, wie die Menschen vor dem Krieg geheiratet haben«, sagte er. »Wie sie Kinder bekommen haben und zur Schule oder zur Arbeit gegangen sind? So war das Leben früher. Heute erscheint es uns wie ein unerreichbarer Traum, aber es wird nicht immer so bleiben. Wir haben beide keine Familie, also können wir in diesen Dingen unsere eigene Entscheidung treffen.«

Welchen Dingen? Er war mir weit voraus. Oder doch nicht? Er schien anzunehmen, dass wir eines Tages heiraten und Kinder haben würden. Der Gedanke breitete sich in mir aus, und ich spürte seine Wärme, als würde ich in einer kalten Winternacht in die weichste aller Decken gehüllt.

»Meinst du …?«, fragte ich.

»Ja.«

Wir nahmen einander in die Arme und hielten uns für lange Zeit, ohne dass einer ein Wort gesagt hätte. Und dann lachten wir und redeten und waren unglaublich albern, wann immer sein Mund nicht auf meinem war. Aber das war nicht oft.

»Sieh uns nur an«, sagte ich, als ich mich endlich von ihm löste.

»Sieh dich an.« Er drehte mich um, sodass ich in einen Spiegel über dem Schreibtisch blicken konnte. Dort standen zwei zerzauste Gestalten mit entschieden dümmlichem Grinsen. Wir betrachteten unsere Spiegelbilder, bis ich sah, dass sein Grinsen anfing zu verblassen.

»Und das ist der Grund«, sagte er in ernsterem Ton, »wie ich schon sagte, aus dem du früher oder später eine Entscheidung wegen Takis treffen musst.«

Ich verstand, was er sagte, doch es war zu weit hergeholt, als dass ich es begriff. Ich wollte einfach noch nicht darüber nachdenken.

Die Frage war, wie konnten wir Takis im Haus halten, erinnerte ich Stelios. In den darauffolgenden Tagen achtete Yannoula darauf, dass Takis niemals ein Zimmer verließ, ohne dass sie es merkte. Er schien sich nicht zu erinnern, was sie zu ihm gesagt hatte, bevor er weggerannt war. Sie nannte es einen seiner Anfälle, und jetzt, da sie wusste, was sie hervorrief, war sie überzeugt, sie verhindern zu können. Takis hatte sich wieder in einen kleinen Jungen zurückverwandelt, der sich an ihrer Hand festhielt und sie anbettelte, ihm Geschichten zu erzählen. Er ignorierte Stelios, so gut es ging. Eindeutig spürte er das neue Band zwischen Stelios und mir, doch er bemühte sich, keine Eifersucht zu zeigen.

Unser aller Leben änderte sich schnell, nachdem Theo Stelios von Kreta aus anrief und sagte, wir sollten sofort kommen. Er hatte ein neues *kafeneion* eröffnet mit einer Bühne, wo Platz war für unser Theater, und die Geschäfte liefen ausgezeichnet, »weil nichts und niemand die Kreter daran hindern kann, sich zu amüsieren, selbst wenn der Himmel auf die Erde fällt«.

Es gab zwar immer noch Partisanen-Aktivitäten auf der Insel und manchmal sogar in den Städten, berichtete er Stelios, aber es wäre sicher für uns. Er schuldete uns noch Geld von unserer letzten verhängnisvollen Aufführung in Pangrati, die in Schusswechseln geendet hatte. Also würde er uns die Überfahrt nach Kreta bezahlen und uns sechs Prozent seiner Einnahmen geben, zusätzlich zu den Einnahmen aus den Kartenverkäufen.

»Was für ein Angebot!«, sagte Stelios, als er den Hörer im Wohnzimmer aufgelegt hatte. »Und ich habe eine Reihe von Ideen für neue Stücke. Ich möchte, dass wir alle, jeder Einzelne von uns, zusammen mit Karagiozis auftritt …«

»Ich bin zu alt dafür«, sagte Yannoula. »Ich kann mich nicht von einem Ort zum anderen schleppen und dabei trillern wie eine alte Henne.« Sie setzte sich auf das rote Sofa und überlegte für einen Moment. »Ich habe gehört, dass die Kreter wunderbare Menschen sind, mit den Seelen von Künstlern.«

Stelios bestand darauf, dass sie mitkam. Allein zu reisen ohne eine erwachsene Begleitung konnte Aufmerksamkeit erregen. Außerdem war da noch Takis. Er sagte, er wollte nichts mehr mit dem Schattenspiel und den Puppen zu tun haben. Stelios sagte, er könnte die Eintrittskarten verkaufen.

»Warum sollte ich?«, sagte Takis.

»Du musst deinen Teil beitragen, wenn du bei uns bleiben willst.«

»Wer sagt, dass ich bei euch bleiben will?«

»Du kannst nicht allein in diesem Haus bleiben. Jemand muss sich um dich kümmern.«

»Yannoula und ich können zusammen hierbleiben. Bitte, Yannoula, können wir?«

Yannoula blickte zweifelnd drein. Sie rutschte auf dem Sofa hin und her, schlug die Beine übereinander und entkreuzte sie wieder. Es war eine Sache, schützend für Takis da zu sein, wenn wir alle da waren, aber die Aussicht, die alleinige Verantwortung für ihn zu übernehmen, war etwas ganz anderes, insbesondere, nachdem er fortgelaufen und in dieser furchtbaren Klinik gelandet war. Für mich stand außer Frage, dass wir alle zusammenbleiben mussten, und Kreta wäre ein neuer Anfang.

»Hör zu, Takis«, sagte ich. »Wenn du hierbleibst, könntest du erneut in dieser Klinik landen, oder an einem ähnlichen Ort. Möchtest du das?«

»Du drohst mir. Das ist gemein.«

Ich spürte einen Anflug von Ärger und dachte, oh, meinetwegen, mach, was du willst. Ich bin nicht deine Mutter. Dann sah ich vor meinem geistigen Auge das Gesicht von Chrysoula und sagte nichts.

»Sieh mal, Takis«, warf Stelios mit mühsam unterdrückter Verärgerung ein. »Ich kann dich nicht allein hier im Haus zurücklassen. Du bist zu jung, und die Lage draußen ist immer noch zu unsicher. Wohin willst du also gehen, wenn du hierbleibst, und was willst du tun, um dir Geld zum Leben zu verdienen? Auf der Straße würdest du nicht überleben. Du hast eigentlich keine andere Wahl, als mit uns zu kommen.« Er zögerte und fügte sodann in freundlicherem Tonfall hinzu: »Und es wäre vielleicht eine Chance für dich und mich, besser miteinander auszukommen.« Ich war überrascht, so etwas von Stelios zu hören, und dankbar für seine Worte. Er ging zur Treppe und stieg die ersten Stufen hinauf. »Denk drüber nach,

Takis«, sagte er über die Schulter. »Aber nicht zu lang, weil wir alles vorbereiten müssen.«

Takis war blass geworden und sah aus, als würde er im nächsten Moment weinen. Ich bemitleidete ihn, obwohl ich wusste, dass Stelios recht hatte und ich ihn für seine direkten Worte bewunderte.

»Wir sollten aufeinander achtgeben«, sagte ich in dem Bemühen, die Wogen ein wenig zu glätten. »Wie eine Familie. Stelios, wann müssen wir abreisen?«

»Sobald wie möglich«, rief er von der Treppe zurück. »Theo plant bereits Aufführungen zum Ende dieser Woche.«

»Dann brauchst du einen Koffer, Takis. Stelios, du packst die Puppen ein? Ich baue die Bühne ab und packe sie in die Reisetaschen.« Yannoula und Takis sahen mich überrascht an wegen meines Tons. Doch es gab viel zu tun, Pläne mussten geschmiedet werden. »Yannoula, du kommst mit, richtig?«, fuhr ich fort. »Und du, Takis?«

Er sagte nichts. Dann rannte er plötzlich zum Fuß der Treppe. »*Wenn* ich mitkomme, dann sagst *du* mir nicht, was ich zu tun habe, Stelios! Ich lasse mir von dir nichts befehlen. Nur von Aliki.«

Stelios blieb auf dem Treppenabsatz stehen. »Meinetwegen!«, rief er zurück. »Wie kommst du auf die Idee, dass mich interessieren könnte, was du machst und was nicht?«

Yannoula erhob sich. »Hört auf damit, alle beide!«, sagte sie. Doch sie ging ebenfalls zum Fuß der Treppe. »Stelios«, sagte sie. »Ich habe nachgedacht. Was ist mit deinem Vater? Was, wenn er zurückkommt und das Haus leer vorfindet?«

Wir stellten uns vermutlich alle die gleiche Frage: Wie wahrscheinlich war es, dass er zurückkam? Die Wahrheit über die Lager der Deutschen kam allmählich ans Licht, insbesondere Auschwitz-Birkenau, wo sie die meisten Griechen hingeschickt hatten. Es war das erste Lager, das bei seiner Befreiung durch die Sowjets noch funktionsfähig gewesen war, und die Nachrichten über das, was sich dort zugetragen hatte, erschienen nach und nach in den Zeitungen. Zuerst hatten die Menschen Mühe, die Schilderungen zu glauben. Gewiss sind es Übertreibungen, sagten sie. Dann tauchten die ersten Fotos auf. Stelios und ich hatten sie auf einem unserer Spaziergänge in den Zeitungen gesehen. Alle Farbe war aus seinem Gesicht gewichen.

Während Yannoula und ich mit dem Packen anfingen, ging Stelios zum Cousin seines Vaters, bei dem er zu Anfang Reis und Öl gegen den Schmuck Sophias eingetauscht hatte. Was die beiden miteinander besprachen, erfuhren wir nicht. Er war fast den ganzen Tag weg, und als er zurückkam, ging er auf sein Zimmer und kam erst am nächsten Morgen wieder nach unten. Er sprach nicht über das Treffen und weigerte sich, Yannoulas Fragen zu beantworten. Doch bevor wir nach Piräus aufbrachen, um am nächsten Tag die Nachtfähre nach Kreta zu nehmen, legte Stelios einen Briefumschlag auf den Tisch in der Eingangshalle. Er war an seinen Vater adressiert. Er sagte uns nicht, was er geschrieben hatte.

Takis erklärte sich nie wirklich einverstanden mitzukommen, doch er hatte die Sachen, die er von Yannoula bekommen hatte, in Stelios' kleinen Koffer aus Kindertagen gepackt und war bereit zur Abreise, als die Zeit kam. Ich war nicht glücklich über die Lage, in die er mich manövriert hatte, eine Art Vermittlerin zwischen ihm und Stelios. Doch es würde entweder funktionieren oder nicht. Wenigstens blieben wir fürs Erste alle zusammen.

Weder Takis noch ich waren jemals auf dem Meer gewesen, und folglich machte uns der Wellengang an jenem kalten Abend Mitte Februar 1945 Probleme. Doch die salzige, kalte Luft schlug uns ins Gesicht und belebte uns bald. Stelios hatte mir einen der warmen Wollmäntel seiner Mutter gegeben, und er selbst trug eine alte Tweedjacke, die seinem Vater gehört und die er gegen den Wind bis obenhin zugeknöpft hatte. Yannoula hatte Takis und sich in eine braune Reisedecke gewickelt, sodass Takis strahlend sagte: »Wir sehen aus wie ein großes Paket!«

Früher an diesem Tag hatte der Wind Wolken aus feinem roten Staub aus Afrika herübergeweht. Auch wenn das im Sommer regelmäßig geschah, war es für diese Jahreszeit eher ungewöhnlich. Das Wasser hatte einen rötlichen Schimmer, und Stelios meinte, vielleicht war es das, was Homer gemeint hatte mit seinen Worten von einem weinroten Meer. Er hatte das Buch mitgenommen, und im Buchdeckel bewahrte er unsere Fahrscheine auf sowie Theos Adresse in Heraklion, wo wir am nächsten Morgen anlegen würden. Takis wollte wissen, was für ein Buch das war.

»Oh, lies ihm doch daraus vor, Stelios«, sagte ich in dem Bemühen, eine kleine Brücke zwischen den beiden zu errichten. »Es ist ein wundervolles Buch, Takis.«

»Hmmm, lass mich überlegen, was dir gefallen könnte«, sagte Stelios betont freundlich, während er durch die Seiten blätterte. »Ah, hier, versuchen wir das. Es ist eine Schlachtszene über Patroklos, den Freund des Achilleus:

… da stieß ihm jener genahet
Rechts in den Backen den Speer, und ganz ihm die Zähne durchbohrt' er;
Über den Rand dann zog er am Schaft ihn: gleich wie ein Fischer,
Auf vorragender Klippe gesetzt, den gewaltigen Meerfisch
Aufwärts zieht aus den Fluten an Schnur und eherner Angel:
So an blinkender Lanze den Schnappenden zog er vom Sessel,
Schüttelt' ihn dann aufs Gesicht; und der Fallende hauchte den Geist aus.«[1]

1 Homer, Ilias, in der Übersetzung von J. H. Voss, 1793.

Es war anders als alles, was er zuvor vorgelesen hatte, und ich fand es grausig.

»Also wirklich, Stelios«, sagte Yannoula. »Ist das das Richtige, um es einem kleinen Jungen vorzulesen?«

Doch Takis stieß einen leisen Pfiff aus. »Das ist so blutig. Ich *liebe* es! Lies mir mehr davon vor.«

Stelios blickte auf und sah, dass Takis' Gesicht leuchtete vor Begeisterung. Er klappte das Buch zu. »Es wird zu dunkel zum Vorlesen«, sagte er.

Kassette 3, Seite 2

All diese Möbel«, sagte eine der Frauen im Wohnzimmer von Zephyra. »Wozu sind sie jetzt noch nütze?«

»Warum sind sie hier, wenn Zephyra es nicht ist?«, fragte eine andere.

Es ist ein alter Brauch, dass die Besitztümer eines Toten, wenn sie nicht von der Familie oder von Freunden beansprucht werden, vernichtet werden. Wie sollten die Sachen eines Toten länger überdauern als der Tote selbst? Einen Küchenstuhl anzusehen, wenn sein Besitzer im Grab liegt, heißt, ihn geringzuschätzen.

Wo also anfangen?

Zuerst rannten wir mit knackenden Gelenken und ächzenden Lungen nach oben und betraten das Zimmer von Zephyras vor langer Zeit weggegangenem Sohn. Sie hatte den Raum immer so gelassen, wie er gewesen war – Fotos von Sportstars, aus Magazinen gerissen, ein Backgammon-Brett auf einem Tisch, eine frische Garnitur Kleidung auf dem Bett. Wir warfen den Tisch und das Spielbrett aus dem Fenster. Sie schienen eine Sekunde oder so in der Luft zu hängen, bevor sie zu Boden stürzten und zersplitterten. Wie gut es tat, das anzusehen – als hätten sie auf dieses Ende gewartet. Wir machten weiter – die alten Holzstühle, der klapprige Schreibtisch aus Rosenholz – auch sie zerbarsten auf dem harten Boden, während eine einzelne Schublade aus dem Schreibtisch bis auf die Straße vor dem Haus segelte. Die Matratze war eine andere Geschichte. Wir mussten alle zusammen anpacken, um das muffige Ding aus dem Bett zu heben und durch das Fenster zu wuchten. Es landete in einer Wolke aus Stroh auf dem restlichen Haufen.

Weiter zum nächsten Zimmer. In einer kleine Vitrine an der Wand lagen die getrockneten Kränze von Zephyras Hochzeit mit Kostas, zusammen mit dem Hochzeitsfoto. Die beiden blickten so ernst drein, als hätte man soeben die Todesstrafe über sie verhängt. Vielleicht war die Ehe genau das für sie gewesen – wer weiß schon, was zwischen zwei Menschen unter einem gemeinsamen Dach vorgeht? Sie hätten einander vermutlich nicht ausgewählt, hätte man sie gelassen. Doch damals hatte es wenig Auswahl gegeben für Familien. Manchmal folgt einem Ehevertrag echte Liebe, manchmal eben nicht. Ich erinnerte mich daran, wie Chrysoula mir erzählt hatte, dass man nicht immer denjenigen heiratet, den man liebt, sondern lernen musste, den zu lieben, den man geheiratet hat.

Da war das Bett, in dem Zephyra gestorben war und in dem ich sie zum letzten Mal gesehen hatte, bevor Aphrodite sie von den Ziegen erlöst hatte, die ihre Seele festhielten. Das Bett auseinanderzunehmen überstieg unsere Fähigkeiten, also kletterten wir darauf und hüpften auf und ab, während wir vor Vergnügen kreischten, bis es zusammenbrach. Dann trugen wir Matratze, Kopfteil, Fußteil und die Seitenbretter zum Fenster, wo wir sie Stück für Stück nach draußen kippten und auf dieser Seite des Hauses einen neuen Haufen erzeugten. Als wir uns wieder dem Zimmer zuwandten, entdeckten wir einen alten Koffer, der unter dem Bett gelegen hatte. Er war verschlossen und ziemlich verschlissen, doch schwer genug, um irgendetwas zu enthalten. Wir schafften ihn nach unten in die Küche und öffneten das Schloss mithilfe eines Messers. Im Koffer lag eine rote Samtschachtel mit einem Bild von Zephyras bösartiger Mutter. Sie hatte die gleiche niedrige Stirn wie ihre Tochter und dunkle Augen. Was aus ihr geworden wäre, fragte ich die anderen Frauen.

Ich hatte sie nicht mehr gesehen seit jenem Tag auf dem Friedhof, kurz bevor ich zusammen mit Stelios und Takis das Dorf verlassen hatte.

»Sie wurde als Kollaborateurin aus dem Dorf gejagt«, sagte eine der Frauen. »Sie und der Schulmeister. Und andere.«

Die Beschuldigten waren kahlgeschoren und rückwärts auf Esel gebunden durch die Straßen geführt worden, während andere sie mit verfaultem Gemüse bewarfen oder die Nachttöpfe über ihnen ausleerten, als sie unter den Balkonen vorbeikamen. Die meisten von ihnen, einschließlich Zephyras Mutter, waren nie wieder ins Dorf zurückgekehrt. Ich konnte all das verstehen im Fall des armen Petros, obwohl es nicht seine Schuld gewesen war, dass man ihn als Übersetzer verpflichtet hatte. Aber Zephyras Mutter? Was hatte sie angestellt? Die Frauen, die mit mir zusammen in Zephyras Haus waren, wussten wenig davon. Sie waren damals kleine Mädchen gewesen, und wer erzählt kleinen Mädchen derartige Dinge? Die Kinder hatten in den Häusern bleiben müssen, als die Kollaborateure auf ihren Eseln durch das Dorf getrieben worden waren. Zephyra hatte die Wahrheit über ihre Mutter vermutlich gewusst, doch sie hatte niemals mit irgendjemandem darüber geredet, soweit es die Frauen wussten. Und in Zephyras Gegenwart hatte niemand gewagt, ihre Mutter zu erwähnen. Manche meinten sogar, es wäre Zephyra gewesen, die ihre eigene Mutter angezeigt hatte. Aber was sollte sie getan haben? Und war das überhaupt möglich, dass ein Kind die eigene Mutter beschuldigen konnte? Wer hätte ihr geglaubt? In den ersten Monaten nach dem Abzug der Deutschen hatte es Anschuldigungen gegeben wie Wespen in einem Nest, berichteten die Frauen. Wenn man dabei beobachtet worden war, wie man auch nur einen Deutschen gegrüßt hatte, konnte man als Kollaborateur angezeigt werden. In dieser Hinsicht waren also nahezu alle Bewohner des Dorfes Kollaborateure gewesen, willentlich oder nicht. Und weil jeder jeden beschuldigte, machten die Untersuchungen keine Fortschritte und wurden nach und nach eingestellt.

Ein Frösteln durchzog mich, als ich an die Soldaten im Haus meines Vaters dachte und an Takis und den deutschen Oberst. Es war gut, dass wir das Dorf damals verlassen hatten, bevor man Anschuldigungen gegen uns erheben konnte. Keiner der Erwachsenen, die in jener Nacht dabei gewesen waren – die Frauen, die die Soldaten mit Steinen beworfen hatten, die Nachbarn, die Sophia und Stelios gesehen hatten –, war noch am Leben, und falls doch, war ihre Erinnerung getrübt. Niemand redete mehr darüber. Ich fragte mich, ob wir je die Geheimnisse von Zephyras Familie herausfinden würden. Würde sie mich von der anderen Seite genauso heimsuchen, wie mein Vater es immer noch tat? Die Toten haben häufig mehr zu erzählen als die Lebenden, wenn sie Nachbarn gewesen sind. Würde es bei Zephyra ähnlich sein?

Es gab noch ein paar andere Dinge in der Samtschachtel, die sie vermutlich als Kind gesammelt hatte: einen kleinen Haufen polierter Steine, eine einfache Puppe, eine selbst gebastelte Halskette. Und das war es auch schon, dachten wir und stellten die Schachtel beiseite, als uns eine Art Fell auf dem Boden des Koffers auffiel. Wir versuchten, es zu entfernen, wobei es auseinanderfiel, doch als wir es wieder zusammensetzten, sahen wir, dass es eine Tierhaut gewesen war, längst vertrocknet und brüchig. Das schwarz-weiß gesprenkelte Fell löste sich unter unserer Berührung auf, doch es war klar, dass es einem Lamm gehört hatte. Oder einem jungen Zicklein.

War es möglich, dass dies die Tierhaut war, in die Zephyras Mutter ihre Tochter eingenäht hatte, als Verkleidung? Und wenn es stimmte, warum hatte Zephyra dieses Fell die ganzen Jahre hindurch aufgehoben? Wir konnten Stücke von Schnüren erkennen, mit dem es an die Gliedmaßen des Mädchens gebunden worden war. Ich dachte daran, dass es genau unter dem Bett gelegen hatte, in dem Zephyra ihre letzten Tage und Stunden verbracht und diese eigenartigen Ziegengeräusche von sich gegeben hatte. Ich erzählte den anderen von meinem Besuch bei der Wahrsagerin Aphrodite.

Ja, ja, so soll es gewesen sein, sagten sie. Zephyras Mutter hatte das Mädchen in die Tierhaut gesteckt und jede Ziege geschlachtet, die Zephyra gestohlen hatte, um anschließend dicke Stücke davon in einem großen Topf zu schmoren. Wenigstens war es das, was die Nachbarn, angelockt vom Duft, durch die Fenster gesehen hatten. Sie hatten angeklopft, auf ihre eigenen Münder gezeigt und um einen Bissen gebettelt, nichts Besonderes, vielleicht ein Stück Hirn oder Zunge oder einen Brocken Huffleisch. Vergeblich. Zephyras Mutter hatte nichts abgegeben.

Wir brachten die Fellstücke zum Küchentisch, während wir darüber sprachen, wie unsere Leben waren, voller Geheimnisse und Mysterien. Es sollte sich herausstellen, dass Zephyra, anders als andere Tote, um die ich geklagt hatte, nach ihrem Tod nicht wieder auftauchte. Längst nicht alle taten das, und Zephyra gehörte zu denen, die verschwunden blieben, weswegen ich sie auch nicht fragen konnte. Wir wollten die Ziegenhaut nicht aus dem Fenster werfen, weil sie eine Bedeutung über sich selbst hinaus besaß, auch wenn wir nicht wussten welche. Als teilten wir die Küchenutensilien auf, den Mörser mit dem Pistill, das Sieb, den Brotkasten und all die anderen Dinge. In den übrigen Zimmern fanden wir nichts von Interesse. Zephyras Mobiliar war alt, und wenig war es wert aufgehoben zu werden. Der Schrottsammler des Dorfes würde alles mitnehmen, was wir aus den Fenstern geworfen hatten, die traurigen Haufen zerschmetterter Möbel, die Spuren von Zephyras Leben. Doch was sollte aus dem Ziegenfell werden, das dort auf dem Küchentisch lag? Wir stimmten überein, dass manche Dinge einfach dem Schicksal überlassen werden mussten.

Die Alten hatten geglaubt, das Schicksal wären drei alte

Frauen, Spinnerinnen, die die Lebensfäden zumaßen und entschieden, wie lang oder kurz jeder einzelne davon sein sollte. Ich stelle mir vor, dass sie sauertöpfische alte Vetteln sind wie ich selbst, irgendwo in einer heiligen Höhle auf dem Berg Ida auf Kreta. Na ja, ich selbst glaube nicht an sie, auch wenn gesagt werden muss, dass viel von dem Schicksal, das uns vier ereilen sollte, in den Bergen von Kreta gewoben worden war, nicht weit von der heiligen Höhle. Natürlich hatten wir keine Ahnung von alledem, als unser Dampfer an jenem Tag in den Hafen von Heraklion einlief. Wir waren nicht auf die Zerstörungen vorbereitet, die sich unseren Augen boten.

Sie müssen verstehen, das Festland hatte sich den Deutschen friedlich ergeben, nachdem die Truppen geschlagen worden waren. Die Insel Kreta hingegen nicht. Schiffswracks und abgestürzte Flugzeuge lagen im flachen Wasser der Einfahrt. Während unser Dampfer langsam mit lautem Horn zwischen ihnen hindurchglitt, steuerte er um gewaltige Kräne, die alles an Metall aus dem Wasser fischten, was sie erreichen konnten.

Wir waren kaum die Gangway hinunter, als ein junger Polizeibeamter, nicht viel größer als Takis, unsere Namen wissen wollte und den Zweck unserer Reise. Wir wären eine Familie von Puppenspielern, sagte Stelios, und erhielt zur Antwort, dass wir zur Hauptwache mitkommen müssten, wo man unser Gepäck durchsuchen und uns eine gebührenpflichtige Erlaubnis erteilen würde. Er führte uns vorbei an Trümmerhaufen in schmalen Straßen und zwischen hohen Gebäuden hindurch, manche davon durch kunstvoll gemauerte Bögen miteinander verbunden und mit Balkonen aus Schmiedeeisen geschmückt. Takis und ich fielen zurück und stolperten immer wieder, während wir alles in uns aufnahmen. Manche Häuser hatten keine Fassade mehr, weggesprengt von Bomben, und gleich nebenan standen andere in perfektem Zustand, wo eine Frau im zweiten Stock eine Topfpalme goss, als wäre nie etwas passiert. Yannoula hatte Mühe, den forschen Schritten des jungen Beamten zu folgen, also hatte Stelios sie untergehakt. Was sie in Athen gesagt hatte über ihr zu hohes Alter zum Reisen, stimmte vermutlich. Sie sah jünger aus und kleidete sich jünger, als sie zweifelsohne war, doch ich spürte die Anstrengungen und den Willen darin. Sie erinnerte kaum noch an die alte Schrulle in Schwarz, die mir am ersten Abend in Athen die Hühnersuppe gebracht hatte. »Es tut so gut, gebraucht zu werden«, hatte sie mir eines Abends anvertraut, bevor sie vor die Leinwand getreten war, um das Eröffnungslied zu singen. »Es verändert einfach alles.«

Auf der Polizeiwache wurde sie wieder munter beim Anblick des jungen Polizeihauptmanns an seinem Schreibtisch vor einem gerahmten Foto des Königs. Der Polizeihauptmann hatte einen schwarzen Schnurrbart und tief liegende Augen, die uns ausdruckslos musterten. Als er uns fragte, warum wir nach Heraklion gekommen waren, wollte Stelios antworten, doch Yannoula kam ihm zuvor. »Wir sind Künstler«, sagte sie. Wie zum Beweis zeigte sie ihre Ziehharmonika. »Alle sagen, die Kreter hätten unendlich viel Poesie in der Seele«, fuhr sie fort. »Unendlich viel Musik. Und Lebensfreude.« Sie fing an zu spielen und sang dabei.

Das Gänseblümchen hat mir gesagt,
Du liebst mich nicht,
Blatt um Blatt,
Ist das wahr, mein Süßer?

Sie lächelte und zwinkerte dem Polizeihauptmann zu. Ich hatte sie noch nie so kokett erlebt.

Der Hauptmann ignorierte sie, doch als er mich ansah, zog er seine Mütze und drückte sie auf sein Herz. Ich spürte, wie ich errötete, als er mir stolz in die Augen blickte und mich dabei mit blitzend weißen großen Zähnen angrinste.

»So ist es eben mit den Kretern«, sagte Yannoula verärgert.

Stelios trat vor mich und bat den Beamten, Theo zu kontaktieren. Er nannte ihm den Namen des Kaffeehauses. Der Hauptmann schickte den jungen Beamten los, doch während wir warteten, hob er den Telefonhörer ab und bestellte Kaffee für uns. Nur wenige Minuten später stürzte ein Junge herein und stellte uns ein kleines Tablett mit weißen Tassen hin. Wir hatten eben angefangen zu trinken – echten Bohnenkaffee, nicht der verwässerte Zichoriensud, wie er sonst überall dieser Tage serviert wurde, als Theo in schmutziger Schürze und mit rotem Gesicht auf der Wache eintraf.

»Kommen Sie, kommen Sie!«, sagte er und bedeutete uns aufzustehen. »Ich habe den ersten Teil von *Der Held Katsantonis* schon für heute Abend angekündigt. Sie haben geschrieben, dass Sie das Stück spielen können? Wir müssen uns beeilen. Kommen Sie.«

Er tippte sich an den Mützenrand, wie um seinen Worten Nachdruck zu verleihen, und zeigte dem Hauptmann die Genehmigung, die er bereits eingeholt hatte. Er versprach dem Hauptmann und seinen Offizierskollegen freien Eintritt, verneigte sich leicht und sagte: »Beehren Sie uns mit Ihrem Besuch.«

Der Hauptmann verneigte sich ebenfalls vor Theo, dann zeigte er mir erneut sein zähnefletschendes Grinsen. »Sind alle Kreter so?«, fragte Stelios an Theo gewandt, als wir zurück auf der Straße waren.

»Wie?«, fragte Theo.

Sein Kaffeehaus lag am alten Fischerhafen, der durch eine hohe Brandungsmauer vom Haupthafen abgetrennt war. Er deutete auf eine massive Festung und erzählte, sie wäre vor Jahrhunderten errichtet worden, als Kreta zur Seerepublik von Venedig gehört hatte. Ich hatte nie von Venedig gehört und interessierte mich mehr für die zahllosen kleinen Fischerboote, die an Bojen im Wasser dümpelten, jedes mit aufgemalten Augen am Bug, damit es, wie Theo erklärte, im Nebel oder in der Dunkelheit besser sehen konnte. Die Boote stießen leicht gegeneinander, wenn Windböen vom Wasser hereinwehten. Am Ufer saßen Fischer, die ihre gelben Netze reparierten oder Passanten ihren Fang anboten.

Auf der anderen Seite des Hafens lag Theos Kaffeehaus. Wegen des Windes bauten wir unsere Bühne im Hauptraum auf, wo die Gäste an Tischen saßen. Die Luft war blau vom Tabaksqualm der Männer, die Ouzo oder Raki tranken. An den Wänden hingen vergilbte Fotos von Theos Vorfahren in Anzügen aus einer anderen Zeit. Theo selbst kellnerte an den Tischen, doch gelegentlich ging er nach draußen und verkündete mit lauter Stimme, dass unsere Aufführung in Bälde begann. Takis stand beim Eingang und verkaufte Karten, doch er hatte nicht ordentlich Rechnen gelernt, also musste Theo ihm beim Wechselgeld helfen. Kurz bevor wir anfingen, kamen der Polizeihauptmann und mehrere andere Offiziere und nahmen an Tischen in der Nähe der Leinwand Platz. Schließlich trat Yannoula vor, spielte eine kleine Weise auf der Ziehharmonika und sang das Eröffnungslied.

Roter Faden fein gesponnen,
Eng gewunden um ein Rad,
Dreh das Rad, dreh das Rad,
Und ich spinn eine Geschichte,
Dieser muntren Gesellschaft hier,
Auf dass die Zeit in Freud verfliegt …

Kurz nachdem das Stück angefangen hatte, traten zwei Puppen auf, die Stelios und seiner Mutter nachempfunden waren. Das mussten die Puppen sein, die Stelios in der Nacht auf dem Schiff aus Piräus angefertigt hatte. Ich war eingenickt und dann kurz wach geworden und hatte gesehen, wie er an etwas gearbeitet hatte. Nun sprachen sie im Chor zu dem Soldaten (Karagiozis) draußen vor der Höhle, in der sich Katsantonis versteckt hielt.

SOPHIA UND STELIOS: *Wir sind Reisende und suchen Schutz.*
SOLDAT: *Den gibt es hier nicht.*
SOPHIA UND STELIOS: *Aber ist das nicht eine Höhle? Wir könnten hier rasten und ausruhen.*
SOLDAT: *Sie ist besetzt. Zieht weiter.*
SOPHIA UND STELIOS: *Wer ist in der Höhle? Können wir den Unterschlupf nicht teilen?*
SOLDAT: *Zieht weiter, sage ich. Ihr wärt hier nicht sicher.*
SOPHIA UND STELIOS: *Sicherheit gibt es nirgendwo. Trotzdem, lebt wohl, Freund.*

Am Ende des Stücks, als der Engel herabstieg, um Katsantonis mit in den Himmel zu nehmen, zog jemand aus dem Publikum eine Pistole und schoss aus der Tür hinaus. Und dann noch jemand. Wir warfen uns zu Boden und rissen versehentlich die Leinwand auf uns. Das Publikum lachte, und Theo half uns, wieder aufzustehen. »Sie lieben euch«, sagte er. »Das ist die Art der Kreter, es zu zeigen. Kommt hoch.«

»Peng!«, sagte Takis und zielte mit einem imaginären Gewehr auf das aufbrechende Publikum. »Wir lieben euch auch.«

Ich fragte Stelios nach den neuen Puppen.

»Haben sie dir gefallen?«, wollte er wissen.

»Ich denke schon. Ich wusste nicht, dass Karagiozis andere Rollen spielen kann außer sich selbst.«

»Oh, du meinst als Soldat, wie eben? Er ist immer er selbst. Und jeder andere. Er steht für uns alle, weißt du? Aber was ist mit den beiden anderen?«

»Du und deine Mutter? Warum waren sie dort?«

»Ich bin nicht sicher. Ich muss mehr finden, was die beiden tun können. Mir gefällt der Gedanke, die beiden und ihre

Erlebnisse in die alten Geschichten einzuflechten. Abgesehen davon haben Mutter und ich einmal versucht, uns in einer Höhle zu verstecken, bevor die Partisanen uns zu eurem Dorf brachten.«

An jenem Abend beim Essen erzählte uns Theo von der Schlacht um Kreta. Als die deutschen Truppen nach der Einnahme des griechischen Festlands mit Fallschirmen über der Insel abgesprungen waren, hatte ein Kind auf einer Straße in Heraklion seine Mutter alarmiert. »Mama, Mama, Männer mit Regenschirmen fallen vom Himmel!« Die Menschen waren nach draußen gestürzt, um zu sehen, was das zu bedeuten hatte, und dann begriffen, dass eine Invasion stattfand. Sie hatten alles ergriffen, was sie hatten: Sicheln, Mistgabeln, Spaten, sogar Küchenmesser.

»Es waren Hausfrauen, Priester, Bauern, Ladenbesitzer«, berichtete Theo. »Aber sie haben sich wie Löwen auf die Deutschen gestürzt, sobald sie den Boden berührten. Noch bevor sie sich von ihren Fallschirmen lösen konnten.«

Theo sprang vor und stieß gegen einen Teller mit Salat, und Salat spritzte über den Tisch. »Entschuldigt. Entschuldigt bitte. Aber ihr seht, was ich meine. Stellt euch das nur vor! Wenn ich doch damals auch hier gewesen wäre und nicht in Athen!«

Der erbitterte Widerstand hatte Tage angedauert, unterstützt von griechischen und alliierten Verbänden, Briten, Australiern und Neuseeländern. Doch es wurde rasch klar, dass die schiere Übermacht der Deutschen am Ende siegen würde. Die meisten alliierten Truppen wurden letztendlich nach Ägypten evakuiert, und nur wenige blieben in den Bergen zurück, um den Einheimischen dort bei ihrem Widerstandskampf gegen die Deutschen zu helfen. Nachdem die Eroberer die Insel unter ihre Kontrolle gebracht hatten, hatten die Repressionen begonnen. Ganze Dörfer waren niedergebrannt und die Bewohner massakriert worden.

»Manchmal zogen die Deutschen durch ein Tal und vernichteten erbarmungslos alles in ihrem Weg, brannten Dörfer nieder, brachten jeden um und verschonten nur das Vieh.«

Doch die Deutschen auf der Insel waren bereits auf dem Rückzug gewesen, noch bevor das Festland befreit worden war. Die wenigen, die geblieben waren, wurden in der Nähe der Stadt Chania im Westen der Insel eingekesselt. Der Bürgerkrieg war nicht so heftig gewesen wie auf dem Festland. Theo berichtete, dass immer noch Banden kommunistischer Partisanen durch die Berge zogen und die Bewohner der Dörfer dort zwangen, Tribut zu zahlen. Manchmal kamen die Partisanen in der Nacht aus den Bergen herab, um alte Rechnungen aus der Vorkriegszeit zu begleichen. Sie machten selbst vor Polizeiwachen nicht halt, die regelmäßig in die Luft flogen. »Banditen!«, sagte Theo verächtlich und spie aus. Sie scheuten nicht davor zurück, Geiseln zu nehmen und Lösegelder zu erpressen. »Als hätte noch irgendjemand etwas, das er geben könnte nach den jahrelangen Kämpfen.«

Takis war fasziniert von den Banditen, er war sicher, dass sie überall waren. In den nächsten Tagen stellte er immer wieder Fragen: »Meinst du, *er* ist einer von ihnen?«, während er auf einen alten Mann in einem Kaffeehaus zeigte, der in meinen Augen völlig harmlos aussah. »Oder *er?*«, ein Gemüsehändler, der vor seinem Laden Orangen aufstapelte.

Bei der nächsten Aufführung von *Katsantonis* war Takis überzeugt, dass Banditen Eintrittskarten bei ihm gekauft hatten und zwischen den anderen Gästen an den Tischen saßen. »Ich kann sie reden hören«, sagte er. »Sie sitzen hier irgendwo.«

Im Verlauf der folgenden Wochen fügte Stelios den Stücken Banditen hinzu. Theo gefiel es, weil wir einige der Stücke wieder und wieder aufführten. Gegen Ende März wurden die Zuschauer merklich weniger. »Habt ihr nichts Neues?«, fragte Theo immer wieder. Stelios erwiderte, dass er an einem neuen

Stück arbeitete, doch es wäre noch nicht fertig. Nicht lange danach hatte er Puppen von uns dreien angefertigt – Yannoula, Takis und mir – und arbeitete sie in existierende Stücke ein, als wollte er sie testen. Wir erschienen auf der Leinwand, wann immer Menschenmengen im Stück erforderlich waren. Ich war nicht sicher, was er damit bezweckte, weil wir die Einzigen waren, die es bemerkten – für das Publikum im Kaffeehaus waren es nur andere Puppen.

Jeden Morgen versammelten wir uns alle im Frühstücksraum der Pension, in der wir logierten, ein paar Blocks von Theos Kaffeehaus entfernt. Wir wohnten im ersten Stock des heruntergekommenen Gebäudes. Takis' Zimmer zeigte zur Straße und lag gleich neben meinem. Yannoulas war auf der anderen Seite des Ganges und neben dem von Stelios. Es gab ein Gemeinschaftsbad mit lauten Wasserleitungen am Ende des Flurs. Der Frühstücksraum unten war alt und muffig. Die Blumentapeten an den Wänden waren vergilbt, die Möbel durchgesessen, und überall lagen Stapel von Magazinen und Zeitungen aus der Vorkriegszeit. Wir hatten viele davon für meine Leseübungen benutzt, und in meinem Notizbuch fanden sich Worte wie *Appeasement* und *Abkommen* aus den Zeitungen, zusammen mit Phrasen aus den Werbeanzeigen wie *Lässt Falten über Nacht verschwinden*.

Yannoula für ihren Teil zog Liebesromane vor, die sie ohne Probleme ganz allein lesen konnte. Doch sie waren schwer zu finden dieser Tage, und sie half uns dabei, ein Auge auf Takis zu halten.

Unser einziges richtiges Buch war die *Ilias*, aus der ich Worte wie *Stürmender*, *erhaben*, *dahinstarb* und *dem Schicksal entgegen* und andere, elegantere Redewendungen abschrieb, die Stelios mir zeigte: *Tausend Feuer im Feld entflammten sie*. Wir brauchten eigentlich keine anderen Bücher, sagte er, weil dieses Buch alles in einem war. Takis meinte, es wäre dumm von all den

Männern, wegen einer einzigen albernen Frau zu kämpfen und zu sterben.

»So schön kann sie gar nicht gewesen sein«, meinte er.

»Ich weiß nicht«, erwiderte Stelios. »Die alten Männer von Troja meinten, es wäre kein Wunder, dass sie wegen einer solchen Frau viele Jahre des Krieges erdulden müssten:

Einer unsterblichen Göttin fürwahr gleicht jene von Ansehn.

»Lies diesen anderen Teil noch mal vor«, sagte Takis. Er meinte die Stelle, wo Patroklos den Mann wie einen Fisch aufspießte. Es war eine der zahllosen blutigen Passagen in der Schlacht, die Takis so gefielen. Speere, die Helme durchbohrten, abgehackte Köpfe und Gliedmaßen, Zähne, die aus einem Mund spritzten, Innereien, die aus einer Bauchwunde quollen – all die widerlichen Details des Krieges interessierten ihn. Doch diese eine Passage faszinierte ihn mehr als alle anderen, und er bedrängte Stelios, sie ihm vorzulesen, wann immer wir zusammen im Frühstücksraum saßen.

»Später«, sagte Stelios an diesem Morgen, während er das Buch so hielt, dass ich die Zeilen über Helena in mein Notizbuch übertragen konnte. Eine Möwenfeder haftete wie ein Lesezeichen am Seitenrand der *Ilias*. Stelios nahm sie und streichelte damit meinen Handrücken, während ich schrieb. Er war so nah, dass ich die Wärme seines Atems an meinem Hals spüren konnte. Es dauerte eine Weile, bis ich imstande war, die Worte aufzuschreiben.

Als wir aufblickten, waren Yannoula und Takis gegangen. Wir sahen sie den ganzen restlichen Tag nicht mehr. Yannoula kam allein zur Aufführung.

»Er war wütend und wollte zum Hafen«, berichtete sie uns. »Ihr wisst ja, wie er ist. Es kommt aus dem Nichts. Als ich stehen blieb, um mich mit einem dieser netten jungen Fischer zu unterhalten – dem kleinen mit den buschigen Augenbrauen –, duckte er sich hinter einen Haufen Netze und war verschwunden. Ich habe den ganzen Nachmittag nach ihm gesucht.« Ihre Stimme bebte vor Besorgnis. »Das ist jetzt das zweite Mal, dass er mir weggelaufen ist.«

Sie nahm Takis' Platz beim Verkauf der Eintrittskarten ein, und als wir mit der Aufführung fertig waren, gingen wir zu dritt zur anderen Seite des Hafens, wo sie ihn zum letzten Mal gesehen hatte. Ein paar Männer saßen um eine Laterne unter einem Baumfarn auf dem Boden und tranken Ouzo, während sie mit Holznadeln die Löcher in ihren Netzen reparierten. Vielleicht hatten sie Takis gesehen, meinten sie, vielleicht auch nicht.

»Ihr meint den Jungen, der ein wenig …«, fragte einer von ihnen, während er mit dem Zeigefinger eine kreisende Bewegung neben dem Kopf vollführte. Im Licht der Laterne wirkte sein Gesicht ledrig und gefurcht. Stelios sagte, dass wir den Jungen einfach nur gerne finden würden, und ob sie wüssten, wo er steckte?

»Da draußen«, sagte der Mann und deutete auf den Hafen hinter der venezianischen Festung. Takis hatte sich bei einem von ihnen ein Ruderboot ausgeliehen. Er hatte erzählt, er wolle weg von den Banditen, die überall lauerten und hinter ihm her waren. Die Fischer lachten, doch der Alte sagte ärgerlich: »Früher nannten wir sie *Partisanen*, als sie noch gegen den deutschen Abschaum kämpften. Heute sind sie *Banditos*.«

»Ihr habt einem *Kind* ein Ruderboot geliehen?«, fragte Stelios.

»Es war heller Tag«, sagte der Alte. »Er hatte zuerst Schwierigkeiten mit den Riemen. Aber er ist sicher irgendwo da draußen.«

»Er hat Probleme«, sagte Stelios.

»Anfälle«, sagte Yannoula. »Er weiß manchmal nicht, was er tut.«

Die Fischer schwiegen, und nur noch das Klicken der Holznadeln und das Fauchen der Gaslaterne waren zu hören. Ein geflügelter Käfer prallte gegen das Glas, fiel zurück und versuchte es erneut. Ein anderer Mann ergriff das Wort, aber wir konnten sein Gesicht nicht erkennen, weil er auf der anderen Seite der Laterne saß.

»Meine kleine Tochter hat auch Probleme«, sagte er. »Sie ist ein wenig schwach im Kopf. Einige der Faschisten hier – Royalisten oder die Polizei, wer weiß das schon – sind in mein Haus eingebrochen, als sie allein war. Vier von ihnen. Als sie mit ihr fertig waren, haben sie ihr ein kleines Glas hineingeschoben und sie dann geschlagen, bis es zerbrochen ist.«

Keiner sagte ein Wort. Der Käfer prallte erneut gegen das Laternenglas und fiel zu Boden. »Haben Sie gemeldet, was passiert ist?«, fragte Stelios.

»Wem denn? Diese Leute *regieren* die Stadt!«

Stelios sagte, es sei furchtbar, was der Tochter des Mannes widerfahren war. Eines Tages würden die Täter zur Rechenschaft gezogen werden. »Aber was hat das damit zu tun, dass ihr einem Kind ein Ruderboot gegeben habt?«

»Es ist so, dass einige dieser Faschisten, Polizei und andere, zu euren, äh, Aufführungen im Kaffeehaus kommen. Ihr steht unter ihrem Schutz. Du und deine Freunde hier.« Er nickte in Richtung von Yannoula und mir.

Ich dachte daran, dass Theo dem Hauptmann und seinen Offizierskameraden Freikarten gab, wann immer sie danach verlangten, und dass er sie zu Getränken einlud und ihre Gläser nachfüllte, ohne je Geld zu nehmen. Es war mir nicht in den Sinn gekommen, dass sie uns dafür beschützten.

»Jeder kann zu unseren Aufführungen kommen«, sagte Stelios.

»Bestimmt nicht jeder«, erwiderte einer der anderen. »Es wäre keine gute Idee für *jeden*.«

»Was seid ihr überhaupt für Leute?«, fragte der Alte Stelios. »Ihr spielt mit Puppen in einem Kaffeehaus, bah! Das ist keine Arbeit für einen Mann heutzutage, wo so große Anstrengungen unternommen werden müssen.«

»Er ist ein besserer Mann als jeder Einzelne von euch«, sagte Yannoula, indem sie in den Lichtkreis trat. »Einem Kind ein Boot zu leihen! Man sollte euch schlagen dafür!«

Die Männer lachten. »Mich zuerst, Großmutter!«, rief einer von ihnen.

»Nein, nicht ihn, mich! Mich zuerst!«, rief ein anderer.

»Es sind keine Spielpuppen, wie ihr ohne jeden Zweifel wisst«, sagte Stelios. »Wir spielen Schattentheater, und es ist eine uralte Kunst.«

»Kunst? Ha! Hör dir das an!« Der Alte intonierte einen Vers, und die anderen fielen ein.

Wir kämpfen gegen die Banken,
Die Grundbesitzer und den Rest,
Wir kämpfen gegen Priester und Mönch'
Die verdammte blutsaugend Pest.

»Das nenne ich Kunst«, sagte er. »Man erkennt es daran, dass es sich reimt. Das ist viel besser als Schatten auf einer Leinwand.«

Der Käfer hatte sich anscheinend die Flügel versengt und zappelte auf dem Boden. »Ich bin niemandes Großmutter«, sagte Yannoula und zertrat das Insekt unter dem Absatz, während sie die Männer anfunkelte. Sie machte kehrt und stapfte davon. Stelios und ich eilten hinter ihr her.

»Ihr findet ihn bestimmt, wenn ihr lange genug sucht!«, rief uns einer der Männer hinterher. »Es sei denn, die Fische finden ihn zuerst.«

»Die *Bandito*-Fische!«, rief ein anderer. Alle lachten.

Wir suchten am Ufer und an den Stränden, doch es war zu

dunkel, und wir mussten unsere Bemühungen für die Nacht einstellen. Am nächsten Morgen bemerkte eine Wäscherin an der Felsküste einen kleinen Jungen in einem Ruderboot, der sich splitternackt im Stehen mit den Riemen abmühte. Die Frau rief ihrer Nachbarin einen Felsen weiter etwas zu, die ihrerseits andere unterrichtete, und bald hatte sich eine kleine Gruppe von Menschen eingefunden, die ihn beobachteten. Die Nachricht erreichte uns beim Frühstück in der Pension. Als wir vor Ort eintrafen, hatte sich eine Menschenmenge eingefunden, einschließlich Theo und einigen Fischern vom Abend zuvor. Takis ruderte auf das Ufer zu, wo die Frauen allesamt kicherten und auf ihn zeigten. Eine hatte sich ihre Schürze über das Gesicht gezogen.

Als Takis aus dem Boot stieg, zog Stelios sein Hemd aus und versuchte ihn zu bedecken, doch Takis ignorierte ihn und platschte an Stelios vorbei, um das Boot auf den Strand zu ziehen. Seine Augen waren glasig, als er vor mir stehen blieb. »Hör zu, Aliki! Die Fische singen! Kannst du sie hören?«

Theo half uns, Takis zurück zur Pension zu bringen. Er wollte wissen, was mit dem Jungen nicht stimmte. Wir versuchten, ihm zu erklären, dass Takis die meiste Zeit über völlig normal war, wie jeder andere Junge. Aber manchmal hatte er seine Anfälle, und dann war er außer Kontrolle.

»Ihr meint, er ist …?« Er beschrieb mit dem Zeigefinger einen Kreis neben dem Ohr, eine Geste, die ich allmählich anfing zu hassen.

»Die meiste Zeit nicht«, sagte ich. »Er hat ein paar schreckliche Dinge erlebt.«

»Hört mal, es gibt einen Arzt, der manchmal ins Kaffeehaus kommt. Ich glaube, er behandelt Kinder. Vielleicht kann er eurem Takis helfen.«

Während Theo loszog, den Arzt zu holen, brachten wir Takis zu Bett. Als der Arzt eintraf, gab er Takis eine Spritze, die ihn für den größten Teil des Tages schlafen ließ. Ich saß bei ihm, während Stelios draußen vor dem Zimmer lange mit dem Arzt redete und schließlich mit ihm wegging. Ich sah Stelios erst zu unserem abendlichen Auftritt wieder. Als die Aufführung zu Ende war, eilte ich zur Pension zurück, um nach Takis zu sehen. Er saß aufrecht in seinem Bett und starrte geradeaus an die Wand.

»Was ist nur los mit mir?«, fragte er. »Ich weiß nicht, was mit mir nicht stimmt.«

»Sag mir, was passiert ist«, forderte ich ihn auf.

»Sie wollen, dass ich mich umbringe. Aber ich weiß nicht, warum. Was hab ich ihnen nur getan?«

»Wer will, dass du dich umbringst?«

»Die *Banditos*. Die kommunistischen Banditen.«

Er hatte angefangen, ihre Stimmen zu hören, unmittelbar nachdem Theo an unserem ersten Abend in Heraklion von ihnen gesprochen hatte. Als wir am Morgen allesamt im Frühstücksraum gewesen und ich meine Lesestunde gehabt hatte, waren ihre Stimmen lauter und eindringlicher geworden. »Als Stelios deine Hand gestreichelt hat, haben sie mir gesagt, niemand würde mich jemals lieben. Ich könnte genauso gut tot sein. Sie waren in den Wänden, in den elektrischen Leitungen.«

»Hörst du sie jetzt auch?«

»Nein. Aber sie sind da. Sie lauern, warten darauf, dass du weggehst. Sie mögen dich nicht.«

Ich wusste nicht, was ich darauf sagen sollte. Wenn die Stimmen Teil von ihm waren, bedeutete das, dass ein Teil von ihm mich nicht mochte? Welcher Teil von ihm war es, mit dem ich mich gerade unterhielt? Ich erkannte an seinem Tonfall, dass es keinen Zweck hatte, vernünftig mit ihm darüber zu reden. Ich setzte mich neben ihn auf das Bett, legte die Arme um ihn und sagte, dass niemand ihm weh tun wollte. Er sagte, die Stimmen hätten ihm befohlen, zum Hafen zu gehen, ein Boot zu nehmen, hinaus aufs Meer zu rudern und niemals wieder zurückzukehren. Doch als er in die Bucht gerudert war, hatte er ihre Stimmen nicht mehr hören können, weil die Fische im Wasser ringsum so laut gesungen hatten. Es war ein Lied über die Höhlen und Gänge am Meeresgrund, wo sie sich vor den Netzen der Fischer versteckten. Dort wäre er sicher, sagten sie. Also hatte er seine Sachen ausgezogen, um mit ihnen zu schwimmen. Aber dann hatte er zu viel Angst davor gehabt, in das schwarze Wasser zu gehen.

Ich wiegte ihn in den Armen und schwieg. So saßen wir eine Weile, bis ich an seinem Atem erkannte, dass er langsam in den Schlaf zurücksank. Ich ging in mein Zimmer und saß dort und starrte an die Wand. So fand Stelios mich schließlich.

»Es ist Takis, oder?«, fragte er, indem er seine Jacke auszog und sich zu mir auf das Bett setzte. Er hielt mich, wie ich Takis gehalten hatte, und strich mir über das Haar. Er erzählte, der Arzt hätte ihm gesagt, es gäbe auf der Insel eine spezielle Einrichtung, eine Art Klinik für Kinder mit Problemen. »Natürlich muss er Takis noch einmal untersuchen, wenn er ruhig ist. Aber danach will er sehen, ob man etwas für ihn tun kann.«

»O nein! Nicht noch einmal so eine Klinik wie die in Kifissia!«

»Das wissen wir doch gar nicht, Aliki.«

»Wir dürfen Takis nicht im Stich lassen. Denk an Chrysoula! Was würde sie wollen?«

»Ich denke an sie. Und dass sie ebenfalls einen Ort für ihn finden müsste, wäre sie noch am Leben. Er braucht Hilfe, weißt du? Viel mehr Hilfe, als wir ihm geben können.«

»Das weiß ich nicht.«

»Denk nach, Aliki! Denk nach! Er könnte sich gegen dich oder mich oder Yannoula wenden, weil er glaubt, wir wären ebenfalls gegen ihn! Er könnte einen von uns verletzen!«

»Das würde Takis niemals tun.«

»Abgesehen davon müssen wir unseren Lebensunterhalt verdienen.«

»Müssen wir? Wie können wir das? Ich weiß nicht, wie das gehen soll.«

Er sagte nichts, sondern zog mich enger zu sich heran. Wir saßen eine Weile schweigend da und hielten uns. Dann fing er an, mich sanft zu streicheln, überall zu berühren. Er öffnete meine Bluse und schob eine Hand auf meinen Rücken und eine auf meinen Bauch. Ich sagte, wir sollten aufhören, doch er sagte, dass wir lieb zueinander wären, wenn wir uns überall berührten, an all den Stellen, die guttun, hier und da und auch dort. Wir müssten nicht mehr machen als das, wenn ich nicht wollte. Ich dachte an Chrysoulas Warnungen, während mein Atem stoßweise ging und Stelios fragte, ob das guttat und das und das auch?

»Ich habe so was noch nie gemacht«, gestand ich.

»Ich auch nicht.« Wir lachten beide, nervös zuerst, und dann forscher. Unser Lachen entflammte uns, und wir berührten uns erneut, und irgendwann lagen all unsere Sachen auf dem Fußboden. »Sieh nur, wie gut es sich anfühlt, wenn wir uns berühren«, sagte er.

Das Bett quietschte und knallte gegen die Wand. Wir machten für eine Weile eine Menge Lärm, und dann kam mir, atemlos wie ich war, unvermittelt in den Sinn, dass Takis nebenan uns hören konnte. Ich wollte nicht daran denken, doch ich fing an, Stelios von mir wegzuschieben und mich von ihm zu lösen. Oft war es Eifersucht, die Takis' Anfälle auslöste, und er hatte davon gesprochen, sich das Leben zu nehmen. Was, wenn er uns bereits gehört hatte?

»Wir müssen aufhören«, sagte ich. Ich versuchte, Stelios' Kopf von meiner Brust wegzuschieben. Er achtete nicht darauf, als versuchte er, mich vollkommen zu verschlucken. »Wir können das nicht tun. Nicht hier.«

»Wir können alles tun, wozu wir Lust haben.«

»Takis.« Ich zeigte auf die Wand. »Er kann alles hören.«

»Wen interessiert das?«

»*Uns*. Dich und mich.«

Stelios hielt inne und setzte sich auf. Er fluchte und sagte, was Takis ihn konnte.

»Können wir denn nicht woanders hin?«, fragte ich. »Warum nicht in dein Zimmer? Ich will nicht aufhören.«

»Aber *du* hast aufgehört.«

»Mir ist unwohl bei dem Gedanken …«

»An?«

»Ihn zu verletzen. Er könnte sich etwas antun.«

»Herrgott im Himmel! Können wir denn *überhaupt nichts* machen, ohne dass er uns dazwischenkommt?« Er packte seine Kleidung und zog sich wütend an. »Er *muss* weg«, sagte er, als er zur Tür ging.

Ich hörte, wie er den Gang hinunter und in den Frühstücksraum stampfte.

Ich zog das Laken über mich und lag für eine lange Weile da, während ich die Zimmerdecke anstarrte. Ich wusste nicht, was ich tun sollte, und ich konnte mich nicht beruhigen. Ein Wagen oder Laster hatte unten in der Straße eine Fehlzündung. Dann noch eine. Ich zog mich rasch an und schlich dann den Gang hinunter zu Stelios' Zimmer, doch er war nicht da, und sein Bett war unberührt. Wieder auf dem Gang, schlich ich zur Treppe und spähte nach unten, doch der Frühstücksraum lag dunkel und still. Also kehrte ich in mein Zimmer zurück und wartete auf das erste Licht des Morgens. Ich ging erneut nachsehen und stellte fest, dass sich nichts geändert hatte. Ich wusste nicht, was ich davon halten sollte.

Während ich im Badezimmer war, klopfte Yannoula an die Tür und sagte, der Arzt sei zurück und wartete unten. Er wollte mit Stelios und uns über Takis reden. Ob ich wüsste, wo Stelios war? Ich sagte, nein, ich hätte keine Ahnung. Als sie wieder nach unten gegangen war, ging ich zu Takis ins Zimmer. Er saß aufrecht im Bett und sah wieder völlig normal aus. Ich fragte ihn, wie er sich fühlte.

»Besser. Es tut mir leid wegen gestern. Ich mache euch ständig so viel Ärger.«

»Ja, das …«

»Ich weiß nicht, was ich tun soll, damit es aufhört.«

»Ich weiß. Aber hör mal, hast du Stelios gesehen?«

»Ist er nicht da?«

»Wir haben überall nach ihm gesucht.«

»Er muss mit diesen Männern mitgegangen sein.«

»Was? Welchen Männern?«

»Ich bin in der Nacht wach geworden und hab aus dem Fenster gesehen, und da hab ich ihn gesehen, in einem geschlossenen Kaffeehaus auf der anderen Straßenseite. Dann ist ein alter Laster vollbesetzt mit Männern vorbeigekommen. Er hatte dauernd Fehlzündungen.«

»Oh, Takis, bist du sicher?«

»Vielleicht waren sie Banditen.«

»Bleib ernst. Du siehst überall Banditen.«

»Aber es sind Banditen.«

»*Theo mou!* Erzähl mir genau, was du gesehen hast! Von Anfang an.«

Er war von ungewohnten Geräuschen wach geworden. Er wusste nicht, was es war, also war er zum Fenster gegangen und hatte Stelios unten aus der Haustür kommen und über die Straße gehen sehen. Das Kaffeehaus auf der anderen Seite hatte geschlossen, doch er hatte einen der aufgestapelten Stühle heruntergenommen und sich darauf gesetzt und nichts weiter getan. Ein paar Minuten später war der Laster mit den Männern vorbeigekommen und um die Ecke gebogen. Takis hatte sich gerade wieder hinlegen wollen, als der Laster zurückgekehrt war. Er war langsam an Stelios vorbeigefahren, dann hatte er angehalten und bis zu Stelios zurückgesetzt. Er hatte Takis die Sicht versperrt. Irgendjemand auf der Pritsche hatte mit Stelios geredet.

»Und du bist sicher, dass das Stelios war? Es war dunkel draußen. Konntest du ihn genau erkennen?«

»Es gibt eine Straßenlaterne. Und er hatte seine alte Jacke an. Du weißt schon, die Tweedjacke, die er auf der Reise anhatte und die er immer trägt, wenn es kalt ist.«

»Konntest du verstehen, was sie gesagt haben?«

»Nein. Aber als der Laster nach einer Weile weitergefahren ist, war Stelios nicht mehr da.«

»Warum bist du nicht gekommen und hast es mir gesagt? Oder Yannoula?«

»Niemand glaubt mir mehr. Außerdem habe ich gedacht, er wäre zurückgekommen und ins Haus gegangen. Ich bin fast eingeschlafen vor Müdigkeit, deswegen bin ich wieder ins Bett gegangen, und als ich gerade aufgewacht bin, habe ich mich gefragt, ob alles nur ein Traum war.«

Ich stand vor seinem Bett und überlegte, dass Takis erst am Vortag Fische hatte reden hören, ganz zu schweigen von Banditen in den Stromleitungen im Haus. War es möglich, dass er sich nur einbildete, was er mir soeben erzählt hatte? Oder es geträumt hatte? Andererseits, wenn er sich von einem seiner Anfälle erholt hatte, blieb sein Verstand für einige Zeit klar. Was er mir erzählt hatte, klang auch nicht nach seinen üblichen Phantastereien: Niemand in seiner Geschichte hatte es auf ihn abgesehen, auch wenn verdächtige Banditen darin vorkamen.

Ich ging nach unten, um Yannoula zu erzählen, was ich erfahren hatte. Sie hatte den Arzt wieder weggeschickt und stand unten in der Tür, wo sie die Straße hoch und runter sah.

»Aber wie können wir Takis glauben?«, sagte sie, als ich fertig war mit meinem Bericht. »Denk daran, dass er noch gestern singende Fische gehört hat!«

»Ja, ich weiß. Aber irgendwie klingt seine Geschichte real. Und ich habe ebenfalls die Fehlzündungen gehört.«

»Das kann alles Mögliche bedeuten. Vielleicht ist Stelios nur zu Theo gegangen.«

Wir eilten zu Theo. »Es ist einfach unglaublich, dass er nichts gesagt haben soll. Stelios würde niemals weggehen, ohne etwas zu sagen. Ich kenne ihn so gut, als wäre er mein eigener Sohn.«

Ich dachte daran, wie wütend Stelios aus meinem Zimmer gestürmt war. Hätte ich nicht aufgehört im Bett, wäre er immer noch da? Es war meine Schuld, alles war meine Schuld, und nur, weil ich Angst gehabt hatte, Takis könnte etwas hören. Was stimmte nicht mit mir? Ich ruinierte alles zwischen Stelios und mir wegen eines kleinen, verrückten, eifersüchtigen Jungen, von dem ich mir einbildete, ihn bemuttern zu können. Ich würde mich entscheiden müssen, und es gefiel mir überhaupt nicht, dass ich mich schwach und unschlüssig fühlte. Ich erzählte Yannoula, wie es dazu gekommen war, dass Stelios am Abend wütend aus dem Haus gerannt war. Sie sah mich streng an und meinte dann, es wäre kein Wunder, dass er gegangen war. Er hatte sich wahrscheinlich in das Kaffeehaus gesetzt, um wieder abzukühlen.

»Aber er hatte mit dem Arzt vereinbart, dass wir uns heute Morgen zusammensetzen und über eine Klinik für Takis reden wollten«, sagte sie. »Wie kann er dann mit den Männern mitfahren, die Takis gesehen hat? Hat Takis etwas von lauten Stimmen oder einem Kampf gesagt?«

»Nein.«

Theo hatte Stelios seit dem Vortag nicht mehr gesehen. Aber er wollte die Geschichte nicht glauben, die Takis erzählt hatte. »Dieser Junge ist nicht ganz richtig im Kopf«, sagte er. »Was hat der Arzt gesagt?«

Wir erklärten Theo, dass es wegen Stelios' Verschwinden nicht zu einem Gespräch gekommen war. Theo tippte sich an die Schläfe, wie er es immer tat, wenn er erregt war. »Aliki, du kennst Takis besser als jeder andere. Glaubst du, was er erzählt hat?«

Ich überlegte kurz und atmete tief durch. »Ich glaube seine Geschichte, ja«, sagte ich dann. »Ich glaube ihm.«

Theo wischte sich die Hände an der Schürze ab. »Wir reden besser mit der Polizei.«

Auf der Wache begrüßte uns der Polizeihauptmann wie alte Freunde. Er zeigte mir sein blitzendes Lächeln und bellte seinen kleinen Untergebenen an, denselben, der uns vom Hafen hergebracht hatte, uns Stühle zu bringen. »Ich liebe euren Karagiozis«, sagte er, nahm den Telefonhörer ab und bestellte Kaffee.

Theo sagte, wir wären wegen des Puppenspielers gekommen. Er wäre verschwunden. Der Hauptmann legte den Hörer zurück. Wir berichteten ihm, was Takis mir erzählt hatte.

Der Hauptmann stieß einen Seufzer aus und nahm ein Flugblatt von seinem Schreibtisch. »Haben Sie das hier gelesen? Wir haben es mit Flugzeugen über der ganzen Insel abgeworfen.«

Mir wurde bewusst, dass ich die Flugblätter auf den Straßen herumfliegen gesehen hatte, aber ich hatte keins aufgehoben, um es zu lesen. Darin stand, sagte der Hauptmann, dass es eine Amnestie gab für Partisanen. Alle Kämpfer sollten sich stellen und ihre Waffen abgeben, dann gingen sie straffrei aus, ganz egal, wer sie waren und was sie getan hatten. Viele Männer waren der Aufforderung bereits nachgekommen, waren von ihren Banden in den Bergen desertiert und hatten eine Erklärung unterschrieben, sich der neuen regierungstreuen Miliz gegenüber loyal zu verhalten. Doch wer hatte dieses Flugblatt verteilt, fragte Theo. Die Regierung in Athen?

»Nein, das würden die niemals tun«, erwiderte der Hauptmann. »Sie wollen alle umbringen!« Wir würden bald erfahren, dass diese Säuberungsaktionen als »Weißer Terror« bekannt waren, die Massaker an kommunistischen Widerstandskämpfern durch britische und regierungstreue Truppen auf dem Festland. »Auf Kreta verfolgen wir eine andere Taktik. Tatsächlich war diese Aktion *meine* Idee.« Er tätschelte stolz den Stapel Papiere auf seinem Schreibtisch. »Allein in den letzten beiden Wochen gab es so viele Unterzeichner.«

Zugegebenermaßen waren die meisten Partisanen Kommunisten, doch sie hatten gegen die Deutschen gekämpft, als diese die Insel besetzt gehalten hatten, und vielen Kretern das Leben gerettet. Es war viel vernünftiger, sich versöhnlich zu geben.

Wir verstanden nicht, was das mit Stelios zu tun hatte. Die Partisanenführer oben in den Bergen mussten die Deserteure ersetzen, erklärte der Hauptmann, also hatte es eine Zunahme an Entführungen junger waffenfähiger Männer gegeben. Er tätschelte erneut den Papierstapel. Es waren die Jungen, hinter denen sie her waren, die imstande waren, das Leben in den Bergen und den Höhlen dort auszuhalten, die Brücken sprengen und die Dorfbewohner um Schutzgelder erpressen konnten.

»Erst vor einer Woche haben sie Avgustos mitgenommen, den Sohn des Metzgers. Seine Mutter hat vor Kummer fast den Verstand verloren.«

Der Junge aus dem Kaffeehaus traf mit einem Tablett voll Kaffee ein, während der Hauptmann fortfuhr: »Manchmal benutzen sie Chloroform, um ihre Opfer bewusstlos zu machen. Sie brechen in Apotheken ein, um an das Zeug zu kommen. Wenn die Entführten sich weigern mitzumachen oder zu fliehen versuchen, werden sie gefoltert, manchmal sogar getötet.«

Sein Gesicht verschwamm vor meinen Augen. Das Nächste, was ich wahrnahm, war kaltes Wasser, das mir ins Gesicht gespritzt wurde. Ich lag auf dem Boden. Im ersten Moment wusste ich nicht, wie ich dorthin gekommen oder warum ich gestürzt war. Doch als ich Yannoula erblickte, die sich über mich beugte, kam alles wieder zurück. Theo und der Hauptmann halfen mir hoch und führten mich zu einem Stuhl. Als ich daran dachte, was diese Partisanen mit Stelios machen würden, wurde mir ganz übel, und ich beugte mich vor, den Kopf in den Händen.

»Ich meine das nicht unhöflich«, fuhr der Hauptmann fort. »Aber vielleicht ist Ihr Freund der Puppenspieler einfach mit einer Frau davongelaufen. Es wäre besser für ihn als das, was wir alle befürchten.« Er grinste schief.

»Ganz bestimmt nicht«, widersprach Yannoula. »Und es hilft uns auch nicht weiter.«

»Nein, natürlich nicht, Sie haben selbstverständlich recht.« Sein Grinsen verblasste. »Auch andere junge Männer wurden entführt. Wir suchen nach allen. Machen Sie sich keine Sorgen. Wir werden ihn finden.« Er schenkte mir ein weiteres blitzendes Lächeln, vermutlich, um mich zu beruhigen, doch ich hatte das starke Gefühl, dass die Chancen in Wirklichkeit gering waren, Stelios zu finden.

Yannoula erzählte dem Hauptmann von den Fischern, die Stelios dafür kritisiert hatten, dass er sich nicht am Freiheitskampf beteiligte.

»Ach, die Fischer«, sagte der Hauptmann. »Ich weiß, wen Sie meinen. Wir kümmern uns darum.«

Als er später am Tag zur Pension kam, um Takis selbst zu befragen, erfuhren wir von ihm, dass die Fischer nicht mehr da waren. Und niemand hatte von einer Tochter gehört, die angeblich angegriffen worden war.

»Sie scheint nie existiert zu haben«, sagte der Hauptmann. »Die Leute hier erfinden viele Geschichten, wenn der Tag lang ist.«

Wer erfand Geschichten? Woher sollten wir wissen, was wahr war und was nicht?

Takis hatte dem, was er mir bereits erzählt hatte, nur wenig hinzuzufügen. Er hatte keine Geräusche gehört, die auf einen

Kampf schließen ließen, doch der laute Motor des Lasters war die ganze Zeit gelaufen. Und er hatte weitere Fehlzündungen gehabt, als er schließlich davongefahren war.

Theo ging in den nächsten zwei Wochen täglich zur Polizeiwache, doch es gab keine neuen Informationen. Der Hauptmann meinte, dass Stelios entweder aus freien Stücken zu den Partisanen gegangen war oder dass man ihn mit Gewalt in den Dienst gepresst hatte. Die erste Möglichkeit war alles andere als wahrscheinlich, sagten wir, also musste es die zweite gewesen sein. Nun, sagte der Hauptmann zu Theo, man rechnete eigentlich stündlich mit einem Durchbruch bei den Verhandlungen. Die Regierungsmiliz war mehr auf dem Festland tätig, wo es noch viele Kämpfe gab, nicht nur die sporadischen Morde aus dem Hinterhalt oder die Entführungen wie auf Kreta. Also neigte man in Athen dazu, diese Angelegenheit den lokalen Behörden zu überlassen. Sie hatten angefangen, in den Überlandbussen mitzufahren, nachdem mehrere der Busse von den Partisanen angehalten und die Passagiere ausgeraubt worden waren. Auch hier hatten sie in einigen Fällen junge Männer entführt.

Yannoula blieb auf ihrem Zimmer und ging auf und ab. Ich konnte sie des Nachts weinen hören, und ich nahm an, dass sie mich ebenfalls hörte. Ohne Stelios gab es keine weiteren Aufführungen, und so hatten wir nichts, um uns von unserer Verzweiflung abzulenken. Es höhlte mich immer weiter aus, bis nichts mehr blieb außer diesem grenzenlosen Schmerz. Ich wanderte tagsüber durch die Straßen und musterte jeden Passanten, der mir entgegenkam. Ich ging in Läden und verließ sie wieder, und ich las in jedem Gesicht, das mir begegnete, als könnte ich darin einen Hinweis finden, irgendetwas, das mir ein wenig Hoffnung gab.

Die Fischer unten am Hafen, mit denen wir an jenem Abend geredet hatten, waren tatsächlich verschwunden. Als ich denen, die noch dort waren, Fragen stellte, wichen sie mir entweder aus oder sahen schweigend weg.

Ich durchsuchte Stelios' persönliche Sachen, die er in seinem Zimmer zurückgelassen hatte, als könnte mir irgendetwas davon einen Hinweis auf seinen Verbleib liefern und mir helfen, zu verstehen, was unten auf der Straße passiert war. Meine Hoffnung war vergeblich. Trotzdem fühlte ich mich ihm näher, einfach nur dadurch, dass ich auf seiner Bettkante sitzen konnte. Mein Blick fiel zufällig auf seine Ausgabe der *Ilias*, und ich blätterte durch die Seiten, betrachtete ein paar der Dinge, die er darin gesammelt hatte: die Möwenfeder, mit der er meine Hand gestreichelt hatte am Tag von Takis' Verschwinden, ein rotes Band, das er für den dritten Platz bei irgendeinem Sportfest gewonnen hatte, einen Schnappschuss seiner Eltern vor dem Zappeion im Nationalgarten, ein paar getrocknete Gräser von Gott weiß woher. Ich drückte meine Nase in die Seiten, inhalierte ihren trockenen, staubigen Duft. Dann blieb mein Blick auf einer Seite mit einer umgeknickten Ecke hängen, weil dort eine Stelle unterstrichen war. Ich las:

Ohne Geschlecht und Gesetz, ohn eigenen Herd ist jener,
Wer des heimischen Kriegs sich erfreut, des entsetzlichen
Scheusals!

Ich war sicher, dass Stelios irgendwo da draußen bei den Gesetzlosen und Heimatlosen war. Doch seine *Ilias* ließ mich ihm näher fühlen. Er wollte sicherlich, dass ich mit dem Lesen fortfuhr, also würde ich genau das tun, überlegte ich, und steckte das Buch ein. Der nächste Schritt bestand darin, ihn zu finden, auch wenn ich nicht wusste, wie wir das bewerkstelligen sollten. Ich redete am nächsten Morgen mit Yannoula und Takis darüber.

»Lasst uns die Banditen suchen!«, sagte Takis. »Ich spieße sie auf wie Fische, wie in der *Ilias!*«

»Wir sind hier nicht in einem Buch«, sagte Yannoula.

»Also, ich habe da einen Plan …«, sagte ich.

Es war kein sonderlich guter Plan, aber einfach dazusitzen und auf Nachricht zu warten, würde uns in den Wahnsinn treiben. Wir konnten nicht ewig in der Pension wohnen bleiben. Theo hatte uns mit Geld ausgeholfen, um die Miete zu zahlen, obwohl wir ihm keinen zusätzlichen Umsatz mehr in seinem Kaffeehaus verschafften. Wir konnten nicht erwarten, dass er das noch viel länger tun würde.

Yannoula saß mit geschwollenen Augen auf dem Sofa, während Takis so mit Energie geladen durch den Raum marschierte, als könnte er jeden Moment explodieren. Weil er der einzige Zeuge von Stelios' Entführung war, stand er mit einem Mal im Zentrum der Aufmerksamkeit.

»Wir müssen lernen, ohne Stelios zu spielen«, sagte ich. »Und wir müssen es außerhalb von Heraklion tun, sodass wir zwischenzeitlich nach ihm suchen können.«

Wir alle kannten die Stücke mit Ausnahme der wenigen neuen, die Stelios unserem Repertoire hinzugefügt hatte. Also ging es lediglich darum, die Rollen neu zu verteilen und ein paar Tage lang zu proben. Mit meiner heiseren Altfrauenstimme konnte ich problemlos einige Männer spielen, doch Takis musste die anderen übernehmen. Und Yannoula konnte neben ihrem Eröffnungslied die wenigen Frauen in den Stücken spielen. Die Puppen hinter dem Schirm an den langen Stäben zu dirigieren war nicht allzu schwer; ich hatte es mit Stelios getan, und ich konnte es Takis beibringen. Sobald wir fertig waren, würden wir mit den regelmäßig auf der Insel verkehrenden Bussen die Städte und Dörfer im Inneren besuchen und dort auftreten. Der Busbahnhof war ganz in der Nähe, und obwohl die Busse alt und klapprig waren, fuhren sie immer noch, und die Polizei war mit an Bord, um die Fahrgäste zu schützen.

»Wir können nach ihm herumfragen, während wir mit dem

Bus von einem Ort zum anderen fahren. Deswegen verlassen wir Heraklion. Irgendjemand hat ihn gesehen oder von ihm gehört, da bin ich ganz sicher.«

Yannoula und Takis saßen einfach nur da und schwiegen. Ich hatte nicht erwartet, dass sie freudig zustimmen würden, aber mit Schweigen hatte ich ebenfalls nicht gerechnet.

»Wenn einer von euch einen anderen Plan hat, nur heraus damit«, sagte ich. »Jetzt ist der richtige Zeitpunkt.«

Beide redeten auf einmal. Yannoula sagte, es wäre zu gefährlich außerhalb von Heraklion (womit sie zweifellos recht hatte), und Takis meinte, er wäre nicht so gut als Puppenspieler (worin er sich irrte).

»Ich frage mich, ob wir nicht lieber nach Athen zurückkehren sollten«, sagte Yannoula. »Dort haben wir wenigstens ein Haus, in dem wir leben können. Andererseits will ich Stelios nicht zurücklassen, wo auch immer er steckt.«

»Wir können nicht ohne ihn zurückkehren«, sagte ich.

»Aber welche Chance haben wir denn, ihn zu finden oder gar zu befreien? Am Ende werden wir selbst entführt. Das kann nicht dein Ernst sein, Aliki.«

Takis wurde munter. »Ich könnte als Lockvogel funktionieren. Wenn sie mich entführen, könnte ich von innen arbeiten. Ich könnte ihn finden.«

»Nein, nein«, widersprach ich. »Sie entführen keine Frauen und keine Kinder. Zumindest ist uns nichts in dieser Richtung zu Ohren gekommen. Wenn wir etwas Nützliches erfahren, reden wir mit den Polizisten in den Bussen. Wir können von einem Dorf zum nächsten ziehen mit unserer Aufführung und dabei Fragen stellen. Niemand erwartet etwas von zwei Frauen und einem Jungen, die Schattentheater spielen.«

»Los, fahren wir!«, sagte Takis.

»Es ist naiv«, sagte Yannoula. »Und gefährlich und töricht.«

»Ja«, stimmte ich ihr zu. »Alles, was du sagst. Und wahrscheinlich noch mehr. Also fangen wir an mit unseren Proben und mit dem Packen.«

»Jetzt gleich!«, rief Takis.

»Ich gehe nicht mit«, sagte Yannoula. »Und ihr beide könnt nicht allein über die Insel streifen. Das wisst ihr hoffentlich.« Sie seufzte und erhob sich. »Ich denke, ich muss nach oben und mich hinlegen.«

Ich musste zugeben, dass sie wahrscheinlich recht hatte, zumindest, was Takis und mich allein unterwegs anging. Wir wären ganz auf uns gestellt, ohne einen Erwachsenen. Vielleicht waren die Partisanen nicht an uns interessiert, aber das galt nicht für andere. Als wir die Leinwand und die Puppen für unsere erste Probe bereitmachten, sagte ich zu Takis, dass wir Yannoula überreden müssten.

»Wir könnten warten, bis sie schläft«, sagte er. »Und dann binden wir ihr die Hände hinter dem Rücken und stülpen ihr einen Sack über den Kopf.«

Ich blickte ihn aus zusammengekniffenen Augen an. Er meinte es tatsächlich ernst. »Natürlich«, sagte ich. »Niemand würde eine Frau bemerken, die mit einem Sack über dem Kopf und gefesselten Händen hinter uns im Bus sitzt.«

»Na ja, wir könnten den Sack abnehmen, sobald der Bus aus der Stadt ist.«

»Hör auf.«

In der nächsten Woche verbrachten wir die meiste Zeit mit Proben. Takis war zuerst zögerlich mit den Puppen, doch ich sagte ihm, was Stelios mir vor langer Zeit gesagt hatte, dass man sich ein wenig wie Gott fühlte, weil man die Charaktere nach Belieben über die Leinwand bewegen und tun lassen konnte, wozu man Lust hatte, solange es für das Publikum glaubhaft war. Dann fing er an, Spaß daran zu haben. Zuerst übernahm er die Rolle von Karagiozis, dann die des Sultans. Er erfand die Dialoge aus dem Stegreif, doch er folgte dem Handlungsverlauf.

Als er die Puppen hinter der Leinwand an den Stäben tanzen ließ, entdeckte er die andere Sache, die Stelios mich gelehrt hatte: Schattentheater machte eine Menge Spaß. Wenn wir Pausen einlegten, redete Takis begeistert davon, die Banditen zu suchen, die Stelios entführt hatten, doch ich wusste, dass es die Aussicht auf die heroische Tat war, die Takis faszinierte, nicht das Finden von Stelios.

Yannoula beobachtete uns vom Treppenabsatz aus. »Du machst mir nichts vor, Aliki«, sagte sie. »Ich weiß, was ihr vorhabt.«

Eines Nachmittags wurden wir von Theo unterbrochen, der in den Frühstücksraum gestürmt kam. »Was ist das für eine Verrücktheit, die ich von Yannoula hören muss?«, rief er aus. »Was ist nur in euch gefahren? Glaubt ihr, euer Karagiozis könnte euch da draußen beschützen?«

Takis und ich versuchten zu erklären, was wir vorhatten, doch Theo wollte nichts davon hören. Ganz bestimmt nicht, dass wir alleine loswollten und mit öffentlichen Bussen fahren. Er schien nichts dagegen zu haben, dass wir Heraklion verließen, nachdem der Publikumsverkehr in seinem Kaffeehaus durch das Ausbleiben der Vorstellungen stark nachgelassen hatte. Mir dämmerte, dass ihm unsere Probleme, zuerst mit Takis und nun mit Stelios, zu viel geworden waren. Er hatte seine täglichen Besuche auf der Polizeiwache eingestellt und war dazu übergegangen, den Polizeihauptmann als »nutzlos« zu bezeichnen. Theo wollte nichts mehr mit der Polizei zu tun haben. Wir waren wegen ihm nach Kreta gekommen, doch jetzt konnte er nicht mehr viel für uns tun. Bis auf eine letzte Sache.

»Ihr könnt nicht so reisen, wie ihr das vorhabt, Aliki. Es ist viel zu gefährlich. Aber ich habe eine Idee.« Er hatte einen Freund, einen Lkw-Fahrer mit Namen Thanasis, der die gesamte Osthälfte der Insel mit Obst und Gemüse belieferte. Er hatte während der Besatzungszeit damit aufhören müssen, nachdem seine Frau bei der Invasion gestorben war, doch er hatte inzwischen wieder angefangen. Vielleicht würde er uns mitnehmen. Er beschwerte sich ständig, wie einsam es auf der Straße war.

»Thanasis freut sich bestimmt über die Gesellschaft. Und er ist ein Mann, ein großer, *starker* Mann. Das ist sicherer für euch. Ich rede mit ihm.«

Takis und ich warteten vor der Pension, als Thanasis am nächsten Morgen aus seinem Lastwagen stieg. Er war der größte Mensch, den ich je gesehen hatte. Nicht fett, sondern muskulös und breit. Er hätte uns hochheben und mit uns jonglieren können, wenn er gewollt hätte. Takis starrte ehrfürchtig zu ihm hoch.

»Du bist ein Baum!«, sagte er.

Durch seinen ergrauenden, zottigen Vollbart hindurch erwiderte Thanasis: »Und du ein kleiner Zweig.« Dann sah er mich. »Ah, und wer ist diese süße Pflaume?«

»Meine Tochter«, sagte Yannoula hinter mir. Ich hatte sie nicht kommen hören. Und Ähnlichkeit gab es keine zwischen uns. »Soweit es dich betrifft, könnte sie genauso gut eine bittere Zitrone sein. Aber genug von Flora und Fauna.«

»Hmmm, ja, jetzt sehe ich die Ähnlichkeit.« Er zwinkerte mir zu. »Mögest du genauso schön werden wie deine *Mutter*.« »Du sitzt vorne bei mir«, sagte er an Yannoula gewandt. »Wir leisten uns gegenseitig Gesellschaft.«

Yannoula musterte ihn schweigend von Kopf bis Fuß. Sein ergrauendes Haar rahmte das tief gefurchte Gesicht eines älteren Mannes, der seine Jahre mit Leichtigkeit zu tragen schien. Am rechten Oberarm trug er über dem Hemdsärmel eine schwarze Trauerbinde. Er musterte Yannoula seinerseits.

»Wir behalten die Augen auf der Straße«, sagte sie schließlich.

Wir konnten in jedem Dorf und jeder Stadt aussteigen und

dort bleiben, bis er wieder durchkam, normalerweise einen oder zwei Tage später. In den Dörfern kaufte Thanasis die Erzeugnisse der Bauern – jetzt im April Salat und grüne Zwiebeln, Lauch, Rote Beete, Spinat und die Zitrusfrüchte vom Winter –, um sie in den Städten zu etwas höheren Preisen wieder zu verkaufen. Wir konnten von seinen Waren essen, so viel wir wollten, aber er bat uns, ihm hin und wieder ein paar Münzen zu geben, um den Treibstoff zu bezahlen, den es seit dem Ende des Krieges zwar wieder gab, aber zu extrem hohen Preisen. Wir konnten, sagten wir, falls die Menschen Geld übrig hatten, um für unsere Aufführungen zu zahlen.

An jenem Abend kam Yannoula die Treppe hinunter in den Frühstücksraum. »Nun, meine beiden kleinen Kohlköpfe, ich denke, wir sollten etwas trinken, auf unsere neue Unternehmung anstoßen.« Sie war unübersehbar optimistisch gestimmt und hatte ihre Meinung vollkommen geändert. Sie setzte sich auf das Sofa und zog einen Flachmann aus ihrer Tasche, schraubte den Deckel ab und sagte: »Zuerst die Älteren, aus Respekt.« Sie nahm einen tiefen Schluck, räusperte sich und reichte den Flachmann an Takis weiter.

»Was ist das?«, fragte er.

»Probier einfach.«

Er nahm einen vorsichtigen Schluck und hustete heftig. »Das ist Gift!«

»Nun ja, es *ist* Gift. Dieses Gift hier nennt sich Brandy.« Sie reichte mir den Flachmann. Die Flüssigkeit brannte sich ihren Weg hinunter in meinen Bauch. Ich mochte die Süße, doch nicht das Brennen, und ich erinnerte mich an das Wanken der Sterne in jener Nacht in Piräus, als ich den Rotwein getrunken hatte.

»Auf dich, Aliki«, sagte Yannoula. »Wenn du einmal eine Idee hast, dann setzt du sie auch um.«

Die Straßen außerhalb von Heraklion waren tief zerfurcht und voller Löcher, verursacht von den deutschen Panzern und

Lastwagen, als sie sich in den westlichen Teil der Insel zurückgezogen hatten. Takis und ich hielten uns aneinander fest und hatten Mühe, sitzen zu bleiben, während wir weiter und weiter fuhren. Viele der Dörfer, die wir passierten, waren niedergebrannt, doch wir wussten nicht, was davon die Deutschen und was die Partisanen in ihrem Kampf gegen die Regierungsmiliz oder die Polizei verursacht hatten. Andere Dörfer waren unberührt, Rauch stieg aus den Schornsteinen, und Schafe grasten an den Hängen der Hügel. In diesen Dörfern hielt Thanasis an und kaufte alles, was die Bauern ihm anboten.

»Was für ein prachtvoller Mann«, sagte Yannoula, während wir in einem der Dörfer neben dem Laster auf Thanasis' Rückkehr warteten.

Die erste Ladung Obst und Gemüse verkaufte er in der am Meer gelegenen Stadt Agios Nikolaos. Es war eine verschlafene kleine Hafenstadt, hauptsächlich bekannt wegen ihres Gefangenenlagers, erklärte Thanasis, wo gefangene Partisanen verhört und abgeurteilt und gelegentlich in andere Lager oder Gefängnisse auf abgelegenen Inseln geschickt wurden. Wir sahen nichts von alledem auf dem zentralen Marktplatz am Ufer, wo die Bewohner mit Händlern und Bauern feilschten.

Weiter ging es nach Ierapetra, einer größeren Stadt an der Südküste. Wir beschlossen, dort zu bleiben und unser Schattentheater zu spielen. Thanasis erzählte, dass die Stadt erst wenige Wochen zuvor von mehr als einhundert Widerstandskämpfern angegriffen worden war. Sie hatten die Lagerhäuser geplündert und säckeweise Mehl, Zucker, Reis und Nudeln mitgenommen und die Einheimischen gezwungen, ihnen Decken und Kleidung auszuhändigen, bevor sie wieder in den Bergen verschwunden waren. Daraufhin war die Miliz in die Stadt eingerückt. Überall waren Soldaten auf Patrouille. Unsere Ausweise wurden kontrolliert, als wir in die Stadt kamen, und vor der Bank und dem Rathaus standen Wachen.

»Hier seid ihr sicher«, sagte Thanasis, als er seine Orangen und den Salat auf der Hauptstraße auslud. »Es sei denn, die Einheimischen essen euch auf.«

»So was machen sie hier?«, fragte Takis mit großen Augen.

»Nein, nein. Sie sind nur ziemlich erbittert hier. Und sie reden nicht viel mit Fremden.«

Während wir durch die Stadt streiften und überall unsere Plakate aufhängten, spürten wir, wie wir von allen beobachtet wurden. In den Kaffeehäusern oder Läden wollten sie von uns wissen, wer wir *wirklich* wären. Ganz gleich, was wir antworteten, sie wollten wissen, aus welchem Grund wir *wirklich* gekommen wären. Takis ging in eine Taverne und beschrieb mehreren Gästen das Aussehen von Stelios, auf die abwegige Chance hin, dass er bei den Partisanen gewesen war, die die Stadt angegriffen hatten. Er erhielt keine Antwort.

»Sie haben mich angestarrt und geschwiegen«, sagte Takis hinterher. »Ein Mann hat die Schultern gezuckt und sich abgewandt und die Wand angestarrt. Die Wand! Als wäre selbst die Wand besser, als mit mir zu reden!«

Thanasis verbürgte sich für uns und erzählte seinen Kunden, dass wir nichts weiter wären als umherziehende Puppenspieler, die mit ihm gekommen waren. Trotzdem wollte keines der beiden örtlichen Kaffeehäuser, dass wir dort auftraten. Also führten wir an unserem ersten Abend *Karagiozis der Bäcker* am Strand in der halbkreisförmigen Bucht vor der Stadt auf. Wir hatten nur ein kleines Publikum, ein paar Kinder und ihre Eltern, die auf Haufen von Fischernetzen oder umgedrehten Booten sitzen mussten. Es war unser erster Auftritt ohne Stelios, und wir waren nervös. Wir rutschten in dem weichen Sand unter unseren Füßen, und wir verpatzten unsere Texte. Takis rettete die Schau, indem er ständig mehrere Puppen an ihren Stäben führte und für jede davon die Stimme änderte. Er lachte manisch wie Karagiozis oder höhnisch wie der Sultan. Er schien sich so sehr zu amüsieren, dass mir die Vorstellung schwerfiel, er könnte der gleiche Junge sein, der sich mit Bäumen und Fischen unterhalten hatte. Selbst als sich über dem Wasser der milde Aprilwind erhob und unsere Kerzen und Petroleumlampen zum Erlöschen brachte und damit die Schatten auf der Leinwand ausradierte, arbeitete Takis das in unser Stück ein, bis wir alles wieder angezündet hatten.

KARAGIOZIS: *Alles ist schwarz. Ich bin erblindet! Du hast mich verflucht!*

SULTAN: *Die Sonne ist hinter einer Wolke, du Narr. Sieh, da kommt sie wieder hervor.*

In Ierapetra gab es kein Hotel und keine Pension, doch am anderen Ende des Sandstrands befand sich eine kleinere Version der venezianischen Festung von Heraklion. Sie war dem Meer zugewandt, und ihre bröckelnden Steinmauern würden uns Schutz bieten vor dem Wind, der vom Meer hereinwehte. Also trugen wir nach der Aufführung unsere Sachen dorthin und errichteten aus Treibholz ein kleines Lagerfeuer, das die Kühle der Nacht von uns fernhalten sollte. Yannoula und ich legten uns in den einstigen Hof der Festung schlafen, während Takis auf der Suche nach mehr Treibholz umherstreifte.

»Ich kann so nicht leben«, sagte Yannoula. »Mein Gott, morgen Früh sehe ich aus wie der lebende Tod. Wann kommt Thanasis zurück?«

»Übermorgen«, antwortete ich.

»Bis dahin bin ich tot. Zu schade. So ein netter Mann, und Witwer obendrein.«

Er hatte ihr erzählt, dass seine Frau während der deutschen Invasion von Kreta gestorben war. Sie war eine von vielen Stadtbewohnern gewesen, die die deutschen Fallschirmspringer nach der Landung angegriffen hatten, zusammen mit anderen Frauen aus der Nachbarschaft. Sie waren mit nichts als Küchenmessern bewaffnet gewesen und erschossen worden. Thanasis war zu der Zeit mit dem Laster unterwegs gewesen und hatte es erst später erfahren. Es war inzwischen vier Jahre her, doch er war immer noch wie betäubt und trug weiterhin die schwarze Trauerbinde.

»Er braucht jemanden, der ihn zum Lachen bringt«, sagte Yannoula. »Alle Männer brauchen so jemanden. Sie vergessen sonst, über sich selbst zu lachen, und trampeln in ihren großen Stiefeln herum, als gehörte ihnen die Welt. Bis das Leben ihnen ein Loch ins Herz bohrt.«

War es das, was meinem Vater widerfahren war, fragte ich mich. Und Stelios? Und was war mit Chrysoula? Oder, noch weiter gefragt, mit mir? Ich sagte, dass das wohl nicht nur für Männer gelten würde, meiner Meinung nach.

»Natürlich nicht, mein Kind. Mein Herz ist inzwischen ein löchriges altes Sieb. Doch Männer, sie brauchen unsere Hilfe, weil sie sich nicht so schnell von diesen Schlägen erholen, die armen kleinen Jungs. Deswegen ist es an uns.«

»Was ist an uns?«

»Uns in ihre Herzen zu schleichen, wenn sie nicht hinsehen. Gips auftragen, sozusagen. Ein wenig renovieren. Frische Gardinen anbringen und dergleichen Dinge. Sie schaffen das nicht alleine. Und dann, wenn sie anfangen zu glauben, alles würde irgendwie besser, aber sie wissen nicht, warum, sind wir drin.«

Irgendwie hatte ich nie auf diese Weise über das Herz nachgedacht, ein altes heruntergekommenes Haus, das dringend renoviert werden musste. Yannoula erinnerte mich ein wenig an Chrysoula, wie sie über Männer geredet hatte: *Was Männer machen und was nicht, ist ein Kapitel für sich.* Was Männer Tag für Tag in den Städten und in jedem Dorf auf dieser Insel taten, bedeutete zweifellos eine Menge Löcher in einer Menge Herzen.

Gerade als Yannoula im Begriff stand einzuschlafen, kam Takis mit mehr Treibholz zurück und schürte das Feuer. Gemeinsam lagen wir noch für lange Zeit wach und beobachteten die Sterne.

»Denkst du eigentlich manchmal an meine Mutter?«, fragte er nach einer Weile.

»Ich hab gerade erst vor ein paar Minuten an Chrysoula gedacht«, sagte ich.

»Und was hast du gedacht?«

»An ein paar von den Dingen, die sie immer gesagt hat. Ich dachte, sie wüsste *alles*.«

»Ich … ich kann mich nicht mehr an ihr Gesicht erinnern. Ich versuche es, aber es geht nicht.«

Ich beschrieb Chrysoulas Gesicht, den Klang ihrer Stimme, erzählte von den lustigen Dingen, die sie gesagt hatte. Hätte sie gesehen, wie er die Puppen spielte, sie wäre stolz auf ihn gewesen.

»Wenn ich die Puppen spiele, muss ich nicht ich selbst sein«, sagte Takis. »Ich bin frei von mir. Verstehst du, was ich meine?«

»Ich verstehe dich. Ich denke, bei Stelios ist es genauso, wenn er mit den Puppen spielt.«

»Stelios.« Er stockte für einen Moment, dann fuhr er fort. »Wenn er zurückkommt, darf ich sie nicht mehr spielen, oder?«

»Ich weiß nicht. Wir können uns etwas überlegen.«

»Wenn ich Karagiozis spiele, denke ich an nichts anderes. Ich denke nicht an meine Mutter und nicht an …« Er sagte nichts mehr, und nach einer Weile hörte ich, wie er sich umdrehte und auf die Seite legte, von mir abgewandt. Wenn er so ruhig war wie in diesem Augenblick, dachte ich immer, es würde besser mit ihm, er würde wieder in Ordnung kommen. Aber dann glitt er jedes Mal wieder in seine eigene Dunkelheit zurück. Würde sich das ändern, wenn er weiter mit den Puppen spielen konnte?

Die Nachricht von unserer Aufführung hatte sich anscheinend herumgesprochen, denn am nächsten Abend war die Zuschauermenge so groß, dass wir zwei Vorstellungen hintereinander geben mussten, um alle zufrieden zu stellen. Die Leute hatten wenig Geld, das sie uns geben konnten, aber sie brachten andere Dinge mit: ein paar Zigaretten, einen Beutel Linsen, Stickereien aus einer Aussteuertruhe. Einige hatten gar nichts, das sie geben konnten, doch wir schickten niemanden weg. Am Ende sah ich von hinter der Leinwand auf unser aufbrechendes Publikum und fragte mich, ob irgendjemand uns helfen würde, Stelios zu finden – die alte Frau mit dem eingefallenen Gesicht, der Ladenbesitzer, der bei nahezu jeder Zeile gelacht hatte, der junge Schafhirte, der seinen Stock mitgebracht und damit auf den Boden gestampft hatte, anstatt zu klatschen. Als Thanasis am nächsten Tag zurückkehrte, fuhren wir mit ihm auf die Hochebene von Lasithi mit ihren unzähligen Windmühlen. Die Menschen, die hier oben lebten, benutzten die Windkraft, um die fruchtbare Ebene zu bewässern, erklärte Thanasis. Doch weil die Ebene so hoch lag, war es noch kühl, und die Segel der meisten Windmühlen waren aufgerollt. Niemand hatte einen jungen Mann gesehen, auf den die Beschreibung von Stelios passte, doch die Dorfbewohner waren gastfreundlich und boten uns geharzten Wein aus Kalebassen an oder eine Handvoll Mandeln, die wir mit einem Stein knackten. Bald war Anfang Mai, und Ostern stand vor der Tür. Die Dorfbewohner hatten seit Wochen gefastet.

»Es ist nicht schwer zu fasten«, bemerkte Thanasis, »wenn es ohnehin nicht viel zu essen gibt.«

Als er sein Obst und Gemüse gegen Säcke von Mais eingetauscht hatte, fuhren wir weiter zu den Ausläufern des Dikti-Berges. Wir bogen in ein Bergdorf ein, und vor uns lag eine *plateia* mit einer riesigen Platane, an deren mächtigen Ästen Menschen baumelten. Sie hatten Kapuzen über den Köpfen, genauer gesagt Kopfkissenbezüge, doch nach ihrer Kleidung zu urteilen handelte es sich um zwei Männer und eine Frau. Sie baumelten und drehten sich langsam im Wind. Thanasis beschleunigte, um das Dorf schnell hinter sich zu lassen, doch ich hämmerte von hinten an das Rückfenster der Fahrerkabine und brüllte, er solle anhalten.

Einer der Gehenkten trug eine Jacke, die aussah wie die alte Tweedjacke von Stelios.

Kassette 4, Seite 1

Ja, ich weiß, was für eine Stelle, und dann ist die Kassette zu Ende. Und das war die letzte von denen, die Sie mir dagelassen haben, meine kleine amerikanische Gelehrtenfreundin. Ich nehme an, Sie dachten, das wäre alles, was ich für meine Klagegedichte und Lieder brauche. Aber ich nutze die Gelegenheit aus und erzähle eine ganze Menge mehr, als Sie eigentlich hören wollten. Klagelieder, verstehen Sie, sind umgeben von Leben, auch wenn sie erst durch den Tod entstehen. Sie sind nicht davon zu trennen, weil sie für sich allein genommen nicht viel Sinn ergeben. Sie sind aus *meinem* Leben entstanden, ebenso sehr wie aus den Leben der Toten.

Niemand hier im Dorf hat Kassetten, auch nicht der alte Stamatis in seinem kleinen Laden, obwohl er alle möglichen Sorten von Batterien führt und Chips für diese kleinen Apparate wie den, den Sie mit den Daumen bearbeitet haben. Er musste erst neue Kassetten für mich bestellen, und anscheinend ist das nicht einfach, weil kein Mensch mehr welche benutzt. Alte Technik, hat Stamatis gesagt, aber wer ist er, so was zu sagen, schaufelt er doch für seine Kunden immer noch Salzheringe aus einem Fass wie in all den Jahrzehnten zuvor. Wie dem auch sei, sie sind endlich angekommen, grad eben – die Kassetten, nicht die Salzheringe –, aber es hat vierzig Tage gedauert, bis sie geliefert wurden, vierzig Tage nach Zephyras Totenwache und Begräbnis, und gestern war der Gedenkgottesdienst für sie.

Er fing damit an, dass Vater Yerasimos in der Kirche ein Gefäß mit Weihrauch schwenkte, bis die Qualmwolken bei einigen von uns einen unwiderstehlichen Niesreiz auslösten. Wir niesten durch eine Reihe von Gebeten und beschützten die Flammen unserer Kerzen, die unsere Seelen repräsentieren, mit der hohlen Hand. Nachdem wir Zephyras Seele auf diese Weise so viel Ruhe beschert hatten, wie wir es mit Gebeten vermochten, gingen wir nach vorn, um unsere Kerzen in den großen Kandelaber vor dem Kruzifix zu stecken. Dabei musste ich erneut niesen, und diesmal so heftig, dass ich meine kleine Flamme ausblies und noch eine andere dazu. Ich musste anfangen zu kichern, da geht die Seele hin, dachte ich, in der Brise eines Niesens. Vater Yerasimos bedachte mich mit *sooo* einem Blick.

Als wir hinter ihm zum Friedhof gingen, wo er Zephyras Grab segnen sollte, sagte ich zu den anderen Frauen, dass ich auch dem Grab meines Vaters einen Besuch abstatten wollte. Merkwürdig, dass du es erwähnst, sagten sie, und erzählten mir, dass Zephyra meinen Vater manchmal gesehen hatte in den Nächten, als sie in ihrem Fell unterwegs war, um eine Ziege zu stehlen. Er war in den Schatten der Häuser geblieben und von einem zum nächsten gehuscht. Oh, wahrscheinlich war er unterwegs gewesen, um diese Kürbisse zu stehlen, sagte ich. Die Weiber sahen einander an und grinsten. Was Zephyra in der Besatzungszeit gesehen hatte, sagten sie, hatten andere schon längst gewusst. Es war seit Jahren so gegangen. Eine der Frauen kicherte, dann fielen die anderen ein.

Mein Vater soll wie eine Biene gewesen sein, sagten sie, und Nektar gesammelt haben. Und nicht nur von *einer* Blume. Sie schlugen sich die schwarzen Schleier vor die Münder. Es wäre nicht schicklich gewesen, auf dem Friedhof amüsiert dreinzublicken. Andere Dorfbewohner standen am Straßenrand oder auf ihren Balkonen und sahen unsere kleine Prozession.

Es hatte schon lange vorher angefangen, erzählten die Weiber, noch bevor meine Mutter aus dem Dorf geflohen war. Was dieses *Es* denn genau wäre, das lange vorher angefangen hatte, wollte ich von ihnen wissen. Doch ich musste ihre Antwort nicht abwarten und bekam auch keine. War das der Grund, aus dem meine Mutter fortgegangen war, fragte ich mich. Als Kind hatte ich Schuldgefühle gehabt und geglaubt, es hätte etwas mit mir zu tun, dass sie wegen irgendeines Fehlers oder einer Sache, die ich angestellt hatte, nicht mehr hatte bleiben wollen. Ganz plötzlich, während ich neben den anderen alten Vetteln durch die Straßen ging, fühlte ich mich leichter, als wäre mir eine Last von den Schultern genommen worden, die ich mein ganzes Leben lang mit mir herumgeschleppt hatte, die dunkle Bürde, von der eigenen Mutter nicht geliebt worden zu sein.

»Es ging viele Jahre so«, sagte eine der Frauen.

»Das habt ihr schon erzählt«, sagte ich.

»Er ging zu der einen und dann zu der anderen.«

»Ach, bitte. So viele untreue Frauen kann es im Dorf doch gar nicht gegeben haben. Waren ihre Ehemänner denn nicht misstrauisch?«

Ein paar Mal wäre er fast in Schwierigkeiten geraten, erzählten sie weiter, doch er hatte seine Gewohnheiten nicht geändert. Ich erinnerte mich, dass er oft noch aus dem Haus gegangen war, nachdem er mich zu Bett gebracht hatte. Und wenn ich spätnachts aus einem Traum erwachte, hatte ich leise Geräusche aus seinem Schlafzimmer gehört, ersticktes Stöhnen, Lachen. Wenn ich dann nach ihm gerufen hatte, war er ganz schnell herbeigerannt, um mich zu beruhigen. Kurze Zeit nachdem er wieder gegangen war, hatten die Geräusche von Neuem angefangen.

Wie hatte er es geschafft, damit durchzukommen? Die Ehemänner im Dorf waren nicht so leicht zum Narren zu halten, was die Treue ihrer Ehefrauen anging. Natürlich gab es immer Witwen, ganz zu schweigen von unverheirateten Frauen, die von der Wohltätigkeit von Verwandten lebten. Doch hatte es genug von ihnen in unserem Dorf gegeben, um ihn so zu beschäftigen, wie es offensichtlich der Fall gewesen war? Die alten Frauen hatten keine Antwort darauf und erwiderten nur, dass mein Vater genauso gerissen gewesen sein soll wie hübsch. Es fiel mir schwer, ihn so zu sehen – für mich war er nur mein Vater. Ich erinnere mich, wie Chrysoula immer gesagt hatte, was für ein guter Mann er gewesen war. War sie eine der Frauen gewesen, die er des Nachts besucht hatte? Ich werde nicht hingehen nach all den Jahren und ihnen ihr kleines Glück missgönnen, wenn es das war, was sie hatten. Und ich hoffe, dass es das war. Arme Chrysoula – kein Wunder, dass sie so erschüttert war wegen seiner Hinrichtung. Aber was war mit den anderen? Ich erinnere mich, dass es viel Gejammer und viele Tränen an seinem Grab gegeben hatte.

Als wir Vater Yerasimos durch das Friedhofstor folgten, blieb ich mit neuem Interesse an Vaters Grab stehen, das gleich hinter dem Tor lag. All die Beschwerden von ihm nach seinem Tod wegen der verlegten Werkzeuge und dass es im gesamten Jenseits keine gute Tasse Kaffee gab – war das alles, was er im Sinn gehabt hatte? Oder lag es daran, dass Angelegenheiten des Herzens – ich benutze das Wort extra frei – nicht mit nach drüben auf die andere Seite gelangten? Ich ließ meine Blicke über die anderen Gräber aus jener Zeit schweifen und fragte mich, in wie vielen davon Frauen lagen, die er einst beglückt hatte. Und wo auf dieser Erde lag das Grab meiner Mutter mit ihrem zerfledderten Herzen?

Vater Yerasimos schwenkte noch mehr Weihrauch über Zephyras Grab mit seinem traurigen, längst in der Sonne vertrockneten Blumenschmuck. Der Wind wehte den Weihrauch davon, zusammen mit dem gesungenen Segen:

… gib deiner Dienerin Zephyra die ewige Ruhe
An einem Ort des Lichtes,
Einem Ort der grünen Weiden,
Einem Ort des Friedens …

… *und einem Ort ohne Gerede über meinen Vater*, sagte ich zu mir selbst. Ohne *Ziegen*.

Ich wartete nicht, bis der Schmaus aus gekochtem Weizen und Rosinen, *koliva*, im Gedenken an die Tote angeboten wurde. Ich ging allein nach Hause und dachte an die drei Toten an der Platane, die ich beschrieben hatte, bevor die dritte Kassette zu Ende war – einer von ihnen Stelios, wie ich befürchtete. Hatte irgendjemand ihnen ein ordentliches Begräbnis verschafft oder im Gedenken *koliva* gereicht? Ich erinnerte mich, was ich Ihnen noch unbedingt zu Ende erzählen wollte, weil ich, wie gesagt, mittendrin aufgehört und Sie in der Luft habe hängen lassen.

Thanasis bremste und setzte mit dem Laster bis unter die baumelnden Leichen zurück. Takis und ich waren bereits von der Pritsche geklettert und standen zusammen mit Yannoula an der Seite. Yannoula hielt mich in den Armen, weil ich am ganzen Leib zitterte. Der Tote in der Tweedjacke war Stelios, daran hatte ich nicht den geringsten Zweifel. Als Thanasis mit einem Messer bewaffnet auf die Pritsche des Lasters kletterte, drehte Yannoula mein Gesicht zur Seite. Ich konnte hören, wie Thanasis das Seil durchschnitt und wie der Leichnam mit einem grauenvollen dumpfen Schlag auf dem Laster landete. Das Geräusch war zu viel für mich, und ich stieß einen Schrei aus. Yannoula hielt mich fest an sich gedrückt, bis Thanasis die Kapuze abgezogen hatte und fragte, ob dies der Stelios war, nach dem wir suchten.

Takis wollte vortreten, doch Thanasis gebot ihm Einhalt. »Nein, nicht du, Junge. Du bist zu klein dafür.«

»Ich bin nicht zu klein, und ich will ihn sehen!«

Yannoula ließ mich los, nachdem sie mir gesagt hatte, ich solle bleiben, wo ich war. Sie ging zur Rückseite des Lastwagens, und ich hörte, wie sie einen leisen Schrei ausstieß und dann anfing zu würgen. Ich rannte zu ihr.

»Es ist nicht Stelios«, sagte sie. »Aber sieh nicht hin. Der Anblick ist entsetzlich.« Sie bekreuzigte sich dreimal. Takis kam zum Heck des Lastwagens gerannt und kletterte auf die Pritsche, bevor Thanasis ihn aufhalten konnte.

»Warum hängt seine Zunge heraus?«, fragte er. »Und alles ist lila, igitt!«

»Halt den Mund, Takis«, sagte Thanasis. »Zeig Respekt vor den Toten.«

»Aber es ist tatsächlich Stelios' Jacke«, sagte Yannoula. »Die Jacke, die früher seinem Vater gehört hat. Dieser Brandfleck auf dem Revers, er stammt von einer Zigarette. Sein Vater hat ihn gemacht. Ich habe versucht, den Fleck zu entfernen.«

Also musste Stelios in der Gegend gewesen sein, und irgendjemand hatte ihm die Jacke weggenommen? Weil er tot war und sie nicht mehr benötigte? Oder vielleicht war er gezwungen worden, sie wegzugeben? Thanasis zog die Kapuze über den Kopf des Toten, sprang von der Pritsche des Lastwagens, hob den Leichnam behutsam herunter und legte ihn neben den Stamm der Platane. »Ich kann die beiden anderen nicht einfach hängen lassen«, sagte er, also stieg er wieder auf die Pritsche, um sie loszuschneiden und neben den ersten Toten zu legen.

Als er fertig war, fuhren wir weiter und hielten unweit des Dorfplatzes vor einer alten Frau in einem Hauseingang, um zu fragen, was dort hinten passiert war. Sie bekreuzigte sich dreimal und erzählte, dass die Regierungsmiliz die drei aufgeknüpft hatte, weil sie kommunistische Widerstandskämpfer gewesen waren. Es hatte keine Gerichtsverhandlung gegeben, und keiner im Dorf kannte einen der drei. Es war anscheinend einfach so, dass das Dorf in der ganzen Gegend zufällig den besten Baum zum Hängen hatte.

»Sollen die Krähen sie fressen«, sagte sie, spuckte aus und bekreuzigte sich erneut. Wir beschrieben ihr Stelios, doch sie zuckte nur die Schultern. »Viele sehen so aus, wisst ihr?«

Wir fuhren höher hinauf in die Berge. Hatte Stelios das hier auch gesehen, falls man ihn hierher gebracht hatte? *Wo ist er?*, fragte ich die zerklüfteten Felsen, die wir passierten. *Was habt ihr mit ihm gemacht?*, wollte ich von den kleinen Ansammlungen von Hütten wissen, die wie Adlernester hoch oben auf Felsvorsprüngen über tiefen Schluchten thronten. Eines dieser Dörfer war niedergebrannt worden, und die Männer, denen wir unterwegs begegneten, sahen so zäh und knorrig aus wie Bergkiefern, mit Gesichtern, die von Sonne und Wind ledrig und braun waren. Viele kleideten sich immer noch auf die traditionelle kretische Weise, die wir gelegentlich in Heraklion am Markttag gesehen hatten – schwarze Stirnbänder, die Hosenbeine in schwarzen Stiefeln, purpurne Schärpen um die Taillen. Einige der Männer trugen Pistolen in den Schärpen.

In dieser Höhe wehten eisige Böen ganze Regenladungen in unsere Gesichter. Ich zog meinen Mantel enger um mich und dachte an Stelios, der keinen mehr hatte. Wie war seine Jacke an den Gehenkten gekommen? Wieder einmal spürte ich das Gewicht und die Wärme seines Körpers auf mir in jener Nacht in meinem Zimmer in Heraklion. Wenn ich ihn doch nur nicht aufgehalten hätte, wären wir immer noch in der Pension und würden uns vielleicht wieder unter der Decke aneinander wärmen.

Takis und ich kauerten dicht beieinander. Ich klopfte gegen das Heckfenster der Fahrerkabine, um zu fragen, ob wir bald halten könnten. Es war zu kalt für uns, um noch länger draußen auf der Pritsche auszuharren, und in der Kabine war nicht genügend Platz für alle vier von uns. Thanasis rief zurück, dass wir fast da wären, aber Takis und ich wussten nicht wo. Kurze Zeit später hielten wir auf einem Parkplatz in der Nähe einer kleinen Kirche direkt unter den Wolken. Als Takis und ich von der Pritsche kletterten und uns umsahen, hatten wir das Gefühl, auf dem Dach der Welt angekommen zu sein. Es war, als könnten wir nach oben greifen und die Wolken berühren, die über uns vorbeijagten. Der Wind war voll mit dem Duft von Jasmin. Wie konnte diese Pflanze in solcher Höhe blühen? Wie konnte überhaupt irgendjemand hier oben leben? Doch aus den Schornsteinen der Steinhütten, aus denen das Dorf bestand, stiegen Rauchwolken. Und ein paar Männer mit Stirnbändern und Schärpen kamen unserem Laster entgegen.

»Hey, Thanasis!«, rief einer von ihnen und deutete auf uns. »Was für Kohlköpfe hast du denn heute dabei?«

»Jedenfalls keine zum Kochen«, antwortete Thanasis und lachte, während er Säcke mit Maismehl entlud. Die Männer starrten uns mit solchem Misstrauen an, dass ich nicht wusste, was sie mit uns gemacht hätten, wäre nicht Thanasis gewesen und hätte ihnen erklärt, dass wir Puppenspieler waren.

Yannoula zog den Saum ihres Rockes tief herunter und warnte mich, niemandem in die Augen zu sehen. Wie sich herausstellte, hatten nur die älteren Männer des Dorfes von Karagiozis gehört, nicht die Frauen und schon gar nicht die Kinder, die sich scheu im Hintergrund hielten. Nachdem wir von allen lange und ausgiebig genug angestarrt worden waren, traten die Kinder vor und streckten die Hände aus, um uns zu berühren, unsere Kleidung, unser Haar und, nachdem wir unsere Sachen abgeladen hatten, die Puppen. Wir wurden zu einem großen gemauerten Haus geführt, wo wir uns erfrischen sollten. Eine alte Vettel mit Augen wie Stein und gelben Zähnen hieß uns an einer langen Holztafel Platz nehmen. Sie schöpfte Linsensuppe aus einem großen Kessel über einem prasselnden Feuer. Der Kamin war groß genug, um ein ganzes Schaf zu grillen. Zur

Suppe bekamen wir dicke Scheiben eines grobkörnigen Brotes und in Viertel geschnittene rohe Zwiebeln. Der Wein, den sie uns ausschenkte, war so stark geharzt, dass er schmeckte, als hätte man Pinienzapfen darin eingeweicht. Doch nach unserer eisigen Fahrt war alles köstlich und duftete.

Yannoula flüsterte uns zu, dass sie keinen Bissen essen konnte, weil sie immer wieder an das Gesicht des Gehenkten denken musste. Thanasis berührte sie an der Schulter und sagte, es ginge ihm genauso, und er hätte den Gestank der Leichen immer noch in der Nase, aber wir müssten essen. Es wäre eine Beleidigung, die Gastfreundschaft auszuschlagen.

»Diese Leute haben nur wenig zu geben, und sie geben es trotzdem.«

Während wir aßen, kamen immer mehr Dorfleute in das Haus, bis keiner mehr hineinpasste. Andere standen draußen vor den Fenstern und spähten herein. Wir wurden beobachtet, als erwarteten sie, wir hätten eine neue, seltsame Methode gefunden, Nahrung zu uns zu nehmen. Dann gingen die Fragen los. Sie kamen von allen Seiten: Sie hatten nur selten Fremde »von unten« zu Besuch und wollten wissen, wie es »dort« war. Hatten die Deutschen wirklich und wahrhaftig die Insel geräumt, oder saßen sie immer noch im Westen fest? Waren die alliierten Truppen zurückgekehrt, Australier und Neuseeländer, die so tapfer gekämpft hatten? Ein paar Männer von den britischen Spezialkräften hatten den Partisanen geholfen, die Deutschen hier oben an den Bergpässen zu bedrängen – aber wohin waren diese mutigen Briten verschwunden? War der König aus seinem Exil zurückgekehrt? Niemand schien ein Radio zu haben hier oben, und eine Zeitung gab es nicht. Wir beantworteten ihre Fragen, so gut wir konnten. Thanasis sagte, dass irgendwann eine Volksabstimmung über die Monarchie abgehalten werden sollte, und abhängig von seinem Ausgang würde der König zurückkehren oder auch nicht.

Wir hatten unsererseits Fragen. Ich fragte nach Stelios, doch niemand erkannte ihn anhand meiner Beschreibung. Ja, sie hatten von den drei Gehenkten unten in dem anderen Dorf gehört. Furchtbar, dass eine Frau darunter war, sagten sie. Es war nicht richtig, eine Frau zu hängen.

»Die anderen sollen meinetwegen zum Teufel gehen«, sagte der Älteste des Dorfes, ein stabil gebauter Mann mit weißem Haar, weißem Bart und einem Schnurrbart, der zu beiden Seiten nach oben gezwirbelt war. Sein Name lautete Vasili, und alle verstummten, wenn er das Wort ergriff. »Wir haben nichts, was die Partisanen nehmen könnten. Was wollen sie uns schon wegnehmen? Unsere kleinen grünen Oliven, die so langsam reifen hier oben? Bah! Sie glauben, diese Berge gehören ihnen!« Er blickte sich im Raum um. »Manche sagen, sie hätten Verwandte, sogar hier unter uns, in diesem Zimmer!«

Ein ärgerliches Murmeln erhob sich nahe der Tür, und mehrere Dorfbewohner drängten sich nach draußen. Vasili blickte geradeaus, während andere die Köpfe drehten, um zu sehen, wer gegangen war. »Und was die Regierungsmiliz und die Polizei angeht, wer sind diese Leute wirklich?«, fuhr er fort. »Von welcher Regierung kommen sie?« Noch mehr Gemurmel, doch diesmal klang es billigend.

Als gegen Abend tiefe Schatten über das Dorf fielen, bauten wir auf dem Platz vor der Kirche unsere Leinwand auf und zündeten die Lampen an. Die Dorfbewohner breiteten Schaffelle auf dem Boden aus und setzten sich darauf, um unser Spiel anzusehen. Alle kamen, angefangen bei kleinen Kindern bis hin zu alten Frauen. Vasili saß ganz vorn. Thanasis hatte uns erzählt, dass Vasili bekannt war für sein formidables Gedächtnis und dass er den gesamten *Erotokritos* rezitieren konnte, ein episches kretisches Werk aus dem siebzehnten Jahrhundert von mehreren zehntausend Paarreimen. Das machte uns nervös wegen unserer amateurhaften, improvisierten Spielweise. Doch die

Kinder waren ekstatisch. Sie hüpften auf und ab, bejubelten Karagiozis und buhten den Sultan aus. Ihre Reaktion bewirkte, dass wir uns bemühten, ihnen Spaß zu bereiten, Takis noch mehr als ich. Er war als Puppenspieler schon fast so gut wie Stelios. Die Kinder hatten vorher noch nie so etwas gesehen, tatsächlich hatten sie noch nie irgendeine Unterhaltung erlebt, abgesehen von den Kirchenritualen, wie uns die Eltern später erzählten. Als wir fertig waren, erhob sich Vasili. »Ihr ehrt uns mit diesem Geschenk«, sagte er. »Es erfreut die Herzen unserer Kinder, und das erfreut unsere Herzen gleichermaßen. Ihr dürft gerne bleiben, solange ihr wollt.«

Thanasis fuhr am nächsten Tag weiter. Er würde erst am Karfreitag zurückkommen. Bevor er abfuhr, trieb sich Yannoula bei seinem Lastwagen herum und beobachtete ihn, wie er die Fässer mit Oliven auflud, die er von den Dorfbewohnern erstanden hatte. Sie küsste ihn auf beide Wangen, doch er wich zurück und winkte ein hastiges Lebwohl, als er in die Kabine stieg. Ihr Blick war umflort, als sie sich zu uns umwandte, doch sie sagte nichts.

In den nächsten Tagen spielten wir an jedem Abend. Danach gab es eine einfache Mahlzeit, üblicherweise eine dünne Suppe und gekochtes Gemüse, immer bei einer anderen Familie, bis wir mit vielen Dorfbewohnern das Brot gebrochen hatten. Nach dem Essen lauschten wir Geschichten, die bis spät in die Nacht am Kamin erzählt wurden. Es waren Geschichten über lang zurückreichende Fehden zwischen Dörfern, von einer Braut, die mit vorgehaltener Waffe entführt worden war, von einer Wahrsagerin im Tal, die Zaubersprüche beherrschte, von einem Wolf, der eines Winters in ein Haus eingedrungen und mit einem Neugeborenen entkommen war. Die Knochen des Kindes wurden im Frühling in der Nähe eines Höhleneingangs gefunden. Während wir den Geschichten lauschten, standen die jungen Männer einer Familie mit Pistolen in den Gürteln an den Fenstern und starrten in die Nacht hinaus – auch wenn die Partisanen dieses Dorf bisher in Ruhe gelassen hatten, vermutlich, weil sie hier Verwandte hatten. Ich musste an die Dorfbewohner denken, die am ersten Abend aus dem Raum gegangen waren, als Vasili dies erwähnt hatte.

Die Kinder gingen jeden Morgen in die nächste Stadt, wo sie die wieder eröffnete Schule besuchten. Sie luden Takis und mich ein, sie zu begleiten, doch es war mir zu peinlich. Ich hatte so lange in die Schule gehen wollen, und jetzt, wo es möglich war, hätte ich mich töricht gefühlt angesichts der Tatsache, dass ich so viel älter und größer war als sie. Und ich wollte nicht, dass sie sahen, dass ich trotz meines Alters mein Einmaleins nicht beherrschte oder nicht wusste, welche Länder am Äquator lagen. Takis ging mit den anderen Jungen seines Alters, auch wenn er später erzählte, dass er nichts gelernt, sondern lediglich herausgefunden hätte, dass die Partisanen mehrere Männer aus der Stadt entführt hatten und des Nachts regelmäßig in Läden und Lager einbrachen, um Vorräte zu stehlen. Die Miliz hatte einige von ihnen geschnappt und nach Heraklion gebracht. Jeder von ihnen hätte Stelios sein können, schien mir – sie sahen alle gleich aus, Bärte, Stiefel, zerlumpte Kleidung, Waffen. Wer konnte schon einen vom anderen unterscheiden? Ich verlor immer mehr die Hoffnung, dass wir ihn jemals wiedersehen würden, und ich fand die Vorstellung eines Lebens ohne ihn unerträglich. Wir hatten eine gemeinsame Zukunft geplant. War es möglich, dass unsere Zeit bereits vorbei war? Vielleicht sollten wir mit Thanasis nach Heraklion zurückfahren, wenn er wieder vorbeikam, und dort warten, überlegte ich. Ich verlor das Gefühl von Geborgenheit und sicherer Rückkehr, das Stelios mir immer gegeben hatte. Wir kamen nicht weiter in diesem Bergdorf, auch wenn die Einwohner glücklich waren, uns über die Karwoche als Gäste bei sich zu haben.

»Wir lehren euch unsere Tänze«, sagte Vasili. »Danach trinken wir den Rest vom Wein aus dem Vorjahr.«

Yannoula hatte angefangen, im Dorfladen auszuhelfen, wo es alles zu kaufen gab, von Nägeln und Bolzen über Linsen bis hin zu Seife. Der Laden war zugleich ein Treffpunkt für die alten Männer, die auf umgedrehten Fässern saßen und ihre Perlenketten durch die Hände gleiten ließen, während sie sich Geschichten aus dem Krieg erzählten. Ich zog die kleine Kirche vor, das einzige Gebäude im Dorf, wo das elektrische Licht hell genug war zum Lesen. Die meisten Häuser hatten lediglich eine einzige schwache Glühbirne, die in einem Zimmer an einem Kabel von der Decke baumelte. Andere hatten überhaupt keine Elektrizität. Doch nachdem ich die Lichter in der Kirche eingeschaltet hatte, konnte ich in Stelios' Ausgabe der *Ilias* lesen. Neue Passagen zu enträtseln und andere erneut zu lesen erweckte in mir das Gefühl, ihm nah zu sein. Unter den kalten, starrenden Blicken der Heiligen sprach ich die unvertrauten Worte laut aus, während ich ihre Bedeutung anhand des Kontextes erriet, wie Stelios es mir beigebracht hatte. Meine Belohnung bestand darin, den Sinn eines Satzes zu begreifen.

… also sprach die Göttin und schuf ihr süßes Verlangen
Nach dem ersten Gemahl, nach Vaterstadt und Gefreunden.

Ich konnte das süße Verlangen gut verstehen. Diese Frau, um die zwei Streitmächte erbittert gekämpft hatten, hatte etwas empfunden, das ich Tausende von Jahren später in dieser einsamen Bergkirche ebenfalls spürte. Ich hob den Blick und fragte die Heiligen still, ob auch sie dieses Verlangen gekannt hatten. Andererseits lag es vielleicht genau am Fehlen desselben, dass sie so missbilligend aussahen. Wie dem auch sei, sie antworteten nicht.

Am Tag vor Karfreitag konnte ich die Kirche nicht benutzen, weil die Frauen sie für die bevorstehenden Feierlichkeiten sauber machten. Yannoula und ich standen draußen, wo die Jungen sich um Vasili versammelt hatten. Sie wollten sich die Pistole ausleihen, die in seiner Schärpe steckte.

»Sie werden vor der Zeit erwachsen«, sagte er zu Yannoula und mir. »All unsere Jungen hier wissen, wie man schießt. Mein tapferer Enkel Christos – er war erst vierzehn Jahre alt, als er von einem Deutschen gleich im Tal dort drüben angeschossen und verwundet wurde.« Er zeigte zum Tal und zu der Felsklippe darüber. »Und dort oben haben sie ihn hingebracht, meinen Christos, nachdem sie ihn gefangen genommen hatten. Diese unglückseligen Deutschen ... sie haben den kleinen Helden in die Schlucht gestürzt.« Er bekreuzigte sich dreimal, bevor er fortfuhr. »Und sie wollten uns einen ganzen Monat lang nicht zu ihm lassen. Als wir schließlich durften, hatten die wilden Tiere ihn ...« Er stockte, sammelte sich und sprach weiter. »Und heute fürchten wir nicht mehr die Deutschen, sondern unsere eigenen Leute, selbst aus diesem Dorf.« Ich dachte erneut daran, dass ein paar Männer aus dem Raum gegangen waren, als er dies am Tag unserer Ankunft erwähnt hatte.

»Zeig es mir«, sagte Takis zu Vasili. »Zeig mir, wie man schießt.«

Vasili sah auf Takis herunter. »Ah, mein kleiner Krieger. Bist du denn schon alt genug, um es zu lernen?«

»Ich bin vierzehn«, sagte Takis. Er war elf geworden, um die gleiche Zeit im vergangenen Jahr, als ich fünfzehn geworden war.

»Tatsächlich?«, sagte Vasili und sah Yannoula und mich vielsagend an. Doch er zog die Pistole aus der Schärpe. »Hier, Mitso«, sagte er zu einem der anderen Jungen, »nimm sie und lehre unseren jungen Freund etwas Nützliches.«

Yannoula und ich wechselten erschrockene Blicke bei dem Gedanken an einen bewaffneten Takis. Yannoula sagte zu Vasili, dass dies keine gute Idee war, doch er erwiderte, sie solle sich nicht sorgen – Jungen müssten Dinge wissen, die Frauen nicht verstünden. Mitso wäre ein guter Junge, und er würde aufpassen. Wir versuchten beide, ihm zu erklären, dass Takis viele Probleme hatte, doch Vasili meinte nur, das wäre wohl bei vielen Jungen in diesem Alter so.

»Schießen zu lernen ist Männersache«, sagte er. »Wir lernen es alle hier in unserer Gegend. Es gehört zu unserem Leben.«

Jungen mit Waffen, dachte ich. Die gleiche alte Geschichte. Doch diese hier konnte durchaus noch schlimmer sein. Den ganzen Nachmittag lang hörten wir, wie Mitso und die anderen Jungen Takis aufmunternd zuriefen, während sie Kiefernzapfen als Ziele in die Luft warfen. Sie sagten ihm, er solle nicht direkt auf einen zielen, sondern dorthin, wo er wäre, wenn die Kugel einschlug. Sie banden ihm ein kretisches Kopftuch um und nannten ihn *palikari*, einen tapferen jungen Krieger. Takis streckte die Brust heraus und versuchte sich in einem breitbeinigen, männlichen Gang.

In jener Nacht breiteten Yannoula und ich Decken über einen Heustapel im Stall hinter einem der Häuser – es war alles, was die Familie hatte, bei der wir zu Gast waren. Sie hatten uns eigentlich ihre eigenen Betten angeboten und selbst im Stall schlafen wollen, doch damit ging die Gastfreundschaft in unseren Augen zu weit. Der Esel in seiner Ecke beobachtete uns mit seinem einzigen Auge – das andere war ein schwarzes Loch von einem Unfall auf dem Hof. Takis schlief bei der Familie von Mitso, dem Jungen, der ihm das Schießen beibrachte.

»Ich wünschte, Thanasis wäre zurück«, sagte Yannoula, indem sie ihre Decken richtete und sich dann die Hände über der Kerze wärmte, die in einem Flaschenhals steckte. »Ich glaube nicht, dass ich noch einen Winter überstehe.«

»Du sagst ständig solche Dinge. Aber du bist ein zäher alter Knochen.«

»Es wäre schön, jemanden zu haben, um den man sich kümmern kann.«

»Wir haben ihn vor einer Weile getroffen.«

»In meinem Alter hat man keine Zeit mehr zu verschwenden. Menschen, die allein leben, leben nicht lang.«

»Aber du lebst nicht allein.«

»Nicht *jetzt*. Aber du und Stelios, ihr werdet irgendwann ein eigenes Leben haben wollen. Dann braucht ihr mich nicht mehr.«

»Aber das Haus seiner Familie ist dein Zuhause. Wir könnten alle zusammen dort leben. Das heißt, falls Stelios …« Ich stockte.

»Natürlich ist er noch am Leben. Das wolltest du sagen, richtig?«

»Ja. Ich glaube, ja.«

Wo bist du?, fragte ich ihn in Gedanken. Ich spürte, dass er in der Nähe war, aber das war wahrscheinlich nur mein Wunschdenken. Trotzdem war es ein kleiner Trost.

»Ich denke, unser gemeinsames Leben hat noch gar nicht richtig angefangen«, sagte ich.

»Oh, vertrau mir, das hat es. Es ist hier und jetzt. Das Leben ist immer hier und jetzt.«

»Ich dachte, es würde anfangen, wenn die Kämpfe vorbei sind. Sobald Stelios zurück ist. Und sobald Takis …« Auch diesen Satz konnte ich nicht zu Ende sprechen.

»Ich denke …«, sagte Yannoula, dann hielt sie inne und kratzte sich am Bein. »Pass auf, Aliki. In diesem Heu sind Flöhe! Schlimmer als Wanzen! Wickel dich gut ein und lass nichts unbedeckt.«

Wir zogen unsere Decken um uns wie Kokons und bedeckten auch unsere Köpfe, sodass nur noch unsere Augen herauslugten und wir uns im schwachen Licht der Kerze sehen konnten. Dann schob sich ein Schatten vor den Mond, der durch das Fenster schien. Ein Gesicht erschien im Fenster, und ich schrie auf.

»Nein, nein, es ist alles in Ordnung!«, sagte eine Männerstimme. »Ich wollte nur nachsehen, ob ihr alles habt.« Die Stimme war vertraut, auch wenn wir nicht sagen konnten, zu welchem der Männer im Dorf sie gehörte. »Besser, ihr macht die Kerze aus, bevor ihr schlaft.«

Yannoula blies die Kerze aus, und der Mann wünschte uns eine gute Nacht.

»*Theo mou!* Du hast mir einen Schrecken eingejagt, Aliki!«

»Er hat *mir* einen Schrecken eingejagt! Ich konnte nur die Umrisse seines Kopfes sehen. Woher sollte ich wissen, wer es war?«

»Wir sind alle ein wenig nervös des Nachts. Wenigstens wissen wir jetzt, dass sie auf uns aufpassen. Was für gute Menschen diese Leute sind. Denk nur, diese Familie hat uns sogar ihre eigenen Betten angeboten!«

Wir schwiegen für eine Weile, während wir uns in das Heu kuschelten und versuchten, es uns gemütlich zu machen. »Was ich noch sagen wollte, vor den Flöhen und bevor unser Besucher am Fenster erschien«, sagte Yannoula in die Dunkelheit hinein. »Ich denke, dass Takis vielleicht immer so bleiben wird, wie er jetzt ist.«

»Was? Woher willst du das wissen?«

»Ich habe das Gefühl. In seinem Innern wird er immer ein kleiner Junge bleiben, der Stimmen hört. Selbst wenn er erwachsen ist.«

»Das ist unmöglich, oder? Jeder wird erwachsen. Und jeder ändert sich dabei.«

»Äußerlich vielleicht, ja. Aber nicht innerlich. Früher hätte man vielleicht gedacht, er ist ein Seher. Jemand, der sieht, was außer ihm niemand sehen kann.«

Eine Windbö fuhr über das Dach und brachte die Ziegel

zum Rattern, drückte gegen die Tür und knallte sie zu. Wir zogen beide unsere Decken enger um uns herum. »Oh Mann, was für ein Ort«, sagte Yannoula. »Wenigstens ist es zu kalt, als dass Takis nackt durch die Gegend wandern könnte. Ich hoffe wirklich, er fängt nicht wieder an, Botschaften von Bäumen zu verkünden, während wir hier sind. Ich weiß nicht, was Vasili davon halten würde.«

»Ich hoffe, du irrst dich mit Takis.«

»Ich hoffe es auch. Wie dem auch sei, er wird kein leichtes Leben haben, und vielleicht auch kein langes. Andererseits, wer hat heute schon noch ein leichtes Leben? Was mich angeht, ich fange immer wieder neu an. Das ist ungefähr alles, was wir uns erhoffen können. Ich dachte, Thanasis wäre vielleicht ein weiterer Neuanfang für mich, aber bin ich auch einer für ihn? Das ist die Frage.«

Die Vorstellung von neuer Liebe zwischen zwei älteren Menschen wie Yannoula und Thanasis erschien mir eigenartig. Es würde noch eine Reihe von Jahren dauern, bevor ich begriff, dass die Grauhaarigen, Runzligen genauso viel, wenn nicht sogar mehr Liebe brauchen als die Jungen.

Als Thanasis am nächsten Morgen von seinem Laster kletterte, ging er sogleich nach hinten zur Pritsche und zog eine Plane zur Seite. Darunter lagen zwei Lämmer, frisch geschlachtet und bereit zum Grillen. Er erzählte uns, er wäre noch einmal in Ierapetra gewesen, das immer noch von starken Kräften der Miliz beschützt wurde. Die Händler dort hatten all seine Waren gekauft, weil sie die Miliz ernähren mussten, die dort stationiert war. Doch es gab zu wenig Geld, um Thanasis zu bezahlen. Sie hatten, wie es Tradition war, Osterlämmer geschlachtet, und er hatte zwei davon erhalten. Sie waren für das Osterfest im Dorf.

»Ich bin kein Koch, aber ich kann sie mit Kräutern stopfen und zunähen. Yannoula, kannst du mir helfen?«, sagte er.

Sie wirkte erfreut, dass er sie gefragt hatte, doch bevor sie etwas erwidern konnte, trat Vasili vor. »Wir werden alle helfen. Es reicht nicht für jeden, aber mit vielen gebackenen Kartoffeln und grünem Salat sollten alle satt werden. Und mit genügend Wein ist es allen egal. Wir bitten Bruder Pavlos, das Festmahl zu segnen, wenn er heute kommt.« Bruder Pavlos war ein Mönch aus einem Kloster in der Nähe und würde am Freitag und Samstag bei den Gottesdiensten helfen. Das Dorf war zu klein und zu abgelegen, um einen eigenen Priester zu haben.

Später erfuhr ich, dass Thanasis Vasili gesagt hatte, dass vor einem der Dörfer auf dem Weg nach Ierapetra brutale Kämpfe getobt hatten. Die Regierungsmiliz hatte eine ganze Reihe von Partisanen getötet, einschließlich eines ihrer Anführer, der bekannt war für den Terror, mit dem er die Dörfer überzogen hatte. Nach seinem Tod hatten die Milizsoldaten seinen Kopf und seine rechte Hand abgetrennt, auf einem Pfahl gespießt und durch die Dörfer getragen, die er und seine Männer terrorisiert hatten. Sie hatten die Einwohner ermuntert, auf die Trophäen zu spucken. Thanasis hatte es nicht selbst gesehen, doch überall, wo er hinkam, hatten die Leute geredet. Vasili erzählte es nur einem oder zwei anderen, doch eine Stunde später schien es jeder im Dorf zu wissen. Yannoula erzählte es mir nur, weil sie wusste, dass ich es auf die eine oder andere Weise erfahren würde.

»Thanasis wollte nicht, dass du es hörst, weil es dich noch mehr in Sorge wegen Stelios versetzen würde. Aber es gibt keinen Grund zu glauben …«

»O Gott! O mein Gott!« Wie abscheulich das alles doch war! Wie konnten Menschen einander solche Dinge antun? Wie konnten sie Stelios so etwas antun, der noch nie jemand anderem Schaden zugefügt hatte? »Einer von ihnen war Stelios, stimmt's?«

»Hör zu, Aliki, wir wissen, dass jemand seine Jacke genommen hat. Das ist alles, was wir wissen. Diese neue Geschichte hat überhaupt nichts mit …«

»O mein Gott …«

»Er ist nicht dabei gewesen, Aliki. Ich bin mir ganz sicher.«

»Wie das?«

»Ein Gefühl. Ich bin mir sicher.«

An jenem Abend war ich wie betäubt von Sorge, als ich mich zu den anderen vor der kleinen Kirche gesellte. Takis war mit seinen neuen Freunden dort und reichte Yannoula und mir Kerzen aus Bienenwachs. Im Innern sang Bruder Pavlos, ein knochiger junger Mann, der so dünn war, dass man durch seine Gesichtshaut die Form seines Schädels erkennen konnte, mit hoher, nasaler Stimme die Karfreitagsklagen. Er wickelte die Ikone von Christus in ein weißes Leinentuch und legte sie in einen Sarg, den die Frauen mit Blütenblättern bedeckten. Thanasis und fünf andere Männer hoben den Sarg auf ihre Schultern, und mit dem Rest von uns hinten dran begannen wir unsere langsame Prozession durch die Gassen des Dorfes. Bruder Pavlos gab den Gesang vor, während wir umhergingen.

Sonne und Mond verwandeln sich
zu Finsternis in ihrem Kummer.
Wie treue Diener tragen sie
Ihre Trauer, hüllen sich
In einen schwarzen Schleier.

Kurze Zeit vor dem Beginn der Zeremonie hatte ich gehört, wie Vasili mit Bruder Pavlos über die Enthauptung des toten Widerstandskämpfers gesprochen hatte.

»Es ist nicht das erste Mal«, sagte Vasili. »Es hat noch weitere Fälle gegeben. Auf beiden Seiten.«

»Sie entwürdigen sich selbst«, sagte Bruder Pavlos. »Wir müssen für sie beten.«

»Sie beten für sie, Bruder. Ich lehre unsere Jungs, richtig zu schießen.«

Der Ostersonntag war sonnig und warm. Thanasis und Yannoula bereiteten die Lämmer für das Grillen vor, stopften sie mit Rosmarin, Thymian, Knoblauchknollen und ganzen Zitronen. Männer aus dem Dorf errichteten ein Feuer in einer Grube und warteten, bis es heruntergebrannt war bis auf die rote Glut. Dann wurden die Lämmer auf Spießen gebraten. Zwei Männer drehten sie langsam über der Glut und rieben sie immer wieder mit Bündeln von Rosmarin ein, die in Zitronensaft und roten Wein getaucht worden waren. Die Luft wurde so aromatisch, dass man sie schmecken konnte. Auf der Wiese veranstalteten Takis und die anderen Jungen weiter ihre Zielübungen, während ich einigen der Frauen im gleichen Haus, in dem wir unsere erste Nacht verbracht hatten, beim Schälen und Vierteln der Kartoffeln half. Yannoula und die anderen sammelten Grünzeug an den Berghängen.

»Bist du vergeben?«, fragte die Frau, die uns an jenem ersten Tag bewirtet hatte. Auch wenn sie zu diesem Zeitpunkt längst von unserer Suche nach Stelios wussten, hatten wir nicht über eine Verbindung zwischen ihm und mir gesprochen. Es hatte keinen Grund dazu gegeben. »Wir sehen, wie unsere jungen Männer dich ansehen«, erklärte sie.

»Das ist mir nicht aufgefallen«, antwortete ich. Ich versuchte normalerweise, den Blick gesenkt zu halten, wenn ich in der Nähe der Männer war.

»Sie brennen für dich«, sagte die Frau. »Es ist in ihren Augen. Du könntest einen von ihnen erwählen, hierbleiben, Kinder bekommen. Warum nicht?« Sie sagte es leichthin, als wäre die Entscheidung, einen unbekannten Mann zu heiraten und eine Familie an einem Ort zu gründen, von dem ich eine kurze Weile zuvor noch nie gehört hatte, etwas ganz Alltägliches.

»Ich bin sicher, sie finden angemessene junge Frauen hier bei euch«, erwiderte ich.

»Aber was für ein Leben ist das für dich, als Puppenspieler durch die Berge zu ziehen? Alles Mögliche könnte dir zustoßen.«

Die anderen Frauen nickten, ohne das Kartoffelschälen zu unterbrechen. »Alles Mögliche könnte passieren, alles Mögliche«, wiederholten sie. Dann fragte mich die erste, was ich denn für eine Mitgift hätte. Ich dachte an das Haus meines Vaters, so weit entfernt, und ein schmerzhafter Stich von Heimweh überkam mich. Stand es noch? Würde ich es jemals wiedersehen? Doch ich wollte nicht darüber sprechen, wollte keine Karten auf den Tisch legen, denn so wäre es mir vorgekommen.

»Ich habe keine Mitgift, leider«, sagte ich.

»Ach, wie schade. Aber das ist egal. Der gute Name einer Frau ist die beste Mitgift. Ich könnte dir helfen. Ich habe schon viele Ehen arrangiert.«

»Du ehrst mich mit deinem Angebot, aber ich …«

»Die Ehre wäre ganz auf meiner Seite. Du kannst jeden hier im Dorf fragen, ich habe gute Ehen arrangiert.« Sie winkte mit dem Arm zu den anderen Frauen, die ihrerseits kicherten wie Schulmädchen. Dann bedeckte sie meine rechte Hand mir ihrer eigenen, die knorrig war von Arthritis, wie eine Klaue. Mir gefiel die Richtung nicht, die dieses Gespräch nahm, und ich zog meine Hand weg.

»Es gibt bereits eine Übereinkunft«, sagte ich.

»Oh?« Sie zog ihre eigene Hand zurück. »Das hättest du gleich sagen sollen.«

»Das tue ich jetzt.«

Ihr Tonfall wurde schärfer. »Nun, ich bin überrascht. Dein Verlobter erlaubt dir, mit einem Händler und nur der Alten als Begleiterin über das Land zu fahren? Und mit diesem Jungen? Was für eine Sorte Mann würde ein solches Verhalten erlauben?«

Ich blickte mich suchend nach einem Ausweg aus dieser Unterhaltung um und war erleichtert, als ich Yannoula mit einem Korb Grünzeug vor dem Fenster vorbeigehen sah. Ich rief nach ihr und verdrehte die Augen seitwärts in Richtung der alten Frau. Yannoula kam sofort herein, stellte sich vor mich und schalt mich laut, dass ich augenblicklich mit dieser Arbeit aufhören müsste, denn wer würde die Puppen spielen, wenn ich mir in die Hand schnitt?

»Komm mit und hilf mir bei dem Gemüse, das ich gesammelt habe«, sagte sie, indem sie mich beim Arm ergriff und durch die Tür nach draußen steuerte.

»Sie versuchen, mich zu verheiraten«, flüsterte ich.

»Ich weiß«, sagte Yannoula, sobald wir draußen waren. »Die anderen haben sich darüber unterhalten. Anscheinend gibt es einen etwas beschränkten jungen Mann hier im Dorf, den keines der Mädchen haben will, also wäre jemand von außerhalb perfekt geeignet. Sie haben sich erzählt, er wäre zwar nicht besonders hell und würde gelegentlich ein wenig sabbern, doch er erbt zwei Felder und soll ein *großes* Ding haben. Kannst du dir das vorstellen?«

»Lieber nicht.«

»Ich glaube, er hat die Kartoffeln beigesteuert. Sie kommen von einem der Felder seiner Familie. Er hofft, dich zu beeindrucken, damit wir uns verpflichtet fühlen. Mit Kartoffeln! Wie dem auch sei, wir sind Künstler. Wir bezahlen mit unserer Kunst *und sonst nichts!*«

Wir gingen zum Feuer, wo die Männer standen und die brutzelnden Lämmer über der Glut grillten. Die Frauen hatten unterdessen die Pfannen mit den Kartoffeln in Öl und Zitrone zum Tonofen gebracht, der mit Reisig angefeuert worden war. Die Alte funkelte uns böse an, als sie auf dem Rückweg zum Haus an uns vorbeikam. Also gingen Yannoula und ich zur Wiese, um den Jungen bei ihren Zielübungen zuzusehen. Sie wechselten sich an Vasilis Pistole ab und feuerten auf Kiefernzapfen verschiedener Größen, die von einem anderen Jungen in die Luft geworfen wurden. Wer nur die größten traf, wurde von den anderen ausgelacht und musste die Pistole weitergeben. Takis war so aufgeregt, dass er herumhüpfte, als er die Pistole bekam, und die anderen Jungen wichen zurück, als könnte die Waffe versehentlich losgehen. Doch als dann die Zapfen in die Luft geworfen wurden, traf er sogar die allerkleinsten. Yannoula und ich wechselten überraschte Blicke.

»Das nimmt kein gutes Ende«, sagte sie.

»Aber er hat Talent, sieh nur. Wenn er doch nur eine andere Verwendung dafür finden könnte. Außerdem hat er Freunde gefunden. Ich glaube nicht, dass er jemals Freunde hatte.«

Ich sah ihm zu, wie er bei den anderen stand und umherstolzierte wie die anderen guten Schützen in der Gruppe. Takis und Mitso verhielten sich wie erwachsene Männer – oder zumindest gute Imitationen davon. Sie hatten den Gang, die Bewegungen und die Gestik von Vätern oder älteren Brüdern, jedoch nicht ihre Ernsthaftigkeit. Und ganz besonders nicht die Gesichter voll tiefer Linien, eingemeißelt von schlechten Zeiten und extremem Wetter. Und während ich es hasste, Takis mit einer Pistole zu sehen, hoffte ich inbrünstig, dass Freunde ihm helfen konnten, wieder gesund zu werden. Keine eingebildeten Stimmen von Bäumen und Fischen mehr zu hören. Nicht mehr ständig in Gefahr zu sein.

Als die Lämmer fertig waren, nahm Vasili sie von den Spießen, um das Fleisch auf einem großen Tisch, den die Frauen nach draußen gebracht hatten, auszulösen. Wir teilten das Fleisch auf Tellern aus und gaben mit großen Löffeln die gebratenen Kartoffeln und das gekochte Gemüse dazu. Takis und seine neuen Freunde kamen hinzu und stellten sich in die Schlange, die ihre Teller holten. Vasilis Pistole steckte in der Schärpe um seine Taille. Ich versuchte, Takis' Blick zu gewinnen, doch er unterhielt sich aufgeregt mit den anderen. Ich nahm an, er erzählte von Patroklos, dem Helden aus der *Ilias*, denn in diesem Moment sagte er: »*... da stieß ihm jener genahet rechts in den Backen den Speer, und ganz ihm die Zähne durchbohrt' er.*«

Wir alle setzten uns in einem großen Kreis aus Schaffellen auf den Boden und spülten das saftige Fleisch mit starkem Retsina herunter, der aus einem Holzfass ausgeschenkt wurde. Auf der anderen Seite des Kreises bemerkte ich den Blick von jemandem, der wohl der junge Mann mit den zwei Feldern sein musste. Sein Gesicht sah aus, als wäre es auf einer Seite heruntergerutscht. Heute weiß ich, dass es vielleicht ein Geburtsfehler war oder die Folge eines leichten Schlaganfalls. Damals dachte ich, solch eine Missbildung wäre die Folge des bösen Blicks, so glaubte man zumindest in meinem Dorf. Abgesehen von seinem Gesicht fehlte ihm wahrscheinlich nichts, doch es war sein Schicksal, wegen der Missbildung anders behandelt zu werden. Er hatte einen schüchternen, doch festen Blick.

Yannoula folgte der Richtung meiner Blicke. »Ganz egal, was mit ihm nicht stimmt«, sagte sie leise. »Wenn er zwei Felder besitzt, wird ihn früher oder später eine zum Mann nehmen.«

Nach dem Essen zog einer der Männer eine Klarinette hervor und spielte eine ebenso wilde wie traurige Melodie, während ein anderer auf einer Trommel den Takt schlug. Ob wir kretische Tänze kannten, wollte Vasili von uns wissen. Egal, rief er, er würde sie uns lehren. Wir wurden auf die Beine gezogen und mussten uns in eine Reihe mit dem gesamten restlichen Dorf stellen, Frauen, Kinder, Alte, Junge, Männer in ihren Stiefeln und Schärpen. Die Musiker führten den Zug, gefolgt von einem jungen Mann, der ein Taschentuch schwenkte, dann Vasili, Thanasis, Yannoula und ich und der Rest des Dorfes. Takis und seine Freunde waren am Ende der Prozession.

Die lange Reihe schwankte vor und zurück, und vereinzelte

Tänzer vollführten Sprünge und Drehungen. Die Schritte waren nicht so verschieden von denen, die mein Vater mich gelehrt hatte. Der junge Mann, der als Erster in der Reihe ging, sprang hoch genug in die Luft, um die Hacken seiner Stiefel zusammenzuschlagen. Gemeinsam mit den beiden Musikanten führte er uns durch das ganze Dorf, zwischen den Steinhäusern hindurch und vorbei an der kleinen Kirche und hinaus in den nahe gelegenen Olivenhain. Scharen von schwarzen Vögeln flatterten laut krächzend von den Zweigen auf. Mitten im Hain sahen wir weit unter uns einen zerklüfteten Hang. Noch weiter entfernt, viele Kilometer, öffnete sich ein Tal zum blau-grünen Meer hin.

Wir tanzten durch den Hain und auf der anderen Seite wieder heraus. Die erste Hälfte der Schlange war bereits wieder auf dem Rückweg zur Kirche. Als wir den Festplatz mit den noch glühenden Feuern erreichten, erstarrten wir. Zwei Fremde nahmen die Reste der gegrillten Lämmer von dem Tisch, auf dem Vasili das Fleisch ausgelöst hatte. Auf einer Seite stand ein halbes Dutzend Männer, bärtig und in zerlumpter Kleidung, einige von ihnen mit Maschinenpistolen bewaffnet. Als sie uns erblickten, richteten sie ihre Waffen auf uns. Die Musik verstummte. Für einen Moment sagte niemand ein Wort.

»Wir wollen nur das Essen«, sagte einer der Fremden, vermutlich der Anführer.

»Es ist an uns zu geben und an euch zu nehmen«, sagte Vasili mit ruhiger, kontrollierter Stimme. »Ein frohes Osterfest euch.«

»Und euch auch.«

Sie hätten fast ganz normale Dorfbewohner sein können, die Grüße entboten, wären nicht die Waffen gewesen und die Art und Weise, wie sie das Fleisch und die übriggebliebenen Kartoffeln und das Gemüse in Jutesäcke stopften. Die anderen Partisanen verteilten sich entlang unserer Reihe und hielten uns alle mit ihren Maschinenpistolen in Schach.

»Was habt ihr sonst noch?«, fragte der Anführer. Eine Frau weiter hinten stöhnte leise auf.

Vasili wandte sich zu seinen Leuten um. »Bringt die Kinder in die Häuser«, sagte er.

»Nein«, sagte der Anführer. »Alle bleiben hier, bis ihr uns gegeben habt, was ihr könnt.«

»Leider haben wir nur wenig«, sagte Vasili. »Nur unsere Oliven …«

»Ach? Der Rauch und das Aroma von eurem Festmahl waren weit zu riechen. Selbst in unseren Höhlen, wo wir nichts zu essen haben außer den Krähen, die wir schießen.«

Er befahl einigen seiner Männer, die Häuser zu durchsuchen und alles Essbare einzupacken. Sie rannten in die Häuser und zogen die Säcke Maismehl nach draußen, die Thanasis mitgebracht hatte, zusammen mit Säcken von Linsen und Bohnen, geflochtenen Zwiebelzöpfen und Pfefferschoten, Fässern voll Wein und Olivenöl. Während sie die Häuser plünderten, hielten die anderen Partisanen uns im Schach, die wir direkt hinter Vasili gestanden hatten. Ich bemerkte, dass der hintere Teil unserer Reihe im Olivenhain in Deckung gegangen war. Yannoula hatte den Arm um meine Taille geschoben, und ich legte meinen um ihre. Wir zitterten beide. Sie sind jeden Augenblick fertig, nehmen das Essen mit und gehen, sagte ich mir. Dann ist es vorbei.

»Wo ist Takis?«, flüsterte ich Yannoula zu.

»Ich weiß es nicht.«

Die Partisanen trieben die Esel des Dorfes auf den Dorfplatz, einschließlich des einäugigen Tieres aus dem Stall, in dem wir geschlafen hatten. Die Esel standen ruhig da, während die Partisanen anfingen, das, was sie genommen hatten, auf ihre Rücken zu laden. Vasili sagte, wenn sie all das mitnähmen, würden die Menschen im Dorf verhungern.

»Wir nehmen es als Gegenleistung für euren Schutz«, sagte der Anführer.

»Schutz wovor?«, fragte Vasili.

»Vor der Regierungsmiliz.«

»Sie war noch nie hier.«

»Aha, daran seht ihr, wie gut wir unsere Arbeit machen. Vergesst nicht, dass wir es waren, die vor nicht allzu langer Zeit geholfen haben, die Deutschen aus diesen Bergen zu vertreiben. Und jetzt scharren wir in der Erde nach Wurzeln, die wir essen können.« Er spuckte auf den Boden zu seinen Füßen. »Jetzt kämpfen wir gegen die faschistische Miliz und gegen die Polizei, diese Kollaborateure! Sie hängen uns auf, wenn sie uns kriegen, und schneiden uns Hände und Köpfe ab!«

Für einen Moment sagte niemand etwas. Dann sagte Vasili: »Es gab eine Amnestie.«

»Lügen, nichts als Lügen! Einer unserer Kameraden hat sich gestellt. Aus diesem Dorf hier! Ihr kennt seinen Namen. Ein paar Tage später hat ihm jemand die Kehle durchgeschnitten.«

Er drehte sich um, als wollte er etwas zu seinen Leuten sagen, doch dann stolperte er plötzlich und sank mit immer noch offenem Mund zu Boden. Zuerst begriff ich nicht, dass das Geräusch, das wir gehört hatten – ein einzelner Schuss, den man leicht mit einem knallenden Fensterladen im Wind verwechseln konnte –, etwas damit zu tun hatte. Seine Männer rannten zu ihm, als ein kollektiver Aufschrei durch die Reihe unserer Frauen ging und wir in alle Richtungen flüchteten. Viele der Männer im Dorf waren unbewaffnet gewesen, wegen des Osterfestes, und wer brauchte da schon eine Pistole? Doch es gab andere, die nie unbewaffnet waren, und sie fingen nun ebenfalls an zu schießen. Ich packte Yannoula bei der Hand und zog sie mit mir zurück in den Olivenhain. Ich weiß bis heute nicht, wie wir es bis dorthin geschafft haben, während beide Seiten aufeinander feuerten.

Wir kamen zu einem Baum mit niedrigen Zweigen, sodass ich imstande war, meinen Fuß auf einen davon zu setzen. Nachdem ich Halt gefunden hatte, versuchte ich, Yannoula hinter mir her zu ziehen. »Ich kann nicht!«, sagte sie. »Meine alten Knie …« Ich zerrte an ihr, zog sie hoch in dem Bestreben, dass unsere Beine nicht zu sehen waren. Als ich sie endlich neben mir hatte, sah ich das Blut an ihrem rechten Arm direkt unterhalb der Schulter.

»Ich habe gar nichts gespürt«, sagte sie. »Nur ein leichtes Brennen.«

Doch es war eine Menge Blut, und es hatte den Ärmel ihrer Bluse durchtränkt. Ich hielt mich mit einer Hand am Stamm fest, und gemeinsam schafften wir es, ein Taschentuch oberhalb der Blutung um ihren Arm zu binden. Dann klammerten wir uns an den Baum und aneinander und starrten angstvoll zwischen Zweigen und Blättern hindurch zum Dorf. Es gab immer noch sporadische Schusswechsel, doch das Feuer aus den Maschinenpistolen war verstummt. Es sah aus, als würden die überlebenden Partisanen die Vorräte von den Eseln und auf die Pritsche von Thanasis' Lastwagen laden, der neben der Kirche stand. Sie hatten den Laster anscheinend erst jetzt bemerkt. Sie zerrten und schleiften die Leichen ihrer Toten und Verwundeten zu dem Wagen und hoben sie ebenfalls auf die Pritsche.

Dann hörten wir Thanasis rufen, obwohl wir ihn nicht sehen konnten. Seine Stimme war wütend, während er mit einem der Partisanen um seinen Wagen stritt, doch dann brachte eine kurze Salve aus einer Maschinenpistole erneut Stille. Yannoula und ich sahen uns einander voll Entsetzen an. War das möglich? Wir sollten bald herausfinden, dass es nicht nur möglich war, sondern auch, dass einer der Partisanen in Thanasis' Taschen nach dem Schlüssel suchte. Einige Augenblicke später startete der Motor des Lasters, und nachdem krachend ein Gang eingelegt worden war, rumpelte das Fahrzeug davon. Yannoula und ich rührten uns noch eine ganze Weile nicht, unsicher, ob sie wirklich weg waren.

»Thanasis«, sagte sie. »Thanasis, Thanasis.«

Sie kletterte nach unten auf den Boden, zitternd und weinend, und ging langsam zum Dorf zurück, während Blut aus ihrer Wunde tropfte. Ich folgte ihr angsterfüllt, während ich mir selbst einen Ärmel von der Bluse riss und ihr zurief, dass ich ihren Arm neu verbinden müsste. Als wir nahe bei der Kirche aus dem Hain traten, lag dort ein halbes Dutzend Dorfbewohner auf dem Boden. Ich trat vor und wäre beinahe über Vasili gestolpert. Ich kniete neben ihm nieder und konnte sehen, dass er noch atmete. Seine Augen standen offen, doch sie blickten ins Leere. Dann stand Takis über uns. Woher war er gekommen?

»Deine Pistole, Vasili!«, sagte er voll Stolz. »Hast du gesehen, wie gut ich geschossen habe?«

»Er kann dich nicht hören. Hilf mir, seinen Kopf zu halten.«

Aber es war zu spät. Vasilis Blick war starr geworden, und ein dünner Blutstrom lief aus seinem Mund.

»Ist er …«, fragte Takis.

Ich nickte.

Takis kniete nieder und berührte Vasilis Gesicht. »Er kann nicht tot sein.«

»Aber er ist es. Der arme Mann.«

»Seine Augen sind offen. Vasili, kannst du mich sehen? Ich bin es, Takis. Ich bringe dir deine Pistole zurück.« Er legte die Pistole neben Takis auf den Boden.

Ich starrte auf die Waffe, und dann begriff ich. »Du warst das, richtig? Du hast den ersten Schuss abgefeuert? Wo warst du?«

»Dort drüben.« Er zeigte auf die Kirche. »Direkt hinter der Tür. Sie haben uns nicht gesehen.« Takis und die anderen Jungen waren ganz am Ende der Prozession gewesen und davongerannt, als sie Vasili und den Anführer der Partisanen reden gehört hatten.

»Vielleicht wären sie nur mit dem Essen abgezogen«, sagte ich, »wenn du nicht auf sie geschossen hättest. Vielleicht wäre Vasili dann noch am Leben. Und diese anderen hier.«

Takis kniete neben mir und sah mich erstaunt an. »Du meinst, ich hätte nicht schießen sollen?« Er beugte sich dicht über Vasilis Gesicht. »Aber du hast mir deine Pistole gegeben. Wozu ist eine Pistole gut, wenn man nicht damit schießen soll?«

Ich schloss Vasili die Augen. Inzwischen waren die unbewaffneten Dorfbewohner aus ihren Verstecken gekommen und kümmerten sich um die Toten und Verwundeten, rissen Streifen von Stoff aus ihrer Kleidung, um Wunden zu verbinden und Blutungen zu stillen. Der Mann mit den zwei Feldern lag zusammen mit anderen am Boden. Jemand rannte los, um das einzige Telefon des Dorfes in Vasilis Haus zu benutzen. Neben mir stand Takis auf.

»Ich wollte doch nur helfen.«

Ich sah Yannoula, die zu der Stelle gegangen war, wo Thanasis seinen Lastwagen geparkt hatte. Sie rührte sich nicht. Als ich mich erhob, um zu ihr zu gehen, sagte Takis: »Als sie weggefahren sind, hast du gesehen …?«

Doch ich ließ ihn stehen und rannte zu Yannoula, die wie versteinert war und auf Thanasis hinunterstarrte, der auf dem Gesicht lag. Im Tod sah er viel kleiner aus. Es schien unmöglich, dass diese gewöhnliche Gestalt am Boden ein Bär von einem Mann gewesen war, der vor Energie gesprüht hatte.

»Komm weg«, sagte ich zu ihr. »Wir müssen etwas wegen deiner Blutung machen.«

»Blutung«, wiederholte sie benommen.

Ich führte sie zum Dorfbrunnen und half ihr, die Wunde zu waschen. Es sah aus, als hätte eine Kugel sie nur gestreift. Ich hatte immer noch den Ärmel, den ich mir von der Bluse gerissen hatte, und benutzte ihn, um die Wunde zu verbinden. Dann machte ich eine improvisierte Armschlaufe. Als ich aufblickte, sah ich erneut die Toten am Boden rings um Vasili. Und ich dachte an die Toten in meinem eigenen Dorf, an Chrysoula und Sophia. Meine Beine gaben unter mir nach, und ich setzte mich hart auf den Boden. Yannoula versuchte, mich mit ihrem gesunden Arm wieder hochzuziehen, doch es gelang ihr nicht, und wir brachen beide neben dem Brunnen zusammen. Sie gab ein furchtbares Geräusch von sich, ein ersticktes Schluchzen.

Die alte Frau, die mich hatte verheiraten wollen, kam zu uns gerannt, die Arme voll mit Bettlaken. Sie warf sie auf uns und befahl uns, sie in Streifen zu reißen, um Verbände zu machen. Wie lange rissen wir Streifen aus Stoff? Ich weiß es nicht. Ganz gleich, wie viele Laken wir zerrissen, wir bekamen immer neue. Die Zeit hatte sich verlangsamt und bemaß sich in Bandagen.

Irgendwann kamen zwei Ambulanzen vom Roten Kreuz, zusammen mit einem Lastwagen voller Miliz. Einige von ihnen schwärmten um das Dorf herum aus, während andere zurückblieben und vor der Kirche einzelne Überlebende befragten. Der Junge Mitso sagte, er und Takis und die anderen hätten sich in der Kirche versteckt, während Vasili mit dem Anführer der Partisanen geredet hätte. Mitso hatte gesehen, wie Takis geschossen hatte.

»Er ist ein Held!«, sagte Mitso. »Er hat diesen Bastard erschossen!«

Ein Held?, dachte ich. Vasili tot, Thanasis tot und all die anderen Toten und Verletzten, und Takis soll ein Held sein? Was ist mit den anderen Männern im Dorf, die ebenfalls Partisanen erschossen haben?

Mitso packte Takis' Hand und reckte sie in die Luft. Die Nachricht verbreitete sich unter den Milizsoldaten, dass Takis den ersten Schuss abgegeben hatte, nachdem er gerade erst schießen gelernt hatte. Den Rest des Tages schüttelten sie ihm die Hand und schlugen ihm auf die Schultern. Doch die überlebenden Dorfbewohner und die Ärzte, die mit den Ambulanzen gekommen waren, blickten nicht einmal auf, während sie sich um die Verwundeten kümmerten.

Als die Dunkelheit des Abends heraufzog, wurden die Leichen von Thanasis und Vasili und den anderen in das große Haus gebracht, und ein paar Frauen wuschen sie und bereiteten sie für das Begräbnis vor. Kerzen wurden neben ihren Köpfen und an den Füßen aufgestellt, und eine der Frauen begann zu wehklagen, dann fielen die übrigen ein. Der unheimliche Klang ihrer Stimmen hob und senkte sich mit dem Wind, der von den Bergen herabwehte und um das Haus herum heulte, als wollte er hinein. Yannoula und ich saßen in einer Ecke. Sie war immer noch starr, und ich fühlte mich von den Stimmen der Frauen wieder einmal in eine Art Traum getrieben, ohne wirklich zu schlafen. Mein Vater beschwerte sich erneut: Die frisch Verstorbenen, sagte er, machten immer so viele Scherereien. *Sie wollen sich einfach nicht beruhigen, Aliki, sich nicht mit uns anderen abgeben. Sie wollen nicht akzeptieren, was ihnen widerfahren ist, und horchen zurück.* Er fischte seine übliche Zigarette aus der Hemdentasche neben den Einschusslöchern und zündete sie an. *Unerledigte Angelegenheiten sind hier drüben für die Ewigkeit, also gibt es keine Eile. Hast du übrigens je die Axt gefunden, die ich im Wald liegen lassen habe? Oder diesen Hammer …?*

Dann war ich in dem dunklen Raum mit dem Licht hinter der halb geöffneten Tür. Was war das? Was bedeutete es? Und was war das für eine andere Stimme, so laut, als käme sie aus meinem eigenen Mund? Sie kreiste in mir und formte Worte, irgendwas von Bäumen und einem Fluss. Lange nachdem es vorbei war, erzählte mir Yannoula, was ich gesungen hatte.

Wir sind Thanasis und Vasili
Bäume, vom Blitz gefällt,
Die Äste gebrochen und verbrannt,
Die Blätter verweht

Im Fluss.
Ins Meer getrieben,
Ins Meer,
Weggeschwemmt vom Meer.
Wir sind Thanasis und Vasili,
Wir sind nicht mehr.
Wie Rauch sind wir gegangen,
Wie Staub sind wir verflogen,
Verweht von einer Brise,
Fortgeweht vom Wind.

Es war noch mehr als das, irgendwas von den *Flügeln des Todes.* »Aliki, Aliki«, sagte Yannoula und rüttelte mich sanft mit ihrem gesunden Arm. Ich blickte mich um und sah, dass die Dorfbewohner mich anstarrten. »Ich wusste nicht, dass du das kannst«, sagte Yannoula. »Das hast du mir nie erzählt.«

»Es fing in meinem eigenen Dorf an, als die Deutschen so viele von uns ermordet hatten«, sagte ich. »Aber ich weiß nicht, warum und wie es über mich kommt und wann.«

Die alte Frau, die uns die Bettlaken zum Zerreißen gegeben hatte, kam zu uns. »Wir wollen eure Klagelieder nicht«, sagte sie. »Ihr könnt heute Nacht noch bleiben, aber morgen Früh nehmt ihr eure dummen Puppen und verschwindet, alle drei.« Hinter ihr sahen uns einige der Frauen, mit denen ich früher am Tag Kartoffeln geschält hatte, böse an. »Ihr habt Unglück über uns gebracht, und wir wollen euch nicht mehr bei uns haben«, fuhr sie fort. »Ihr entehrt unsere Toten.«

Yannoula und ich sahen sie wortlos an. Es stimmte, dass wir die Aufmerksamkeit der Partisanen nicht geweckt hätten, wenn Thanasis nicht die beiden Lämmer mitgebracht hätte. Und wenn Vasili Takis nicht die Pistole gegeben hätte, wäre er vielleicht noch am Leben. Und Thanasis und mein Möchtegern-Verehrer? Ich hätte diesen Gedankengang immer weiter in die Vergangenheit fortsetzen können – wäre mein Vater nicht exekutiert worden, wenn meine Mutter ihn nicht verlassen hätte, wenn die Deutschen nicht die ganze Welt gewollt hätten. Es gab kein Ende für diese Wenns, genauso, wie sich nichts von alledem ungeschehen machen ließ, niemals.

»Wir haben auch jemanden verloren«, sagte Yannoula. »Ihr habt nicht alle Trauer für euch allein.«

Doch sie hatten sich abgewandt und gingen davon. Yannoula redete mit sich selbst. Sie murmelte etwas, das ich nicht verstand. Ich ging Takis suchen. Würde er mit uns kommen? Wollten wir, dass er mitkam? War dies endlich und zu guter Letzt der Ort, der Zeitpunkt, ihn aus meinem Leben zu schneiden? Ich konnte nichts mehr für ihn tun, und es gab nichts, das er für mich tun konnte.

Neben der Kirche war ein großes Zelt aufgestellt worden, genau an der Stelle, wo die Partisanen Thanasis' Lastwagen genommen hatten. Aus dem Innern hörte ich Lachen und Unterhaltungen. Ich schlug den Vorhang beiseite und trat ein. Man hatte Klapptische aufgebaut, und die Soldaten der Miliz aßen und tranken, obwohl das Dorf keine Nahrung und nichts mehr zu trinken hatte. An einem Tisch in der Mitte des Zeltes, mit Soldaten zu beiden Seiten, saß Takis. Er trug eine von ihren Mützen. Ich musste an jenen Tag in Halandri denken, als er auf dem britischen Jeep mitgefahren war, während die Menge gejubelt und Blumen gestreut hatte. Da sind wir also wieder, dachte ich. Ein weiteres Massaker mit Takis im Mittelpunkt, und ein weiteres Mal ist er von Soldaten umgeben. Die Soldaten prosteten ihm mit erhobenen Bechern zu. Dann bemerkte er mich.

»Oh, Aliki«, sagte er überrascht. Alles drehte sich in meine Richtung. Ich spürte, wie ihre Blicke über mich glitten.

»Lass uns nach draußen gehen«, sagte ich zu Takis. Im ersten Moment rührte er sich nicht und schien unschlüssig, ob er seine neuen Freunde verlassen sollte, um mit mir zu reden. Einer der

Soldaten stieß ihn mit dem Ellbogen an und sagte etwas, das ich nicht verstand. Alle lachten.

Draußen vor dem Zelt, und bevor ich ihm sagen konnte, dass wir gehen mussten, rief er: »Ich habe ihn gesehen! Ich wollte es dir vorhin schon sagen, aber du bist weggerannt. Er war genau hier, verstehst du, hier an der Stelle, wo wir jetzt stehen.«

Ich muss ihn so begriffsstutzig angestarrt haben, dass er fortfuhr: »Stelios! Er war der Mann, der den Laster von Thanasis weggefahren hat, mit den Partisanen auf der Pritsche. Also ich *glaube*, es war Stelios. Er hat inzwischen einen Bart, deswegen bin ich nicht ganz sicher, aber sonst sah er ganz genauso aus wie Stelios.«

Kassette 4, Seite 2

Ja, richtig, das Geräusch, das Sie im Hintergrund hören, kommt von den Frauen, die schon wieder alle aufgeregt vor meiner Tür stehen wie üblich. Sie sind wie Krähen auf einem Zaun, die darauf warten, dass sich die letzten von uns Alten auf den Weg machen, damit sie in unsere Häuser können, wie wir in Zephyras Haus gegangen sind. Na ja, es gibt sicher nicht viel von Interesse in Aphrodites Haus, und Aphrodite ist diejenige, wegen der sie diesmal gekommen sind. Wenn der Dreck in deinem Haus dich unter die Erde bringen könnte, wäre sie längst gestorben. Der Arzt, der aus der nahen Stadt vorbeikommt, redet endlos über Sauberkeit, als würden wir Vieh in unseren Wohnzimmern halten. Es ist beleidigend. Demütigend. Aber wenn ich durch seine Augen auf Aphrodites Haus sehe, kann ich ihn verstehen.

Das letzte Mal, als der Arzt sie unaufgefordert besuchte, belegte sie ihn mit einem Fluch, wedelte mit glimmenden Kräutern vor seinem Gesicht und ließ ihn wissen, dass seine Frau für immer unfruchtbar sein würde. Der Arzt lachte nur, also fuhr sie fort, dass all seine Kinder tot geboren werden würden, was, wie der Arzt ihr erklärte, bei einer unfruchtbaren Frau unwahrscheinlich wäre. Es war ein rechtes Spektakel für die anderen Frauen, die vor Aphrodites Haus herumhingen und lauschten.

Ich gehe nur ungern zu ihr, weil sie beim letzten Mal, als ich dort war, meinte, meine Ankunft würde bedeuten, dass der Tod vor der Tür stünde.

Diesmal könnte sie recht haben. Trotzdem möchte ich nicht, dass mein Anblick sie aus ihrem Leben verscheucht. Es wäre nicht das erste Mal, dass so etwas passiert ist. Vielleicht ist es ein Geschenk für jemanden, der leidet, aber die Angehörigen sehen es nicht unbedingt so. Jeder hat seine eigenen Vorstellungen über den Ausgang, mehr als über den Eingang. Doch eine Sache ist sicher – die Welt ist eine Drehtür. Auf der einen Seite kommen Säuglinge rein, auf der anderen fliegen Tote raus.

»Du musst zu ihr«, sagt eine der Frauen durch mein Fenster.

»Ihre Zeit ist da«, sagt eine andere.

»Woher wollt ihr das wissen?«, frage ich.

»Ihre Nägel sind schwarz geworden.«

»Ihr Gesicht ist grau.«

»Sie ist vielleicht in Trance«, sage ich. »Ich habe sie schon häufiger so gesehen.«

»Sie ist seit Tagen so.«

»Sie ist eine Heilerin«, sage ich. »Sie heilt sich selbst. Sie hat sich schon früher selbst geheilt.«

Sie bestehen darauf, dass Aphrodite ihre Kräfte verloren hat. Erst vor einem Monat hat sie selbst gemachtes Mausöl benutzt, um eine Schnittwunde zu heilen, die sich ein kleiner Junge aus einem anderen Dorf zugezogen hatte. Es hat die Blutung nicht gestoppt, also wurde der Arzt gerufen. Doch Aphrodite meinte, sie hätte die Rezeptur gemacht wie immer, indem sie eine rosige, haarlose junge Maus in einer Flasche Olivenöl ertränkt und das Öl über ein Jahr draußen in der Sonne stehen hatte lassen, je länger, desto besser. Wenn die Flasche geöffnet wurde, kam ein unglaublicher Gestank heraus, doch wenn Aphrodite eine Wunde mit dem Öl einrieb und ihre besonderen Worte sagte, hatte bisher noch immer jede Blutung aufgehört. Als sie erfuhr, dass es bei dem kleinen Jungen nicht funktioniert hatte, gab sie der Maus die Schuld.

»Man kann sich einfach auf nichts mehr verlassen.«

Doch die Frauen sagen jetzt, das eigentliche Problem ist Aphrodite selbst. Ihre Kräfte schwinden.

»Sie kann niemanden mehr heilen, nicht mal sich selbst.«

»Ihre Stunde ist nah.«

»Und vielleicht hat sie dir etwas zu sagen.«

»Über Zephyra.«

»Über deinen Vater.«

Du meine Güte, will ich wirklich noch mehr über seine nächtlichen Stelldicheins erfahren? Oder über Zephyras infernalisches Ziegenmeckern? Was die Sterbenden zu sagen haben, ist es wert, angehört zu werden, und es ist eine Ehre, ihnen zuhören zu dürfen, doch ich habe so manches Mal mehr als genug gehört. Ein alter Schäfer erzählte mir einst, dass er eins seiner Schafe mehr geliebt hätte als seine Frau. Er hatte das Schaf ins Haus geholt, nachdem seine Frau gestorben war. Du lieber Gott. Und Zephyra und ihr Ziegengemecker? Aber Aphrodite? Es wird nicht um Ziegen oder Schafe gehen, dessen bin ich mir sicher. Außerdem kann ich nicht über sie klagen, solange ich nicht von ihren Angehörigen darum gebeten wurde, und sie hat keine lebenden, soweit wir wissen. Ich erinnere die Frauen daran, dass meine Berufung nur darin besteht, den Klagegesang für die Totenwache anzustimmen.

Stelios hat einmal gesagt, dass unsere Geschichten nie zu Ende gehen. Sie werden lediglich mit denen von anderen zu einem größeren Strang verflochten, den erst viel spätere Generationen lösen können. Ich weiß, das klingt nicht wirklich nach ihm. Er fing an, derartige Dinge zu sagen, nachdem er aus den Bergen zurückgekehrt war. Wir wussten zuerst nicht, was wir davon halten sollten. Andererseits waren wir immer noch betäubt von dem, was in diesem Bergdorf passiert war – die Toten, insbesondere Vasili und Thanasis. Yannoula war danach noch deprimierter und unansprechbarer als vorher.

Die Miliz gestattete ihr und Takis und mir, auf der Pritsche eines Mannschaftswagens bis zu einem Ort mitzufahren, von dem aus wir einen Bus nach Heraklion nehmen konnten. Eingequetscht zwischen Soldaten auf Holzbänken versuchten wir, trocken zu bleiben. Doch der Regen leckte durch die Plane und wehte durch die offene Rückseite herein. Mit Yannoula zwischen uns, den Arm in einer Schlinge vom Roten Kreuz, wechselten Takis und ich uns ab, ihr eine alte Jacke über den Kopf zu halten.

Sie war wie betäubt und schien das Wetter nicht wahrzunehmen. Sie antwortete nicht, als Takis uns erzählte, er hätte von den Soldaten gehört, die Partisanen, die das Dorf überfallen hatten, wären bereits gefasst worden. Ihr Fehler war es gewesen, in Panik zu geraten und den Lastwagen von Thanasis zu nehmen, anstatt zu Fuß in ihr Versteck zurückzukehren. Der Lastwagen war in dieser Gegend wohlbekannt. Und nachdem die Miliz die meisten Straßen gesperrt hatte, war es ihnen unmöglich gewesen, in einem so bekannten Wagen voll gestohlener Vorräte, ganz zu schweigen von den Leichen ihrer gefallenen Kameraden, zu entkommen. Die Überlebenden waren verhaftet und nach Heraklion geschafft worden. Dort sollten sie der Polizei übergeben und verhört werden.

»Bedeutet das, dass sie auch Stelios haben?«, fragte ich Takis, indem ich mich über Yannoula beugte. »War er wirklich der Fahrer?«

»Sie haben nur gesagt, sie hätten alle gefasst.« Sein Gesichtsausdruck verriet nicht, was er von alledem hielt. »Aber ich habe ihn wegfahren sehen. Mitso und ich waren in der Kirche am Fenster.«

»Hast du ihnen gesagt, dass er kein Partisan war, sondern entführt wurde? Sie werden dir glauben, weil du ein *Held* bist.«

»Das habe ich ihnen gesagt. Und ich *bin* ein Held. Sie geben mir nicht die Schuld, so wie du es tust.« Er wandte sich ab und starrte aus dem Heck des Lastwagens in den Regen.

Ich schwieg, weil ich mich zu leer fühlte, um mit ihm zu diskutieren. Und was einzelne Milizsoldaten über Stelios dachten, spielte sowieso keine Rolle mehr. Die Hierarchien bei Regierungsmiliz, Polizei und den geheimnisvollen Gruppierungen, die sich Sicherheitskomitees nannten und die die Aufgaben der Gerichte übernahmen, waren bestenfalls verwirrend und undurchsichtig. Leute wurden verhaftet, freigelassen, wieder verhaftet. Es ergab keinen Sinn. Auf der anderen Seite kannte uns der Polizeihauptmann aus Heraklion gut. Er wusste, dass Stelios entführt worden war. Konnten wir darauf zählen, dass er ihm helfen würde?

Der Transporter hielt am Rand einer Wiese, und dort stand der klapprige alte Bus mit einer Serie von Einschusslöchern an einer Seite. Die halbe Windschutzscheibe war zersplittert. Auf dem Bus lagen so viele Bündel, Koffer und Kisten, dass er tief in den Federn hing. Rings um den Bus standen Fahrgäste und Soldaten, rauchten und unterhielten sich. Wir hatten gehört, dass dies der einzige Bus in der Woche war, der diese abgelegene Gegend anfuhr. Und er würde nicht auf dem Weg nach Heraklion zurückfahren, den wir mit Thanasis genommen hatten, sondern über Nebenstraßen, und unterwegs in jedem Dorf und jedem Weiler haltmachen.

Im Bus standen so viele Fahrgäste, dass die wenigen, die einen Sitzplatz gefunden hatten, nicht zu sehen waren. Vor dem Bus standen zwei bewaffnete Soldaten. Einer von ihnen säuberte seine Fingernägel mit einem Messer, der andere las in einem Comicheft. Sie waren zu unserem Schutz da, nahm ich an, weil die Busse immer wieder von Partisanen gestoppt und die Passagiere entweder ausgeraubt oder als Geiseln genommen worden waren. Ich fühlte mich kein Stück sicherer.

Dorffrauen mit schwarzen Kopftüchern, die sie vor Nasen und Münder gezogen hatten, saßen mit Körben voll Gemüse oder Kartoffeln eingeklemmt zwischen den Beinen oder auf dem Schoß. Eine Frau trug zwei lebendige Hühner, an den Füßen gefesselt, an einer Schnur um den Leib. Die Kleidung der Fahrgäste war schweißdurchtränkt – es hatte aufgeklart und war warm geworden. Im hinteren Teil des Busses weinte ein Säugling, während sich auf dem Boden zwischen den Beinen der anderen Fahrgäste zwei Jungen balgten. Als der Bus unvermittelt losfuhr, verschüttete ein alter Mann, der soeben einen Schluck aus einer Korbflasche hatte nehmen wollen, seinen Wein über die Leute neben ihm. Eine Frau beschimpfte ihn, dass er unwürdig sei, in menschlicher Gesellschaft zu verkehren, und er erwiderte, dass er sich ohnehin nie viel aus Menschen gemacht hätte, weil alles, was Menschen könnten, sich gegenseitig umzubringen wäre.

Es dauerte nicht lange, da spürte ich, wie sich eine Hand unter meinen Rock schob. Wir standen so dicht gedrängt, dass ich mich nicht umdrehen konnte, um die Person zurechtzuweisen, also griff ich nach unten, packte einen seiner Finger und bog ihn so fest zurück, wie ich konnte. Ein schmerzerfüllter Aufschrei war die Folge, und die Hand zuckte zurück.

»Ich sterbe«, sagte Yannoula. »Ich halte das nicht aus.« Es war das erste Mal überhaupt, dass sie an diesem Tag gesprochen hatte. Nach dem nächsten Halt suchte Takis einen freien Sitzplatz für sie, doch dann stieg ein junger Schäfer mit einer Ziege ein, die prompt ihre Schuhe vollnässte und anfing, am Saum ihres Rockes zu knabbern. Der Gestank des Tiers war überwältigend, doch der Schäfer blickte weg.

»Hier, meine Liebe, nehmen Sie«, sagte eine dicke Frau mit einem geblümten Kopftuch und reichte Yannoula ein Bündel Kräuter. »Halten Sie das unter Ihre Nase. Es belebt.«

Während Yannoula an den Kräutern schnüffelte – stark riechender Bergsalbei –, zog die Frau ihren Schuh aus und versetzte der Ziege mit dem Absatz einen krachenden Hieb auf den Kopf. »Das bringt dieses Biest zur Vernunft«, sagte sie, als das Tier in die Knie ging. Der Schäfer drehte sich zu ihr um und beschuldigte sie, seine Ziege töten zu wollen, sie wäre alles, was ihm geblieben wäre, und er wollte sie zum Markt bringen. Die Frau erwiderte, sie hätte lediglich die Alte neben sich schützen wollen, und deutete dabei auf Yannoula. Der Schäfer antwortete mit einer Flut von Flüchen, und die Frau antwortete auf die gleiche Weise. So ging es weiter und weiter.

Es war bereits Nacht, als wir uns und unser Gepäck vom Busbahnhof in Heraklion zu unserer Pension schleppten. Wie viel wärmer es doch war hier unten am Meer. In der Kühle der Berge hatte man schnell vergessen, dass hier unten bereits der Frühling eingekehrt war. Als wir um die Ecke zu unserer Straße bogen, sahen wir eine Gestalt im Schatten vor dem Eingang stehen. Das Licht der Straßenlaterne fiel von hinten auf sie; es war ein hagerer Mann mit einem struppigen Bart. Als er sich umdrehte und uns sah, konnte ich nicht sagen, ob er wirklich lächelte oder ob es nur ein Schatten auf seinem Gesicht war. Stelios.

Er eilte uns entgegen, so schnell er konnte – er humpelte beim Gehen. Yannoula stieß einen leisen Schrei aus, als er versuchte, uns alle drei in die Arme zu schließen. Sein Gesicht war nass und sein Bart kratzig, doch meine Knie wurden weich, und ich fiel gegen ihn. Wir drängten uns alle dicht aneinander, als wir hineingingen. Er blickte sich um. »Ich hätte nicht erwartet, dass ich diese Pension jemals wiedersehe. Nichts hat sich verändert«, sagte er.

»Du schon«, sagte Takis.

»Ja … ja.«

Im normalen Licht sah Stelios nicht so sehr viel älter aus, sondern vielmehr wettergegerbt. Sein Gesicht war dunkelbraun gebrannt von der Sonne und von winzigen Falten überzogen. Vorstehende spitze Wangenknochen betonten die eingesunkenen Augen, in denen eine Müdigkeit stand, die durch Schlaf nicht zu überwinden war. Die Überreste seiner Kleidung hingen ihm in Fetzen von den Schultern, die so dünn waren wie ein Drahtkleiderbügel.

»Sie haben dich gehen lassen?«, fragte Takis. »Einfach so?«

»Es war der Polizeihauptmann«, sagte Stelios. Die Miliz hatte ihn und die anderen zur Polizeiwache gebracht, und der Hauptmann hatte ihn sofort erkannt. Aber er hatte trotzdem nach Theo geschickt, der ihn als den entführten Puppenspieler identifiziert hatte, und Stelios anschließend auf freien Fuß gesetzt. »Ich schätze, ich muss dir dankbar sein, Takis«, sagte er. »Gott sei Dank hast du mich erkannt und mit der Miliz in diesem Dorf gesprochen.« Er ließ sich neben Yannoula auf das alte Sofa fallen.

»Also warst du der Fahrer des Lasters?«, fragte Takis. Er wirkte zufrieden mit sich selbst und sah mich an, als wollte er sagen: »Siehst du?«

»Ja. Aber was macht ihr alle hier? Ihr wart tatsächlich in diesem Dorf? Das ist kaum zu glauben.«

Ich erzählte ihm von unserer Suche nach ihm und unseren Reisen durch das Landesinnere. Stelios war als Ausguck am Rand des Dorfes postiert worden, deswegen hatte er die Dorfbewohner nicht gesehen und uns natürlich auch nicht. Er hatte nur die Schießerei gehört und dann den Streit zwischen den Partisanen und dem Besitzer des Lastwagens.

»Das war Thanasis«, unterbrach ich ihn. »Er war derjenige, der uns in das Dorf gebracht hatte.«

»Es tut mir leid um ihn. Ich habe nicht gesehen, wer ihn erschossen hat, aber irgendjemand warf mir die Schlüssel zu.«

»Dabei habe ich dich gesehen«, sagte Takis. »Als du den Motor angelassen hast.«

Alles war ein helles Durcheinander gewesen, berichtete Stelios, das Aufladen des gestohlenen Proviants und der Toten und Verwundeten. Sie waren nur wenige Kilometer weit gekommen, bis zu einer Straßensperre der Miliz. Sie waren verhaftet und nach Heraklion geschafft worden. Die Milizsoldaten hatten dem Polizeihauptmann gesagt, dass der Junge mit Namen Takis, der den Anführer der Partisanen erschossen hatte, den Fahrer des gestohlenen Lasters als den entführten Puppenspieler identifiziert hätte, nach dem alle gesucht hatten.

»Aber es ist noch nicht vorbei«, sagte Stelios seufzend. »Sie können mich immer noch wegen irgendwas anklagen, Gott weiß was.«

Die anderen Partisanen waren bereits nach Agios Nikolaos geschickt worden, eine Stadt, durch die wir mit Thanasis gekommen waren. Das Sicherheitskomitee für die Gegend befand sich dort, gleich beim Gefangenenlager.

Aber was war in jener Nacht passiert, als er die Pension verlassen hatte?

»Ich ging auf die andere Straßenseite, um über alles nachzudenken«, berichtete Stelios. Während er dort im leeren Kaffeehaus gesessen hatte, war ein klappriger alter Lastwagen vorbeigerumpelt. Dann war er zurückgekommen und hatte angehalten. Stelios war aufgestanden und wollte zurück in die Pension. Im nächsten Moment war er von hinten gepackt worden, und jemand hatte ihm ein feuchtes Tuch ins Gesicht gedrückt.

»Es roch süßlich, das ist alles, woran ich mich erinnere. Als ich zu mir kam, lag ich in einer kalten feuchten Höhle und hatte furchtbare Kopfschmerzen. Aber es sollte noch schlimmer kommen, weil ich …«

»Ah, meine kleinen Kohlköpfe!«, sagte Theo und kam mit einem Korb voll Essen in den Raum: Warmes, mit Käse überbackenes Gemüse, Brot und eine Korbflasche Wein. »Alle wieder vereint? Gott sei es gedankt!« Er umarmte jeden Einzelnen von uns und küsste uns auf beide Wangen, und wir erzählten ihm, was wir geredet hatten. Der Polizeihauptmann hatte ihm bereits von Thanasis berichtet.

»Ah, mein armer Freund. Sie haben ihn dort begraben? Möge die Erde leicht auf ihm ruhen.« Er tippte sich nachdenklich an den Kopf. »Jeder hier kannte ihn und die traurige Geschichte von seiner Frau. Er war der beste Mann, den man sich denken kann.«

»Thanasis?«, sagte Yannoula. Es waren die ersten Worte, die sie seit unserer Ankunft gesprochen hatte. Offensichtlich hatte sie nicht mitbekommen, dass wir schon vorher über Thanasis gesprochen hatten. Ihr Gesicht war gerötet, und ihre Augen zuckten fiebrig von einem zum anderen. »Ist er noch nicht hier?«

In unserer überschäumenden Freude, endlich wieder zusammen zu sein, hatten wir ihr nicht viel Aufmerksamkeit geschenkt. Theo fühlte ihre Stirn. »Sie brennt«, stellte er fest und deutete auf die Schlinge. »Was ist mit ihrem Arm?«

Ich sagte es ihm.

»Wir müssen sie sofort in das Krankenhaus bei der *plateia* schaffen.«

Zusammen mit Stelios half er Yannoula beim Aufstehen, doch Stelios war selbst unsicher auf den Beinen, also sagte Theo, er solle sich lieber ausruhen und etwas essen. »Takis und ich schaffen das.«

»Wohin gehen wir?«, fragte Yannoula.

»Wir machen einen kleinen Spaziergang.«

»Ich bin zu müde dazu.«

»Wir helfen dir. Takis, nimm ihren anderen Arm. So, so geht es.«

Als sie weg waren, setzten Stelios und ich uns auf das Sofa, den Korb zwischen uns. Wir redeten nicht viel, während wir das Brot brachen und mit dem überbackenen Gemüse aßen. Ich organisierte ein paar Gläser, und wir tranken eine ziemliche Menge von Theos Wein. Stelios sah immer noch so sehr aus wie die zottigen Partisanen, die das Bergdorf überfallen hatten, dass ich zuerst ein wenig scheu war. Ich wollte ihm eine Menge Fragen stellen, aber ich wusste nicht, wie ich anfangen sollte. Dann wurde mir etwas anderes sehr deutlich bewusst.

»Was würdest du davon halten, ein Bad zu nehmen?«, fragte ich.

»Woher wusstest du das?«, entgegnete er. Wir lachten beide. »Wir haben uns in einem Bergbach gewaschen, wenn er nicht gerade zugefroren war. Das war alles.«

Ich rannte die Treppe hoch, um den schnaufenden alten Boiler im Badezimmer anzuheizen. Als ich zurück war, half ich ihm die Treppe hoch und fragte ihn nach seinem Humpeln. Er sagte, die Partisanen hätten regelmäßig das Lager gewechselt, um nicht entdeckt zu werden, und ihn oft wie einen Packesel behandelt. Sie hatten ihn Stadtjunge genannt, weil er nicht daran gewöhnt war, über Felsen und Geröll zu klettern, womit die eisigen Bergpässe übersät waren. Seine Schuhe waren bald zerfetzt von den scharfkantigen Steinen, und er war wiederholt gestürzt und hatte seine schwere Last aus Bettrollen, Töpfen, Pfannen und anderen Dingen fallen lassen. Er musste auf dem Boden herumkriechen, um alles wieder einzusammeln, nur, um eine kurze Weile später erneut zu fallen.

»Es war immer das linke Bein, auf das ich gefallen bin«, sagte er. »Ich hatte es mir zwischen zwei Felsbrocken eingeklemmt. Es wird einfach nicht besser.«

»Lass mich das Bein ansehen«, sagte ich, als wir im Bad waren. Er war ganz schwach und musste sich an die Wand stützen. Während die Wanne volllief, kniete ich vor ihm nieder und versuchte sein Hosenbein hochzurollen, doch der Stoff war so verdreckt, dass er an seiner Haut klebte. Seine Schuhe waren Gummistreifen, ausgeschnitten aus alten Autoreifen und mit Schnüren an seine Füße gebunden. Ich zog sie ihm aus, während er mit seiner Gürtelschnalle hantierte, der einzige Teil seiner Kleidung, den ich wiedererkannte. Jede Scheu fiel von mir ab, während ich ihm half. Gemeinsam schälten wir ihn aus seiner Hose, und dann half ich ihm aus dem Hemd.

»Aliki, bist du sicher, dass du …«

»Still. Steig einfach in die Wanne.«

Ich kniete neben der Wanne nieder und massierte Seife in seine Haare und seinen Bart.

»Ich fühle mich wie ein kleiner Junge«, sagte er.

»Mach die Augen zu, damit du keine Seife reinkriegst«, sagte ich. Dann musste er aufstehen, und ich seifte ihn von oben bis unten ein. Ich konnte jede seiner Rippen fühlen, und seine Beckenknochen standen vor. Sein Bein war schlimm zugerichtet und stark geschwollen. Ich legte meine Arme um ihn, und weil meine Bluse nass wurde, zog ich sie aus, zusammen mit meinen anderen Sachen. Als er sich wieder in die Wanne setzte, stieg ich zu ihm, das Gesicht zu ihm gewandt.

»Also«, sagte er. Und dann sagte er es noch einmal. Dann fing er an, mich einzuseifen, wie ich es bei ihm getan hatte: meine Haare, meine Brüste, meine Beine. Er ließ mich ebenfalls aufstehen und stand neben mir und spülte mich mit Wasser aus der hohlen Hand ab. Dann setzte er sich wieder, drückte den Kopf gegen meinen Bauch und küsste mich dort und auch *dort*, bis ich leise stöhnte. Wir stiegen aus der Wanne, trockneten einander ab und wickelten uns in die feuchten Handtücher. Nachdem ich ihm den Gang hinunter in sein ehemaliges und neues Zimmer geholfen hatte, schlüpften wir unter die saubere Bettdecke. Er legte den Kopf auf meine Brust, und meine Hand streichelte über seinen Rücken, bis sein Atem langsamer ging und er eingeschlafen war. Ich folgte ihm bald darauf. Irgendwann in der Nacht erwachte ich von seinem Mund auf meiner linken Brust und seinem Bart, der meine Haut kitzelte, und ich spürte, wie mir überall heiß wurde.

Es wurde stärker, als er fortfuhr, mich mit seinen Händen und seiner Zunge zu erkunden. Bald waren seine Hände unter meinem Hintern, und er zog mich zu sich hoch. Woher kam diese Kraft in einem Mann, der noch wenige Stunden zuvor so schwach gewesen war, fragte ich ihn. Wer weiß, war seine Antwort, und wen interessiert es schon? Ich hieß ihn in mir willkommen, meinen alten Freund, meinen Kameraden, meine Liebe. Wie viel Zeit in unser beider Leben vergangen war, bevor wir zu diesem Staunen gekommen waren, dieser Erwiderung.

Als wir endlich still lagen, trieben wir in leichten Schlaf und wieder daraus hervor, und dann, als die Sonne bereits auf das Fenster schien, begann er ausführlich zu erzählen. Die erste Höhle war ein trostloser Ort gewesen, wo ihnen das Wasser auf die Köpfe getropft war und wo die qualmenden Feuer aus Reisig ihre Augen gerötet hatten. Jedermanns Kleidung war verseucht gewesen von Läusen und anderem Ungeziefer. Der Eingang der Höhle war durch Gebüsch getarnt, und ein Schäfer in einem selbstgewebten Umhang stand Wache. Draußen regnete es unablässig, und der Wind fuhr in die Höhle und kräuselte ein zerfetztes rotes Banner mit einem Hammer und einer Sichel, das an einer der Höhlenwände hing. Stimmen hoben und senkten sich, während die Männer diskutierten, was sie mit Stelios und den anderen Gefangenen machen sollten.

»Einer von ihnen meinte, diese Entführungen von Zivilisten brächten nichts Gutes mit sich. Ich glaube, ein paar Glückliche waren entkommen und zur Polizei gegangen. Sie hatten die Verstecke verraten, nehme ich an, sodass die Gruppe regelmäßig umziehen musste. Andere meinten, ihre Gruppe wäre inzwischen zu klein geworden. Viele Kameraden wären gefallen oder in Gefangenschaft geraten. Sie bräuchten mehr Männer.«

Sie redeten offen über all das, ohne auf die neuen Gefangenen zu achten. Stelios entnahm ihren Unterhaltungen, dass es in den Bergen noch mehr dieser Gruppen gab und dass sie untereinander um Territorien kämpften.

»Es war immer das Gleiche. Niemand konnte sich mit niemandem über irgendwas einigen, und jede Gruppe war auf sich allein gestellt. Es schien keinen gemeinsamen Plan zu geben, außer, dass sie die Regierungsmiliz und die Polizei drangsalierten. Sie brachten sie um und ließen ihre Leichen als Warnung liegen. Manchmal wurden die Toten verstümmelt. Sie nahmen die rechte Hand, als Beweis, oder den Kopf.«

Sie hatten Stelios verhört, um herauszufinden, ob er Familie hatte, die Lösegeld für ihn zahlen konnte, doch nachdem er sie überzeugt hatte, dass dem nicht so war, eröffneten sie ihm, dass er arbeiten musste, wollte er etwas zu essen haben. Was bedeutete, dass er schwere Lasten über Bergpfade tragen musste und von Fels zu Fels springen. Das Essen war oft wenig mehr als wildes Gemüse oder Schnecken, gekocht über einem Lagerfeuer oder gar roh, wenn der Rauch eines Feuers ihre Position verraten hätte.

»Das Schlimme war, dass sie Dörfer ausraubten, die selbst wenig hatten. Und das nannten sie dann *Befreiung*.«

Sie hatten Stelios nicht zu ihren Raubzügen mitgenommen bis zu jenem letzten großen am Ostersonntag, der ungeplant gewesen war. Der Geruch des Essens war unwiderstehlich gewesen. Und sie hatten geglaubt, dass sie vielleicht ein paar zusätzliche Leute benötigen würden, weil das gesamte Dorf versammelt war. Zu anderen Zeiten vertrauten die Partisanen ihm und den anderen Entführten nicht genug, und sie blieben unter der Aufsicht eines bewaffneten Postens zurück. Sie sollten »erzogen« werden, doch nur einer der Wachposten hatte ein Buch, die Lehren von Marx. Der Wachposten konnte nicht lesen, und sonst hatte niemand viel Interesse. Manchmal kehrten die anderen mit einer gestohlenen Ziege zurück oder einem Schaf, das sie schlachteten und brieten. Jedes Stück wurde gegessen, Innereien, Hirn, Augen. Nach einem Überfall gab es unablässiges Gezänk über die Beute.

»Sie haben um Waffen und Stiefel gekämpft. Um alles.«

»Haben sie auch um deine Tweedjacke gekämpft?« Ich erzählte ihm von den drei Gehenkten.

»Nein. Sie wurde mir eines Nachts gestohlen, als ich geschlafen habe. Ich habe nie herausgefunden, wer sie genommen hat.« Der Anführer der Gruppe, Stephanos, behandelte Stelios zuerst wie ein Insekt. Irgendeine Kreatur, die er unter dem Absatz zertreten würde, sollte Stelios versuchen zu fliehen. In dieser Höhe herrschte ständig Gefahr, dass man den Halt verlor. Ein Schubser mit dem Kolben des Gewehrs reichte aus.

Ich fragte ihn, wie Stephanos ausgesehen hatte. »Ich denke, er ist derjenige, den Takis erschossen hat«, sagte ich und dachte an den Partisan, der mit Vasili gestritten hatte.

»Das hat er wirklich getan? Ich habe gehört, wie die Soldaten dem Polizeihauptmann diese Geschichte erzählt haben. Ich konnte es nicht glauben.«

Ich berichtete ihm von Vasili und den Schießübungen der Dorfjungen. Stelios stieg mit einem Laken bedeckt aus dem Bett und ging auf und ab.

»Hat Takis tatsächlich als Erster geschossen?«

»Ich weiß es nicht. Es ging alles so schnell. Aber Mitso, einer der anderen Jungen, hat gesagt, er hätte es gesehen.« Ich überlegte kurz. »Wenn er nicht geschossen hätte, wäre das alles vielleicht nicht passiert«, sagte ich. »Niemand hätte geschossen, und niemand wäre gestorben.«

»Und ich wäre nicht hier, Aliki. Ich wäre immer noch irgendwo da draußen …« Er ging noch ein paar Mal auf und ab, dann blieb er stehen. In raschen Worten erzählte er, wie sich das Verhalten von Stephanos ihm gegenüber geändert hatte, als er herausfand, dass Stelios die Karagiozis-Stücke kannte.

»Ah, das ist ganz ausgezeichnet«, hatte Stephanos gesagt. »Die Nächte sind lang, und wir lieben Geschichten, selbst wenn es Kindergeschichten sind. Aber sie müssen Botschaften haben, gute Botschaften. Haben deine Geschichten Botschaften?«

»Das kannst du selbst entscheiden«, hatte Stelios ihm geantwortet. Er hatte primitive Figuren aus Kiefernrinde gebastelt, genau wie im Keller von Chrysoulas Haus. Im Licht eines Lagerfeuers, wo Linsen oder Bohnen gekocht wurden, ließ Stelios die Puppenschatten über die Höhlenwände tanzen. Stephanos und die anderen waren entzückt. Sie lachten und klatschten in die Hände wie kleine Jungs. Da waren diese harten Bergbewohner, so zäh wie wilde Ziegen, und Karagiozis verwandelte sie wieder in Kinder zurück. Stelios erklärte, dass Karagiozis ein echter Kommunist war, der sich kämpfend für die Rechte der Arbeiterklasse gegen den Sultan und seine Armeen einsetzte.

»Man kann alles in Karagiozis hineinlesen, was man will«, erzählte Stelios dem Anführer der Gruppe. »Deswegen hat er so lange überdauert. Er kann alles sein, was man will.«

»Dann will ich Folgendes«, sagte Stephanos. *»Karagiozis, der Mann des Volkes!«*

In manchen Nächten, wenn er mit den anderen wach auf dem Boden irgendeines Unterschlupfs gelegen hatte, musste Stelios ihnen Geschichten aus der *Ilias* erzählen, um die Zeit totzuschlagen. Stephanos meinte natürlich, der Kampf des Achilleus gegen die Trojaner wäre Klassenkampf gewesen. Er war nicht wirklich erfreut gewesen, als Stelios ihn darauf hingewiesen hatte, dass die Könige und Krieger auf der Seite der Griechen wohl kaum ausgebeutete Bauern gewesen waren.

»Hör zu«, hatte Stephanos später zu ihm gesagt, als die anderen ihn nicht hören konnten. »Die meisten meiner Leute wissen nicht viel über die Geschichte. Ich unterrichte sie, wenn sich eine Möglichkeit bietet, um ihnen Mut zu machen. Sie brauchen ihren Mut, weil wir am Ende *verlieren* werden, weißt du? Die Regierungsmiliz, die faschistische Polizei in den Städten und Dörfern, es sind einfach zu viele für uns. Aber wir bleiben auf unserem Weg. Eines Tages werden uns andere folgen. Wir sind wie die frühen Christen, die ihre neue Religion verbreitet haben, allerdings sind wir ihnen überlegen, weil wir keine Belohnung im Jenseits erwarten. Wir tun, was wir tun, ohne die geringste Belohnung zu erwarten!«

Es klopfte an der Schlafzimmertür, als Stelios eben erzählte, was er von Stephanos gelernt hatte, nämlich, dass Menschen, die für eine Sache kämpfen, die in großen Teilen falsch ist, am Ende trotzdem manchmal das Richtige tun.

Auf der anderen Seite der Tür fragte Takis: »Aliki, bist du da drin?«

Ich wickelte ebenfalls ein Laken um mich, ging zur Tür und öffnete sie einen Spalt. »Ich gehe jetzt ins Krankenhaus, um nach Yannoula zu sehen«, sagte er. »Möchtest du mitkommen?«

»Ja, ja«, sagte ich. Es war mir peinlich, dass ich seit dem Vorabend nicht einmal mehr an sie gedacht hatte. »Wie geht es ihr?«

»Ihre Wunde ist entzündet.« Takis versuchte, an mir vorbei ins Zimmer zu spähen.

»Ich komm sofort raus«, sagte ich und schloss die Tür. »Wir treffen uns unten.«

Ich hatte keine Kleidung in Stelios' Zimmer. Ich öffnete den Schrank, und da stand sein Koffer, genau dort, wo ich ihn zurückgelassen hatte, als wir mit Thanasis aufgebrochen waren. Während ich ein paar von Stelios' alten Sachen anzog, ging er zur Tür. »Hey, Takis!«, rief er. »Stimmt es, dass du Stephanos erschossen hast?«

Takis musste bereits halb die Treppe hinunter gewesen sein, doch ich hörte ihn zurückfragen: »Was? Wer ist Stephanos?«

Stelios hatte unterdessen die Tür geöffnet und war in sein Bettlaken gehüllt auf den Gang getreten. Er erklärte Takis, wer Stephanos gewesen war. »Ja. Ja, das habe ich getan.« Einige Sekunden lang sagte keiner von beiden ein Wort, dann fragte Takis: »War das schlecht? Aliki denkt, es war ein Fehler und falsch. Aber alle anderen sagen, es wäre gut gewesen.«

»Es war gut, Takis. Trotzdem tut es mir leid, dass du derjenige warst, der es getan hat.«

Takis zögerte. »Warum habt ihr euch in Bettlaken gehüllt, du und Aliki?«, fragte er sodann.

Stelios antwortete nicht, sondern kam ins Zimmer zurück, und ich, inzwischen in seinen Sachen, ging nach draußen und die Treppe hinunter zu Takis.

»Du siehst albern aus«, sagte er.

»Es sind Sachen von Stelios. Los, gehen wir.« Wir gingen nach draußen und marschierten in Richtung des Platzes.

»Er sagt, es war gut, dass ich geschossen habe.«

»Ich habe es gehört.«

»Und …?«

»Ich schätze, ich kann meine Meinung ändern, wenn ich will.«

»Und, änderst du deine Meinung?«

»Ich denke darüber nach. Erzähl mir, was mit Yannoula ist.«

»Sag mir erst, was mit den Bettlaken war.«

»Das würdest du nicht verstehen.«

»Warum?«

»Du bist nicht alt genug.«

Er blieb stehen und drehte sich zu mir. »Ich bin alt genug, um einen Mann zu töten. Alt genug, um für Stelios zu sprechen. Ich habe ihn *gerettet.* Ist das für dich immer noch nicht alt genug?«

Nein, ist es nicht, dachte ich, ganz und gar nicht. Doch ich war froh, dass über Stelios' Befreiung eine Art von Bindung zwischen den beiden entstanden war. Ich hegte den Verdacht, dass sie nicht halten würde, doch bevor ich Takis' Frage beantworten konnte, setzte er sich wieder in Bewegung und sagte über die Schulter hinweg nüchtern, dass Yannoula hohes Fieber gehabt hatte, als er und Theo am Abend zuvor endlich mit ihr im Krankenhaus angekommen waren. Ich eilte ihm hinterher, während er berichtete, dass die Wunde septisch geworden war. Ich wusste nicht, was das bedeutete, und er sagte, es wäre wohl eine Blutvergiftung, und Yannoulas Zustand wäre ernst. Eine Krankenschwester hätte die Wunde gereinigt und Handtücher vollgepackt mit Eis um Yannoulas Kopf gewickelt, um das Fieber zu senken.

Ich folgte Takis zu Yannoulas Zimmer. Ihr Bett stand gleich hinter der Tür, und sie saß aufrecht darin. Der verwundete Arm war dick bandagiert und steckte in einer neuen sauberen Schlinge. In der gesunden Hand hielt sie eine alte Zeitung und fächelte sich Luft zu. Sie sah nicht aus, als wäre ihr Zustand ernst.

»Na, ich dachte schon, ich wäre verlassen worden«, sagte sie. »Ich erinnere mich nicht einmal mehr, wie ich hierhergekommen bin. Habt ihr beide mich gebracht? *Die* sagen mir, ich wäre im Fieberwahn gewesen.« Sie zeigte auf die beiden anderen Patienten im Zimmer. »Ich muss irgendwas Peinliches gesagt haben, weil alle kichern, wenn sie an meinem Bett vorbeikommen. Gott sei Dank bin ich fast wieder gesund, aber es ist so warm hier drin, dass ich ersticken könnte.«

Die warme Maisonne fiel durch das vorhanglose Fenster. Yannoula sah viel besser aus als am Vortag, doch sie war so redselig, dass ich mich ernsthaft fragte, was sie ihr gegeben hatten.

»Ist Stelios wirklich wieder da, oder hab ich das nur geträumt?«, fragte sie.

»Er ist wieder da«, sagten wir.

»Stelios und Aliki haben gestern im gleichen Zimmer übernachtet«, sagte Takis.

Yannoula und ich wechselten einen Blick.

»Ich danke dir für diese Information, Takis«, sagte sie und zwinkerte mir zu, als ich errötete. »Aber das geht dich wirklich nichts an, mein Junge, meinst du nicht?«

Takis schwieg.

»Eines Tages, wenn du ein wenig älter geworden bist, möchtest du vielleicht auch mit jemandem ungestört in einem Zimmer sein, und es geht auch niemand anderen etwas an.«

»Ich wäre gerne mit Aliki ungestört«, sagte er.

»Takis!«, sagte ich.

»Ich denke, wir beide sollten uns miteinander unterhalten, Takis«, sagte Yannoula.

»Ich wünschte, ich hätte Stelios nicht gerettet.«

»Du hast ihn gerettet?«, fragte sie. »Wie denn das?«

Sie erinnerte sich augenscheinlich an kaum etwas von den Dingen, die sich in den letzten Tagen zugetragen hatten. Bevor wir ihr alles erzählen konnten, traf Theo ein, und gleich nach ihm Stelios. Yannoula warf ihren gesunden Arm um Stelios' Hals und sagte, sie hätte Angst gehabt, ihn nie wieder zu sehen, und ja, der andere Arm wäre schon viel besser. Die Krankenschwester hätte gesagt, sie müsste noch einen weiteren Tag hierbleiben, sicherheitshalber. Und sie musste anschließend regelmäßig zur Kontrolle, ob die Wunde ordentlich heilte.

»Aber hier sind wir, alle wieder vereint«, sagte sie. »Wie eine Familie, nicht wahr, Aliki?«

Ich nickte und überlegte, dass wir zwar alle wieder beisammen waren, doch dass sich unsere Familie verändern würde, nachdem Stelios und ich wieder vereint waren und Takis von sich dachte, er wäre sowohl erwachsen als auch ein Held.

»Und was würde diese Familie davon halten«, sagte Theo, »in meinem Kaffeehaus wieder Schattentheater zu spielen? Selbstverständlich erst, nachdem du dich erholt hast, Stelios, und ein wenig angekommen bist.«

»Ich dachte, deine Kunden wären es leid?«, sagte Stelios.

»Sicher. Aber einige der Familien aus der Gegend fragen regelmäßig nach, wegen ihrer Kinder.« Er klopfte sich an die Schläfe. »Sie kommen mit ihnen zum Eisessen, jetzt, wo es wieder warm ist. Wenn Karagiozis dabei ist, kann ich mehr verkaufen.«

»Ich weiß nicht«, sagte Stelios. »Ich habe über ein paar neue Stücke nachgedacht, aber im Moment habe ich nicht viel Energie.«

»Natürlich nicht. Du ruhst dich aus, und dann sehen wir weiter.«

»*Ich* kann es machen«, sagte Takis. Alle sahen zu ihm, und Theo hob fragend eine Augenbraue. »Ich kann es, ich kann es wirklich. Ich meine, Aliki und ich. Wir haben es die ganze Zeit gemacht, als wir unterwegs waren.«

»Stimmt das?«, fragte Theo.

»Ja«, sagte ich. »In Ierapetra, auf den Dörfern. Er ist gut.«

»Das ist er tatsächlich«, sagte Yannoula.

Theo blickte zweifelnd drein. »Und was ist mit deinem Kopf?«, fragte er Takis. »Bist du, na ja, klarer im Kopf als früher?«

»Was meinst du damit, *klarer?*«, fragte Takis.

»Ich meine, redest du noch mit *Fischen?*«

»Sie reden *mit mir*, nicht ich mit ihnen.«

»Ah, natürlich.« Theo lachte. »Das ist etwas anderes.«

»Er ist völlig klar, wenn er mit den Puppen arbeitet«, sagte ich rasch. »Er geht darin auf und fühlt sich insgesamt besser. Ich habe mit ihm zusammen gespielt, und es scheint gut zu funktionieren.«

»Aliki hat recht, Theo«, sagte Stelios. »Gib ihm eine Chance. Und um die Wahrheit zu sagen, ich habe das Interesse an Karagiozis und diesen patriotischen Geschichten verloren. Es gibt bessere Geschichten zu erzählen.«

»Beispielsweise?«

»Ich weiß es noch nicht genau. Ich habe da ein paar Ideen.«

Theo musterte Takis prüfend und atmete tief durch. »Also gut«, sagte er dann. »Wir probieren es mit dir. Um der Eisverkäufe willen.«

»Ohne Stelios?«, fragte Takis.

»Ohne Stelios.«

Takis sah mich an, und Theo meinte, wir sollten vielleicht ein wenig proben. Es war eine Sache, vor einem Publikum aus Dorfkindern zu spielen, aber die Erwartungen hier in der Stadt waren möglicherweise höher. Und die Puppen mussten repariert werden. Es bestand keine Eile, sagte er – je wärmer das Wetter, desto besser der Eisverkauf. Also legten wir die erste Juniwoche für Takis' Debüt fest.

Zurück in der Pension, nahmen wir die Puppen aus ihrem ramponierten Koffer. Sie boten wirklich einen traurigen Anblick. Kein Wunder, sie waren über den ganzen Osten von Kreta geschleift worden und dementsprechend zerfleddert. Wir verbrachten den ganzen Tag damit, die Gesichter nachzumalen, die Kostüme zu reparieren, Risse zu flicken, Gelenke wieder gängig zu machen und die Aufhängungen an den Stäben zu verstärken, die die Bewegungen kontrollierten. Die ehemals weiße Leinwand war grau vor Dreck. Ich wusch sie und flickte die Risse, die darin entstanden waren. Die meiste Zeit über war es schön, dass wir drei so gut zusammenarbeiteten. Wir verbrachten den Rest des Monats mit dieser Arbeit, und es lief wunderbar. Zwischendurch probten Takis und ich unsere Stücke.

»Bist du sicher, dass es dir nichts ausmacht?«, fragte er Stelios.

»Überhaupt nichts. Ich habe über eine neue Geschichte nachgedacht.«

»Was für eine Geschichte?«

»Ich weiß nicht, wie ich es beschreiben soll.«

Er hatte in den Bergen viel Zeit damit verbracht, erzählte er mir eines Nachts, als wir wach lagen. Unsere Nächte verbrachten wir mit Schlafen, Liebe, Reden – und dann alles wieder von vorn. Die Partisanen in den Bergen hatten ihn hauptsächlich zu schwerer Arbeit gezwungen, erzählte er. Er hatte Wasser aus

Bergbächen holen müssen, Fallen für Hasen aufstellen, nach essbaren Wurzeln und Knollen graben, Vorräte auf dem Rücken schleppen. Stelios erzählte, er hätte versucht, die Gedanken schweifen zu lassen, um nicht in dem unablässigen Kreislauf von Gewalt und Langeweile gefangen zu sein, der den Alltag der Partisanen bestimmte. Was, wie er feststellte, für sich genommen eine Geschichte war, allerdings eine eintönige. Es gab schließlich noch andere Dinge außer Krieg und Irrsinn. Es gab die ganz großen Geschichten, über die Wanderungen von Menschen.

»Ich dachte an die Geschichten, die mein Vater erzählt hatte, wie die Juden im Exil an den Wassern von Babylon weinten, wenn sie an Zion dachten. Und all die Geschichten aus dem Alten Testament.« Und dann waren da die anderen Geschichten, die von Liebe handelten und ihrem Ende, wie im *Graf von Monte Cristo*. Geschichten, die damit begannen, dass ein Fremder in die Stadt kam, oder die Geschichte von einer Reise mit glücklicher Rückkehr ... und das ist die Geschichte von uns allen.«

»Erzähl mir so eine Geschichte«, sagte ich in der Dunkelheit.

»Was möchtest du hören?«, fragte er. »Hektors Abschied von seiner Frau Andromache, bevor er von Achilleus getötet wurde? Oder etwas aus dem Alten Testament – Ruth zum Beispiel, die sagt, wohin du auch gehst, ich gehe mit? Oder Esther, die ihr Volk rettet?«

Während er erzählte, glättete er das Laken vor uns, als wollte er Raum schaffen für die Geschichte, während seine Finger mit den eingerissenen, abgebrochenen Nägeln hier ein Schlachtfeld schufen, dort eine Wiese.

»Ich habe immer wieder an die Verlobungszeit meiner Eltern gedacht«, erzählte er. »Das, woran ich mich erinnern kann, was sie mir vor langer Zeit erzählt haben. Kennst du die Stelle in diesem Film von Charlie Chaplin, wo er so hungrig ist, dass er seine Schuhsohle kocht, um sie zu essen? Ich muss immer noch lachen, wenn ich daran denke.«

Immer wenn ich dachte, ich hätte alle Geschichten gehört, erzählte er neue, einige davon ziemlich albern. »Das ist die Geschichte von Alikis linker Brust, so eifersüchtig auf die Zwillingsschwester zur Rechten, die mehr Aufmerksamkeit erfährt, zumindest denkt sie das. Und dann ist da noch die Geschichte von einer Reise in die samtige Unterwelt, die gleich hier …«, seine Hand glitt von meinen Brüsten hinunter über meinen Bauch und zwischen meine Beine, »… gleich hier beginnt.«

In manchen Nächten hörte ich draußen Schritte und fragte mich, ob es Takis war, der herumschlich und lauschte. Aber ich verdrängte den Gedanken an ihn. Tagsüber, wenn wir zusammen probten, tat ich alles für ihn, was ich konnte. Er brauchte die Proben kaum, so gut war er. Aber er sah mir kaum noch in die Augen. Die Nächte gehörten Stelios und mir allein.

Allmählich wurde mir bewusst, dass Stelios eine veränderte Version des Mannes war, der in jener Nacht verschwand, auch wenn er sich oft noch genauso benahm wie der Junge, der all die Dinge sagte, die ich zu hören erwartete. Zu anderen Zeiten jedoch, insbesondere, wenn wir des Nachts alleine waren, wurde er zu einer Stimme in der Dunkelheit, die ich kannte und doch nicht kannte. Seine Erfahrungen in den Bergen schienen eine Art Prisma zu sein, durch das er nun alles sah. Unser Vergnügen aneinander war dadurch nur noch größer.

Am Abend unserer ersten Aufführung in Theos Kaffeehaus hatten sich die alten Männer, die normalerweise an den Tischen saßen, mit ihren Perlenketten hantierten und Ouzo tranken, nach draußen gesetzt. Im Laden waren nur Familien, junge Paare mit Kindern und Großeltern. Es war chaotisch; Kinder flitzten zwischen den Tischen hindurch und spielten Verstecken, Jungen zogen Mädchen an den Zöpfen und wurden von ihren Eltern mit Klapsen bestraft. Theos Gesicht war rot wie eine

Tomate, während er umhereilte und bunte Eiscreme oder Limonade aus Sirup und Sprudelwasser servierte. An einer Seite des Raums hatten Takis und ich die Leinwand aufgespannt, und als Theo so viel verkauft hatte, wie er nur konnte, stellte er sich vor unsere Leinwand und klatschte in die Hände, doch niemand achtete auf ihn. Also rief er den Erwachsenen zu, doch bitte ihre Kinder unter Kontrolle zu bringen, sodass die Aufführung beginnen konnte.

Ich nahm seinen Platz vor der Leinwand ein, um das Eröffnungslied zu singen. Die arme Yannoula hätte es zu gerne gemacht, doch ihr Verstand schien immer wieder in nebligem Fieber zu versinken. Der Arzt hatte gesagt, sie bräuchte eine neue Art von Medikament, ein *Antibiotikum*, wovon wir noch nie gehört hatten, und zum damaligen Zeitpunkt gab es auf ganz Kreta keins.

Also stand ich zitternd und aufgeregt da. Hinter der Leinwand die Puppen zu spielen war eine Sache, doch davor zu stehen und zu singen eine ganz andere. Meine Singstimme war nicht sehr kräftig, und ich wusste, dass Stelios irgendwo im Publikum war und mich beobachtete. Ich wollte es extra gut machen für ihn; es war das erste Mal seit langer Zeit, dass er nur als Zuschauer da war. Ich trällerte meine kleine Strophe, die mit:

Und ich erzähl euch eine Geschichte
All dieser noblen Gesellschaft hier,
auf dass die Zeit angenehm vergeht.

endete.

Dann duckte ich mich hinter die Leinwand, und wir begannen mit der schnellsten Aufführung, die wir je gespielt hatten. Takis hatte ein wunderbares Gefühl für die Abläufe entwickelt. Doch er wartete nicht, bis die Kinder am Ende eines Gags aufgehört hatten zu lachen, sondern ging gleich über zum nächsten. Das Lachen hörte kaum noch auf, und die Kinder riefen den Puppen Warnungen zu:

»Vertrau ihr nicht!«

»Schlag ihn nieder!«

»Sieh hinter dich!«

Als wir fertig waren, hörte der Applaus kaum auf, und dann riefen sie nach einer Zugabe, wir sollten alles noch einmal spielen, und das taten wir. Am Ende kam Stelios nach vorn. »Du bist besser, als ich es jemals war«, sagte er zu Takis.

»Ehrlich?« Takis strahlte.

»Du liebst das Puppenspiel, ist es nicht so? Man sieht es.«

»Ja, ich liebe es! Ja!«

Sie schüttelten sich die Hände. Stelios sagte, er müsse sich am nächsten Tag die Puppen ausleihen, um etwas auszuprobieren, das er sich überlegt hatte.

»Ausleihen?«, fragte Takis. »Aber es sind deine!«

»Nicht mehr. Sie gehören von jetzt an dir.«

Ich hatte Takis noch nie so glücklich gesehen. Stelios schien ebenfalls erfreut und entspannt.

Am nächsten Tag arbeitete er ununterbrochen, malte die neuen Kulissen, bastelte an neuen Puppen, kritzelte fieberhaft Notizen in ein Heft. Er wollte uns nichts verraten, außer, dass sein nächstes Stück in zwei Teilen über zwei Abende gehen würde und dass Theo bereits zugestimmt hatte. Er arbeitete in einer Ecke des Frühstücksraums und bat uns, wegzubleiben und nichts anzusehen. Als er sich Zeit nahm für eine Pause, sagte ich ihm, dass ich die Zeiten vermisste, als wir zusammen gelesen hatten, wie dass ich seine *Ilias* überall hin mitnahm.

»Ich erzähle lieber Geschichten, als sie vorzulesen«, sagte er. »Aber behalte das Buch für den Moment, in Ordnung?«

Die nächsten paar Tage arbeitete er durch. Am Tag der Aufführung des ersten Teils seines neuen Stücks ging ich ins Krankenhaus, um Yannoula zu besuchen, und stellte verblüfft fest, dass ihr Bett leer war. Sie wäre zur Untersuchung, erklärte mir eine Schwester. Was für eine Untersuchung, wollte ich wissen. Die Schwester wusste es nicht und meinte, ich solle am nächsten Tag wiederkommen. Der Klang dieser Nachricht gefiel mir nicht, und ich ging einen Arzt suchen. Es schien keiner da zu sein, der für sie zuständig war. Wer behandelte sie? Wer traf Entscheidungen? Ich fand das Büro des Direktors auf der ersten Etage, doch er war ebenfalls nicht da. Ich wartete gefühlte Stunden, bis es Zeit war, zu Theo zu gehen und zusammen mit Takis Stelios' Uraufführung seines Stückes anzusehen.

Das Publikum an jenem Abend war eine Mischung aus alten Männern und einigen Eltern mit ihren Kindern, die wahrscheinlich glaubten, sie würden eine weitere Karagiozis-Geschichte sehen. Doch diesmal gab es kein Eröffnungslied, keinen Titel, und niemand wusste, was kommen würde. Es ging damit los, dass die Schatten einer Frau und eines Jungen die Leinwand überquerten. Hinter der Leinwand sprach Stelios mit hoher Stimme die Rolle der Frau:

FRAU: *Erinnert euch alle an diesen einen Tag,*
Wenn ihr zurückkehrt auf diesem Pfad.
Wie ihr in euch selbst gewachsen seid.
Lauscht, trotz allem, was wir gesehn,
die Welt wird sich weiterdrehn.
Ein Zweig knackt, die Blätter flüstern,
An einer Biegung sehn wir Wolken,
Die Flügel eines Falken.
Jetzt in einem Tal voll Oliven,
Rauch steigt aus den Schornsteinen.
JUNGE: *Wir müssen rasten. Du bist krank.*

Der Schatten einer Dorffrau in einer Schürze erschien auf der linken Seite der Leinwand.

Dorffrau: *Es ist gut, dass ihr gekommen seid.*
Frau und Junge: *Es ist gut, dass wir dich gefunden haben.*

Ein zweiter Junge erschien, klein und nervös, und tanzte um die Neuankömmlinge herum. Und ein älteres Mädchen.

Kleiner Junge: *Es gibt einen Geist mit orangenem Haar*
Unten im Gewölbe.
Spielt ihr Karten?
Junge: *Lest ihr Bücher?*

Das ältere Mädchen schüttelte den Kopf und legte einen Finger an die Lippen.

Kleiner Junge: *Sie hat nicht geredet, seit ihr Vater starb.*
Sie ist meine Freundin.

»Das sind *wir* in diesem Stück!«, flüsterte Takis mir zu.

»Nicht ganz«, erwiderte ich. »Er hat eine Menge ausgelassen.« Und wohin würde es führen, fragte ich mich. Bis zu den realen Ereignissen jener Nacht? Ereignissen, denen sich Takis nie gestellt hatte? Was hatte Stelios vor? Er und Takis waren einigermaßen miteinander ausgekommen in letzter Zeit, was also sollte das? Je weiter das Stück fortschritt, desto unruhiger wurde Takis auf seinem Stuhl. Er warf immer wieder Seitenblicke zu mir, um meine Reaktion abzuschätzen. Ich versuchte, mir nichts anmerken zu lassen und ruhig zu bleiben, doch ich befürchtete ernsthaft, Takis könnte einen seiner Anfälle erleiden.

»Ich glaube nicht, dass ich noch mehr davon sehen will«, sagte er unvermittelt.

Doch schon marschierten Hakenkreuzpuppen über den Schirm. Dann fiel ein Plakat herab mit den Worten: Zeit vergeht. Als es wieder hochgezogen wurde, sahen wir hinter der

Leinwand die Umrisse eines Hauses. In den Fenstern züngelten Flammen aus rotem Zellophan. Die drei Kinder entfernten sich vom Haus.

JUNGE: *Der Tod folgt wie ein Schatten*
Fest geheft'an unsre Fersen.
Terror ist der weiße Knochen,
Den wir an der Küste gefunden.
Ausgewaschen von der Zeit.
An einer Biegung sehn wir Wolken
Die Flügel eines Falken,
Jetzt eine Stadt am Meer,
Das verlorne Zuhause gefunden.

Ich war erleichtert. Takis war nicht verwickelt in das, was passiert war. War es das, was Stelios inzwischen glaubte, oder ging es ihm nur darum, die Geschichte voranzutreiben? Ich konnte immer noch nicht sehen, wohin Stelios wollte – schließlich hatten unsere Geschichten noch kein Ende gefunden. Wir lebten sie immer noch.

Takis war ganz still geworden auf seinem Stuhl, doch die anderen Gäste in Theos Kaffeehaus blickten verwirrt drein. Es war nicht die Art von Aufführung, die sie gewohnt waren. Ich sah mich um und bemerkte, dass der Polizeihauptmann zur Tür hereinkam. Er sagte etwas zu Theo, der auf die Leinwand deutete. Der Hauptmann ging zwischen den Tischen hindurch nach vorn und verschwand hinter dem Schirm. Die Vorführung wurde unterbrochen, während er mit Stelios redete. Das Publikum wurde unruhig.

»Was ist da los?«, rief jemand laut.

»Macht weiter mit dem Stück!«

»Weitermachen!«

»Oder gebt uns unser Geld zurück!«

Theo rannte hinter die Leinwand, doch genau in diesem Moment tauchte der Hauptmann zusammen mit Stelios wieder auf. Stelios sah verärgert aus, und sein Gesicht war gerötet. Er hielt immer noch den Stab mit der Mädchenpuppe, als der Hauptmann dem Publikum im Kaffeehaus eröffnete, dass das Sicherheitskomitee in Agios Nikolaos die Verhaftung von Stelios angeordnet hatte. Er wurde der Kollaboration mit den Partisanen beschuldigt. Ein kollektives Ächzen ging durch den Raum, dann begannen die Gäste zu murren. Einer buhte den Hauptmann aus, ein anderer schüttelte drohend die Faust. Irgendjemand warf einen Teller gegen die Wand. Hände fuchtelten in der Luft, Beleidigungen gegen die Mutter des Hauptmanns wurden ausgestoßen, gegen Theo, und Flüche gegen Gott und die Jungfrau Maria. Doch der Hauptmann bewegte sich gelassen durch die aufgebrachte Menge, mit Stelios am Arm.

Als sie sich näherten, sprang Takis auf. »Das ist ein Missverständnis! Ich war dort. Ich habe gesehen, was passiert ist!«

»Ich war ebenfalls da«, sagte ich, auch wenn ich Stelios nicht zusammen mit den anderen Partisanen gesehen hatte.

»Es tut mir leid«, sagte der Hauptmann. »Ich habe meine Befehle.«

Stelios gab mir die Puppe. »Aber niemand hat mich gefragt, was passiert ist!«, sagte er zu dem Hauptmann. »Darf ich nicht mit diesem Komitee reden?«

»Es befindet sich in Agios Nikolaos. Dorthin fahren wir.«

Damit waren sie weg. Es ging alles so schnell und wir waren so überrumpelt, dass wir nichts unternehmen konnten. Wir standen mit Theo draußen und sahen den Rücklichtern des davonfahrenden Wagens hinterher, bis sie verschwunden waren, während wir an die Gerüchte dachten, die sich um das Leben in den Gefangenenlagern drehten.

»Gibt es morgen einen Bus nach Agios Nikolaos?«, fragte ich Theo.

»Ja, den gibt es«, antwortete er. »Aber falls du vorhast, dorthin zu fahren, tu es nicht.« Stelios würde vielleicht in ein paar Tagen schon wieder zurück sein. Es war möglicherweise alles nur ein Missverständnis, und der Hauptmann würde uns nach seiner Rückkehr informieren, was los war. »Ein Gefangenenlager ist kein Ort für eine junge Frau.«

»Ich komme mit dir, Aliki«, sagte Takis. »Ich beschütze dich.«

»Nein, nein«, sagte Theo. »Ich habe für diese und die kommende Woche weitere Aufführungen annonciert. Wer soll denn die Stücke spielen, wenn ihr alle in Agios Nikolaos seid?«

»Was möchtest *du*, Aliki?«, fragte Takis.

»Bleib. Das ist deine Zeit. Du musst allerdings allein spielen. Schaffst du das?«

»Stelios hat es auch gemacht, oder?«

Ich hatte gehört, dass die Gefangenen in den Lagern, die Verwandte oder Freunde draußen hatten, welche sich ständig nach ihnen erkundigten und die Behörden belästigten, besser behandelt wurden als jene, die niemanden hatten. Als ich am nächsten Tag in Agios Nikolaos aus dem Bus stieg, erkannte ich einen der Orte wieder, wo wir mit Thanasis gehalten hatten, um seine Waren zu verkaufen. Die Stadt lag an einer geschwungenen Bucht und bot einen hübschen Anblick. Eine Lagune erstreckte sich bis mitten in den Ort, mit Kaffeehäusern und Restaurants entlang dem Ufer. Der Ort sah ganz und gar nicht danach aus, als könnte es hier ein Gefangenenlager geben. Ich erkundigte mich nach dem Weg und machte mich auf zu einem der Vororte. Das Gefangenenlager sah mehr wie ein Magazin aus, was es vor dem Krieg vermutlich auch gewesen war. Man hatte einen Stacheldrahtzaun ringsum errichtet, doch durch das Tor kamen und gingen Menschen. Ich würde bald genug erfahren, dass mangelhafte Organisation in den Lagern an der Tagesordnung war.

Der Wachmann am Tor konnte Stelios' Namen nicht auf

der Liste finden, doch er meinte, sie wäre nicht aktuell, weil sie sich im Laufe des Tages geändert hätte. Ich müsste wohl selbst nach ihm suchen, erklärte er mir, und winkte mich durch. Im Gebäude lagerten mehrere hundert Männer auf dem Boden auf Decken. Ich nahm an, dass die Frauen in einem anderen Teil des Baus untergebracht waren. Viele der Gefangenen hatten die Köpfe rasiert. Ich fragte einen der Männer, warum das so war, und erhielt zur Antwort, dass sie im Begriff standen, in Straflager auf den Inseln verschifft zu werden. Halb verzehrte Brotlaibe und Teller mit Essen lagen und standen herum. Die Männer lasen Zeitungen oder spielten Karten. Familienmitglieder kamen und gingen, und Kinder rannten kreuz und quer durch den großen Saal. Wachleute bewegten sich durch die Reihen und sortierten einzelne Männer aus, die nach draußen geführt wurden. Andere brachten neue Gefangene herein, obwohl eigentlich kein Platz mehr da war.

Ich suchte mir einen Weg an der Seite des Saals entlang, stieg über Leute, doch ich konnte Stelios nicht unter ihnen entdecken. Dann kehrte ich auf der anderen Seite zurück, mit dem gleichen Ergebnis. Ein paar der Männer machten lüsterne Gesten, als ich vorüberkam, und einer packte mich bei der Hand und versuchte, mich zu sich herunterzuziehen. Ich versetzte ihm einen Tritt und ging weiter zum Ausgang, wo eine Gruppe von Besuchern wartete. Ich mischte mich unter sie und wurde vom Wachposten nach draußen gewunken.

Die Gefangenen, die zuvor nach draußen geführt worden waren, ein halbes Dutzend, wurden gerade vor dem Gebäude an der Wand aufgereiht. Dann erschien ein Trupp Soldaten, jeder mit einem Gewehr bewaffnet, und stellte sich in einigen Metern Abstand vor die Gefangenen. Stadtbewohner hatten sich eingefunden und sahen zu. Ein eisiger Schrecken durchfuhr mich, als mir klar wurde, dass eine Exekution durchgeführt werden sollte – und genau in dem Moment bemerkte ich, dass einer der Gefangenen Stelios ähnelte. Er hatte den gleichen zottigen Bart. Ein Befehl wurde gebrüllt, die Soldaten hoben die Gewehre, und beim nächsten Kommando feuerten sie gleichzeitig auf die Gefangenen, die seitwärts- oder hintenüberkippten. Die Zuschauer applaudierten.

Ich konnte mich nicht bewegen. Die Geschwindigkeit, mit der sich alles zugetragen hatte, und die beinahe routinemäßige, nüchterne Atmosphäre hatten mich erschüttert. Hatten die Gefangenen im Innern des Gebäudes gewusst, welches Schicksal ihre Kameraden erwartete, die nach draußen gebracht worden waren? Hatten sie es selbst gewusst? Es hatte keine tränenreichen Abschiedsszenen gegeben, die mir aufgefallen wären, keine weinenden Kinder oder Frauen, keine Fluchtversuche. Und die Menge draußen hatte mit dem gleichen Interesse zugesehen, als hätten wir eines unserer Schattenspiele aufgeführt. Die Soldaten marschierten wieder zurück in das Gefängnis, und die Menge zerstreute sich. Niemand ging zu den Toten, niemand erhob einen Anspruch auf sie. Sie sahen nicht einmal mehr aus wie Leichen. Es hätten genauso gut Haufen schmutziger Wäsche sein können.

Ich blickte mich um, während ich mich fragte, ob irgendjemand außer mir den Horror des Geschehens begriffen hatte. Doch es war niemand mehr da, bis zwei weitere Soldaten mit einem Pferdekarren auftauchten. Sie gingen von Leiche zu Leiche, packten jeweils einen Toten bei den Armen und Beinen, schleppten ihn neben den Karren und schwangen ihn hin und her, um ihn sodann auf die Pritsche zu werfen. Als sie fertig waren, setzte sich der Karren in Bewegung, und als er mich passierte, sah ich, dass der Tote nicht Stelios war. Er hätte es allerdings sein können. Er war im gleichen Alter und von der gleichen Statur, mit vorspringenden Wangenknochen und immer noch offenen Augen, einen Ausdruck von Überraschung im Gesicht.

Als meine Beine mir nach und nach wieder gehorchten, stolperte ich zurück in die Stadt, wo ich mich augenblicklich in einem Gewirr von Gassen verirrte. Ich kam am Wasser wieder heraus und setzte mich auf eine Bank, um mich zu sammeln. Es war ein strahlender Tag. Licht glitzerte auf dem Wasser, und Menschen schlenderten an Gestellen mit trocknenden Fischernetzen vorbei, als wäre nicht das Geringste passiert – kein Krieg, keine Partisanen-Überfälle, keine Exekutionen. Ich vergrub das Gesicht in den Händen, während ich versuchte zu überlegen, wie es von hier aus weitergehen sollte. Ich nahm an, dass der Polizeichef der Stadt diese Dinge koordinierte, also hatte der Hauptmann aus Heraklion Stelios wahrscheinlich zur örtlichen Polizeistation gebracht.

Ich fragte nach dem Weg und fand schließlich das Gebäude, ein Zweifamilienhaus mit einer umlaufenden Veranda und einer griechischen Flagge vor der Tür. Es lag an einem größeren Platz. Sie hatten Stelios' Namen auf einer Liste, doch sie wollten mir keine Informationen geben, weil ich keine Verwandte war. Sie erzählten mir nur, dass die neuen Gefangenen in einem alten Kino untergebracht wurden, weil das Lager aus allen Nähten quoll. Die vergilbten Filmposter klebten immer noch an der Fassade des Kinos, mit den Namen von Stars, von denen ich kaum jemals ein Wort gehört hatte: Clara Bow, John Gilbert, Leslie Howard. Die Glühlampen rings um die Poster waren ausnahmslos zerschmettert.

Im Innern sah es mehr oder weniger aus wie in dem anderen Gefangenenlager. Menschen kamen und gingen. Die Bestuhlung war entfernt worden, und Männer saßen oder lagen auf Decken auf dem Boden. Als ich einen Wachposten nach Stelios fragte, deutete er zur anderen Seite des Raums, wo jemand stand. Ich konnte sehen, dass man dem Mann den Kopf geschoren hatte, doch war es wirklich Stelios? Ich wusste, was ein geschorener Kopf bedeutete, und hoffte inbrünstig, er möge es nicht sein. Als ich mich ihm näherte, drehte er sich zu mir um.

»Aliki!«, sagte er und nahm mich in die Arme. »Aliki.« Sein kahler Kopf war übersät von Narben und Schrunden, neben ein paar verbliebenen Haarbüscheln. Schlimmer noch waren seine Augen, in denen wieder der gleiche Ausdruck von Erschöpfung lag wie damals, als wir aus den Bergen zurückgekehrt waren.

»Man schickt mich ins Exil, Aliki. Drei Monate, vielleicht auch länger. Es ist eine Strafe ohne festes Ende, wie die meisten dieser Tage.«

»O nein! Woher weißt du das? Du bist erst eine Nacht hier.«

Die Polizei hatte ihm gesagt, dass das Sicherheitskomitee zwar wusste, dass er entführt worden war, doch sie hatten auch erfahren, dass Stelios mit den Partisanen kooperiert hatte. Er hatte außerdem den Fluchtwagen gelenkt, nachdem der Fahrer erschossen worden war.

»Die Entscheidung war bereits gefallen, noch bevor ich hier ankam.« Er seufzte. »Sie wollten mich nicht sehen und nicht hören, was ich zu sagen hatte.« Seine Stimme wurde schwer, und er legte für einen Moment die Hände vor das Gesicht, um dahinter fortzufahren: »Und es gibt keine Rechtsmittel.« Er wusste nicht genau, was Exil bedeutete, doch er hatte von einem der anderen Gefangenen erfahren, dass es nicht das Gleiche war wie die gefürchteten Gefängnisse oder die sogenannten Umerziehungslager, wo die Insassen gefoltert wurden. Exilanten waren ebenfalls Sträflinge, doch im Unterschied zu den anderen hielten die Sicherheitskomitees es für angebracht, diese Menschen zum Wohl der Allgemeinheit vorübergehend zu verbannen. Stelios sollte auf eine Insel geschickt werden, wo er und andere Sträflinge unter der Aufsicht örtlicher Behörden für die dortige Gemeinde arbeiten sollten. Vielleicht würde er in einigen Monaten freigelassen, vielleicht aber auch nicht.

»Es könnte schlimmer sein«, sagte er leise. »Schätze ich.«

Ich schloss ihn in die Arme. »Ja. Ich habe eine Exekution gesehen«, sagte ich. »Sechs Männer, und die Zuschauer haben dabei applaudiert! Einer der Männer sah aus wie du. Ich dachte zuerst, du *wärst* es.«

»*Theo mou!* Wo?«

Ich berichtete ihm von meinem Besuch im Gefangenenlager. Er war auf direktem Weg zum Kino gebracht worden und hatte das Lager nie gesehen. Doch er hatte gehört, dass Partisanen, die von Zeugen des Mordes beschuldigt wurden, ohne jede Verhandlung zum Tode verurteilt wurden.

»Auf welche Insel schicken sie dich?«, fragte ich kummervoll. »Und wann?«

»Ich weiß es nicht. Die eine Entscheidung war schnell gefällt, die andere lässt dafür umso länger auf sich warten. Einige der Männer hier warten bereits seit Monaten.«

Er trat einen Schritt von mir zurück, und wir setzten uns auf die Decke am Boden. Niemand hatte ihm mehr verraten.

»Ich möchte mit dir kommen«, sagte ich.

»Nur Verwandte dürfen mit, zumindest habe ich das gehört. Ich hatte nicht damit gerechnet, dich noch einmal zu sehen, und ich wusste nicht, wie ich dir eine Nachricht zukommen lassen sollte.« Er zögerte und lächelte dann verlegen. »Deswegen konnte ich dir auch nicht sagen, dass es tatsächlich eine Möglichkeit gibt …«

»Eine Möglichkeit?«

»Ehefrauen dürfen mit den Exilanten gehen. Sie dürfen nicht mit ihnen zusammen wohnen, aber sie können einander sehen, und … und du weißt schon, hin und wieder zusammen sein.«

Er sah über meine Schulter, als er dies sagte. Ich drehte mich um, weil ich wissen wollte, was da war, doch der Raum sah genauso aus wie zuvor. Die roten Vorhänge hingen in Fetzen um die Leinwand herum. Oben unter der Decke flankierten zwei Gipsfiguren die Masken des Theaters, die eine lächelnd, die andere missbilligend. Sie hätten die Gesichter des Schicksals sein können, desinteressiert an jenen, die lebten, genau wie an jenen, die starben.

»Ich bin doch bereits deine Frau«, sagte ich. »Faktisch, wenn schon nicht im Namen. Selbstverständlich komme ich mit dir, mein Liebster.«

Stelios ergriff meine Hände und sagte leise, dass die Wachleute bereitwillig Bestechungsgelder entgegennahmen und für eine gewisse Summe Heiratspapiere für uns im Rathaus einreichen und einen Priester bezahlen würden, der sie unterschrieb. Damals gab es in Griechenland keine standesamtlichen Eheschließungen, nur kirchliche. Also musste ein Kirchendokument gefälscht werden, mit der Unterschrift eines Priesters, als hätte die Hochzeit tatsächlich stattgefunden.

»Meine jüdischen Vorfahren würden sich im Grab umdrehen, wenn ich in einer christlichen Kirche heiraten würde. Eigenartig, meine Eltern waren überhaupt nicht religiös; wir sind nicht mal regelmäßig zur Synagoge gegangen. Und dann wurden mein Vater und mein Onkel verhaftet und verschleppt, nur weil sie Juden waren. Warum? Warum nicht Katholiken oder Orthodoxe? Nicht, dass ich ihnen etwas Schlechtes wünsche. Aber warum ausgerechnet Juden, frage ich dich?« Er hatte gehört, dass die Deutschen auf der anderen Seite der Insel, in der Nähe von Chania, die gesamte jüdische Bevölkerung zusammengetrieben und auf Schiffen deportiert hatten. Das Schiff war irgendwo im Mittelmeer torpediert worden, und niemand hatte überlebt.

Auf der anderen Seite des Saals entstand Bewegung, und unsere Blicke gingen in die Richtung. Einer der Wachleute rasierte einem Gefangenen den Kopf. Der Mann fing an zu weinen, sagte, er wäre nicht zum Exil verurteilt und man solle ihm bitte seine Haare lassen.

Stelios drehte sich wieder zu mir um. »Menschen!«, sagte er

verächtlich. »Sieh dir an, wie *gemein* wir sein können! Ich denke, der Krieg ist lediglich eine Ausrede für alle, in einen barbarischen Urzustand zurückzufallen. Sieh sie dir doch an – beide Seiten sind hauptsächlich christlich – Liebe deinen Nächsten und all das –, aber es hindert sie nicht daran, sich weiter gegenseitig umzubringen.«

Er schüttelte den Kopf und zog mich an sich und flüsterte mir ins Ohr, dass wir mit ein wenig Bestechungsgeld die Papiere bekommen und legal verheiratet sein würden. »Lass uns etwas Gutes aus alledem machen, Aliki. Einige Familien dürfen sogar auf dem gleichen Schiff mitfahren wie die Exilanten.«

»Ist es das, was du möchtest?«, fragte ich ihn.

»Nein, in vielerlei Hinsicht möchte ich es nicht. Es wäre selbstsüchtig von mir, dich mitzunehmen. Es wird wahrscheinlich eine schlimme Zeit. Aber woher sollen wir das wissen?«

Er sah zur Seite und schwieg für einen Moment. Dann deutete er mit der Hand auf die anderen im Kino. »Einige von ihnen haben das Gleiche getan. Geheiratet, meine ich. Hör zu, ich weiß, dass du wahrscheinlich nie erwartet hättest, einmal so zu heiraten, aber, na ja, das ist jetzt *unser* Leben, oder?«

Der Hauptmann hatte ihm etwas Geld gegeben, weil er die Entscheidung des Sicherheitskomitees als ungerecht empfand und ein schlechtes Gefühl dabei hatte. Er hatte Stelios wissen lassen, dass er im Exil wahrscheinlich selbst für sein Essen und seine Unterkunft bezahlen musste. Stelios konnte ihm das Geld zurückgeben, wenn er wieder in Heraklion war. Und dann könnte er auch das Stück zu Ende spielen, das in jener Nacht in Theos Kaffeehaus so abrupt unterbrochen worden war.

Mit einer Reihe neuer Szenen, dachte ich, vielleicht einschließlich dieser hier.

»Und was denkst du darüber?«, fragte Stelios.

»Ja«, sagte ich einfach. »Ja, ja und ja!« Ich konnte die Kraft spüren, die wir vereint hatten, selbst wenn wir körperlich getrennt waren. »Du bist mein Hafen«, sagte ich. »Meine sichere Heimat.«

»Wie meinst du das?«

»Wenn ich bei dir bin, fühle ich mich, als wäre ich von einer langen Reise nach Hause zurückgekehrt. Du bist mein Hafen. Wir sind zu Hause, wo immer wir sind.«

»Ja, Aliki. Ja, so ist es.«

Wir standen und hielten uns in den Armen, und ich spürte, wie Kraft durch mich hindurchfloss, eine Kraft, die uns alles überstehen lassen konnte, die mit jedem neuen Ort fertigwurde, an den wir kommen würden, und mit allem, was danach noch kam. Ich dachte an Chrysoula und ihren Ratschlag, doch ich musste nicht lernen, den zu lieben, den ich heiraten würde, weil ich den heiratete, den ich liebte.

»Alles wird gut«, sagte ich. »Ich weiß es einfach.«

»Wenn du es glaubst«, sagte Stelios, »dann glaube ich es auch.« Er wirkte nicht so überzeugt.

Wir schwiegen einige Minuten, und mein Verstand begann in fieberhafter Eile die Dinge durchzugehen, die ich erledigen musste, bevor wir abreisten. Ich musste zurück nach Heraklion, um unsere Sachen zu holen und nach Yannoula zu sehen. Ich berichtete Stelios, dass sie bei meinem letzten Besuch im Krankenhaus nicht auf ihrem Zimmer gewesen war und dass ich nicht wusste, was jetzt aus ihr würde.

»Das ist seltsam«, antwortete er. »Dass sie nicht auf ihrem Zimmer war. Könnte sie spazieren gegangen sein?«

»Aber dazu ist sie zu krank. Und wohin sollte sie gehen? Ich bitte Theo, nach ihr zu sehen. Und Takis. Ich will lieber nicht daran denken, wie er allein zurechtkommt.« Ich hatte meine Entscheidung getroffen, die einzig mögliche, und ich hatte sie mit Freuden getroffen. Doch es würde Konsequenzen geben, und Takis war die schwerwiegendste davon. »Ich weiß nicht, wie ich ihm beibringen soll, dass ich weggehe.«

»Vielleicht lässt du es. Fahr zurück nach Heraklion und warte, bis der Hauptmann dich wissen lässt, dass wir aufbrechen. Dann packst du unsere Sachen und steigst in den Bus. Überlass es Theo, mit Takis zu reden. Wenn du es ihm selbst sagst, dann gibt es mit Sicherheit eine Szene oder Schlimmeres. Abgesehen davon, irgendwann musst du dich damit abfinden, ihn zu verlassen. Er ist kein schlechter Mensch – er ist für mich eingetreten wegen der Nacht in dem Bergdorf. Ich schulde ihm also etwas, schätze ich. Aber vielleicht wird er schneller erwachsen, wenn er auf sich allein gestellt ist und dich nicht immer um Hilfe und Mitleid angehen kann. Und letzten Endes sind wir ja nicht für immer weg.«

Er hatte recht, ohne Frage. Ich verdrängte Takis für den Moment aus meinen Gedanken, zusammen mit Chrysoulas Worten: *Behandle ihn stets wie einen Bruder*. Schließlich mussten auch Brüder irgendwann einmal erwachsen werden, oder? Für den Augenblick war ich eine Braut, und das war es, was zählte.

Wir mussten vermutlich zuerst die Heiratspapiere organisieren, für den Fall, dass Stelios sofort weggeschafft wurde. Dann konnte ich ihm nämlich folgen, nachdem ich aus Heraklion zurückgekehrt war.

»Aber du weißt doch gar nicht, wohin sie dich bringen«, sagte ich.

»Der Hauptmann wird es dir sagen.«

Wir saßen für eine Weile schweigend da. Er drückte mir ein paar gefaltete Geldscheine in die Hand und sagte, sie wären für das kleine Hotel die Straße hinunter. Warum ich nicht die Nacht dort verbrächte; ich wäre sicherlich erschöpft. Und vielleicht konnten wir eine ordentliche Hochzeit nachholen, nachdem er seine Zeit im Exil abgesessen hatte. Falls ich das wollte. Mir war es mehr oder weniger egal. Ich hatte mich selbst nie in einem dieser weißen Brautkleider gesehen, die Frauen wie riesige Kuchen aussehen ließen.

Das Hotel war, wie sich herausstellte, voll von Ehefrauen, Kindern und zukünftigen Bräuten. Ich musste mir ein Zimmer mit einer von ihnen teilen. Sie hieß Froso und würde am nächsten Tag in einer echten kirchlichen Zeremonie heiraten.

»Was meinst du?«, fragte sie mich, indem sie ein Kleid anzog, dass sie von einem Hochzeitsfotografen geliehen hatte. Er vermietete das gleiche Kleid mehrere Male im Monat. Sie war zu dick für das enge Oberteil aus Satin. »Ich kann kaum atmen«, sagte sie. »Und ich kann das Parfum der letzten Braut noch riechen. Aber was spielt das für eine Rolle? Hauptsache, ich trete auf Dimitris Fuß, bevor er auf meinen tritt.«

Es hieß, dass, wenn der Priester das frisch vermählte Paar dreimal im Tanz des Isaiah um den Altar herumführte, derjenige, der dem anderen zuerst auf den Fuß trat, die Ehe dominieren würde.

»Wie meine Mutter immer sagt, das Leben ist kurz, aber eine Ehe ist lang«, erklärte Froso, während sie vor dem Spiegel posierte. »Mein Dimitri ist ein netter Kerl, aber niemand schreibt *mir* vor, was ich zu tun habe.«

Sie hatte ihn gewarnt, sich nicht mit diesen verrückten Kommunisten einzulassen, aber hatte er auf sie gehört? Die nationalistischen Truppen hatten versucht, Land zu besetzen, das seiner Mutter gehörte. Und Dimitris kommunistische Freunde hatten »Nichts Besseres zu tun gehabt, als zwei der Nationalisten an der alten Platane auf der Wiese aufzuhängen«, berichtete sie. »Nicht Dimitri, er war nicht dabei, aber es war das Land seiner Familie, ihre Wiese, ihr Baum. Also haben sie ihn gleich mit verhaftet. Du weißt, wie es ist.«

Die Folge war die überstürzte Heirat und das Exil an einem vermutlich schrecklichen Ort. Aber sie und Dimitri wollten ein Haus in ihrem Heimatdorf in der Nähe von Ierapetra bauen.

»Wir nehmen meine Mitgift dafür«, sagte sie. »Und es wird auf meinen Namen stehen. Dimitri würde alles an die Armen verschenken, wenn er Gelegenheit dazu hätte. Und wie ist dein Verlobter?«

Ich hatte Stelios bis zu diesem Moment noch nicht als meinen Verlobten gesehen, aber vermutlich war er das. Ich spürte einen Anflug von Vergnügen, als ich ihre Frage beantwortete.

»Ein Puppenspieler?«, fragte Froso. »Davon kann er leben? Nun ja, ich hoffe, du hast eine gute Mitgift, das ist alles, was ich sagen kann. Meine Mutter sagt, die meisten Männer sind völlig nutzlos, wenn es um Geld geht.«

Ein paar Tage später waren die Heiratspapiere da. Es war offiziell, und wieder einmal spürte ich die feste Überzeugung, dass Stelios und ich alles durchstehen konnten, was das Leben für uns bereithielt. Zurück in Heraklion, begab ich mich geradewegs zum Krankenhaus. Ich fand Theo und Takis draußen im Gang vor Yannoulas Zimmer. Ich vermied es, Takis' Blick zu begegnen bei dem Gedanken an das, was ich tun würde. Doch an ihren Gesichtern konnte ich sehen, dass etwas passiert war. Ich fragte nach, und sie erklärten, dass man Yannoula kurz nach meiner Abreise nach Agios Nikolaos im Keller des Krankenhauses gefunden hatte. Sie hatte inmitten von Besen und Wischmops gesessen und vor sich hin gemurmelt. Niemand vermochte zu sagen, wie sie dorthin gekommen war, und niemand erwähnte irgendwelche Untersuchungen, die man bei ihr durchgeführt hatte. Theo meinte, die Entzündung wäre wieder durchgebrochen.

»Sie hat eine ausgewachsene Sepsis«, sagte er. »Das meinen jedenfalls die Ärzte. Aber was wissen die schon, bah!«

Yannoula benötigte dringend Medikamente, die auf ganz Kreta nicht erhältlich waren. Konnten die Schwestern nicht einfach die Wunde reinigen und zusammennähen, wie sie es schon einmal getan hatten?, wollte ich wissen. Theo wusste nicht, was dagegensprach. Yannoula war ein zäher alter Knochen, wie wir immer gesagt hatten. Sie konnte alles überstehen.

»Sie singt immer wieder das gleiche Lied«, berichtete Takis. »Über eine Kutsche.«

Er und Theo kehrten für die abendliche Aufführung zum Kaffeehaus zurück, und ich betrat allein Yannoulas Zimmer. Sie schien zur Wand zu reden und hielt nicht inne, während ich einen Stuhl an ihr Bett zog und mich daraufsetzte.

»… mein zweiter Ehemann Manolis. Er ist im Fluss, watet auf mich zu … aber nein, es war, rate mal – Karagiozis. Er sagte, er würde mich auf die andere Seite tragen, ich sollte auf seinen Rücken hüpfen. Also tat ich das, Närrin, die ich war. Auf halber Strecke, als das Wasser fast über seinem Kopf zusammenschlug, sagte er, er hätte vergessen, mir zu sagen, dass er nicht schwimmen kann. Als ich sagte, wir würden beide ertrinken, meinte er nein, nur ich würde ertrinken. Er wäre schließlich aus Pappe und würde einfach den Fluss hinuntertreiben …«

Sie verstummte und sah mich an, als versuchte sie, sich zu erinnern, wer ich war. »Da bist du ja«, sagte sie. »Aber warum? Bist du gekommen, um mich zu retten? Ein kleiner Brandy könnte mich über Wasser halten. Wenn du einen Blick in meinen Koffer werfen könntest …?«

»Er steht wahrscheinlich in der Pension«, erwiderte ich.

»Oh?« Sie blickte sich um, als wäre sie überrascht, sich hier wiederzufinden. Sie sah unter der Decke völlig abgemagert aus. Sie schloss die Augen und drehte sich von mir weg zur Wand.

»Was singst du da von einer Kutsche?«, wollte ich von ihr wissen.

Das Wort schien sie aufzuwecken. Sie wandte sich zu mir und sang mit tonloser, krächzender Stimme:

Siehst du, wie die Kutsche vorüberfährt,
Mit dir und deiner Liebe an Bord?
Sie fährt vorüber, fährt vorüber
Wie die Kutsche vorüberfährt …

»Weißt du, wer ich bin, Yannoula?«, fragte ich.

»Aber natürlich weiß ich, wer du bist, Aliki. Wieso sollte ich nicht?«

»Du warst sehr krank, habe ich gehört.«

»Ich bin gefallen, das ist alles, unten im Keller. Ich wollte ein paar Dinge ordnen. Ich weiß gar nicht, warum alle so aufgeregt tun. Niemand hat noch eine Spur von Humor dieser Tage. Wo warst du?«

Ich erzählte ihr von Stelios und dass er auf eine noch nicht benannte Insel ins Exil geschickt werden würde. Sie sah mich für einen Moment verwirrt an, dann blitzte etwas von ihrem alten Selbst in den Augen auf. »Oh, richtig. Sie haben ihn mitten in der Aufführung abgeholt. Theo hat es mir erzählt.«

»Nun, wir sind jetzt verheiratet.«

»Was? Warum denn das?«

»Damit ich ihn begleiten kann.«

»Wohin begleiten?«

»Das wissen wir noch nicht.«

»Klingt in meinen Ohren nicht nach einer besonders guten Idee.« Ihr Blick ging zu meiner Hand. »Abgesehen davon trägst du keinen Ring.«

Ringe! Sie hatte recht. Wir hatten völlig vergessen, Ringe zu besorgen.

»Wir kaufen sie später.«

»Das geht nicht. Sie sind Bestandteil der orthodoxen Zeremonie. Ihr hättet ohne Ringe nicht heiraten können.« Ich war noch nie auf einer Hochzeit gewesen, daher wusste ich das nicht. Sie studierte mein Gesicht. »Also, seit ihr jetzt verheiratet oder nicht?«

Ich erklärte es ihr.

»Ah, na schön, was spielt es schon für eine Rolle? Soweit es mich betrifft, seid ihr beide schon seit einer ganzen Weile verheiratet. Aber wohin geht ihr? Das erinnert mich an die Zeit, als Manolis – er war mein zweiter Ehemann, weißt du? – eine Arbeit als Handelsvertreter annahm und ich nie wusste, wohin er gefahren ist … und ich weiß auch nicht mehr, was er verkauft hat. Weißt du es noch?«

Ich sagte ihr, dass ich damals noch nicht dabei gewesen wäre, wahrscheinlich noch nicht mal auf der Welt gewesen war, doch sie hörte nicht zu und fuhr fort in ihrem Monolog, verlor den Faden, kehrte wieder zum Anfang zurück, verstummte nach und nach und schloss die Augen. Ich war nicht sicher, was ich davon halten sollte. Ich wollte mit einem Arzt reden. Als ich mich vornüberbeugte, um ihr die Stirn zu küssen (die heiß war), schoss ihr gesunder Arm plötzlich hoch, und sie packte mich beim Handgelenk.

»Erzähl es nicht Takis!«, sagte sie.

»Was soll ich ihm nicht erzählen?«

Sie drückte mein Handgelenk, so fest sie konnte. »Er kommt mich jeden Tag besuchen, der arme Junge.« Sie ließ mein Handgelenk wieder los und drehte sich zurück zur Wand. »Er redet nur von dir«, murmelte sie. »Immerzu nur von dir.«

Kassette 5, Seite 1

Ich sitze hier an meinem Küchentisch und denke an die arme Yannoula, die immer so beherzt gewesen ist und ihr Unglück so leicht getragen hat. Sie hat mir einmal erzählt, dass wir – Stelios, Takis und ich – eine Art Geschenk für sie gewesen sind, ein Stück neues Leben. Doch in Wirklichkeit war es andersherum – sie war unser Geschenk, mit ihrer Leichtigkeit, ihrer Albernheit, ihrem Rat und ihrer Kraft. Sie hat die schlechten Zeiten für uns erträglich gemacht. Aber es waren nicht nur schlechte Zeiten, denn sie haben uns zusammengehalten und uns gelehrt – obwohl wir das damals nicht wussten – aufeinander zu vertrauen, denn was sonst hätten wir tun können? Groll und Verbitterung hätte uns innerlich ausgezehrt. Wir hatten genug davon gesehen in den Städten und Dörfern, durch die wir gekommen waren, Menschen, die im quälenden Feuer der Seele langsam verbrannten. Sie liefen noch immer aufrecht umher, doch der Blick in ihre Augen war, als würde man in leere Korridore sehen.

Ich könnte diese neue Kassette komplett mit Gedanken an Yannoula füllen, aber ich schätze, ich sollte fortfahren mit der Geschichte. Eines Tages werden Sie wieder auftauchen, meine gelehrte Freundin, um sich die Klagegesänge anzuhören, die ich aufgezeichnet habe, ganz zu schweigen von all dem anderen Geplapper auf den Kassetten. Wie dem auch sei, irgendwann verkündeten die Briten, dass sie es sich nicht länger leisten konnten, Griechenland zu helfen, verzeihen Sie, wenn ich das genaue Datum nicht mehr weiß, aber das wird Ihnen genauso gehen, wenn Sie mein Alter erreicht haben. Sie hatten der royalistischen Regierung (die aus Kairo zurückgekehrt war) Waffen und Truppen zur Verfügung gestellt, und diese hatte die kommunistischen Partisanen in praktisch jeder Ecke des Landes gejagt. Nach einer positiven Volksabstimmung war sogar der König zurückgekehrt – nur, um zu erfahren, dass die Briten abzogen. Wer konnte es ihnen verübeln? Sie waren von den Deutschen plattgebombt worden und mussten ihr eigenes Land wiederaufbauen. Ich kann mich nicht mehr an die Daten erinnern, aber sie zogen ab, lange bevor Stelios und ich in das Exil auf die Insel gingen.

Und danach beschloss Ihr alter Harry Truman drüben im Land der großen Radios, uns zu Hilfe zu eilen und die Briten und ihre Waffen durch Amerikaner und ihre Waffen zu ersetzen. Ich bin nicht sicher, aber nach dem, woran ich mich erinnere, befürchteten er und sein Kongress, die Kommunisten könnten bei uns gewinnen und Stalin im Parthenon aufnehmen. Unvorstellbar, so etwas. Na ja, Harry konnte es sich vorstellen, nehme ich an. Es dauerte jedenfalls nicht lang, und ihr Yankees wart überall, wie Ameisen. Große, gut genährte, kräftige Männer mit *Meilen* sehr weißer Zähne. Zuerst kamen nur Panzer und Waffen. Doch nicht lange darauf gesellten sich Ingenieure hinzu, Architekten, Ernährungswissenschaftler, Straßenbauer, die ganze Bagage. Alles, von Medizin bis Maultiere. Ihr Amerikaner neigt dazu, zu weit zu gehen – ich hoffe, ich darf das sagen, ohne Ihnen zu nahe zu treten, meine Freundin. Sie waren da natürlich noch gar nicht auf der Welt. Aber es war, als glaubte Ihr Mr. Truman, er müsse nicht nur die Kommunisten besiegen, sondern Griechenland mitsamt dem Rest von Europa in das zwanzigste Jahrhundert zerren. Ha! Unsere byzantinischen Wege und intrigengespickte Politik waren nicht so leicht zu überwinden.

Das war jedenfalls der Beginn unserer Hassliebe zu Ihnen allen. Wie die meisten Affären begann es mit Lilien und Rosen (Straßen, Häuser und Waffen). Das Ende war eine ganz andere Geschichte. Trotzdem reichten die Bemühungen, um dem alten Harry eine eigene Statue auf einer *plateia* irgendwo in Athen einzubringen. Mehr darüber später. Ich schweife schon wieder ab, und ich bin viel zu weit vorausgeeilt. Wo war ich noch gleich? Ah, richtig – Yannoula.

Ich sollte zumindest ihr Klagelied aufzeichnen, soweit ich mich daran erinnern kann. Es ist noch nicht so weit, jetzt für Aphrodite zu klagen. Ihr Zustand hat sich gebessert, haben die anderen Frauen mir berichtet. Vielleicht ist es auch jenes kurze Aufflackern von Klarheit, das die Sterbenden oftmals haben. Sie kommen ein wenig zu sich selbst zurück, und dann sind sie tot, als würde der Tod ihnen einen letzten Blick gewähren, auf ihr Zuhause, bevor die Dunkelheit kommt.

Ich saß bei Yannoula an jenem Abend, als ich aus Agios Nikolaos zurückkam. Takis war ebenfalls gekommen, nach seiner Aufführung in Theos Kaffeehaus. Ich sah ihn an, sah seine Traurigkeit wegen dem, was mit Yannoula passierte, und fragte mich, wie er damit zurechtkommen würde, dass ich mit Stelios fortging, zusätzlich zu all dem anderen Kummer, den er schon hatte. Ein Arzt – untersetzt, mit schütterem Haar und matten, leblosen Augen – kam vorbei, horchte ihre Brust ab und sagte lediglich, dass die Infektion weit fortgeschritten war und sie wohl bald daran sterben würde. Sie hatte außerdem inzwischen eine Lungenentzündung, schloss er, möglicherweise von anderen Patienten in der Klinik.

»Die Keime sind in der Luft«, sagte er. »Und außerdem ist sie alt.«

»Was wollen Sie damit sagen?«, fragte Takis. »Können Sie sie nicht wieder gesund machen? Was sind Sie überhaupt für ein Arzt?«

»Was für einen Arzt willst du? Ich bin der, der da ist. Wenn ihr sie in eins der großen Krankenhäuser in Athen bringen wollt und euch das leisten könnt, dann tut das. Aber das Meer ist aufgewühlt, und in nächster Zeit geht kein Schiff zum Festland.«

»Gibt es denn gar nichts, was Sie ihr geben können?«, fragte ich. »Irgendwas? Sie ist normalerweise sehr stark. Wir waren lange unterwegs, und sie ist erschöpft, das ist alles.«

Er steckte sein Stethoskop wieder ein und ging zur Tür, wo er sich noch einmal umdrehte. »Ich schicke dann in Kürze die Frauen«, sagte er.

Wir wussten nicht, was damit gemeint war, doch die Unterhaltung weckte Yannoula auf.

»Wie schön!«, sagte sie, indem sie sich mit glänzenden Augen aufsetzte. »Da ist jemand an der Tür. Ich erinnere mich nicht an seinen Namen, aber er ist der Gentleman, der …« Sie unterbrach sich und sah uns der Reihe nach an. »Aliki, Takis, könntet ihr ihn hereinbringen? Ich fühle mich, oh, ich weiß gar nicht, wie ich es sagen soll, ein wenig beschwingt. Nein, flüchtig. Als könnte ich im nächsten Moment zur Decke hinaufschweben wie ein Ballon und dort oben herumtanzen.«

Sie erlitt einen Hustenanfall und fiel unter Krämpfen zurück auf ihr Kissen. Als das Husten aufhörte, war sie vollkommen erschöpft.

»Was sollen wir tun?«, fragte Takis leise. »Wir müssen etwas tun …!« Die Worte blieben ihm in der Kehle stecken, und seine Augen füllten sich mit Tränen. Ich konnte nur an eines denken.

»Es macht keinen Sinn, sie noch länger in diesem nutzlosen Laden zu lassen«, sagte ich. »Lass uns eine Trage suchen, damit wir sie mit zur Pension nehmen können. Dort hat sie es wenigstens behaglich.«

Wir suchten den Gang hoch und runter und fanden keine. Wir versuchten es auf anderen Etagen, ohne Glück. Ich fragte mich, ob Yannoula überhaupt noch mitbekam, wo sie war. Machten wir das um ihretwillen oder für uns selbst? Als wir zurück ins Krankenzimmer kamen, saßen zwei schwarz gekleidete Frauen an Yannoulas Bett, jede davon mit einem kleinen Räuchergefäß aus Keramik.

»Die Ärzte haben uns geschickt«, sagte eine von ihnen.

»Aber was wissen die Ärzte schon?«, sagte die andere. »Sie wenden sich immer erst an uns, wenn sie am Ende sind mit ihrer Kunst.«

Sie zündeten kleine Kegel aus Weihrauch in den Keramikgefäßen an und wedelten damit über Yannoula, während sie irgendetwas murmelten, das Takis und ich nicht verstehen konnten. Dann nahm die erste der Frauen eine Handvoll Gewürznelken und ließ sie auf die beiden glimmenden Räucherkegel fallen. Eine Spirale aus würzigem Duft stieg auf und parfümierte das Zimmer, bevor sie sich verflüchtigte. Yannoula rührte sich in ihrem Bett und schien sich zu entspannen. Sie lächelte und schloss die Augen, als hätte sie ein Geheimnis zu bewahren. Sie atmete ein letztes Mal tief aus, dann hörte sie auf zu atmen.

»Möge die Erde leicht auf ihr ruhen«, sagte die erste der Frauen, indem sie sich bekreuzigte.

»Eine Tür schließt sich und die nächste geht auf«, sagte die zweite und bekreuzigte sich ebenfalls.

Sie verließen das Zimmer.

»Ist … ist sie …?«, fragte Takis.

Ich hob einen von Yannoulas Armen an, doch er war schlaff. Ich küsste ihre Hand.

Dann waren die Frauen zurück, mit einer Schüssel voll Wasser und einem sauberen weißen Handtuch. Sie stellten beides neben Yannoula ab. Es war für den heiligen Michael, sagten sie, der kam, um die Seele zu geleiten.

»Er muss sein Schwert waschen und trocknen.«

»Was für ein Unsinn«, sagte ich, als sie sich zum Gehen wandten.

»Wir kommen die Schüssel später wieder holen«, sagte eine vom Gang aus, bevor sie die Tür schlossen.

Ich wollte nur allein sein mit Yannoula. Ich musste mich auf meine eigene Weise von ihr verabschieden, ihr Lebwohl sagen, und dazu gehörte, dass ich sie wusch und anzog, um sie gehen lassen zu können. Ich bat Takis, zur Pension zu gehen und in ihrem Gepäck, das seit unserer Rückkehr aus den Bergen noch nicht ausgepackt worden war, nach dem gelben Kleid zu suchen. Sie hatte mir einmal gesagt, dass sie darin begraben werden wollte, doch ich wusste nicht, ob sie es aus Athen mitgebracht hatte.

»Ich will aber nicht weg«, sagte er. »Ich will nicht nach diesem Kleid suchen. Ich weiß nicht, warum du das brauchst?«

»Bitte, Takis. Ich brauche ein paar Minuten allein mit ihr. Ich werde hier sein, wenn du zurückkommst.«

Er stand für eine oder zwei Minuten unschlüssig da, während er das Gewicht von einem Fuß auf den anderen verlagerte, doch schließlich ging er.

Ich entfernte die Schüssel und das Handtuch und legte meinen Kopf auf Yannoulas immer noch warme Brust. Ich spürte, wie alle Energie aus mir floss. Ich schob meine Füße in ihre Pantoffeln am Boden vor dem Bett, und nach einer Weile trieb ich davon in jenen vertrauten Raum mit der halb offenen Tür. Gelbes Licht fiel hindurch. Und wie immer spürte ich, dass hinter der Tür eine Wahrheit wartete. Sie hätte alles erklärt, doch ich kam ihr nicht näher, ganz gleich, wie lange oder wie schnell ich in diese Richtung lief. Ich vernahm ein Geräusch, Worte, die irgendwo von draußen kamen, doch ich konnte sie zunächst nicht verstehen. Dann wurden sie klar.

Ich war Yannoula.
Wirst du meinen Vers singen,
Während ich am Ende der Treppe warte,
Dass du meinen Arm nimmst und
Mich hinunterführst in die Zeit
Des Alters, des Todes?
Hier in diesem Theater,
Wo das Schauspiel, das meines war,
Endete, bevor ich die Rosen nehmen konnte,
Die du mir gereicht hast, als
Meine letzten Zeilen ungesprochen blieben.
Sing für mich, Manolis, sing unser Lied,
Das Lied unseres Gehens und Zurückkommens,
Während der gemalte Mond hinter uns
Durch die gemalten Wolken gleitet.

Die Worte wiederholten sich, bis ich meine eigene Stimme erkannte und spürte, wie Takis mich bei den Schultern packte und schüttelte.

»Du sprichst im Schlaf, Aliki.«

»Ich habe nicht geschlafen«, sagte ich.

»Was dann?«

»Ich weiß es nicht.«

Er hatte Yannoulas gelbes Kleid gefunden, daher … Ach je, ich kann es kaum ertragen, darüber zu reden, selbst nach all den Jahren. Yannoula liegt in ihrer Holzkiste in der Erde und wird dort bleiben bis zum Ende der Zeit, jeden Tag und jede Nacht, für immer. Es ist mehr, als ein gewöhnlicher Mensch begreifen kann. Wir leben unsere Leben wie Termiten im Innern eines umgestürzten Baumes, tasten uns durch die Dunkelheit, blind und unwissend, was jedes Universum da draußen angeht.

Takis war völlig aus dem Gleichgewicht von Yannoulas Begräbnis und Abschiedsmesse. Er schien sich überhaupt nicht mehr fangen zu können … andererseits, wem gelingt das schon nach so einem Schlag?

Wenigstens war er abgelenkt von dem, was mit Stelios passierte, und so verbrachte ich so viel Zeit damit, Takis zu trösten, wie ich nur konnte. Ich ermutigte ihn, mit seinen Aufführungen bei Theo fortzufahren, ohne sich in seiner Trauer zu verlieren. Dann wurde mir bewusst, dass zwei Wochen oder mehr vergangen waren, und ich fing an zu befürchten, Stelios könnte bereits in sein Exil geschafft worden sein, ohne dass ich wusste, wie ich ihn finden konnte. Doch als ich zu dem Polizeihauptmann ging, sagte er mir, dass Stelios noch in Agios Nikolaos war. Es hatte keine Schiffe gegeben, um die Gefangenen abzutransportieren, und es würde wohl bis August keine geben. Ich weiß nicht, wie ich mich durch diesen langen Sommer voll Warten geschleppt habe, doch mir blieb keine Wahl.

Während dieser Zeit schien Takis sich endlich selbst zu finden, nicht zuletzt durch das Schattentheater, dem er sich mehr widmete als je zuvor. Und als der Hauptmann mich schließlich benachrichtigte, dass ich so bald wie möglich nach Agios aufbrechen sollte, ging ich zu Theo, dem wunderbaren Theo, der für uns die Beerdigung Yannoulas arrangiert und Takis und mir die ganze Zeit hindurch beigestanden hatte.

»Fahr mit Stelios«, sagte er. »Du musst es tun. Takis, nun ja … Ich verstehe den Jungen nicht. Die Kinder lieben seinen Karagiozis. Er muss bleiben, schon ihretwegen. Sie werden sein Leben sein. Ich rede mit ihm, erkläre ihm alles, sodass er es versteht. Aber du hast recht, besser, du fährst einfach. Ich sage es ihm, wenn du weg bist.«

Er öffnete mir den Weg des Feiglings. Andererseits hatte Stelios recht mit seinen Worten, dass ich Takis nicht ewig beschützen konnte. Also packte ich meine Tasche und trug sie zusammen mit Stelios' Tasche zum Busbahnhof, ohne mich von Takis zu verabschieden. Auf dem ganzen Weg nach Agios

Nikolaos bemühte ich mich, nicht an Takis zu denken und an seine Reaktion, sobald er begriff, dass ich weg war. Doch ich hatte auch ein deutliches Gefühl von Erleichterung, das Gefühl einer Bürde, die mir von den Schultern gefallen war und die ich seit jener schrecklichen Nacht in unserem Heimatdorf mit mir herumgeschleppt hatte. Ich musste nicht mehr darüber nachdenken, was ich zu ihm sagte. Ich musste mir keine Gedanken mehr machen. Ich war auf dem Weg zu Stelios, und das war, was ich wollte. Ich kehrte zu ihm heim.

»Gott sei Dank«, sagte Stelios, als ich eintraf. »Ich dachte schon, du würdest nicht mehr rechtzeitig kommen. Wir legen heute Nacht ab.«

»Yannoula.«

Er sah mich ernst an. Ich hatte mich bis zu diesem Augenblick zusammengerissen, versucht, alles allein zu regeln, oder mit Theos Hilfe, doch jetzt kamen die Tränen. Stelios sagte nichts, doch er wirkte erschüttert. Er öffnete den Mund zum Reden und schloss ihn wieder. Auf dem Podium vor uns verkündete ein Offizieller, dass sämtliche Verwandten, die die Exilanten begleiten wollten, nun das Theater verlassen mussten und sich mit ihren Papieren im Hafen melden sollten. Ich küsste Stelios rasch noch ein letztes Mal, während die Wachen schon zwischen den Männern hindurchgingen, sie anbrüllten und mit den Kolben ihrer Gewehre zu einer Seite des Kinos dirigierten.

Im Hafen ging die Sonne unter, während Frauen und Kinder mitsamt ihrem Gepäck durcheinanderliefen. Froso winkte mich zu sich. »Hast du schon gehört?«, fragte sie. »Das Lager auf der Insel wird zu einem richtigen Gefangenenlager umgebaut! Ganz und gar nicht das, was man uns gesagt hat. Unsere Männer sind Exilanten, keine Strafgefangenen!«

Woher sie das wüsste, wollte ich von ihr wissen. Ihr Dimitri hatte es ihr gesagt. Es war ein Gerücht, das die Wachen sich erzählten. »Aber wie meine Mutter immer sagt – Gerüchte sind wie Katzen. Sie folgen dir nach Hause, und sie erobern dein Herz.«

Froso erzählte, dass auf der Insel in alten Zeiten Marmor gebrochen worden war. Jetzt sollten die alten Steinbrüche wieder geöffnet werden und die Exilanten dort arbeiten. Es war eine mühsame, gefährliche Arbeit, und niemand wusste, wie lange sie dort bleiben mussten. Über die Insel war nur noch bekannt, dass es eine Wunder wirkende Ikone in der Mariä-Entschlafens-Kirche gab. Viele Menschen mit Krankheiten kamen auf der Suche nach Linderung oder Heilung während des Entschlafungsfestes im August dorthin. Die Gefangenen aus dem Arbeitslager mussten dabei helfen, die Insel für das Fest vorzubereiten. Die Feiern in diesem Jahr waren jedoch schwach besucht gewesen, weil das Reisen so schwierig war für jedermann außer den Truppen.

»Mein Dimitri«, sagte Froso in diesem Augenblick. »Er ist nicht stark. Ich weiß nicht, wie viel Arbeit er bewältigen kann. Und ich glaube nicht, dass sich irgendeine Ikone dafür interessiert.«

Wie würde Stelios sein neues Martyrium überstehen? Sein Bein war nicht ordentlich verheilt, und er hatte sein verlorenes Gewicht noch längst nicht wieder. Er bot einen traurigen Anblick, zusammen mit den anderen Gefangenen, als sie vielleicht eine Stunde später im Hafen eintrafen. Man hatte sie in triste graue Uniformen gesteckt, und mit ihren geschorenen und schrundigen Köpfen boten sie ein Bild des Elends. Nachdem die Gefangenen an Bord gegangen waren und in Reih und Glied an Deck standen, durften die Familienangehörigen ihre Papiere vorzeigen und ebenfalls das Schiff besteigen. Wir gingen unter Deck in einen langen Raum mit niedriger Decke, der vollgestellt war mit Pritschen und nackten Matratzen. Es roch modrig und nach den Toiletten im Heck.

»Es ist nur für eine Nacht«, sagte Froso. »Und für eine Nacht halte ich alles aus.«

Ich kehrte an Deck zurück. Das Schiffshorn ertönte dreimal, und das Schiff lief langsam aus dem Hafen aus. Ich stand an der Reling und sah, wie der Kai immer weiter zurückblieb, als ich eine kleine Gestalt mit Koffern bemerkte. Irgendetwas an ihr erinnerte mich an Takis. Aber konnte das sein? Bestimmt nicht. Und trotzdem war da dieser Junge. Er hatte die Koffer abgestellt und wedelte wild mit beiden Armen. Das Tageslicht war fast geschwunden, und es war schwierig, ihn deutlich auszumachen. Ob Takis oder nicht, ich fühlte mich plötzlich überwältigt von meiner eigenen Tat. Wie konnte ich ihn im Stich lassen? Es war beinahe so, als hätte ich ein Stück von mir selbst abgetrennt. Ich hatte zu lange auf ihn aufgepasst, trotz allem, was er angestellt hatte. Würde er sich von meinem Verrat erholen? Würde ich? Doch es war richtig, richtig für mich, mit Stelios zu gehen. Er war mein Zuhause, meine Heimkehr, mein Ort des Friedens. Ich hatte meine Entscheidung getroffen.

»Kennst du ihn?«, fragte Froso neben mir. Ich hatte nicht gemerkt, wie sie zu mir an die Reling getreten war.

»Ja«, sagte ich. »Das heißt, nein. Ich bin mir nicht sicher.«

»Hmmm. Das klingt … schwierig.« In diesem Moment brandeten vom Wind gepeitschte Wellen gegen die Backbordseite unseres Schiffes, und die Gischt durchnässte uns alle, insbesondere die Gefangenen. Die Wachen hatten unter einer Plane Karten gespielt, doch der Wind und die Gischt rissen sie weg, und die Männer brachten sich hastig in Sicherheit. Ich ging, um mit Stelios zu reden, während Froso ihren Dimitri auf der anderen Seite des Schiffes aufsuchte, einen schmächtigen jungen Mann mit eingefallenen Wangen. Ich konnte mir überhaupt nicht vorstellen, dass er sich daran beteiligt haben sollte, jemand anderen aufzuhängen. Er sah aus wie ein Schuljunge, der das Einmaleins auswendig lernen sollte.

Stelios fragte mich nach Yannoula, und ich berichtete ihm die Einzelheiten.

»Ich kann mich überhaupt nicht an eine Zeit erinnern, als sie kein Teil meines Lebens war«, sagte er. »Ich weiß nicht, wie alt ich war, als Mutter sie eingestellt hat. Sie war einfach immer da. Fast mehr Mutter als meine Mutter.« Er sah hinaus auf das schiefergraue Meer im Dämmerlicht des Abends. Der Wind peitschte die Wellen auf, und das Schiff schwankte in der See. So standen wir eine ganze Weile. »Wir haben jetzt nur noch uns«, sagte er schließlich. »Aber so sollte es auch sein, oder? Was ist mit Takis? Bist du aufgebrochen, ohne dass er es bemerkt hat?«

Ich erwähnte den Jungen am Kai nicht, doch ich erzählte Stelios, was Theo geplant hatte.

»Der arme Theo«, sagte Stelios. »Ich möchte nicht in seiner Haut stecken, wenn Takis es herausfindet.«

Wieder sprühte Gischt über uns und riss den Wachen ein paar Karten weg. Der heiße, trockene Augustwind, den wir *Meltemi* nennen, wehte über das Deck. Die Wachen fluchten, während die anderen Männer lachten. Stelios sagte, dass er viele von ihnen kennengelernt hatte während der Zeit in dem alten Kino in Agios Nikolaos. Die meisten von ihnen waren Kommunisten, und die Wachen waren mit ziemlicher Sicherheit Nationalisten. Andere vermochten gar nicht zu sagen, auf welcher Seite sie standen, doch so gut wie jeder wurde von dem einen oder anderen Hass verzehrt, und die Geschichten, die sie Stelios erzählt hatten, waren ausnahmslos bitter gewesen.

»Die Nationalisten sind in Wirklichkeit Faschisten und hassen alle Kommunisten. Die Kommunisten sind in verschiedene Gruppierungen zerfallen, die sich untereinander ebenfalls hassen. Sie finden einfach nicht zueinander, außer in ihrem gemeinsamen Hass auf die Briten. Die royalistische Regierung liebt die Briten, weil sie von ihnen eingesetzt wurde und unterstützt wird. Dann ist da noch das Militär, das überall gegen die Partisanen vorrückt und sie nach und nach in die Enge treibt.« Er warf die Hände hoch. »Aber selbst das Militär besteht aus verfeindeten Gruppen, die Groll gegeneinander hegen.«

Eine der Geschichten, die ihm zu Ohren gekommen waren, handelte von einem Bergdorf, dessen Bewohner die Deutschen zu freundlich empfangen hatten. Einige hatten es gewagt, die Deutschen in ihre Häuser einzuladen, und vielleicht war die eine oder andere Frau sogar mit einem Deutschen im Bett gewesen. Wer vermochte schon zu sagen, ob es stimmte oder ob es nur Gerüchte waren, in die Welt gesetzt aufgrund alter Feindschaften? Doch nachdem die Deutschen abgezogen waren, waren eines Nachts Männer aus einem Nachbardorf gekommen und hatten zwei oder drei Häuser angezündet. Im Gegenzug hatten die Männer des Dorfes das Nachbardorf heimgesucht, die Bewohner niedergeschossen, das Vieh getötet und Lauge in die Brunnen gekippt.

»Ein derartiger gewaltsamer Akt zieht stets einen noch gewaltsameren Vergeltungsschlag nach sich. Am Ende hatte keiner aus einem der Dörfer noch irgendwas. Es gab nichts mehr außer verkohlten Ruinen.« Er strich sich mit der Hand über die Stoppeln, die sich auf seinem Kopf zeigten. »Als die Deutschen erfuhren, was passiert war, fanden sie es lustig. Zwei Dörfer waren ausradiert, und sie hatten nicht einen einzigen Finger rühren müssen.«

Auf dem Land war geradezu alles persönlich. Wenn man seinen Cousin nicht mochte und er wurde Kommunist, wurde man automatisch das Gegenteil. »Es hat nichts mit Ideologien oder Werten oder Büchern zu tun. Ich glaube, es ist nicht nur auf dem Land so, sondern überall, selbst in den großen Städten. Ich weiß überhaupt nicht, wie wir das jemals wieder in den Griff kriegen und zu einem geordneten Leben zurückfinden wollen.«

Der Wind wurde stärker, und die Wachen gaben für die Nacht dünne Decken an die Gefangenen aus. Mehr war vermutlich nicht nötig, weil es so warm war. Man befahl den Gefangenen, sich an Deck hinzulegen und zu schlafen. Ich ging nach unten, wo Froso soeben nach Flieder duftendes Kölnischwasser auf ein Taschentuch tropfte.

»Möchtest du auch?«, fragte sie mich. »Wenn du es über die Nase legst, während du schläfst, hilft es vielleicht gegen den Gestank.« Doch das süßliche Aroma zusammen mit den fauligen Gerüchen aus der Toilette erweckte Übelkeit in mir, also nahm ich den Mantel von Stelios' Mutter aus dem Koffer und kehrte an Deck zurück, um mich auf eine der Holzbänke zu legen.

So unbequem sie auch war, es erschien mir, als wären nur wenige Minuten vergangen, als das Tuten des Schiffshorns mich aus dem Schlaf riss. Vor uns lag ein undeutlicher grauer Schatten von einer Insel, kaum größer als der große gelbe Dotter der Sonne, die dahinter aufstieg. Die Insel erhob sich langsam zu einem imposanten grauen Felsen mit wenig Vegetation. Wir gingen auf parallelen Kurs zum Ufer und sahen an den hohen Klippen hinauf, vor denen sich die Wellen schäumend an einem Gewirr aus herabgestürzten Felsbrocken brachen. Einige der Klippen waren wie von einem weißen Knochengerippe durchzogen – der berühmte Marmor der Insel, wie mir jemand sagte. Dann beschrieb das Schiff einen Bogen nach Backbord und lief in einen kleinen hufeisenförmigen Hafen ein, umgeben von einer Ansammlung aus würfelförmigen Bauten, die so weiß gewaschen waren von Sonne und Salz, dass sie im Licht der Morgensonne blendeten. Die Angehörigen mussten hier aussteigen, und das Schiff würde anschließend weiter zum Gefangenenlager auf der anderen Seite der Insel fahren, das über einen eigenen kleinen Hafen verfügte.

»Ich komme dich besuchen, sobald ich eine Unterkunft gefunden habe«, sagte ich zu Stelios. Es gab kein Hotel und keinen Gasthof auf der Insel, hatte ich gehört, doch die Bewohner vermieteten Zimmer an Besucher. Stelios wirkte beunruhigt, jetzt, da wir wieder getrennt werden sollten.

»Komm nur mit den anderen Frauen zusammen«, sagte er. »Nicht alleine. Ich weiß nicht, wie sicher du hier bist. Und frag nach mir, wenn ich nicht da bin.« Angst flackerte in seinen Augen auf. »Und lass nicht zu, dass ich verschwinde«, fügte er hinzu.

»Denk nicht mal dran«, antwortete ich, obwohl ich selbst Angst hatte. Ich war seine einzige Verbindung zur Außenwelt auf dieser winzigen Insel, wo wir niemanden kannten. Aber was sollte ich hier mit meiner Zeit anfangen, wenn ich ihn nicht besuchte? Ich schrak zusammen, weil mir dieser Gedanke nicht früher gekommen war. Ich war so entschlossen gewesen, aus Heraklion zu verschwinden und nach Agios Nikolaos zu gelangen, bevor Stelios deportiert wurde, dass ich nicht einen Gedanken an das Danach verschwendet hatte. Zur Abwechslung war ich ratlos.

Wir hielten uns in den Armen, solange wir konnten. Ich wollte ihn nicht gehen lassen, und ich wollte nicht allein sein. Nachdem ich ausgestiegen war, nahm ich den kleinen Hafen in Augenschein. Es gab nicht viel zu sehen: gelbe Fischernetze, die in der Sonne trockneten, einheimische Kinder, die uns Neuankömmlinge aus großen Augen musterten, ein Kaffeehaus, vor dem alte Männer an Tischen Backgammon spielten. Auf einer Seite stapelten sich Marmorblöcke, jeder einzelne so groß wie ein kleiner Wagen. Ein mächtiger Kran lud die Blöcke einen nach dem anderen in Fischerboote, die ihrerseits einen Frachter auf Reede ansteuerten. Waren diese Blöcke von anderen Strafgefangenen herausgeschlagen worden? War es das, was Stelios in diesem Lager tun musste?

Einige der Familien, die ich von unserem Schiff kannte, machten sich auf der Suche nach Unterkunft auf den Weg zu den Wohnhäusern und klopften an Türen. Ich konnte mich irgendwie nicht überwinden, es ihnen gleichzutun – oder, was das anging, überhaupt irgendetwas zu tun. Es war das erste Mal in meinem Leben, dass ich vollkommen auf mich allein gestellt war. Ein kühler Seewind wehte herein, und ich fühlte mich, als wäre ich am Ende der Welt angekommen.

»Komm, wir suchen zusammen«, sagte eine Stimme hinter mir. Froso schob ihren Koffer mit dem Fuß vor, bis er neben meinem eigenen stand. »Nicht gerade der Ort, den man sich aussuchen würde, um Urlaub zu machen, hm? Was tun die Leute hier samstags abends, um sich zu unterhalten? Sich gegenseitig totschießen?«

Wir ließen unsere Koffer bei dem Kaffeehaus an der Hafenmauer zurück und wanderten zum Rand des Dorfes, der dem Gefangenenlager am nächsten lag. Die Häuser hier waren ebenfalls weiße Würfel, genau wie die am Hafen. Hinter ihnen befanden sich gepflegte Gemüsegärten und Orangen- oder Zitronenhaine sowie von Wein überrankte Lauben. Die Türen und Fensterläden der Häuser waren in leuchtenden Grundfarben gestrichen, und als wir vorbeikamen, wurden wir von den Bewohnern neugierig in Augenschein genommen, Neuankömmlinge im Dorf.

»Hey, ich hab ein Zimmer für euch«, riefen sie uns zu. »Sehr hübsch. Kommt rein und seht selbst!«

»Mein Haus ist ganz billig. Das beste in der Gegend.«

»Hier bei mir seid ihr dem Lager am nächsten.«

Wir sahen uns einige der angebotenen Zimmer an. Sie waren einfach, jedoch sauber und ordentlich. Während wir herumgeführt wurden, versuchten die Frauen uns auszuhorchen. Sie stellten Fragen nach unseren Geschichten und nach unseren Verwandten im Lager, was sie verbrochen hatten, zu wie vielen Jahren sie verurteilt worden waren, ob wir genügend Geld hatten, um ein Zimmer anzumieten. Die Insel, so erfuhren wir von ihnen, war von Gott und der Welt beinahe vergessen gewesen, bevor die ersten Gefangenen hier ihr eigenes Lager errichten mussten.

»Was können wir tun?«, fragte eine ältere Frau mit Namen Stavroula. Sie war winzig, geschrumpft vom Alter, doch ihre Augen blickten scharf und schätzten uns ab. Sie hob die Hände, als hätte sie keine Wahl, außer zu nehmen, was immer die Situation bot. »So ist nun einmal unser Leben.« Sie hatte ein Zimmer in ihrem Haus, gleich neben der aufgegebenen Dorfschule. Das Zimmer war hell und sauber und besaß eine eigene Toilette, das beste Zimmer, das wir bisher gesehen hatten, doch es war nur groß genug für eine Person. Froso beschloss, es zu nehmen, nachdem Stavroula sich einverstanden erklärt hatte, Dimitri nach seiner Entlassung ebenfalls aufzunehmen, bis sie ein Schiff gefunden hatten, das sie nach Kreta zurückbringen würde. Ich fragte nach der Dorfschule – vielleicht konnte ich umsonst dort wohnen, da sie nicht mehr genutzt wurde.

»Oh, sie wurde bereits vor dem Krieg geschlossen«, sagte Stavroula. »Das Ministerium in Athen hat einfach aufgehört, uns Lehrer zu schicken. Unsere Kinder sind als Analphabeten aufgewachsen.« Sie hob erneut hilflos die Hände. »Es ist nicht recht, aber was können wir schon tun?«

Ich ging zur nächsten Tür und spähte durch ein schmutziges Fenster in einen großen Raum mit aufeinandergestapelten Schülerpulten. Ich fragte mich erneut, ob ich umsonst oder gegen eine geringe Miete dort wohnen konnte, wenn ich mich erbot, sauberzumachen und irgendetwas damit zu machen. Ich hatte eine Idee. Ich kehrte zu Stavroula zurück und fragte, ob sie glaubte, man könne die übrigen Dorfbewohner überzeugen, mich fürs Erste dort wohnen zu lassen, wenn ich alles für die Wiedereröffnung vorbereitete, die sicherlich irgendwann erfolgen würde.

Froso sah sich die Schule an. »Aber alles ist so primitiv, Aliki«, sagte sie. »Und so schmutzig!«

»Es gibt lediglich eine Außentoilette«, sagte Stavroula. »Es wäre nicht gut, wenn eine junge Frau allein dort wohnt. Niemand wäre wohl damit.«

Ich erklärte erneut, dass ich mich durchaus damit abfinden könnte, bis ich genauer wüsste, wie lange mein Ehemann im Lager bleiben musste. Es war das erste Mal, dass ich von Stelios als meinem *Ehemann* gesprochen hatte, und als das Wort über meine Lippen kam, stockte ich. Stavroula hob eine Augenbraue und sah fragend zu Froso, der es nicht aufgefallen zu sein schien. Stavroula zierte sich weiter wegen der Schule, doch am Ende rief sie ihren Cousin an, den Bürgermeister, der zugleich die Leitung des Lagers innehatte. Kleine Lager wie dieses, wurde mir klar, hatten oft keinen eigenen Kommandanten, sondern lediglich Wachsoldaten, die einem örtlichen Beamten unterstellt waren, in diesem Fall dem Bürgermeister. Stavroula sagte, dass ihr Cousin zwar sehr beschäftigt wäre, aber trotzdem versuchen würde, sich Zeit für mich zu nehmen.

Nachdem ich zwei Stunden lang vor Stavroulas Haus gewartet hatte, erschien er schließlich in einem großen weißen Wagen mit einem Chauffeur, der wohl auch ein Gefangener war, denn er trug die gleiche graue Uniform wie alle anderen. Der Bürgermeister selbst, ein dicker Mann in mittlerem Alter in einem zerknitterten braunen Anzug, kletterte aus dem Wagen und entschuldigte sich wortreich, weil es so lange gedauert hatte.

»Gerade heute ist eine neue Gruppe Gefangener eingetroffen, wissen Sie?« Er zog ein Taschentuch aus seiner Brusttasche und wischte sich damit über die schwitzende Stirn. »So ein Durcheinander. Es ist jedes Mal dasselbe, bis man ihnen erklärt hat, wie wir die Dinge hier erledigen.« In seiner Stimme schwang ein chronisch leidender Ton mit, und er sah uns aus traurigen Augen an, als erwartete er, dass wir ihm unser Mitgefühl ausdrückten.

Als ich ihm sagte, was ich wegen der Schule vorzuschlagen hatte, erwiderte er, Stavroula habe ihn bereits darüber unterrichtet, aber nein, das Gebäude sei nicht geeignet für eine junge Frau ganz allein. Was würden die Leute denken? Ich sollte mir eine Bleibe bei einer netten Familie suchen.

»Ich kann nur wenig zahlen«, sagte ich.

»Nein, nein, es wäre nicht richtig. Wir müssen anständig und ehrbar bleiben, immerhin haben wir die Ikone hier bei uns. Was würde die Jungfrau Maria denken?«

Dann erzählte er mir die Geschichte der Insel und der Marmorsteinbrüche. All das schien überhaupt nichts mit irgendetwas zu tun zu haben, schon gar nicht angesichts der Tatsache, dass er doch so beschäftigt war, doch er genoss ganz offensichtlich die Gelegenheit, mir einen kleinen Vortrag zu halten. Er endete damit, mir die »exquisite, durchscheinende Qualität des einheimischen Marmors« zu beschreiben, und machte Anstalten, wieder in den großen weißen Wagen zu steigen, während der Chauffeur den Motor anließ. Ich musste irgendetwas sagen, ganz egal was. »Hören Sie!«, rief ich. »Ich unterrichte die Kinder! Dann ist es eine richtige Schule. Niemand kann Einwände dagegen haben, oder?«

Er befahl seinem Fahrer, den Motor abzuschalten. »Sind Sie denn eine Lehrerin?«, fragte er durch das Seitenfenster. »Das haben Sie nicht gesagt. Und in Ihrem Alter? Wie viel Erfahrung haben Sie?«

»Nun, ich bin vielleicht keine richtige Lehrerin mit Papieren vom Ministerium«, erwiderte ich, unsicher, was ich sagen sollte. Dann kam mir ein Gedanke. »Aber Sie haben ja auch keine richtige Schule. Ihre Kinder wachsen als Analphabeten auf. Ich kann lesen und schreiben.« Ich spürte, wie ich errötete – schließlich konnte ich selbst kaum lesen, und das einzige Buch, das ich besaß, war Stelios' abgegriffene Ausgabe der *Ilias*. Doch Stelios hatte mir einmal gesagt, dass Generationen von Griechen aus der *Ilias* Lesen und Geschichte gelernt hätten. Und es hatte bei mir schließlich ebenfalls funktioniert. Während ich weiterredete, spürte ich, wie meine Zuversicht wuchs. »Warum lassen Sie mich es nicht versuchen?«, schloss ich. »Was haben Sie zu verlieren? Nichts, außer der Unwissenheit Ihrer Kinder.«

Der Bürgermeister musterte mich von oben bis unten, während er Fragen stellte – woher ich kam, warum ich auf Kreta gewesen war, wer von meinen Angehörigen hier auf der Insel im Lager war. Als ich ihm Rede und Antwort gestanden hatte, sagte er: »Mir scheint, er hat eine gute Wahl mit Ihnen getroffen, junge Frau. Lassen Sie mich darüber nachdenken.« Er nickte dem Fahrer zu, und der Wagen fuhr davon.

»Das war ein beeindruckender Auftritt«, sagte Stavroula hinter mir. »Ich bin sicher, dein, äh, *Ehemann* wäre stolz auf dich.«

»Kannst du wirklich unterrichten?«, wollte Froso wissen.

»Das werden wir sehen«, antwortete ich und ging zum Schulgebäude nebenan. Ich stieß vorsichtig gegen die Tür, und sie öffnete sich. »Er hat vielleicht nicht gleich Ja gesagt, aber er hat auch nicht Nein gesagt«, sagte ich laut zu mir selbst, als ich eintrat. Ich schob die Pulte und Stühle zu einer Seite, legte meine Siebensachen ab und machte mir eine Liste der Dinge, die ich zum Reinigen benötigte. Dann kehrte ich zum Haus von Stavroula zurück und fand Froso, die sich mit der alten Frau unterhielt. Ich schlug vor, dass wir zum Lager gingen. Wo war es eigentlich genau?

»Oh, ich würde heute nicht hingehen«, sagte Stavroula. »Es ist zu früh.«

»Zu früh wofür?«, wollte ich wissen.

»Für Besuche.«

»Aber ich möchte meinen Dimitri sehen«, sagte Froso. »Und ich will hin.«

»Das wird meinem Cousin nicht gefallen«, sagte Stavroula. »Und vergiss nicht, Aliki, du hast gerade erst einen guten Eindruck bei ihm gemacht.«

»Aber wir sind doch nur wegen unserer Männer überhaupt hier.«

Wir machten uns auf den Weg. »Stavroula redet unablässig«, sagte Froso. »Wirklich ohne Pause. Sie und dieser Bürgermeister – ich weiß jetzt schon mehr über die Insel und das Dorf als über Kreta, wo ich mein ganzes Leben verbracht habe.«

Außerhalb der Ortschaft war das Land kahl und öde. Windmühlen mit weißen Segeln standen am Straßenrand in der flirrenden Sommerhitze. Kein Lufthauch ging, und die Räder drehten sich nicht. Wir kamen durch ein Dorf, dessen Häuser größtenteils verlassen waren, die Dächer eingefallen, die Läden von den Fenstern gerissen, überall Gesträuch und Unkraut. Eine tote Platane stand auf der einstigen *plateia*. Ich nahm an, dass der Marmor in den nahegelegenen Steinbrüchen zu Ende gegangen war und die Arbeiter mit ihren Familien weitergezogen waren. In früheren Zeitaltern hatten Tausende von Sklaven in den Steinbrüchen gearbeitet, hatte der Bürgermeister erzählt.

»Ein Stein ist ein Stein, soweit es mich angeht«, sagte Froso.

Überall lagen kleine Brocken Marmor herum. Ich nahm einen Stein von der Größe einer Zitrone auf und hielt ihn ins Sonnenlicht. Er schien von innen heraus zu leuchten. Der Bürgermeister hatte nicht übertrieben, als er von der Leuchtkraft gesprochen hatte. Ein Stein war eben nicht nur ein Stein. Ein Lastwagen kam vorbei. Er war hoch beladen mit Marmorblöcken und auf dem Weg zum Hafen, wo wir hergekommen waren.

Als wir uns dem Lager näherten, hatten sich andere Frauen, die mit uns auf dem Schiff gewesen waren, bereits dort eingefunden. Wir grüßten uns gegenseitig und unterhielten uns über unsere jeweiligen Unterkünfte. Wir fühlten uns wie Schwestern, als wir unsere Namen nannten und uns unsere Geschichten erzählten und unsere Reaktionen auf die bestürzenden Zustände im Lager, einer Ansammlung zerlumpter Zelte mit einem einzigen Wachhaus am Hang eines felsigen Hügels. Die Zelte zogen sich den Hang hinunter bis zu einer riesigen Höhle, die der Eingang zu einem der Steinbrüche war. Auf der anderen Seite des Hügels befand sich ein weiterer Steinbruch, ein tiefes Loch mit einem kleinen See am Grund. Die uns zugewandte Seite des Sees bildete den Rand des Lagers, und ein Zaun erstreckte sich zu beiden Seiten. Das gegenüberliegende Ufer war so steil, dass eine Flucht über das Wasser unmöglich erschien. Man erzählte sich, dass der See eine unterirdische Verbindung zum Meer besaß, doch niemand wusste, wie tief er war, oder kannte sich mit den Höhlen unter Wasser aus. Doch es gab Gerüchte über Meerestiere, die den Weg in den See gefunden hatten und dort festsaßen und im dunklen Wasser laichten.

»Die Leute hier glauben alles, was man ihnen erzählt«, sagte Froso.

Das Wachhaus war vollständig aus grob behauenen Marmorsteinen errichtet. Ein Drahtzaun umgab das gesamte Lager, doch er schien nicht sonderlich stabil. Ich nahm an, dass Fluchtversuche ohnehin sinnlos waren, da wir uns auf einer Insel mitten im Meer befanden. Niemand saß im Wachhaus, und Gefangene waren auch nicht zu sehen, also standen wir in der Sonne herum und warteten darauf, dass sich jemand zeigte. Die Frauen kamen alle von Kreta – starke Frauen, die Felder bestellt und Kinder aufgezogen hatten. Ich fragte mich, ob sie auch unter denjenigen gewesen waren, die die deutschen Fallschirmspringer bei ihrer Invasion mit nichts als Sensen und Heugabeln angegriffen hatten.

Endlich erschien ein Wachmann mit einem Gewehr in den Händen. »Nicht heute!«, rief er uns zu. »Geht nach Hause! Die Neuankömmlinge müssen zuerst eingewiesen werden!«

Für einen Moment herrschte erstauntes Schweigen, dann erhob sich ein dumpfes Murren aus unseren Reihen. Einige Frauen versuchten, mit dem Wachmann zu streiten. Sie hätten bereits eine Ewigkeit in der Sonne gestanden und gewartet und ein Recht darauf, ihre Männer zu sehen. Der Wachmann wiederholte lediglich, was er bereits gesagt hatte. Einige der Frauen zischten ihn an und spuckten auf den Boden zu seinen Füßen. Wir waren insgesamt ungefähr zwanzig, und wir rückten wie auf ein Kommando gemeinsam vor. Der Wachmann brüllte einen Befehl, und mit einem Mal tauchte ein gutes Dutzend weiterer Bewaffneter auf und richtete die Gewehre auf uns. Ich fragte mich, ob der Bürgermeister im Lager war und ob er sich uns stellen würde.

Die Frauen waren außer sich vor Empörung und Zorn. Einige hoben Marmorstücke vom Boden auf. Alles ging so furchtbar schnell – es konnte doch nicht immer so geschehen. In meinem Gedächtnis tauchte die Erinnerung an jene Nacht in meinem Dorf auf, als die Frauen die Deutschen mit Kieselsteinen beworfen hatten, und das, was daraufhin passiert war.

»Lass uns gehen, Aliki«, sagte Froso in diesem Moment. »Wir versuchen es morgen noch einmal.«

Sie ergriff meinen Arm, und wir setzten uns in Bewegung. Das schien die Anspannung von den anderen Frauen zu nehmen, und einige von ihnen ließen fluchend ihre Steine fallen und folgten uns. »So ist das also hier«, sagte Froso. »Von wegen nur ein paar Monate Exil und den fröhlichen Dorfbewohnern helfen …«

»Wir kommen jeden Tag hierher!«, sagte eine andere Frau.

»Wir sorgen dafür, dass diesen Wachen Hören und Sehen vergeht, schon bei unserem bloßen Anblick«, sagte eine andere.

Weitere Frauen gesellten sich zu uns. »Wir haben unsere Rechte!«, sagte eine von ihnen. »Diese Wachen wurden von

Frauen geboren, genau wie jeder andere Mensch auf dieser Welt. Was bilden sie sich ein, mit ihren Gewehren auf uns zu zielen?«

Ich mochte diese energischen, entschlossenen Frauen mit ihrer Wildheit und ihrer Herzenswärme. Sie waren so ganz anders als die einheimischen Frauen, die ich am nächsten Morgen traf, als ich in den kleinen Laden ging, um die Reinigungs- und Putzmittel auf meiner Liste zu erstehen. Stavroula hatte mir bei unserer Rückkehr aus dem Lager erzählt, dass der Bürgermeister wenige Augenblicke zuvor angerufen und gesagt hätte, dass ich das Schulgebäude vorläufig nutzen konnte und dass wir herausfinden würden, ob es funktionierte (oder auch nicht).

Der Laden war ein einziges großes Durcheinander von Waren, ein einzelner großer Raum und ein kleines Lager dahinter. Er erinnerte mich an den Laden in dem Bergdorf auf Kreta. Konservendosen standen zwischen Körben und landwirtschaftlichen Geräten. Frisches Obst und Gemüse befand sich gleich neben Besen, Wischmopps und Glühbirnen; Spitzhacken und Gläser mit eingelegten Gurken stapelten sich zwischen Kisten mit Schrauben und Verbandmaterial. Frauen tauschten in den vollen Gängen den neuesten Tratsch aus, und Männer standen vor dem Laden auf der Straße und unterhielten sich über Werkzeuge und die Ernte. Die Frauen fragten mich nach meinem Ehemann, meiner Familie, dem Ort meiner Geburt. Nichts von dem, was ich erwiderte, blieb unkommentiert, manchmal durch Nicken, manchmal durch schnalzende Geräusch oder vielsagende Seitenblicke. Obwohl sie neugierig waren, zeigten die Frauen wenig Wärme. Ich überlegte, ob ich ihnen sagen sollte, dass ich eine Lehrerin war, doch ich hatte nicht den Mut dazu. Es war eine Erleichterung, als ich den Laden schließlich mit meinen Einkäufen verlassen konnte.

Ich kam am Hafen vorbei und bemerkte, dass das morgendliche Schiff angelegt hatte. Diesmal stiegen keine Gefangenen aus, nur ein paar Passagiere. Doch im Gegenzug ging eine kleine Gruppe von Gefangenen an Bord. Ihre Zeit war offensichtlich um, und sie lachten und scherzten miteinander, voll Freude, endlich nach Hause zurückzukehren. Also bleibt niemand für immer hier, dachte ich erleichtert. Eines Tages würden auch Stelios und ich nach Hause zurückkehren. Und dann bemerkte ich die kleine Gestalt, die mit ihren Koffern unter den Passagieren stand – es war tatsächlich der Junge, den ich bei unserer Abfahrt aus Agios Nikolaos am Kai hatte winken sehen. Takis hatte mich noch nicht gesehen, und für ein paar Sekunden hatte ich widerstreitende Gefühle – mein erster Gedanke war, einfach weiterzugehen. Doch er sah so verloren und hilflos aus, wahrhaft mutterseelenallein, wie er da stand. Trotzdem war ich wütend, dass er mir gefolgt war, und er war seinerseits wahrscheinlich wütend, weil ich ihn im Stich gelassen hatte. Aber jetzt ist er hier, dachte ich, und wir sind auf einer Insel. Es gibt kein Entrinnen.

Ich ging zu ihm und stand neben ihm, bis er mich bemerkte. Seine Miene hellte sich auf, doch dann wich der Ausdruck einem finsteren Blick.

»Wie konntest du das tun?«, fragte er.

»Ich musste«, sagte ich. »Stelios braucht mich.«

»Und ich nicht? Ich dachte, wir wären eine Familie. Du hast immer gesagt, wir wären eine. Willst du mich nicht mehr dabeihaben?«

Seine Augen und seine Stimme waren voll Schmerz und Anklage. Er war wieder der alte Takis, der schmollende Junge aus dem britischen Militärlager, doch sein Schmollen überdeckte nur teilweise den Ärger. Sein linker Fuß scharrte auf dem Boden.

»Du hattest kein Recht, mir zu folgen«, sagte ich. »Du hättest bei Theo bleiben sollen. Du hattest eine Chance auf ein neues Leben bei ihm.«

»Aber ich will kein neues Leben, wenn das bedeutet, dass ich allein bin. Ich fange an zu … na ja, du weißt schon.«

»Ich dachte, das hättest du hinter dir?«

»Manchmal ja, manchmal nein.« Ein betretenes Schweigen entstand. Ich wollte nicht wissen, was *manchmal nein* bedeutete. Ich sagte ihm, dass ich Theo gebeten hatte, ihm erst nach der Aufführung zu sagen, dass ich gegangen war.

»Es gab keine Aufführung«, erwiderte er. »Ich habe nach dir gesucht, weil ich Yannoula vermisst habe. Ich war so traurig, dass ich nicht wusste, was ich tun sollte. Als du nicht da warst, habe ich Theo gefragt, und weißt du, was er gesagt hat? Er hat gesagt, ich soll dich in Ruhe lassen, dich ein für alle Mal vergessen. ›Was glaubst du denn, was du tun wirst?‹, hat er mich gefragt. ›Sie eines Tages heiraten?‹ Da habe ich ihn geschlagen. Blut kam aus seiner Nase. Er hat mich aus dem Kaffeehaus geworfen.«

»O nein, Takis …« Ich wich vor ihm zurück, aus Angst, er könnte auch mich schlagen. »Der arme Theo. Er war uns so ein guter Freund.«

»Nicht mehr.«

»Nein, das denke ich mir.« Ich nahm an, dass wir Theo nie wieder sehen würden, selbst wenn wir nach Kreta zurückkehrten. Aber würde Takis noch einmal zuschlagen? Ich wechselte das Thema.

»Wie hast du sie dazu gebracht, dich auf das Schiff zu lassen? Du bist nicht mit einem der Gefangenen verwandt.«

»Niemand hat mich danach gefragt. Ein Laster hat mich nach Agios Nikolaos mitgenommen. Ich habe ihnen Geld gegeben, und sie haben mich an Bord gelassen. Was ist mit dir? Du bist auch nicht mit Stelios verwandt.«

»Ich wurde nicht nach Papieren gefragt.« Das stimmte sogar teilweise. Ich erzählte ihm nicht, dass sie nur einen flüchtigen Blick auf meine Heiratsurkunde geworfen hatten. Die Wahrheit zurückzuhalten – es war leichter, doch es kam schätzungsweise auf das Gleiche hinaus. Doch ich wollte nicht riskieren, dass er wütend wurde, jetzt, nachdem er angefangen hatte, andere zu schlagen.

»Wie geht es Stelios?«, fragte er. »Wie lange muss er hierbleiben?«

»Ich weiß es nicht. Sie wollten uns gestern nicht zu den Gefangenen lassen.«

Eine lange Pause entstand. Das Schiffshorn ertönte dreimal. Zeit zum Ablegen. Ich konnte das Schiff nicht ohne ihn abfahren lassen.

»Hör zu, Takis, du gehst besser gleich wieder an Bord. Du kannst es noch schaffen. Hier gibt es nichts für dich. Ich habe dich nicht gebeten herzukommen, und ich will nicht, dass du hierbleibst.«

Sein Kopf zuckte zurück, als hätte ich ihn geschlagen. Er schlug die Hand vor den Mund, während seine Augen voll Schmerz zum Schiff blickten. Er fährt mit, dachte ich. Ich habe ihn zu sehr verletzt. Doch stattdessen blieb er schweigend stehen, bis das Schiffshorn ein weiteres Mal erklang. Wir konnten die Ankündigung hören, dass sämtliche Besucher, die nicht Passagiere waren, nun an Land gehen mussten. Ich streckte die Hand nach ihm aus in der Absicht – oder zumindest dachte ich das –, ihm einen Stoß zu geben. Doch stattdessen zog ich ihn an mich und hielt ihn fest. Inzwischen waren die Motoren des Schiffs hochgelaufen, die Schrauben wirbelten das Wasser auf, und langsam weitete sich der Spalt zwischen Schiff und Kai. Jetzt war es zu spät für ihn, um noch mitzufahren. Ich hatte zu lange gezögert, hatte gewankt, und jetzt war es nicht mehr zu ändern. Wo würde er hingehen, und was würde er auf der Insel machen? Was sollte ich Stelios sagen, falls er mehr als einen oder zwei Tage blieb? Sie waren in Heraklion viel besser miteinander ausgekommen als früher, aber das bedeutete noch lange nicht, dass Stelios ihn jetzt hier haben wollte, zusammen mit mir.

Ich stieß einen Seufzer aus, nahm einen seiner Koffer hoch und machte mich auf den Rückweg zur Schule. Er folgte mir schweigend. Als wir näher kamen, sah ich, dass Froso auf mich wartete. Wir hatten geplant, an diesem Tag erneut zum Lager zu gehen. Ich flüsterte Takis zu, dass ich ihn als meinen Bruder vorstellen würde und dass er mitspielen sollte. Ich wusste nicht, wie ich seine Anwesenheit sonst erklären sollte.

»Oh, der Junge vom Kai in Heraklion«, sagte sie und blickte mich eigenartig an. Ich hatte vergessen, dass sie bei mir an der Reling gestanden hatte, als das Schiff aus dem Hafen ausgelaufen war. »Du hast gar nicht gesagt, dass er dein Bruder ist.«

»Manchmal wünschte ich, er wäre es nicht.«

Takis funkelte mich an.

»So ist das mit Brüdern«, sagte Froso. »Ich habe auch so einen.«

Ich sagte ihr, dass Takis und ich uns kurz unter vier Augen unterhalten müssten, und dann würde ich mit ihr zum Lager gehen. Ich nahm ihn mit ins Schulgebäude.

»Also schön, du kannst einen oder zwei Tage bleiben, aber nicht länger«, sagte ich. »Hier gibt es nichts für dich. Gar nichts.«

»Du bist hier. Und du scheinst nicht zu wissen, ob du mich willst oder nicht, also werde ich so lange bleiben, bis du es weißt.« Er blickte sich um, musterte die verschrammten Pulte, die rissige Tafel. »*Theo mou*, was für ein Zimmer!«, sagte er. »Und hier wohnst du? Es ist so *schmutzig!* Wo schläfst du?«

Ich hatte mir auf dem Boden ein Lager aus meinem Mantel und anderen Sachen gemacht. Es war nicht viel, doch angesichts der Tatsache, dass wir in Ställen geschlafen hatten und sogar draußen im Freien, hätte es schlimmer sein können.

»Es ist so ungemütlich«, sagte er.

»Hör zu, ich habe dich nicht gebeten herzukommen.«

»Schon gut. Ich schätze, es wird gehen.«

»Einen Tag oder zwei. Nicht länger.«

»Ich kann nicht zurück. Theo hat gesagt, er will mich nie wieder sehen.«

»Kann ich ihm nicht verdenken.«

»Das ist gemein! Warum bist du so gemein zu mir?«

»Oh, Takis. Ich weiß nicht, was ich mit dir machen soll! Und ich kann jetzt nicht darüber nachdenken.«

»Gut, dass er hier ist«, sagte Froso, als wir auf dem Weg zum Gefangenenlager waren, um Stelios und Dimitri zu sehen. »Jetzt wohnst du wenigstens nicht allein, was manche vielleicht auf eigenartige Gedanken gebracht hätte. Wie meine Mutter immer zu sagen pflegt, Männer in kleinen Dörfern sind schlimmer als die in den großen Städten.«

»Woher weiß sie das?«

»Sie weiß alles.«

In ihrer Stimme schwang keinerlei Humor mit. Wir gingen schweigend weiter.

Als wir das Lager erreichten, sahen wir, dass Frauen in das Wachhaus gingen, während andere herauskamen. Wir folgten ihnen hinein. Vor uns war eine Holzwand mit Öffnungen. Vor der Wand saßen Besucher, meist Frauen, und auf der anderen Seite saßen Gefangene. Ich nannte einem Wachmann Stelios' Namen und wartete. Als sein Gesicht hinter dem Fenster auftauchte, drehte sich in mir etwas um. Noch bevor er etwas gesagt hatte, konnte ich die Veränderung sehen. Sein Gesicht war vollkommen ausdruckslos, genau wie seine Stimme. Seine Augen waren stumpf und leer, als er gegen den Fensterrahmen sank.

»Ich komme hier nie wieder raus«, sagte er. »Ich werde hier sterben.«

»Was ist passiert?«

»Einige der Männer sind schon ein Jahr oder noch länger hier. Als ich ihnen erzählt habe, dass ich nur zu ein paar Monaten im Exil verurteilt worden bin, lachten sie mich aus.« Er seufzte und strich sich mit der Hand über die Stoppelhaare auf dem Kopf. »Wir tragen Steine den Hügel beim See hinauf und auf der anderen Seite wieder hinunter. Die Sinnlosigkeit ist schlimmer als die Arbeit selbst.« Der Bürgermeister hatte eine Ansprache vor den neuen Gefangenen gehalten und die Regeln im Lager erklärt. Er hatte versprochen, dass nach einigen Wochen sinnloser Arbeit, um sie vorzubereiten, die eigentliche Arbeit des Steinebrechens mit speziellen Sägen und Meißeln beginnen würde. Die Art von Arbeit, welche die anderen Gefangenen bereits erledigten. »Er hat es gesagt, als wäre es eine Belohnung!«

Einige der Gefangenen hatten Stelios erzählt, dass sie noch viel schlimmere Dinge über die Zustände in anderen Lagern gehört hatten, wo die Gefangenen geschlagen und gelegentlich auch gefoltert wurden, bis sie ein Dokument unterschrieben, in dem sie sich von ihrem alten Partisanenleben distanzierten. Doch die Wachen in diesem Lager waren korrupt und erwarteten Bestechungsgelder, denn sie kontrollierten die Versorgung mit Lebensmitteln und Wasser. Die Toiletten waren fliegen- und madenverseuchte Latrinen, die nur wenig Schutz vor dem Wetter boten. Um diese Jahreszeit war das nicht sonderlich schlimm, doch im Winter, wenn Wind und Regen über die Insel kamen, war es kaum auszuhalten. Stelios hatte nicht geglaubt, um diese Zeit noch da zu sein.

»Mein Leben ist vorbei«, sagte er.

»Nein, nein, sag so etwas nicht!«, protestierte ich. »Es wird nicht so bleiben. Ich habe heute Morgen erst Gefangene an Bord eines Schiffes steigen sehen. Niemand bleibt für immer hier.«

»Tatsächlich? Ich habe andere Geschichten gehört.«

Er blickte sich zu den Wachen um, die sich angeregt miteinander unterhielten.

»Von Zeit zu Zeit findet man Leichen. Manchmal am Ufer,

oder auch in dem Steinbruch mit dem See. Wer sich bei den Wachen unbeliebt macht, der verschwindet für immer.«

Ich erinnerte mich an das, was Froso mir über den Steinbruch erzählt hatte. Es waren keine Seeungeheuer nötig, um den See zu einem nassen Grab zu machen.

»Und was ist mit den Angehörigen? Machen sie denn keinen Ärger?«, wollte ich wissen.

»Nicht jeder hat Angehörige auf der Insel. Deswegen musst du auch jeden Tag kommen, Aliki, hörst du? Wer jemanden draußen hat, der hat eine größere Chance zu überleben, das sagen alle. Frag nach mir, jeden Tag. Besteh darauf, mich zu sehen.«

Ich überlegte, dass Takis ebenfalls ein Besucher sein konnte, der nach ihm fragte, doch auf der anderen Seite hoffte ich immer noch, ihn irgendwie loswerden zu können, und zwar bald. Ob ich ihm Papier und Stifte bringen könnte, wollte Stelios wissen. Die Gefangenen durften Briefe schreiben, doch eigentlich brauchte er das Papier, um noch ein paar Ideen niederzuschreiben für den Rest des Stückes, das er in jener letzten Nacht bei Theo aufgeführt hatte. Und vielleicht auch die Geschichten, die er tagsüber von den anderen Gefangenen hörte.

»Es hindert mich daran, verrückt zu werden, wenn ich die Steine schleppe.«

Ich wollte ihm von meinem Plan erzählen, die Kinder zu unterrichten und die *Ilias* dafür zu benutzen, doch dann riefen die Wachen, es wäre Zeit zur Rotation, was bedeutete, dass neue Besucher und neue Gefangene die Plätze an den Fenstern einnehmen sollten.

Auf dem Rückweg zusammen mit den anderen Frauen meinte Froso: »Mein Dimitri ist schon krank. Er hat einen schlimmen Husten, und es gibt keinen Arzt im Lager.«

Ich erwähnte Stelios' verwundetes Bein und seinen Gewichtsverlust, der schon wieder schlimmer wurde.

»Kein Krankenhaus und keine Klinik, auf der ganzen Insel nicht«, sagte eine Frau.

»Was können wir tun?«, wollte eine dritte wissen.

»Was können wir schon jemals tun?«

Es war eine berechtigte Frage. Sie würde ohne Antwort bleiben, solange wir auf der Insel waren. Ich ging ein weiteres Mal in den kleinen Laden, um Papier und Stifte für Stelios zu kaufen. Es war nicht mehr viel übrig von dem Geld, das er mir in Agios Nikolaos gegeben hatte. Möglich, dass er noch welches hatte, doch ich wollte nicht danach fragen – er würde es brauchen, um die Wachen zu bestechen. Als ich zum Schulhaus zurückkehrte, überlegte ich ein weiteres Mal, wie ich am besten mit dem Unterrichten anfing. Und was ich wegen Takis unternehmen sollte. Dann kam mir eine Idee.

»Hast du die Puppen mitgebracht?«, fragte ich ihn. Er hatte eines der Pulte in die Mitte des Raums gezogen und saß einfach nur da.

»Ja, alles. Leinwand, Hintergründe, Puppen. Aber warum fragst du? Willst du hier Vorstellungen geben?«

»Eigentlich nicht, aber ich brauche Geld.«

»Ich habe noch etwas von dem, was Theo mir für Karagiozis gegeben hat.«

»Behalt es.« Ich berichtete ihm von meiner Abmachung mit dem Bürgermeister und dass ich mir überlegt hatte, ein paar einfache Dinge zu unterrichten, das Alphabet und die Zahlen und ein wenig Lesen. Ich wusste nicht viel, doch die Kinder wussten überhaupt nichts. Ich überlegte, dass ich ihnen immer einen oder zwei Schritte voraus sein könnte. Andererseits war die *Ilias* vielleicht nicht das beste Buch zum Anfangen. Jetzt, wo Takis die Puppen mitgebracht hatte, konnte ich vielleicht damit beginnen, ein paar Szenen zu entwickeln. Ganz normale Unterhaltungen zwischen Leuten, über das Einkaufen, Kochen, Begrüßen von Freunden. Karagiozis und die anderen Puppen würden die Szenen spielen, und die Kinder konnten die Phrasen wiederholen. Ich würde die Worte aufschreiben und ihnen beim Abschreiben helfen, jedes Wort langsam und deutlich aussprechen, Silbe für Silbe. »Es wird ihnen vorkommen wie ein Spiel, aber sie lernen dabei.«

»Klingt ziemlich langweilig«, sagte Takis.

»Tatsächlich? Es muss aber einfach sein am Anfang.«

»Und warum nicht einfach die Stücke spielen?«

»Weil sie sie einmal sehen, und das war es. Auf meine Weise fangen sie an zu lernen. Und ihre Familien werden bezahlen, was sie haben.«

Er neigte den Kopf zur Seite, als dächte er darüber nach. »Das bedeutet also, du möchtest, dass ich bleibe?«, fragte er schließlich. »Oder willst du nur die Puppen, und ich soll so schnell wie möglich wieder nach Kreta zurück? Oder sonst wohin?«

Er sah mich prüfend an, und ich zögerte, bevor ich antwortete. Er hatte natürlich nicht ganz unrecht. Ich konnte ihm nicht gut die Puppen abschwatzen und ihn dann wegschicken. Und vielleicht hatte Froso recht, vielleicht war es besser, wenn er hier bei mir wohnte. Er war außerdem talentiert mit den Puppen. Ich spürte, wie ich in eine vertraute Falle rutschte. Er war Chrysoulas Sohn, und sie hatte mir das Versprechen abgenommen, mich um ihn zu kümmern. Gütiger Himmel. Da waren wir also wieder.

»Wenn du bleiben willst, musst du mir helfen, damit ich Stelios helfen kann.«

»Du änderst immer wieder deine Meinung. Hast du ihm erzählt, dass ich hier bin?«

»Noch nicht. Er war zu mitgenommen, als ich dort war.« Ich beschrieb ihm das Lager und die Zustände dort.

»*Theo mou!* Lass mich zu ihm gehen! Ich hab ihn schon einmal gerettet – wenigstens für kurze Zeit. Ich kann es wieder tun.«

Ich sah ihn an und überlegte, ob ihm tatsächlich irgendwas an dem lag, was mit Stelios geschah, oder ob ihm einfach der Gedanke gefiel, erneut ein Held zu sein. »Du weißt nicht, wie es da ist, Takis. Außerdem wissen wir nicht, wie lange Stelios in diesem Lager bleiben muss.«

Ich konnte spüren, wie er nachdachte. Wie er überlegte, dass wir ihn vielleicht nicht mehr brauchen würden, sobald Stelios frei war. Ob es unter diesen Umständen eine gute Idee war, ihm zu helfen – falls das überhaupt möglich war.

Die nächsten Tage wurden zu Wochen, die Wochen zu Monaten, und der Sommer wich bereits dem verregneten Herbst, während Takis und ich uns wieder in unsere alten Rollen einfanden, wie Bruder und Schwester. Zumindest schien er keine romantischen Gefühle mehr für mich zu haben. Doch er war verschlossener als früher, verschwand immer wieder für längere Zeit und wich meinen Fragen aus, wo er denn gewesen war. Ich bemerkte, wie er mich verstohlen von der Seite musterte, wenn er dachte, dass ich abgelenkt war, genauso, wie ich ihn heimlich auf Anzeichen seiner Stimmungsschwankungen hin beobachtete. Wir hatten das Geld von Theo inzwischen fast aufgebraucht. Ich konnte im Laden anschreiben lassen, doch wir mussten bald mit dem Unterrichten anfangen. Es wurde zunehmend schwierig, Takis bei der Stange zu halten, und so dauerte es viel länger als geplant, alles vorzubereiten.

Ich hatte Stelios von meinen Plänen erzählt, doch ich hatte die Puppen bisher nicht erwähnt, weil ich nicht sagen wollte, wie sie hergekommen waren.

»Ich weiß immer noch nicht, was du lehren willst, Aliki«, sagte er eines Tages zu mir. »Verse aus der *Ilias?*«

Er sah jedes Mal ein wenig schlimmer aus, wenn ich ihn besuchte, dünner, das Gesicht eingefallener, die Uniform abgerissener.

»Nein, keine klassischen Verse«, erwiderte ich. »Die Eltern

wollen, dass ihre Kinder die Aufschrift auf Konservendosen lesen können. Oder auf Medikamenten. Oder Zeitungen vom Festland. Ich arbeite daran, mache Listen und Pläne.«

Er hatte mir berichtet, dass die Männer angefangen hatten, sich zu organisieren. Sie trafen sich im Morgengrauen und machten eine halbe Stunde lang Leibesübungen, unter Anleitung von jemandem, der früher Sport unterrichtet hatte. Dann sangen sie die Nationalhymne, bevor sie sich in Gruppen aufteilten, jede mit einem Anführer, der die Arbeit des Tages mit den Wachen absprach, je nach Gesundheitszustand und Kraft der einzelnen Gefangenen. Die Wachen schienen dies zu akzeptieren, weil ihre Arbeit dadurch einfacher wurde. Schließlich gab es auf diese Weise keinen Ungehorsam, mit dem sie sich auseinandersetzen mussten.

»Und wir behalten wenigstens einen Teil unseres Stolzes«, sagte Stelios. Andererseits gab es Gerüchte, dass die Wachen verstärkt werden sollten. Er erzählte mir mit gesenkter Stimme, dass Gefangene wie er selbst nicht zu den ursprünglich vorgesehenen Zeiten freigelassen worden waren. Das wusste ich natürlich bereits, doch ich wusste nicht, ob man dagegen etwas unternehmen konnte. »Es wird vielleicht einen Hungerstreik geben«, sagte er.

Das gefiel mir nicht. Würde es nicht zu Repressalien kommen? »Wenn wir nur einfach abwarten«, sagte ich. »Vielleicht dürfen wir dann irgendwann nach Hause.«

»Wir sind zu Hause. Wir sind zusammen.«

»Ja, aber du weißt, was ich meine. Wir können nicht für immer auf dieser Insel bleiben. Lager oder nicht.«

Doch wo sollten wir hin, wenn all das endlich vorbei war? In das Haus seiner Familie in Athen? Zurück zum Haus meines Vaters in meinem Dorf? Nicht mehr lange, und wir waren länger als drei Monate auf der Insel, das Strafmaß, das gegen Stelios verhängt worden war. Der Winter stand vor der Tür mit seinen Stürmen und dem Dauerregen, und noch immer gab es keine Hinweise, wie lange Stelios noch im Lager bleiben musste. Was, wenn ein Hungerstreik zu einer zusätzlichen Strafe führte?

»Wenn du sehen könntest, wie die Zustände hier drin sind, würdest du es vielleicht besser verstehen.«

Damit hatte er vermutlich recht, doch ich hatte zu viel Angst vor den Konsequenzen eines Streiks, um darüber nachzudenken. Ich lenkte mich damit ab, dass ich im Laden Plakate anbrachte, in denen ich meinen Unterricht für die Kinder ankündigte. Ich bot an, die erste Woche kostenlos zu lehren. Falls die Kinder – und die Eltern – am Ende dieser Woche nicht zufrieden waren mit meinem Unterricht, dann wäre es vorbei. Ansonsten würde ich den Unterricht fortsetzen, und die Familien sollten so viel zahlen, wie sie aufbringen konnten.

»Was soll ich bei alledem machen?«, fragte Takis. »Kannst du mich überhaupt gebrauchen?«

»Du bist der Puppenspieler.«

»Ich kann nichts unterrichten, weil ich selbst nichts weiß.«

»Ich weiß auch nicht viel. Spiel einfach diese kleinen Szenen und überlass mir den Rest. Wir werden sehen, ob es funktioniert.«

Als wir die Puppen auspackten, sahen wir, dass auch jene darunter waren, die Stelios bei seiner letzten Aufführung in Theos Kaffeehaus benutzt hatte – die Puppen von uns selbst – sowie andere, die wir völlig vergessen hatten, die Soldaten mit den Hakenkreuzen auf den Uniformen.

Takis sah mich verblüfft an. »Ich erinnere mich nicht an sie.«

»Oh? Sie waren in seinem letzten Stück, in jener Nacht in Heraklion.«

»Ich habe diesen Teil nicht gesehen.«

Er wandte sich von mir ab, jedoch nicht, bevor ich nicht den leicht glasigen Blick bemerkte, jenes verräterische Zeichen.

»Weißt du was?«, sagte ich hastig. »Wir brauchen sie nicht.«

Er warf sie in die Ecke.

Unsere ersten Schüler waren Geschwister, ein Junge und ein Mädchen, zwei scheue, unterernährte, vielleicht sechs Jahre alte Kinder, zusammen mit einem älteren Knaben, der sagte, er wäre ein Cousin der beiden. Takis und ich hatten die besten der alten Pulte in einem Halbkreis vor dem Puppentheater aufgestellt. Wir schalteten die Beleuchtung ab und benutzten Petroleumlampen, um die Schatten auf die Leinwand zu projizieren. Die erste Lektion beinhaltete die Zahlen von eins bis zwanzig, in Ziffern und in Worten, doch die drei Kinder hatten noch nie zuvor ein Schattenspiel gesehen, also führte Takis zuerst Karagiozis als Bäcker vor, wie er umhertanzte und seine Finger zählte. Wir hatten ein spezielles Lied dazu geschrieben:

Trin, trin, trin,
Ich kann zähl'n bis zehn,
Doch was passiert dann?
Fang ich wieder von vorne an?
Zehn Finger, zehn Zehen,
Dieses Brot, wie viele Laibe?
Wer weiß es, wer weiß es?

Wir brachten die drei dazu, laut mitzusingen, und während Karagiozis seine Kuchen, Brote und Brötchen zählte und dumme Fehler machte, *Zwei Kuchen oder zehn? Ich muss wieder zählen!*, schrieb ich Ziffern und Zahlen an die Tafel. Hinterher ließ ich die drei alles laut nachsprechen und von der Tafel abschreiben. Ihre Schüchternheit schwand, während sie lachten und nach Karagiozis riefen. »Zähl noch mal! Zähl bis zehn!« Wir schickten sie mit ihren Zeichnungen der Puppen und ihren Ziffern und Zahlen nach Hause.

Sie hatten ihren Eltern offensichtlich begeistert von unserem

Unterricht erzählt, denn nach ein paar Tagen kamen weitere Schüler hinzu. Takis und ich lernten rasch, alles sorgfältig vorherzuplanen, die kleinen Unterhaltungen und Szenen für den folgenden Tag auszuarbeiten, sodass unsere Schüler stets beschäftigt blieben und sich nicht langweilten. Langeweile bedeutete Schwierigkeiten.

»Hier, fang, Takis!«, rief einer der Jungen, nachdem er sich aus dem Fenster gelehnt und eine Orange von einem Baum gepflückt hatte. Sie segelte durch den Raum, und Takis versuchte sie aufzufangen, doch sie zerplatzte an der gegenüberliegenden Wand. Ein Mädchen brachte eine Schere von zu Hause mit, und wann immer niemand hinsah, schnitt es Buchstaben des Alphabets aus ihrem Kleid oder sonst irgendetwas, das sie gerade in die Finger bekam: meinem Schal, der Jacke ihres Bruders, Seiten eines alten Lesebuches.

Zuerst behandelten sie Takis als ihresgleichen, schließlich war er nur ein paar Jahre älter. Er bewegte sich ungezwungen unter ihnen, nahm ihnen Scheren und Orangen ab, korrigierte falsch geschriebene Worte, wenn er es besser wusste. Manchmal geriet er mit den Jungen in kleine Balgereien, und ich musste alle nach draußen scheuchen, damit sie eine Pause machten.

»Wir müssen dafür sorgen, dass sie Respekt vor uns haben«, sagte ich Takis an diesem Tag nach dem Unterricht. »Du kannst dich nicht benehmen, als wärst du einer von ihnen, und erwarten, dass sie dich respektieren. Werde erwachsen.«

»Aber ich habe das Gefühl, als würde ich *kleiner*.«

»Du musst das ändern. Es wird nicht funktionieren, wenn du dich nicht verhältst wie ein richtiger Lehrer.«

»Ich hatte nie einen richtigen Lehrer.«

»Ich hatte auch nur den alten Schulmeister in unserem Dorf, vor dem Krieg. Erinnerst du dich an Petros? Er benutzte einen Stock, um uns zu bändigen.«

Das hätte ich nicht sagen sollen. Beim nächsten Mal brachte

Takis einen Stock mit in den Unterricht und schlug damit laut gegen die Tafel, um die Schüler zum Schweigen zu bringen. Das gefiel ihm, und es gelang ihm jedes Mal, sie auf ihren Stühlen zum Zusammenzucken zu bringen. Eines Morgens brach ein kleines Mädchen in Tränen aus und ließ sich erst wieder beruhigen, nachdem wir ihm Süßigkeiten gegeben hatten.

»Du machst ihnen Angst, Takis«, sagte ich zu ihm.

»Gut. Dann sind sie ruhig«, sagte er.

»Ich will aber nicht, dass sie Angst haben. Und sie müssen sprechen, um zu lernen.«

»Weißt du was, Aliki? Das gefällt mir alles. Meinst du, ich könnte eines Tages ein richtiger Lehrer sein? In einer richtigen Schule?«

»Ich weiß es nicht, Takis. Du müsstest selbst für viele Jahre in die Schule gehen.«

»Aber du würdest mitkommen, oder?«

»Ach Takis. Ich weiß es nicht. Das werden wir sehen, schätze ich.«

Endlich bekamen wir auch eine Entlohnung für unsere Arbeit, hauptsächlich in Form von Obst und Gemüse aus dem Garten oder aus dem Laden – Linsen, Bohnen, Reis, zusammen mit Joghurt und Käse. Das Essen im Lager war erbärmlich – Tage altes Brot, Zwiebeln und Kartoffeln zu einer Suppe verkocht, kaum genug, um die Männer bei Kräften zu halten, die Tag für Tag im eisigen Wind hart arbeiten mussten. Die Wachen verlangten geradezu groteske Preise für zusätzliche Lebensmittel. Also hatte ich mir angewöhnt, Stelios Essen mitzubringen.

»Mein Dimitri hat so einen furchtbaren Husten«, sagte Froso. »Niemand tut etwas für ihn, außer deinem Stelios. Er gibt ihm sogar seine eigene Decke, damit er nicht so frieren muss.«

Die Männer hatten nur wenig Schutz vor dem Wetter, wenn sie in den Steinbrüchen waren. Stelios hatte ein altes Zelt in Stücke gerissen und daraus Schlapphüte für Dimitri und sich selbst gebastelt. Als ich ihm meine Tasche mit Gemüse durch das Fenster reichte, sagte er: »Ich gebe es den anderen. Denen, die nicht in Hungerstreik treten.«

Er solle am nächsten Tag beginnen, sagte er, und so lange fortdauern wie nötig, ein Protest gegen die verzögerten Freilassungen, aber hauptsächlich gegen das erbärmliche Essen, die unzureichenden sanitären Bedingungen und die harte Arbeit. Die Männer wollten sich in Klassen organisieren und sich gegenseitig Dinge beibringen, die ihnen helfen konnten, sobald ihre Strafen abgegolten waren. Es waren viele Handwerke vertreten: Schneider, Klempner, Tischler und dergleichen mehr.

»Wir sind doch angeblich in einem Lager für Exilanten und keine Sträflinge. Das hat man uns jedenfalls in Agios Nikolaos gesagt. Wir sollen Dienst für die Allgemeinheit verrichten. Aber die Wachen und dieser Bürgermeister, sie behandeln uns wie Schwerverbrecher. Wie Sklaven.« Etwa ein Drittel der Männer wollte beim Hungerstreik mitmachen, sagte er. Die anderen hatten zu viel Angst vor Repressalien.

»Was ist mit dir?«, fragte ich. »Hast du keine Angst?«

»Doch, natürlich. Aber unsere Angst ist alles, was wir haben. Wir müssen etwas damit anfangen, bevor sie uns verschlingt. So viel habe ich von Stephanos in den Bergen gelernt. Erinnerst du dich, ich habe dir von ihm erzählt. Er war im Unrecht, aber er hatte wenigstens den Mut, dafür zu kämpfen.«

Wenigstens hatte Stelios diesen niedergeschlagenen Blick abgelegt, den er zu Anfang gehabt hatte. Er war immer noch genauso ausgemergelt wie damals, als er nach Heraklion zurückgekehrt war, und sein Bein war auch noch nicht besser geworden, doch in ihm brannte eine neue Überzeugung. Ich berichtete ihm, dass einige Zeitungen in Athen schrieben, die Partisanen wären überall im Land auf dem Rückzug, doch andere Zeitungen behaupteten das Gegenteil. Niemand wusste, wem er glauben sollte. Wir hofften alle inbrünstig, dass es bald vorbei war, auf die eine oder andere Weise. »Ein Streik zum jetzigen Zeitpunkt könnte alles schlimmer machen.«

»Es wird so oder so schlimmer.« Er blickte sich um, doch die Wachen achteten wie üblich nicht auf uns, sondern unterhielten sich miteinander. Flüsternd erzählte er mir, es gäbe Gerüchte, denen zufolge das Lager bald wie die Lager auf anderen Inseln sein würde, wo die Gefangenen gefoltert wurden, bis sie Dokumente unterschrieben, in denen sie sich von sämtlichen vergangenen politischen Überzeugungen lossagten und einen Treueeid auf die neue Regierung ablegten. Ich erinnerte mich, dass Froso mir vor unserer Abfahrt aus Agios Nikolaos davon erzählt hatte. Also geschah es tatsächlich.

»Wir haben gehört, dass jene, die sich weigern zu unterschreiben, einfach verschwinden.«

»Dann lass diesen Streik«, sagte ich ein weiteres Mal.

»Einige der Männer sind bereits am Verhungern. Andere sind krank. Es gibt Tuberkulose und Fälle von Lungenentzündung. Wir müssen tun, was wir tun müssen.«

Am nächsten Tag erfuhren wir, dass das Lager für Besucher geschlossen worden war. Man hatte ringsum Barrikaden errichtet, und niemand wusste, was im Innern vorging, doch Gerüchte besagten, dass einige der Gefangenen sich weigerten zu essen. Anscheinend hatte es noch nie zuvor einen Hungerstreik im Lager gegeben, und die Kundschaft in dem kleinen Laden redete über nichts anderes. Einige waren der Meinung, dass die Gefangenen recht hatten, andere sorgten sich um die Zukunft des Lagers. Die Wirtschaft der Insel war davon abhängig; das Land, auf dem sich das Lager befand, war von der Gemeinde gepachtet, das Essen wurde von den Einheimischen geliefert. Wie kamen diese Gefangenen auf die Idee, sie hätten Rechte? Außerdem bestand Sorge, dass die Kunde vom Hungerstreik nach draußen dringen könnte und dass Inspektoren vom Internationalen Roten Kreuz anreisen könnten, von denen man wusste, dass sie schon früher Lager geschlossen hatten – auch wenn sie normalerweise wieder öffneten, sobald die Inspektoren abgereist waren. Wir hörten auch, dass ständig weitere, neue Lager auf anderen Inseln errichtet wurden.

Es gab nichts, was Takis und ich deswegen hätten tun können, also versuchten wir, mit unserem Unterricht für die Kinder weiterzumachen. Jeden Tag kamen ein oder zwei neue Schüler hinzu. Wir teilten sie bald in zwei Klassen auf, weil wir mit den Neuen von vorne anfangen mussten, während die anderen weiterlernten. Takis hatte viel Freude an unserer Tätigkeit.

»Du musst mich unterrichten, Aliki, dann kann ich die Kinder unterrichten. Ich will alles lernen, einfach *alles!*«

Wir nutzten die Nachmittage, um den Unterricht für den nächsten Morgen vorzubereiten, und Takis arbeitete hart. Wenn er nicht gerade lernte oder selbst unterrichtete, streifte er über die Insel. Ich wusste nicht, wo er sich herumtrieb, doch das Lager war geschlossen, also konnte er Stelios nicht besuchen. Trotzdem schien er beim Lager gewesen zu sein, denn einmal erzählte er, er wäre auf der anderen Seite des Steinbruchsees gewesen und hätte lange ins Wasser gestarrt, in der Hoffnung, eine der Meereskreaturen zu entdecken.

»Kannst du denn überhaupt schwimmen?«, fragte ich. Eigenartig – ich kannte ihn schon sein ganzes Leben, aber ich wusste dieses Detail nicht.

»Nein.«

»Dann solltest du dich lieber vom See fernhalten.«

»Aber hier gibt es nicht viel zu tun, wie du vielleicht selbst bemerkt hast.«

Manchmal erzählte er mir Geschichten über Leute im Dorf, und ich sorgte mich, dass er sich dort herumtrieb und spionierte. Er schien Dinge zu wissen, die er nicht wissen sollte – wer spätnachts Besuch hatte, wenn das restliche Dorf schlief, wer einen

Sack voll Sovereigns unter den Küchendielen versteckt hatte, welche Ehemänner ihre Frauen und Kinder schlugen. Wenn ich von ihm wissen wollte, woher er diese Dinge wusste, wich er mir aus und sagte stets: »Vielleicht ist es wahr, vielleicht auch nicht.«

Doch wie lautete die Wahrheit, was den Streik im Lager anging? Zuerst kamen überhaupt keine Nachrichten zu uns durch, und ich lag nächtelang wach und fragte mich, wie lange der arme Stelios ohne Essen überleben konnte. Dann, am dritten Tag des Streiks, hörte Takis im Laden, dass einige der Gefangenen zwangsernährt wurden. Ich weiß nicht, wie die Nachrichten ihren Weg in den Laden gefunden hatten, doch vielleicht hatte der Bürgermeister mit seiner Cousine Stavroula gesprochen, und Stavroula konnte bekanntermaßen nichts für sich behalten. Froso schien zur gleichen Zeit davon gehört zu haben, möglicherweise von der gleichen Quelle. Sie und Takis kamen eines späten Nachmittags zum Schulhaus gerannt.

»Stell dir nur vor!«, sagte Froso. »Die Wachen halten einen Gefangenen fest, dann schieben sie ihm einen Schlauch durch die Nase hinunter in den Magen und schütten Milch hinein!«

»Sie würgen und bluten«, sagte Takis. »Und manchmal führen die Wachen den Schlauch nicht richtig ein. Ein Mann bekam Milch in die Lunge und ist ertrunken. Das hat jemand erzählt. Er ist ertrunken, obwohl er auf festem Boden war! Ist so etwas möglich?«

»Möglich oder nicht, es ist abscheulich!«, sagte Froso. »Die meisten übergeben sich hinterher, warum also der Aufwand? Ich gehe zum Lager und weiche nicht eher, bis sie mir gezeigt haben, dass es Dimitri gut geht!«

Keiner wusste die Namen derjenigen, die von den Wachen auf diese Weise zwangsernährt wurden. Also gingen wir drei zum Rand des Dorfes, wo die Straße zum Lager anfing, und sahen, dass wir nicht die Einzigen waren. Kretische Frauen näherten sich aus allen Richtungen, und sie waren allesamt wütend. Als wir das verlassene Dorf passierten, erhob sich ein kalter Wind und wirbelte kleine Wolken aus Staub und trockenen Blättern auf.

»Sie sollen wissen, dass wir kommen«, sagte eine der Frauen und stimmte ein Lied an. Andere sangen mit.

Achte darauf, dass du im Leben
Das bekommst, was du dir wünschst.
Die Jahre fliegen dahin wie Vögel,
Der erste Windstoß hebt sie hoch,
Und schon sind sie vergangen.

Zuerst erschien mir das Lied eigenartig, unpassend an diesem Ort, andererseits auch wieder nicht. Es waren viele Strophen, und Takis merkte sich den Refrain sehr schnell. Mir hingegen war nicht nach Singen zumute. Ich stellte mir immer wieder vor, wie Stelios auf diese Weise zwangsernährt wurde und wie es sich anfühlen musste, wenn man einen Schlauch durch die Nase und tief in sein Inneres eingeführt bekam. Als wir das Wachhaus erreichten, war niemand zugegen. Die Metallbarrieren erstreckten sich links und rechts des Eingangs. Das Fehlen jeglicher Wachen beunruhigte uns. Dann rief Froso unvermittelt Dimitris Namen. Die anderen Frauen stimmten ein, riefen die Namen ihrer eigenen Männer und wiederholten sie unablässig.

»Vangelis! Soterios! Aris!«

Takis und ich riefen nach Stelios, doch der Klang unserer Stimmen war nur ein Geräusch unter so vielen, die durch die Luft hallten, dass es unmöglich war, noch einzelne Namen auszumachen. Einige Frauen kreischten, als litten sie unter körperlichen Schmerzen, andere rauften sich die Haare und klagten weinend, als wäre ein Angehöriger gestorben. *»Oooh looo looo looo, oooh looo looo …«* Das Geräusch schwoll an und wurde leiser, schwoll an und wurde leiser wie ein Lebewesen mit einem eigenen Willen.

Die Tür zum Wachhaus flog auf, und ein uniformierter Wachsoldat mit einem Gewehr in den Händen trat nach draußen. Er feuerte einen Schuss über unsere Köpfe hinweg. Das Weinen und Klagen brach ab, und eine lange Stille schloss sich an. Neben mir erstarrte Takis in Habachtstellung – ich hatte ganz vergessen, wie er auf militärische Uniformen reagierte. Die Frauen vorne in der Menge drängten vor, und der Wachsoldat sagte etwas, das wir nicht verstehen konnten. Doch die Frauen drehten sich um und gaben die Information weiter: zu Ende. Der Hungerstreik war zu Ende. Wir sollten nach Hause gehen. Keine Besucher bis zum nächsten Tag.

Die Frauen vorne zischten den Wachmann an.

»Sohn einer Hure!«

»Saat des Teufels!«

»Seelenfresser!«

Er wandte sich ab und ging ins Wachhaus zurück. Wir setzten uns auf den Boden. Und dann fing das Rufen wieder an, das laute Rufen nach den Gefangenen.

»Andonis! Stamatis! Pavlos! Dimitri! Stelios! Lambros! Haris! Sotiris! Aris! Michaelis! Vangelis!« Einige der Frauen riefen auch Schutzheilige an:

»Agios Georgios!«

»Agios Panteleimon!«

»Agios Polykarp!«

Andere riefen die Namen verstorbener Verwandter oder der Mutter Gottes oder Gott selbst. Im Wachhaus rührte sich nichts.

»Das ist großartig!«, sagte Takis. »Mehr davon!«

»Das ist kein Spiel, Takis!«, ermahnte ich ihn.

Die Frauen riefen und brüllten ohnehin weiter, bis ihre Kehlen rau wurden und ihre Stimmen heiser. Und dann brüllten wir immer noch.

Endlich flog die Tür des Hauses wieder auf, und zwei Wachen kamen heraus. Sie zerrten die schlaffe Gestalt eines Gefangenen vor die Barrikade und stießen ihn zu Boden. Wir konnten von hinten nicht erkennen, wer er war, doch ich sah, dass seine Hände auf dem Rücken gefesselt waren. Er lag mit dem Gesicht nach unten im Dreck und rührte sich nicht.

»Wenn ihr nicht auf der Stelle geht«, rief einer der Wachsoldaten, »dann ist der Nächste an der Reihe!« Sie kehrten in das Haus zurück.

Die Frauen wogten nach vorn, zu dem Körper am Boden. Takis schob sich durch die Menge. Eine der Frauen drehte den Mann auf den Rücken, hielt ihm die Nase zu und beatmete ihn durch den Mund. Eine andere bespritzte sein Gesicht mit Wasser aus einer Flasche, dann schlug sie ihm mit der Hand ins Gesicht. Er kippte schlaff zurück auf den Boden. Ein Schrei erklang, und ich benötigte einige Augenblicke, um zu bemerken, dass Froso nicht mehr bei mir war, dass sie sich ebenfalls nach vorn gedrängt hatte und diejenige war, die schrie. Bis ich bei ihr war, hatten die anderen Frauen sie von dem Toten weggezogen. Er stank nach saurer Milch, die seine Kleidung durchnässt hatte. Takis glotzte in verzücktem Staunen.

Es gab keine äußeren Verletzungen an Dimitris Leichnam, keine Schusswunden, keine sichtbaren Hämatome. Froso hatte angefangen, sich mit den Fingernägeln das Gesicht zu zerkratzen, bis die anderen Frauen ihr die Hände auf den Rücken bogen und sie zwischen sich festhielten. Wir machten eine Art Trage aus unseren Schals und Umhängetüchern und hoben Dimitri hinein. Mit zwei von uns, die an jedem Ende zupackten, machten wir uns auf den traurigen Rückweg in das Dorf. Froso schrie und weinte die ganze Zeit, bis sie zusammenbrach, und die Frauen fertigten eine weitere Trage, sodass sie halb gehen, halb getragen werden konnte.

Stavroula ließ uns für die Totenwache in ihr Haus, obwohl

sie nicht sicher war, ob ihr Cousin, der Bürgermeister, es billigen würde. »Aber es ist das Wenigste, was ich für den Ehemann meiner armen Mieterin tun kann«, sagte sie. Sie gab uns sogar einen Anzug von ihrem verstorbenen Mann, und zusammen mit zwei anderen Frauen wusch sie Dimitris Leichnam und zog ihn an. Der Sargmacher des Dorfes schenkte Froso eine Fichtenholzkiste, und sobald Dimitri darin lag, defilierten wir alle an ihm vorüber und bewarfen seinen Leichnam mit Blütenblättern. Im Tod sah er noch jungenhafter aus als im Leben.

In dem Zimmer mit dem bernsteinfarbenen Licht flossen die Worte aus mir, wie man mir hinterher erzählte. Ich hatte etwa Folgendes gesagt:

In den Hügeln über unserem Dorf
Fing ich Hasen mit meinem Bruder
Und die Männer, die unserer Mutter Land genommen.
Wir knüpften sie im Obsthain auf
Neben dem alten, baufälligen Zaun,
Der niemals repariert wurde,
Weil wir alle gefasst wurden.
Zuerst mein Bruder,
Dann meine Mutter und schließlich ich.
Die Soldaten fassten uns alle
Nahmen uns mit aus den Hügeln über unserem Dorf.

Ich hatte noch eine Menge mehr gesagt, wie ich später von Stavroula erfuhr, doch ich konnte mich an nichts erinnern. Am nächsten Morgen kehrte ich mit einer Tasche voll Brot und anderer Lebensmittel zum Lager zurück. Alles sah wieder normal aus, ohne jeden Hinweis auf die Ereignisse des Vortags. Doch als Stelios in der Baracke zum Fenster kam, war sein Gesicht so dünn und eingefallen, dass es fast wie ein Totenschädel aussah, und seine Stimme war flach und vollkommen tonlos. Er schnaufte ein wenig, als er schließlich sagte: »Möge die Erde leicht auf Dimitri ruhen.«

Nach den ersten paar Tagen des Streiks, berichtete er, hätten die Wachen willkürlich Männer herausgegriffen, um sie zwangsweise zu ernähren, hauptsächlich die jüngeren, schwächeren, die vom Mangel an Essen und von der Kälte ohnmächtig geworden waren. Zwei Wachen banden den Gefangenen mit den Händen hinter dem Rücken an einem Stuhl fest. Dann hielt einer seinen Kopf, und der andere führte einen Gummischlauch durch das Nasenloch.

»Wir mussten dabeistehen und zusehen. Einige von uns flehten darum, Dimitris Stelle einzunehmen, doch die Wachen hörten nicht auf uns. Er kämpfte, *Theo mou*, wie er gekämpft hat! Wer hätte gedacht, dass der Junge so eine Kraft hat! Die Milch kam ihm aus dem Mund und aus der Nase! Es hörte einfach nicht auf. Er würgte, und es sah aus, als könnte er nicht mehr atmen, aber sie haben einfach weitergemacht, diese *malakes*, bis Dimitri blau wurde! Erst dann haben sie den Schlauch herausgenommen. Aber es war zu spät.«

Stelios wischte sich die Tränen aus den Augen, während er sprach. Er hämmerte mit den Fäusten gegen den Fensterrahmen und fluchte. Dann bekam er einen schweren Hustenanfall. Es war furchtbar anzuhören. Er musste sich am Rahmen festhalten, um nicht zu fallen. Tränen strömten aus seinen rotgeränderten Augen. Ich versuchte ihn zu stützen, doch ein Wachmann kam und zerrte Stelios auf die Beine.

»Er ist krank«, sagte ich. »Er braucht einen Arzt.« Doch der Wachmann, mit Augen, die so kalt waren wie die der Eidechsen auf dieser gottverlassenen Insel, zuckte nur die Schultern und führte Stelios ab.

Zurück im Dorf, brachten Takis und ich Froso zum Hafen, wo das Schiff nach Kreta wartete. Einige der Männer aus dem Dorf trugen Dimitris Sarg. Wir alle trotteten hinterher. Frosos

Trauer schien sich in Wut verwandelt zu haben. Sie murmelte vor sich hin und trat Steine aus dem Weg. »Jetzt muss ich alleine alt werden«, sagte sie. »Eine Witwe, von allen bedauert, die bei ihrer Mutter lebt, die alles besser weiß.«

Kassette 5, Seite 2

Niemand im Dorf redete viel über das, was in den Monaten danach im Lager passierte. Selbst Stavroula, die Frosos Zimmer für den nächsten Mieter sauber machte, murmelte nur: »Es ist schlimm, was passiert ist, aber jetzt ist es vorbei damit.«

Doch das war es nicht. Ich war sicher, dass der Befehl zur Zwangsernährung der streikenden Gefangenen von ihrem Cousin, dem Bürgermeister, gekommen war, kein Wunder also, dass sie nicht darüber reden wollte. In den Straßen und im kleinen Laden wichen die Dorfbewohner unseren Blicken aus, wenn wir, die »Lagerfrauen«, vorbeikamen. Es schien mir, als schämte sich das Dorf irgendwie wegen dem, was im Lager passiert war, und diese Scham mischte sich mit der Sorge, es könnte geschlossen werden. Die Kämpfe auf dem Festland dauerten auch noch im nächsten Frühling und Sommer fort und schienen kein Ende nehmen zu wollen. Im Norden, in der Region Peloponnes und südwestlich von Athen hatte es schwere Gefechte gegeben, die von den Regierungstruppen gewonnen worden waren. Zahlreiche Partisanen waren in Gefangenschaft geraten und entweder eingekerkert oder ins Exil geschickt worden. Zumindest entnahmen wir das den Zeitungen aus Athen, und an Ostern in jenem Jahr waren viele Menschen, entwurzelt durch die Kämpfe in ihrer Heimat, auf der Flucht. Das muss um 1946 herum gewesen sein, oder war es 1948? Tut mir leid, wenn ich so unsicher bin mit den Jahren. Zurückblickend scheint es mir, als wäre ein Jahr in das nächste übergegangen, ein ununterbrochenes nationales Elend. Wie dem auch sei, im Sommer jenes Jahres kamen wieder die ersten Pilger auf die Insel, Verwundete und Verkrüppelte in der Hoffnung auf wundersame Heilung ihrer Gebrechen durch die Ikone oder während des Festes von Mariä Entschlafung. Das Fest war im vorangegangenen Sommer sehr klein gewesen, wegen der Schwierigkeiten, die Insel per Schiff zu erreichen. In diesem Jahr war es nicht viel besser, doch die Menschen schienen entschlossener zu kommen, und im Dorf waren viele Zimmer reserviert worden. Also hatte man ganz allgemein angefangen, das Dorf zu verschönern. Männer aus dem Lager waren abgestellt worden, die Fußwege zu schrubben und die Ladenfronten mit Bleiche und Wasser zu reinigen.

»Wir müssen einen guten Eindruck bei unseren Gästen hinterlassen«, sagte Stavroula, als sie kurz mit dem Kalken ihrer Hausfassade innehielt. Es war, als könnten die Dinge, die sich im Lager zugetragen hatten, ebenfalls übertüncht werden.

»Und wenn wir unseren Besuchern ein sauberes Gesicht zeigen, dann gilt das gleichermaßen für uns. So ist es jedes Jahr – ein neuer Anfang. Ihr Frauen und eure Männer, ihr seid irgendwann weg, aber wir, wir bleiben für den Rest unseres Lebens hier. Für uns ist es etwas anderes als für euch.« Sie wandte sich wieder ihrer Arbeit zu. »Wir werden uns irgendwann nicht einmal mehr an euch erinnern«, sagte sie über die Schulter.

»Aber wir«, sagte ich. »Wir werden uns erinnern. An dich und an deinen Cousin.«

Sie pinselte vehement weißen Kalk auf ihre Wand.

Und plötzlich war er überall – der Bürgermeister – dirigierte die Reparatur zerbrochener Ziegel am Kirchendach, das Auffüllen von Schlaglöchern in der Straße, wo die Prozession vorbeikommen würde, das Anpflanzen von rotem und weißem Oleander rings um die *plateia*.

Es war grotesk, erzählte Stelios, als ich ihm das nächste Mal eine Tasche voll Lebensmittel brachte, dass die Arbeit, die sie als Exilanten eigentlich hätten tun sollen – Arbeit, um der einheimischen Bevölkerung zu helfen –, erst jetzt ausgeführt wurde, wo das Fest bevorstand.

Je nachdem, welche Fähigkeiten die Gefangenen mitbrachten, wurden ihnen unterschiedliche Aufgaben zugeteilt. Anstreichen, zimmern, mauern und so weiter. Stelios' einziges Talent war das Puppenspiel, und weil er ständig hustete, wussten sie nicht so recht, was sie mit ihm anfangen sollten. Doch er hatte sich freiwillig gemeldet, ein Stück von Karagiozis zu spielen, und er nahm an, dass er wieder einmal Puppen aus Rinde anfertigen musste. Er arbeitete bereits an der ersten und wollte, dass ich für ihn nach Rinde suchte, weil es im Lager und um die Steinbrüche herum nur wenige Bäume gab.

»Immer wieder mache ich neue Puppen«, sagte er. »Zuerst bei Chrysoula, dann in den Bergen und jetzt hier. Diesmal behalte ich sie wohl besser.«

Ich konnte ihm nicht verschweigen, dass seine alten Puppen, die aus seinen Kindertagen, zusammen mit den neuen, die er auf Kreta angefertigt hatte, tatsächlich hier auf der Insel waren.

»Was …? Soll das etwa heißen …?«

»Ja. Er ist mir gefolgt. An Bord des nächsten Schiffes, gleich am nächsten Tag.«

»Takis war die ganze Zeit über hier?«

Ich nickte kleinlaut. Für einen Moment verschlug mir die Scham über meine Feigheit die Sprache. Ich fühlte mich so heiß wie die Sonne, und mein Gesicht glühte. Als ich wieder reden konnte, erzählte ich ihm, wie wir die Puppen zum Unterrichten der Kinder benutzt hatten. Und was für ein begeisterter Lehrer Takis geworden war. Stelios schwieg minutenlang. Er schien Mühe zu haben, diese Information in sich aufzunehmen. Er fing an zu husten, doch dann presste er die Hand auf den Mund, bis es vorbei war.

»Du hast mir kein Wort davon erzählt …«, sagte er. »Wo wohnt er?«

»Im Schulhaus.«

»Bei dir? Die ganze Zeit?«

»Ja.«

In seinen Augen erschien eine Müdigkeit, die weit über jene hinausging, die schon da gewesen war. Er fing wieder an zu husten.

»Ich bringe dir die Puppen«, sagte ich.

Er wandte sich ab. »Ich mache meine eigenen«, murmelte er.

Ich konnte die Ablehnung in seiner Stimme nicht ertragen und sagte ihm, wie leid es mir tat, dass ich es nicht fertiggebracht hatte, ihm früher von Takis zu erzählen. Doch er war so unglücklich gewesen, als ich ihn zum ersten Mal im Lager besucht hatte. Ich hatte die Dinge nicht noch schlimmer machen wollen, indem ich ihm von Takis erzählte. Die beiden waren in Heraklion viel besser miteinander ausgekommen, vor Stelios' Verhaftung, doch ich hatte auch gespürt, dass es ein Fehler gewesen wäre, ihm während eines meiner Besuche im Lager von Takis zu erzählen. Zumindest in der ersten Zeit, als er so niedergeschlagen gewesen war. Und je mehr Zeit vergangen war, desto schwieriger war es geworden.

Stelios hatte den Blick immer noch abgewandt und schwieg, also sagte ich, dass er vielleicht etwas essen sollte. Ich hatte ihm die Einkaufstasche bereits gegeben, doch er hatte noch nichts daraus hervorgenommen und nur gesagt, er würde es später mit einigen seiner Mitgefangenen teilen. Ich nahm eine halb gegessene Tafel Schokolade aus meiner Tasche und gab sie ihm. Er nahm sie, doch er sah sie nur an.

»Bitte, Stelios. Du musst etwas essen.«

»Und wie geht es dem kleinen Teufel?«

»Ehrlich gesagt, er war eine große Hilfe. Und er hat keinen von seinen Anfällen mehr gehabt.« Ich versuchte ihm zu erklären, wie Theo gesagt hatte, dass er Takis bei sich in Heraklion behalten würde. Doch Takis hatte Chrysoulas starken Willen, daran bestand kein Zweifel. Und dass ich nicht gewusst hatte, was ich wegen ihm machen sollte. Ich erzählte ihm nicht, dass ich zwar wütend gewesen war, weil er mir gefolgt war, aber dennoch froh über seine Gesellschaft in den letzten Monaten. Ich erzählte ihm auch nicht, dass Takis Theo geschlagen hatte und wir wohl nicht wieder zu ihm zurückkehren konnten.

»Wenn nur dieser Arzt in Heraklion etwas für ihn hätte tun können …«, sagte Stelios. »Wenn ich doch nur nicht …« Er brach ab.

Ich stand da, während in mir der Zorn wuchs, dass Stelios' Reaktion darin bestanden hätte, Takis irgendwohin wegzusperren. »Um gerecht zu sein«, sagte ich, »Takis hat sich in diesem Bergdorf für dich eingesetzt.«

»Ja, ich weiß. Und ich bin ihm dankbar dafür. Auch wenn es mir auf lange Sicht nicht wirklich geholfen hat. Aber er hat Mut, so viel steht fest. Es ist nur so, dass wir bei ihm immer wieder auf den Anfang zurückgeworfen werden, und genauso ist es jetzt auch. Es ist nicht so, dass ich ihn nicht mag, aber ich frage mich, ob wir bis in alle Ewigkeit für ihn die Verantwortung tragen müssen?« Er wandte sich vom Fenster ab und sagte im Gehen, er hätte soeben eine neue Idee für eine Puppe und wollte sich sogleich an die Arbeit machen.

Auf dem Rückweg zur Schule fragte ich mich, ob Takis vielleicht auf der Insel bleiben und die Schule führen konnte, nachdem Stelios freigelassen worden war und wir zusammen fortgehen würden. Es schien mir wenig wahrscheinlich, denn seine eigenen Fähigkeiten, das Lesen und Schreiben betreffend, waren noch schlechter als meine. Ich hatte vor Monaten angefangen, ihn zu unterrichten, doch ich musste immer noch alles zuerst mit ihm durchgehen, bevor er mit den Kindern arbeiten konnte. Und wenn erst der Frieden endgültig eingekehrt war, würde das Bildungsministerium in Athen vielleicht wieder einen richtigen Lehrer entsenden. Was würde dann aus Takis werden, falls er blieb?

Zurück im Schulhaus, erfuhr ich von ihm, dass einige Häuser im Zentrum ihre vorderen Zimmer in Verkaufsräume umgewandelt hatten, wo es *tamata* gab. Das waren Körperteile in Miniatur; Nachbildungen von Herzen oder Gliedmaßen, alles, was verletzt oder verwundet werden konnte. Sie bestanden aus Metall, üblicherweise Zinn oder Silber, doch manchmal sogar aus Gold.

»Wenn dein Fuß schmerzt, kaufst du ein *tama*, das einen Fuß darstellt, gibst es der Ikone der Jungfrau, und sofort ist dein Fuß wieder gesund! Ist das nicht lustig?«

Außerdem standen Miniaturhäuser zum Verkauf, Automobile, Boote und andere Dinge, die die Pilger der Heiligen Jungfrau darbringen konnten in der Hoffnung, dass sie genügend bewegt war, ihnen ihren Wunsch zu erfüllen. »Vielleicht könnte sie mir einen neuen Kopf geben? Ich könnte einen brauchen.«

Später sah ich ein ganzes Regal voller Miniaturköpfe – Männer, Frauen, Kinder – vor einem der Häuser. Ich hätte mich mit Freiheit für Stelios begnügt, doch ich bezweifelte, dass es ein *tama* dafür gab. Die Ironie war, dass viele der Pilger Opfer des Bürgerkriegs waren, entweder unter der einen oder unter der anderen Seite gelitten hatten. Wenn die Heilige die Krieger der Nation heilen konnte, konnte sie dann nicht die Nation selbst auch heilen? Der größte Teil der Kämpfe war vorüber, doch die Bitterkeit, die daraus hervorgegangen war, bestand weiter. Auch dafür gab es kein *tama*.

Am nächsten Tag wurde auf der *plateia* ein Plakat aufgehängt, das ein Karagiozis-Schattenspiel für den kommenden Sonntag vor der Prozession ankündigte. Nach der Aufführung sollte die Ikone auf einem Podest durch das Dorf getragen werden, begleitet von einer Kapelle, dem Priester, den Akolythen und einheimischen Würdenträgern. Takis war verwirrt, als er das Plakat sah. Niemand hätte ihn gebeten, eine Aufführung zu veranstalten, sagte er.

»Es ist Stelios«, antwortete ich. »Man hat ihm aufgetragen, dass er das machen soll.«

Takis blickte verblüfft drein. »Was denn, er kommt hierher ins Dorf?«

Ich nickte.

»Aber wir haben seine Puppen! Und wir brauchen sie für den Unterricht! Außerdem …« Er senkte den Blick. »Außerdem bin *ich* jetzt der Puppenmeister.«

»Er macht sich neue.«

»Was? Aus Rinde? Ha! Wir sind nicht mehr in Mutters Keller. Er braucht richtige Puppen. Aber *ich* sollte die Aufführung geben, nicht er.«

»Wie ich bereits sagte, er muss.«

»Ich gehe zu ihm. Rede mit ihm.«

Ich schwieg, doch der Gedanke, dass die beiden nach all den Monaten zum ersten Mal wieder aufeinandertreffen würden, erschreckte mich.

»Du willst nicht, dass ich zu ihm gehe, oder?«, fragte Takis. »Weiß er überhaupt, dass ich hier bin?«

»Er weiß es. Oh, geh nur, wenn du meinst.«

Welchen Sinn hatte es zu versuchen, die beiden voneinander fernzuhalten? Sie mussten irgendwie miteinander klarkommen, und vielleicht war es besser, wenn ich mich zurückhielt. Takis sammelte sämtliche Puppen ein, auch die mit den Hakenkreuzen, die er Monate zuvor achtlos aussortiert hatte, packte sie in einen Koffer und machte sich auf den Weg zum Lager.

Ich wanderte im Schulhaus auf und ab, während ich darüber nachgrübelte, was die beiden sich wohl nach der langen Zeit sagen würden. Eine Dreiviertelstunde später hielt ich es nicht länger aus und ging selbst los.

Sobald ich beim Lager eintraf, sah ich, wie sich die Dinge entwickelten. Takis stand dort, die Puppen im Arm, und schüttelte ungeduldig den Kopf. »*Was* für ein Arzt?«, fragte er.

»Der Arzt, der dir in Heraklion die Spritze gegeben hat, um dich zu beruhigen«, antwortete Stelios. »An dem Tag, als ich entführt wurde.«

»Ich erinnere mich nicht.«

»Er kannte einen Ort für Jungen mit … mit Problemen. Also dachten Aliki und ich … na ja, ich meine, wir dachten …«

»*Du* dachtest, Stelios«, sagte ich hinter Takis, der sich überrascht zu mir umdrehte. »Und Theo war der gleichen Meinung.«

Doch warum erzählte Stelios dem Jungen all diese Dinge? Nur, um Takis spüren zu lassen, wie gefährdet sein Leben bei uns die ganze Zeit gewesen war? Und immer noch war?

»Ich verstehe nicht«, sagte Takis. »Einen Ort? Was für einen Ort? Wo? Warum?«

Stelios erlitt einen weiteren Hustenanfall, sodass er minutenlang nicht antworten konnte. Takis drehte sich zu mir um. Ich berichtete ihm, dass Theo gesagt hatte, es gäbe einen Arzt, der ihm, Takis, vielleicht helfen konnte. Dass es eine Art Klinik gab für Jungen mit Problemen. Doch dann war Stelios verschwunden, und alles hatte sich mit einem Schlag geändert.

»Mir helfen? Wie? Ein Ort wie diese Klinik in Kifissia? Diese Frau mit den … den Schläuchen?«

»Nein, selbstverständlich nicht! Wir wollten nur mit diesem Arzt *reden*.«

»Ihr habt mir kein Wort davon erzählt.«

»Das wollten wir aber, Takis. Glaub mir, wir hätten keine Entscheidung ohne dich getroffen.«

»Ihr habt geglaubt, ich wäre verrückt«, sagte Takis mit weit aufgerissenen Augen.

»Du hast dich mit *Fischen* unterhalten!«, stieß Stelios zwischen Hustenanfällen hervor. »Mit Fischen! Und mit *Bäumen!*«

»Nein, das habe ich nicht«, sagte er und schüttelte den Kopf. »Sie haben mit *mir* geredet. Das ist nicht das Gleiche. Für mich waren sie real. Ich weiß nicht, wie ich es erklären soll. Du hörst eine Stimme, die deine eigene ist, aber sie kommt von außen, nicht von dir selbst. Und sie ist so klar und deutlich wie eure Stimmen hier und jetzt.«

Ich dachte an meine Klagegesänge und daran, wie auch sie irgendwie aus mir heraus und zugleich von außen zu kommen schienen. Und ich verstand ein wenig, was Takis sagen wollte. Doch meine Klagegesänge entsprangen irgendwie einem *Gefühl*, das ich für die Toten entwickelte, auch wenn ich nie begriffen habe, wie genau es geschah oder wie ich in das Zimmer mit dem bernsteinfarbenen Licht gelangte. Ich wäre nie auf den Gedanken gekommen, diese Gabe in Zweifel zu ziehen, denn sie war wie ein Geschenk, das man nicht erwartet und nicht verlangt hat. War sie in Wirklichkeit eine Art Verrücktheit, ähnlich der von Takis? Spielte es eine Rolle? Für die Toten sicherlich nicht, genauso wenig wie für ihre lebenden Verwandten, die schon seit vielen Jahrhunderten in den Klagegesängen Trost fanden.

»Aber was, wenn diese Stimmen von dir verlangen, jemandem wehzutun, Takis?«, fragte Stelios. »Oder dich selbst zu verletzen? Ich meine, du hättest ertrinken können an jenem Tag im Hafen von Heraklion.«

»Sie haben mir nie befohlen, jemanden zu verletzen. Und heute geht es mir besser, denke ich. Es hat mir geholfen, dass ich die Puppen für mich sprechen lassen kann.« Er stockte und fuhr dann mit erstickter Stimme fort: »Ich wäre lieber in Heraklion ertrunken als für den Rest meines Lebens an einem Ort wie dieser Klinik in Kifissia …«

Er warf den Koffer mit den Puppen zu Boden und ging davon.

»Warum hast du ihm das erzählt?«, fragte ich Stelios. »Das war wirklich nicht nett.«

»Ich weiß. Ich weiß, dass es nicht nett war.«

»Aber warum?«

»Es tut mir leid. Ich habe daran gedacht, was wir mit ihm machen, wenn ich hier rauskomme. Wenn wir die Insel verlassen.«

Ein Anflug von Ärger stieg in mir auf und verging wieder, vielleicht, weil ich mir die gleiche Frage gestellt hatte und es nicht zugeben wollte. »Er hat dir sogar die Puppen gebracht«, sagte ich, obwohl das nichts mit unserem Thema zu tun hatte.

»Ich weiß, ich weiß. Könntest du sie mir geben?«

Ich hob den Koffer auf und wischte den Staub ab, dann reichte ich sie Stelios durch das Fenster. Er öffnete den Koffer und nahm die Puppen in die Hände.

»Ich habe sie schon so lange, fast mein ganzes Leben. Bis auf die, die ich selbst gemacht habe.«

»Aber du hast sie Takis gegeben.«

»Ich denke, wir könnten sagen, er hat sie mir zurückgegeben.«

Ein Wachmann kam und sagte, dass unsere Zeit um war. Als ich das Lager verließ, sah ich Takis. Er saß auf einem Felsen und wartete.

»Er hasst mich«, sagte er, als ich bei ihm ankam. »Ich habe ihm auf Kreta geholfen, aber er hasst mich trotzdem.«

Er erhob sich und ging schweigend neben mir her. »Ich denke nicht, dass er dich hasst«, sagte ich. »Aber *du* hasst ihn, oder?«

Zuerst antwortete Takis nicht. »Na ja, nicht direkt. Ich meine ja, sicher, manchmal. Die Bäume … sie haben mich immer vor ihm gewarnt – haben gesagt, dass er dich mir wegnehmen würde. Sie haben gesagt, sie wären meine einzigen wirklichen Freunde.«

»Vielleicht stimmt das.« Er antwortete nicht, und wir gingen schweigend weiter. Dann war ich diejenige, die anhalten und sich am Straßenrand auf einen Stein setzen musste. Ich dachte, dass die Wahrheit vielleicht war, dass Takis und Stelios sich sogar *mochten* und dass sie es nicht merkten, solange ich zugegen war. Eine Woge von Traurigkeit überkam mich, und für einen kurzen Moment überlegte ich, ob ich mich in den Steinbruchsee hinter dem Lager stürzen sollte. In diesem Moment sagte Takis, dass er sich vielleicht ertränken sollte, damit Stelios und ich ihn endlich los wären.

»Ich habe gerade das Gleiche für mich selbst gedacht.«

»O nein!«, sagte er erschrocken. »Du darfst mich nicht verlassen! Du darfst mich niemals verlassen, hörst du?« Sein Ton klang so verzweifelt, dass er mir Angst machte.

»Du bist derjenige, der gehen muss, Takis«, sagte ich. »Du musst ein eigenes Leben führen.«

Er begann, in einem weiten Kreis um mich herum zu gehen. »Ein Leben ohne dich und Stelios, das ist es, was du meinst, richtig?«, sagte er, als er hinter mir war.

»Wenn du wirklich ein Lehrer werden willst, musst du zur Schule gehen. Du wirst andere Menschen kennenlernen, die den gleichen Wunsch haben. Vielleicht gibt es unter ihnen jemanden, den du mehr magst als die anderen. Ich denke, so funktioniert das im Leben.«

»Aber was willst *du?*« Er blieb vor mir stehen.

»Ich will, dass Stelios frei ist. Ich will, dass du dein eigenes Leben hast. Und ich will … ich will einen *Platz* haben, einen Platz in dieser Welt … Jeder scheint einen Platz zu haben, nur wir drei nicht. Einen Platz, zu dem man gehen und an dem man bleiben kann, ohne immer wieder wegzumüssen. Aber ich bin nicht sicher, wo dieser Platz sein könnte.«

Seine Augen wurden weit. »Wir könnten es tun, Aliki. Wir könnten in unser Dorf zurückkehren, meinst du nicht? Und im Haus deines Vaters leben? Warum tun wir das nicht, du und ich?«

»Und Stelios allein zurücklassen? Ganz bestimmt nicht, Takis. Abgesehen davon, bist du sicher, dass du zurück willst? Erinnerst du dich nicht, was in unserem Dorf passiert ist? In jener Nacht?«

Ich erhob mich und ging weiter. Ich hatte mich gerade bei Stelios für ihn eingesetzt, und jetzt spürte ich, wie ich mich wieder gegen ihn wandte. Was war nur los mit mir? Ich ließ mich von den beiden hin und her ziehen, und ich hatte allmählich die Nase voll davon. Ich war erst ein paar Schritte weit gekommen, als ich erkannte, dass er mir nicht folgte. Als ich mich nach ihm umdrehte, war alle Farbe aus seinem Gesicht gewichen. Er starrte mich vollkommen ausdruckslos an. Dann kam er zu mir.

»Nein«, sagte er. »Nein, ich erinnere mich nicht. Ich versuche es. Ich versuche es immer wieder, aber ich kann nicht. Ich erinnere mich nur, wie ich das Haus verlassen habe. Es war eine klare Nacht, und die Sterne leuchteten am Himmel. Dann waren die Soldaten da. Aber es muss mehr gewesen sein.« Er zögerte, dann wurde seine Stimme hart. »Ich wette, das ist der Grund, warum du und Stelios mich wegsperren wollen, oder? Ihr beide erinnert euch, und ich kann es nicht.«

»So ist es nicht, Takis.«

»Wie dann?«, fauchte er, und ich wurde wieder wütend. Wir hatten soeben das verlassene Dorf erreicht, und ich blieb stehen und wandte mich zu ihm.

»Hör zu, Takis, es ist Zeit, erwachsen zu werden und ein paar Dinge zu begreifen.« Ich konnte spüren, wie in mir etwas anfing zu zerreißen. Doch wie Stelios konnte ich nicht aufhören, nachdem ich einmal angefangen hatte. »Stelios und ich werden eines Tages eine Familie gründen. Du wirst immer bei uns willkommen sein, wo wir auch sind, aber wir wollen allein sein, weil wir … ach, du kannst es ruhig wissen. Weil wir verheiratet sind.«

Er sagte nichts und stand einfach nur da, während er mich anstarrte. »Aber … aber …«, stotterte er schließlich. »Aber das bedeutet, dass du mich nicht heiraten kannst.«

Für einen Moment war ich sprachlos. Das kann nicht dein Ernst sein, dachte ich, doch ein Blick in sein Gesicht, sein erstaunter Ausdruck, verriet mir, dass er es todernst gemeint hatte.

»Selbstverständlich kann ich dich *nicht* heiraten. Selbst wenn ich frei gewesen wäre. Du bist noch ein Junge, Takis, und ich … ich kann nicht … ich meine …« Ich ging zu ihm zurück und versuchte, ihm eine Hand auf die Schulter zu legen. Er stieß mich weg. Also drehte ich mich um und ging weiter. Er kam hinter mir her und versetzte mir einen weiteren Stoß, härter diesmal.

»Hör auf damit!«, sagte ich über die Schulter, so bestimmt, wie ich konnte. Doch das Staunen in seinem Gesicht war Zorn gewichen, und das machte mir Angst. Mir wurde bewusst, dass ich zitterte, und ich wollte nicht, dass er es sah, also ging ich schneller. Wir passierten das verlassene Dorf, wo der heiße Wind vertrocknetes Buschwerk über die *plateia* wehte. Ich wollte mich nicht nach ihm umdrehen, doch ich hörte seine Schritte. Wir gingen wortlos weiter, bis zum Dorf und dem Schulgebäude.

Unsere Schüler waren dort und warteten. Einige warfen Papierflugzeuge hin und her. Takis holte mich ein, doch er wich meinem Blick aus. Ich erinnerte ihn, dass wir für die nächste Zeit wohl ohne Puppen unterrichten mussten. Er ging vor mir in das Klassenzimmer, trat an die Tafel und begann, eine Karagiozis-Figur an die Tafel zu zeichnen, einen Bäcker mit einem Stapel Fladenbrot.

Ich verteilte Papier und Stifte, während Takis daranging, die Zahlen zu wiederholen. Er war zu schnell für die Klasse und schlug immer wieder ungeduldig mit seinem Stock gegen die Tafel, während er einzelne Namen aufrief und die Schüler die jeweilige Zahl buchstabieren ließ, die an der Tafel stand. Ich warf ihm einen mahnenden Blick zu und schüttelte den Kopf, doch er ignorierte mich und machte weiter, bis schließlich das Ende des Stocks, gut fünf Zentimeter lang, abbrach und durch die Luft flog. Die Spitze traf einen Jungen in der ersten Reihe am Auge. Der Junge war im ersten Moment steif vor Schreck, doch dann schrie er auf, hielt sich die Hand auf das Auge und rannte aus dem Klassenzimmer.

Takis stand an der Tafel, und alle starrten ihn an. »Es war ein Unfall«, sagte er. »Ich wollte das nicht.«

Ich folgte dem Jungen, um zu sehen, ob alles in Ordnung war, doch er war verschwunden. Als ich in die Klasse zurückkehrte, war Takis ebenfalls nicht mehr da. Die anderen Kinder starrten mich wortlos an. Ich fühlte mich außerstande, den Unterricht fortzusetzen. Eine dunkle Vorahnung erfüllte mich, so sehr, dass meine Gliedmaßen sich anfühlten wie Stein und mein Mund völlig ausgetrocknet war.

Kurz nachdem ich die Kinder nach Hause geschickt hatte, tauchten ein paar Mütter an der Tür auf, einschließlich der des verletzten Jungen. Ich erinnerte mich noch an sie von dem Tag, an dem sie ihr Kind zum ersten Mal zu mir gebracht hatte. Sie war freundlich gewesen, eine kleine Person mit einem besorgten Gesicht, die Haare zu einem strengen Dutt hochgesteckt. Doch jetzt war sie außer sich vor Empörung.

»Mein Adonis wird auf einem Auge blind bleiben!«, sagte sie.

»Oh, ich hoffe doch nicht«, sagte ich. »Es war ein Unfall.« Meine Stimme klang in meinen eigenen Ohren kleinlaut, nicht viel mehr als ein Flüstern. Warum konnte ich plötzlich nicht mehr sprechen? Ich atmete tief durch und versuchte es erneut. Diesmal war es fast ein Schreien. »Es hätte jedem passieren können!«

»Es ist aber *meinem Sohn* passiert!«, sagte sie. Ihr Gesicht war rot angelaufen. »Takis sollte eingesperrt werden!«

Die anderen Frauen stimmten ein. »Irgendwas stimmt nicht mit ihm!«, riefen sie.

»Er schnüffelt ständig überall herum!«

»Redet mich sich selbst. Belauscht Geheimnisse!«

»Er sollte eingesperrt werden!«

»Es war ein Unfall«, wiederholte ich, doch meine Stimme brach. »Es tut mir so leid. Wie können wir deinem Adonis helfen?«

»Ihm helfen? Takis hat ihn beinahe umgebracht!«

»Schaff Takis hier raus!«, rief eine weitere Frau. »Er sollte nicht in der Nähe von Kindern sein.«

Ich stand nur da. Wahrscheinlich, so dachte ich, wahrscheinlich hat sie recht, und nichts, was ich sage, kann daran etwas ändern. Ich ging nach drinnen und schloss hinter mir die Tür. Draußen gingen die wütenden Unterhaltungen weiter, bis nach einer Weile endlich alle gegangen waren. Ich setzte mich auf eines der Schülerpulte und versuchte, wieder zu klarem Verstand zu kommen. Doch alles, woran ich denken konnte, waren Yannoulas Worte. *Erzähl es nicht Takis*. Damals hatte ich geglaubt, sie wollte nicht, dass ich Takis von ihrem bevorstehenden Tod erzähle. Heute wusste ich es besser.

Er kam in jener Nacht nicht zurück. Am nächsten Tag, als meine Beine mir wieder zu gehorchen schienen, wanderte ich inmitten der Pilger, die zum Fest gekommen waren, durch das Dorf, um nach ihm zu suchen. Die meisten Pilger hatten sich im Dorfzentrum versammelt, wo einige der Gefangenen ein letztes Mal die Straße kehrten, die von der Kirche vorbei an der *plateia* durch das Dorf führte. Die Pilger waren auf Krücken unterwegs, in Rollstühlen, einige wenige sogar auf Tragen. Krankenschwestern oder Verwandte halfen ihnen bei der Fortbewegung. Sie hatten bei den Einheimischen *tamata* erstanden und Zimmer gemietet. Takis war nirgendwo zu sehen. Ich ging in die Kirche, wo die Kranken und Verkrüppelten vor der Ikone knieten – sofern sie dazu imstande waren – und beteten. Ihr verhärmtes Gesicht war alles, was von der Heiligen zu sehen war. Der Rest war mit massivem Silber überzogen, wahrscheinlich aus eingeschmolzenen *tamata*, den Gaben von vielen Pilgerjahrgängen. Sie starrte mit ihrem byzantinischen Stirnrunzeln unter ihrer silbernen Umhüllung hervor, als litte sie bereits seit Jahrhunderten an Kopfschmerzen.

Ich durchstreifte das Dorf, wobei ich die Frauen mied, die am Nachmittag zuvor an der Schule gewesen waren. Nirgendwo eine Spur von Takis. Ich überlegte, ob er vielleicht zum Lager gegangen war, doch als ich dort ankam, erklärte mir ein einzelner Wachsoldat, dass alle wegen der Prozession im Dorf am Hafen wären. Zurück bei der *plateia* neben der Kirche, sah ich, dass Stelios in den dunklen Schatten einiger Stechpalmen mit seiner Karagiozis-Aufführung angefangen hatte. Er benutzte Kerzen, um die Umrisse der Puppen auf die Leinwand zu projizieren. Es war das erste Mal, dass ich ihn außerhalb des Lagers sah, seit wir auf diese Insel gekommen waren. Ich stand ein wenig an der Seite, sodass ich sehen konnte, wie er hinter der Leinwand arbeitete und die Kinder zum Lachen brachte und dazu, den Puppen zuzurufen. Der Junge, der von Takis' Stockspitze getroffen worden war, Adonis, befand sich ebenfalls unter den Zuschauern. Er hatte einen Verband über dem Auge und stand bei seiner Mutter. Die beiden hatten mich nicht bemerkt.

Ich sah wieder zu Stelios, der versuchte, seinen schlimmen Husten so einzusetzen, als würde der Sultan in seiner Boshaftigkeit keuchen und ächzen. Doch wie dankbar er wirkte, trotz allem, endlich wieder mit seinen geliebten Puppen spielen zu dürfen. Hager und krank, wie er war, führte er die Puppen meisterhaft an ihren Stäben. Selbst die kleinsten Bewegungen seiner

Hände bewirkten, dass sie reagierten, und brachten Kinder wie Erwachsene auf der anderen Seite der Leinwand gleichermaßen zum Lachen. Ich musste daran denken, wie wir nachts wach geblieben waren, während er mir die Geschichten erzählte, die er sich selbst in den Bergen erzählt hatte, oder andere Geschichten, die wir gemeinsam gelesen hatten, von Achilleus und Hektor und Priamos. Wären nicht diese Zeiten gewesen, er hätte sicher ein ganz anderes Leben geführt. Doch hier war er, gab sein Bestes in dem, was er am besten konnte, nämlich die Kinder mit seiner Erzählung zum Lachen bringen.

Als er fertig war, kam er vor die Leinwand, um sich zu verbeugen und den Applaus entgegenzunehmen, und ich ging zu ihm und küsste ihn auf die Wange, wobei ich völlig vergaß, dass die Frauen, denen ich bis zu diesem Moment ausgewichen war, mich sehen konnten. Er drehte sich zu mir um, legte die Arme um mich und drückte mich an sich, während das Publikum weiter applaudierte. Es kam mir vor, als müsste es so sein, als wäre es richtig, ein sonniger Tag mit lächelnden Kindern, Stelios und ich, die im Beifall einander hielten, als wären *wir* die Geschichte, die Charaktere in unserem eigenen Stück. Ich sagte ihm dies, während wir uns verneigten, die Hände über den Herzen.

»Ja, natürlich. All das hier ringsum ist vielleicht nichts weiter als eine Kulisse, ein Hintergrund für unsere eigene Geschichte«, sagte er, während er dastand und zu den Bäumen winkte, der Kirche, den Menschen. »Wir sind nichts als Schatten auf der Leinwand. Wir können das wirkliche Leben überhaupt nicht begreifen, dessen Schatten wir sind, nicht, solange wir es leben. Woher wollen wir also wissen, was wirklich ist und was nicht?«

»Vielleicht ist es das, was die Klagegesänge uns sagen wollen«, meinte ich.

Die Zeit für die Prozession war fast gekommen. Einige der Eltern nahmen ihre Kinder mit sich an den Rand der *plateia*, um dort zu warten. Sie blickten gespannt zum Eingang der Kirche. Davor standen vier Männer in dunklen Anzügen, eine blumengeschmückte Plattform auf den Schultern. Die Straße war gesäumt mit Wachen aus dem Lager, Pilgern in Rollstühlen oder auf Tragen und anderen an Krücken oder Gehstöcken.

»Wartet«, sagte Stelios zu seinem Publikum. »Ich bin noch nicht fertig.«

Er huschte zurück hinter den Schirm, wo er weitere Puppen an Stöcken befestigte. Es waren die, die er in Heraklion gebaut hatte, die Puppen, die uns alle darstellten, als wir in Chrysoulas Haus gelebt hatten.

»Das willst du jetzt zeigen?«, fragte ich ihn. »Hier?«

»Ja, ja. Ich will ihnen unsere Geschichte erzählen, was wir von ihr wissen, oder jedenfalls die Schatten davon. Ich habe die ganze Zeit darüber nachgedacht und ich habe einige Dinge verändert. Stell dich dorthin, Aliki. Sag mir, was du davon hältst. Wo ist übrigens Takis?«

Ich sagte, dass ich es nicht wusste. Heute ist mir klar, dass Stelios seine Aufführung zumindest zu einem Teil an Takis gerichtet hatte, in der Hoffnung, ihn aus der Fassung zu bringen, genau wie bei ihrer letzten Begegnung, als er ihm von der Klinik für gestörte Knaben erzählt hatte. Ich wollte Stelios berichten, was in der Schule passiert war, doch er war bereit, mit dem Stück zu beginnen. Also trat ich zur Seite, stellte mich neben eine der Stechpalmen und sah zu.

Einige Eltern mit ihren Kindern, die sich auf den Weg zur Kirche gemacht hatten, blieben nun wieder stehen, um zu sehen, was Stelios als Nächstes machen würde. Das Stück fing ganz genauso an wie in jener Nacht in Theos Kaffeehaus. Die Sophia-Puppe sprach als Erste.

Erinnert euch alle an diesen einen Tag,
Wenn ihr zurückkehrt auf diesem Pfad.
Wie ihr in euch selbst gewachsen seid.
Lauscht, trotz allem, was wir gesehn,
Die Welt wird sich weiterdrehn …

Das Stück nahm mehr oder weniger den gleichen Verlauf wie in Theos Kaffeehaus, doch an der Stelle, wo Chrysoulas Puppe sagte: »Es ist gut, dass ihr gekommen seid«, vernahm ich hinter mir ein Geräusch und sah ein barfüßiges Mädchen, halb verborgen hinter einem Baum. Ich wollte mich bereits wieder abwenden, als mir irgendetwas an ihm vertraut vorkam. Ich sah erneut hin und bemerkte, dass es Takis war. Er hatte ein grünes Kleid angezogen. Seine Augen waren glasig – entweder hatte er mich nicht bemerkt, oder er hatte nicht begriffen, wer ich war. Ich sagte seinen Namen, doch er reagierte überhaupt nicht. Also ging ich zu ihm und legte die Arme um ihn. Er sah mich direkt an, ohne jede Spur von Überraschung, als wäre ich die ganze Zeit bei ihm gewesen.

»Es ist das gleiche Stück«, sagte er.

»Wo hast du gesteckt? Und was soll dieses Kleid?«

»Oh, es hing an einer Wäscheleine.«

»Was ist mit deinen eigenen Sachen passiert?«

»Ich weiß es nicht. Kann mich nicht erinnern.« Er zeigte auf die Leinwand. »Das da bin wohl ich.«

Es gibt einen Geist mit orangenem Haar
Unten im Gewölbe.
Spielt ihr Karten?

»Takis, komm, wir gehen nach Hause. Du musst dich waschen und deine eigenen Sachen anziehen.«

»Aber was passiert als Nächstes in der Geschichte?«

»Du weißt, wie es weitergeht. Komm, lass uns gehen.«

»Ich erinnere mich nicht. Oh, da bin ich wieder! Und du, Aliki!«

Sie hat nicht geredet, seit ihr Vater starb.
Sie ist meine Freundin.

Ein paar Szenen weiter erschien eine neue Puppe, aus Rinde gemacht. Es musste die Puppe sein, die Stelios im Lager gemacht hatte. Ich konnte nicht erkennen, wer sie sein sollte, bis mir das grob geschnitzte Hakenkreuz auffiel. Die Takis-Puppe sprach zu der neuen.

Sie sind unten im Keller,
Die beiden Fremden.
Fremde aus Athen,
Sie verstecken sich.

Oberst Esterhaus. Und ein Soldat stand vor dem Hintergrund, einem Haus mit Fenstern voll roter Zellophan-Flammen. Stelios hatte die Szene bewusst eingeführt – Esterhaus war die neue Puppe, für die er eine Idee gehabt hatte.

Jetzt schüttelte Takis neben mir den Kopf. »Das habe ich nicht gesagt, niemals. Das habe ich nie zu ihm gesagt!« An Stelios gewandt rief er laut: »Das ist nicht wahr!«

Alles drehte sich zu ihm, diesem kleinen lauten Jungen in einem grünen Kleid. Stelios spähte über den oberen Rand seiner Leinwand. Einen Moment lang herrschte Stille, dann rief die Mutter von Adonis laut: »Das ist er! Das ist der Kerl, der versucht hat, meinen Sohn zu blenden! Seht her, was er getan hat!« Sie deutete auf den Verband über dem Auge von Adonis. »Und diese Lehrerin da!«, sie deutete auf mich. »Sie beschützt ihn auch noch!«

Mehrere Männer aus dem Dorf versammelten sich um sie, lauschten ihrer Geschichte und wandten sich sodann mit finsteren Blicken zu Takis und mir um.

»Wir müssen hier weg!«, sagte ich und packte Takis an der Hand.

Aus der Kirche erklangen Trompetensignale, und die Kapelle begann ihren Marsch die Straße hinauf, vorbei an der *plateia*. Ihr folgte ein halbes Dutzend Akolythen in weißen Roben, die die Seidenbanner der Kirche an langen Stäben vor sich her trugen. Dann folgte der Priester in seinem wehenden goldenen Gewand. Der Bürgermeister in einem schicken blauen Anzug mit Krawatte und funkelnder Nadel führte die lokalen Würdenträger an. Hinter ihnen war die blumengeschmückte Plattform auf den Schultern der vier Träger. Sie sah aus wie ein auf allen Seiten offenes Haus, sodass jeder die aufgestellte Ikone darin sehen konnte. Die silberne Plattierung spiegelte das Sonnenlicht in die Menge, als sie sich der *plateia* näherte. Die Kranken und Verkrüppelten an beiden Seiten der Straße streckten die Hände nach der Heiligen aus, während sie sich unablässig bekreuzigten.

Plötzlich riss sich Takis von mir los und drängte in die Menge. Mehrere der Männer, die mit der Mutter von Adonis geredet hatten, folgten ihm. Schreie erklangen aus der Menge, als Menschen in Rollstühlen oder an Krücken versuchten, den Weg freizumachen. Jemand prallte mit einem der Träger der Plattform zusammen, und die Ecke kippte bedrohlich. Die drei anderen Männer bemühten sich, so gut sie konnten, die Plattform waagerecht zu halten, doch es war vergeblich. Die Ikone der heiligen Maria fiel klappernd auf die Straße vor einen alten Mann auf einer Trage.

Ein Ächzen ging durch die Menge, als die Prozession zum Stehen kam und die Kapelle aufhörte zu spielen. Für einen Moment herrschte entsetztes Schweigen, während alles auf die

Ikone starrte. Das Silber glitzerte noch immer im Sonnenlicht, doch die Jungfrau blickte nun geradewegs nach oben in den Himmel. Der alte Mann erhob sich von seiner Trage, bekreuzigte sich dreimal und hob das Bildnis auf.

»Er kann wieder gehen!«, rief einer der anderen. »Ein Wunder! Ein Wunder ist geschehen!« Die Nachricht ging wie ein Lauffeuer durch die Menge, und Hunderte von Händen zeichneten ebenso viele Kreuze in die Luft.

»Nein, ihr Narren!«, rief der alte Mann. »Mit meinen Beinen ist alles in Ordnung! Ich bin wegen meiner Migräne hergekommen!«

Er reichte dem Priester, der in seiner flatternden Robe herbeigerannt kam wie ein goldener Schmetterling, die Ikone. Aus der Kirche drangen die Rufe von Männern und Wachsoldaten, die Takis anscheinend im Innern des Gotteshauses in die Enge getrieben hatten. Nun brachten sie ihn nach draußen, die Arme hinter dem Rücken gefesselt. Ich rannte zu ihnen. Seine Augen waren voll Entsetzen.

»Hört auf damit!«, befahl ich ihnen. »Er hat nichts Falsches getan!«

Stelios stand neben mir. Er hielt immer noch die Puppen von Takis und Esterhaus an ihren Stäben. »Es ist meine Schuld«, sagte er mit betrübter Meine. »Mein Stück hat ihn erschüttert.«

Der Priester kam herbei. »Der Junge ist schuld, dass die Ikone heruntergefallen ist!«, sagte er. »Das ist ein schlechtes Omen für unsere Gemeinde!«

»Und er hat meinen Sohn mit einem Stock geschlagen!«, rief die Mutter von Adonis, während sie sich durch die Menge in unsere Richtung drängte. »Mein Adonis könnte jetzt blind sein!«

»Der Stock ist zerbrochen«, sagte ich. »Es war keine …«

»Und seht nur, wie er herumläuft, in einem Kleid!«, fuhr die Mutter fort. Inzwischen stand sie neben mir. »Irgendwas stimmt nicht mit ihm! Meine Nachbarin hat ihn bemerkt, als er durch das Fenster in ihr Schlafzimmer gespäht hat!«

»Wer bist du, Junge?«, fragte der Priester. »Und woher kommst du?«

Takis konnte nicht sprechen. Seine Augen zuckten von einem zum anderen, und sein Mund öffnete und schloss sich, doch kein Laut kam hervor.

»Er ist mein Bruder«, sagte ich.

»Und du bist?«

»Sie ist meine Frau«, sagte Stelios. »Lassen Sie die beiden in Ruhe.« Er schwang die Puppenstäbe, als wollte er den Priester damit schlagen. »Lassen Sie den Jungen in Ruhe.«

Einer der Wachsoldaten wollte auf Stelios losgehen, doch der Bürgermeister fuhr ihm in die Parade.

»Du bist es also«, sagte er. »Unsere kleine Lehrerin.« Sein Blick ging zu Stelios, und er runzelte die Stirn, doch er sagte nichts – vermutlich erinnerte er sich an ihn als einen von den Männern, die im Hungerstreik gewesen waren. Dann wandte er sich zu Takis in seinem Kleid. »Und was in Gottes Namen ist das?«

Die Mutter erzählte schon wieder, was Takis angestellt hatte, und ich sagte erneut, dass es nicht so gewesen war, während der Priester darauf beharrte, dass die Prozession mit der Ikone fortgesetzt werden musste. Der Bürgermeister brachte uns alle mit einer Handbewegung zum Verstummen und meinte, dass der Priester recht hätte. Er rief ein paar der Wachsoldaten zu sich und beauftragte sie, sämtliche Gefangenen ins Lager zurückzubringen.

»Und den hier nehmt ihr auch mit«, sagte er und nickte in Richtung von Takis. »Wir kümmern uns später um alles Weitere. Wir dürfen die Prozession nicht aufhalten. Wir müssen an unsere Gäste denken.« Er machte eine ausholende Bewegung zu der Menge, die sich um uns versammelt hatte, all die

Verkrüppelten, die Lahmen und die Blinden. Dann nahm er seinen Platz in der Prozession wieder ein, der Priester stellte die Ikone auf das Podest und die vier Träger hoben es hoch. Becken schlugen, und die Prozession setzte sich unter den Trompetenklängen der Kapelle in Bewegung.

Takis blickte mit wilden Augen um sich, als er abgeführt wurde, doch Stelios hatte den Arm um seine Schulter gelegt und schien ihn trösten zu wollen. Er hatte seine Puppen zu Boden geworfen. Ich ging, um sie aufzuheben, doch dann verharrte ich und starrte sie nur an, wie sie dort lagen, mit verdrehten Gliedmaßen, Takis und Oberst Esterhaus, für immer bei uns. Erst Minuten zuvor waren Stelios und ich der Glückseligkeit nah gewesen, doch das war nun vorbei. Es war fast, als hätten wir versucht, Takis in den Wahnsinn zu treiben – und vielleicht wollten wir das unbewusst auch, ohne es uns einzugestehen. War so etwas möglich? Stelios hatte ihm von dem Arzt in Heraklion erzählt, und ich hatte ihm gesagt, dass Stelios und ich verheiratet waren. Die Wut und Verzweiflung, die Takis fühlte, hatten ihn dazu gebracht, den Stock gegen die Tafel zu schlagen, wodurch Adonis verletzt worden war. Dann hatte Stelios in seinem Schattentheater eine Szene gespielt, in der Takis ihn und seine Mutter an die Deutschen verraten hatte. Waren wir genauso schlimm wie diese ganze Insel, das Lager, die Dorfleute, die Kirche mit ihrer Ikone, die falschen Versprechungen von Heilung und Linderung? Es gab kein Heilmittel für irgendjemanden, nicht für den Krieg und das mit ihm einhergehende Elend oder irgendetwas sonst. Alles Normale war geheuchelt.

»Es ist nicht recht«, sagte eine der kretischen Frauen, die zu mir gekommen war. Es war, als hätte sie meine Gedanken gelesen, doch sie sprach über Takis. »Er ist doch nur ein kleiner Junge.«

Mehrere andere kretische Frauen gesellten sich zu uns und berichteten, sie hätten mit einigen Pilgern gesprochen, die früher selbst in einem Lager gesessen hatten und wegen ihres Gesundheitszustands freigelassen worden waren. Sie wirkten überrascht, dass es hier anscheinend anders war, und auch, dass kein Gefangener seine Strafe angefochten hatte und sogar freigesprochen worden war. Doch von diesen Dingen waren keine Nachrichten bis hierher vorgedrungen – oder vielleicht doch? Vielleicht hatte der Bürgermeister diese Nachrichten unterdrückt, um der Gemeinde so lange wie nur irgend möglich zu helfen?

»Wir sollten draußen beim Lager sein«, sagte eine der kretischen Frauen.

»Wer weiß, was als Nächstes geschieht?«, fragte eine andere. Gerüchte verbreiteten sich, dass in einigen Lagern auf dem Festland Gefangene von den Wächtern gefoltert worden waren. Und es gab noch schlimmere Gerüchte: Die Wachen hatten sich angeblich unbequemer Gefangener entledigt, die nach ihrer Freilassung gegen sie hätten aussagen können.

Weitere Frauen kamen zu uns und stimmten überein, dass es wohl das Beste war, wenn wir zum Lager gingen, um nachzusehen, was dort geschah und was sie mit Takis und Stelios und den anderen gemacht hatten. Und wir sollten augenblicklich gehen, solange noch fast alle anderen mit der Prozession beschäftigt waren. Ja, dachte ich, ja, das sollten wir. Diese Frauen schienen in jenem Moment abseits der Hässlichkeit der Welt, dieses Ortes und meiner selbst.

Als wir das verlassene Dorf passierten, meinten ein paar von ihnen, es wäre dumm, wenn wir so zum Lager gingen, wie wir waren, so, wie wir es in der Vergangenheit getan hatten. Wir sollten etwas dabeihaben, um zu zeigen, dass wir es diesmal ernst meinten. Oder wollten wir wieder nur dastehen wie eine Bande wütender Weiber, mit leeren Händen? Wir schwärmten in dem leeren Dorf aus und bewaffneten uns. Einige rissen Zaunpfähle aus oder Türbalken aus eingestürzten Eingängen. Eine Frau fand eine rostige alte Sense, andere brachen Glasscherben aus zerborstenen Fenstern oder sammelten verstreute Besteckteile aus den Küchen – stumpfe Gabeln und Löffel.

Als wir weitergingen, unterhielten sich die Frauen darüber, was sie und ihre Männer tun würden, sobald sie erst frei waren und nach Kreta zurückkehren durften. Wohin ich gehen würde, wenn es so weit war, wollten sie von mir wissen. Ich nahm an, dass Stelios und ich nach Athen zurückkehren würden und vielleicht eines Tages in mein Heimatdorf, um zu sehen, ob mein Haus immer noch stand. Es war schwer, sich vorzustellen, was für ein Leben wir haben würden. Der Krieg und der sich daran anschließende Bürgerkrieg waren eine Art vorläufige Antwort gewesen. Alles war auf später verschoben worden.

Als wir das Wachhaus erreichten, war niemand da. Wir riefen, doch erhielten keine Antwort.

»Lasst uns sehen, ob wir das Tor aufbrechen und auf das Gelände vordringen können«, schlug eine der Frauen vor.

»Wer soll uns daran hindern?«, fragte eine andere.

Er würde es tun – der Wachposten, der in diesem Augenblick aus dem Wachhaus trat. Er war ein junger Kerl, jünger als die meisten Gefangenen, seinem Aussehen nach. Mit einer Stimme, die bemüht barsch klingen sollte, warnte er uns weiterzugehen. Was wir hier wollten? Besuchszeiten waren erst am nächsten Tag wieder. Die Gefangenen waren eben erst von der Prozession zurückgebracht worden.

»Wir wollen sie jetzt sehen, auf der Stelle!«, sagten wir und erklärten, dass dieses Lager endlich schließen sollte, so wie es viele andere Lager auch längst taten.

»Was?«, fragte er. »Davon weiß ich nichts.«

Wir sagten, wir würden nicht gehen, bevor wir uns nicht davon überzeugt hätten, dass unsere Männer wohlauf waren. Und was war mit dem Jungen, Takis? Was war aus ihm geworden? Der Wachmann schloss die Tür, und wir fingen wieder an, die Namen unserer Männer zu rufen. Einige Minuten später, wir riefen noch immer, öffnete sich die Tür ein weiteres Mal, und ein anderer Wachmann kam heraus. Er war eine ältere, viel kräftigere Version des ersten, mit einem dunklen Bart. Er ging zwischen uns hindurch, drohte mit dem Gewehr und befahl uns zu verschwinden, oder unseren Männern würde es schlecht ergehen. Es läge allein an uns, sagte er, was passieren würde.

»Ganz genau!«, sagte eine Vettel in Schwarz – und rammte eine Gabel in seine rechte Wade. Der Soldat schrie auf, fiel zu Boden und hielt sich die Wade. Die Vettel kletterte auf ihn, riss sich das Kopftuch herunter und stopfte es ihm in den Mund. Weitere Frauen stürzten sich auf ihn und hielten ihn fest, während eine sein Gewehr packte. Alles ging so schnell und ohne Plan, dass wir uns staunend ansahen, als es vorbei war. Wir hatten plötzlich einen eigenen Gefangenen. Einige der Frauen waren so aufgeregt, dass sie sich gegenseitig die Arme über die Schultern legten und einen kleinen Siegestanz vor dem Wachhaus aufführten und den Blick auf das Geschehen hinter sich für jeden im Haus versperrten.

Fast hätten wir den alten Laster überhört, der schnaufend in unsere Richtung kam und mit quietschenden Bremsen hielt. Der Fahrer war einer der Männer aus dem Hafen, die die Marmorblöcke auf die Boote verluden. Er zögerte, als er uns sah, dann hupte er, um uns aus dem Weg zu scheuchen. Er schien den Wachsoldaten am Boden und die auf ihm sitzenden Frauen noch nicht bemerkt zu haben. Der Soldat drohte zu ersticken, und eine der Frauen nahm ihm das Kopftuch aus dem Mund.

»Mörder!«, brüllte er los. »Meuchelmörder!«

Doch sein Geschrei war über den Lärm des klapprigen alten Motors kaum zu hören. Die Vettel stopfte ihm das Kopftuch wieder in den Mund.

Der junge Wachmann öffnete das Tor neben dem Wachhaus und signalisierte dem Fahrer weiterzufahren. Die tanzenden Frauen teilten sich vor dem Laster, doch als er vorbei war, rannten einige von uns hinterher. Eine kletterte auf die Pritsche des Wagens und zog uns zu sich hoch, einschließlich der Frau mit dem Gewehr. Sie untersuchte die Waffe, um herauszufinden, wie man sie abfeuerte, als der junge Soldat uns auf dem Laster bemerkte und befahl abzusteigen. Das Gewehr ging los; er packte sich an der Schulter und stürzte zu Boden.

Im Lager angekommen sahen wir, dass sich die anderen Wachen mitsamt den Gefangenen ein ganzes Stück weit den Hang hinunter zwischen den weißen Zelten befanden. Beim Knall des Gewehres wandten sich einige Soldaten um und kamen in unsere Richtung. Wir sprangen vom Laster und rannten auseinander. Die Wachen verfolgten uns, doch wir waren viel mehr als sie, und obwohl sie die eine oder andere Frau einfingen, rannten wir anderen weiter zu unseren Männern, die angesichts des Spektakels angefangen hatten zu lachen. Als sie sahen, dass die Wachen so abgelenkt waren, verteilten sie sich bald selbst entlang dem Hügel auf der Rückseite des Lagers.

Ich konnte weder Takis noch Stelios sehen, doch ich lief hinter den Männern her und stolperte über einen der unzähligen Marmorbrocken am Boden. Ich fiel auf das Gesicht. Vielleicht hatte ich für kurze Zeit das Bewusstsein verloren, ich weiß es nicht, doch das Nächste, was ich sah, war, dass die meisten Männer den Kamm des Hügels erreicht hatten. Und dann erblickte ich auch Stelios und Takis unter ihnen. Zuerst hatte es den Anschein, als würden sie sich an den Händen halten, doch am Glitzern von Metall bemerkte ich bald, dass sie mit Handschellen aneinandergefesselt worden waren, das linke Handgelenk von Takis an das rechte von Stelios.

Keiner von beiden kam richtig von der Stelle, obwohl sie versuchten, gemeinsam zu rennen. Stelios humpelte schlimm. Er stürzte, und Takis half ihm auf. Ich rief nach ihnen, doch sie konnten mich nicht hören. Ich rannte weiter, als mir bewusst wurde, dass die beiden dicht an der Klippe zum Steinbruchsee waren. Dann sah ich, dass sie angehalten hatten. Stelios hatte etwas in der Hand – einen Stein? Er hob ihn hoch und schmetterte ihn mit aller Kraft nach unten. Hinter mir erklang plötzlich ein Gewehrschuss, und ich sah mich um. Das vollständige Chaos war ausgebrochen, Frauen lagen am Boden, jedoch auch Wachsoldaten. Als ich mich wieder nach vorn wandte, waren Stelios und Takis verschwunden.

Kassette 6, Seite 1

Als ich in den 1960ern in mein Dorf zurückkehrte, schien es im ersten Moment, als hätte ich mir mein ganzes Leben außerhalb nur eingebildet. Selbst die Ruine von Chrysoulas niedergebranntem Haus mit dem stehengebliebenen Schornstein vermochte das Gefühl nicht zu dämpfen, dass ich nie weg gewesen war. Mein eigenes Haus stand noch, doch es war in einem schlimmen Zustand. Es war in jener Nacht nicht abgebrannt, doch in den vielen Jahren danach waren die Fenster eingeschlagen worden und ein Teil des Dachs eingestürzt. In den Zimmern war der Putz abgebröckelt, und überall lagen Blätter und Dreck. Ich strich über die modrigen Wände und verzogenen Dielenbretter und erinnerte mich an jenen Morgen, als wir von hier nach Athen aufgebrochen waren, Stelios humpelnd und Takis vollkommen verstört. Seit jenem Tag hatte das Haus leer und seelenlos dagestanden. Meine Rückkehr war genauso leer und seelenlos, ohne Stelios. Doch wenigstens war es ein Ort, an den ich zurückkehren konnte. *Mein* Ort.

Die allerletzten sporadischen Kämpfe zogen sich noch bis 1949 hin, denke ich, plus oder minus ein Jahr. Wie die Zeit doch Löcher in mein Gedächtnis schlägt. Einige der Lager wie das auf der Insel waren bereits früher geschlossen worden, andere hingegen – unsägliche Lager wie Makronisos – blieben bis weit in die Fünfzigerjahre hinein geöffnet. All die Dollars, die Ihr Harry Truman aus dem Land der großen Radios geschickt hatte – wohin waren sie gegangen? Die wenigen, die nicht den

Weg in die Taschen unserer Politiker und anderer Regierungsbeamter fanden, sorgten für ein paar neue Straßen und Schulen, ein wenig Elektrifizierung auf dem Land und Wasserversorgung in den Häusern. Doch nur ganz wenig. Der größte Teil des Landes lag weiterhin in Ruinen von den Kämpfen, die Eisenbahnlinien zerstört, die Brücken gesprengt, eine nahezu wertlose Währung und ein demoralisiertes Volk. Wir hatten uns selbst mehr Schaden zugefügt, als dies die Deutschen während der Besatzung vermocht hatten.

Es stimmt, ausländische Panzer und Waffen halfen, den Krieg zu Gunsten der Regierung zu beenden, doch wie es so schön heißt, ein Krieg endet niemals wirklich. Selbst die Dekade der Erholung, die auf den Krieg folgte, beendete die alten Ressentiments nicht, die aus dem Bürgerkrieg geblieben waren. Alter Groll und alter Hass kochten immer wieder hoch wie ein ekelhafter Eintopf. Und die Zerrissenheit des Landes, mit einer zahllosen Abfolge neuer Regierungen, diente als Vorwand für die Diktatur der Obristen in den Sechzigern. Zu diesem Zeitpunkt stellte das Land der großen Radios, das bis dahin tief im Sumpf unserer Politik gesteckt hatte, seine Unterstützung für das neue Regime ein mit seiner Zensur, seinen Wahlmanipulationen und der Folterung jener, die es wagten, die Stimme zu erheben. Schande über euch! Nicht Sie persönlich, meine kleine Gelehrte. Aber Sie wissen, was ich meine. Für eine Weile schien es, als würde die Hälfte der Athener Jugend Schlange stehen, um eimerweise rote Farbe über die Statue des alten Harry zu kippen, der nicht einmal mehr Präsident war. Später wurde sie gesprengt, niedergerissen und zertrümmert, ein Symbol des Anfangs vom Ende unserer Liebesaffäre mit euch allen. Heute steht die Statue wieder an ihrem Platz, wenigstens habe ich das gehört. Alles kommt irgendwann wieder, wenn genügend Zeit verstrichen ist.

Schließlich begaben wir uns in die beschützenden Arme der Europäischen Union. Und wieder mal Rosen und Lilien zu Beginn – doch nicht einmal sie konnte uns vor der Torheit unserer Führer bewahren, mit ihrem System aus Bestechung, Korruption und Geldverleih. Steuern verschwanden zum größten Teil in den Taschen der Steuereintreiber, jeder betrog jeden, verpfändete die Zukunft für die Gegenwart. Einer unserer Klassiker, ein Mann mit Namen Hesiod, soll einmal geschrieben haben, man sollte sich nicht stromaufwärts im Fluss erleichtern, falls man plant, stromabwärts daraus zu trinken. Niemand bezweifelt ernsthaft diese Weisheit – und doch war es genau das, was unsere Regierungen taten, ob links, rechts oder Mitte. Und das bringt uns, wie ich denke, mehr oder weniger geradewegs ins Jetzt. Die Ironie ist, dass wir erneut die Deutschen vor der Nase haben. Diesmal ist es eine Art ökonomischer Besatzung. Und nachdem Ihr Land der großen Radios mit seinen Alliierten im Nahen Osten interveniert hat, müssen wir hier in unserem bankrotten Staat auch noch mit einem Strom von Menschen zurechtkommen, mit zahllosen verzweifelten armen Seelen, die durch unsere Hintertür nach Europa flüchten.

Oh, ich weiß, das ist eine große Vereinfachung einer ganzen Menge verzwickter historischer Ereignisse … aber das ist eine Geschichte für andere Tage und andere Kassetten. Sind Sie noch bei mir? Ich schweife schon wieder ab, aber ich komme zurück auf diese Klagelieder, für die Sie sich so interessieren, versprochen.

Kurz nach meiner Rückkehr in mein Heimatdorf glaubte ich, einen Hemdenzipfel von meinem Vater zu erspähen, gerade als er in der Küche um die Ecke bog. Doch da war niemand. Ich riskierte den Abstieg über die brüchige Leiter hinunter in den Keller, wo ich Stelios und seiner Mutter zum ersten Mal begegnet war. Dort stand ich auf dem Lehmboden in der Dunkelheit und hörte ein Rascheln, vermutlich von einer Ratte in der Mauer. Ansonsten schien das Haus so leer und verlassen wie eine von Sand und See ausgescheuerte Muschelschale.

Ich hatte ein wenig Geld gespart von meiner Arbeit in Athen, die ich nach dem Verlassen der Gefängnisinsel angetreten hatte, und außerdem war noch das Geld vom Verkauf von Stelios' Haus in Kolonaki da. Also fing ich mein neues Leben hier in meinem Heimatdorf damit an, dass ich mein Haus rings um mich herum renovieren ließ, während ich in einem einzigen Zimmer wohnte – ein guter Weg, den Verstand zu verlieren. Anders als der Rest des Landes schien das Dorf im Allgemeinen recht wohlhabend zu sein, denn die Welt draußen hatte die Qualität unseres einheimischen Olivenöls entdeckt. Ganz in der Nähe der Stelle, wo ich mit Takis herumgehüpft war und ihm gezeigt hatte, wie mein Vater Holzkohle herzustellen pflegte, standen heute eine industrielle Presse und eine Abfüllanlage. Niemand arbeitete mehr als Köhler. Wir, die wir die Kriegsjahre überlebt hatten, waren selbst wie Holzkohle geworden, heruntergebrannt bis auf einen schwarzen Kern, der noch für lange Zeit glüht, bevor er zu Asche wird.

Die alte ungeteerte Straße, die in unser Dorf geführt hatte, war verbreitert und asphaltiert worden, und einige aus dem Dorf besaßen sogar ein eigenes Auto. In jedem Haus gab es fließendes Wasser, und die Frauen versammelten sich nicht länger am Brunnen vor Chrysoulas Haus. Der Brunnen selbst war nicht mehr da, eine Tatsache, die mich im ersten Moment verblüffte.

Was hatte ich denn erwartet? Dass jene, die in meiner Kindheit die Erwachsenen gewesen waren, immer noch hier wären, um mich zu begrüßen? Ich hatte sie in all den Jahren unverändert im Kopf mit mir herumgetragen, so, wie sie immer gewesen waren. Als ich an der *plateia* unter den großen Platanen mit meinem Koffer aus dem Bus gestiegen war, war es wie ein Schock gewesen, niemanden mehr zu kennen. Und natürlich erkannte mich auch niemand. Ich fühlte mich töricht, weil mir nicht bewusst gewesen war, dass jene Generation von Frauen mit ihren ledrigen Gesichtern und ewigen Frotzeleien inzwischen wohl zusammen mit meinem Vater, Sophia und Chrysoula auf dem Friedhof lag. Kinder, mit denen ich vor dem Krieg zur Schule gegangen war, waren längst erwachsen und wurden alt, genau wie ich. Als ich ihnen erklärte, wer ich war, sagten sie, sie hätten von meiner Familie gehört, aber uns alle längst tot geglaubt. Und das hätte ich genauso gut sein können, denn in den ersten paar Tagen in meinem Heimatdorf fühlte ich mich wie ein Geist, der rastlos umherschwebte auf der Suche nach Zeichen des Lebens, das ich einst hier gelebt hatte.

Konnte ich wieder Teil dieses Ortes werden? Gab es noch jemanden, der Klagegesänge brauchte? Nun ja, darüber hätte ich mir wahrlich keine Gedanken machen müssen. Aphrodite lebte im nächsten Dorf, und sie war dort gewesen seit unserer Kindheit, meine Schwester im Grauen. Selbst jetzt sitzen die anderen Frauen meines Alters auf meinen Stufen und warten auf ein Zeichen, sodass wir alle zu ihrer Hütte rennen können, um an ihrer letzten Stunde teilzuhaben. Ja, es gab immer Tote, und immer kamen neue hinzu. Sie bleiben genauso geschäftig wie eh und je, jammern und beschweren sich bei mir, als wäre ich schon eine von ihnen. An manchen Morgen, wenn ich meine alten Knochen zu überreden versuche aufzustehen, denke ich, ich hätte mich in der Nacht bereits zu ihnen gesellt. Angesichts all der Dinge in dieser Welt, die einen töten wollen, ist es geradezu unwahrscheinlich, am Leben zu bleiben. Kein Wunder, dass ich die Toten nicht loslassen kann, die für mich häufig realer sind als zu Lebzeiten. Es ist die Liebe, die das bewirkt, vermute ich, die Liebe, die sie an uns gebunden hält in einer Art Halbleben. Wir zerren sie immer wieder zu uns zurück mit all dieser Liebe. Jeder liebt irgendjemanden, selbst wenn er tot ist. Tod und Liebe – sie sind so eng miteinander verflochten, dass man sie niemals entwirren kann.

Nehmen Sie Stelios, der immer noch im Schlaf meine

Schulter berührt, wenn ich ihm zuflüstere: »Erzähl mir eine Geschichte.« Wie ist es zu Ende gegangen, frage ich ihn, dein Stück, in dem wir alle unsere Rolle gespielt haben? Ich habe zweimal den Anfang gesehen, jedoch keine Mitte und kein Ende. *Wie geht* jede *Geschichte zu Ende?*, erwidert er. *Sie bildet einfach den Anfang einer neuen, einer Geschichte über uns alle.*

Die Toten sagen Dinge wie diese. Doch ich wollte Details hören, von der Art, wie ich sie schließlich von Takis erfuhr über das, was im Lager geschehen war und im Steinbruch, bevor ich an jenem Tag dort ankam. Die Geschichte kam in Bruchstücken und ohne Reihenfolge. Takis erzählte zuerst zusammenhanglos und beschränkte sich auf das Lager. Ich selbst war auch durcheinander, am Boden vor Trauer, als lastete einer jener tonnenschweren Marmorblöcke auf mir. Einen Arm oder ein Bein zu heben, den Mund zum Reden zu öffnen – all das kostete mich unsägliche Mühe. Doch ich zwang mich, ein weiteres Mal zum Lager zu gehen, zwang mich, dort zu sitzen in der Unwirklichkeit, ihn am Fenster zu sehen anstelle von Stelios. Ich musste es erfahren.

»Hol mich hier raus!«, war das Einzige, was Takis zu Anfang sagen wollte. Ich erwiderte, dass ich das nicht konnte. Der Bürgermeister hatte angeordnet, dass er für den Moment dort festgehalten werden sollte. Es war vermutlich der sicherste Ort für ihn angesichts der Tatsache, dass die Mutter von Adonis zusammen mit einigen anderen Müttern immer noch erzählte, dass Takis verrückt war und eingesperrt gehörte. Der Priester verbreitete ebenfalls Geschichten über Takis – er hätte einen Fluch über die Gemeinde gebracht, als die Ikone zu Boden gestürzt war. Und dann war da noch die Frage, was genau sich im Steinbruch ereignet hatte. Andere Gefangene hatten erzählt, wie Takis und Stelios auf dem gesamten Weg von der *plateia* zum Lager gestritten hatten. Wie es sein konnte, dass der Junge überlebt hatte und der Mann nicht, das war die Frage, die jeder stellte.

Was ich aus seinen stockenden Erzählungen zusammensetzte, war, dass der Wind ihm gesagt hatte, er solle von der *plateia* weglaufen. Das war vermutlich, als die Wachen ihn und Stelios und die anderen Gefangenen abgeführt hatten.

»Der Wind in den Bäumen«, sagte er. »Ich habe ihn so klar und deutlich gehört, wie ich dich jetzt höre, Aliki.«

Wie verlässlich war das, was er erzählte, wenn er glaubte, der Wind hätte Schuld an allem? Doch so war es oft gewesen mit ihm. Er hatte versucht zu gehorchen und wegzulaufen, sagte er, doch einer der Wachleute hatte ihn mit Handschellen an Stelios gefesselt, in der Hoffnung, ihn zu beruhigen. Die anderen Männer waren keine Hilfe gewesen. Sie hatten ihn ausgelacht wegen seines grünen Kleids und ihn gefragt, ob er ein Junge wäre oder ein Mädchen. Als ich endlich mit ihm reden konnte, hatte er das Kleid gegen eine der tristen grauen Lageruniformen getauscht, die ihm viel zu groß war. Ich fühlte mich an seine britische Armeeuniform erinnert im Truppenlager außerhalb von Athen. Wir schienen wieder an dieser Stelle angekommen zu sein.

»Es war alles Stelios' Schuld«, sagte Takis. »Alles. Ich habe ihn angebrüllt, dass ich keine seiner Puppen mehr sein wollte, nie wieder. Keine schlechte Puppe in einem dämlichen, unwahren Stück!« Stelios hatte einen Hustenanfall erlitten und kaum reden können, doch er hatte erwidert, dass das Stück nur eine Geschichte war, weiter nichts. Eine Geschichte, die nicht wahr sein musste. »Aber ich sagte ihm, dass *er* glaubt, es wäre tatsächlich so gewesen mit den Deutschen damals. Und du glaubst es auch, Aliki, gib es zu!«

»Ich weiß nicht, wie es sonst hätte passieren können, Takis.« Die Worte kamen langsam aus meinem Mund, als hätte ich Kieselsteine unter der Zunge.

»Aber das heißt nicht, dass es meine Schuld war. Nur weil ich mich nicht erinnern kann.«

Es war zwecklos, dieses Thema erneut durchzugehen. Es war auch nicht der Grund, aus dem ich gekommen war. Ich wollte wissen, was sonst noch auf dem Weg zum Lager passiert war.

»Ich habe ihm immer wieder gesagt, dass er es absichtlich in seinem Stück so dargestellt hat.«

Damit hatte Takis vermutlich sogar Recht. Stelios hatte es höchstwahrscheinlich an dem Tag beschlossen, als ich ihm gesagt hatte, dass Takis schon die ganze Zeit auf der Insel gewesen war. Er hatte sich an die Arbeit für eine neue Puppe gemacht, wohl die von Oberst Esterhaus. Was hatte Stelios damit bezweckt? Takis vertreiben oder ihn in den Wahnsinn treiben oder beides? Es stimmte jedenfalls, dass wir beide, Stelios und ich, Takis irgendwie aus unserem Leben hatten haben wollen. Doch das war es nicht, was wir bekommen hatten.

»Mit uns war doch alles gut, Aliki, oder nicht, bevor Stelios in unserem Leben aufgetaucht ist? Damals in unserem Dorf, meine ich.« Takis packte den Rahmen des Fensters, und seine Stimme wurde schrill. »Das ist es, was ich Stelios gesagt habe, dass alles gut war, bevor er und seine Mutter aufgetaucht sind. Warum mussten sie auch ausgerechnet in *unser* Dorf kommen?«

Stelios hatte ihm gesagt, dass es nicht gerade ihre freie Entscheidung gewesen war, sondern dass die Partisanen sie in das Dorf gebracht hätten. Dann hatte Takis versucht, sich von ihm zu lösen, und Stelios hatte ihn angebrüllt aufzuhören. Die Handschellen schnitten ihnen beiden in die Handgelenke.

Takis hatte ihn ignoriert. »Wir haben Karten gespielt und gelacht, und Aliki hat mir gezeigt, wie man Holzkohle macht und …«

Stelios hatte wieder angefangen zu husten, so heftig, dass er gestolpert und auf die Knie gefallen war. Takis war mit ihm zu Boden gegangen, und sie hatten nebeneinander im Staub gelegen, bis die Wachen sie wieder auf die Beine gezerrt hatten.

Im Lager hatten sich die Gefangenen unterhalb der Zelte versammelt. Es hatte geheißen, dass der Bürgermeister nach der Prozession vorbeikommen würde, um von ihnen die gefürchtete Loyalitätserklärung zu fordern, die niemand unterschreiben wollte. Doch was waren die Konsequenzen, wenn man sich weigerte?

»Was kümmerte es mich?«, sagte Takis. »Ich konnte an nichts anderes denken als an die Dinge, die du und ich im Dorf miteinander gemacht hatten, bevor Stelios dazukam, und wie viel besser alles damals war. Bis auf dieses Mädchen, das uns gehasst hat … wie hieß sie noch? Irgendwas mit Z …?«

»Du meinst Zephyra.«

»Genau die. Sie hat uns gehasst. Jedenfalls mich. Sie wollte mit dir befreundet sein und war neidisch auf mich. Ihre Mutter war auch eine richtige Hexe.«

Jetzt, wo ich mich erinnere, was er mir damals erzählte, muss ich an die Ziegengeräusche denken, die Zephyra gemacht hat, kurz bevor sie starb. Ich muss Aphrodite noch einmal genauer nach diesen Geräuschen fragen, bevor sie auch stirbt.

Takis erzählte weiter, Stelios wäre so erschöpft gewesen von seinen Hustenanfällen, dass er erneut zu Boden ging und Takis mit sich riss. »Ich wusste, dass er krank war, aber ich konnte nichts für ihn tun. Er hat sowieso nicht auf das gehört, was ich gesagt habe. Er hat einfach nur immer weiter gehustet. Er hat es absichtlich getan. Ich konnte nicht aufhören zu reden, und er hat mich mit seinem Husten übertönt.«

»Worüber hast du geredet?«

»Über dich, Aliki. Nur über dich.«

Ich kann heute noch den Ausdruck in seinen Augen sehen, so inbrünstig wie der eines Liebenden. Mir wurde schlecht bei dem Gedanken, dass seine Gefühle für mich dazu beigetragen hatten, dass wir an diesen Punkt gelangt waren. Stelios tot, Takis gefangen im Lager. Es war meine Schuld; ich hätte mich längst von Takis lösen sollen. Wenn wir doch nur imstande gewesen wären, auf Kreta etwas mit diesem Arzt zu vereinbaren, so scheußlich es auch gewesen wäre.

Während er mit dem hustenden Stelios auf dem Boden gesessen hatte, fuhr Takis fort, hätten sie den Gewehrschuss beim Eingang des Lagers gehört und sich umgewandt und uns Frauen gesehen. Die Wachen hätten alles stehen und liegen lassen und wären zu uns gerannt, während die Gefangenen auseinandergelaufen wären. Stelios war auf die Beine gekommen und hatte Takis mit sich gezogen und etwas von einem scharfen Stein geredet, den sie finden müssten. »Ich hatte keine Ahnung, was er wollte, aber er humpelte immer weiter und zerrte mich mit sich, und ich musste ihm folgen.« Gemeinsam waren sie den Hügel hinaufgestiegen, wie ich es vom Lagereingang her beobachtet hatte. Takis erzählte, er hätte immer weiter geredet, hätte gesagt, dass er und ich nie jemand anderen gebraucht hätten. Und wir würden bald gemeinsam in unser Dorf zurückkehren, wo alles wieder wäre wie früher.

»Das stimmt doch, Aliki, oder? Jetzt gehen wir wieder zurück in unser Dorf?«

Er konnte über nichts anderes reden als darüber, unsere Kindheit fortzusetzen. So, als wäre nichts geschehen. Doch Stelios war tot, und das Leben, das er und ich uns erhofft hatten, war mit ihm gestorben. Ich bemühte mich, mit gefasster Stimme zu reden, als ich Takis bat, mir zu erzählen, was als Nächstes passiert war.

Am Rand des Steinbruchs hatte Stelios einen Stein mit einer scharfen Kante gefunden und versucht, Takis auf der anderen Seite eines Marmorblocks zu positionieren. Dann hatte er die Kette straff gezogen, die sie aneinanderband, und den Stein mit seiner freien Hand erhoben.

»Ich dachte, er würde mich umbringen und in den Steinbruch werfen. Ich war ganz sicher, dass es so war. Doch ich schätze, er änderte seine Meinung, denn er schmetterte den Stein auf die Kette. Wieder und wieder.« Er befahl Takis, die Kette straff zu halten, sodass der Stein jedes Mal auf das gleiche Kettenglied traf und es schwächte. »Dann brach die Kette, und ich war frei. Doch ich stolperte rückwärts und verlor das Gleichgewicht. Er packte meine Hand, doch ich stürzte bereits. Ich zog ihn mit mir. Ich wollte das nicht, Aliki, ehrlich nicht. Es ist einfach passiert.«

Takis musterte mich mit einem scharfen Blick, als versuchte er festzustellen, ob ich ihm glaubte oder nicht, dann redete er hastig weiter. »Er fiel auf mich. Ich konnte nicht atmen, und das Wasser war kalt. Wir gingen unter. Dann kamen wir hoch und gingen erneut unter. Ich dachte, ich würde sterben.«

Das war es, was ich gesehen hatte, als ich am Rand des Steinbruchs angekommen war: zwei Gestalten, die im dunklen Wasser strampelten, um nicht unterzugehen. Ich versuchte, zu ihnen zu gelangen, kletterte über die halb ausgehauenen Marmorblöcke, die aus der Klippe ragten, während ich immer wieder um Hilfe rief. Ich sah Stelios auftauchen und nach Luft schnappen, doch Takis schlug wild um sich und traf ihn im Gesicht, während er immer wieder brüllte, dass er nicht schwimmen konnte. Ich musste mich auf den Weg konzentrieren und konnte sie nicht unablässig im Auge behalten, sonst wäre ich ebenfalls abgestürzt. Als ich wieder aufsah, schwamm Stelios in Richtung der flachen Felsen am Ufer, mit schwachen Bewegungen und nur einem Arm; mit dem anderen zog er Takis hinter sich her. Doch ich sah auch, dass Takis unterging. Stelios drehte sich um und legte sich Takis' Arm um den Hals, versuchte mit Takis auf dem Rücken weiterzuschwimmen, doch sein Gewicht schien beide unter Wasser zu drücken. Stelios war krank gewesen und hatte vermutlich keine Kraft gehabt für diesen Akt, insbesondere nicht mit Takis, der an seinem Hals hing. Ich rutschte auf lockerem Geröll ab und musste mich gegen einen Felsbrocken drücken, um nicht zu stürzen. Unten waren die beiden inzwischen nah beim Ufer angekommen.

»Ich stieg von Stelios herunter und hatte festen Boden unter den Füßen«, fuhr Takis fort. »Ich dachte, Stelios hätte auch Halt gefunden. Und dann warst du da.«

Takis war am Ufer zusammengebrochen, hatte Wasser gespuckt und nach Atem gerungen. Doch Stelios hatte mit dem Gesicht nach unten im Wasser gelegen und sich nicht mehr gerührt. Ich rannte hinein und zerrte ihn an Land, hämmerte auf seine Brust, blies Luft in seinen Mund, während ich ihm die Nase zuhielt. Ich wusste nicht, was ich tat. Ich rief immer wieder seinen Namen. Dann fing ich an, ihn zu schütteln, als würde ich dadurch das Leben in seinen schlaffen Körper zurückbringen. Takis war keine Hilfe. Er lag halb bewusstlos am Boden.

Es dauerte eine Weile, bis uns jemand dort unten entdeckte oder unsere Hilferufe hörte. Am Eingang zum Lager hatten die Wachen die anderen kretischen Frauen endlich unter Kontrolle gebracht, doch erst als sie die verstreuten Gefangenen zusammentrieben, bemerkten sie, dass Stelios und Takis verschwunden waren. Kurze Zeit später fanden sie uns, und Männer kamen an Seilen und mit Tragen zu uns herunter.

»Jetzt hasst du mich, stimmt's?«, fragte Takis, und Tränen strömten über seine Wangen. »Ich bin am Leben und er ist tot, und du wünschst dir, es wäre genau anders herum.«

Ich muss die Aufnahme an dieser Stelle unterbrechen.

So, wieder da. Eine Stunde ist vergangen. Ich habe mir einen Raki (oder zwei) eingeschenkt. Während ich getrunken und nach der Kraft zum Weitererzählen gesucht habe, sind die Frauen aus dem Dorf herbeigekommen und haben sich vor meinem Haus versammelt, um über Aphrodite zu schwatzen, deren Zustand sich zu verschlechtern scheint. Sie hat nach mir gefragt, und ich gehe bald zu ihr, denn ich habe selbst auch eine

Frage an sie. Doch ich will den Rest schnell zu Ende erzählen, solange ich es aushalte und solange mir der Raki seine falsche Kraft verleiht.

Die ersten Tage nach Stelios' Tod schien ich in einer Art Trance zu sein. Nicht von der Art, wo ich im Zimmer mit der Tür und dem bernsteinfarbenen Licht dahinter lande. Ich konnte nicht klagen, konnte nicht denken, konnte nicht schlafen. Man verliert einen Menschen nicht auf einen Schlag. Es geschieht in Phasen. Jedes Mal wenn man sich an etwas erinnert, das man vergessen geglaubt hat, kommt das alte Elend wieder hoch. Es machte mich krank, daran zu denken, dass ich in Agios Nikolaos noch gedacht hatte, Stelios und ich könnten gemeinsam alles überstehen, was auf uns zukommen würde, und dass Takis erwachsen werden und seine eigenen Wege gehen würde. Wäre er nicht gewesen, Stelios wäre noch am Leben. Doch es war nicht das Ertrinken, das Stelios getötet hatte, sondern der Krieg und die Gefangenschaft und die Dummheit der Menschen und die Tatsache, dass er im falschen Leben am falschen Ort gewesen war, sogar im falschen Jahrhundert. Und vielleicht auch ein wenig meine Liebe zu Takis, die manchmal größer war als meine Liebe zu ihm, oder zumindest muss es ihm so erschienen sein. In der Nacht weiß ich, dass es so war, und am Morgen, wenn ich aufstehe. Ich hatte meine Heimat verloren, den Ort, an den ich zurückkehren konnte.

Als sie den Sarg für die Totenwache brachten, bat ich sie, den Deckel abzunehmen, sodass ich ihn ein letztes Mal sehen konnte. Er war ganz grau geworden, und sein Haar war geölt und zurückgekämmt. Die Schwerkraft hatte seine Mundwinkel zu einem Ausdruck der Missbilligung nach unten gezogen, und ich dachte, wie sehr der Tod ihn bereits hatte altern lassen. Dort lag er, der kahlköpfige, griesgrämige alte Mann, zu dem er vielleicht geworden wäre, der Mann, den ich liebte. Ich hatte eine der kretischen Frauen gebeten, eine kurze Passage aus der *Ilias* vorzulesen, die Stelios mir einst gezeigt hatte, über die Schiffe, die nach Troja ausliefen.

Als die Sonne nunmehr hinsank und das Dunkel heraufzog,
Legten sich jene zur Ruh' an den haltenden Seilen des Schiffes.
Als aufdämmernd nun Eos mit Rosenfingern emporstieg;
Jetzo schifften sie heim zum weiten Heer der Achaier.
Günstigen Hauch sandt' ihnen der treffende Phöbos Apollon;
Und sie erhuben den Mast und spannten die schimmernden
Segel.
Voll nun schwellte der Wind des Segels Mitt', und umher scholl
Laut die purpurne Wog' um den Kiel des gleitenden Schiffes;
Und es durchlief die Gewässer, den Weg in Eile vollendend.[1]

Und so hatte Stelios eine Art Klagegesang von niemand Geringerem als Homer selbst. Vielleicht ist es das, was die *Ilias* ist, nichts weiter als ein einziger langer Klagegesang für die Toten. Er könnte genauso gut für uns alle sein, die wir im Staub an eigener Schuld sterben, wo auch immer das sein mag, mit oder ohne die Sinnlosigkeit eines Krieges.

Vor einer Weile hat mir jemand von einem anderen unserer antiken Schreiber erzählt, einem Mann namens Herodot, eine Art Historiker, schätze ich. Er beharrt jedenfalls darauf, dass Helena niemals in Troja war. Sie und Paris waren vom Kurs abgekommen, als sie in Sparta losgesegelt waren, und schließlich in Ägypten gelandet. Der Pharao dort, wütend, weil Paris die Frau seines Gastgebers geraubt hatte, ließ nur Paris nach Troja weiterziehen und behielt Helena bis nach dem Krieg bei sich, wonach sie sicher in die Arme ihres Ehemannes Menelaos zurückkehrte. Die Trojaner in ihrer belagerten Stadt sagten den Griechen immer wieder, dass sie Helena nicht hatten, doch die

1 Homer, Ilias, in der Übersetzung von J. H. Voss, 1793.

misstrauischen Griechen wollten ihnen nicht glauben. Sie war womöglich nur eine Ausflucht, um einen Krieg anzuzetteln, der genauso herzlos geführt wurde wie unser eigener Bürgerkrieg. Doch wie Homer wusste, war es eine bessere Geschichte, wenn Helena in Troja weilte. Und letzten Endes werden wir selbst zu den Geschichten, die wir erzählen, wie Stelios einmal gesagt hat.

Die Geschichte von Takis war ungewiss – er war zu jung, um in einem Lager eingesperrt zu werden. Was würden sie mit ihm machen? Mein Zustand war immer noch so vage und meine Gedanken so durcheinander, dass ich nur ganz nebenbei die Ankunft mehrerer Vertreter des Internationalen Roten Kreuzes mitbekam, die untersuchen sollten, was sich hier ereignet hatte. Der Bürgermeister befahl jedem, der irgendwie mit dem Lager in Verbindung stand, augenblicklich zu verschwinden. Sämtliche Wachen bis auf eine (für Takis) verließen die Insel, und die gefürchtete Loyalitätserklärung wurde von den Gefangenen niemals verlangt. Die restlichen Gefangenen wurden zu einem Auffanglager geschafft, wo sie warten mussten, ob weitere Strafen verhängt wurden. Die kretischen Frauen und ich würden nicht belangt werden, falls wir die Insel sofort verließen. Wir wurden übertüncht – auf die gleiche Weise, wie das Dorf zuvor die Zwangsernährung der Häftlinge und den Tod von Dimitri übertüncht hatte.

Es gab keinen Grund für mich, nach Kreta zurückzukehren. Ich musste auf ein Schiff nach Piräus warten und konnte von dort mit der Straßenbahn nach Athen fahren. Die kretischen Frauen und ihre Männer – zumindest die, deren Zustand es ermöglichte zu reisen – versammelten sich im Hafen. Ich stand mit Stavroula und anderen Inselbewohnern an der Seite und sah zu, wie sie an Bord des Schiffes stiegen, das sie nach Kreta zurückbringen würde.

»Jetzt werden wir wieder nichts mehr sein«, sagte Stavroula. »Die Welt wird uns hier draußen vergessen.«

Es war mir egal. Ich wollte nur weg von hier, und ich konnte den Gedanken nicht ertragen, Takis wiederzusehen. Doch Stavroula teilte mir mit, dass der Bürgermeister mich zu sehen wünschte und dass ich in das Rathaus gegenüber der Kirche kommen sollte. Das Innere des Gebäudes erinnerte mich an das Büro des Polizeihauptmanns in Heraklion, mit dem gerahmten Foto des Königs hinter dem Schreibtisch an der Wand. Auch hier wurde ein Junge losgeschickt, um Kaffee zu holen. Der Bürgermeister wirkte ein wenig ernüchtert, als wäre er in seinem Anzug geschrumpft. Er hatte nicht länger das Kommando über das Lager und seine Insassen, und vielleicht war es das, was ihn unbedeutender erscheinen ließ. Was hatte der Bürgermeister einer so kleinen Gemeinde, weit abgelegen von jeder anderen Siedlung, sonst überhaupt zu tun? Begriff er überhaupt seine Rolle im Lauf der Ereignisse? Hätte er Stelios und Takis nicht aneinandergefesselt in das Lager geschickt, sodass seine geliebte Prozession weitergehen konnte, wäre es dann zum Schlimmsten gekommen? Falls er darüber nachdachte, so ließ er sich jedenfalls nichts davon anmerken.

»Es ist nicht meine Entscheidung, was mit deinem Bruder passiert«, sagte er zu mir. »Er ist doch dein Bruder, oder?«

Ich nickte. Ich konnte meine Geschichte jetzt nicht mehr ändern.

»Er ist minderjährig und wahrscheinlich nicht verantwortlich für die Dinge, die er getan hat. Aber was sollen wir mit ihm machen? Ich warte auf Nachricht von einer offiziellen Stelle in Athen.« Dort war natürlich immer noch alles chaotisch; die Kämpfe hatten zwar geendet, doch die Behörden waren immer noch nicht richtig funktionsfähig, und es war nicht klar, wer wofür zuständig war oder welche Ämter überhaupt arbeiteten.

»Es wird eine Weile dauern. Alles dauert eine Weile heutzutage.«

Er sah aus dem Fenster. Ich folgte seinem Blick auf die *plateia* und war verblüfft zu sehen, dass Stelios' Puppen, zusammen mit der Leinwand und dem Koffer, in dem alles untergebracht gewesen war, immer noch unter einer der Stechpalmen lagen. Ich hatte sie völlig vergessen.

»Ich habe gehört, dass du gute Arbeit geleistet hast in unserer kleinen Schule«, sagte der Bürgermeister sodann. »Bis zu diesem unglücklichen Zwischenfall mit Adonis. Ich wollte dir sagen, wie leid es mir tut wegen dem ertrunkenen Mann ... deinem Ehemann?« War das eine Frage? Ich antwortete nicht. Er erhob sich hinter seinem Schreibtisch, ein Signal an mich, dass das Gespräch vorüber war.

Ich sammelte die Puppen und die Leinwand ein, packte alles in den Koffer und reiste am nächsten Tag in Richtung Piräus ab. Vom Deck des auslaufenden Schiffes sagte ich Stelios ein letztes Mal Lebwohl, begraben für immer auf dieser Insel mitten im Nichts. Ich erinnerte mich daran, wie er über den Grafen von Monte Cristo gesprochen hatte und die Vorstellung, dass nur jemand, der tiefstes Leid erfahren hat, imstande war, das größte Glück zu begreifen. Doch manche Menschen kamen nicht mehr heraus aus ihrer Trauer und sind ihr Leben lang davon betäubt, oder jedenfalls erschien es mir so, als ich dort stand und nach draußen blickte. Überhaupt, Glück ... war Glück nicht nur eine trunkene Idee?

Im Hafen von Piräus waren überall Baustellen. Ich wich Zementmischern und Gerüsten aus auf dem Weg zur Straßenbahn, die mich nach Athen bringen sollte. Mit einem Stich im Herzen wurde mir bewusst, dass ich das Kaffeehaus passierte, wo wir den *Held Katsantonis* aufgeführt hatten ... in einer anderen Zeit. Über dem Kaffeehaus lagen die Zimmer, wo Yannoula mir von ihrer Karriere als Sängerin erzählt hatte, während draußen auf der Straße Maschinengewehre geknattert hatten. Jetzt durchdrang nur noch der Lärm von Presslufthämmern meine

Sehnsucht nach jenen Tagen und Nächten. Damals hatten wir uns danach gesehnt, dass die Kämpfe vorbei waren, und heute verstehe ich, dass es dies gewesen ist, was uns zusammengehalten hat.

In Athen überquerte ich den Syntagma-Platz vor dem Parlamentsgebäude, wo die Menschen sich versammelt hatten, um die Befreiung zu feiern an jenem Abend, als Stelios und ich auf der Pritsche eines Lastwagens aus unserem Dorf hier angekommen waren. Als ich mich Kolonaki näherte, hatte ich das Gefühl, mein Leben liefe rückwärts ab und ich könnte mich jeden Moment in mein jüngeres Selbst verwandeln, sobald ich die Tür des Hauses öffnete. Doch sie hing schief in ihren Angeln. Man war in das Haus eingebrochen und hatte es geplündert. Selbst die Lampenfassungen waren verschwunden. Im Wohnzimmer, wo Yannoula mir am ersten Abend die Hühnersuppe gebracht hatte, sank ich auf den nackten Boden und lehnte mich völlig erschöpft gegen die Wand.

Zumindest stand das Haus noch – mehr, als man über mich sagen konnte. Ich wusste damals nicht, wie lange ich in diesem heruntergekommenen Haus bleiben würde – die ganzen Fünfzigerjahre, während ringsum die Stadt neu erbaut wurde. Stelios' Vater kehrte nie zurück, um zu lesen, was sein Sohn in seinem letzten Brief an ihn geschrieben hatte – der natürlich ebenfalls verschwunden war. Ich hatte gehört, dass die griechischen Juden fast ausnahmslos nach Auschwitz gebracht worden waren, wo man sie als zu störrisch für jede Art von Zwangsarbeit beurteilt und geradewegs in die Gaskammern geschickt hatte. Ich wusste, dass es so gewesen war – ich hatte die Fotos gesehen von den befreiten Lagern. Doch ein Teil von mir weigerte sich, die Wahrheit dieser ungeheuerlichen Verbrechen zu akzeptieren. Stelios' Vater und Onkel waren wohl unter den Ermordeten. Ich brachte es nicht über mich, mir ihre Leichen in diesen furchtbaren Haufen verlorener Menschlichkeit vorzustellen.

Ich fand Arbeit in einer der vielen Vermittlungsstellen der Telefongesellschaft, die auf – was sonst? – Ferngespräche spezialisiert waren. Menschen überall im Land versuchten, ihre Verwandten aufzuspüren, die sie seit der Invasion der Deutschen nicht mehr gesehen hatten. Während ich die zahlreichen Gespräche vermittelte, konnte ich nicht umhin mitzuhören. Da waren drei Schwestern auf Kreta, deren Vater sich als einer der unidentifizierten Leichname im Athener Leichenschauhaus herausstellte. Und die Frau, die ihren kriegsgefangenen Ehemann in einem Lager in Italien entdeckt hatte. Die Menschen in einem Dorf auf der Insel Samos, die glaubten, all ihre Männer wären exekutiert worden, fanden heraus, dass sie auf einer anderen Insel in einer Höhle lebten. Ihr Alltag mit den Partisanen-Kameraden hatte sie jegliches Interesse an einer Heimkehr verlieren lassen. Zumindest waren sie noch am Leben. Für eine Weile schien man wöchentlich weitere Massengräber an den Hängen des Hymettos gleich hinter Athen und auch sonst überall zu entdecken, gefolgt von den gequälten Anrufen von Beamten, die Hinterbliebene benachrichtigten.

Wenn ich am Ende eines Tages die Kopfhörer abnahm, hatte ich das Gefühl, dass ein großer Teil der nationalen Trauer durch mich hindurchgeflossen war. Manchmal wünschte ich, ich könnte jemanden anrufen und meine eigene Geschichte erzählen: Es war einmal ein Mädchen, das lebte mit seinem Vater in einem abgelegenen Dorf … die Geschichte von Stelios' Puppenspiel ohne Ende.

Irgendwann wurde ich befördert, und mit dem höheren Lohn als Aufseherin war ich endlich imstande, ein paar Reparaturen am Haus durchzuführen. Doch es blieb schwer, allein an dem Ort zu leben, von dem ich geglaubt hatte, ihn irgendwann mit Stelios zu teilen. Zuerst dachte ich, es würde mit der Zeit leichter, doch das wurde es nicht. Also beschloss ich schließlich, das Haus zu verkaufen und zurückzukehren in mein Heimatdorf und das Haus meines Vaters. Doch bevor es so weit kam, erhielt ich einen Brief vom Direktor einer Schule draußen in Peristeri, einem armen Vorort von Athen. Sie nannte sich Sankt-Helena-Schule für Knaben, und Takis war dort aufgenommen worden. Ob ich mich bitte wegen ihm mit ihnen in Verbindung setzen könnte? Ich antwortete nicht. Dann kam eine weitere Nachricht.

Ich wusste, dass eine Menge elternloser Kinder durch das Land streiften. Während der Jahre des Bürgerkriegs, so wurde hinterher bekannt, hatten kommunistische Partisanen Kinder von ihren Eltern getrennt und zu Familien nach Osteuropa gebracht, um sie vor den Kämpfen zu schützen, oder zumindest behaupteten sie das. Doch man nahm allgemein an, dass sie dort ideologisch geschult werden sollten. Ob dem so war oder nicht, einige von ihnen kamen nun zurück, und in vielen Fällen stellten sie fest, dass ihre Familien entweder verschwunden oder tot waren. Die griechische Königin auf der anderen Seite hatte ebenfalls Internate für Kinder eingerichtet, wo sie nationalistisch geschult worden waren, und auch diese Kinder wurden nun entlassen und streiften umher. Kirchliche Institutionen und staatliche Einrichtungen nahmen die heimatlosen Kinder auf, zusammen mit jenen, die durch den Krieg auf die eine oder andere Weise zu Schaden gekommen waren. Unter ihnen war wohl auch Takis gewesen.

Als ich schließlich aus der Vermittlungsstelle dort anrief, wurde mir mitgeteilt, dass man Takis wegen seiner Verhaltensprobleme vor seiner Aufnahme in der Sankt-Helena-Schule von einer Institution an die nächste weitergereicht hatte. Doch es gab kaum Unterlagen über ihn, und so wusste man nicht genau, wann er überhaupt in das System gekommen war. So war es mit vielen Kindern in jener Zeit. Man hoffte, ihnen eine Lehrstelle zu verschaffen, als Anstreicher, Klempner oder sonst irgendetwas, das ihnen weiterhelfen konnte, nachdem sie ihren Militärdienst abgeleistet hatten. Doch man war auch völlig überbelegt und konnte ihn nicht viel länger dabehalten, nachdem er medikamentös stabilisiert worden war, was immer das hieß. Ob ich nicht helfen könnte?

Nein, antwortete ich. Ich konnte es nicht erklären, doch es war undenkbar für mich, ihn wieder aufzunehmen. Ob ich denn nicht seine Schwester wäre, die einzige lebende Verwandte? Es ist schwer, seinen eigenen Lügen zu entkommen, auch wenn sich später herausstellen sollte, dass es gar keine waren. Selbst wenn ich ihn nicht nehmen konnte, so mussten Papiere unterschrieben werden, und ich hatte zu erscheinen.

Abgesehen davon, dachte ich, er hat schon etwas, das er kann. Ich zog den Koffer mit den Puppen hervor. Vielleicht konnte er sich damit seinen Lebensunterhalt verdienen. Er war richtig gut gewesen mit den Puppen, selbst Stelios hatte das gesagt. Das war alles, was ich für ihn zu tun bereit war.

Sankt Helena war ein heruntergekommenes, zweistöckiges Gebäude mit grauem Stuck, in dessen Fassade immer noch Einschusslöcher waren. Ein hoher Metallzaun mit Spitzen umgab das Gelände. Ich drückte einen Knopf neben dem Tor, von dem ich vermutete, dass es die Klingel war, doch niemand kam, um mir zu öffnen. Ich rief einen Jungen herbei, der im Hof spielte. Er ging nach drinnen und kam mit einem alten Mann zurück, der sagte, er wäre der Hausmeister. Er führte mich in eine schäbige Eingangshalle, wo ich den Koffer neben einem Sessel abstellte und darum bat, den Direktor zu sehen. Ich wollte die Puppen für Takis dalassen, die notwendigen Papiere unterschreiben und wieder gehen. Zumindest war es das, was ich mir einredete. Ich wollte ihn nicht wirklich sehen, doch wäre ich fest entschlossen gewesen, wäre ich wohl überhaupt nicht hergekommen. Wie dem auch sei, einige Minuten später stand er in der Tür, und ein leichter Schauer durchlief mich. Er war größer, schlanker und ein junger Mann geworden, viel gesammelter und selbstsicherer als der abschweifende Knabe aus dem Gefangenenlager, wo ich ihn zum letzten Mal gesehen hatte. Draußen auf der Straße hätte ich ihn vielleicht nicht wiedererkannt. An der Art und Weise, wie er mich ansah, spürte ich, dass ich mich wohl ebenfalls verändert hatte.

»Ich hatte noch nie Besuch«, sagte er.

»Wie geht es dir, Takis?«

»Ich hab ihnen gesagt, wo sie dich finden können. Ich war sicher, dass du dort bist.«

Er wirkte kühl und gefasst, wie er dort unter der Tür stand. Ich wusste nicht, was ich sagen sollte.

»Du hast die Insel verlassen, ohne dich zu verabschieden«, sagte er. Sein Ton war nüchtern und kühl.

»Ich war zu traurig wegen Stelios.«

Er schwieg eine volle Minute oder noch länger, und ich rechnete damit, dass er mich fragte, ob ich ihm immer noch die Schuld gab. Und dass er mir erzählen würde, dass er nichts dafür gekonnt hatte, dass alles mit dem Wind in den Bäumen zu tun gehabt hätte. Doch stattdessen sah er mich freundlich an. »Möchtest du, dass ich dich herumführe?«, fragte er.

Es schien sonst nichts zu geben, was wir tun konnten, also sagte ich Ja. Er zeigte mir den Speisesaal, einen sauberen, spartanischen Raum mit Reihen von einfachen Tischen. Es roch nach Kohl. Dann einen Schlafsaal mit Dutzenden von Pritschenbetten, alle sauber und ordentlich gemacht. Die Fenster waren hoch oben an der Wand und vergittert. Ganz allgemein schien Sankt Helena eine saubere, durchorganisierte Einrichtung zu sein, wenngleich schlecht erhalten. Während wir durch das Gebäude schlenderten und uns unterhielten, entspannte er sich ein wenig. In einem Korridor mit Klassenzimmern zu beiden Seiten erzählte er mir, dass er jetzt lesen und schreiben konnte. »Wahrscheinlich besser als du. Ich kann sogar buchstabieren. Sag irgendein Wort, und ich buchstabiere es für dich.« In diesem Moment ertönte eine Klingel, die Türen gingen auf, und der Gang war mit einem Mal voller Knaben.

»Solltest du nicht im Unterricht sein?«, fragte ich.

»Sie haben mir freigegeben, weil du da bist. Ich hatte vorher noch nie Besuch.«

»Das hast du bereits gesagt.«

»Ich kenne niemanden außer den Leuten hier. Sie sind in Ordnung, schätze ich. Ich war in mehreren anderen Einrichtungen wie dieser. Manche sind schlimmer als andere. Hier werden wir wenigstens nicht geschlagen.« Ein Unterton von Bitterkeit schwang in seiner Stimme mit, doch kein Selbstmitleid.

»Sie haben dich geschlagen? In anderen Einrichtungen?«

»Nur, wenn ich … du weißt schon. Hier geben sie uns Pillen, die uns dumm machen.«

Ich nahm an, das war es, was sie mit »medikamentös stabilisiert« gemeint hatten. Ich dachte an die Einläufe in dieser »Klinik« in Kifissia. Sankt Helena schien in dieser Hinsicht eine Verbesserung zu sein.

»Und nachts sperren sie uns ein.« Er zögerte. »Was haben sie dir über mich am Telefon erzählt?«, fragte er schließlich mit gesenktem Blick.

Ich sagte es ihm.

»Und was meinst du?«, fragte er.

»Darüber, dass du zu mir kommst und dort wohnst?« Ich wankte und brachte kein weiteres Wort über die Lippen. Seine Selbstsicherheit war verschwunden, und er blickte ernst und verloren drein. Er verhielt sich nicht wie ein Verrückter. Er war Takis aus meinem Dorf, ich kannte ihn mein ganzes Leben lang. Er war so sehr ein Bruder, wie ich je einen hätte haben können. Seine Augen wurden langsam feucht. Wie konnte ich ihn im Stich lassen?

»Ich kann dir etwas Geld geben«, sagte ich, obwohl es nicht das war, was ich hatte sagen wollen. Es war mir nur soeben der

Gedanke gekommen, dass ich mir, wenn ich das Haus verkaufte, etwas leisten konnte. Vielleicht ein monatliches Stipendium. »Wenn dir das hilft, einen neuen Anfang zu machen. Aber du kannst nicht wieder bei mir wohnen.«

Er machte ein langes Gesicht und wischte sich die Augen. »Ich habe nicht um Geld gebeten«, sagte er.

»Ich rede im Sekretariat mit ihnen. Ich will versuchen, etwas für dich zu organisieren. Ich unterzeichne die Papiere als deine Schwester, aber du weißt, dass ich keine Verwandte bin. Und ich will nicht noch einmal kontaktiert werden.«

Ich konnte in seinem Gesicht sehen, wie sehr er sich bemühte, seine Gefühle zu kontrollieren, wie Traurigkeit allmählich Wut wich. Er nahm sich ein paar Sekunden, bis er sich gefasst hatte, dann verengte er die Augen. »Du hast dich nicht geändert, wie? Du bist kalt und hart. Ich hätte es mir denken können.«

Sein Tonfall war mit einem Mal gehässig; er klang wie ein Kind, das nicht bekam, was es wollte. Doch er hatte recht – ich *hatte* mich verändert. Die Jahre, die ich allein in dem alten Haus gefristet hatte, mit wenig außer meinem täglichen Trott zur Arbeit, hatten meine Fähigkeit, Freude am Leben zu empfinden, empfindlich beeinträchtigt. Eine Art Taubheit der Sinne hatte sich breitgemacht. Mein Gesicht im Spiegel hatte einen verkniffenen Ausdruck, und mein Mund war eine schmale Linie geworden. Dass ich beschlossen hatte, in mein Dorf zurückzukehren, lag hauptsächlich daran, dass ich nicht viel übrig hatte für die Person, die ich jeden Morgen und jeden Abend im Spiegel sah. Ganz gleich, was dort geschehen war, es war das Dorf, aus dem ich kam. Ich fühlte mich zurückgezogen zum Haus meines Vaters.

Takis wandte sich abrupt ab und führte mich zurück zur Eingangshalle. Er sprach nicht mehr, bis wir dort angekommen waren, und dann sagte er mit einer Stimme, die vor Prahlerei nur so troff: »Nun, ich habe mich ebenfalls verändert. Es ist mir egal geworden. Alles ist mir egal.«

Ich ignorierte seinen Ton. »Ich denke einfach, du bist besser aufgehoben hier. Und sie werden dir helfen, deinen Platz in der Welt zu finden. Einen Beruf zu ergreifen vielleicht.« Wir waren in der Halle angekommen, und ich bemerkte den Koffer. »Oh, fast hätte ich es vergessen. Ich habe dir etwas mitgebracht.«

Ich nahm den Koffer mit den Puppen und übergab ihn an Takis. Er sah überrascht aus, doch dann schien er den Koffer zu erkennen. Er runzelte die Stirn.

»Was soll ich damit?«

»Du warst immer gut mit den Puppen, und ich dachte, dass du vielleicht … na ja, es ist eine Art Beruf, oder? Besser als Klempnern oder auf dem Bau arbeiten.«

Er verzog das Gesicht und ließ den Koffer fallen. »Erinnerst du dich denn nicht an das letzte Mal, als Stelios diese Puppen benutzt hat?« Seine Augen blinzelten in schneller Folge, und seine Stimme wurde schrill. »Wie kannst du das nur vergessen …?«

»Ich hab es nicht vergessen. Ich dachte nur …«

Er funkelte mich sicherlich eine volle Minute lang an, dann wandte er sich ab und ließ mich stehen. Auf halbem Weg zur Tür drehte er sich um. »Hör zu, du kannst es ruhig erfahren – ich hab seinen Kopf unter Wasser gedrückt.«

»Was?«

»Stelios. Der Sturz hat ihm die Luft geraubt. Er war schwach und quälte sich ab. Als ich auf seinem Rücken war, hab ich seinen Kopf einfach unter Wasser gedrückt und festgehalten. Du warst erst halb den Hang runter und hast es nicht gesehen, richtig? Ich habe es für *dich* getan, Aliki. Ich dachte, wir könnten eines Tages zusammen sein. Aber jetzt sehe ich, dass es nicht so ist. Also kannst du es auch erfahren.«

Er war so ruhig, als er dies sagte, dass ich ein paar Sekunden brauchte, um es zu begreifen. Dann stieg rasende Wut in mir auf, und meine Hand flog beinahe ohne mein Zutun hoch und schlug ihm ins Gesicht. Das Klatschen hallte durch den Raum, und ich wollte ihm mit beiden Händen an die Kehle. Er trat nur zurück und lachte auf.

»Du glaubst es, stimmt's? Ha! Ich habe das nur gesagt, um dir wehzutun. Keine Sorge, Aliki, Stelios ist ganz allein ertrunken, ohne meine Mithilfe.«

Ich stürmte an ihm vorbei zur Tür. »Ach, und danke für die Puppen!«, rief er mir hinterher. Ich suchte das Büro des Direktors und unterschrieb die Papiere, in denen ich jede weitere Verantwortung für Takis ablehnte. Ich traf keine finanzielle Vereinbarung.

Ich muss das Band hier wieder anhalten.

Inzwischen sind Wochen vergangen. Entschuldigen Sie, dass ich mir so lange Zeit genommen habe. Ich sitze hier und höre die letzten paar Minuten ab und überlege, wie ich weitermachen soll. Nichts hat sich verändert, und doch hat sich alles geändert. An dem Tag, an dem ich zum letzten Mal mit diesem Apparat gesprochen habe, haben mich die Frauen mitgenommen zu Aphrodites Hütte, doch sie sind draußen geblieben, als ich reingegangen bin. Innen war alles saubergemacht worden. Keine Hühnerfedern, keine modrigen Teppiche, selbst die Kräuterbündel waren abgehängt und an einer Seite ordentlich aufgestapelt worden. Man konnte sich bewegen, ohne dass sie einem dauernd durch das Gesicht streiften. Ich nahm an, dass die anderen Frauen es gemacht hatten und dass Aphrodite alles andere als glücklich darüber war.

»Krähen, das sind sie!«, murmelte sie von ihrem Lager in der Ecke. Die Frauen schienen auch die Luft mit Weihrauch parfümiert zu haben, denn überall hing ein süßlicher Duft, der unmöglich von Aphrodite stammen konnte. »Sie sind schlimmer als der Tod! Schick sie fort. Sie hören auf dich.«

Aber sie wollten nicht. Es ist Brauch, dass man sich zu

solchen Zeiten versammelt, und daran ist nichts zu ändern. Aphrodite wusste das natürlich, doch was sie wusste und was nicht, hatte bereits angefangen zu verschwimmen. Ich konnte nicht immer erkennen, ob sie mit mir redete oder zur Ikone des Athanasios an der Wand über ihr. Ihr Verstand schien sich in eine Art Sumpf verwandelt zu haben, doch hier und da gab es noch Inseln der Vernunft und verständliche Worte.

»Es gibt kein Zurück und kein Vorwärts, es gibt überhaupt keine Bewegung. Na und?« Sie lachte, ein langes, schnaufendes, atemloses Lachen, und griff nach einem der zerknüllten Taschentücher, die ringsherum lagen, alle fleckig von Blut.

»Hör zu, Aphrodite«, sagte ich. »Du darfst noch nicht sterben. Zuerst musst du mir noch etwas sagen. Ich muss es wissen.«

Wer ich wäre, wollte sie wissen und warf sich von einer Seite auf die andere. Ich hatte eine kleine Flasche Raki mitgebracht und gab ihr etwas davon zu trinken. Das beruhigte sie, und sie schlief ein. Ich wartete ein paar Minuten, dann rüttelte ich sie behutsam wach. Sie fing an, über verschiedene Dorfbewohner zu reden. Wahrscheinlich ging sie Dinge durch, die sie im Lauf der Jahre von den Leuten gehört hatte, die um Hilfe suchend zu ihr gekommen waren. Streitereien um Mitgift und Grenzlinien, der Bäcker, der seinen Teig mit Sägemehl gestreckt hatte, die Bestechungsgelder für illegale Baugenehmigungen. Ich unterbrach sie.

»Erinnerst du dich an Chrysoulas Jungen? Den kleinen Takis?«

»Ich erinnere mich an *alles*. Es ist wie ein Fluch.«

»Erzähl mir von ihm.«

»Er war nicht ganz richtig im Kopf, der Bursche.«

»Er hat immer gesagt, dass Zephyra ihn hasst, weil sie so eifersüchtig war auf seine Freundschaft mit mir.«

»Ja, natürlich. So war sie, die kleine Zephyra. Einsam und bitter. Nichts ist so hasserfüllt wie ein verbittertes Kind.«

Sie erzählte mir Zephyras Geschichte von vorn, über die Ziegendiebstähle, wie ihre Mutter sie gezwungen hatte, das Fell zu tragen, um die Ziegen zu beruhigen, die sie den Deutschen stahl (welche diese zuvor von den Dorfbewohnern gestohlen hatten). Ich erinnerte mich daran, wie die arme Seele kurz vor ihrem Tod auf der Bettdecke gescharrt und dieses unheimliche Ziegengemecker ausgestoßen hatte, *määäh, määäh*.

Und nun erzählte mir Aphrodite, dass die gestohlenen Ziegen so schwer auf Zephyras Gewissen gelastet hatten wegen ihrer Verbindung zu anderen, schlimmeren Dingen, die sie getan hatte. Als die Deutschen einen Wachposten aufgestellt hatten, um die Diebstähle zu unterbinden, hatte dies das Ende von Zephyras nächtlichen Raubzügen bedeutet. Sie und ihre Mutter hatten wieder Gras und Schnecken essen müssen wie jeder andere auch. Mit Ausnahme von uns in Chrysoulas Haus, denn dank Sophias Goldsovereigns hatten wir bessere Verpflegung. Allerdings hatte sich Sophias Großzügigkeit offensichtlich herumgesprochen.

»Zephyra war dahintergekommen in jenen Nächten, als sie Ziegen gestohlen hatte«, berichtete Aphrodite. »Ha! Irgendwas hat sie gesehen oder gehört. Irgendwas. Vielleicht jemand, der in Chrysoulas Haus hinter dem Fenster vorbeiging, oder Geräusche aus dem Innern. Und vermutlich mehr als einmal. Sie hatte nur eins und eins zusammenzählen müssen: In Chrysoulas Haus wohnten mehr Leute als nur du, Takis und Chrysoula.«

Ich erinnerte mich, wie Chrysoula Takis gewarnt hatte, als wir mit dem Schattentheater anfingen: Wir würden eine Menge Lärm machen und am Ende alle erschossen.

Zephyra hatte mit ihrer Mutter über ihren Verdacht geredet, fuhr Aphrodite fort. Sie und andere hatten bereits bemerkt, dass wir Bewohner von Chrysoulas Haus ziemlich gesund aussahen, während alle anderen kurz vor dem Verhungern standen. Was bedeuten musste, dass, wer auch immer sonst noch im Haus war, sich leisten konnte, Schwarzmarktlebensmittel zu kaufen.

»Deswegen hat sie Zephyra dazu gebracht, es zu tun«, sagte Aphrodite. »Das hat sie mir erzählt.«

»Was hat *wer* dir erzählt?«

»Zephyra. Bevor sie starb.«

»Und *was* hat sie erzählt?«

»Ihre Mutter hat Zephyra befohlen, diesen Deutschen zu Chrysoulas Haus zu führen.«

Es dauerte einen Moment, bevor ich begriff. Ihre Worte waren klar und deutlich, doch irgendwie war ich nicht sicher, ob ich begriff, was sie mir sagte.

»Was soll das heißen? *Wann* zu Chrysoulas Haus führen?«

»In jener Nacht.«

Was war los mit mir? Ich verstand nicht, was sie mir sagte. Sie wiederholte ihre Worte.

»In jener Nacht. Als das Töten losging.«

Dann begriff ich.

»Zephyra?«, fragte ich. »Unmöglich.«

»Es ist jedenfalls das, was sie mir erzählt hat.«

»Zephyra hat Oberst Esterhaus in jener Nacht zu Chrysoulas Haus geführt?«

»War er ein Oberst? Na ja, wen interessiert es? Jedenfalls hat Zephyra den Deutschen zu Chrysoulas Haus geführt.«

Pass du nur auf deine eigenen Mäuse auf! Nicht, dass wir alle geschnappt werden! Das hatte Zephyras Mutter zu Chrysoula gesagt, als wir nach Schnecken und Wurzelknollen gesucht hatten. Und Zephyra selbst hatte am Ende gesagt, *nicht meine Schuld.* Doch es *war* ihre Schuld. Das Entsetzen und der Terror, der anschließend losgebrochen war? Und die Mutter, die sie dazu gebracht hatte. Ich schlug mir die Hand vor den Mund.

»Aber … warum?«

»Ha! Neid! Gehässigkeit. Ihr hattet zu essen und sie nicht.

Der Hunger macht so etwas aus den Menschen. Außerdem war Zephyra immer eifersüchtig auf diesen Jungen, diesen Takis. Es lastete auf ihr. Deswegen hat sie am Ende dieses Ziegenmeckern von sich gegeben. Als sie nicht mehr reden konnte. Es war ihre Art Wahrheit. Eine Ziegenwahrheit.«

Aphrodite lachte in kleinen Schüben. Dann beruhigte sie sich wieder und sagte noch einmal: »Eine Ziegenwahrheit.« Und noch einmal. Tränen rannen ihr über das Gesicht.

Ich konnte nicht reden, während ich versuchte, ihre Worte zu verarbeiten. Takis hatte in einem Anfall von Wut und Eifersucht auf Stelios das Haus verlassen. Wir hatten nie erfahren, was er draußen gemacht hatte. Vielleicht war er durch das Dorf gerannt und hatte wütend Steine durch die Gegend getreten. Vielleicht hatte er sich auf den Boden geworfen und geschrien. Es wäre nicht das erste Mal gewesen. Wir – Stelios und ich – hatten stets nur *vermutet*, dass er zum Oberst marschiert war. Wir hatten nie gedacht, dass es jemand anderes gewesen sein könnte – am wenigsten von allen Zephyra. Dann wurden wir alle nach draußen geführt, und dort hatte er gestanden. Das Entsetzen, als er mit eigenen Augen ansehen musste, wie seine Mutter erschossen wurde, hatte Takis den bereits arg geschundenen Verstand geraubt und diese Nacht für den Rest seiner Tage aus seinem Gedächtnis gelöscht.

Als ich beim Zappeion darauf zu sprechen gekommen war, hatte er gefragt: *Was ist denn passiert? Irgendwas ist passiert, oder?* Und als er später am Silvesterabend in das Haus von Stelios gekommen war, war er zusammengebrochen. *Ich will zu meiner Mutter*, hatte er geschluchzt. *Ich weiß nicht, was ihr zugestoßen ist.* Jedes Mal wenn er einen seiner »Anfälle« bekommen hatte, wie Yannoula es genannt hatte, war es entweder aus Eifersucht wegen Stelios gewesen oder wegen einer Anspielung auf die Ereignisse in jener Nacht, als seine Mutter ermordet worden war. Oder beidem. Wir alle hatten ihn für den Schuldigen gehalten, und er hatte mit dieser Last leben müssen, und das hatte ihn zu dem gemacht, was er war. *Aber das heißt nicht, dass es meine Schuld war*, hatte er im Lager auf der Insel zu mir gesagt. *Nur weil ich mich nicht erinnern kann.*

»Aber warum?«, fragte ich. »Warum konnte Zephyra dir davon erzählen, und bei mir hat sie nur diese Geräusche gemacht?«

»Woher soll ich das wissen? So ist es oft bei den Sterbenden. Die Wolken über ihrer Erinnerung teilen sich nur für ein paar Augenblicke, bevor das Ende kommt. Du musst diese Dinge selbst gesehen haben.«

»Was ich nicht verstehe«, sagte ich. »Warum hat ihre Mutter Zephyra zu Oberst Esterhaus geschickt? Warum ist sie nicht selbst zu ihm gegangen?«

»Der Deutsche mochte Kinder. Das hat jeder gesagt damals.«

Die Dorfbewohner hatten gesehen, wie Esterhaus mit Takis geredet hatte. Und der Deutsche hätte nicht verstanden, was Zephyras Mutter ihm sagen wollte, ohne den alten Petros als Übersetzer. Zephyra hingegen hatte ihn nur bei der Hand genommen und zu Chrysoulas Haus geführt. Seine Männer waren ihm gefolgt.

»Das hat sie mir erzählt«, sagte Aphrodite. Doch sie begann wegzudämmern. Ich erinnerte mich, wie die arme kleine Zephyra zu uns gekommen war und bei mir und meinem Vater hatte leben wollen, doch das war unmöglich gewesen. Und wie unendlich eifersüchtig sie später auf Takis gewesen war, nachdem Chrysoula mich bei sich und ihrem Sohn aufgenommen hatte.

»Also war es nicht Takis?«, fragte ich. »Selbst Takis glaubt, dass er es gewesen ist. Genau wie wir alle.«

»Was? Was?« Sie riss die Augen auf. »Ach, das. Die Mutter ist lange tot, gestorben in den Jahren, wo du weg warst. Zephyra ist allein geblieben und hat ihr kleines Geheimnis mit sich herumgetragen.«

»So klein war es nicht. Es hat Takis ruiniert.« Doch das war es nicht, dachte ich. Wir waren es gewesen, die ihn ruiniert hatten, weil wir ihn für schuldig gehalten und auch so behandelt hatten. Bevor er sich anderer, schlimmerer Dinge schuldig gemacht hatte. Die mich dazu veranlasst hatten, ihn in dieser Schule in Peristeri endgültig aufzugeben. Was wäre geworden, wenn Zephyra den Obersten nicht zu Chrysoulas Haus geführt und die Deutschen das Dorf am Ende des Krieges ohne diesen Zwischenfall verlassen hätten, wie sie es in so vielen anderen Dörfern getan hatten? Wie unsere kleine Welt durch die Eifersucht eines Kindes auf den Kopf gestellt worden war. Und den Neid seiner Mutter.

Aphrodite sank auf ihr Lager zurück, bevor sie noch mehr sagen konnte, und die Frauen, die durch die Tür gespäht hatten, dachten anscheinend, sie wäre gestorben. Sie stürzten kreischend und weinend und Haare raufend in die Hütte, rissen Decken und Töpfe herunter und zerschmetterten einen klapprigen Stuhl und eine Waschschüssel. Aphrodite riss die Augen auf, und indem sie sich an meiner Schulter festhielt, gelang es ihr tatsächlich aufzustehen. »Hinaus!«, kreischte sie. »Ihr alle! Hinaus mit euch!«

Die Frauen rannten erschrocken durcheinander, ließen fallen, was sie in den Händen gehalten hatten, Töpfe und Pfannen, und stürzten zur Tür. Aphrodite reichte mir ein Bündel getrockneter Kräuter – sie sahen aus wie Oregano, Thymian und Rosmarin – und eine Schachtel Streichhölzer. »Hier«, sagte sie. »Verbrenn diese. Wedele damit herum. Räuchere diese Krähen aus!«

Die Kräuter waren so trocken, dass sie aufflammten und niederbrannten. Der dichte Rauch erfüllte den Raum und brachte mich zum Husten.

»Wedele hierher, zum Heiligen.« Sie deutete auf das Bildnis von Athanasios, der im Eingang einer Höhle saß. »Er kennt all unsere Geheimnisse. Lass uns sehen, ob er uns noch eins offenbart.«

Sie murmelte zu dem Bildnis, als würde sie sich mit ihm unterhalten. Die Worte klangen unsinnig, wie in einer fremden Sprache, die ich nicht verstand. Und dann ergab der Unsinn plötzlich Sinn, irgendwas über meinen Vater und Chrysoula, nachdem meine Mutter das Dorf verlassen hatte. Dass Chrysoulas Mann es nicht verstanden hätte, verrückt wie er war, und stets andere Leute verdächtigt hatte, sich gegen ihn verschworen zu haben.

Was genau hätte er nicht verstanden? Dann erinnerte ich mich, wie die anderen Frauen erzählt hatten, dass mein Vater wie eine Biene gewesen war, die Nektar von fremden Blüten sammelte. War es das, was sie gemeint hatten? Aphrodite hatte erzählt, dass Chrysoula und ihr Mann für eine Weile weggegangen wären, in eine Klinik, wo er sich behandeln lassen sollte. Einen Ort in der Nähe von Athen. Kifissia.

Kifissia? Konnte es sich um die gleiche Klinik gehandelt haben? Hatte Chrysoula ihren eigenen Mann dort eingeliefert? Es gab wohl kaum zwei derartige Kliniken in ein und demselben kleinen Vorort von Athen.

»Monate später kam sie allein zurück«, sagte Aphrodite. »Mit einem Säugling. Warte mal, du warst da so um die sieben Jahre alt, richtig? Ist dir je aufgefallen, dass du und Takis, dass ihr die gleiche Nase habt? Die gleichen Augen, die gleichen Haare?«

»Was meinst du damit? Hatten wir nicht, bestimmt nicht.«

Sie stakste durch den Raum, überraschend agil für jemanden, der noch Minuten zuvor kurz vor dem Tode gewesen war.

»Was meinst du damit?«, wiederholte ich.

»Das hat Zephyra mir ebenfalls gesagt. Aber was wusste sie schon, die alte Diebin?«

»Was genau hat sie dir gesagt? Dass mein Vater …?«

»Oh, denk selbst drüber nach. Ich bin zu müde.« Sie ließ sich schnaufend auf ihr Lager zurückfallen. »Chrysoula hat jedem erzählt, dass ihr Mann nicht imstande wäre, sich um das neue Kind zu kümmern«, fügte sie hinzu. »Sie wollte es allein aufziehen, bis er zurückkäme. Aber er ist nie zurückgekommen.«

»Ich glaube das nicht! Und woher hätte Zephyra davon wissen sollen? Sie war viel zu klein, als das alles passiert ist. Wenn es überhaupt so war.«

»Ihre Mutter, was sonst? Sie wusste alles.« Aphrodite zögerte. »Ist denn ein Halbbruder nicht besser als gar keiner?«, fragte sie sodann.

Also war meine Lüge am Ende gar keine Unwahrheit gewesen. Der letzte Anruf von Sankt Helena war ein paar Jahre nach meinem Besuch erfolgt, als die Schule geschlossen hatte. Der Anrufer hatte mir mitgeteilt, dass mein Bruder dort geblieben war, bis das Militär ihn zum Wehrdienst eingezogen hatte, und er hätte einen Koffer zurückgelassen. Ob ich ihn haben wollte? Ich wollte nicht, und ich hörte nichts mehr von ihm, bis mir eines Tages irgendwann in den Sechzigern der alte Stamatis aus unserem Dorf eine Zeitung zeigte mit einem Foto von einigen Soldaten in Uniform. Er erzählte mir, dass in dem Artikel stand, einer der Männer stammte von hier, aus unserem Dorf – ob ich jemanden erkannte? Ich nahm das Foto genau in Augenschein, verglich es mit den Namen darunter, und tatsächlich, der dritte in der Reihe war Takis. Erwachsen, schick und ernst in seiner Uniform.

So, so, dachte ich. Er hat endlich eine eigene, und diesmal passt sie sogar. Doch als ich noch genauer hinsah, bemerkte ich die Abzeichen der gefürchteten Militärpolizei. Das Bild war in den Jahren der Diktatur aufgenommen worden, als die Militärpolizei im ganzen Land Linke verfolgt und verhaftet hatte, zusammen mit anderen tatsächlichen oder vermeintlichen Kritikern des rechten Regimes. Die Junta hatte hinter jedem Laternenpfahl und unter jedem Stein Feinde und Verschwörungen gesehen. Mir wurde übel bei dem Gedanken, dass Takis Teil dieser nationalen Paranoia war. Hätte ich ihn davor bewahren können, wenn ich ihn bei mir aufgenommen hätte? Ich quälte mich eine ganze Zeit lang mit dieser Frage, doch schließlich kam ich zu dem Ergebnis, dass er den größten Teil seines Lebens diesen Weg beschritten hatte. Als das Regime 1974 stürzte, wurden viele Mitglieder der Militärpolizei vor Gericht gestellt und zu Gefängnisstrafen verurteilt; andere verschwanden einfach durch Vergeltungsakte von Hinterbliebenen der zuvor Verfolgten und Ermordeten. Ich hörte nie wieder etwas von Takis. Doch ich sorgte mich immer noch, er könnte eines Tages wieder auftauchen. Und nun sollte ich glauben, dass er tatsächlich mein Bruder war? Mit einem Mal war ich wütend auf Aphrodite, die schnaufende alte Alleswisserin, die mir Dinge erzählte, welche ich nicht mehr darauf überprüfen konnte, ob sie stimmten oder nicht. »Wie soll man das alles glauben?«, sagte ich. »Es ist nichts als Geschwätz der Leute. Dumme Phantasien der Sterbenden.«

»Wie du meinst. Vielleicht ist es wahr, vielleicht nicht. Es ist mir egal. Ich kann kaum atmen. Hilf mir, hier drin ist keine Luft.«

Ich fächelte ihr Luft zu mit dem Rest abgebrannter Kräuter, den ich noch immer hielt, doch ich achtete kaum auf sie. Vielleicht war es der Rauch im Raum, oder, wie sie sagte, der Mangel an Luft, doch ich fühlte mich plötzlich losgelöst, als würde ich schweben. Chrysoula hatte einmal zu mir gesagt, dass Takis so eigenartig und unvorhersehbar war, dass er bestimmt nicht nach ihr kam. Ich hatte damals nicht viel darüber nachgedacht, doch es hatte auch nicht nach meinem Vater geklungen. Damals hatte es so viele Ehen zwischen Verwandten gegeben, dass man oft nicht sicher sein konnte, wer wirklich von wem kam. Jede Schande wurde hastig zugedeckt. Die Wahrheit ist, das Kind, das Chrysoula bei ihrer Rückkehr mit in unser Dorf brachte, hätte von jedermann sein können. Der arme Takis, so eine nebulöse Herkunft, solch ein Erbe, ohne dass er es je erfahren hätte. Ich dachte an Yannoula in jener Nacht im Bergdorf, wie sie gesagt hatte, dass er wahrscheinlich sein Leben lang Stimmen hören und dass er nie da herauswachsen würde. Vielleicht hatte sie recht behalten.

Ich schien über der alten Aphrodite zu schweben und blickte hinab auf ihren runzligen alten Kopf, ihr mattes Haar, das Elend, das sie war und das wir vielleicht alle sind. Was für ein Elend wir aus unseren Leben machten. Was für ein Elend die Zeiten aus uns gemacht hatten. Mir war übel, und ich ließ die abgebrannten Kräuter in Aphrodites Schoß fallen. Ich war wieder neben ihr.

Sie kreischte. »Könnt ihr mich jetzt bitte weitersterben lassen?«

Die Frauen draußen vor der Tür stürzten herein. Sie stöhnten und rauften sich die Haare, während ihre Blicke unablässig zu den wenigen Besitztümern Aphrodites gingen, denen, die sie nicht schon vorher zerstört hatten. Hier war eine weitere Frau ohne Familie, doch es gab nicht viel, um das man sich hätte kümmern können, schien mir. Ich ging hinaus.

Ich nahm nicht einmal ein Paar ihrer Schuhe, die mir bei meinem Klagegesang geholfen hätten. Tatsächlich kam mir überhaupt kein Klagelied in den Sinn. Es war nicht so, dass ich eine bewusste Entscheidung getroffen hätte. Stattdessen verspürte ich zum allerersten Mal keinen Drang, es zu tun. Mein Klagegesang für Zephyra war mein letzter gewesen. Ich glaube, der Grund ist, dass ich nicht länger in diesem Raum lande mit der halboffenen Tür und dem bernsteinfarbenen Licht dahinter. Wie kann hinter dieser Tür irgendeine Art von Wahrheit liegen? Und warum habe ich so lange geglaubt, es wäre so? Vielleicht ist die Tatsache, dass es dort keine gibt, die Wahrheit selbst. Als mir das klar wurde, hörten die Visionen auf, und mit ihnen die Klagegesänge.

Es ist ein furchtbares Gefühl, diese Visionen nach so vielen Jahren verloren zu haben. Doch sie sind vergangen, und mit ihnen die Stimmen der Toten; sie reden nicht mehr mit mir. Es ist, als hätte man all seine Freunde auf einmal verloren. Selbst mein Vater hat aufgehört, sich zu beschweren, und ich vermisse ihn, wie er immer auf eine Zigarette in meinem Garten erschienen ist. Ich würde ihn gerne fragen: Ist Takis wirklich dein Sohn und mein Bruder? Und seine Verrücktheit kommt nicht von Chrysoulas verrücktem Ehemann, sondern von dir? Oder von Chrysoula selbst, mit ihren Geschichten von wilden Hühnern und ihren merkwürdigen Ratschlägen für andere im Dorf? Rührt meine Gabe zum Klagen ebenfalls daher? Was wird durch die Familien hindurch weitergegeben, und was wird erlernt? Weißt du das?

Die Frage ist zu einfach, stelle ich mir seine Antwort vor, *und die Antwort zu kompliziert.* Er angelt in seiner Brusttasche nach einer Zigarette. Ich kann durch die Einschusslöcher sehen, wo sein Herz einmal war. Doch es gibt nichts mehr, das er mir sagen könnte.

Und so kommt es, dass sich, während ich meine Geschichte noch erzähle, eben diese Geschichte geändert hat. Oder bin ich es, die sich verändert hat? Ich habe mir eben den Beginn der ersten Kassette angehört und kann kaum glauben, dass ich selbst dieser alte krächzende Vogel bin. Und hier ist der Brief von Ihnen, meine kleine Gelehrte, der vor einer Weile angekommen ist, zwischen den Kassetten Nummer vier und fünf. Ich habe ihn nicht sogleich geöffnet, nachdem er eintraf, weil ich dachte, Sie wollten hören, wie weit ich mit den Aufnahmen meiner Klagelieder bin – und was hätte ich erwidern können? Dass ich sämtliche Kassetten für meine eigenen Zwecke aufgebraucht habe? Als ich den Brief endlich las, erfuhr ich, dass Sie zurückkehren wollen, um mich zu besuchen, und wie sich herausstellte, heute, an diesem Tag. Nun, hier sind die Kassetten, und vielleicht enthalten sie ja etwas von dem, worum Sie mich gebeten haben. Die Aufzeichnung eines nahezu vollständig gelebten Lebens könnte man ja durchaus auch als Klagegesang auf dieses Leben bezeichnen, meinen Sie nicht? Als ich anfing, wollte ich die Kassetten eigentlich behalten, um mich zu erinnern – an mich selbst vielleicht? Doch im Erzählen habe ich mich erschöpft, bin meiner eigenen Stimme müde geworden, meiner eigenen Geschichte. Also nehmen Sie sie ruhig!

Doch ich halte es für bedauerlich, dass Sie Ihre Jugend an ein solches Projekt verschwenden, dass Sie einer alten Frau lauschen und ihrem wahrscheinlich letzten Klagelied auf eine andere Zeit, auf die Leben von Stelios und Takis. Es gab so viel, das ich nicht wusste damals, wie beispielsweise die Tage vergehen und unwiederbringlich dahin sind. Wie das Leben selbst. Manchmal, wenn ich die Kinder im Dorf beim Spielen beobachte, denke ich, sie sind wie die Botschafter für eine Zeit, die noch kommt. Und ich frage mich, ob ich ihnen eine Botschaft auf den Weg mitgeben soll. Doch welche? Liebt einander? Irgendwas in der Art? Sie werden vermutlich selbst genug darüber lernen, und es dann wieder vergessen auf dem Weg zum nächsten Krieg.

Vor einer Weile sah ich in diesem Fernseher im Laden von Stamatis, dass das Land der großen Radios irgendeinen Apparat hinaus zwischen die Sterne und Planeten geschickt hat. Keinen Satelliten, hat der Nachrichtensprecher erklärt, sondern eine Art Sonde, ein Ding, das vielleicht für immer durch die Schwärze des Weltraums fliegen wird, wenn so etwas überhaupt möglich ist. In dieser Sonde steckt eine Art fonografischer Aufzeichnung mit Informationen über uns Erdlinge, in all unseren Sprachen. Stellen Sie sich das vor! Alles darüber, was wir essen und anziehen, die Musik, die wir hören, die Götter, zu denen wir beten, und was weiß ich nicht noch alles. Vielleicht all unsere Geschichten vom Trojanischen Krieg bis hin zu den Deutschen hier in Griechenland, und wer weiß, vielleicht sogar Karagiozis. Warum nicht? Ah, Menschen, dachte ich. Wir können solche Barbaren sein und uns umwenden und uns fast im gleichen Moment wie Kinder benehmen, voller Hoffnung, dass irgendwo zwischen den Sternen irgendjemand oder irgendetwas ist, das sich für unsere Geschichten und unsere Sehnsüchte interessiert. Hoffnung, das ist alles, was wir haben, nicht wahr? Unser allerwichtigstes Wort.

Heute gibt es auch ein Wort für Takis' Krankheit, und vielleicht ist auch das auf dieser Aufzeichnung. Ich habe es gehört, aber ich kann mich im Augenblick nicht erinnern, wie es lautet. Er könnte heute wahrscheinlich Medikamente bekommen, die dafür sorgen, dass er nicht mehr so zerrissen ist wie dieses Land. Doch sein Schattenpuppenselbst lebt weiter, genau wie das von Stelios und mir.

Ich weiß es, weil kurz nach Aphrodites Tod ein reisender Puppenspieler in unserem Dorf erschienen ist. Er hat sein Schattentheater unter der Platane aufgebaut, wo mein Vater damals exekutiert wurde. Zuerst spielte er die Komödien an aufeinanderfolgenden Abenden im Licht batteriebetriebener Lampen. Ich habe die Kinder bis zu meinem Haus gehört; sie konnten sich nicht mehr halten vor Lachen. Und als ich erfuhr, dass er den *Held Katsantonis* aufführen wollte, wartete ich, bis das Stück längst angefangen hatte, bevor ich mich auf den Weg machte und hinter die Menge stellte.

Es war die Szene, in der Katsantonis stirbt. Doch ich war völlig schockiert, als ich sah, dass am Rand der Leinwand die alte Puppe stand, die Stelios damals von Takis angefertigt hatte, umgearbeitet zum Schafhirten, und die Puppen von Stelios und Aliki, angezogen als der Priester und als die Frau von Katsantonis, die um den sterbenden Helden weint und klagt. Oh nein, dachte ich. Ist der Puppenspieler vielleicht Takis? Hat er trotz allem überlebt? Als die Aufführung vorüber war und der Puppenspieler hinter der Leinwand hervortrat, um sich zu verneigen und den Applaus entgegenzunehmen, sah ich, dass er ein winziger alter Mann war, kaum größer als ein Kind. Sein weißes Haar war so lockig, als hätte er unter Strom gestanden. Ich wartete, bis er anfing, alles einzupacken, dann ging ich zu ihm und fragte, wie er an die Puppen gekommen war. Er hatte sie, erzählte er, bei einem Ramschverkauf in einer alten Schule in Peristeri erstanden. Die Schule war geschlossen und alles verkauft worden, was die ehemaligen Schüler dagelassen hatten. Die meisten Puppen waren zu alt und zu stark beschädigt gewesen, um noch bespielt zu werden, und er hatte sie aussortiert.

»Aber diese Handgefertigten hier«, sagte er und hielt die Puppen von Stelios, Takis und mir hoch, »sie sind so wunderbar gemacht.«

»Ich kannte den Mann, der sie gemacht hat.«

»Tatsächlich? War er auch ein Puppenspieler?«

»Oh ja. Ein sehr guter.«

»Ah, es gibt nicht mehr viele von uns. Fernsehen und Computer haben uns das Publikum gestohlen. Und unsere Geschichten.«

Doch wir waren immer noch Charaktere in einer größeren Geschichte, wie Stelios einmal gesagt hatte, wie die Komparsen in einem Film – Personen am Rand einer Szene, die man kaum wahrnimmt, obwohl sie wichtig genug sind, um die Bühne mit dem Helden zu teilen, all unsere Schatten auf der Leinwand. Ich stelle sie mir jetzt vor, da meine letzte Stunde gekommen ist, Karagiozis und die anderen, wie sie umhertanzen und sich ihre falschen Haare raufen. Sie heben ihre Gläser mit Raki und trinken auf mich. Die geflohene Gans kehrt zurück und meldet sich freiwillig als mein Leichenschmaus. Und Katsantonis spricht.

Ich sage euch Lebwohl, ihr hohen Berge,
Und auch euch, ihr Felsen in der Höh.
Ihr seid meine Zeugen …

Und ich denke an jene Nacht vor Stelios' Begräbnis, als ich ganz allein in der Schule gesessen habe und glaubte, jemand wäre durch die Tür gekommen. Ein Lichtschein fiel in meine Augen, der meine Sicht verschwimmen ließ. Ich wusste sofort, dass es Stelios war, sein Geist. Ich griff nach seiner Hand und sah, wie wir in Athen durch eine Straße liefen, dann den Hügel hinauf hinter Chrysoulas Haus, draußen vor meinem Dorf. Und wir waren an anderen Orten, die ich nicht erkannte. Wir waren zusammen. Wir hatten einen Sohn und eine Tochter. Wir wurden älter, und unsere Kinder bekamen ebenfalls Kinder. Wir waren auf einem Schiff und in einem Flugzeug, und dann kamen wir wieder nach Hause. Wir zankten und tranken zu viel und wurden fett und fielen Treppen herunter und machten Geld und verloren es wieder. Wir wurden gemeinsam alt. Er wurde kahl und kurzsichtig und griesgrämig. Und dann verblasste sein Licht überall im Raum, und es wurde dunkel. Er geht, dachte ich damals, und ich konnte es nicht ertragen. *Lebwohl*, sagte er über die Schulter. *Lebwohl.*

Oh, da ist das Klopfen an der Tür. Ich sammle mich und sehe aus dem Fenster, und da sind Sie, immer noch mit der Schneebesenfrisur. *Theo mou!* Ich stehe auf, um Ihnen die Tür zu öffnen, und dabei drücke ich auf den Knopf, der dieses kleine rote Lichtlein ausschaltet, mein Leben.

Anmerkung des Autors

Die Periode, in der Alikis Geschichte spielt, ist immer noch polarisierend – für jene, die sie überlebt haben, und jene, die mit ihren Auswirkungen leben müssen, die mitgeholfen haben, die Gegenwart zu formen. Diese Erzählung soll in keiner Weise eine Erklärung oder ein Bericht jener furchtbaren Jahre sein, sondern eine erfundene Geschichte, die in turbulenten Zeiten spielt. Um dem Zeitrahmen der Erzählung gerecht zu werden, wurden die Jahre des Bürgerkriegs zu einem kompakteren Zeitraum gebündelt. Für diejenigen, die mehr Informationen über jene Zeit wünschen, über die Kunst des Schattenspiels oder die Theorie und Praxis der Klagelieder, schlage ich nachfolgend genannte englischen Werke vor, deren Autoren ich zu Dank verpflichtet bin.

Alexiou, Margaret. *The Ritual Lament in Greek Tradition* (Cambridge: Cambridge University Press, 1974)

Andrews, Kevin. *Greece in the Dark* (Amsterdam: Hakkert, 1980)

Andrews, Kevin. *The Flight of Ikaros* (London: Weidenfeld and Nicolson, 1959)

Beevor, Antony. Crete: *The Battle and the Resistance* (London: John Murray, 1991)

Carabott, Philip, and Thanasis D. Sfikas. *The Greek Civil War: Essays on a Conflict of Exceptionalism and Silences* (Burlington, VT: Ashgate, 2004)

Cockburn, Patrick, and Henry Cockburn. *Henry's Demons: Living with Schizophrenia: A Father and Son's Story* (New York: Scribner, 2011)

Danforth, Loring M. *The Death Rituals of Rural Greece* (Princeton, NJ: Princeton University Press, 1982)

Danforth, Loring M., and Riki van Boeschoten. *Children of the Greek Civil War: Refugees and the Politics of Memory* (Chicago: University of Chicago Press, 2012)

Herodotus. *The Histories*, translated by Aubrey De Sélincourt (London: Penguin Books, 1972)

Hesiod. *Theogony and Works and Days*, translated by M. L. West (New York: Oxford University Press, 1988)

Holst, Gail. *Road to Rembetika* (Athens: Anglo-Hellenic Publishing, 1975)

Homer. *The Iliad*, translated by Robert Fagles (PenguinBooks); Richmond Lattimore (Chicago: University of Chicago Press, 2011); Stanley Lombardo (Indianapolis, IN: Hackett Publishing, 1997); and Stephen Mitchell (New York: Free Press, 2011)

Janes, Colin. *The Eagles of Crete: An Untold Story of Civil War* (n.p.: CreateSpace Independent Publishing, 2013)

Matthews, Kenneth. *Memories of a Mountain War: Greece 1944–1949* (London: Longman, 1972)

Mazower, Mark. *After the War Was Over: Reconstructing the Family, Nation, and State in Greece, 1943–1960* (Princeton, NJ: Princeton University Press, 2000)

Mazower, Mark. *Inside Hitler's Greece: The Experience of Occupation, 1941–44* (New Haven, CT: Yale University Press, 1995)

Myrsiades, Linda S., and Kostas Myrsiades. *Karagiozis: Culture and Comedy in Greek Puppet Theater* (Lexington: University Press of Kentucky, 1992)

Myrsiades, Linda S., and Kostas Myrsiades, as translators, *Karagiozis: Three Classic Plays* (New York: Pella Publishing, 1999)

Oswald, Alice. *Memorial* (London: Faber and Faber, 2011)

Psychoundakis, George. *The Cretan Runner: His Story of the German Occupation*, translated by Patrick Leigh Fermor (London: Penguin Books, 2009)

Seremetakis, C. Nadia. *The Last Word: Women, Death, and Divination in Inner Mani* (Chicago: University of Chicago Press, 1991)

Spatharis, Sotiris. *Behind the White Screen* (New York: Red Dust, 1976)

Voglis, Polymeris. *Becoming a Subject: Political Prisoners during the Greek Civil War* (New York: Berghahn Books, 2002)

Woodhouse, C. M. Modern Greece: *A Short History* (London: Faber and Faber, 1991)

Zwei Mädchen, zwei Schicksale, eine gemeinsame Geschichte

Armando Lucas Correa
DAS ERBE DER
ROSENTHALS
Roman
Aus dem amerikanischen
Englisch von
Ute Leibmann
mit Abbildungen
ISBN 978-3-404-17828-5

1939 muss die elfjährige Hannah mit ihrer Familie aus Berlin fliehen, denn sie ist Jüdin. Ein Schiff soll sie nach Kuba bringen, doch nur die Wenigsten dürfen die St. Louis dort verlassen. Auch Hannahs Familie wird auseinandergerissen. 2014 sucht die elfjährige Anna nach den Wurzeln ihres bei 9/11 verstorbenen Vaters. Ein Brief ihrer Großtante enthält Fotos und erste Hinweise. Doch erst als sie zusammen mit ihrer Mutter von New York nach Kuba reist, kommt sie der Geschichte ihrer Familie wirklich nahe ...

Ein beeindruckender Roman von großer Intensität, der lange im Gedächtnis bleibt

Bastei Lübbe